文選李善注

四部備要

集部

中華書局據鄱陽胡氏校
刻本校刊

桐鄉 陸費逵總勘
杭縣 高時顯 吳汝霖輯校
杭縣 丁輔之監造

文選卷第五十七

梁昭明太子撰

文林郎守太子右內率府錄事參軍事崇賢館直學士臣李善注上

夏侯常侍誄一首并序　潘安仁

夏侯湛字孝若譙人也少知名弱冠辟太尉府臧榮緒晉書曰湛早有名譽爲太尉掾

賢良方正徵仍爲太子舍人尚書郎野王令臧榮緒晉書曰湛舉賢良對策拜郎中進補太
子舍人轉尚書郎出宰野王令漢書曰何武賢良方正徵也中書郎南陽相臧榮緒晉書曰湛除中書侍郎出補南陽
相又曰秦王柬武帝第三子也初封南陽王後徙封秦王家艱乞還毛詩曰未堪家多難余又集于蓼頃之選爲
太子僕未就命而世祖崩世祖武皇帝也穀梁傳曰高曰崩厚曰崩尊曰崩天子之崩以尊也其崩何以在人
上故曰崩天子以爲散騎常侍從班列也天子惠帝也春秋四十有九元康元
年夏五月壬辰寢疾卒于延喜里第嗚呼哀哉乃作誄曰
禹錫玄珪實曰文命尚書曰禹錫玄圭告厥成功又曰文命敷于四海史記曰夏禹名曰文命克明克聖
光啓夏政尚書曰居上克明又曰克齊聖廣淵左氏傳宋向戌曰以偪陽光啓寡君其在于漢邁勳惟嬰
漢書曰夏侯嬰爲太僕常奉車從擊項籍思弘儒業小大雙名班固漢書述曰世宗曄曄思弘祖業漢書曰夏侯勝
字長公少好學從夏侯始昌受尚書又曰勝從父兄子建字長卿自師事勝又曰由是尚書有大小夏侯之學顯祖曜德牧
兗及荊王隱晉書曰夏侯威字季權歷荊兗二州刺史史記祭公謀父曰先王曜德不觀兵父守淮岱治亦有
聲王隱晉書曰威次子莊淮南太守毛詩曰文王有聲英英夫子灼灼其儁飛辯摛藻華繁玉
振孔融薦禰衡表曰飛辯騁辭班固荅賓戲曰摛藻如春華孟子曰集大成也者金聲而玉振如彼隨和發彩流

潤淮南子曰隨侯之珠和氏之璧得之而富失之而貧禮記孔子曰夫玉溫潤而澤仁也如彼錦繢列素點絢
論語子夏問曰巧笑倩兮美目盼兮素以爲絢兮何謂也子曰繢事後素鄭玄曰繢畫文也人見其表莫測其裏
尚書大傳孔子謂子夏曰子見其表未見其裏法言曰或問聖人表裏曰威儀文辭表也德行忠信裏也徒謂吾生文勝
則史論語子曰文勝質則史心照神交唯我與子莊子子綦曰其寐也魂交論語子謂顏回曰唯我與爾有
是夫且歷少長逮觀終始孝經曰夫孝始於事親中於事君終於立身子之承親孝齊閔參
漢書武帝詔曰孝子順孫願自竭以承其親論語子曰孝哉閔子騫禮記公明儀問曾子曰夫子可以爲孝乎曾子曰君子之所謂孝者
先意承志諭父母於道參直養者安能爲孝乎子之友悌和如瑟琴毛詩曰妻子好合如鼓瑟琴事君直
道與朋信心論語柳下惠曰直道而事人子夏曰與朋友交言而有信又雖實唱高猶賞爾音宋玉
對問曰曲彌高者其和彌寡曹植求自試表曰或有賞音而識道弱冠厲翼羽儀初升禮記曰人生二十曰弱冠
呂氏春秋曰征鳥厲疾周易曰鴻漸于陸其羽可用爲儀公弓既招皇輿乃徵左氏傳陳敬仲曰詩曰翹翹車乘招
我以弓范曄後漢書曰侯瑾州郡累召公車有道徵也內贊兩宮外宰黎蒸典引曰巡靖黎蒸忠節允
著清風載興胡廣書曰建鴻德流清風決央彼樂都寵子惟王左氏傳延陵季子曰泱泱乎大風也
哉南都賦曰於顯樂都設官建輔妙簡邦良用取喉舌相爾南陽尚書帝曰龍命汝作納言

孔安國曰納言喉舌之官毛詩曰出納王命王之喉舌惠訓不倦視民如傷左氏傳祁奚曰惠訓不倦叔向有焉
又逢滑曰國之興也視之如傷乃眷北顧辭祿延喜孟子注德厚受祿德薄辭祿也余亦偃息無事
明時呂氏春秋田贊曰偃息之義則未之識疇昔之遊二紀于茲左氏傳羊斟曰疇昔之羊子爲政孔安國
尚書傳曰十二年曰紀班白攜手何歡如之禮記曰班白者不提挈毛詩曰惠而好我攜手同行居吾語
汝衆實勝寡論語子曰由居吾語汝慎子曰衆之勝寡必也人惡雋異俗疵文雅孔安國尚書傳曰疵
病也大戴禮曰天子不知文雅之辭少師之任執戟疲楊長沙投賈曹子建楊德祖書曰楊子雲先朝執戟之臣耳
漢書曰賈誼爲長沙王太傅誼既以謫去意不自得無謂爾高恥居物下子乃洗然變色易容
史記曰觀范雎之見王者羣臣莫不洒然變色易容者慨焉嘆曰道固不同論語子曰道不同不相爲謀爲
仁由己匪我求蒙論語顏淵問仁孔子曰克己復禮爲仁爲仁由己而由人乎哉周易曰童蒙求我匪我求童蒙誰
毀誰譽何去何從論語孔子曰吾之於人誰毀誰譽楚辭曰此孰吉孰凶何去何從莫涅匪緇莫磨
匪磷論語子曰不曰堅乎磨而不磷不曰白乎涅而不緇予獨正色居屈志申尚書曰正色率下雖不
爾以猶致其身論語周公謂魯公曰不使大臣怨乎不以又子夏曰事君能致其身獻替盡規媚茲一
人國語史黯謂趙簡子曰夫事君者諫過而賞善薦可而替否獻能而進賢毛詩曰媚茲一人應侯順德讜言忠謀世

祖是嘉漢書成帝曰久不見班生今日復聞讜言聲類曰讜善言也將僕儲皇奉纘承華漢書曰太子家
有僕上林賦曰孫叔奉轡漢舊儀有承華廐先朝末命聖列顯加尚書曰道揚末命入侍帝闈出
光厥家我聞積善神降之吉周易曰積善之家必有餘慶左氏傳季梁曰於是乎民和而神降之福宜
享遐紀長保天秩尚書曰天秩有禮自我五禮有庸哉如何斯人而有斯疾論語伯牛有疾子曰
斯人也而有斯疾也曾未知命中年隕卒嗚呼哀哉論語子曰五十而知天命中年猶中身也尚書曰文
王受命惟中身唯爾之存匪爵而貴孫卿子曰君子無爵而貴無祿而富甘食美服重珍兼味
臧榮緒晉書曰湛族為盛門性頗豪侈甘食美服窮滋極珍臨終遺誓承錫爾類毛詩曰孝子不匱永錫爾類
斂以時襲殯不簡器臧榮緒晉書曰湛將沒遺命小棺薄斂不修封樹禮記曰延陵季子適齊長子死其斂以時服
漢書曰衣禪複為襲誰能拔俗生盡其養孰是養生而薄其葬漢書曰楊王孫家業千金厚自
奉養生亡所不致及病且終曰吾欲臝葬淮南子曰節財薄葬簡服生焉淵哉若人縱心條暢班固楊雄述曰淵哉
若人實好斯文傑操明達困而彌亮柩軺既祖容體長歸周禮小喪供柩軺鄭玄曰柩軺載柩
車也周禮曰喪祝掌大喪祖飾棺乃載鄭玄曰祖為行始也家語曰顏孫飾有容體資貲存亡永訣逝者不追鄭玄
毛詩箋云往矣訣別之辭論語子在川上曰逝者如斯夫望子舊車覽爾遺衣愊抑失聲迸涕交

揮禮記曰內人行哭失聲家語公父文伯卒敬姜曰二三婦無揮涕蔡邕陳仲弓碑曰巖藪知名失聲揮涕非子爲慟吾
慟爲誰嗚呼哀哉論語曰顏淵死子哭之慟從者曰子慟矣子曰非夫人之爲慟而誰爲日往月來暑
退寒襲周易曰日往則月來月往則日來寒往則暑來暑往則寒來左氏傳張趯曰火中寒暑乃退孔安國尚書傳曰襲因也
零露沾凝勁風淒急慘爾其傷念我良執禮記曰見父之執不謂之進不敢進不謂之退不敢
退適子素館撫孤相泣毛詩曰適子之館兮撫孤羊舌氏叔向也已見廣絕交論前思未弭後感
仍集賈逵國語注曰弭忘也積悲滿懷逝矣安及嗚呼哀哉

馬汧督誄一首并序

臧榮緒晉書曰汧督馬敦立功孤城爲州司所枉死於囹圄岳誄之

潘安仁

惟元康七年秋九月十五日晉故督守關中侯扶風馬君卒嗚呼哀
哉初雍部之內屬羌反未弭而編戶之氏又肆逆焉傅暢晉諸公讚曰惠帝元康五
年武庫火北地盧水胡蘭羌因此爲亂推齊萬年爲主杜預左氏傳注曰弭息也漢書呂后曰諸將與帝爲編戶民雖王旅致
討終於殄滅毛詩曰王旅嘽嘽而蜂蠆有毒縣失小利左氏傳臧文仲曰君無謂邾小蜂蠆有毒
況國乎俾百姓流亡頻於塗炭毛詩曰人卒流亡尚書曰有夏昏德民墜塗炭建威喪元於好

時州伯胥遁乎大谿王隱晉書曰解系爲雍州刺史又曰朝廷以周處忠烈欲遣討氏乃拜爲建威將軍又曰周處解系與賊戰于六陌軍敗周處死之孟子曰勇士不忘喪其元左氏傳曰秦師夜遯若夫偏師裨將之殞首覆軍者蓋以十數左氏傳韓子曰彘以偏師陷子罪大矣漢書曰大將軍霍去病裨將侯者九人漢書谷永上書曰齊客隕首公門以報恩施史記齊使人說越曰韓之攻楚覆其軍殺其將剖符專城紆青拖墨之司奔走失其守者相望於境東觀漢記韋彪上議曰二千石皆以選出京師剖符典千里古樂府曰出東南隅日三十侍中郎四十專城居解嘲曰紆青拖紫朱丹其轂漢書比六百石以上銅印墨綬云剖符專城則青墨是也墨或爲紫非秦隴之僭鞏更爲魁鞏姓也更名也漢書曰羌煎鞏降東觀漢記曰羌什長鞏便然更蓋其種也尚書曰殲厥渠魁既已襲汧而館其縣左氏傳曰凡師輕曰襲杜預曰掩其不備子以眇爾之身介乎重圍之裏率寡弱之衆據十雉之城十雉言小也羣氏如蝟毛而起四面雨射城中城中鑿穴而處負戶而汲漢書賈誼曰高帝功臣反者如蝟毛而起東觀漢記曰上入昆陽二公環昆陽城積弩射城矢如雨下城中負戶而汲木石將盡樵蘇乏竭芻蕘罄絕漢書李左車曰樵蘇後爨師不宿飽晉灼曰樵取薪也蘇取草也毛詩曰詢于芻蕘毛萇曰芻蕘薪采者也於是乎發梁棟而用之咢的以鐵鏁機關既縱礧而又升焉言以鐵鏁繫木爲機關既縱之以礧敵而又收上焉漢書曰匈奴乘隅下礧石又曰高城深塹

具蘭石如淳曰蘭石城上礧石也杜篤論都賦曰一卒舉礧千夫沈滯然礧與壘並同力對切纍陳焦之麥柹孚廢梠
呂桷角之松說文曰柹削柹也梠楣也桷榱也用能薪芻不匱人畜取給青煙傍起
歷馬長鳴古詩曰朱火然其中青煙颺其間司馬彪莊子注曰皂歷也凶醜駭而疑懼乃闕掘地
而攻子命穴浚壍寘壺鐳雷瓶甈武以偵耿令之墨子曰若城外穿地來攻者宜於城內掘
井以薄城幕罌內井使聰耳者伏罌而聽審知穴處鑿內迎之東觀漢記曰使先登偵之言虜欲去然偵廉視也方言曰甈罌也將
穿響作內焚穬古猛火薰之潛氏殲焉崔寔四人月令曰四月可糴穬注曰大麥之無皮毛者曰穬潛
氏謂潛攻之氏也久之安西之救至竟免虎口之厄王隱晉書曰齊萬年帥羌胡圍涇陽遣安西將
軍夏侯駿西討氐羌莊子孔子曰丘幾不免虎口哉全數百萬石之積文契書於幕府漢書音義曰衛
青征匈奴大克獲帝就拜大將軍於幕中府因曰幕府聖朝疇咨進以顯秩殊以幢蓋之制幢蓋
將軍刺史之儀也兵書曰軍主長服赤幢東觀漢記曰段熲為并州刺史曲蓋朱旗而州之有司乃以私隸數
口穀十斛考訊吏兵以櫝楚之辭連之禮記曰夏楚二物以收其威鄭玄曰夏稻也楚荊也夏與
櫝古今字通大將軍屢抗其疏干寶晉紀曰梁王肜為征西大將軍曰敦固守孤城獨當羣
寇管子曰民無恥不可以固守以少禦衆載離寒暑莊子曰晉之善戰者牛丑以寡擊衆臨危奮節

保穀全城而雍州從事忌敦勳効極推小疵（周易曰悔吝者言乎其小疵也）非所以褒獎元功宜解敦禁劾（何戴假授言請解禁劾而假授之以官也說文曰劾法有辠也）詔書遽許而子固已下獄發憤而卒也朝廷聞而傷之策書曰皇帝咨故督守關中侯馬敦忠勇果毅率厲有方固守孤城危逼獲濟寵秩未加不幸喪亡朕用悼焉今追贈牙門將軍印綬祠以少牢（王隱晉書贈馬敦詔曰今追贈牙門將軍印綬祠以少牢）魂而有靈嘉茲寵榮（范曄後漢書曰和帝追謚梁竦詔曰魂而有靈嘉斯寵榮）然絜士之聞穢其庸致思乎（言絜士之聞己穢其庸致思以求生乎家語曰孔子登於豐山而嘆曰於斯致思無不至矣）若乃下吏之肆其噤害則皆妬之徒也（楚辭曰口噤閉而不言然則口不言心害之為噤害也廣雅曰妬害也）嗟乎妬之欺善抑亦貿首之讎也（言嫉妬之徒欺此善士抑亦同彼貿首之讎也戰國策甘茂謂楚王曰魏氏聽甘茂與樗里疾貿首之讎也）語曰或戒其子慎無為善言固可以若是悲夫（淮南子曰人有嫁其子而教之曰爾行矣慎無為善曰不為善將為不善邪應之曰善且猶弗為況不善乎此全其天器者也高誘曰器猶性也）昔乘丘之戰縣（玄）賁（奔）父（甫）御魯莊公馬驚敗績賁父曰他日未嘗敗績而今敗績是無勇也遂死之圉人浴馬有流矢

在白肉公曰非其罪也乃誄之禮記曰魯莊公及宋人戰于乘丘縣賁父御馬驚敗績公墜縣賁父曰他日不敗績而今敗績是無勇也遂死之圉人浴馬有流矢在白肉公曰非其罪也遂誄之士之有誄自此始也鄭玄曰白肉股裏漢明帝時有司馬叔持者白日於都市手劍父讎視死如歸亦命史臣班固而為之誄公羊傳曰仇牧聞宋萬殺君手劍而叱之何休曰手劍持拔劍也呂氏春秋管子曰三軍之士視死如歸然則忠孝義烈之流慷慨非命而死者綴辭之士未之或遺也班固漢書贊曰自孔子後綴文之士衆矣天子既已策而贈之微臣託乎舊史之末敢闕其文哉乃作誄曰

知人未易人未易知史記曰侯嬴曰人固未易知知人亦未易嗟茲馬生位末名卑西戎猾夏乃奮其奇尚書曰蠻夷猾夏孔安國曰猾亂也保此汧城救我邊危彼邊奚危城小粟富子以眇身而裁其守兵無加衞墉不增築婪婪羣狄豺虎競逐左氏傳富辰諫王曰狄固貪惏王又啓之說文曰杜林說卜者黨相詐驗為婪力南切漢書張耳陳餘述曰據國爭權還為豺虎又曰魏其武安之屬競逐於京師鞏更恣睢潛跱官寺呂氏春秋曰在上無道倨傲荒惡恣睢自用也楚辭曰意恣睢以指摘史記李斯曰獨行恣睢之心漢書任橫攻官寺東觀漢記曰象林蠻夷攻燔官寺齊萬虓呼交切闞呼檻切震驚台

司毛詩曰進厥虎臣闞如虓虎又曰震驚徐方春秋漢含孳曰三公在天法三台聲勢沸騰種落煽扇熾謝承

後漢書曰匈奴詰張奐降聲勢猛烈毛詩曰百川沸騰風俗通曰諸羌種落熾盛大爲邊害旌旗電舒戈矛林植

彤珠星流飛矢雨集彤珠星流謂冶鐵以灌敵司馬兵法曰火攻有五斯爲一焉漢書曰鑪中鐵銷散如流星矢如

雨見上文惴惴士女號天以泣爾雅曰惴惴懼也尚書曰號泣於旻天爨麥而炊負戸以汲

累卵之危倒懸之急說苑曰晉靈公造九層臺孫息聞之求見曰臣能累十二博棊加九雞子其上公曰子作之孫

息以棊子置下加九雞子其上公曰危哉孟子曰當今之時萬乘之國行仁政人悅之猶解倒懸馬生爰發在險彌

亮毛詩曰賦政于外四方爰發精冠白日猛烈秋霜戰國策康雎曰聶政之刺韓傀也白虹貫日申鑒曰人主

怒如秋霜稜威可厲懦夫克壯漢書武帝報李廣曰威稜憺乎隣國孟子曰聞伯夷之風者懦夫有立志毛詩曰克

壯其猷霑恩撫循寒士挾纊左氏傳曰楚子伐蕭申公巫臣曰師人多寒王巡三軍拊而勉之三軍之士皆如挾

纊蠢蠢犬羊阻衆陵寡漢名臣奏曰太尉龐勁等議以爲鮮卑隔在漠北犬羊爲羣韓詩外傳曰强不陵弱衆不

暴寡潛隧密攻九地之下司馬兵法曰善守者藏於九地之下善攻者動於九天之上悏悏窮城氣

若無假王逸楚辭曰悏悏小息長罹患禍者也魏明帝善哉行曰假氣游魂魚鳥爲伍昔命懸天今也惟馬

論衡曰夫命懸於天吉凶存於時惟此馬生才博智贍解嘲曰雖其人之贍智哉字書曰贍足也偵恥命以

瓶壺剠靈結以長壍徐爰射雉賦注曰剠割也壍說文曰壍坑也七豔切鍾未見鋒火以起熖薰
尸滿窟棓穴以斂廣雅曰棓梩也蒲溝切木石闐竭萁稈空虛瞯然馬生傲若
有餘左氏傳晉邊吏讓鄭曰今執事瞯然授兵登埤杜預曰瞯然勁忿貌也瞯與瞯同下板切孔融薦禰衡表曰臨敵有餘号
的粱爲礌柹廢松爲芻守不乏械歷有鳴駒哀哀建威身伏斧質鄭玄
周禮注曰櫍木椹也悠悠烈將覆軍喪器戎釋我徒顯誅我帥以生易死疇克
不二漢書公孫玃說梁王曰昔宋人立公子突以活其君非義也春秋記之爲其以生易死以存易亡聖朝西顧關
右震惶分我汧庾化爲寇糧實賴夫子思謩模彌長蔡邕趙歷碑曰加以思謀深長
達於從政孔安國尚書傳曰謩謀也咸使有勇致命知方論語子路曰千乘之國攝乎大國之間加之以師旅因之
以饑饉由也爲之比及三年可使有勇且知方也又子張曰士見危致命我雖末學聞之前典莊子曰末學古之人
有之東京賦曰所謂末學膚受十世宥能表墓旌善左氏傳曰宣子囚叔向祁奚聞之而見宣子曰夫謀而鮮過叔
向有焉社稷之固也猶將十世宥之以勸能者今一不免其身以弃社稷不亦惑乎尚書曰封比干之墓賈逵國語注曰旌表也思
人愛樹甘棠不翦左氏傳君子曰詩云蔽芾甘棠勿翦勿伐召伯所茇思其人猶愛其樹也矧乃吾子功
深疑淺兩造未具儲隸蓋鮮尚書曰兩造具備師聽五辭孔安國曰兩謂囚證也造至也兩至具備衆聽其

入五刑之辭孰是勳庸而不獲免猾哉部司其心反側斵善害能醜正惡直鄭玄毛詩箋曰惡直醜正牧人逶迤自公退食國語里華曰且夫君也者將牧人而正其邪毛詩曰逶迤逶迤自公退食毛萇詩傳曰逶迤行可蹤迹也聞穢鷹揚曾不戢翼言聞穢必殞若鷹之揚若不戢翼而少留也毛詩曰惟師尚父時惟鷹揚又曰鷙鷲在梁戢其左翼忘爾大勞猜爾小利方言曰猜恨也苟莫開懷于何不至言人不開懷以相容則瑕釁于何而不至慨慨馬生琅琅高致說文曰慷慨壯士不得志也廣雅曰琅琅堅也發憤囹圄沒而猶眂嗚呼哀哉左氏傳曰荀偃伐齊卒視不可含欒懷曰主苟終所不嗣事于齊有如河乃瞑受含安平出奇破齊克完史記曰田單者齊諸田疏屬也燕破齊田單東保卽墨燕引兵圍卽墨田單乃收城中得千餘牛為絳繒衣畫以五采龍文束兵刃其角而灌脂束葦於尾燒其端鑿城數十穴夜縱牛壯士五千人隨其後牛尾熱怒而奔燕燕軍夜大驚尾炬火光明炫燿燕軍視之皆龍文所觸盡死傷五千人因銜枚擊之燕軍大敗駭走齊人遂夷殺其將騎劫而齊七十餘城皆復為齊襄王封田單號曰安平君太史公曰兵善者出奇無窮張孟運籌危趙獲安戰國策曰智伯從韓魏兵以攻趙圍晉陽決晉水以灌之襄子謂張孟談曰士大夫病吾不能守矣孟談於是陰見韓魏之君曰今智伯率二君而伐趙趙亡則君次之二君曰我知其然卽與張孟談陰約三軍與之期曰夜遣人入晉陽趙氏殺守隄之吏而決水灌智伯智伯軍救水而亂韓魏翼而擊之襄子將卒犯其前大敗智氏軍而擒智伯智伯身死國亡地分為三漢書高祖曰運籌策於帷幄之中汧人賴

子猶彼談單如何吝嫉搖之筆端吝嫉謂有司貪吝嫉妬也論衡曰文吏搖筆考跡民事韓詩外傳曰避文士之筆端傾倉可賞殆云私粟狄隸可頌況曰家僕周禮有蠻隸夷隸鄭玄曰征蠻夷所獲也頌賦也頌與班古字通剔子雙龜貫以三木爲督守及關中侯故雙龜也司馬遷荅任少卿書曰魏其大將也衣赭關三木功存洴城身死洴獄凡爾同閭心焉摧剝扶老攜幼街號巷哭嗚呼哀哉戰國策曰薛人扶老攜幼迎孟嘗君劉紹聖賢本紀曰子産卒國人哭於巷婦人泣於機明明天子旌以殊恩毛詩曰明明天子令聞不已光光寵贈乃牙其門司勳頒爵亦兆後昆周禮曰凡有功者祭于大蒸司勳詔之尚書曰垂裕後昆死而有靈庶慰冤魂嗚呼哀哉

陽給事誄一首并序

沈約宋書曰永初三年索虜嗣自率衆至方城虜悉力攻滑臺城東北崩壞王景度出奔景度司馬陽瓚堅守不動衆潰抗節不降爲虜所殺少帝追贈給事中尚書令傅亮議瓚家在彭城宜卽以入臺絹一百匹粟三百斛賜給文士顏延年爲之誄焉

顏延年

惟永初三年十一月十一日宋故寧遠司馬濮陽太守彭城陽君卒嗚呼哀哉沈約宋書曰高祖卽位改元曰永初郡國記有東郡濮陽郡瓚少稟志節資性忠果奉

上以誠率下有方朝嘉其能故授以邊事永初之末佐守滑臺東郡圖經
曰滑臺城即鄭之廩延值國禍荐臻王略中否潘岳陽肇誄曰將宏王略獯虜閒釁剽摩剝
司兗沈約宋書曰司州漢之司隸校尉也武帝北平關洛置司州居虎牢又曰兗州後漢居山陽武帝平河南居滑臺幽并
騎弩屯逼鞏洛物理論曰幽州之騎冀州之弓勁悍之上列營緣戍相望屠潰關中詩曰列營基跱
屠謂誅殺其人也漢書曰攻潁川屠之左氏傳曰凡民逃其上曰潰瓚奮其猛銳志不違難立乎將卒
之閒以緝華裔之衆緝會聚也左氏傳孔子曰裔不謀夏夷不亂華罷困相保堅守四旬上
下力屈受陷勍寇史記李左車謂韓信曰情見力屈欲戰不拔左氏傳公子魚曰勍敵之人隘而不成列杜預曰勍強
也士師奔擾棄軍爭免而瓚誓命沈城佻達彫身飛鏃毛詩曰佻佻公子毛萇傳曰獨
行貌也兵盡器竭斃于旗下非夫貞壯之氣勇烈之志豈能臨敵引義
以死徇節者哉非有先生論曰引義以正身景平之元朝廷聞而傷之有詔曰故
寧遠司馬濮陽太守陽瓚滑臺之逼厲誠固守投命徇節在危無撓
左氏傳曰師徒撓敗杜預曰撓敗也古之烈士無以加之可贈給事中振卹遺孤以慰
存亡鄭玄禮記注曰振收也追寵既彰人知慕節河汴之閒有義風矣逮元嘉

廓祚聖神紀物光昭茂緒旌錄舊勳苟有概於貞孝者實事感於仁明東觀漢記曰章帝壯而仁明末臣蒙固側聞至訓敢詢諸前典而為之誄其辭曰

貞不常祐義有必甄鄭玄尚書緯注曰甄表也處父勤君怨在登賢左氏傳曰晉蒐于夷舍二軍使狐射姑將中軍趙盾佐之陽處父至自溫改蒐于董易中軍陽子成季之屬也故黨于趙氏且謂趙盾能曰使能國之利也賈季怨陽子之易其班杜預曰本中軍帥易以為左也使續鞫居殺陽處父穀梁傳曰晉將與狄戰使狐夜姑為中軍將盾佐之陽處父曰不可古者君之使臣也使仁者佐賢者不使賢者佐仁者今盾賢夜姑仁其不可乎襄公曰諾公謂夜姑曰吾使汝佐盾矣處父主境上之事夜姑使人殺之苦夷致果題子行閒左氏傳曰苦越生子將待事而名之陽州之役獲焉名之曰陽州杜預曰苦夷也說文曰題名也漢書衛青曰非臣待罪行閒之意忠壯之烈宜自爾先舊勳雖廢邑氏遂傳左氏傳呂相絕秦曰我襄公未忘君之舊勳又衆仲曰胙之以土而命之氏邑亦如之杜預曰取其舊邑之稱以為族也公羊傳曰其稱劉何以邑氏惟邑及氏自溫徂陽左氏傳劉子單子謂晉郤至曰襄王勞文公而賜之溫狐氏陽氏先處之狐續既降晉族弗昌言狐射姑續鞫居誅處父之後在晉之族不復昌盛也左氏傳曰賈季使續鞫居殺陽處父杜預曰狐射姑賈季也之子之生立績宋皇毛詩曰之子于征拳猛沈毅溫敏肅良管子曰子之鄉

有拳勇秀出者毛萇詩傳曰拳力也戰國策鞠武曰田光先生者其知深其慮沈如彼竹柏負雪懷霜孫子曰貞
人在冬則松竹在火則玉英如彼騑駟配服驂衡服服馬也衡車衡也言翼贊宋朝如彼騑之爲驂乃配服而參
衡也服謂中央兩馬夾轅者在服之左曰驂右曰騑四馬曰駟邊兵喪律王略未恢周易曰師出以律失律凶也廣
雅曰略法也函陝堙阻瀍洛蒿萊朔馬東騖胡風南埃毌丘儉在幽州詩曰芒山邈悠悠但
見胡地埃路無歸轊衛野有委骸漢書王恢曰轊車相望又高祖令曰士卒從軍死者爲槥歸其縣應劭曰槥小
棺也服虔曰轊與槥古字通司馬彪續漢書順帝詔曰死則委尸原野帝圖斯艱簡兵授才寔命陽子
佐師危臺憬彼危臺在滑之垌周衛是交鄭翟是爭交黨與也毛詩曰憬彼淮夷史
記鄭入滑滑聽命已而反與衛於是鄭伐滑周襄王使伯犕請滑鄭文公不聽襄王請而囚伯犕王怒與翟伐鄭不尅昔惟華
國今寶邊亭憑巘結關負河滎城金柝夜擊和門晝扃金謂刁斗也衛宏漢舊儀
曰晝漏盡夜漏起城門擊刁斗周廬擊木柝周禮曰大閱以旌爲左右和之門范曄後漢書章帝詔永平之末城門晝閉說文曰扃外閉
之關也料敵厭難時惟陽生揚子雲趙充國頌曰料敵制勝唐子曰將要於折衝獸難決勝而已涼冬氣
勁塞外草衰李陵荅蘇武書云涼秋九月塞外草衰遏矣獯虜乘障犯威尚書王曰遏矣西土之人
漢書曰上遣狄山乘障蒼頡曰障小城也鳴驥橫厲霜鏑高翬漢書曰息夫躬絕命辭曰鷹隼橫厲又曰冒頓乃作

爲鳴鏑音義曰箭鏑也西京賦曰游鸛高翬薛綜曰翬猶飛也軼我河縣俘我洛畿左氏傳呂相曰迭我殽地入我河縣俘我王官迭與軼古字通攢鋒成林投鞍爲圍東京賦曰戈矛若林漢書韓安國曰高皇帝圍於平城匈奴至者投鞍高如城者數所矣翳翳窮壘嗷嗷羣悲師老變形地孤援闊左氏傳晉軍吏曰楚師老卒無半菽馬實拑巨炎秣漢書項羽曰歲飢民貧卒食半菽公羊傳曰楚莊王圍宋子反窺宋城見華元華元曰易子而食析骸而炊子反曰吾聞圍者拑馬而秣之使肥者應客何子之情何休曰以木銜其口守未焚衝攻已濡褐左氏傳曰公侵齊攻廩丘之郛主人焚衝或濡馬褐以救之烈烈陽子在困彌達周易曰困窮而通勉慰痍傷拊巡饑渴左氏傳曰子反令軍吏察夷傷杜預曰夷亦傷也力雖可窮氣不可奪禮記曰儒者身可危也而志不可奪也孫子兵法曰三軍可奪氣將軍可奪心義立邊疆身終鋒栝嗚呼哀哉劉熙釋名曰矢末曰栝賁父殞節魯人是志汧督効貞晉策攸記賁父汧督已見上文皇上嘉悼思存寵異于以贈之言登給事毛詩曰何以贈之路車乘黃疏爵紀庸恤孤表嗣漢書滕公謂楚令尹曰黥布上疏爵而貴之疏分也嗟爾義士沒有餘喜嗚呼哀哉

陶徵士誄一首并序

顏延年何法盛晉中興書曰延之爲始安郡道經尋陽常飲淵明舍自晨達昏及淵明卒延之爲誄極

其思致
夫璿玉致美不爲池隍之寶山海經曰升山黃酸之水出焉其中多琁玉說文曰璇亦璿字桂椒信
芳而非園林之實春秋運斗樞曰椒桂連名士起宋均曰桂椒芬香美物也山海經曰招搖之山多桂又曰琴鼓之山
多椒豈其深而好遠哉蓋云殊性而已故無足而至者物之藉也言物以希
爲貴也藉資藉也韓詩外傳曰晉平公游於河而樂曰安得賢士與之樂此也舡人蓋胥跪而對曰夫珠出於江海玉出於崑山無足而
至者由主君之好也士有足而不至者蓋君主無好士之意也何患無士乎隨踵而立者人之薄也言人以衆
爲賤也薄賤薄也戰國策齊宣王曰百世一聖若隨踵而生也此亦不以文而害意若乃巢高之抗行夷皓之
峻節皇甫謐逸士傳曰巢父者堯時隱人也莊子曰堯治天下伯成子高立爲諸侯堯授舜舜授禹伯成子高弃爲諸侯而耕史記
曰伯夷叔齊孤竹君之子也隱於首陽山三輔三代舊事曰四皓秦時爲博士辟於上洛熊耳山西禰衡書曰訓夷皓之風故已
父老堯禹錙銖周漢范曄後漢書曰郅惲謂鄭敬曰子從我爲伊呂乎將爲巢許乎而父老堯舜乎禮記孔子曰儒
有上不臣天子下不事諸侯雖分國如錙銖有如此者鄭玄曰雖分國以祿之視之輕如錙銖矣而緜世浸遠光靈
不屬東觀漢記曰上賜東平王蒼書曰歲月騖過山陵浸遠今魯國孔氏尚有仲尼車輿冠履明德盛者光靈遠也至使菁
華隱沒芳流歇絶不其惜乎雖今之作者人自爲量論語子曰作者七人而首

路同塵輟塗殊軌者多矣老子曰和其光而同其塵陸機俠邪行曰將遂殊塗軌要子同歸津豈所以
昭末景汎餘波陸機詩曰惆悵懷平素豈樂于茲同豈宴棲末景游豫躡餘蹤尚書曰餘波入于流沙有晉徵
士尋陽陶淵明南岳之幽居者也禮記曰儒有幽居而不淫弱不好弄長實素心
左氏傳郤芮對秦伯曰夷吾弱不好弄長亦不改禮記曰有哀素之心鄭玄曰凡物無飾曰素學非稱師文取指達
在衆不失其寡處言愈見其默少而貧病居無僕妾范曄後漢書曰黃香家貧內無僕妾井臼弗任藜菽不給列女傳曰周南大夫之妻謂其夫曰親操井臼不擇妻而娶母老子幼就
養勤匱禮記曰事親左右就養無方遠惟田生致親之議追悟毛子捧檄之懷韓詩外傳曰齊宣王謂田過曰吾聞儒者親喪三年君之與父孰重田過對曰殆不如父重王忿曰則曷為去親而事君田對曰非君之土地無以處吾親非君之祿無以養吾親非君之爵無以尊顯吾親受之於君致之於親凡事君者亦為親也宣王悒然無以應之范曄後漢書曰廬江毛義字少節家貧以孝稱南陽人張奉慕其名往候之坐定而府檄適到以義守令義捧檄而入喜動顏色奉者志尚之士心賤之自恨來固辭而去及義母死去官行服數辟公府為縣令進退必以禮後舉賢良公車徵遂不至張奉歎曰賢者固不可測往日之喜為親屈也初辭州府三命後為彭澤令道不偶物棄官從好孫盛晉陽秋曰嵇康性不偶俗論語子曰從吾所好遂乃解體世紛結志區外左氏傳季文子曰四方諸侯其誰不解體嵇康幽憤

詩曰世務紛紜蔡伯喈郭林宗碑曰翔區外以舒翼定迹深棲於是乎遠灌畦鬻蔬爲供魚菽
之祭閑居賦曰灌園鬻蔬供朝夕之膳公羊傳齊大夫陳乞曰常之母有魚菽之祭織絇劬緯蕭以充糧粒
之費穀梁傳曰甯喜出奔晉織絇邯鄲終身不言衞鄭玄儀禮注曰絇狀如刀衣屨頭也莊子曰河上有家貧恃緯蕭而食者司馬
彪曰蕭蒿也織蒿爲薄心好異書性樂酒德劉劭集有酒德頌翫棄煩促就成省曠張茂
先荅何劭詩曰恬曠苦不足煩促每有餘殆所謂國爵屏貴家人忘貧者與莊子曰夫孝悌仁義忠信
貞廉此皆自勉以役其德者也不足多也故曰至貴國爵屏焉至富國財屏焉是以道不渝郭象曰屏者除弃之謂也夫貴在其身猶忘
之況國爵乎斯貴之至也莊子曰故聖人其窮也使家人忘貧其達也使王公忘爵祿而化卑郭象曰淡然無欲家人不識貧可苦有
詔徵爲著作郎稱疾不到春秋若干元嘉四年月日卒于尋陽縣之
某里近識悲悼遠士傷情冥默福應嗚呼淑貞張衡靈憲圖注曰寂寞冥默不可爲象
夫實以誄華名由謚高苟允德義貴賤何筭焉若其寬樂令終之美
好廉克己之操有合謚典無愆前志故詢諸友好宜謚曰靖節徵士
謚法曰寬樂令終曰靖好廉自克曰節其辭曰
物尚孤生人固介立漢書音義臣瓚曰介特也豈伊時遘曷云世及嗟乎若士望

古遙集韜此洪族蔑彼名級葛龔遂初賦曰承豢龍之洪族既高陽之休基史記曰賜爵一級說文曰級次
第也睦親之行至自非敦任恤周禮二曰六行孝友睦姻任恤鄭玄曰睦親於九族然諾之信重於布
言漢書曰季布楚人也諺曰得黃金百斤不如得季布一諾廉深簡絜貞夷粹温和而能峻博而
不繁論語子曰和而不同家語子貢曰博而不舉是曾參之行依世尚同詭時則異有一於此兩
非默置豈若夫子因心違事言為人之道依俗而行必譏之以尚同詭違於時必譏之以好異有一於身必
被譏論非為默置豈若夫子因心而能違於世事乎言不同不異也莊子曰列士懷植散羣則尚同也郭象曰所謂和其光同其塵班固
漢書贊曰東方朔戒其子以上容首陽為拙柱下為工飽食安步以仕易農依隱玩世詭時不逢毛詩曰因心則友畏榮好古
薄身厚志論語子曰信而好古世霸虛禮州壤推風世霸謂當世而霸者也蔡伯喈郭有道碑曰州郡聞
德虛己備禮推風推挹其風也孝惟義養道必懷邦范曄後漢書曰論言以義養則仲由之敖甘於東鄰之牲論語
比考讖曰文德以懷邦人之秉彝不隘不恭毛詩曰民之秉彝好是懿德孟子曰伯夷隘柳下惠不恭隘與不恭
君子不由也綦毋邃曰隘謂疾惡太甚無所容也不恭謂禽獸畜人是不敬然此不為褊隘不為不恭爵同下士祿等
上農禮記曰諸侯之下士視上農夫祿足以代其耕度量難鈞進退可限孝經容止可觀進退可度長卿
棄官稚賓自免漢書曰司馬長卿病免客游梁得與諸侯游士居又曰清居之士太原則郇相字稚賓舉州郡茂才數病

去官子之悟之何悟之辯賦詩歸來高蹈獨善歸來歸去來也左氏傳齊人歌曰魯人之皐使

我高蹈孟子曰古之人窮則獨善其身達則兼善天下亦既超曠無適非心呂氏春秋曰夫樂有道心亦適莊子

曰知忘是非心之適也汲流舊巘葺宇家林廣雅曰葺覆也晨烟暮靄春煦秋陰陳書

輟卷置酒絃琴居備勤儉躬兼貧病尚書曰克勤于邦克儉于家史記原憲曰若憲貧也非病也

人否其憂子然其命論語子曰賢哉回也一簞食一瓢飲在陋巷人不堪其憂回也不改其樂墨子曰貧富固有天

命不可損益隱約就閑遷延辭聘周書曰隱約者觀其不懾懼登徒子好色賦曰因遷延而辭避非直也

明是惟道性毛詩曰匪直也人秉心塞淵高誘淮南子注曰道性無欲糾纆幹流冥漠報施鵩鳥賦曰

斡流而遷或推而還夫禍之與福何異糾纆弔魏武文曰悼繐帷之冥漠史記司馬遷曰天之報施善人何如哉孰云與仁

實疑明智言誰云天道常與仁人而我聞之實疑於明智此說明智謂老子也老子曰天道無親常與善人楚辭曰招賢良與

明智謂天蓋高胡醫斯義言天高聽卑而報施無爽何故爽於斯義而不與仁乎毛詩曰謂天蓋高不敢不跼史記

子韋曰天高聽卑履信曷憑思順何寘周易曰履信思乎順毛萇詩傳曰寘置也年在中身疢維呂氏春秋

痁傷尚書曰文王受命惟中身左氏傳閻疾曰齊侯疥遂痁杜預曰痁瘧疾也視死如歸臨凶若吉呂氏春秋

曰遺生行義視死如歸藥劑弗嘗禱祀非恤魏都賦曰藥劑有司論語子曰丘之禱久矣傺幽告終

懷和長畢嗚呼哀哉傃向也禮記曰幽則有鬼神孫卿子曰死人之終也敬述靖節式尊遺占
漢書曰陳遵口占作書謂口隱度其事令人書也存不願豐沒無求贍省訃却賻輕哀薄斂
禮記曰凡訃於其君二云某臣死鄭玄曰訃或作赴至也臣死使人至君所告之也周禮曰喪則令賻補之鄭玄曰謂賻喪家補助不足
遭壤以穿旋塟而窆嗚呼哀哉河圖考鉤曰有壤者可穿禮記孔子曰斂手足形還葬而無椁稱其財斯
之謂禮說文曰窆葬下棺也深心追往遠情逐化莊子曰既化生又化而死而自爾介居及我
多暇漢書陳餘說武臣曰將軍獨介居河北孫卿子曰其為人也多暇日者其出入不遠伊好之洽接閻鄰舍
宵盤晝憩非舟非駕毛萇詩傳曰憩息也念昔宴私舉觴相誨毛詩曰諸父兄弟備言燕私
獨正者危至方則礙孫卿子曰方則止圓則行哲人卷舒布在前載西征賦曰蘧與國而卷舒
西京賦曰多識前世之載取鑒不遠吾規子佩毛詩曰殷鑒不遠爾實愀然中言而發禮記
曰孔子愀然作色而對違衆速尤迕風先蹷班固漢書述曰疑殆匪闕違衆忤世淺為尤悔深作敦害韓詩外傳
曰草木根荄淺未必橛也飄風與暴雨墜則橛必先矣身才非實榮聲有歇言身及才不足為實榮華聲名有時
而滅恐己恃才以傲物憑寵以陵人故以相誡也叡音永矣誰箴余闕嗚呼哀哉爾雅曰永遠也左氏
傳魏絳曰百官箴王闕仁焉而終智焉而斃應劭風俗通曰傳云五帝聖焉死三王仁焉死五伯智焉死黔

婁旣沒展禽亦逝皇甫謐高士傳曰黔婁先生死曾參與門人來弔曾參曰先生終何以爲謚妻曰以康爲謚曾子曰
先生存時食不充虛衣不蓋形死則手足不斂傍無酒肉生不得其美死不得其榮何樂於此而謚爲康哉妻曰昔先君嘗欲授之國相
辭而不爲是所以有餘貴也君嘗賜之粟三十鍾先生辭不受是其有餘富也彼先生者甘天下之淡味安天下之卑位不戚戚於貧賤
不遑遑於富貴求仁而得仁求義而得義其謚爲康不亦宜乎也展禽柳下惠也論語柳下惠爲士師鄭玄曰柳下惠魯大夫也展禽食
采柳下謚曰惠其在先生同塵往世同塵已見上文旌此靖節加彼康惠嗚呼哀哉
康黔婁惠柳下惠也

宋孝武宣貴妃誄一首并序

沈約宋書曰孝武殷淑儀薨追進爲貴妃班亞皇后謚曰宣謝莊爲誄 謝希逸

惟大明六年夏四月壬子宣貴妃薨律谷罷煖龍鄉輟曉律谷黍谷也吹律以
暖之故曰律谷劉向別錄曰鄒衍在燕有谷寒不生五穀鄒衍吹律而溫之至生黍陳留風俗傳曰允吾縣者宋陳楚地故梁國寧陵種
龍鄉也出鳴雞照車去魏聯城辭趙史記曰齊威王與魏惠王會田于郊魏王問曰王亦有寶乎威王曰無有魏王
曰若寡人小國也尚有徑寸之珠照車前後十二乘者十枚奈何以萬乘之國而無寶乎又曰趙惠文王得和氏璧秦王聞之使遺趙王
書曰願以十五城易璧趙王遂使相如奉璧西入秦魏文帝與鍾大理書曰不損連城之價皇帝痛掖殿之旣闃

悼泉途之已宮埤蒼曰閴靖也風俗通曰梓宮者存時所居緣生事亡因以爲名也巡步檐而臨蕙路集重陽而望椒風嗚呼哀哉上林賦曰步檐周流長途中宿西都賦曰後宮則有蘭林蕙草楚辭曰集重陽入帝宮兮造旬始而觀清都桓子新論天寵方降王姬下姻沈約宋書曰淑儀生第二皇女周易曰在師中吉承天寵也毛詩序曰王姬亦下嫁於諸侯肅雍揆景陟屺爰臻言王姬而貴妃遽霣毛詩曰曷不肅雍王姬之車又曰陟彼屺兮瞻望母兮國軫喪淑之傷家凝霣庇之怨穆天子傳曰天子爲盛姬謚曰哀淑人潘岳秦氏從姊誄曰家失慈覆世喪母儀鄭玄禮記注曰庇覆也庇或爲妣非也敢撰德於旂旒庶圖芳於鍾萬周易曰雜物撰德楊雄元后誄曰著德太常注諸旒旗曹植卞太后誄曰敢揚厚德表之旐旌國語晉悼公曰昔克潞之役秦來圖敗晉功魏顆以其身卻退秦師于輔氏親止杜回其勳銘于景鍾左氏傳曰九月考仲子之宮將萬焉公問羽數於衆仲對曰天子用八諸侯用六公從之於是初獻六羽始用六佾其辭曰

玄丘烟因熅瑤臺降芬列女傳曰契母簡狄者有娀氏之長女也當堯之時與其妹娣浴於玄丘之水有玄鳥銜卵過而墜之五色甚好簡狄得含之誤而吞之遂生契焉楚辭曰望瑤臺之偃蹇兮見有娀之佚女高唐渫雨巫山鬱雲高唐賦曰昔先王游於高唐夢見一婦人曰妾在巫山之陽高丘之阻旦爲朝雲暮爲行雨誕發蘭儀光啓玉度楊修荀爽述讚曰其德克明誕發幼齡左九嬪武帝納皇后頌曰如蘭之茂如玉之瑩光啓已見上文望月方娥瞻

星比婺易歸藏曰昔常娥以不死之藥犇月漢書曰北宮有婺女星占曰婺女爲旣嫁之女也毓德素里棲景
宸軒周易曰君子以振民毓德劉梁季南碑曰栖景曜於衡門處麗絺綌出懋蘋蘩毛詩曰葛之覃兮施于中
谷是刈是穫爲絺爲綌又曰于以采蘋南澗之濱又曰于以采蘩于沼于沚脩詩賁道稱圖照言廣雅曰賁美也
世本曰史皇作圖宋忠曰史皇黄帝臣也圖謂畫物象也翼訓姒幄贊軌堯門列女傳曰塗山氏之女夏禹娶以爲
妃旣生啓塗山獨明教訓而致其化焉史記曰禹姒爲姓漢書曰孝武鉤弋趙婕妤昭帝母也妊身十四月乃生上曰昔聞堯十四月而
生今鉤弋亦然乃命所生門曰堯母門綢繆史館容與經闈史三史經六經陳風緝藻臨象分
徵風國風象易象游藝礫數撫律窮機藝六藝律六律躊躇冬愛怊悵秋暉楚辭曰蹇淹留
而躊躇左氏傳曰酆舒問於賈季曰趙衰趙盾孰賢對曰趙衰冬日之日趙盾夏日之日杜預曰冬日可愛夏日可長楚辭曰心怊悵以
永思展如之華寔邦之媛毛詩曰展如之人兮邦之媛也敬勤顯陽肅恭崇憲沈約宋書曰文
帝路淑媛生孝武皇帝卽位奉尊號皇太后宮曰崇憲太后居顯陽殿奉榮維約承慈以遜逮下延和
臨朋違怨祚靈集祉慶謁迎祥毛詩曰旣受帝祉施于孫子鄭玄禮記注曰高辛氏之世玄鳥遺卵娀女
簡狄吞而生契後王以爲媒官嘉祥而立其祠焉潘尼上巳日會天淵池詩曰外迎休祥內和天人皇肩璿式帝女金
目式法也言皇之肩嗣如玉之有法也沈約宋書曰淑儀生始平王相子鸞晉陵王子雲帝女已見上文左氏傳祈招之詩云式如玉式

如金毛詩曰追琢其章金玉其相毛萇曰相質也聯蹄齊頡接蕚均芳毛詩曰棠棣之華蕚不韡韡鄭玄曰承華者蕚不當作蹄蕚足也以蕃以牧燭代輝梁漢書曰文帝立武爲代王參爲梁王視朔書氛觀臺

告祲左氏傳曰公旣視朔遂登觀臺以望而書禮也周禮曰眂祲掌十煇之法鄭玄曰陰陽氣相侵漸以成災也八頌扃和六祈輟滲周禮曰占人掌占龜以八筮占八頌以視吉凶鄭玄曰以八筮占八頌謂將卜八事先以筮筮之言頌者同於龜占周禮曰太祝掌六祈以同鬼神示一曰類二曰造三曰禬四曰禜五曰攻六曰說滲謂滲漉喻祉福也衡總滅容翬翟毀衽包咸論語注曰衡軛也周禮曰王后之五路重翟錫面朱總厭翟勒面繢總安車彫面鷖總皆有容蓋鄭司農曰總著馬勒直兩耳與兩鑣容謂幨車也周禮曰司服掌王后之六服褘衣褕狄闕狄鞠衣展衣褖衣鄭玄曰狄當爲翟翟雉名也褘衣畫翬者也說文曰衽衣衿也掩綵瑤光收華紫禁嗚呼哀哉宋孝武傷宣貴妃擬漢武李夫人賦曰閟瑤光之密陛宮虛梁之餘陰又袁伯文美人賦曰居瑤光之嚴奧御象席之瓊珍並以瑤光爲殿名蓋貴妃之所處也王者之宮以象紫微故謂宮中爲紫禁帷軒夕改軿輅晨遷劉熙釋名曰容車婦人所載小車也其蓋施帷所以隱蔽其形容也列女傳齊孝孟姬曰妾聞妃后踰閾必乘安車輜軿蒼頡篇曰軿衣車也離宮天邃別殿雲懸西都賦曰徇以離宮別寢靈衣虛襲組帳空煙寡婦賦曰瞻靈衣之披披鄭玄禮記注曰襲重衣也長門賦曰張羅綺之幔帷垂楚組之連綱巾見餘軸匣有遺絃嗚呼哀哉巾巾箱也匣琴匣也移氣朔兮變羅紈白露凝兮歲

將闌闌猶晚也庭樹驚兮中帷響金釭曖兮玉座寒夏侯湛有金釭燈賦曖不明也易是類謀曰假威出座玉床純孝擗其俱毀共氣摧其同欒純孝共氣謂皇子也左氏傳君子曰潁考叔純孝也孝經曰擗踊哭泣哀以送之鄭玄孝經注曰毀瘠羸瘦孝子有之呂氏春秋曰父母之於子也子之於父母也一體而分形同血氣而異息毛詩曰庶見素冠兮棘人欒欒兮仰昊天之莫報怨凱風之徒攀毛詩曰欲報之德昊天罔極毛詩曰凱風美孝子也茫昧與善寂寥餘慶淮南子曰茫茫昧昧從天之道與善已見上文周易曰積善之家必有餘慶喪過乎哀棘實滅性喪過見上文孝經曰毀不滅性世覆沖華國虛淵令嗚呼哀哉牽秀四言詩曰坤德尚沖毛詩曰秉心塞淵題湊既肅龜筮既辰呂氏春秋曰題湊之室棺椁數襲漢書音義韋昭曰題頭也頭湊以頭內向所以為固階撤兩奠庭引雙輴儀禮曰屬引徹奠乃祖鄭玄曰屬著也引所以引柩車也在輴曰紼又禮記注曰輴殯車也維慕維愛曰子曰身沈約宋書曰孝武大明六年淑儀薨又曰大明六年子雲薨潘岳妹哀辭曰庭祖兩柩路引雙轜爾身爾子永與世辭慟皇情於容物崩列辟於上旻司馬彪漢書曰根車旋載容衣崇徽章而出寰甸照殊策而去城闉嗚呼哀哉鄭玄禮記注曰徽旌旗也又曰旌葬乘車所建也毛萇詩傳曰章旒也蔡邕獨斷曰以策書誄其行而賜之也穀梁傳曰寰內諸侯非天子之命不得出會尚書曰五百里甸服孔安國曰規方千里之內謂之甸服說文曰闉城曲重門也經建春而右轉循閶闔而

逕渡河南郡境界簿曰洛陽縣東城第一建春門楚辭曰歷太皓以右轉晉宮閣銘曰洛陽城閶闔門楚辭曰淩天池而徑渡旌委鬱於飛飛龍逶遲於步步毛詩曰周道逶遲鏘楚挽於槐風喝邊簫於松霧鏘鳴聲也楚辛楚也廣雅曰喝嘶喝也邊簫簫聲遠也涉姑繇而環迴望樂池而顧慕嗚呼哀哉穆天子傳曰天子西征至玄池之上乃奏樂三日而終是曰樂池盛姬亡天子乃殯姬於穀丘之廟葬於樂池之南天子乃周姑繇之水以圜喪車郭璞曰繇音姚晨轀於昆解鳳曉蓋俄金葬訖故車解鳳飾蓋斜金爪也漢書曰載霍光尸以轀輬車如淳曰轀輬車形廣大有羽飾甘泉賦曰乃登夫鳳凰然羽飾則鳳凰也杜延年奏曰載霍光柩以輬車以轀車爲倅也臣瓚曰秦始皇崩祕其喪載以轀輬車百官奏事如故此不得是轄車類也然轀車吉儀瓚說是也桓譚新論曰乘輿鳳凰蓋飾以金玉蔡邕獨斷曰凡乘輿皆羽蓋金華爪鄭玄詩箋曰俄傾也山庭寢日隧路抽陰黃圖曰陵冢爲山鄭玄周禮注曰隧墓道也重扃閟兮燈已黯中泉寂兮此夜深哀永逝曰戶闔兮燈滅夜何時兮復曉銷神躳于壤末散靈魄於天潯許慎淮南子注曰潯涯也響乘氣兮蘭馭風德有遠兮聲無窮言惠問乘四氣而靡窮其芳譽馭六風而彌遠嗚呼哀哉

哀上

哀永逝文一首

潘安仁

啓夕兮宵興悲絕緒兮莫承啓夕將啓殯之前夕也儀禮曰既夕哭請啓期告于殯宿興緒胥緒也思玄賦

（曰王肆後於漢庭卒銜卹而絶緒）俄龍轜兮門側嗟俟時兮將升（儀禮曰遷于祖用軸鄭玄曰軸輁軸也天子畫之以龍說文曰轜喪車也）嫂姪兮慞惶慈姑兮垂矜（爾雅曰婦稱夫之母曰姑）聞鳴雞兮戒朝咸驚號兮撫膺（陳琳武軍賦曰啓明戒旦長庚告昏列子曰撫膺而恨）逝日長兮生年淺憂患衆兮歡樂尠彼遙思兮離居歎河廣兮宋遠（毛詩序曰河廣宋襄公母歸于衛思而不止故作此詩也詩曰誰謂河廣一葦杭之誰謂宋遠跂予望之）今奈何兮一舉邈終天兮不反（天地之道理無終極今云終天不反長逝之辭）盡余哀兮祖之晨揚明燎兮援靈輴（祖及輴車並已見上）徹房帷兮席庭筵舉酹觴兮告永還（禮記曰士文儀禮曰宵設燎于門內之右鄭玄曰爲哭者爲明殯帷之儀禮曰商祝御柩乃祖布席乃奠禮記曰祖於庭說文曰酹餟祭也字林曰以酒沃地曰酹）悽切兮增欷俯仰兮揮淚想孤魂兮眷舊宇視倏忽兮若髣髴徒髣髴兮在廬靡耳目兮一遇停駕兮淹留徘徊兮故處周求兮何獲引身兮當去去華輦兮初邁馬迴首兮旋旆風泠泠兮入帷雲霏霏兮承蓋（班婕妤自傷賦曰廣室陰兮帷幄暗房櫳虛兮風泠泠楚辭曰雲霏霏兮承宇）鳥俛翼兮忘林魚仰沫兮失瀨悵悵兮遲遲遵吉路兮凶歸思其人兮已滅覽餘跡兮未夷（毛萇詩傳曰夷滅也）昔同塗

兮今異世憶舊歡兮增新悲謂原隰兮無畔謂川流兮無岸望山兮
寥廓臨水兮浩汗視天日兮蒼茫面邑里兮蕭散匪外物兮或改固
歡哀兮情換嗟潛隧兮既敞將送形兮長往隧已見上文委蘭房兮繁華
襲窮泉兮朽壤賈逵國語注曰襲還也中慕叫兮擗標之子降兮宅兆擗標已見上文
孝經曰卜其宅兆而安厝之撫靈櫬兮訣幽房棺冥冥兮埏窈窕杜預左氏傳注曰櫬親身之棺
聲類曰埏墓隧也戶闔兮燈滅夜何時兮復曉司馬彪續漢書張奐遺令曰地底冥冥長無曉期歸
反哭兮殯宮聲有止兮哀無終左氏傳曰不反哭于寢故不曰薨杜預注曰自墓反虞于正寢所謂反哭
于寢也釋名曰於西壁下塗之曰殯儀禮曰遂適殯宮是乎非乎何皇趣一遇兮目中漢書曰孝武李
夫人卒悲感作詩曰是邪非邪立而望之偏何姍姍其來遲鄭玄毛詩箋曰皇之言暀也又曰暀往也東觀漢記世祖曰虜在吾目中
既遇目兮無兆曾寤寐兮弗夢既顧瞻兮家道長寄心兮爾躬周易曰夫
夫婦婦而家道正重曰已矣此蓋新哀之情然耳渠懷之其幾何庶無愧兮
莊子莊子曰莊子妻死惠子弔之則方箕踞鼓盆而歌惠子曰與人居長子老身死不哭亦足矣又鼓盆而歌不已甚乎莊子曰不
然是其始死也我獨而能無槩然察其始而本無生非徒無生而本無形非徒無形而本無氣人且偃然寢於巨室而我噭噭隨而哭之

自以爲不通
乎命故止

文選卷第五十七

賜進士出身通奉大夫江南蘇松常鎮太等處承宣布政使司布政使胡克家重校刊

文選卷第五十八

梁昭明太子撰

文林郎守太子右內率府錄事參軍事崇賢館直學士臣李善注上

哀下

碑文上

哀下

宋文皇帝元皇后哀策文一首

沈約宋書曰文帝袁皇后諱齊嬀陳郡人左光祿大夫敬公湛之庶女也適太祖生太子劭上待后禮甚篤及崩于

顯陽殿詔前永嘉太守顏延年爲哀策文

顏延年

惟元嘉十七年七月二十六日大行皇后崩于顯陽殿周書曰謚者行之迹是以大行受大名細行受細名風俗通曰皇帝新崩未有定謚故揔其名曰大行皇帝行下孟切粵九月二十六日將遷座于長寧陵禮也龍輴卭纚離綍容翟結驂龍輴凶飾也容翟吉儀也儀禮曰遷于祖用軸鄭玄曰遷徙于祖廟也軸輴軸也軸狀如轉轔刻兩頭爲軹輴狀如長牀穿桯前後著金而關軸焉天子畫之以龍也桯餘征切韓詩纚縏也鄭玄儀禮注曰引棺在輴車曰綍甫物切劉熙釋名曰容車婦人所載小車也其蓋施帷所以隱蔽其形容曹植宣后誄表曰容車飾駕以合北辰周禮曰王后之五路重翟錫面朱總厭翟勤面繢總皆有容蓋鄭司農云容謂幨車也鄭玄曰蓋如今小車蓋也王逸楚辭注曰結連也連驂言將行也鄭玄詩箋曰驂兩騑皇塗昭列神路幽嚴皇塗古制故曰昭列神路凶飾故曰幽嚴皇帝親臨祖饋躬瞻宵載周禮曰喪祝掌大喪祖飾棺乃載鄭玄曰祖爲行始也其序載而后飾白虎通曰始載於庭轜車辭祖禰也飾遺儀於組旒淪徂音乎珩行珮毛詩曰素絲組之鄭玄曰以素絲爲縷縫之旌旗以爲文飾旌旗以銘功也楊雄元后誄曰著德太常注諸旒旌尚書大傳曰太師奏雞鳴后夫人鳴佩玉于房中告去毛詩雜佩以贈之毛萇詩傳曰珮有珩璜琚瑀琚音居瑀音禹悲黼筵之移御痛翬褕以招之重晦周禮曰大朝覲王設次席黼純又內司服掌王后之六服褘衣褕狄鄭玄曰褘衣畫翬者也褕畫鷂者也褕與鷂並以招切降輿客位

撤奠殯階降輿謂祖載之時柩降於車也儀禮曰主人入祖乃載鄭玄曰舉柩卻下而載之禮記曰殯於客位祖於庭儀禮曰
屬引徹奠乃祖鄭玄曰屬著也引柩車也禮記曰周人殯於西階之上則猶賓之乃命史臣累德述懷鄭司農周
禮注曰誄謂積累生時德行賜之命爲其辭也其辭曰
倫昭儷昇有物有憑言天地未分之前已明倫匹之義又昇伉儷之道皆有物象有所依憑毛詩曰天生蒸民有物
有則鄭玄曰有物象也左氏傳曰石言於晉魏榆師曠曰石不能言或憑焉劇秦美新曰上覽古在昔有憑應而尚缺圓精初
鑠方祇始凝言天地始分也呂氏春秋曰天道圓地道方何以說天道之圓也精氣一上一下圓周復雜無所稽留故曰天
道圓何以說地道之方也萬物殊類形皆有分職不能相爲故曰地道方郭璞方言注云鑠言光明也淮南子曰清陽薄靡而爲天重濁
凝滯而爲地昭哉世族祥發慶膺祥發猶發祥也毛詩曰長發其祥慶膺猶膺慶也幽通賦曰王者膺慶於所感
祕儀景胄圖光玉繩祕其令儀而生景胄圖其容光而升玉繩也廣雅曰圖度也沈約宋書曰宋有玉繩殿昌
暉在陰柔明將進尚書曰邦乃其昌孔安國曰昌盛也周易曰坤陰物也又曰坤妻道也又曰順而麗乎大明柔進而
上行率禮蹈和稱詩納順南都賦曰率禮無違論語曰禮之用和爲貴史記曰陸賈時稱詩書毛詩曰于以采蘋又
曰于以采藻鄭玄毛詩箋曰蘋之言賓藻之言澡婦人之行尚柔順自潔清故取名以爲戒禮記曰婦順者順於舅姑和於室人而后當
於夫也爰自待年金聲夙振左氏傳曰叔姬歸于紀杜預曰至是歸者待年於父母國也孟子曰孔子之謂集大

成也者金聲而玉振亦既有行素章增絇毛詩曰女子有行遠父母兄弟論語曰子夏問曰巧笑倩兮美目盼兮素
以爲絇兮何謂也子曰繪事後素曰禮後乎馬融曰絇文貌也象服是加言觀維則毛詩曰象服是宜又曰言觀其
旂又曰柔嘉維則俾我王風始基嬪德毛詩曰覆俾我悖尚書曰釐降二女于嬀汭嬪于虞惠問川流
芳猷淵塞蔡邕袁公夫人碑曰義方之訓如川之流毛詩曰仲氏任只其心塞淵方江泳漢載謠南國
毛詩序曰文王之道被于南國江漢之域無思犯禮毛詩曰漢之廣矣不可泳思江之永矣不可方思毛萇曰方泭也伊昔不
造鴻化中微謂少帝之時陸機詩曰伊昔有皇毛詩曰閔予小子遭家不造東都賦曰鴻化惟神魯靈光殿賦曰遭漢中微
用集寶命仰陟天機謂文帝即位也尚書曰用集大命又曰無墜天之降寶命天機喻帝位也尚書考靈耀曰璿璣
玉衡以齊七政尚書爲此璣曹植秋胡行曰歌以永言大魏承天璣然璣與機同也釋位公宮登曜紫闈左氏傳子
朝曰諸侯釋位以閒王室禮記曰古者婦人先嫁三月祖廟未毀教于公宮魏明帝苦寒行曰修德平紫闈八月自懷柔欽若皇
姑允迪前徽尚書曰欽若昊天爾雅曰婦稱夫之母曰姑尚書曰允迪厥德孝達寧親敬行宗祀毛詩
曰歸寧父母毛萇曰父母在則有時歸寧毛詩序曰夫人可以奉祭祀則不失職矣進思才淑傍綜圖史毛詩序曰
關雎樂得淑女思進賢才王肅周易注曰綜理事也班婕妤自傷賦曰陳女圖以鏡鑒顧女史而問詩發音在詠動容
成紀國語伶州鳩曰詠之以中音孟子曰動容周旋中禮者盛德之至也成紀見下注壹政穆宣房樂韶理

爾雅曰宮中巷謂之壼禮記曰古者天子后立於宮以聽天下之內治方言曰穆信也儀禮曰有房中之樂鄭玄曰絃歌周南召南之詩
房中者后夫人諷誦以事君子禮記曰韶繼也如淳漢書注曰今樂家五日一習樂爲理樂也坤則順成星軒潤飾
韓詩曰淑女奉順坤德成其紀綱周易曰坤順也漢書曰軒轅黃龍體前大星女主象也德之所屆惟深必測尚書
曰惟德動天無遠弗屆卞蘭太子頌表曰道無深而不測術無細而不敷下節震騰上清朓側言后道得宜卽地安
靜而月合度也漢書李尋曰月者衆陰之長妃后之象春秋感精符曰月者陰之精地之理也國語曰幽王二年三川皆震毛詩曰百川
沸騰山冢崒崩尚書五行傳曰晦日而月見西方謂之朓朔而月見東方謂之側匿鄭玄曰朓猶條達也條達行疾貌側匿猶縮懦行遲
貌有來斯雍無思不極毛詩曰有來雍雍又曰無思不服孔安國尚書傳曰極中也謂道輔仁司
化莫晰之逝切牽秀四言詩曰乾道輔仁坤德尚沖思玄賦曰死生錯而不齊雖司命其不晰說文曰昭晰明也象物方
臻眡氏視祲告沴零細切周禮曰凡樂六變而致象物鄭玄曰象物有象在天所謂四靈也非德之和則不至也周禮曰眡
祲鄭玄曰祲陰陽氣相祲漸成祥也漢書曰氣相傷謂之沴臨莅不和意也太和既融收華委世太和謂太平也
法言曰或問太和曰其在唐虞成周也李軌曰天下太和蔡邕釋誨曰皇道惟融帝猷丕顯廣雅曰融朗也委世弃世也蘭殿長
陰椒塗弛衛嗚呼哀哉漢武故事曰帝以七月七日旦生於猗蘭殿漢書儀曰皇后稱椒房椒塗室亦取溫煖除
惡氣也戒涼在肄弋二杪秋卽穸夕國語單襄公曰火見而清風戒寒賈逵曰戒人爲寒備也儀禮曰死三日而

肂三月而葬說文曰肂瘞也楚辭曰靚杪秋之遙夜禮記曰冢宰制國用必於歲之杪左氏傳楚子曰唯是春秋窀穸之事杜預曰窀厚
也穸夜也厚夜長夜謂葬埋也窀之倫切霜夜流唱曉月升魄流唱挽歌也升魄祖載也禮記子曰氣也者神之盛
也魄也者鬼之盛也八神警引五輅遷迹甘泉賦曰八神奔而警蹕兮振殷轔而軍裝周禮曰巾車掌王后之五輅
嗷嗷儲嗣哀哀列辟嗷嗷已見上文毛詩曰哀哀父母生我劬勞灑零玉墀雨泗丹掖劉騊
駼玄根賦曰垂棘以為墀致撫存悼亡感今懷昔嗚呼哀哉沈約宋書曰哀策既奏上自益此八字以
致其意焉潘岳祭庾新婦文曰伏膺飲淚感今惟昔南背國門北首山園楚辭曰出國門而彰懷廣雅曰首向也漢
書曰後徙吏二千石之家於諸陵非獨為奉山園僕人按節服馬顧轅楚辭曰僕人慌悴散若流兮子虛賦曰按
節未舒鄭玄毛詩箋曰服中央夾轅也李陵詩曰轅馬顧悲鳴五步一彷徨遙酸紫蓋眇泣素軒傅玄乘輿馬賦
曰紫蓋漂以連翩素軒猶素車也滅綵清都夷體壽原楚辭曰造旬始觀清都漢書曰作陽陵邑張晏曰景帝作
壽陵起邑漢書音義曰天子未死呼壽原邑野淪藹戎夏悲讙京邑朝野淪其明盛戎狄華夏悲以競讙廣雅曰藹
藹盛也國語史蘇曰戎夏交捽也來芳可述往駕弗援嗚呼哀哉

齊敬皇后哀策文一首

蕭子顯齊書明帝敬劉皇后諱惠端彭城人也光祿大夫道弘女太祖高皇帝為高宗納之武帝永明七年卒

葬江乘縣張山高宗即位追尊為敬皇后高宗崩改塟祔于興安陵高宗即明帝也　謝玄暉
惟永泰元年蕭子顯齊書明帝改年為永泰其年七月帝崩東昏即位秋九月朔日敬皇后梓宮
啓自先塋將祔于某陵風俗通曰梓宮者禮天子斂以梓器宮者存時所居緣生事亡因以為名凡人呼棺亦為
宮也說文曰塋墓地禮記孔子曰魯人之祔也合之鄭玄曰祔謂合塟也其日至尊親奉奠某皇帝至尊東昏
侯寶卷鄭玄周禮注曰奠獻也饋奠明帝崩未謚故曰某乃使兼太尉某設祖于行宮禮也司馬彪續
漢書太尉公一人凡大喪則告謚南郊祖已見上文翠帟舒皐玄堂啓扉張協禊賦曰翠幕蜺連張衡吕司徒誄曰
去此寧寓歸于幽堂玄室冥冥脩夜彌長俎徹三獻筵卷六衣杜預左氏傳注曰撤去也禮祭必三獻周禮內司服
掌王后之六服褘衣褕狄闕狄鞠衣展衣褖衣哀子嗣皇帝懷蜃衛而延首想鸞輅而撫心
周禮曰遂人大喪使帥其屬以蜃車之役衛鄭玄曰蜃車柩路柩載柳四輪迫地而行有似蜃因取名焉阮瑀正欲賦曰佇延首以極視
周禮曰安車雕面鷖總子曰飾裏乃撫心高蹈列痛椒塗之先廓哀長信之莫臨椒塗已見上文應劭
漢官儀曰帝祖母為太皇太后其所居曰長信宮也身隔兩赴時無二展爾雅曰赴至也禮記顏淵謂子路曰反其
國不哭展墓而入鄭玄曰展省視也旋詔左言光敷聖善鄭玄禮記注曰旋便也漢書曰左史記言右史記事干寶
晉紀魏帝詔曰三后咸用光敷聖德毛詩曰母氏聖善我無令人其辭曰

帝唐遠冑御龍遙緒班固漢書贊曰范宣子曰祖自虞已上為陶唐氏在夏為御龍氏晉主夏盟為范氏在秦
作劉在漢開楚班固漢書贊曰范氏為晉士師魯文公世奔秦後歸于晉其處者為劉氏漢書曰楚元王交高祖同父少
弟也為楚王沈約宋書曰高祖楚元王交之後也肇惟淑聖克柔克令克柔已見上文毛詩曰令妻壽母清
漢表靈會沙麠慶韓詩曰漢有游女薛君曰遊女謂漢神謝靈運登江中孤嶼詩曰表靈物莫賞漢書元后傳元城建
公曰昔春秋沙麓崩晉史卜之曰後六百四十五年宜有聖女興其齊田乎今王翁孺徙正直其地日月當之元城東有五麓之虛即
沙麓地後八十年當有貴女興天下麠慶已見上文爰定厥祥徽音允穆毛詩曰文定厥祥又曰太姒嗣徽音則百
斯男光華沼沚榮曜中谷毛詩序曰采蘩夫人不失職也詩曰于以采蘩于沼于沚又詩序曰葛覃后妃之本也詩
曰葛之覃兮施于中谷敬始紘綖教先穜稑列女傳敬姜曰皇后親蠶玄紞公侯夫人加之以紘綖周禮曰上春
詔王后帥六宮之人出穜稑之種而獻於王睿問川流神襟蘭郁川流已見上文楊雄書曰賢女馨香芬於蘭茝
先德韜光君道方被先德謂明帝也韜光謂封西昌侯之時也廣雅曰韜藏也吳志賀劭上疏曰陛下昔韜藏神光
潛德東夏于寶晉紀文帝遺吳主書曰韜神光福德久勞于外毛詩序曰文王之道被於南國于佐求賢在謁無詖
毛詩序曰卷耳后妃之志也又當輔佐君子求賢審官內有進賢之志而無險詖私謁之心顧史弘式陳詩展義
班婕妤自傷賦曰顧女史而問詩厚下曰仁藏往伊智周易曰山附於地剝上以厚下安宅干寶晉紀揔論曰仁

以厚下易曰蓍之德圓而神卦之德方以智神以知來智以藏往十亂斯佚四教罔忒論語武王曰予有亂臣十
人孔子曰才難不其然乎唐虞之際於斯爲盛有婦人焉九人而已馬融曰其一人謂文母也禮記曰古者婦人教以婦德婦容婦言婦
功鄭玄詩箋云法度莫大於四教廣雅曰忒差也思媚諸姑貽我嬪則毛詩曰思媚周姜又曰問我諸姑又曰貽
我來牟孔安國傳曰嬪婦也毛詩序曰后妃化天下以婦道也化自公宮遠被南國公宮南國並已見上文軒
曜懷光素舒佇德光德皆謂后也言軒曜思大明以增耀素舒佇聖德而分彩也淮南子曰軒轅者帝妃之舍高誘曰
軒轅星也劉歆有曜麻楚辭曰前望舒使先驅王逸曰望舒月御也閔予不祐慈訓早違毛詩曰閔予小子周易曰
天命不祐晉中興書曰肅祖太妃荀氏薨顯宗詔曰朕少遭閔凶慈訓無稟廣雅曰違背也方年沖藐懷袖靡依
尚書曰肆予沖人弗及知左氏傳晉獻公曰以是藐諸孤毛詩曰母兮鞠我出入腹我鄭玄曰腹懷抱也家臻寶業身嗣
昌暉周易曰聖人之大寶曰位元皇后哀策文曰昌輝在陰壽宮寂遠清廟虛歸嗚呼哀哉楚辭
曰蹇將澹兮壽宮王逸曰壽宮供神之處也毛詩曰清廟祀文王也帝還明命民神胥悅謂明帝即位也毛詩曰帝
遷明德串夷載路國語祭公謀父曰至于文武事神保民莫不欣喜又王孫圉曰又能上下悅於鬼神乾景外臨陰儀
內缺周易曰乾爲君爲父禮記曰后治陰德也空悲故劍徒嗟金穴漢書曰宣帝許皇后元帝母也字平君曾
孫立爲帝平君爲婕妤是時公卿議更立皇后亦未有言上乃詔求微時故劍大臣知指白立許婕妤爲皇后范曄後漢書曰光武郭皇

后弟況為大鴻臚數賞賜金錢京師號況家為金穴璋瓚奚獻禕褕罔設嗚呼哀哉禮記曰君致齊於外

夫人致齊於內君執圭瓚祼尸大宗執璋瓚亞祼鄭玄曰大宗亞祼容夫人有故攝焉璋瓚夫人所執又周禮注曰祼謂以圭瓚酌鬱鬯

始獻尸也后於是以璋瓚酌亞祼禕褕已見上文馮相告祲宸居長往謂明帝崩也周禮曰馮相氏中士鄭玄曰

馮乘也相視也東京賦曰馮相觀祲典引曰宸居其域蔡邕曰如北辰居其所也貽厥遠圖末命是獎謂顧命令

祔也毛詩曰貽厥孫謀左氏傳欒成伯曰遠圖者忠也尚書曰道揚末命方言曰秦晉之間相勸曰獎懷豐沛之綢繆

兮背神京之弘敞豐沛喻帝鄉也漢書曰高祖沛豐邑毛詩曰綢繆東薪毛萇曰綢繆猶纏綿也風俗通曰秦政并吞

六國苞宇宙之弘敞陋蒼梧之不從兮遵鮒隅以同壤嗚呼哀哉禮記曰舜葬于蒼梧之野

蓋二妃不從山海經曰大荒之中河水之間鮒隅之山帝顓頊與九嬪葬焉陳象設於園寢兮映輿鍐亡犯

於松楸楚辭曰象設君室靜閑安漢書曰自高祖下至宣帝各自居陵傍立廟又園中各有寢蔡邕獨斷曰金鍐者馬冠也如玉

華形在馬髦前望承明而不入兮度清洛而南遊陸機洛陽記曰承明門後宮出入之門藉田賦曰清

洛濁渠繼池紼於通軌兮接龍帷於造舟禮記曰飾棺君三池鄭玄曰懸池於荒之爪端若今承霤

然又禮記曰飾棺君龍帷振容黼荒鄭玄曰荒蒙也在傍曰帷在上曰荒皆所以衣柳毛詩曰造舟為梁迴塘寂其已暮

兮東川澹而不流嗚呼哀哉南都賦曰分背迴塘呂氏春秋曰水泉東流說文曰澹水搖也籍閟宮

之遠烈兮聞纘女之遐慶毛詩閟宮曰赫赫姜嫄其德不回是生后稷降之百福又曰纘女維莘長子維行
始協德於蘋蘩兮終配祇而表命晉中興書策明穆皇后曰正位閨房以著協德之義辨亡論曰趙達
以機祥協德采蘋采蘩已見上文漢書曰天地合祭先祖配天先妣配地命爵號也慕方纏於賜衣兮哀日隆
於撫鏡東觀漢記上賜東平王蒼書曰鄉衛南宮皇太后因過按行閱視舊時衣物今以光烈皇后假結帛巾各一枚衣一篋遺
王可瞻視以慰凱風寒泉之思西京雜記曰宣帝被收繫郡邸獄臂上猶帶史良娣合綵婉轉絲繩係身毒寶鏡一枚舊傳此鏡照見妖
魅得佩之者為天神所福故宣帝從危獲濟及即大位每持此鏡感咽移辰宣帝崩後不知所在思寒泉之罔極兮
託彤管於遺詠嗚呼哀哉毛詩曰爰有寒泉在浚之下有子七人母氏勞苦又曰欲報之德昊天罔極毛詩曰
靜女其孌詒我彤管毛萇曰古者后夫人必有女史彤管之法

郭有道碑文一首幷序

蔡伯喈范曄後漢書曰蔡邕字伯喈陳留人也辟橋玄府稍遷至郎中後董卓辟邕遷尚書及卓被誅王允收邕付廷尉遂死獄中

先生諱泰字林宗太原界休人也漢書太原郡有界休縣其先出自有周王季
之穆有虢叔者寔有懿德文王咨焉左氏傳曰晉侯假道於虞以伐虢宮之奇諫曰虢亡虞必從之

公曰晉吾宗也豈害我哉對曰號叔王季之穆為文王卿士將號是滅何愛於虞毛詩曰我求懿德國語胥臣曰文王即位而咨于二號
韋昭曰咨謀也建國命氏或謂之郭即其後也左氏傳師服曰天子建國又衆仲曰天子建德因生以賜
姓胙之土而命之氏公羊傳晉獻公謂荀息曰吾欲攻郭則虞救之攻虞則郭救之如何高誘戰國策注曰郭古文號字也先生
誕應天衷聰睿明哲孝友溫恭仁篤慈惠夫其器量弘深姿度廣大
浩浩焉汪汪焉奧乎不可測已黃石公記序曰張良慮若源泉深不可測若乃砥節厲行
直道正辭孔叢子曰魯人有儀公潛者砥節厲行樂道好古仲長子昌言曰直道正辭貞亮之節貞固足以幹
事隱括足以矯時周易曰貞固足以幹事韓詩外傳曰設於隱括之中直己不直人蘧伯玉之行也孫卿子曰拘木必
將待隱括然後直劉熙孟子注曰隱度也括猶量也蒼頡篇曰矯正也遂考覽六經探綜圖緯六經五經及樂
經也圖河圖也緯六經及孝經皆有緯也周流華夏隨集帝學收文武之將墜拯微言之
未絕論語子貢曰文武之道未墜於地論語讖曰子夏六十四人共撰仲尼微言于時纓緌之徒紳佩之
士禮記曰子事父母冠緌纓鄭玄曰緌纓飾也孔安國論語注曰紳大帶也禮記曰凡帶必有佩玉望形表而影附
聆嘉聲而響和者楊雄覈靈賦曰支附葉從表立景隨莊子曰大人之教若形之於影聲之於響也猶百川
之歸巨海鱗介之宗龜龍也尚書大傳曰百川趍於東海曾子曰介蟲之精者曰龜鱗蟲之精者曰龍爾

乃潛隱衡門收朋勤誨毛萇詩傳曰衡門橫木爲門言淺陋也論語子曰誨人不倦何有於我哉童蒙賴焉用祛其蔽周易曰匪我求童蒙祛猶去也州郡聞德虛己備禮莫之能致漢書李尋傳曰王根輔政數虛己問尋羣公休之遂辟司徒掾又舉有道皆以疾辭辟猶召也將蹈鴻涯之遐迹紹巢許之絕軌西京賦曰洪涯立而指麾神仙傳曰衛叔卿與數人博其子度曰向與博者爲誰叔卿曰是洪涯先生皇甫謐逸士傳曰巢父者堯時隱人也及堯之讓位于許由也由以告巢父焉巢父責由曰汝何不隱汝光何故見若身也翔區外以舒翼超天衢以高峙李陵書曰策名於天衢稟命不融享年四十有二毛萇詩傳曰融長也以建寧二年正月乙亥卒范曄後漢書曰建寧靈帝年號也凡我四方同好之人永懷哀悼靡所寘念毛詩曰終其永懷毛萇詩傳曰寘置也乃相與惟先生之德以謀不朽之事左氏傳穆叔曰太上有立德此之謂不朽僉以爲先民既沒而德音猶存者亦賴之於見述也毛詩曰先民有作又曰德音不忘令其如何而闕斯禮於是樹碑表墓昭銘景行毛詩曰高山仰止景行行止俾芳烈奮于百世令問顯於無窮典引曰扇遺風播芳烈孟子曰聞伯夷之風者貪夫廉懦夫有立志奮乎百世之上百世之下莫不興起毛詩曰顯顯令問其辭曰

於休先生，明德通玄（言其明德而通於玄。廣雅曰：玄，道也），純懿淑靈，受之自天（毛詩曰：有命自天）。崇壯幽浚，如山如淵（家語：齊大夫子與適魯，見孔子，曰：乃今而後知泰山之為高，海淵之為大）。禮樂是悅，詩書是敦（左氏傳曰：晉謀元帥，趙衰曰：郤縠可臣，亟聞其言矣，悅禮樂而敦詩書，君其試之）。匪惟摭華，乃尋厥根（法言：或曰：亦有疾乎？曰：摭我華而不食我實）。宮牆重仞，允得其門（論語：子貢謂叔孫武叔曰：夫子之牆數仞，不得其門而入，不見宗廟之美，百官之富。得其門者或寡矣）。懿乎其純，確乎其操（周易曰：龍德而隱者也，確乎其不可拔，潛龍也）。洋洋搢紳，言觀其高（音告。封禪書曰：因雜搢紳先生之略術）。棲遲泌丘，善誘能教（毛詩曰：衡門之下，可以棲遲。泌之洋洋，可以療飢。論語：顏淵曰：夫子循循然善誘人）。赫赫三事，幾行其招（毛詩曰：三事大夫，莫肯夙夜。招猶召也）。委辭召貢，保此清妙（言有召貢者，委弃而辭之。范曄後漢書曰：司徒黃瓊辟泰，太常趙典舉泰有道，並不應召。或為台）。降年不永，民斯悲悼（尚書：祖乙曰：降年有永有不永）。爰勒兹銘，摛其光耀（韋昭漢書注曰：摛，布也）。嗟爾來世，是則是效（尚書曰：予恐來世。班固刑法志述曰：五刑之作，是則是效）。

陳太丘碑文一首 并序

蔡伯喈

先生諱寔，字仲弓，潁川許人也（范曄後漢書曰：寔，潁川許人。漢書：潁川郡有許縣。魏志曰：文帝黃初二年

改許縣爲許昌縣然蔡邕之時惟有許縣或云許昌非也含元精之和應期運之數易通卦驗曰大皇之先與

耀含元精論衡曰天稟元氣人受元精孟子謂充虞曰五百年必有王者興其間必有名世者由周而來七百有餘歲矣當今之世舍我

而誰兼資九德摠脩百行尚書皐陶曰都亦行有九德禹曰何皐陶曰寬而栗柔而立愿而恭亂而敬擾而毅直而

温簡而廉剛而塞强而義孔臧與從弟書曰學者所以飾百行也於鄉黨則恂恂焉彬彬焉善誘善

導仁而愛人論語曰孔子於鄉黨恂恂如也又曰文質彬彬然後君子善誘已見上文論語曰樊遲問仁子曰愛人使

夫少長咸安懷之論語曰老者安之少者懷之其爲道也用行舍藏進退可度論語

子謂顏淵曰用之則行舍之則藏孝經曰進退可度不徼訐以干時不遷貳以臨下論語子貢曰惡徼以

爲智者惡訐以爲直者又哀公問弟子孰爲好學孔子對曰有顏回者好學不遷怒不貳過四爲郡功曹五辟豫

州六辟三府再辟大將軍宰聞喜半歲太上一年德務中庸教敦不

肅論語子曰中庸之爲德其至矣乎民鮮久矣孝經子曰其教不肅而成政以禮成化行有謐左氏傳晉郤至

謂子反曰政以禮成民是以息爾雅曰謐靜也會遭黨事禁固二十年樂天知命澹然自逸

周易曰樂天知命故不憂莊子曰澹然無極衆美從之此天地之道聖人之德也毛詩曰我不敢傚我友自逸交不諂上愛

不瀆下周易曰君子上交不諂下交不瀆見機而作不俟終日周易曰君子見機而作不俟終日及

文書赦宥時年已七十遂隱巨山懸車告老漢書曰薛廣德乞骸骨賜安車駟馬懸其車傳子孫左氏傳曰晉韓獻子告老杜預曰告老致仕者也四門備禮閑心靜居尚書曰賓于四門四門穆穆大將軍何公司徒袁公范曄後漢書大將軍何進司徒袁隗遣人敦寔欲特授以不次之位寔謝使者前後招辟使人曉喻云欲特表便可入踐常伯超補三事應劭漢官儀曰侍中周官號曰常伯選於諸伯言其道德可常尊也環濟要略曰侍中古官或曰風后爲黃帝侍中周時號曰常伯秦始復故三事已見上文紆佩金紫光國垂勳漢書曰大司徒大司馬大司空皆金印紫綬先生曰絕望已久飾巾待期而已皆遂不至列子林類曰吾老無妻子死期將至弘農楊公東海陳公范曄後漢書曰太尉楊賜司徒陳耽每拜公卿羣寮畢賀賜等常歎寔大位未登愧於先之也每在袞職羣寮賀之袞職謂三公也周禮曰三公自袞冕而下皆舉手曰潁川陳君絕世超倫大位未躋方言曰躋登也慙於臧文竊位之負論語曰臧文仲其竊位者歟知柳下惠之賢而不與立也故時人高其德重乎公相之位也年八十有三中平三年范曄後漢書中平靈帝年號也八月丙午遭疾而終臨沒顧命留葬所卒孔安國尚書傳曰臨終之命曰顧命時服素棺槨財周櫬喪事惟約用過乎儉周易曰用過乎儉羣公百寮莫不咨嗟嚴歎知名失聲揮涕禮記曰內人行

哭失聲家語曰公父文伯卒敬姜曰無揮涕王肅曰揮涕涕流以手揮之也大將軍弔祠錫以嘉謚范曄後漢
書曰何進遣使弔祭曰徵士陳君稟嶽瀆之精苞靈曜之純孝經援神契曰五嶽之精雄聖四瀆
之精仁明又鉤命決曰五嶽吐精宋均曰吐精生聖人也靈曜謂天也尚書緯有考靈曜天不憖遺老俾屏我王
左氏傳孔丘卒公誄之曰旻天不弔不憖遺一老俾屏予一人以在位梁崩哲萎于時靡憲禮記曰孔子早作負
手曳杖逍遙於門歌曰泰山其頹乎梁木其壞乎搢紳儒林論德謀跡謚曰文範先生漢書有儒
林傳傳曰郁郁乎文哉論語文也書曰洪範九疇彝倫攸敘尚書箕子謂武王曰天乃錫禹
洪範九疇彝倫攸敘文為德表範為士則存誨沒號不亦宜乎三公遣令史祭
以中牢刺史敬弔太守南陽曹府君命官作誄曰赫矣陳君命世是
生廣雅曰命名也李陵書曰信命世之才含光醇德為士作程孔安國尚書傳曰醇粹也毛萇詩傳曰程法也
資始既正守終又令周易曰萬物資始史記祭公謀父曰犬戎率舊德而守終純固奉禮終沒休矣
清聲遺官屬掾吏前後赴會刊石作銘府丞與比縣會葬荀慈明韓
元長等五百餘人范曄後漢書曰荀爽字慈明獻帝拜為司空又曰韓融字元長獻帝初官至太僕緦麻設
位哀以送之喪服傳曰緦麻十五升布鄭玄曰謂之緦者縷細如絲也音思孝經曰哀以送之遠近會葬千

人已上河南尹种府君臨郡謝承後漢書曰劉翊潁川人河南尹种拂嘗來臨郡翊爲主簿迎之到官深敬待之然种府君卽拂也追歎功德述錄高行以爲遠近鮮能及之重直用部大掾以時成銘斯可謂存榮沒哀死而不朽者已論語子貢曰夫子其生也榮其死也哀不朽已見上文乃作銘曰

峩峩崇嶽吐符降神上林賦曰南山峩峩毛詩曰維嶽降神生甫及申於皇先生抱寶懷珍如何昊穹既喪斯文論語子曰文王既沒文不在茲乎天之將喪斯文也後死者不得與於斯文也微言圮絕來者曷聞微言已見上文幽通賦曰將圮絕而罔階論語曰焉知來者之不如今也交交黃鳥爰集于棘毛詩國風文喻仕於亂時也命不可贖哀何有極毛詩曰如可贖兮人百其身

褚淵碑文一首幷序

王仲寶蕭子顯齊書曰王儉字仲寶琅邪人幼專心篤學手不釋卷爲中書監薨

夫太上有立德其次有立功此之謂不朽左氏傳曰穆叔如晉范宣子逆之問焉曰古人有言曰死而不朽何謂也穆叔對曰豹聞之太上有立德其次有立功其次有立言雖久不廢此之謂不朽也所以子產云亡宣尼泣其遺愛左氏傳曰子產卒仲尼聞之出涕曰古之遺愛也毛詩曰人之云亡隨武既沒趙文懷

其餘風於文簡公見之矣禮記曰趙文子與叔譽觀乎九原文子曰死者如可作也吾誰與歸叔譽曰其陽處父乎文子曰我則隨武子乎利君不忘其身謀身不遺其友鄭玄曰武子士會也食邑於隨蔡邕郭林宗碑曰先生既沒魏志太祖曰孤到此州嘉其餘風也公諱淵字彥回河南陽翟人也微子以至仁開基宋段以功高命氏史記曰微子開者殷帝乙之首子紂之庶兄武王崩成王幼武庚作亂成王命誅武庚乃命微子開代殷國於宋微子以故而仁賢及代武庚故殷餘民甚欣戴之而愛焉左氏傳曰魯季武子如宋褚師段逆之杜預曰段共公子子石也褚師官也命氏已見上文爰逮兩漢儒雅繼及漢書曰褚大通五經為博士謝承後漢書曰褚禧字叔齊陳留尉氏人博聞廣見聽明智達也魏晉以降弈世重暉乃祖太傅元穆公魏代氏褚未聞晉中興書曰褚裒字季野侍中衛將軍薨贈太傅元穆侯德合當時行比州壤魏書曰陳寔德冠當時莊子曰行比一鄉深識臧否不以毀譽形言王命論曰淵然深識毛詩曰於乎小子未知臧否論語曰吾之於人誰毀誰譽如有所譽者其有所試矣毛詩序曰情動於中而形於言亮采王室每懷冲虛之道尚書曰亮采惠疇老子曰大滿若冲字林曰冲猶虛也可謂婉而成章志而晦者矣左氏傳君子曰春秋之稱微而顯志而晦婉而成章自茲厥後無替前規建官惟賢軒冕相襲尚書曰建官惟賢管子曰先王制軒冕足以著貴賤劉歆移太常博士曰聖帝明王累起相襲公稟川嶽之靈暉含珪璋而挺曜川嶽之靈已見上文禮記曰珪璋特達廣雅曰挺出

也和順內凝英華外發禮記曰和順積中而英華外發神茂初學業隆弱冠弱冠已見上文
是以仁經義緯敦穆於閨庭張叶白鳩頌曰經仁緯義王隱晉書曰汜勝之穆敦九族蔡邕何休碑曰孝友
盡於閨庭金聲玉振寥亮於區寓金聲玉振已見上文鄭玄禮記注曰振猶動也東京賦曰區寓乂寧孝敬
淳深率由斯至毛詩序曰成孝敬袁宏竹林名士傳曰山濤淳深慎嘿尚書曰率由典常盡歡朝夕人無
間言禮記孔子曰啜菽飲水盡其歡斯之謂孝論語子曰孝哉閔子騫人不間於其父母昆弟之言逍遙乎文雅之
圃翺翔乎禮樂之場劇秦美新曰逍遙乎文雅之圃翺翔乎禮樂之場風儀與秋月齊明音
徽與春雲等潤音徽即徽音也毛詩曰太姒嗣徽音韻宇弘深喜慍莫見其際晉中興書曰衛
玠終身不見其慍喜袁宏竹林名士傳曰山濤莫見其際心明通亮用人言必由於己王命論曰見善如不
及用人如用己汪汪焉洋洋焉可謂澄之不清撓之不濁范曄後漢書曰郭林宗少遊汝南先
過袁宏不宿而退往從黃憲累日方還或問林宗林宗曰奉高之器譬諸汎濫雖清而易挹叔度汪汪若萬頃之陂澄之不清撓之不濁
不可量也袁陽源才氣高奇綜覈精裁沈約宋書曰袁淑字陽源少有風氣遷尚書吏部郎臧榮緒晉書曰
呂安才氣高奇又曰荀顗綜覈名實風俗澄一范曄後漢書左朱雩曰范滂精裁猶以利刃斷腐朽宋文帝端明臨朝
鑒賞無昧鶡冠子曰所謂命者靡不在君也君也者端神明者也神明者以人為本者也班固成帝贊曰臨朝淵默袁既

延譽於遐邇文亦定婚於皇家國語曰使張老延君譽于四方蔡邕述行賦曰皇家赫而天居選尚餘姚公主拜駙馬都尉蕭子顯齊書曰淵少有世譽復尚公主漢結叔高晉姻武子方斯蔑如也三輔決錄曰平陵竇叔高以經術稱摯虞曰叔高名玄以明經爲郡上計吏朝會數百人叔高儀狀絕衆天子異其貌以公主妻之出朝同輩嘲笑焉叔高時以有妻不敢以聞方欲迎妻與決未發而詔叔高就第成婚王隱晉書曰王武子少知名有俊才尚武帝姊常山公主毛萇詩傳曰蔑無也釋褐著作佐郎轉太子舍人濯纓登朝冠冕當世楚辭曰滄浪之水清可以濯我纓晉中興書庾冰疏曰臣因循家寵冠冕當世升降兩宮實惟時寶陸機謝內史表曰官成兩宮尚書曰所寶惟賢具瞻之範既著台衡之望斯集毛詩曰赫赫師尹民具爾瞻春秋漢含孳曰三公在天法三能台與能同毛詩曰實惟阿衡左右商王出參太宰軍事入爲太子洗馬俄遷秘書丞贊道槐庭司文天閣周禮曰面三槐三公位焉晉令曰秘書郎掌三閣經書三輔故事曰天祿閣在大殿北以藏秘書光昭諸侯風流籍甚韓詩外傳曰爲人君者則願以爲臣名昭諸侯天下願焉習鑿齒晉陽秋曰王夷甫樂廣俱宅心事外言風流者稱王樂焉漢書曰陸賈遊漢庭公卿間名聲籍甚以父憂去職蕭子顯齊書曰淵父湛之驃騎將軍喪過乎哀幾將毀滅周易曰喪過乎哀孝經曰毀不滅性有識留感行路傷情桓譚新論雍門周說孟嘗君曰有識之士莫不爲足下寒心酸鼻論衡曰行路之人皆能論之家語曰子游見行路之人云魯

司鐸火服闋除中書侍郎鄭玄禮記目闋終也王言如絲其出如綸禮記曰王言如絲其出如
綸恪居官次智効惟穆左氏傳曰閔子騫曰敬恭朝夕恪居官次莊子曰智効一官于時新安王
寵冠列蕃越敷邦教毗佐之選妙盡國華沈約宋書曰始平孝敬王子鸞字孝羽孝武帝第八
子也初封新安王母殷叔儀寵傾後宮子鸞愛冠諸子凡爲上所盼遇者莫不入子鸞府國子鸞兼司徒進號撫軍將軍尚書曰司徒掌
邦教敷五典國語季文子曰吾以德榮爲國華韋昭曰以德榮顯者可以爲國之光華也出爲司徒右長史轉尚
書吏部郎執銓以平韋昭漢書注曰銓稱錘聲類曰銓所以稱物晉起居注曰太康四年詔曰選曹銓管人材御
煩以簡裴楷清通王戎簡要復存於茲臧榮緒晉書曰裴楷字叔則河東人也爲尚書郎吏部郎
闕太祖問其人於鍾會會曰裴楷清通王戎簡要皆其選也是以楷爲吏部郎泰始之初入爲侍中裴子野宋略曰
壽寂之前刃少帝延湘東王升御坐立爲明帝又曰明皇帝年號泰始會不移朔還吏部尚書是時天
步初夷王途尚阻天步初夷謂弒少帝也裴子野宋略曰江州刺史晉安王子勛作亂蕭子顯齊書曰建安王休仁南
討賊屯鵲尾洲遣淵詣軍選將帥以下勳階毛詩曰天步艱難蔡邕劉寬碑曰統艾三軍以清王塗荅賓戲曰王途蕪穢周失其馭元
戎啓行衣冠未緝元戎啓行謂建安出征也毛詩曰元戎十乘以先啓行衣冠謂朝士也范曄後漢書霍諝奏記曰宋
光衣冠子孫爾雅曰緝和也緝與輯同內贊謀謨外康流品東觀漢記世祖策曰前將軍鄧禹與朕謀謨帷幄李

重集曰爲選部尚書其箴曰銓管人流品藻清濁制勝既遠涇渭斯明孫子兵法曰水因地而制行兵因敵而制勝孫綽子曰或問雅俗曰涇渭殊流雅鄭異調賞不失勞舉無失德左氏傳隨武子曰楚君舉不失德賞不失勞績簡帝心聲敷物聽崔駰武賦曰假皇天乎簡帝心尚書大傳曰文王施政而物皆聽事寧領太子右衛率固讓不拜尋領驍騎將軍以帷幄之功膺庸祇之秩帷幄已見上文尚書王曰惟乃文考庸庸祇祇威威顯民孔安國曰用可用敬可敬封雩都縣開國伯食邑五百戶漢書有豫章郡雩都縣既秉辭梁之分又懷寢丘之志國語曰惠王以梁予魯陽文子辭曰梁險而在遠懼子孫之有貳者縱臣而得全其首領以沒懼子孫之以梁乏臣之祀也乃與魯陽賈逵曰惠王楚昭王子梁楚北境魯陽文子楚平王之孫司馬子期之子魯陽公列子曰孫叔敖疾將死戒其子曰王亟封我矣吾不受也我死王則封汝汝必無受利地楚越之間有寢丘者此地不利而名甚惡楚人鬼之越人機之可長有者惟此也孫叔敖死王果以美地封其子辭而不受請寢丘與之至今不失所受田邑不盈百井周禮曰畝百爲夫夫三爲屋屋三爲井漢書曰井方一里久之重爲侍中領右衛將軍盡規獻替均山甫之庸國語召康公曰天子聽政近臣盡規又史黯謂趙簡子曰夫事君者諫過而後賞善薦可而替否獻能而進賢毛詩曰袞職有闕惟仲山甫補之緝熙王旅兼方叔之望毛詩曰維清緝熙文王之典又曰王旅嘽嘽如飛如翰又曰方叔蒞止其車三千丹陽京輔遠近攸則漢書曰右內史武帝更名京兆

尹左內史更名左馮翊主爵中都尉更名右扶風是爲三輔又百官表有京輔都尉毛詩曰商邑翼翼四方之極鄭玄曰商邑之禮俗翼
翼然可則效乃四方之中正也吳興襟帶實惟股肱李尤函谷關銘曰襟帶咽喉漢書曰季布爲河東守上召布
曰河東吾股肱郡故時召君耳頻作二守並加蟬冕蕭子顯齊書曰尋遷散騎常侍丹陽尹出爲吳興太守常侍如
故蔡邕獨斷曰侍中中常侍加貂附蟬政以禮成民是以息左氏傳郤至之辭已見上文明皇不豫
儲后幼沖沈約宋書曰太宗明皇帝諱彧又曰後廢帝昱字德融明帝長子也泰始七年立爲皇太子太宗崩太子卽位尚書
曰武王有疾弗豫謝承後漢書曰孝靈帝崩皇太子卽位主上幼沖貽厥之寄允屬時望毛詩曰貽厥孫謀以燕翼
子徵爲吏部尚書領衛尉固讓不拜改授尚書右僕射端流平衡外
寬內直賈子曰視有四則朝廷之視端流平衡韓詩外傳曰外寬內直蘧伯玉之行也弘二八之高謩宣由
庚而垂詠二八元八愷也毛詩序曰由庚萬物得由其道也太宗卽世遺命以公爲散騎常
侍中書令護軍將軍送往事居忠貞允亮太宗明帝左傳荀息謂晉獻公曰公家之利知無不
爲忠也送往事居耦俱無猜貞也秉國之均四方是維毛詩小雅文也百官象物而動軍政
不戒而備左氏傳曰隨武子曰蔿敖爲太宰百官象物而動軍政不戒而備公之登太階而尹天下
君子以爲美談孔融張儉碑曰惜乎不登太階以尹天下致皇代於隆熙公羊傳曰魯人至今以爲美談亦猶孟

軻致欣於樂正羊職悅賞於士伯者也孟軻曰魯欲使樂正子爲政孟子喜而不寐公孫丑曰奚
喜曰其爲人也好善劉熙曰樂正姓也子通稱也名克左氏傳曰晉侯賞桓子狄臣千室亦賞士伯以瓜衍之縣羊舌職悅之以爲當也
丁所生母憂謝職毀疾之重因心則至蕭子顯齊書曰淵遭庶母郭氏喪葬畢起爲中軍將軍本
官如故毛詩曰因心則友朝議以有爲爲之魯侯垂式禮記子夏問曰三年之喪卒哭金革之事無避也禮
歟孔子曰吾聞諸老聃曰昔有魯伯禽有爲爲之今以三年之喪從利者吾弗知也存公忘私方進明準漢書曰翟
方進字子威汝南人也爲丞相及母既終葬三十六日除服起視事以爲身備漢相不敢踰國家之制也爰降詔書敦還
攝任固請移歲表奏相望事不我與屈己弘化沈約宋書曰褚淵以母憂去職詔攝本任
爾雅曰敦勉也嵇康幽憤詩曰時不我與荀悅申鑒曰聖王屈己以申天下之樂尚書曰三孤貳公弘化屬值三季在辰
戚蕃內侮國語郭偃曰三季王之亡也宜哉韋昭曰三季桀紂幽王也潘元茂九錫文曰稱兵內侮桂陽失圖窺
窬神器沈約宋書曰桂陽王休範文帝子也封爲桂陽王後爲江州刺史及太宗晏駕王幼時屯遂舉兵反休範已至新林朝廷
震動平南將軍齊王出次新亭中軍將軍褚淵入衞殿省休範自於新林步上越騎校尉張苟兒直前斬休範首持還休範自新林分遣
同黨杜墨蠡等直入朱雀門休範雖死不相知聞墨蠡至杜姥宅宮省怖擾於是城內分遣諸軍東西奮擊諸賊一時奔散斬墨蠡等劉
琨勸進表曰狡寇窺窬左氏傳師服曰民服其上下無覬覦杜預曰下不冀望上位也窬與覦同鼓棹則滄波振蕩

建旗則日月蔽虧湛方生詩曰鼓棹行遊矚吳都賦曰振蕩汪流曹子建責躬詩曰建旗東岳子虛賦曰岑崟參差日
月蔽虧出江派而風翔入京師而雷動典引曰仁風翔于海表曹植任城王誄曰矯矯元戎雷動雲徂
楚辭曰雷動電發鳴控弦於宗稷流鋒鏃於象魏班固漢書李廣述曰控弦貫石威動北鄰宗宗社也
蔡邕獨斷曰天子立宗社曰泰社稷宗社之稷周禮曰太宰縣治象之法于象魏五等論曰鋒鏑流乎絳闕雖英宰臨戎
元渠時殄英宰謂齊王也元渠謂休範也晉中興書穆帝詔曰實賴英宰淵謀尚書曰殲厥渠魁而餘黨寔繁
宮廟憂逼餘黨謂杜墨蠡也公乃揔熊羆之士不貳心之臣尚書曰先君文武則亦有熊羆
之士不貳心之臣戮力盡規克寧禍亂國語曰戮力一心賈逵曰戮力并力也盡規已見上文康國祚
於綴旒拯王維於已墜公羊傳曰君若贅旒然贅猶綴也何休曰旒旗旒也誠由太祖之威風
抑亦仁公之翼佐太祖齊王也可謂德刑詳禮義信戰之器也左氏傳曰楚子救鄭
軍過申子反入見申叔時曰師其何如對曰德刑詳禮義信戰之器也杜預曰器猶用也以靜難之功進爵為侯
兼授尚書令中軍將軍給班劍二十人功成弗有固秉撝挹老子曰功成而
弗居周易曰無不利撝謙韓詩外傳曰孔子曰持滿之道挹而損之晉起居注安帝詔曰灑落成勳固秉謙挹改授侍中中
書監護軍如故又以居母艱去官蕭子顯齊書曰淵後嫡母吳郡公主薨毀瘠如初雖事緣

義感而情均天屬莊子曰桑雩謂孔子曰子獨不聞假人之亡與林回弃千金之璧負赤子而趨何與林回曰彼以利
合此以天屬者也司馬彪曰假國名也屬連也顏丁之合禮二連之善喪亦曷以踰禮記曰顏丁善
居喪始死皇皇焉如有求而弗得及殯望望焉如有從而弗及鄭玄曰顏丁魯人也居喪合禮禮記孔子曰少連大連善居喪三日不怠
三月不解天厭宋德水運告謝左氏傳鄭伯曰天而既厭周德矣水運宋也射雉賦曰青陽告謝王逸楚辭注曰謝
去也嗣王荒怠於天位沈約宋書曰後廢帝明帝長子諱昱卽位淫亂尚書曰商王受荒怠弗敬又伊尹曰天位艱哉
彊臣憑陵於荊楚沈約宋書曰荊州刺史沈攸之便有異志左氏傳鄭王子伯駢曰今楚憑陵我城郭廢昏繼
統之功龕亂寧民之德廢昏謂廢帝爲蒼梧王也繼統謂立順帝也蕭子顯齊書曰蒼梧暴虐稍甚及廢羣公集
議袁粲劉秉既不受淵曰非蕭公無以了此手取筆授太祖太祖曰相與不肯我安得辭事乃定順帝立檄太常曰繼統揚業墨子曰夏
桀時天乃命湯於鑣宮有神來告曰夏德大亂往攻之予必使汝大戡之崔寔正論曰及其出也足以濟世寧民也公實仰贊
宏規參聞神筭潘岳賈充誄曰使夫疑廟定於神筭雖無受脤出車之庸亦有甘寢秉
羽之續左氏傳劉子曰國之大事在祀與戎祀有執膰戎有受脤毛詩曰我出我車于彼牧矣莊子仲尼謂楚王曰孫叔敖甘寢
秉羽而郢人投兵慎子注曰甘寢安寢也乃作司空山川攸序禮記曰司空執度度地居民山川沮澤也兼授
衛軍戎政緝睦牽秀皇甫陶碑曰帝命既允戎政以閑左氏傳隨武子曰楚卒乘緝睦事不奸矣既而齊德

龍興順皇高禪沈約宋書曰順帝諱準字仲謀明帝第三子廢帝殞奉迎入居朝堂即位後四年禪位于齊帝遜位于東邸孔安國尚書序曰漢室龍興深達先天之運匡贊奉時之業周易曰大人者與天地合其德先天而天弗違後天而奉天時弼諧允正徽猷弘遠尚書曰允迪厥德謨明弼諧毛詩曰君子有徽猷小人與屬樹之風聲著之話言左氏傳君子曰古之王者並建聖哲樹之風聲著之話言亦猶稷契之臣虞夏荀裴之奉魏晉魏志曰太祖封荀攸亭侯轉爲中軍師魏國初建爲尚書令臧榮緒晉書曰裴秀字季彥河東人也常道鄉公立與議定策遷尚書僕射及世祖受禪進左光祿大夫自非坦懷至公永鑒崇替國語藍尹亹謂子西曰吾聞君子惟獨居思念前世之崇替於是乎有歎韋昭曰崇終也替廢也孰能光輔五君寅亮二代者哉左氏傳曰楚屈建語康王晉范會之德康王曰神人無怨宜夫子之光輔五君以爲諸侯主也五君宋文明順齊高武然此武猶未立蓋終言之寅亮已見班孟堅封燕然山銘大啟南康爰登中鉉時膺土宇固辭邦教蕭子顯齊書曰建元元年進位司徒侍中中書監如故改封南康郡公邑三千戶淵固讓司徒毛詩曰大啟爾宇毛萇曰宇居也東京賦曰廣啟土宇周易曰鼎金鉉鄭玄曰金鉉喻明道能舉君之官職也鄭玄尚書注曰鼎三公象也今之尚書令古之冢宰蕭子顯齊書曰淵尋加尚書令本官如故周禮曰乃立天官冢宰而掌邦治鄭玄曰爾雅曰冢大也冢宰大宰雖秩輕於衮司而任隆於百辟衮司三公也毛詩曰百辟其刑之暫遂沖旨改授朝端晉起居注曰帝詔曰若不

少順沖旨降損盛制晉中興書謝石上疏曰尸素朝端忽焉五載邇無異言遠無異望劉琨勸進表曰是以邇無異言遠無異望帝嘉茂庸重申前冊執五禮以正民簡八刑而罕用蕭子顯齊書曰二年重申前命爲司徒周禮曰掌邦禮以佐王和邦國鄭玄曰禮謂典禮五吉凶軍賓嘉也孔安國尚書傳曰簡略也周禮大司徒職曰以八刑糾萬民一曰不孝之刑二曰不義之刑三曰不婣之刑四曰不悌之刑五曰不任之刑六曰不恤之刑七曰造言之刑八曰亂民之刑婣音因故能騁績康衢延慈哲后登樓賦曰假高衢而騁力鄧耽郊祀賦曰伊皇母以延慈義在資敬情同布衣孝經曰資於事父以事君而敬同晉中興書庾亮上疏曰先帝謬顧情同布衣出陪鑾蹕入奉帷殿仰南風之高詠餐東野之祕寶家語曰舜彈五絃之琴造南風之詩王隱晉書庾峻曰知足如蹠廣雖去列位而居東野東野未詳又曰雒書零準聽曰顧命云天球河圖在東序天球寶器也河圖本紀圖帝王終始存亡之期典引曰御東序之祕寶然野當爲杼古序字也以是圖緯故曰餐餐美也雅議於聽政之晨披文於宴私之夕禮記曰君日出視朝退適路寢聽政王廙思逸民賦曰左參以披文以講話講六藝之宏敷毛詩曰諸父兄弟備言燕私酒德間以琴心晉書劉伶有酒德頌列仙傳曰涓子作琴心三篇曖有餘暉遙然留想曖溫貌莊子曰曖然似春遙然流想所慮者深也君垂冬日之溫臣盡秋霜之戒言君垂恩有如冬日而臣戒懼凜若秋霜鄧析子曰爲君者若冬日之陽夏日之陰荀悅申鑒曰主怒如秋霜肅肅焉穆穆焉爾雅曰穆穆肅肅敬也

於是見君親之同致知在三之如一國語武公伐翼殺哀侯止欒共子曰苟無死吾以見之令子爲上卿辭曰成聞之人生於三事之如一父生之師教之君食之非食不長非教不智生之族也故一事之惟其所在則致死矣太祖升遐綢繆遺寄蕭子顯齊書曰太祖崩遺詔以淵錄尚書事禮記曰天子崩告喪曰天王登遐西征賦曰武皇忽其升遐以侍中司徒錄尚書事稟玉几之顧奉綴衣之禮尚書顧命曰皇后憑玉几道揚末命又曰出綴衣于庭越翼日王崩擇皇齊之令典致聲化於雍熙左氏傳隨武子曰蔿敖爲太宰擇楚國之令典東京賦曰上下共其雍熙內平外成實昭舊職左氏傳太史克曰舜舉八元布五教於四方內平外成又展禽曰桓公糾合諸侯實昭舊職增給班劍三十人晉公卿禮秩曰諸公給虎賁三十人持劍焉物有其容徽章斯允左氏傳膳夫屠蒯曰事有其物物有其容禮記曰殊徽號鄭玄曰徽旌旗之名也又曰以爲旗章以別貴賤鄭玄曰章幟也位尊而禮卑居高而思降自夏徂秋以疾陳退朝廷重違謙光之旨用申超世之尚周易曰謙尊而光卑而不可踰晉起居注安帝詔曰今權順所請以申超世之美改授司空領驃騎大將軍侍中錄尚書如故蕭子顯齊書曰淵寢疾上相星連有變淵憂之表遜位乃改受司空領驃騎將軍侍中錄尚書如故景命不永大漸彌留蔡邕楊公誄曰功成化洽景命有傾尚書曰降年有永有不永又曰疾大漸惟幾病日臻既彌留建元四年八月二十一日薨于私第春秋四

十有八昔柳莊疾棘衛君當祭而輟禮禮記曰衛有太史曰柳莊寢疾公曰若疾革雖當祭必告也公再拜稽首請於尸曰臣有柳莊也非寡人之臣社稷之臣聞之死請往不釋服而往遂以襚之晏嬰既往齊君趍車而行哭晏子曰齊景公遊於菑聞晏子死公繁驅而馳自以為遲下車而趍知不如車之駃則又乘之比至國四下而趍至則伏尸而哭曰百姓誰復告我惡邪韓詩外傳曰趍車馳馬也公之云亡聖朝震悼於上羣后恇臣動於下鄭玄禮記注曰恇恐也豈唯哀纏一國痛深一主而已哉言萬國同感豈如柳莊晏嬰事止一國一主而已哉李蕭遠運命論曰區區於一主歎息於一朝追贈太宰侍中錄尚書如故給節羽葆鼓吹班劍為六十人諡曰文簡禮也夫乘德而處萬物不能害其貞莊子曰夫乘道德而浮遊則不然無譽無訾浮遊乎萬物之祖物物而不物於物則胡可得而累邪虛己以遊當世不能擾其度莊子曰方舟而濟於河有虛船來觸舟雖有褊心之人不能怒人虛己以遊於世其孰能害之均貴賤於條風忘榮辱於彼我淮南子曰夫貴賤之於身也猶條風之時麗也毀譽之於己猶蚊虻之一過也莊子肩吾問於孫叔敖曰子三為令尹而不榮華三去之而無憂色何也孫叔敖曰不知其在彼乎其在我乎其在彼邪亡乎我其在我邪亡乎彼何暇至乎人貴人賤哉然後可兼善天下聊以卒歲孟子曰古之人窮則獨善其身達則兼善天下者也家語孔子歌曰優哉游哉聊以卒歲經始圖終式免祗悔潘岳家風詩曰經始復圖終葺宇營丘園周易

曰無祗悔誰云克備公實有焉是以義結君子惠霑庶類國語曰夏禹能平水土以品處
庶類者也言象所未形述詠所不盡謝慶緒荅郄敬書曰至理深玄非言象所喻也故吏某甲等
感逝川之無捨哀清暉之眇默論語子在川上曰逝者如斯夫不捨晝夜傅咸贈何劭王濟詩曰二離揚
清暉眇默遠貌也楚辭曰路眇眇兮默默餐輿誦於上里瞻雅詠於京國左氏傳曰子產爲政輿人誦之
曰子產若死其誰嗣之思衞鼎之垂文想晉鍾之遺則禮記衞孔悝鼎銘曰公曰叔舅予與汝銘若纂
乃考服國語晉悼公曰昔克路之役秦來圖敗晉功魏顆以其身却退秦師于輔氏親止杜回其勳銘于景鍾韋昭曰景鍾景公鍾也
方高山而仰止刊玄石以表德其辭曰毛詩曰高山仰止禰衡顏子碑曰乃刊玄石而旌之
辰精感運昴靈發祥爾雅曰大辰房心尾也王逸楚辭注曰辰星房星也春秋元命苞曰殷紂之時五星聚房房者蒼
神之精同據而興齊水德故曰辰精春秋佐助期曰漢將蕭何昴星精生於豐通於制度發祥已見上文元首惟明股肱
惟良言君感辰精而王故曰惟明臣感昴宿以生故良也尚書大傳曰元首明哉股肱良哉元首君也股肱臣也天鑒璿
曜踵武前王言君能鑒照琁璣七曜之道踵武前王而受禪也毛詩曰天鑒在下有命既集尚書曰在璿璣玉衡以齊七政
琁與璿同七政七曜楚辭曰及前王之踵武欽若元輔體微知章言臣能敬順元輔大臣之義體微知章而匡贊
之也尚書曰欽若昊天班固涿邪山文曰晄晄將軍大漢元輔周易曰君子知微知章承言必孝因心則友毛詩

臣永言孝思孝思惟則因心則友已見上文仁洽兼濟愛深善誘莊子仲尼謂老聃曰兼愛無私此仁之情也善誘已見上文觀海齊量登嶽均厚班彪覽海賦曰觀滄海於茫茫海賦曰爾其大量也莊子曰淵淵其若海也郭象曰容恣無量也法言曰登東嶽而知衆山之邐迤莊子老聃曰至人若地之自厚家語齊大夫子與適魯見孔子曰乃今而後知泰山之爲高海淵之爲大五臣茲六八元斯九呂氏春秋曰武王之佐五人高誘曰周公旦召公奭太公望畢公高蘇公忿生也潘岳魯武公誄曰昂昂公侯寔天誕育八元斯九五臣茲六內謨帷幄外曜台階帷幄已見上文黃帝泰階六符經曰泰階者天之三階也上階爲天子中階爲諸侯公卿大夫下階爲元士庶人漢書音義三階三台也范曄後漢書郎顗曰三公上應三台遠無不肅邇無不懷國語祭公謀父曰近無不聽遠無不服阮嗣宗勸晉王牋曰遠無不服邇無不肅如風之偃如樂之諧論語曰草上之風必偃左氏傳曰晉侯以樂之半賜魏絳曰子教寡人和諸戎狄以正諸華八年之中九合諸侯如樂之和無所不諧請與子樂之光我帝典緝彼民黎劇秦美新曰帝典闕而不補率禮蹈謙諒實身幹南都賦曰率禮無違周易曰履道坦坦幽人貞吉王弼曰履道尚謙而二以陽處陰履於謙也左氏傳曰晉侯使郤錡來乞師將事不敬孟獻子曰郤氏其亡乎禮身之幹也敬身之基也跡屈朱軒志隆衡館尚書大傳曰未命爲士不得乘朱軒衡館衡門之館也眇眇玄宗萋萋辭翰義既川流文亦霧散蔡邕何休碑曰辭述川流文章雲浮孝經鉤命決曰雲委霧散蒿構云頹梁陰載缺並見上文德猷靡嗣儀

形長遞音逝德猷令德徽猷也儀形容儀形體也鄭玄春秋緯注曰遞去也怊悵餘徽鏘洋遺烈楚辭曰心怊悵以永思久而彌新用而不竭典引曰扇遺風播芳烈久而愈新用而不竭

文選卷第五十八

賜進士出身通奉大夫江南蘇松常鎮太等處承宣布政使司布政使胡克家重校刊

文選卷第五十九

梁昭明太子撰

文林郎守太子右內率府錄事參軍事崇賢館直學士臣李善注上

碑文下

墓誌

碑文下

頭陁寺碑文一首天竺言頭陁此言斗藪斗藪煩惱故曰頭陁

王簡棲姓氏英賢錄曰王巾字簡棲琅邪臨沂人也有學業爲頭陁寺碑文詞巧麗爲世所重起家郢州從事征南記室天監四年卒碑在鄂州題云齊國錄事參軍琅邪王巾製

蓋聞挹朝夕之池者無以測其淺深家語曰孔子觀於魯桓公之廟有欹器焉使弟子挹之水毛萇

詩傳曰挹斟也漢書枚乘上書吳王曰游曲臺臨上路不如挹朝夕之池桓子新論子貢謂齊景公曰臣之事仲尼譬如渴而操杯就江
海飲飲滿而去又焉知江海之深乎挹於入切斟勾愚切仰蒼蒼之色者不足知其遠近莊子曰天之蒼
蒼其正色邪其遠而無所至極邪韓詩外傳子貢謂景公曰臣終身戴天不能知其高況視聽之外若存若亡
心行之表不生不滅者哉僧肇涅盤論曰視聽之所不暨四空之所昏昧管子曰聖人之道若存若亡援而用
之沒代不忘竺道生曰心行心所行之行中維摩經曰畢竟不生不滅是無常義也是以掩室摩竭用啓息言
之津華嚴經曰佛在摩竭提國寂滅道場始成正覺法華經曰寂滅無言也僧肇論曰釋迦掩室於摩竭鄭玄論語注曰津濟渡水
之處杜口毗邪以通得意之路至理幽微非言說之所及掩室摩竭示寂滅以息言杜口毗邪現默然而得意
維摩經曰佛在毗邪離菴羅樹園佛告文殊師利汝行詣維摩詰問疾文殊師利問維摩詰何等是菩薩入不二法門時維摩詰嘿然無
言文殊師利嘆曰善哉善哉乃至無有文字語言是真入不二法門僧肇論曰淨名杜口於毗邪莊子曰言者所以在意也得意而忘言
也然語彝倫者必求宗於九疇談陰陽者亦研幾於六位真諦無言俗諦借言
以明理故此明言之用也尚書武王訪于箕子曰我不知彝倫攸敘周易曰夫易所以極深研幾也又曰分陰分陽迭用柔剛故易六位
而成章王弼曰六爻之文也是故三才既辨識妙物之功萬象已陳悟太極之致
此顯言之功也周易曰易有天道焉有人道焉有地道焉兼三才而兩之故六又曰神者妙萬物而為言者也孝經鉤命決曰地以舒形

萬象咸載聲類曰悟心曰解周易曰易有太極是生兩儀言之不可以已其在茲乎言所以識物悟太極者皆藉言明之不可止者其在此乎左氏傳叔向謂鬷蔑曰子若無言吾幾失子矣言之不可以已也如是然爻繫所筌窮於此域爻六爻也繫繫辭也因爻以立辭亦因辭以明理也故爻繫之所明窮生死於此域也莊子曰筌所以得魚得魚而忘筌筌捕魚之笱莊子以之喻言大智度論曰二乘以生死爲此岸則稱去聲謂所絕形乎彼岸矣至如涅盤妙旨非言說之所能明故稱謂所絕現於涅盤之彼岸矣僧肇論曰玄極無名稱謂絕焉鄭玄禮記注曰稱猶言也王逸楚辭注曰謂說也涅盤經曰心無退轉即便前進既前進已得到彼岸登大高山離諸恐怖多受安樂彼岸山者喻於如來受安樂者喻於常住大高山者喻大涅盤也大智度論曰亦以涅盤爲彼岸也彼岸者引之於有則高謝四流推之於無則俯弘六度彼岸絕乎稱謂者若引之而入有則去四流而現無若推之而入無則弘六度以明有僧釋肇維摩經注曰不可得而有不可得而無者其唯大乘乎何則欲言其有無相無名欲言其無方德斯行故雖無而有無相無名故雖有而無然則言有不乖無言無不乖有也魏都賦曰高謝萬邦大智度論曰欲流有流無明流有見流三國名臣頌曰俯弘時務瑞應經曰行六度無極布施持戒忍辱精進一心智慧諸經以一心爲禪也名言不得其性相隨迎不見其終始法離有無豈名言之所得法無形象豈隨迎之可見維摩經維摩詰曰法無名字言語斷故法無形相如虛空故法同法性入諸法故法相如是豈可說乎竺道生曰法性者法之本分也法相者事之貌也老子曰隨之不見其後迎之不見其首不可以學地知不可以

意生及其涅盤之蘊也妙法蓮華經曰昔住學地佛常教化言我法能離生老病死究竟涅盤勝鬘經曰音生身
無漏業生依無明住學地謂三果意生謂菩薩言能變化生死隨意往生法華經曰諸佛弟子衆皆如舍利佛盡思共度量不能測佛智
不退諸菩薩亦復如是不能知周易曰乾坤其易之蘊邪韓康伯注曰蘊淵奧也夫幽谷無私有至斯響洪
鍾虛受無來不應周易曰入于幽谷幽不明也尚書大傳孔子曰夫山生材用而無私爲焉四方皆伐無私與焉論衡
曰呼於坑谷之中響立應禮記曰善待問者如撞鍾叩之以小者則小鳴叩之以大者則大鳴劉熙釋名曰鍾空也內空受氣多故聲大
也文子曰虛無不受靜無不持牽秀相風賦曰故無來而不應兮何適莫之足嬰況法身圓對規矩冥立圓對
謂有感斯對而無不周也勝鬘經曰涅盤界者卽是如來法身僧肇論曰法身無像應物以形千難殊對而不干其慮禮記曰古之君子
周旋中規折旋中矩僧肇維摩經序曰冥權無謀而動與事會一音稱物宮商潛運維摩經曰佛以一音演說法衆
生隨類各得解脫周易曰稱物平施漢書曰聲者宮商角祉羽也是以如來利見迦維託生王室如來
佛號謝靈運金剛般若經注曰諸法性空理無乖異謂之爲如會如解故名如來竺道生維摩經注曰如者謂如與如冥無復有如之理
從此中來故曰如來瑞應經曰菩薩下當世作佛託生天竺迦維羅衞國父王名曰靜夫人曰妙迦維羅衞者天地之中央周易曰利見
大人左氏傳曰會于洮謀王室也憑五行之軾拯溺逝川僧肇論曰騁六通之神驥乘五衍之安車五衍五乘
天竺言衍此言乘五乘一人二天三聲聞四辟支佛五菩薩今碑本以爲憑四衢之軾蓋梁代諱衍故改焉左氏傳曰楚子玉使鬬勃請

晉侯曰請與君之士戲君憑軾而觀之說文曰出溺爲拯論語曰子在川上曰逝者如斯開八正之門大庇交喪
維摩經曰雖行八正道而樂行無量佛道是菩薩行僧肇論曰啓八正之平路坦衆聖之夷塗大品經說八正曰正見正思惟正語正業
正命正精進正念正定爾雅曰庇廕也莊子曰世喪道矣道喪世矣世與道交相喪也於是玄關幽揵感而遂
通玄關幽揵喻法藏也謝靈運金剛般若經注曰玄關難啓善揵易開戴逵棲林賦曰幽關忽其離揵玄風暖以雲頹字林曰揵門距
周易曰寂然不動感而遂通天下之故非天下之至神孰能與於此遙源濬波酌而不竭遙源濬波喻法海也文子
曰取焉而不損酌焉而不竭莫知其所由也行不捨之檀而施去聲洽羣有夫心愛衆生而行捨者捨則增
愛非爲實捨故大士之捨見不施之捨者及於衆生斯爲不捨以茲而施故羣有俱洽大品經曰不施不慳是名檀波羅蜜僧肇論曰賢
劫稱無捨之檀成具美不爲之爲也天竺言檀此言布施波羅蜜此言到彼岸也羣有謂有色無色有想無想以其不一故曰羣有僧肇
維摩經注曰鏡羣有以通玄而物我俱一唱無緣之慈而澤周萬物夫行慈者以衆生爲緣衆生爲緣則慈無
所寄故大士之慈離於衆相離相行慈名爲無緣無緣生慈是爲真實以斯而唱則物無不周涅盤經曰得諸菩薩無緣之慈僧肇論曰
禪典唱無緣之慈思益演不知之知泥洹經曰無緣者不住法相反衆生相釋道安曰解從緣散周易曰智周萬物而道濟天下演
勿照之明而鑒窮沙界夫以明照物明盡則照窮而勿照之明猶無得之得無得而得斯爲真得故勿照之明斯
爲真明矣演真明而廣照何止鑒窮沙界乎僧肇論曰至人虛心實照理無不統而靈鑒有餘金剛般若經曰諸恒河所有沙數佛世界

如是寧爲多不導亡機之權而功濟塵劫機謂機心也權方便也夫以機心導物物所以機心應之物有機心

則結累斯起故誘以無機之智何止功濟塵劫乎僧肇論曰至人灰心滅智內無機照之勤辨亡論曰魏氏功濟諸華法華經曰如人以

力磨三千大千土復盡末爲塵一塵爲一劫此諸微塵數其劫復過是時義遠矣能事畢矣周易曰天下隨時隨

時之義大矣哉又曰四營而成易十有八變而成卦天下之能事畢矣然後拂衣雙樹脫屣金沙左氏傳曰

叔向拂衣從之涅槃經曰佛在拘尸那國力士生地阿利羅拔提河邊婆羅雙樹間爾時世尊臨涅槃史記武帝曰嗟乎吾誠得如黃帝

吾視去妻子如脫屣耳拔河一名金沙河也惟怳惟惚不皦不昧莫繫於去來復歸於無

物老子曰道之爲物惟怳惟惚王弼曰怳惚無形不繫之貌也又曰一者其上不皦其下不昧繩繩不可言復歸於無物鍾會曰光而

不耀濁而不昧繩繩兮其無繫汎汎乎其無薄也微妙難名終歸於無物維摩經曰法無去來常不住故僧肇曰法若住則從未到現在

從現在未過去逾三世則有去來也以法不常住故也因斯而談則棲遑大千無爲之寂不撓

焚燎堅林不盡之靈無歇大矣哉荅賓戲曰聖哲治之棲遑大千者謂一三千界下至阿毗地獄上非

想天爲一世界千三界爲小千世界千小世界爲中千世界至千中千世界爲大千世界維摩經曰夫出家者爲無爲法瑞應經曰吾虛

心樂靜無爲無欲僧肇維摩經注曰寂謂寂滅常靜之道廣雅曰撓亂也涅槃經曰佛以千疊纏裹其身積衆香木以火焚之僧祇律曰

如大涅槃經說世尊向熙連禪河力士生地堅固林雙樹閒般涅槃於天冠塔邊闍維僧肇維摩經注曰無實相無法常住故盡法華經

曰方便見涅槃而實不滅度常住此說法也正法既沒象教陵夷曇無羅讖曰釋迦佛正法住世五百年像法一
千年末法一万年論語曰文生既沒陵夷已見上文穿鑿異端者以違方爲得一孔安國論語注曰妄作穿
鑿以成文章不知所以裁製論語子曰攻乎異端斯害也已謝宣遠贈靈運詩曰違方往有叅杜預左氏傳注曰方法也云得一者鍾會
曰一道也亦順非辯僞者比微言於目論禮記曰言僞而辯順非而澤維摩經曰於衆言中微妙第一僧
肇論曰采微言於聽表史記曰齊威王使說越王齊使曰幸也越之不亡也吾不貴其用知之如目見毫毛而不自見其睫也今王知晉
失討而不自知越之過是目論也於是馬鳴幽讚龍樹虛求摩訶摩耶經曰正法衰微六百歲已九十六種
諸外道等邪見競興破滅佛法有一比丘名曰馬鳴善說法要降伏一切諸外道輩七百歲已有一比丘名曰龍樹善說法要滅邪見幢
燃正法炬周易曰幽贊於神明而生著王弼曰幽深贊明也並振頹綱俱維絕紐陸機大將軍宴會詩曰頹綱既
振謝莊爲沈慶之荅劉義宣書曰皇綱絕而復紐區夏墜而更維說文曰紐系也蔭法雲於真際則火宅晨
涼華嚴經曰不壞法雲徧覆一切劉蚪法華經注曰雲譬應身則殊形並現順機不偏此則彌布徧覆之義也維摩經曰同真際等法
性不可量僧肇曰真際實際也法華經曰三界無安猶如火宅衆苦所燒我皆拔濟之曜慧日於康衢則重昏
夜曉劉蚪曰菩薩圓淨照均明兩故曰慧日又曰諸子安穩得出皆於四衢露坐爾雅曰四達謂之衢五達謂之康頭陀經心王菩
薩曰我見覆蔽飲雜毒酒重昏長寢云何得悟慈心示語使得開解故能使三十七品有樽俎之師言義

徒精銳有樽俎之深謀維摩經曰於諸見不動而修行三十七品是爲宴坐僧肇曰諸見六十二諸見妄也竺道生曰正觀則三十七品
也羅什曰三十七品二乘通大品經說三十七道品曰四念處四勤正四如意足五根五力七覺分八正道分樽俎之師已見上文九
十六種無藩籬之固邪黨分崩無藩籬以自固羅什維摩經注曰摩訶秦言無大亦言勝大能勝九十六種論議辯
亡論曰城池無藩籬之固既而方廣東被教肆南移華嚴經題云大方廣佛華嚴經孔安國尚書傳曰被及也
周易曰君子以教思無窮周魯二莊親昭夜景之鑒漢晉兩明並勤丹青之飾顧微
吳縣記曰佛法詳其始而典籍亦無聞焉魯莊七年夜明佛生之日也左氏傳曰莊公七年四月辛卯夜恆星不見夜明也史記曰周桓
王崩子莊王陀立十五年莊王崩左氏傳莊公三年葬桓王然則周莊王魯莊公爲同時也瑞應經曰到四月八日夜明星出時佛從右
脅墮地即行七步牟子曰漢明帝夢見神人身有日光飛在殿前以問羣臣傅毅對曰天竺有佛將其神也後得其形像何法盛晉書曰
彭城王紘以肅祖明皇帝好佛手書形像經歷寇難而此堂猶在宜成作頌蔡謨二云今發王命稱先帝好佛於義有疑張綱集曰盡功金
石圖丹青形然後遺文閒出列刹相望遺文謂經也史記曰天下遺文靡不畢集太史公曰漢興詩書往往
閒出孔安國尚書傳曰三山言相望也澄什結轍於山西林遠肩隨乎江左矣高僧傳曰天竺
佛圖澄西域人本姓帛少出家西域咸得道以晉懷帝永嘉四年來適洛陽以麻油雜茵支塗掌千里外事皆徹見掌中如對面焉後澄
死之月人見在流沙又曰鳩摩羅什天竺人七歲出家什既道流西域名被東川符堅遺呂光西伐破龜茲乃將什至涼州姚萇已殺符

堅光遂王彼至萇子興破涼州始將什至長安後卒長安漢書文帝詔曰使者冠蓋相望結轍於道班固漢書贊曰秦漢以來山東出相
山西出將高僧傳曰支遯字道林本姓關陳留人初至京師王濛甚重之年二十五出家師釋道安符丕後還吳入剡王羲之遂與披襟
解帶留連不能已又曰釋惠遠本姓賈氏鴈門人遊許洛出家師釋道安符丕後還吳入襄陽南達荊州欲往羅浮居尋陽見廬峯遂居
焉三十餘年影不出山迹不入俗晉義熙十二年終禮記曰十年以長則兄事之五年以長則肩隨之晉中興書元帝詔曰朕應天符創
基江左春秋命歷序曰東方爲左西方爲右頭陀寺者沙門釋慧宗之所立也瑞應經曰太子出北
城門天帝復化作沙門太子曰何謂沙門對曰沙門之爲道舍妻子捐棄愛欲也釋僧肇維摩經注曰沙門秦言義訓勤行趣涅盤也
南則大川浩汗雲霞之所沃蕩周易曰利涉大川海賦曰膠漓浩汗又曰濯汫瀵渭蕩雲沃日北則
層峯削成日月之所迴薄山海經曰泰華之山削成而四方蜀都賦曰陽烏迴翼於高標楊雄反離騷曰恐日
薄於西山西眺城邑百雉紆餘左氏傳祭仲曰都城過百雉國之害也鍾會懷士賦曰望東城之紆餘東望
平皋千里超忽楚辭曰出不入兮往不反平原忽兮路超遠信楚都之勝地也宗法師行
絜珪璧擁錫來遊毛詩曰有斐君子如珪如璧東觀漢記馮衍說鮑叔永曰衍珪璧其行東脩其心錫錫杖也大智論
曰菩薩常用錫杖經傳佛像莊子曰神農擁杖而起以爲宅生者緣業空則緣廢言身從緣生緣亦斯廢也
維摩經曰如影從身業緣生見僧肇曰身衆緣所成緣合則起緣散則離金光明經曰所謂無明緣行行緣識識緣名名緣色色緣六入

六入緣觸觸緣受受緣愛愛緣取取緣有有緣生生緣老死憂悲苦惱滅聚釋僧肇維摩經注曰諸法之生本乎三業既無三業誰作諸
法存軀者惑理勝則惑亡惑煩惚也言萬法雖廣解惑則起相受生解者身心寂滅涅盤經曰要因煩惱而得
有身竺道生維摩經注曰戀生者愛身情也苟曰無常豈可愛戀若能悟不惑而惑自亡矣惑者無復存身也遂欲捨百齡
於中身殉肌膚於猛鷙禮記曰古者謂年爲齡齒亦齡也范曄後漢田邑報馮衍書曰百齡之期未有能至尚書
曰文王受命唯中身列子曰藐姑射之山有神人居焉肌膚若冰雪漢書臣瓚注曰亡身從物曰殉李尤七難曰猛鷙陸嬉龍鼉水處
班荊蔭松者久之左氏傳曰伍舉奔晉聲子將如晉遇之於鄭郊班荊相與食楚辭曰山中人兮芳杜若飲石泉兮蔭
松柏宋大明五年始立方丈茅茨以庇經像沈約宋書孝武皇帝即位改元曰大明淮南子曰聖
人處環堵之室茨之以生茅高誘曰堵長一丈高一丈面環一堵爲方丈故曰環堵言其小也說文曰茨蓋也爾雅曰庇廕也後軍
長史江夏內史會稽孔府君諱覬沈約宋書曰孔覬字思遠會稽人也初舉揚州秀才補主簿後除冠
軍長史江夏內史隨府轉後軍長史覬音冀爲之薙草開林置經行之室周禮曰薙氏下士二人鄭玄曰
薙翦草也法華經曰經行林中勤求佛道安西將軍郢州刺史江安伯濟陽蔡使君諱興
宗沈約宋書曰蔡興宗濟陽人也爲使持節都督郢州諸軍事安西將軍郢州刺史復爲崇基表剎立禪誦
之堂焉維摩經曰佛言諸佛滅後以全身舍利起七寶塔表剎莊嚴而供養也以法師景行大迦葉故

以頭陀爲稱首毛詩曰高山仰止景行行止彌勒成佛經曰彌勒佛讚言大迦葉比丘是釋迦牟尼佛大弟子釋迦牟尼佛於大衆中常所讚數頭陀第一通達禪定解脫三昧封禪書曰前聖所以永保鴻名而常爲稱首者用此者也後有僧勤法師貞節苦心求仁養志楚辭曰原生受命于貞節曹植擬九詠曰徒勤躬兮苦心論語子曰求仁而得仁莊子曰養志者忘形也纂脩堂宇未就而沒國語祭公謀父曰時序其德纂脩其緒高軌難追藏舟易遠魏太祖祭橋玄文曰懿德高軌汎愛博容莊子曰夫藏舟於壑藏山於澤謂之固矣然而夜半有力者負之而趨昧者不知郭象曰方言死生變化之不可逃僧徒闃其無人榱椽毀而莫構周易曰闚其戶闃其無人高誘淮南子注曰椽橑也榱棟也可爲長太息矣漢書賈誼曰可長太息者此也惟齊繼五帝洪名紐三王絕業蕭子顯齊書曰高帝太祖諱道成字紹伯蕭何二十四世孫受宋禪史記曰惟漢繼五帝末流接三代絕業封禪書曰前聖所以永保鴻名祖武宗文之德昭升嚴配禮記曰周人祖文王而宗武王尚書曰丕顯文武昭升于上孝經曰嚴父莫大於配天格天光表之功弘啓興服尚書曰成湯時則有若伊尹格于皇天又曰光被四表格于上下毛詩曰建爾元子俾侯于魯大啓爾宇爲周室輔東觀漢記博士議曰除殘去賊興復祖宗是以惟新舊物康濟多難毛詩曰周雖舊邦其命惟新左氏傳伍員曰不失舊物尚書曰康濟小民禮記晉太子申生使人辭於狐突曰君老矣國家多難步中雅頌驟合韶護禮記曰步中武象驟中韶護所以養耳鄭玄曰韶舜樂護湯樂也炎區九譯

沙場一候十洲記曰炎洲南海中萬二千里韓詩外傳曰成王之時越裳氏重九譯而獻白雉於周公尚書曰西被于流沙解
嘲曰東南一尉西北一候粵在於建武焉蕭子顯齊書曰明皇帝即位改爲建武乃詔西中郎將郢
州刺史江夏王觀政藩維樹風江漢蕭子顯齊書曰江夏王寶玄字智深明帝第三子也封江夏郡
王仍爲持節都督郢司二州諸軍事西中郎將郢州刺史尚書曰以爾友邦冢君觀政于商又曰彰善癉惡樹之風聲擇方城
之令典酌龜蒙之故實方城謂楚龜蒙謂魯左氏傳屈完曰楚國方城以爲城又隨武子曰蔿敖爲宰擇楚國之
令典毛詩曰奄有龜蒙遂荒大東國語樊穆仲曰魯侯孝王曰何以知之對曰賦事行刑而咨於故實政肅刑清於是
乎在孝經曰其教不肅而成周易曰聖人以順動則刑罰清左氏傳先軫曰取威定霸於是乎在寧遠將軍長史
江夏內史行事彭城劉府君諱諠蕭子顯齊書劉諠字士穆爲江夏王郢州行事者謂王年幼內史代
之以行州府事故稱行事也智刃所遊日新月故莊子曰庖丁爲文惠君解牛曰今臣之刀十九年矣所解千牛
而刀刃若新發於硎彼節者有閒而刀刃者無厚以無厚入有閒恢恢乎其於遊刃必有餘地矣論語子夏曰日知其所亡月無忘其所
能道勝之韻虛往實歸瑞應經曰迦葉二弟問迦葉曰今乃捨梵志道學沙門法豈獨大其道勝乎迦葉荅曰言
佛道最勝莊子曰常季問於仲尼曰王駘兀者也與夫子中分魯立不教坐不議虛而往實而歸以此寺業廢於已
安功墜於幾立慨深覆簣悲同棄井論語曰譬如爲山雖覆一簣進吾往也孟子曰有爲者譬若掘

井掘井九仞而不因百姓之有餘閑天下之無事孫卿子曰春耕夏耘秋收冬藏四者不失時故五穀不絕而百姓有餘食斬伐長養不失時故山林不童而百姓有餘材西都賦序曰海內清平朝廷無事庀匹徒揆日各有司存左氏傳宋災使華閱討右官官庀其司杜預注曰庀具也毛詩曰揆之以日作爲楚室論語曾子曰籩豆之事則有司存於是民以悅來工以心競周易曰悅以使民民忘其勞莊子曰舜之治天下使民心競王隱晉書荀勗議曰君子心競而不力爭亘上被陵因高就遠層軒延袤上出雲霓楚辭曰高堂邃宇檻層軒王逸曰軒樓板也聖主得賢臣頌曰雖崇臺五層延袤百丈說文曰南北曰袤東西曰廣司馬紹贈山濤詩曰上陵青雲霓飛閣逶迤下臨無地西都賦曰脩除飛閣楚辭曰載雲旗兮逶移王逸曰逶移而長移與迤音義同楚辭曰下崢嶸而無地上寥廓而無天夕露爲珠網朝霞爲丹雘九衢之草千計四照之花萬品山海經曰少室之山其上有木焉名曰帝休葉茂狀如楊其枝五衢黃花黑實服者不怒郭璞曰言樹枝交錯相重五出有象衢路也故離騷云靡華九衢仲長子昌言曰百夫之豪州以千計山海經曰南山之首山曰鵲山有木焉其狀如穀而黑其華四照其名曰迷穀佩之不迷郭璞曰言有光炎若木華赤其光照下地亦此類也仲長子昌言曰以一人之好惡裁萬品之不同崖谷共清風泉相渙周易曰風行水上渙金資寶相永藉閑安金光明經曰如來之身金色微妙其明照耀如金山王又曰光明熾盛無量無邊猶如無數珍寶大聚楚辭曰像設居室靜閑安息心了義終焉遊集大灌頂經曰息

心達本源是故名沙門勝鬘經曰是故世尊依於了義一向記說班固終南山賦曰固仙靈之所遊集 法師釋曇珍業
行淳脩理懷淵遠今屈知寺任永奉神居夫民勞事功既鏤文於鍾
鼎周禮曰民功曰庸事功曰勞凡有功者銘書於王之太常國語曰昔克路之役秦來圖敗晉功魏顆以其身却退秦師于輔氏親止
杜回其勳銘於景鍾韋昭曰景公鍾禮記曰夫鼎有銘銘者論譔其先祖之德美功烈勳勞而酌之祭器自成其名焉 言時稱
伐亦樹碑於宗廟左氏傳曰季武子以所得齊之兵作林鍾而銘魯功焉臧武仲謂季孫曰非禮也夫銘天子令德諸
侯言時計功大夫稱伐蔡邕銘論曰碑在宗廟兩階之閒近代以來咸銘于碑也 世彌積而功宣身逾遠而
名劭法言曰年彌高而德彌劭者孔子之徒與小雅曰劭美也敢寓言於彫篆庶髣髴於衆妙法言
曰吾子少而好賦曰然童子彫蟲篆刻老子曰玄之又玄衆妙之門 其辭曰
質判玄黃氣分清濁周易曰玄黃天地之雜也天玄而地黃列子曰清輕者上爲天重濁者下爲地涉器千
名含靈萬族周易曰形而下者謂之器器謂品物也南都賦曰百種千名春秋元命苞曰跂行喙息蠕動蜎蜚根生浮著含
靈盛壯陸機鼈賦曰揔美惡而融融播萬族乎一區 淳源上派澆風下黷莊子曰德又下衰及唐虞澆淳散朴淮南
子以澆爲澆音義同說文曰派水别流也字林曰黷垢也杜木切 愛流成海情塵爲岳瑞應經曰感傷世閒没於
愛欲之海百法論曰情塵之意合故知生也言人皆沈於愛河則妻子財帛也言積之多如海情塵之積爲岳爲舍善日積亦見多爲惡日

積亦多也皇矣能仁撫期命世毛詩曰皇矣上帝臨下有赫天竺言釋迦牟尼此言能仁不退轉法經佗方菩薩曰
能仁如來與此三道之教法華經曰我釋迦牟尼劉蚪曰能仁哀此忍立俯來拯拔故曰能仁瑞應經曰期運之至當下作佛孟子曰五
百年必有王者興其閒必有名世者廣雅曰命名也乃睠中土聿來迦衛毛詩曰乃睠西顧又曰聿來胥宇迦衛已
見上文奄有大千遂荒三界毛詩曰奄有龜蒙遂荒大東法華經曰其佛以恆河沙等三千大千世界爲一佛土
又曰如來以智慧方便於三界火宅拔濟衆生殷鑒四門幽求六歲毛詩曰殷鑒不遠瑞應經曰太子至十四啓王
出游始出城東門天帝化作病人卽迴車悲念人生俱有此患太子出城南門天帝化作老人迴車而還愍念人生丁壯不久太子出城
西門天帝化作死人迴車而還愍念天下有此三苦太子出城北門天帝化作沙門太子曰善哉唯是爲快卽迴車還念道淸淨不宜在
家又曰佛旣歷深山到幽閑處菩薩卽拾藁草以布地正箕坐月食一麻一麥端坐六年亦既成德妙盡無爲勝鬘
經曰唯有如來化就一切功德無爲已見上文帝獻方石天開淥池瑞應經曰佛還樹下道見棄衣取欲浣之天帝
知佛意卽頻那山上取四方成理澤好石來置池邊白佛言可用浣衣又曰明日食時佛持鉢到迦葉家受飯而還於屛處食已欲澡漱
天帝知佛意卽下以手指地水出成池令佛得用名爲指地池祥河輟水寶樹低枝瑞應經曰時尼連河水流甚疾
佛以自然神通斷水涌起高出人頭令底揚塵佛在其中法華經曰諸雜寶樹華葉光茂瑞應經曰佛後日入指地池澡浴畢欲出無所
攀池上素有樹名迦和絕大脩好其樹自然曲枝下就佛佛牽而出通莊九折安步三危爾雅曰六達謂之莊漢書

曰王陽爲益州刺史行部至卭郲九折坂歎曰奉先人遺體奈何數
乘此險漢書東方朔誡子曰飽食安步以仕易農尚書曰竄三苗於
三危川靜波澄龍翔雲起頭陀經曰令身調善震大法鼓摧伏異學外道邪師入佛性海煩惱風息波浪不生周易
曰雲從龍風從虎聖人作而萬物覩者山廣運給園多士法華經曰佛住王舍城耆闍崛山中與大比丘衆萬二千
人俱尚書曰帝德廣運金剛般若經曰佛在舍衛國祇樹給孤獨園與大比丘衆千二百五十人俱毛詩曰濟濟多士金粟來
儀文殊戾止發迹經曰淨名大士是往古金粟如來尚書曰鳳凰來儀文殊已見上文毛詩曰魯侯戾止應乾動
寂順民終始春秋元命苞曰乾動川靜周易曰湯武革命應乎天順乎人孫卿子曰生人之始也死人之終也法本
不然今則無滅維摩經曰法本不然今則無是寂滅之義僧肇曰小乘以三界熾然故滅之以求無爲大乘觀法本自不
然今何以滅乃眞寂滅象正雖闡希夷未缺象法正法已見上文史記曰酒闌漢書音義文穎曰闌言希也老子
曰視之不見名之曰夷聽之不聞名之曰希王弼曰無象無聲無響無所不通無所不往於昭有齊式揚洪烈毛詩
曰文王在上於昭于天班固漢書述曰爰著目錄略序洪烈揚雄解嘲曰不足以揚洪烈釋網更維玄津重柤僧叡
師十二法門序曰奏希聲於宇宙濟溺喪於玄津漢書音義韋昭曰柤檝也音裔翊泄切叶韻惟此名區禪慧攸託
禪慧禪定智慧也即六度之二行也倚據崇巖臨睨通壑楚辭曰忽臨睨夫舊鄉說文曰睨邪視也溝池湘
漢堆阜衡霍言崇巖之高通壑之大故以湘漢爲溝池衡霍爲堆阜也史記曰屈完曰方城以爲城江漢以爲池膴膴

武亭皐幽幽林薄毛詩曰周原膴膴堇荼如飴上林賦曰亭皐千里靡不被築毛詩曰秩秩斯干幽幽南山鄭玄周禮
注曰竹木曰林高誘淮南子注曰深草曰薄媚茲邦后法流是挹毛詩曰媚茲一人氣茂三明情
超六入維摩經曰佛身卽法身也從六通生從三明生僧肇曰天眼宿命漏盡爲三明維摩經曰六入無積眼耳鼻舌身心已過
眷言靈宇載懷興葺毛詩曰眷言顧之楚辭曰葺之兮荷蓋王逸注曰葺蓋屋也丹刻翬飛輪奐
離立左氏傳曰丹桓宮楹又曰刻桓宮桷杜預曰刻鏤也毛詩曰如翬斯飛君子攸躋鄭玄曰翬者鳥之奇異者也禮記曰晉獻文
子成室晉大夫發焉張老曰美哉輪焉美哉奐焉潘岳關中記曰未央殿東有鳳凰殿春秋元命苞曰火離爲鳳劉卲魏文帝誄曰鳳凰
立翥象設既闢睟容已安楚辭曰象設居室靜閑安孟子曰君子仁義禮智信根於心色睟然見於面趙岐曰睟潤
澤之貌桂深冬燠松踈夏寒楚辭曰何所冬燠何所夏寒爾雅曰燠煖也神足遊息靈心往
還瑞應經曰佛已神足適鬱單曰界勝幡西振貞石南刊維摩經曰降服四種魔勝幡建道場禰衡顏子碑曰
乃刊玄石而旌之

齊故安陸昭王碑文一首　沈休文

公諱緬字景業南蘭陵人也蕭子顯齊書曰安陸昭王緬字景業又曰蕭氏之先蕭何居沛至孫侍中彪居
東海蘭陵縣東都鄉中都里晉分東海爲東蘭陵郡中朝亂淮陰令整過江居晉陵武進縣僑置本土加以南名於是爲南蘭陵人稷

契身佐唐虞有大功於天地商武姬文所以膺圖受籙王命論曰暨于稷契咸佐
唐虞光濟四海奕世載德至于湯武而有天下國語史伯曰夫成天地之大功者其子孫未嘗不章毛詩商頌曰武王載旆毛萇曰武王
湯也春秋命歷序曰五德之運同徵符合膺錄次相代尚書璇璣鈐孔子曰五帝出受圖籙蕭曹扶翼漢祖滅秦
項以寧亂魏氏乘時於前皇齊握符於後國語太子晉曰自后稷以來寧亂及文武成康僅克
安民周易曰時乘六龍以御天孝經鉤命決曰帝受命握符出也靈源與積石爭流神基與極天比
峻尚書曰導河積石至于龍門毛詩曰嵩高惟岳峻極于天祖宣皇帝雄才盛烈名蓋當時蕭子顯齊
書曰太祖皇考諱承之字嗣伯少有大志才力過人爲冠軍將軍太祖即位追尊曰宣皇帝班固漢書贊曰武帝雄才大略晉中興書曰
諸葛誕名蓋海內又曰鄧遐氣蓋當時考景皇帝含道居貞卷懷前代蕭子顯齊書曰高帝即位追封
兄道生爲始安貞王明帝即位追尊始安貞王爲景皇帝周易曰居貞之吉順以從上也論語讖曰仲尼居鄉黨卷懷道美宋均曰懷藏
也公含辰象之秀德體河岳之上靈周易曰在天成象王弼曰象謂日月星辰孝經援神契曰五嶽
之精雄聖四瀆之精仁明氣蘊風雲身負日月論衡曰谷子雲唐子高章奏百上筆有餘力然則賢者有風雲之智
故吐文萬牒莊子曰孔子圍於陳蔡之閒太公任弔之曰子其意者脩身以明汙昭昭若揭日月而行司馬彪曰揭擔也立行可
模置言成範仲長子昌言曰規矩可模者師傅之德也曹植學宮頌曰言爲世範行爲時矩英華外發清明

內昭禮記曰和順積中而英華外發又曰清明在躬氣志如神天經地義之德因心必盡孝經曰夫孝天之經地之義民之行也毛詩曰因心則友簡久遠大之方率由斯至周易曰乾以易知坤以簡能易則易知簡則易從易知則有親易從則有功有親則可久有功則可大可久則賢人之德可大則賢人之業毛詩曰率由舊章挹其源者游泳而莫測懷其道者日用而不知毛詩曰泳之游之周易曰百姓日用而不知昭昭若三辰之麗于天滔滔猶四瀆之紀于地傅子曰二漢之臣爛如三辰之附長天又曰道教者昭昭然猶日月麗乎天春秋漢含孳曰九卿法河海毛詩曰滔滔江漢南國之紀六幽允洽一德無爽典引曰神靈日照光被六幽尚書曰德惟一動罔不吉萬物仰之而彌高千里不言而斯應論語顏回曰仰之彌高周易曰默而成之不言而信存乎德行又曰君子居其室出其言善則千里之外應之況其邇者乎若夫彈冠出仕之日登庸莅事之年漢書曰王陽與貢禹為友世稱王陽在位貢禹彈冠言其取舍同也尚書帝曰疇咨若時登庸又曰莅事惟能軍麾命服之序監督方部之數斯固國史之所詳今可得略也周禮曰建大麾以田然麾旌旗之名州將之所執也命服爵命之服也方部四方州部也漢書武帝南置交趾北置朔方之州凡十三部置刺史數謂等差也賈逵國語注曰簡略也水德方衰天命未改水德謂宋也左氏傳王孫滿曰今周德雖衰天命未改太祖龍躍俟時作鎮淮泗蕭子顯齊書曰宋明帝以淮南孤弱以太祖假冠軍將軍鎮淮陰周

易曰見龍在田時舍也或躍在淵自試也孫卿子曰君子博學深謀脩身端行以俟其時潘岳金谷會詩曰遂擁朱旄作鎮淮泗如
仁夕惕之志中夜九迴論語子曰桓公九合諸侯不以兵車管仲之力也如其仁如其仁周易曰君子夕惕若厲
司馬遷書曰腸一日而九迴龕枯耽世拯亂之情獨用懷抱廣雅曰龕取也深圖密慮衆莫
能窺漢書劉向上疏曰智不可不深圖也公陪奉朝夕從容左右蓋同王子洛濱之歲
實惟辟彊內侍之年周書曰晉平公使叔譽於周見太子與之言五稱而三窮歸告公曰太子晉行年十五而臣不
能與言列仙傳曰王子喬者周靈王太子晉也好吹笙作鳳鳴遊伊洛之閒漢書留侯子張辟彊爲侍中年十五也起予聖懷
發言中旨晉中興書王敦上疏曰導動靜顧問起予聖懷始以文學遊梁俄而入掌綸誥蕭子
顯齊書曰緬爲宋卲陵王文學中書郎遊梁謂相如也漢書曰梁孝王來朝從遊說之士相如見而說之客遊梁禮記曰王言如絲其出
如綸蘭桂有芬清暉自遠魏都賦曰信陵之名若蘭芬也楚辭曰椒桂羅以顛覆王逸注曰言己見先賢若椒桂之
人劉琨勸進表曰茂勳格于皇天清暉光于四海帝出于震曰衣青光言齊之興也周易曰帝出于震震東方也
春秋元命苞曰孔子曰扶桑者日所出房所立其耀盛蒼神用事精感姜原卦得震震者動而光故知周蒼代殷者爲姬昌人形龍顏長
大精翼日衣青光宋衷曰爲日精所羽翼故以爲名木神以其方色衣之方軌茅社俾侯安陸蕭子顯齊書曰齊受
禪緬封安陸侯漢書曰江夏郡有安陸縣尚書緯曰天子社東方青南方赤西方白北方黑上冒以黃土將封諸侯各取方土苴以白茅

以爲社毛詩曰俾侯于魯受瑞析珪遂荒雲野周禮曰典瑞掌玉瑞鄭玄曰人執曰瑞瑞猶符信也揚子雲解嘲曰析人之珪儋人之爵遂荒已見上文雲野雲夢之野式掌儲命帝難其人漢書疏廣曰太子國儲副君也尚書禹曰惟帝其難之孔安國曰言堯帝亦以知人爲難公以宗室羽儀允膺嘉選蕭子顯齊書曰緬轉太子中庶子周易曰鴻漸于陸其羽可用爲儀協隆三善仰敷四德晉中興書烈宗詔曰桓沖協隆治道禮記曰行一物而三善皆得者唯世子而已其齒於學之謂也故世子齒於學其一曰而衆知父子之道矣其二曰而衆知君臣之義矣其三曰而衆知長幼之節矣周易曰君子體仁足以長人嘉會足以合禮利物足以和義貞固足以幹事君子行此四德者故曰乾元亨利貞博望之苑載暉龍樓之門以峻漢書曰武帝戾太子及冠就宮上爲立博望苑使通賓客從其所好故多異端進者漢書成紀曰上嘗召太子出龍樓門獻替帷扆實掌喉脣國語史黯謂趙簡子曰夫事君者諫過而賞善薦可而替否獻能而進賢帷扆帝座也禮記曰天子負斧扆孔融張儉碑曰聖王克亮命作喉脣奉待漏之書銜如絲之旨東觀漢記曰樊梵字文高每當直事常晨駐車待漏如絲已見上文前暉後光非止恆受周書孔子曰文王得四臣丘亦得四友自吾得師也前有光後有暉是非先後邪公以密戚上賢俄而奉職蕭子顯齊書曰緬遷侍中越絕書曰吳王書闔廬始得子胥以爲上賢無異乎聖人也出納惟允劍璽增華尚書帝曰龍命汝作納言夙夜出納朕命惟允應劭漢官儀曰侍中殿上稱制出則陪乘佩璽把劍增華謂自庶子而益其榮華也伊昔帝唐九官咸事

熊豹臨戲納言是司 漢書劉向上疏曰舜命九官濟濟相讓應劭曰尚書曰禹作司空棄后稷契司徒咎繇作士師
垂共工益朕虞伯夷秩宗夔典樂龍納言凡九官左氏傳曰昔高陽氏有才子八人檮戭大臨高辛氏有才子八人仲熊叔豹 自此
迄今其任無爽爰自近侍式贊權衡 蕭子顯齊書曰世祖卽位緬遷五兵尚書淮南子曰准繩連體
權衡合德百工繇焉以定法式輔弼執玉以翼天子也 而皇情眷眷慮深求瘼 毛詩曰皇矣上帝臨下有赫鑒
觀四方求民之瘼班固漢書引詩而爲此瘼爾雅曰瘼病也 姑蘇奧壤任切關河 奧壤猶奧區也韓康伯王述碑
曰述遷會稽太守淮海惟揚皇基所託此蓋關河之重泱泱大邦 都會殷負提封百萬 史記曰夫吳有海鹽之饒
章山之銅三江五湖之利亦江東一都會也西京賦曰百物殷阜薛綜注曰殷盛阜大也今爲此負漢書曰天子畿方千里提封百萬井
臣瓚案舊說云提最凡言大舉頭畝也李奇曰提舉也舉四方爲內也韋昭曰積土爲封限 全趙之袪服叢臺方
此爲劣 鄒陽上書曰夫全趙之時武力鼎士袪服叢臺之下者一旦成市也 臨淄之揮汗成雨曾何足
稱 戰國策蘇秦說齊宣王曰臨淄之塗人肩相摩舉袂成幕揮汗成雨高誘曰揮振也 乃鴻騫舊吳作守東楚
蕭子顯齊書曰緬出爲吳郡太守吳質魏都賦曰我太公鴻飛兗豫劉琨勸進奏曰奄有舊吳辜秀祖孫楚詩曰受茲明命作守西疆漢
書音義孟康曰舊名吳爲東楚也 弘義讓以勗君子振平惠以字小人 論語讖曰伯夷叔齊義讓
龍舉干寶晉紀曰丁固父覽以義讓稱尚書武王曰勗哉夫子周書成王曰朕不知字民之道敬問伯父尚書王曰無或敢伏小人之攸

箴撫同上德綏用中典老子曰上德不德是以有德鍾會曰體神妙以存化者上德也周禮曰刑平國用中典

疑獄得情而弗喜宿訟兩讓而同歸漢書曰張湯以倪寬爲獄讞掾以古法義決疑獄論語曾子曰上失其道民散久矣如得其情則哀矜而勿喜東觀漢記曰魯恭爲中牟令宿訟許伯等爭陂澤田積年州郡不決恭平理曲直各退自相責讓

雖春申之大啓封疆鄧攸之緝熙萌庶不能尚也史記曰楚考烈王立以黃歇爲相號春申君請封於江東王許之因城吳故墟以自爲都邑國語史伯謂鄭桓公曰加之以德可以大啓王隱晉書曰鄧攸字伯道爲吳郡太守吳人餓死攸到表振貸臺不時聽攸乃輒出倉米一郡蒙濟不受祿俸唯飲吳水毛詩曰緝熙文王之典

夏首藩要任重推轂楚辭曰過夏首而西浮王逸注曰夏首水口也漢書馮唐曰臣聞上古王者遣將也跪而推轂曰閫以內寡人制之閫以外將軍制之

衿帶中流地殷江漢李尤函谷關銘曰函谷險要衿帶喉咽尚書曰九江孔殷

南接衡巫風雲之路千里衡巫三江名吳都賦曰徑路絕風雲通

西通鄾鄧水陸之塗二七左氏傳曰鄧南鄾人杜預曰鄾今鄧鄉縣南江水之北也鄧今潁川邵陵縣西南有鄧城蜀都賦曰水陸所湊

是惟形勝闔外莫先漢書田肯曰秦形勝之國也闔外已見上文鄭玄禮記注曰閫門限也

建麾作牧明德攸在蕭子顯齊書曰緬轉郢州刺史周禮曰建大麾以封藩國又曰八命作牧尚書王曰文王克明德慎罰

乃暴以秋陽威以夏日孟子曰江漢以濯之秋陽以暴之綦毋邃曰周之秋於夏爲盛陽也左氏傳曰酆舒問於賈季曰趙衰趙盾孰賢對曰趙衰冬

之日趙盾夏之日杜預曰夏日可畏澤無不漸螻蟻之穴靡遺西征賦曰澤靡不漸恩無不逮尸子曰舜之行其猶河海乎千仞之漢亦滿之螻蟻之穴亦滿之明無不察容光之微必照孟子曰日月有明容光必照焉趙岐曰容光小隙也言大明照幽微由近而被遠自己而及物史記皐陶曰邇可遠在茲鄭玄曰此政由近可以及遠惠與八風俱翔德與五才並運聖主得賢臣頌曰恩從祥淮南子曰天有八風典引曰仁風翔于海表左氏傳子罕曰天生五才民並用之廢一不可遠無不懷邇無不肅阮嗣宗勸晉王牋曰遠無不服邇無不肅邑居不聞夜吠之犬牧人不覯晨飲之羊司馬彪續漢書曰劉寵字榮祖遷會稽太守徵入爲將作大匠山陰縣民去郡數十里有若耶山中有五六老公年皆七八十聞寵遷相率共送寵人齎百錢寵見勞來曰父老何乃自苦遠來皆對曰山谷鄙老生未嘗到郡縣佗時吏徵發不去民閒或夜不絕狗吠竟夕民不得安自明府下車以來狗不夜吠吏希至民閒年老遭值聖化聞當棄去故戮力來送寵謝之爲選受一大錢故寵在會稽號爲一錢其清如是家語曰孔子爲大司寇初魯之販羊者沈猶氏常朝飲其羊以詐市人及孔子之爲政也則沈猶氏不敢朝飲其羊也譽表六條功最萬里漢書音義曰舊刺史所察有六條察民疾苦冤失職者察墨綬長吏以上居官政狀察盜賊爲民之害及大姦猾者察犯田律四時禁者察民有孝悌廉潔行脩正茂才異等者察吏不簿入錢穀放散者所察不得過此漢書曰倪寬爲郡內史課殿當免民恐失之輸租繈屬不絕課更以最楊雄爲益州刺史作節度曰刺史居深門之中總萬里之統者也還居近侍兼饗戎秩蕭子顯齊書曰

緬還爲侍中領驍騎將軍侯府寄隆儲端任顯魏略曰中領軍延康置故漢北軍中候之官也漢書曰詹事秦官掌
皇太子家東西兩晉茲選特難羊琇願言而匪獲謝琰功高而後至晉諸公讚
曰羊琇字稚舒泰山人通濟才術與世祖同年相善謂世祖曰後富貴時見用作領護軍太子詹事世祖即位累遷左將軍中護軍特進
何法盛晉中興書陳郡謝錄曰琰字瑗度安少子也爲輔國將軍距氏進號征虜左僕射領詹事升降二宮令績斯
俟蕭子顯齊書曰緬遷中領軍太子詹事禁旅尊嚴主器彌固蔡邕袁逢碑曰乃撫京邑揔齊禁旅周易曰主
器者莫若長子禹穴神皐地埒分陜漢書司馬遷南遊江淮上會稽探禹穴西京賦曰實惟地之奧區神皐袁煥與
曹植書曰召公與公受分陜之任也周江左已來常遞斯任東渚鉅海南望秦稽子虛賦曰
齊東渚鉅海南有琅耶孔皐會稽記曰秦望山在州城正南史記曰始皇登之不望南海越絕書曰禹救水到大越上茅山大會計吏更
名茅山曰會稽淵藪胥萃雚蒲攸在尚書曰今商王受爲天下逋逃主萃淵藪左氏傳曰子叔爲政不忍猛而寬鄭
國多盜聚人於雚蒲之澤貨殖之民千金比屋漢書千乘之國必有千金之賈者利有所并也郛鄽之內
雲屋萬家徐幹陳情詩曰踟躕雲屋下嘯歌倚華楹屋或爲甍刑政繁舛舊難詳一南山羣盜
未足云多漢書曰王遵爲高陵令會南山羣盜傰宗數百人爲吏民害於是王鳳薦遵徵爲諫議大夫守京輔都尉行京兆尹
事旬月閒盜賊肅清蘇林曰傰音朋渤海亂繩方斯易理漢書曰上以龔遂爲渤海太守問曰渤海廢亂朕甚憂之

鄉欲何以息其盜賊遂曰臣聞治亂民猶治亂繩不可急也唯緩之然後可理臣願一切以便宜從事上許焉公下車敷化
風動神行蕭子顯齊書曰緬出爲會稽太守漢書曰班伯爲定襄太守其下車作威吏民悚息謝承後漢書曰陰脩敷化二郡
威敎克平太玄經曰風動雷興謝承後漢書曰威令神行征艾朔士誠恕既孚鉤距靡用杜預左氏傳注曰孚大信
也漢書曰趙廣漢守京兆尹廣漢善爲鉤距以得事情鉤距者欲知馬價則先問狗已問羊又問牛然後及馬參伍其價以類相推則知
馬之賤貴不失實矣晉灼曰鉤致也距閉也設欲知馬價先問狗又問羊然後及馬使對者無疑以知馬價示若不問而自知以閉其術
爲距也不待赭汙之權而姦渠必翦漢書曰張敞守京兆尹召見諸偷酋長數人因貰罪把其宿負令致
諸偷以自贖偷長曰今一旦召詣府恐諸偷驚駭願一切受署敞皆以爲吏遣歸休置酒小偷悉來賀飲醉偷長以赭汙其衣吏坐里閭
閱出者汙赭輒收縛之一日捕得數百人盡行法罰尚書曰殲厥渠魁孔安國曰渠大也無假里端之籍而惡子
咸誅歌錄曰鴈門太守行曰外行猛政內懷慈仁文武備具謀民不貧移惡子姓偏著里端被以哀矜孚以信
順哀矜已見上文南陽葦杖未足比其仁范曄後漢書曰劉寬字文饒弘農人也遷南陽太守吏民有過但用
蒲鞭罰之示辱而已然終不加苦韓詩外傳孔子曰水之精爲士老蒲爲葦願無怪之曹植對酒歌曰蒲鞭葦杖示有刑潁川時
雨無以豐其澤趙岐三輔決錄曰茂陵郭伋爲潁川化如時雨摯虞曰伋字細侯光武拜潁川太守公攬轡升
車牧州典郡范曄後漢書曰范滂爲詔使登車攬轡有澄清天下之志蔡邕橋玄碑曰牧一州典五郡也感達民

祇非待朞月論語子曰苟有用我者朞月而已可也三年有成朞老安少懷塗歌里詠論語子曰老者安之少者懷之莫不懽若親戚芬若椒蘭孫卿子曰夫暴國之君將誰與至哉其所與至必其民也而其民之親我若父母其好我芬若椒蘭漢書刑法志曰鄰國望我懽若親戚芬若椒蘭麾旆每反行悲道泣攀車臥轍之戀爭塗忘遠東觀漢記曰秦彭字國平爲開陽城門候後拜潁川太守老弱攀車啼號塡道又曰侯霸字君房王莽敗霸保守臨淮更始元年遣謁者侯盛齎璽書徵霸百姓號呼哭泣遮使者或當道臥皆曰願復留霸朞年去思一借之情愈久彌結漢書曰何武爲兗州刺史徙京兆尹其所居亦無赫赫名去後常見思東觀漢記曰寇恂爲河內太守徵入爲金吾潁川盜賊羣起車駕南征恂從至潁川盜賊悉降百姓遮道曰願從陛下復借寇君一年上乃留恂方城漢池南顧莫重左氏傳屈完曰方城以爲城漢水以爲池北指崤潼平塗不過七百崤二崤也雍州圖經曰潼水華陰縣界伏滔正淮論曰壽春北接梁宋平塗不過七百西接嶢武關路曾不盈千漢書音義應劭曰嶢山之關也李奇曰在上洛北文穎曰武關在析西王隱晉書庾翼表曰襄陽北去河洛不盈千里蠻陬夷徼重山萬里魏都賦曰蠻陬夷落張揖漢書注曰徼塞也以木柵水爲夷狄界也魏都賦曰由重山之東阨小則俘民略畜大則攻城剽邑賈逵國語注曰伐國取人曰俘漢書鼂錯上兵事曰胡虜小入則小利大入則大利攻城屠邑敺略畜產史記曰盜賊滋起大羣至數千人攻城剽邑小羣盜以百數掠鹵鄉里方言曰略强取也晉宋迄今有切民患烽鼓相

望歲時不息椎埋穿掘之黨阡陌成羣史記曰攻剽椎埋掘冢皆爲財用耳徐廣曰椎殺人而埋之或謂發冢也傲法侮吏之人曾莫禁禦累藩咸受其弊歷政所不能裁賈逵國語注曰裁制也加以戎羯窺窬伺我邊隙朱鳳晉書曰前後徙河北諸郡縣居山閒謂之羯胡劉琨勸進表曰狡寇窺窬伺國瑕隙北風未起馬首便以南向魏志臧洪荅陳琳書曰秋風揚塵伯珪馬首南向塞草未衰嚴城於焉早閉李陵與蘇武書曰涼秋九月塞外草衰抱朴子鮑生曰人君恐姦釁之不虞故嚴城以備之戰國策子楚謂秦王曰臣恐邊境早閉晚開也永明八載疆場大駭吳均齊春秋曰永明八年匈奴寇晌山左氏傳沈尹戌曰吳新有疆場之駭國語曰晉師大駭揚雄集上書曰候騎至甘泉京師大駭天子乃心北眷聽朝不怡司馬遷書曰主上食不甘味聽朝不怡揚旆漢南非公莫可蕭子顯齊書曰緬遷雍州刺史籍田賦曰九旗揚旆呂氏春秋曰漢南之國聞湯之德歸之於是驅馬原隰卷甲遄征毛詩曰驅馬悠悠又曰于彼原隰孫子兵法曰卷甲趨利日夜不處曹植詩曰指日遄征威令首塗仁風載路李尤武功歌曰恩普洽威令行首塗猶首路也謝承後漢書序曰徐淑戎車首路續晉陽秋曰謝安賞袁宏爲機對辯速宏爲東郡安取一扇授之聊以贈行宏應聲曰輒當奉揚仁風慰彼黎庶毛詩曰厥聲載路軌躅清晏車徒不擾漢書音義曰躅迹也牛酒日至壺漿塞陌漢書廣武君謂韓信曰不如按甲休兵百里之內牛酒日至以饗士大夫孟子曰葛伯不祀湯征之其君子實玄黃于篚以迎

君子小人簞食壺漿以迎小人失義犬羊其來久矣漢書名臣奏曰太尉掾應劭等議以爲鮮卑隔在漢北犬羊爲羣徵賦嚴切唯利是求左氏傳晉呂相告秦曰秦雖與晉出入秦惟利是視又曰惟好是求首鼠疆界災蠹彌廣漢書田蚡謂韓安國曰與長孺共一禿翁何爲首鼠兩端音義曰首鼠一前一却也說文曰蠹木蟲也以喻殘賊公扇以廉風孚以誠德盡任棠置水之情弘郭伋待期之信東觀漢記曰龐參字仲達拜漢陽太守郡民任棠者有奇節參到先候之棠不與言但以薤一本水一柸置戶屏前自抱孫兒伏於戶下參思其微意良久曰棠是欲曉太守也水者欲吾清也拔大本薤欲吾擊強宗也抱兒當戶欲吾開門恤孤也於是歎息而還參在職果能抑豪助弱以惠政得民司馬彪續漢書曰郭伋拜并州牧行部西河到美稷數百小兒各騎竹馬逢迎伋問曰兒曹何自遠來對曰聞使君到喜故來迎伋謝曰辛苦諸童小兒復送至郭門外問使君何日當還伋謂別駕計日告之行部還入美稷先期一日伋念負諸兒即止野亭須期乃往伋重信得人心皆此類也金如粟而弗覩馬如羊而靡入范曄後漢書曰張奐字然明燉煌人也遷安定屬國都尉羌戎豪帥感奐恩德上馬二十匹先零酋長又遺金鐻八枚奐並受之而召主簿於諸羌前以酒酹地曰使馬如羊不以入廄使金如粟不以入懷悉以金馬還之雛雉必懷豚魚不爽東觀漢記曰魯恭爲中牟令時郡國螟傷稼犬牙緣界不入中牟河南尹袁安聞之疑其不實使仁恕掾肥親往察之恭隨行阡陌俱坐桑下有雉過止其傍傍有兒童親曰何不捕之兒言雉方將雛親曰所以來者欲察君之化迹耳蟲不犯境此一異也化及鳥獸此二異也豎子有仁心此三異也具以狀言周易曰信及豚

魚由是傾巢舉落望德如歸廣雅曰落謂村居也左氏傳曰衛遷邢于夷儀邢遷如歸也椎髻髽
首日拜門闕漢書曰尉佗魋髻箕踞淮南子曰三苗髽首卉服滿塗夷歌成韻尚書曰島夷卉服蜀
都賦曰夷歌成章范曄後漢書曰益州刺史朱輔上疏曰白狼王唐菆等慕化歸義作詩三章也禮義既敷威刑具
舉公羊傳曰既者何盡也毛萇詩傳曰具俱也強民獷俗反志遷情韓詩曰獷彼淮夷薛君曰獷覺寤之貌劉
騶駼與李子堅書曰吏民強獷比屋為賊獷古並切風塵不起囹圄寂寞東觀漢記曰蔡彤為遼東太守野無風塵
魏都賦曰囹圄寂寞富商野次宿秉停菑國語叔向曰絳之富商韋藩以過於朝范曄後漢書曰王渙字稚子廣漢
人除溫令境內清夷商人露宿於道毛詩曰彼有遺秉此有滯穗又曰于彼菑畝毛萇曰田一歲曰菑蝝蝗弗起豺虎
遠迹范曄後漢書曰宋均字叔庠南陽人也遷九江太守郡多虎暴數為民患常設檻穽而猶多傷害均到下記屬縣可一去檻穽
除削課制其後傳言虎相與東渡江後山陽楚沛多蝗其飛至九江東界者輒東西散去北狄懼威闗塞謐靜偵
諜不敢東窺駝馬不敢南牧偵伺也鄭玄周禮注曰諜賊反間為國賊者范曄後漢書曰鮮卑寇遼東蔡彤
擊之虜大奔不敢復闚塞過秦論曰胡人不敢南下而牧馬方欲振策燕趙席卷秦代過秦論曰振長策而
御宇內又曰有席卷天下之意陪龍駕於伊洛侍紫蓋於咸陽楚辭曰龍駕兮帝服聊翺翔兮周章傅玄
乘輿馬賦曰紫蓋漂以連翩而遘疾彌留歘焉大漸尚書曰疾大漸惟幾病日臻既彌留耕夫釋耒

桑婦下機曹植荀侯誄曰機女投杼農夫輟耕也參請門衢並走羣望左氏傳曰乃大有事于羣望
維永明九年夏五月三十日辛酉薨春秋三十有七城府颱然庶寮
如霣颱然吹木葉落貌男女老幼大臨街衢潘勗荀彧碑曰男女老幼里號巷哭接響傳聲不
踰時而達于四境臧榮緒晉書曰羊祜薨於是街衢塗巷傳哭接音邑里相達夷羣戎落幽遠必
至望城拊膺震動郢邑並求入奉靈櫬藩司抑而不許雖鄧訓致劈
面之哀羊公深罷市之慕范曄後漢書曰鄧訓字平叔還護烏桓校尉病卒官吏民羌胡愛惜旦夕臨者數千
人戎俗父母死恥悲泣皆騎馬歌呼至聞訓卒莫不號咷或以刀自割又刺殺其犬馬牛羊曰鄧使君已死我曹亦俱死耳晉諸公讚曰
羊祜薨贈太傅南州以市日聞喪卽號哭罷市對而爲言遠有慚德尙書曰惟有慙德神駕東還號
送踰境蕭子顯齊書曰緬喪還百姓沿沔水悲泣奉觴奠以望靈仰蒼天而自訴蕭子顯齊書曰
百姓設祭於峴山鄭玄周禮注曰喪所薦饋曰奠韓詩曰萬人顒顒仰天告訴震響成雷盈塗咽水周易曰震動也
漢中山靖王曰聚蚊成雷江衞與荀仲茂牋曰舉國顒顒歎慕盈塗公臨危審正載惟話言說文曰話會合善言
也楚囊之情惟幾而彌固左傳曰楚子囊還自吳卒將死遺言謂子庚必城郢君子謂子囊忠君薨不忘增其
名將死不忘衞社稷可不謂忠乎尙書曰疾大漸惟幾孔安國曰幾危殆衞魚之心身亡而意結韓詩外傳昔衞

大夫史魚病且死謂其子曰我數言蘧伯玉之賢而不能進彌子瑕不肖而不能退死不當居喪正堂殯我於室足矣衛君問其故子以父言聞君召伯玉而貴之彌子瑕退之徙殯於正堂二宮軫慟遐邇同哀追贈侍中領衛將軍

給鼓吹一部謚曰昭侯時皇上納麓在辰登庸伊始皇上明帝也尚書曰納于大麓烈風雷雨弗迷孔安國曰麓錄也堯納舜使大錄萬機之政尚書曰若時登庸允副朝端兼掌屯衛蕭子顯齊書曰明帝初爲右僕射加領衛尉晉中興書謝安石上疏曰尸素朝端忽焉五載漢書曰城門校尉掌京師城門屯兵聞凶哀震

感絶移時因遘沈痾綿留氣序世祖日夜憂懷備盡寬譬世祖武帝臧榮緒晉書賀循牋曰日夜憂懷慷慨發憤寬譬見下文勉膳禁哭中使相望東觀漢記曰樊脩至孝母終上遣中黃門朝暮餐食吳志曰朱然寢疾孫權夜爲不寐中使醫藥口食之物相望於道上雖外順皇旨內殷私痛獨居

不御酒肉坐臥泣涕霑衣毛萇詩傳曰殷憂也東觀漢記曰齊武王以譖愬遇害上與衆會飲食笑語如平常馮異侍從親近見上獨居不御酒肉坐臥枕席有泣涕處異獨入叩頭寬解上意若此移年癯瘠改貌爾雅曰臞瘠也與癯同渠俱切天倫之愛振古莫儔穀梁傳曰兄弟天倫也何休曰兄弟先後天之倫次也毛詩曰匪今斯今振古如茲毛萇曰振自也及俯膺天眷入纂絶業蕭子顯齊書明紀曰太后慶海陵王以上入纂太祖爾雅曰纂繼也漢書司馬遷曰惟漢接三代絶業分命懿親台牧並建尚書曰分命羲叔左氏傳富辰曰兄弟雖有小忿不

陵懿親春秋漢含孳曰三公在天法三能牧見上文對繁弱以流涕望曲阜而含悲左氏傳子魚曰周公
相王室以尹天下於周爲睦分魯公以大路大旂夏后氏之璜封父之繁弱尚書曰魯侯伯禽宅曲阜改贈司徒因謚
爲郡王禮也惟公少而英明長而弘潤風標秀舉清暉映世學徧書
部特善玄言鞶帨之麗篆籒之則法言曰今之學者非獨爲之華藻也又從而繡其鞶帨李軌曰鞶帨
帨巾也喻今之文字多非獨華藻也巾帶皆文之如繡也漢書史籒音義曰周宣王太史作大篆窮六義於懷抱究
八體於毫端毛詩序曰詩有六義焉一曰風二曰賦三曰比四曰興五曰雅六曰頌漢書八體六技韋昭曰一曰大篆二曰
小篆三曰刻符四曰虫書五曰摹印六曰署書七曰殳書八曰隸書弈思之微秋儲無以競巧孟子曰弈秋通
國之善弈者也儲謂儲蓄精思也馬融廣成頌曰儲積山藪廣思河澤取睽之妙流睇未足稱奇周易曰弦
木爲弧剡木爲矢弧矢之利以威天下蓋取諸睽幽通賦曰養流睇而猿號李虎發而石開至公以奉上鳴謙以
接下周易曰鳴謙貞吉中心得也尚書曰奉先思孝接下思恭撫僚庶盡戚德之容交士林忘公
侯之貴辨亡論曰接士盡盛德之容吳志魯肅曰不失下曹從事交遊士林虛懷博約幽關洞開鄒潤甫爲
諸葛穆荅晉王命曰雖曰博納虛懷下開幽關已見上文西征賦曰胸中豁其洞開宴語談笑情瀾不竭毛詩曰燕
笑語兮是以有譽處兮世說曰王太尉云郭子玄語議如懸河寫水注而不竭譽滿天下德冠生民孝經曰言滿天

下無口過于寶晉紀武帝詔曰蓋德冠生民必饗不泯之榮蓋百代之儀表千年之領袖荀氏家傳曰荀
彧德行周備名重天下莫不以爲儀表王隱晉書曰魏舒爲相國參軍晉王特加器敬每朝會罷坐而目送之曰魏舒堂堂實曰人之領
袖也會不愸留梁摧奄及一左氏傳孔丘卒公誄之曰昊天不弔不愸遺一老禮記曰孔子早起負手曳杖逍遙於門
歌曰太山其頹乎梁木其壞乎豈唯僑終蹇謝與謠輟相而已哉僑子產也左氏傳曰產從政一年輿
人誦之曰取我衣冠而褚之取我田疇而伍之孰殺子產吾其與之及三年又誦之曰我有子弟子產誨之我有田疇子產殖之子產而
死誰其嗣之潘岳賈充誄曰秦士蹇叔舂者不相杵史記趙良曰五羖大夫死舂者不相杵史記以爲五羖而云蹇叔未詳潘沈之旨
凡我僚舊均哀共戚怨天德之無厚痛棠陰之不留周易曰用九天德不可爲首也
鄧析子曰天於人無厚也何足以言之天不能令夭折之人更生爲善之民必壽此於民無厚也淮南子曰日朝發扶桑入于落棠高誘
曰扶桑日所出落棠山日所入也思所以克播遺塵弊之穹壤魏都賦曰列聖之遺塵曹植露盤頌曰弊
之天壤以顯元功乃刊石圖徽寄情銘頌其辭曰
天命玄鳥降而生商毛詩商頌文也是開金運祚始玉筐金謂殷鄒子曰五德從所不勝虞土
夏木殷金周火呂氏春秋曰有娀氏有二佚女爲九成之臺飲食以鼓帝命燕往視之鳴若謚謚二女愛而爭搏之覆以玉筐少選發而
視之鷰遺卵而北飛遂不反高誘曰帝天也天命鷰降卵于有娀氏女吞之生契三仁去國五曜入房論語曰微

子去之箕子爲之奴比干諫而死孔子曰殷有三仁焉春秋元命苞曰殷紂之時五星聚房房者蒼神之精周據而興亦白其
馬侯服周王毛詩序曰有客微子來見祖廟詩云有客有客亦白其馬又曰侯服于周天命靡常本枝派別因
菜命氏微子之後食邑於蕭因氏焉毛詩曰文王孫子本枝百世吳都賦曰百川派別漢書曰楊雄之先初食菜於晉之楊因氏
焉左氏傳羽父曰胙之土而命之氏涉徐而東義均梁徙謂徙蘭陵也王隱晉書曰徐州部東海郡蘭陵縣班固高
紀贊劉向曰戰國時劉氏自秦獲於魏秦滅魏遷大梁都豐故周市說雍齒曰豐故梁徙也頌高祖云涉魏而東遂爲豐公自茲
以降懷青拕紫解嘲曰紆青拕紫朱丹其轂崇基巖巖長瀾瀰瀰毛詩曰節彼南山維石巖巖又
曰新臺有泚河水瀰瀰惟聖造物龍飛天步莊子孔子曰夫造物者爲人司馬彪曰造物謂道也周易曰飛龍在
天利見大人毛詩曰天步艱難之子不猶載鼎載革有除有布鼎革二卦名也周易曰井道不可不革故受之以革
革物者莫若鼎故受之以鼎漢書音義文穎曰孛星多爲除舊布新改易君上也高皇赫矣仰膺乾顧曹府君陳
寔誄曰赫矣陳君毛詩曰乃眷西顧此維與宅景皇烝哉實啓洪祚毛詩曰文王烝哉潘岳羊夫人謚策文曰光啓
洪祚慶流萬國喬嶽峻峙命世興賢毛詩崧高維嶽峻極于天維岳降神生甫及申鄭玄曰福祚與於子孫命世已
見上文膺期誕德絕後光前膺五百歲之期也曹植上文帝誄表曰階青雲而誕德晉起居注安帝詔曰元功盛
德超絕後前幾以成務覺在民先周易曰夫幾者動之微又曰夫易開物成務孟子伊尹曰天之生斯人使先覺

覺後覺也予天民之先覺者也位非大寶爵乃上天周易曰天地之大德曰生聖人之大寶曰位孟子有天爵有人
爵仁義忠信樂善不倦此天爵也公卿大夫此人爵也爰始濯纓清猷浚發楚辭曰滄浪之水清可以濯吾纓毛
詩曰濬哲維商長發其祥升降文陛逶迤魏闕漢書梅福上疏曰願一登文石之陛涉赤墀之塗夏侯稚景福殿賦
曰乃陟乎文陛以登華殿呂氏春秋中山公子牟謂詹子曰身在江海之上心居乎魏闕之下高誘曰魏闕象魏之闕也惠露沾
吳仁風扇越陸機謝成都王牋曰慶雲惠露止於落葉涉夏踰漢政成朞月楚辭曰江與夏之不可涉
夏水名也尚書曰逾于漢朞月已見上文用簡必從日新為盛周易曰簡則易從又曰日新之謂盛德在上
哀矜臨下莊敬哀矜已見上文論語曰季康子問使民以敬如之何子曰臨之以莊則敬草木不夭昆蟲
得性毛詩序曰周家忠厚仁及草木又曰民樂其有靈德以及鳥獸昆虫焉我有芳蘭民胥攸詠芳蘭即上
芳若椒蘭也羣夷蠢蠢巖別嶂分爾雅曰蠢動也傾山盡落其從如雲毛詩曰齊子歸止其
從如雲挈妻荷子負戴成羣莊子曰邠人謂邠王曰挈吾妻子以從王乎又曰石戶之農夫負妻戴子入海也
迴首請吏會何足云封禪書曰昆蟲闓澤迴首面內漢書曰邛笮之君長聞南夷與漢通請吏比南夷昔聞
天道仁罔不遂老子曰天道無親常與善人論語子曰仁者壽莊子曰聖也者遂於命者也彼蒼如何與
山止簣毛詩曰彼蒼者天殲我良人止簣已見上文四牡方馳六龍頓轡毛詩曰駕彼四牡四牡項領頓

轡喻死也楚辭曰貫鴻濛以東朅兮維六龍於扶桑王逸注曰結我車轡於扶桑以留日行幸得延年壽也頓猶舍也斯民曷
仰邦國殄瘁毛詩曰人之云亡邦國殄瘁齊殞晏平行哭致禮晏子曰齊景公遊於淄晏子死公繁
驅而馳自以為遲下車而趨知不如車之駛則又乘之比至國四下而趨至則伏尸而哭曰百姓誰復告我惡邪趙徂昌國
列邦揮涕史記曰樂毅為燕伐齊破之封樂毅於昌國昭王卒燕惠王疑毅毅降趙號曰望諸君而卒於趙潘岳太宰魯公碑
曰趙喪望諸列國同傷家語敬姜曰無揮涕涕以手揮之也況我君斯皇之介弟左氏傳伯州犂謂皇頡曰夫子
為王子圍寡君之貴介弟也哀感徒庶慟興雲陛左思七略曰闔甲第之廣袤建雲陛之嵯峨階毀留
攢川汎歸軸禮記曰君殯用輴攢至于上鄭玄曰攢猶叢也殯君棺以龍輴叢不題湊象椁儀禮曰遷于祖用軸鄭玄曰軸
輁也競羞野奠爭攀去轂遵諸號追臨波望哭毛詩曰鴻飛遵諸范曄後漢書曰祭遵喪至河
南車駕臨之望哭哀慟無絕終古惟蘭與菊楚辭曰春蘭兮秋菊長無絕兮終古塗由帝諸朱軒
靡駕楚辭曰帝子降兮北諸尚書大傳曰未命為士不得乘朱軒東首塋園卽宮長夜廣雅曰首向也漢書
音義如淳曰塋冢田也禮記曰孔悝鼎銘曰卽宮于宗周李陵詩曰嚴父潛長夜慈母去中堂逝川無待黃金難化
逝川已見上文史記少君言上曰祠竈則致物而丹砂可為黃金黃金成以為飲食器則益壽鍾石徒刊芳猷永謝
吳越春秋樂師謂越王曰君王德可以刻之金石王逸楚辭注曰謝去也

墓誌吳均齊春秋王儉曰石誌不出禮典起宋元嘉顏延之爲王琳石誌

劉先生夫人墓誌蕭子顯齊書曰太祖爲劉瓛娶王氏女瓛卒天監元年下詔爲瓛立碑號曰貞簡先生王僧孺劉氏譜曰瓛娶王法施女也

任彥升

既稱萊婦亦曰鴻妻列女傳曰老萊子逃世耕於蒙山之陽或言之楚王楚王遂駕車至老萊之門楚王曰守國之孤願變先生老萊曰諾妻曰妾聞之居亂世爲人所制此能免於患乎妾不能爲人所制者投其畚而去老萊乃隨之又曰梁鴻妻者同郡孟氏之女也德行甚脩鴻納之共逃遁霸陵山中後復相將至會稽賃春爲事雖雜傭保之中妻每進食常舉案齊眉不敢正視以禮脩身所在敬而慕之復有令德一與之齊曹植王仲宣誄曰既有令德材技廣宣禮記曰信婦德也一與之齊終身不改實佐君子簪蒿杖藜毛詩序曰又當輔佐君子求賢審官東觀漢記曰梁統與杜林書曰君非隗囂不降志辱身至簪蒿席草不食其粟莊子曰子貢見原憲原憲杖藜應門欣欣負載在冀之畦音攜漢書曰朱買臣常刈樵其妻亦負載相隨左氏傳曰初臼季過冀見冀缺耨其妻饁之敬相待如賓居室有行亟聞義讓言初居室及於有行俱聞義讓故曰亟也列女傳鮑蘇妻曰如不教吾以居室之行毛詩曰女子有行左氏傳趙衰曰臣亟聞其言矣稟訓丹陽弘風丞相蕭子顯齊書曰瓛晉丹陽尹惔六葉孫也然其妻王氏丞相導之後也籍甚二門風流遠尚漢書曰陸賈游漢庭公卿間名聲籍甚習鑿齒晉陽秋曰王夷甫樂廣俱宅心事外言風流者稱王樂焉肇允才淑閫德

斯諒毛詩曰肇允彼桃蟲又曰窈窕淑女禮記曰內言不出於閫鄭玄曰閫門限也毛萇詩傳曰諒信也蕪沒鄭鄉寂寞楊冢范曄後漢書曰鄭玄字康成北海人也國相孔融深敬玄屣履造門告高密縣爲玄特立一鄉曰齊置士鄉越有君子軍皆異賢之意也今鄭君鄉宜曰鄭公鄉七略曰楊雄卒弟子侯芭負土作墳號曰玄冢參差孔樹毫末成拱皇覽聖賢冢墓誌注曰孔子冢在魯城北泗水南冢塋中樹以百數皆異種人傳言孔子弟子異國人各持其國樹來種之其樹柞枌雒離五味欃檀之樹魯人莫之識老子曰合抱之木生於毫末公羊傳曰秦伯謂蹇叔曰爾之年老冢上之木拱矣暫啓荒埏長扃幽隴蕭子顯齊書曰王氏被出今云合葬蓋竇卒之後王氏宗合之夫貴妻尊匪爵而重喪服傳曰夫尊於朝妻貴於室潘岳夏侯湛誄曰惟爾之存匪爵而貴

文選卷第五十九

賜進士出身通奉大夫江南蘇松常鎮太等處承宣布政使司布政使胡克家重校刊

文選卷第六十

梁昭明太子撰

文林郎守太子右內率府錄事參軍事崇賢館直學士臣李善注上

行狀

齊竟陵文宣王行狀一首

任彥昇

祖太祖高皇帝父世祖武皇帝

南徐州南蘭陵郡縣都鄉中都里蕭公年三十五行狀公道亞生知照隣幾庶（論語孔子曰生而知之者上也學而知之者次也傳季友脩張良廟教曰道亞黄中照隣殆庶）孝始人倫忠爲令德（毛詩曰成孝敬厚人倫左氏傳君子曰忠爲令德）公實體之非毀譽所至（論語子曰吾之於人誰毀誰譽如有所譽高誘呂氏春秋注曰體行也莊子曰舉世譽之而不加勸舉世非之而不加沮）天才博贍學綜該明（郭子曰孫子荆上品狀王武子曰天才英博亮拔不羣潘岳任府君畫讚曰學綜羣籍智周萬物）至若曲臺之禮九師之易（七略曰宣皇帝時行射禮博士后倉爲之辭至今記之曰曲臺記又曰易傳淮南九師道訓者淮南王安所造也漢書音義曰淮南王安聘明易者九人號九師說）樂分龍趙詩析齊韓（漢書曰雅琴趙氏七篇名定渤海人宣帝時丞相魏相所表又曰雅琴龍氏九十九篇名德梁人也又曰詩魯齊韓三家應劭漢書注曰申公作魯詩韓嬰作韓詩后倉作齊詩也）陳農所未究河閒所未輯（漢書曰成帝時以書頗散亡使謁者陳農求遺書於天下又曰河閒獻王德從民得善書必爲好寫與之留其真加金帛賜以招之由是或有先祖舊書多奉以奏獻王者故得書多與漢朝等）有一於此罔不兼綜者與（謝承後漢書曰劉覲方筴所載靡不必綜）昔沛獻訪對於雲臺東平齊聲於

楊史東觀漢記曰沛獻王輔永平五年秋京師少雨上御雲臺召尚席取卦具自卦以周易卦林占之其繇曰蟻封穴戶大雨將集明日大雨上即以詔書問輔曰道豈有是耶輔上書曰案易卦震之蹇蟻封穴戶大雨將集蹇艮下坎上艮為山坎為水出雲為雨蟻穴居而知雨將雲雨蟻封穴者故以蟻為興文詔報曰善哉王次序之又曰上以所自作光武皇帝本紀示東平憲王蒼蒼因上世祖受命中興頌上甚善之以問校書郎此與誰等皆言類相如楊雄前代史岑比之淮南取貴於食時陳思見稱於七步方斯蔑如也漢書淮南王安上使為離騷傳旦受詔日食時上世說曰魏文帝令陳思王七步成詩詩曰萁在竈下然豆在釜中泣本是同根生相煎何太急初沈攸之跋扈上流稱亂陝服沈約宋書曰沈攸之字仲達為荊州刺史順帝即位攸之帥武義至夏口反毛詩傳曰無畔援猶跋扈也西京賦曰睢盱跋扈尚書曰非台小子敢行稱亂臧榮緒晉書曰武陵王令曰荊州勢據上流將軍休之委以分陝之重宋鎮西晉熙王南中郎邵陵王竝鎮盆口沈約宋書曰明帝第六子燮字仲綏封晉熙王進號鎮西沈攸之舉兵鎮尋陽之盆城又曰邵陵殤王友字仲賢明帝第七子也年五歲出為南中郎將江州刺史邵陵王世祖毗贊兩藩而任摠西伐沈約宋書曰齊王太子奉晉熙王燮鎮尋陽之盆城公時從在軍鎮西府版寧朔將軍軍主南中郎版補行參軍署法曹沈約宋書曰除拜則為參軍事府版則為行參軍于時景燭雲火風馳羽檄言雲火之多如景之照羽檄之疾若風之馳太公六韜曰雲火萬炬以謀防夜四子講德論曰風馳雨集漢書高祖曰以羽檄徵天下兵

出股肱任切書記魏文帝與吳質書曰元瑜書記翩翩遷左軍邵陵王主簿記室參軍
既允焚林之求實兼儀形之寄刀筆不足宣功風體所以弘益文士傳曰
太祖雅聞阮瑀名辟之不應連見逼促乃逃入山中太祖使人焚山得瑀送至召入太祖時在長安大延賓客怒不與語使就技人列瑀
善解音能鼓琴遂撫絃而歌因造歌曲曰奕奕天門開大魏應期運青蓋巡九州在西東人怨士爲知己死女爲悅己玩恩義苟潛暢他
人焉能亂爲曲既捷音聲殊妙當時冠坐太祖大悅署爲記室何法盛晉中興書曰王承字安期司空東海王越以爲記室參軍雅相敬
重勑子毗曰夫學之所益者淺體之所安者深閑習禮度不如式瞻儀形諷味遺言不如親承音旨王參軍人倫之表汝其師之史記張
釋之曰秦任刀筆之吏除邵陵王友又爲安南邵陵王長史東夏形勝關河重
複東夏會稽也尚書王曰爰建爾于上公尹茲東夏漢書田肯曰秦形勝之國也韓康伯王述碑曰述遷會稽太守此蓋關河之重複
泱泱大邦選衆而舉敦悅斯在論語子夏曰舜有天下選於衆舉皋陶不仁者遠矣左氏傳曰晉蒐於被廬謀元帥
趙衰曰郤縠可臣亟聞其言矣說禮樂而敦詩書君其試之除使持節都督會稽東陽臨海永嘉
新安五郡諸軍事輔國將軍會稽太守太祖受命廣樹藩屏左氏傳富辰曰
昔周公故封建親戚以藩屏周室公以高昭武穆惟戚惟賢漢書韋玄成曰父爲昭子爲穆孫復爲昭也漢
書文帝詔曰右賢左戚封聞喜縣開國公食邑千戶又奏課連最進號冠軍將

軍漢書曰兒寬爲農都尉大司農奏課最連韋昭曰最連得第一也越人之巫覡正風而化俗范曄後漢
書曰第五倫字伯魚京兆人也拜會稽太守會稽俗多淫祀好卜筮民常以牛祭神百姓財產以之困匱倫到官移書屬縣曉告百姓其
筮祝有依託鬼神詐怖愚民皆案論之有妄屠吏輒行罰於後遂斷絕百姓以安篁竹之酋感義讓而失險
漢書淮南王上書曰臣聞越處谿谷之閒篁竹之中范曄光武紀贊曰金湯失險邪叟忘其西眞龍丘狹其
東皋范曄後漢書曰劉寵拜會稽太守徵爲將作大匠山陰有五六老叟自若邪山谷出送寵曰聞當見弃故自扶奉送潘安仁楊
經誄云日昃西望子朝陰范曄後漢書曰任延字長孫南陽人拜會稽都尉年十九吳有龍丘萇者隱居志不降辱四輔三公連辟不
到掾史白請召之延曰龍丘先生躬德履義有原憲伯夷之節都尉洒掃其門猶懼辱焉召之不可使功曹奉謁修書記致醫藥吏使相
望於道積一歲萇乃乘輦詣府門願得先死備錄延辭讓再三遂署議曹祭酒阮籍奏記曰將耕東皋之陽輸黍稷之稅會武穆
皇后崩公星言奔波泣血千里蕭子顯齊書曰武穆裴皇后諱惠昭河東人父璣之后生子良禮記曰惟
父母之喪見星而行夜見星而舍毛詩曰星言夙駕仲長子昌言曰救患赴急跋涉奔波者憂樂之盡也禮記曰高子皋執親之喪泣血
三年未嘗見齒君子以爲難水漿不入於口者至自禹穴禮記曾子謂子思伋曰吾執親之喪水漿不入
於口七日漢書曰司馬遷南遊江淮上會稽探禹穴逮衣裳外除心哀內疚禮記曰親喪外除鄭玄曰日月已竟
哀不忘也嵇康幽憤詩曰心焉內疚爾雅曰疚病也禮屈於厭降事迫於權奪禮記曰有從有服而無服公子

於其妻之父母鄭玄曰凡公子厭於君降其私親女君之子不降也晉起居注宋公表曰情由權奪也而茹戚肌膚沈
痛瘡距廣雅曰茹食也禮記曰創鉅者其日久痛甚者其愈遲三年者稱情而立文所以爲至痛極故知鍾鼓非
樂云之本縗麤非隆殺之要論語子曰樂云樂云鍾鼓云乎哉馬融曰樂之所貴者移風易俗也非謂鍾鼓
而已左氏傳曰齊晏桓子卒晏嬰麤衰斬寢苫枕草孫卿子曰喪三年何也曰加隆焉故三年以爲隆緦小功以爲殺鄭玄禮記注曰有
隆有殺進退如禮莊子曰本在於上末在於下要在於主詳在於臣鍾鼓之音羽旄之容樂之末哭泣縗絰隆殺之服哀之末改授
征虜將軍丹陽尹良家入徙戚里內屬三輔黃圖曰宣帝爲杜陵徙良家五千戶居於陵漢書曰
萬石君傳曰徙其家長安中戚里以姊爲美人故也政非一軌俗備五方漢書曰秦地五方雜錯公內樹
寬明外施簡惠范曄後漢書馮衍說鮑永曰幸逢寬明之日將值危言之時臧榮緒晉書吳隱之爲晉陵太守布政簡惠
神臯載穆轂下以清西京賦曰寔惟地之奧區神臯漢書谷永上疏曰薛宣爲御史中丞執憲轂下胡廣漢官解故
注曰轂下喻在輦轂之下京城之中也范曄後漢書曰楊璉爲零陵太守郡境以清武皇帝嗣位進封竟陵郡
王食邑加千戶復授使持節都督南徐兗二州諸軍事鎮北將軍南
徐州刺史還使持節侍中都督南兗徐北兗青冀五州諸軍事征北
將軍南兗州刺史兗徐接壤素漸河潤漢書武帝詔曰淮南衡山兩國接壤東觀漢記曰拜郭伋

潁川太守召見辭謁帝勞之曰賢能太守去帝城不遠河潤九里冀京師并蒙福也未及下車仁聲先洽漢書曰班
伯為定襄太守其下車作威吏民竦息玉關靖柝北門寢扃漢書曰龍勒有玉門關周禮曰凡軍事聚㰏鄭玄曰
擊㰏兩木相敲行夜時也㰏與柝同史記曰齊威王曰吾吏有黔夫者使守徐州則燕人祭北門裴駰曰齊之北門說文曰扃外關門之
關朝旨以董司岳牧敷興邦教晉起居注宋公表曰董司乖方遏寔引罰孔安國尚書傳曰董督也潘岳
關中詩曰岳牧慮殊禮記司徒明七教以興民德尚書曰司徒掌邦教方任雖重比此為輕山濤啓事曰方任雖
重比此為輕徵護軍將軍兼司徒侍中如故又授車騎將軍兼司徒侍中
如故即授司徒侍中又如故上穆三能下敷五典漢書曰三能色齊君臣和蘇林曰能
音台尚書帝曰契汝作司徒敬敷五教在寬又曰五典克從孔安國曰五典五常之教闢玄闈以闡化寢鳴鍾
以體國玄謂道也太玄經曰玄門混沌離知孫放數詩曰一往縱神懷矯跡步玄闈范曄後漢書曰桓榮為五更贊曰待問應若
鳴鍾翼亮孝治緝熙中教孝經曰昔者明王之以孝治天下也不敢遺小國之臣司徒故曰中教奪金恥
訟蹊田自嘿呂氏春秋曰齊人有欲得金者清旦衣冠之鬻金者之所見人操金攫而奪之吏捕而束縛之問曰人皆在焉
子攫人之金何故對吏曰殊不見人徒見金耳左氏傳申叔時謂楚子曰牽牛以蹊人之田而奪之牛牽牛以蹊者信有罪矣而奪之牛
罰以重矣不雕其朴用晦其明呂氏春秋曰賢不肖各反其質行其情不雕其素高誘曰素樸也周易曰明入地中

明夷君子以莅衆用晦而明王弼曰藏明於內乃得明聲化之有倫繄公是賴潘元茂九錫文曰故周室之不
壞繄二國是賴庠序肇興儀形國胄師氏之選允師人範禮記曰有虞氏養國老於上庠夏后
氏養國老於東序鄭玄曰皆學名也毛詩曰儀刑文王袁山松後漢書曰李膺風格儀刑皆可師範尚書曰夔命汝典樂教胄子周禮曰
師氏中大夫以三德教國子法言曰務學不如務求師師者人之模範也以本官領國子祭酒固辭不拜
八座初啓以公補尚書令陳壽魏志評曰八座尚書即古六卿之任也晉百官名曰尚書令尚書僕射六尚書
古爲八座尚書式是敷奏百揆時序尚書曰敷奏以言又曰納于百揆百揆時敘王隱晉書詔曰今之尚書令皆古
之百揆之任也夫國家之道互爲公私君親之義遞爲隱犯禮記曰事親有隱而無犯事君
有犯而無隱有諫諍之義公二極一致愛敬同歸國語欒共子曰臣聞之人生於三事之如一父母生之師教之
君食之非父不生非食不長非教不智生之族也故一事之唯其所在則致死焉孝經曰資於事父以事母而愛同資於事父以事君而
敬同亮誠盡規謀猷弘遠矣國語召康公曰天子聽政近臣盡規晉中興書冊陶侃曰公經德秉哲謀猷弘遠
又授使持節都督揚州諸軍事揚州刺史本官悉如故舊惟淮海今
則神牧尚書曰淮海惟揚州地理書曰崑崙東南地萬五千里名曰神州編戶殷阜萌俗繁滋漢書呂后
曰諸將故與帝爲編戶不言之化若門到戶說矣周易曰不言而信存乎德行孝經曰君子之教以孝非家

至而目見之鄭玄曰非門到戶至而目見也楚辭曰衆不可戶說兮孰云察余之中情頊之解尚書令改授中

書監餘悉如故獻納樞機絲綸允緝兩都賦序曰日月獻納周易曰言行君子之樞機禮記曰王言如絲其出如綸武皇晏駕寄深負圖應劭風俗通曰宮車晏駕謹按史記曰王稽謂范雎曰夫事有不可知者有不可奈何者一日宮車晏駕是事不可知也君雖恨於臣是無可奈何謂秦昭王以天下終也昔周康王一旦晏起侍人以爲深刺天子當夜寢早作身省萬機如今崩殞則爲晏駕矣家語孔子觀於明堂覩四門之墉有周公相成王抱之負斧扆南面以朝諸侯之圖焉公

仰惟國典俛遵遺託俯擗天倫踴絕于地居處之節復如居武穆之

憂穀梁傳曰兄弟天倫也何休曰兄先弟後天之倫次也禮記曰婦人擊心爵踴鄭玄曰爵踴足不絕地也聖主嗣興地

居旦奭蕭子顯齊書曰鬱林王昭業文惠太子長子世祖崩太孫卽位有詔策授太傅領司徒餘悉

如故坐而論道動以觀德周禮曰坐而論道謂之三公禮記曰樂行而民向方可以觀德矣地尊禮

絕親賢莫貳晉中興書恭帝詔曰大司馬地隆任重親賢莫貳班固諸侯王表序曰親親賢賢褒功表德又詔加

公入朝不趨讚拜不名劍履上殿蕭傳之賢曹馬之親兼之者公也

漢書曰上賜蕭何帶劍履上殿入朝不趨又曰上欲自行擊陳豨周緤泣曰始秦攻破天下未曾自行今上常自行是無人可使者乎上以爲愛我賜入殿門不趨而緤與傅寬同傳寬無不趨之言疑任公誤也魏志曰曹真字子丹太祖族子也明帝卽位遷大司馬賜劍履

上殿入朝不趨晉公卿禮秩曰汝南王亮秦王東吳王晏梁王彤皆劍履上殿入朝不趨復以申威重道增崇德
統進督南徐州諸軍事餘悉如故並奏疏累上身歿讓存王隱晉書曰武帝贈
羊祜詔曰身歿讓存遺操益厲天不憖遺梁岳頹峻左氏傳曰孔丘卒公誄之旻天不弔不憖遺一老禮記曰孔子
蚤作負手曳杖逍遙於門歌曰太山其頹乎梁木其壞乎某年某月日薨春秋三十有五詔給溫
明祕器斂以袞章備九命之禮遣大鴻臚監護喪事朝夕奠祭太官
供給禮也漢書曰大將軍霍光薨賜東園溫明祕器服虔曰東園處此器象如桶開一端漆畫懸鏡其中置尸上斂幷蓋之周
禮曰三公自袞冕而下又曰上公九命故以慟極津門感充長樂東觀漢記曰東海王彊薨上發魯相所上
檄下牀伏地舉聲盡哀至長樂宮白太后因出幸津門亭發喪豈徒舂人不相傾壥罷肆而已哉史記
曰趙良謂商鞅曰五羖大夫死秦國男女莫不流涕童子不歌謠舂者不相杵劉緇聖賢本紀曰子產治鄭二十年卒國人哭于巷商賈
哭于市農夫號于野乃下詔曰褒崇庸德前王之令典追遠尊戚沿情之所隆
禮記曰禮樂之情同故明王相沿也鄭玄注曰沿猶因述也故使持節都督楊州諸軍事中書監
太傅領司徒楊州刺史竟陵王新除進督南徐州體睿履正神監淵
邈道冠民宗具瞻惟允毛詩曰民具爾瞻肇自弱齡孝友光備毛詩曰張仲孝友爰

及贊契協升景業燮和台曜五教克宣台曜及五教並已見上文敷奏朝端百揆
惟穆尚書曰敷奏以言晉中興書謝石上疏曰尸素朝端忽焉五載尚書曰百揆時敘寄重先顧任均負圖
先顧則顧命也尚書曰成王將崩命召公畢公相康王作顧命負圖已見上文諒以齊徽二南同規往哲毛詩
序曰關雎麟趾之化王者之風也故繫之周公鵲巢騶虞之德諸侯之風也故繫之召公周南召南正始之道王化之基方憑保
祐永翼雍熙東京賦曰上下共其雍熙天不憖遺奄見薨落憖遺已見上文方言曰奄遽也尚書曰帝
乃殂落哀慕抽割震動于厥心今先遠戒期龜謀龔吉禮記曰喪事先遠日尚書曰謀
及卜筮孔安國曰龜曰卜又曰乃卜三龜一習吉龔與習通茂崇嘉制式弘風猷可追崇假黃鉞
尚書曰王左杖黃鉞孔安國曰鉞以黃金飾斧侍中都督中外諸軍事太宰領大將軍楊州
牧綠綟麗綬具九錫服命之禮魏晉官品曰相國丞相綠綟綬九錫已見潘勗九錫文使持節
中書監王如故給九旒鑾輅甘泉鹵簿曰游車九乘禮記曰乘鑾輅駕蒼龍黃屋左纛導轀
輬車漢書曰紀信乘王車黃屋左纛李斐曰黃屋天子車以黃繒爲蓋裏纛毛羽幢在乘輿衡左方上注之漢書曰載霍光尸以轀
輬車文穎曰如今喪轜車前後部羽葆鼓吹挽歌二部虎賁班劍百人漢書韓延壽給羽葆
鼓車歌車張晏曰羽葆幢也服虔曰如今鼓吹歌車也晉公卿禮秩曰諸公及開府位從公者給虎賁二十人持班劍焉葬禮一

依晉安平獻王孚故事王隱晉書曰孚字叔達宣帝次弟也封安平王薨謚曰獻詔喪事一依漢東平獻王蒼故
事公道識虛遠表裏融通淵然萬頃直上千仞范曄後漢書郭林宗曰黃叔度汪汪如萬
頃之陂魯連子曰東山有松千仞無枝非爲正直無枉自然僕妾不覩其喜慍近侍莫見其傾弛
晉中興書曰衛玠終身不見其慍喜王隱晉書曰王邵爲丹陽尹善禮儀操人近習未嘗見其惰替他人之善若己有
之尚書穆公曰人之有伎若己有之民之不臧公實貽恥尸子曰見人有過則如己有過虞氏之盛德也誘
接恂恂降以顏色論語曰孔子於鄉黨恂恂如也似不能言者王肅曰恂恂溫恭之貌方於事上好下
規己魏志劉寔曰王肅方於事上而好下接己此一反也而廉於殖財施人不倦左傳叔向曰齊桓施舍不
倦求善不厭帝子儲季令行禁止文子曰夫抱順効誠者令行禁止國綱天憲寘諸掌握
范曄後漢書劉陶曰今權官手握王爵口含天憲淮南子曰執節於掌握之間寘致也未嘗鞫人於輕刑錮人
於重議東觀漢記曰袁安爲尹十餘年政令公平未嘗以贓罪鞫人常歎曰凡士之學高欲望宰相下及牧守錮人於聖代尹不
忍爲也人有不及內恕諸己非意相干每爲理屈晉中興書曰衛玠常以人有不及可以情
恕非意相干可以理遣任天下之重體生民之俊孟子曰伊尹其自任以天下之重也如此東觀漢記鄧鄴
曰天生俊士以爲民也華袞與縕緒同歸山藻與蓬茨俱逸潘岳密陵侯鄭公碑曰公雖違

華袞猶朱其紱韓詩子路曰曾子褐衣緼緒未嘗完論語曰臧文仲山節藻梲包咸曰節者栭刻鏤為山梲者梁上楹畫以藻文聖主得

賢臣頌曰長於蓬茨之下良田廣宅符仲長之言范曄後漢書曰仲長統字公理山陽人也少好學博涉書記每

州郡召命輒稱疾不就欲卜居清曠以樂其志嘗論之曰使居有良田廣宅背山臨流溝池環匝竹木周布足以息四體之役邙山

洛水協應叟之志應璩與程文信書曰故求遠田在關之西南臨洛水北據邙山託崇岫以為宅因茂林以為蔭丘

園東國錙銖軒冕以東國若上國輕軒冕猶錙銖者鄭玄曰言君分國以祿之視之輕如錙銖矣乃依林構

宇傍巖拓架清援與壺人爭旦緹幕與素瀨交輝劉公幹贈五官中郎將詩曰明月照

緹幕楚辭曰戲疾瀨之素水置之虛室人野何辨莊子曰虛室生白孟子曰舜之居深山之中所以異於深山之

野人者幾希劉熙曰當此之時舜與野人相去豈遠哉殷仲文入剡詩曰野人雖云隔超悟必有比高人何點躡屩於

鍾阿徵士劉虯獻書於衞岳贈以古人之服弘以度外之禮蕭子顯齊書曰

何點字子晳廬江人也隱居東離門卞忠貞墓側豫章王命駕造門點後門逃去竟陵王子良聞之曰豫章王命尚不屈非吾所議遺點

嵇叔夜酒杯徐景山酒鎗以通意虞孝敬高士傳曰何點常躡草屩時乘柴車蕭子顯齊書又曰劉虯字靈豫南陽人也豫章王為荊州

牧辟虯為別駕遺書禮請虯脩牋荅不應命子良致書通意虯荅書後以江陵沙洲人遠乃徙居之魏志曰太祖賜毛玠素屏風素憑几

曰君有古人之風故賜以古人之服干寶晉紀何曾謂太祖曰阮籍如此何以訓世太祖曰度外人也宜共容之屈以好事

之風申其趨王之意戰國策曰先生王叔造門欲見於齊宣王宣王使謁者迎入王叔曰叔趨見王爲好勢王趨見叔爲好士於王何如使者復還報宣王曰先生徐入寡人請從宣王因趨而迎之於門乃知大春屈己於五王君大降節於憲后致之有由也范曄後漢書井丹字大春扶風人建武末沛王輔等五王居北宮皆好賓客更遣請丹不能致信陽侯陰就光烈皇后弟也以外戚貴盛乃詭五王求錢千萬約能致丹別使人要劫之丹不得已既至就故爲設麥飯葱菜之食丹推去之曰以君侯能供甘旨故來相過何其薄乎更致盛饌乃食東觀漢記曰荀恁字君大鴈門人也永平中驃騎將軍東平憲王蒼辟恁署祭酒敬禮焉後朝會上戲之曰先帝徵君不至驃騎辟而來何也對曰先帝秉德惠下臣故不來驃騎將軍執法檢下臣故不敢不來其卉木之奇泉石之美公所製山居四時序言之已詳文皇帝養德東朝同符作者蕭子顯齊書曰文惠太子懋字雲喬世祖長子昭業即皇帝位追尊爲文皇帝山濤啓事曰保傅不可不高天下之選羊祜秉德義克己復禮東宮少事養德而已論衡曰治國之道一曰養德養德者養名高尚之人亦能敬賢禮記曰作者之謂聖述者之謂明明聖者述作之謂也爰造九言實該百行竟陵王集有皇太子九言言德言賢言親言生言靜言昭言眞言節言義孔藏與從弟書曰學者所以飾百行也導衿褵於未萌申烱戒於玆曰衿褵於衿結褵也儀禮曰女嫁母施衿結帨曰勉之敬之毛詩曰親結其縭九十其儀毛萇曰離婦人之幃也幽通賦曰既訊爾以吉象又申之以烱戒非直旦暮千載故乃萬世一時也莊子曰萬世之後而一遇大聖知其解者

是日暮遇之也命公注解竟陵王集有皇太子九言注解衞將軍王儉綴而序之竟陵王集云衞將軍王儉爲九言序贊山宇初構超然獨往淮南王莊子略要曰江海之士山谷之人也輕天下細萬物而獨往者也司馬彪注曰獨往自然不復顧世顧而言曰死者可歸誰與入室國語曰趙文子與叔向觀乎九原曰死者若可作吾誰與歸尚想前良俦若神對思玄賦曰尚前良之遺風王隱晉書劉琨曰神爽忽然若己之侍對也乃命畫工圖之軒牖既而緬屬賢英傍思才淑賈逵國語注曰緬思貌匹婦之操亦有取焉有客游梁朝者從容而進曰未見好德愚竊惑焉論語孔子曰吾未見好德如好色者即命刊削投杖不暇禮記曰子夏喪其子而喪其明弟子弔之子夏曰天乎予之無罪曾子怒曰喪爾親使人未有聞喪爾子喪爾明汝何無罪子夏投其杖而拜之公以爲出言自口驥騄不追鄧析書曰一言而非駟馬不能追一言而急駟馬不能及聽受一謬差以千里易乾鑿度曰正其本而萬物理失之毫釐差之千里所造箴銘積成卷軸門階戶席寓物垂訓李尤集序曰尤好爲銘讚門階戶席莫不有述家語南宮敬叔曰孔子作春秋垂訓後嗣先是震于外寢左氏傳曰震夷伯廟罪之匠者以爲不祥將加治葺弔屈原曰逢時不祥杜預左氏傳注曰葺覆也公曰此天譴也無所改修以記吾過且令戒懼不怠左氏傳曰晉侯求介之推不獲以緜上爲之田曰以志吾過且旌善人從諫如

順流虛己若不足王命論曰從諫如順流莊子曰人能虛己以游於世其孰能害之老子曰大白若辱廣德若不足

至於言窮藥石若味滋旨左氏傳曰孟孫卒臧孫入哭甚哀曰孟孫之惡我藥石也信必由中貌

無外悅左氏傳曰周鄭交惡君子曰信不由中質無益也貴而好禮怡寄典墳論語子曰未若貧而樂富

而好禮者也左氏傳楚子曰左史倚相能讀三墳五典雖牽以物役孜孜無怠孫卿子曰是謂以己為物役矣

尚書曰禹予思曰孜孜又曰無怠無荒乃撰四部要略淨住子淨住序云遺教經云波羅提木叉是女大師若

住於世無異我也又云波羅提木叉住則我法住波羅提木叉滅則我法滅是故衆僧於望晦再說禁戒謂之布薩外國云布薩此云淨

住亦名長養亦名增進所謂淨住身口意身絜意如戒而住故曰淨住子者紹繼為義以沙門淨身口七支不起諸惡長養增進菩提善

根如是修習成佛無差則能紹續三世佛種是佛之子故云淨住子並勒成一家懸諸日月漢書曰太史公書序

略以拾遺補闕藝成一家言揚雄方言曰雄以此篇目煩示其成者張伯松伯松曰是懸諸日月不刊之書也弘洙泗之風

闡迦維之化禮記曾子謂子夏曰吾與汝事夫子於洙泗之間鄭玄曰洙泗魯水名也瑞應經曰菩薩下當作佛託生天竺

迦維羅衛國大漸彌留話言盈耳尚書曰疾大漸惟幾病日臻既彌留說文曰話會合善言也論語子曰師摯之

始關雎之亂洋洋乎盈耳哉黜殯之請至誠懇惻黜殯已見演連珠注豈古人所謂立言於

世沒而不朽者歟左氏傳曰穆叔如晉范宣子逆之問焉曰古人有言曰死而不朽何謂也穆叔對曰豹聞之太上有

立德其次有立功其次有立言雖久不廢此之謂不朽也易名之典請遵前烈謹狀禮記曰公叔文子卒其子
戍請諡於君曰日月有時將葬矣請所以易其名者

弔屈原文一首并序

賈誼

誼爲長沙王太傅既以謫去意不自得韋昭曰謫譴也字林曰文厄切及渡湘水爲
賦以弔屈原屈原楚賢臣也被讒放逐作離騷賦其終篇曰已矣哉
國無人兮莫我知也遂自投汨羅而死誼追傷之因自喻其辭曰應劭
風俗通曰賈誼與鄧通俱侍中同位數廷譏之因是文帝遷爲長沙太傅及渡湘水投弔書曰闒茸尊顯佞諛得意以哀屈原離讒邪之
咎亦因自傷爲鄧通等所愬也

恭承嘉惠兮俟罪長沙張晏曰恭敬也越絕書曰恭承嘉惠述暢往事琴操伍子胥歌曰俟罪斯國志願得兮
側聞屈原兮自沈汨覓羅韋昭曰皆水名羅今爲縣屬長沙汨水在焉列子曰吾側聞之造託湘流
兮敬弔先生言至湘水託流而弔遭世罔極兮乃殞厥身張晏曰讒言罔極極言無中正周書文
王曰惟世罔極汝尚助予嗚呼哀哉逢時不祥鸞鳳伏竄兮鴟梟翱翔闒茸尊顯
兮讒諛得志胡廣曰闒茸不才之人無六翮翱翔之用而反尊顯爲諂諛得志於世也字林曰闒茸不肖也賢聖逆

叀兮方正倒植胡廣曰逆叀不可順道而行也倒植者賢不肖顛倒易位也植史記作值世謂隨夷爲溷
胡困兮服虔曰殷之賢士卞隨也韋昭曰夷伯夷也溷濁也史記隨字作伯謂跖蹻爲廉李奇曰跖魯之盜跖蹻楚之莊
蹻莫邪爲鈍兮吳越春秋曰干將者與歐冶同師俱作劍闔閭得而寶之以故使干將造劍二枚一曰干將二曰莫邪莫
邪干將妻之名也鉛刀爲銛漢書音義曰銛徹謂利也息鹽切吁嗟默默生之無故兮應劭曰默
默不得意也臣瓚曰先生謂屈原鄧展曰言屈原無故遇此禍也毛詩曰吁嗟鳩兮斡棄周鼎寶康瓠兮如淳曰斡
轉也史記音烏活切爾雅曰康瓠謂之甈李巡曰大瓠瓢也甈丘列切騰駕罷牛驂蹇驢兮驥垂兩耳
服鹽車兮戰國策汗明曰夫驥服鹽車上太行中坂遷延負轅不能上章甫薦屨漸不可久兮冠當
加首而以薦屨到上爲下故漸不可久也儀禮曰士冠章甫殷道也嗟苦先生獨離此咎兮應劭曰嗟咨嗟苦勞
苦屈原遇此難也訊信曰已矣國其莫我知兮張晏曰訊離騷下音亂辭也獨壹鬱其誰
語鳳漂漂其高逝兮固自引而遠去史記音漂匹遙切襲九淵之神龍兮沕
深潛以自珍音義曰襲覆也猶言察也莊子千金之珠必九重之淵而驪龍頷下張晏曰沕潛藏也鄧展曰音昧偭蟂
獺以隱處兮夫豈從蝦與蛭螾應劭曰蟂獺水蟲害魚者偭背也蘇林曰偭音面服虔曰蟂音梟韋昭曰
蝦蝦蟇蛭水蟲食人者也螾丘螾也偭然自絕於蟂獺況從蝦與蛭螾也蝦音遐蛭之一切螾音引所貴聖人之神德

兮遠濁世而自藏莊子曰宣尼見蟻丘之將是聖人僕也是自埋於民自藏於畔郭象曰進不榮華退不枯槁也使騏驥可得係而羈兮豈云異夫犬羊般紛紛其離此尤兮亦夫子之故也李奇曰般久也紛亂也應劭曰般音班或曰般桓不去紛紛構讒意也犍爲舍人爾雅注曰尤怨大也李奇曰亦夫子不如麟鳳不逝之故罹此咎善曰言般桓不去離此愆尤亦夫子自爲之故不可尤人也歷九州而相其君兮何必懷此都也言知時之亂當歷九州相賢君而事之何必思此都而遭放逐鳳凰翔于千仞兮覽德輝而下之見細德之險徵兮遙曾擊而去之如淳曰鳳凰曾擊九千里絶雲氣遙遠也曾高高上飛意也鄭玄曰擊音攻擊之擊李奇曰遙遠也曾益也史記擊字作翮文子曰鳳凰飛千仞莫之能致也禮記曰德輝動乎內險徵謂輕爲徵祥也彼尋常之汙瀆兮豈能容夫呑舟之巨魚應劭曰八尺曰尋倍尋曰常善曰莊子曰弟子謂庚桑楚曰夫尋常之溝巨魚無所還其體而鯢鰌爲之制也横江湖之鱣鯨兮固將制於螻蟻晉灼曰小水不容大魚而横鱣鯨於汚瀆必爲螻蟻所見制以况小朝主闇不容受忠迕之言亦謂讒賊小人所見害也鱣或作鱏史記鱣張連切鱏音尋莊子庚桑楚謂弟子曰呑舟之魚碭而失水則螻蟻能苦之戰國策齊人說靖郭君曰君不聞海大魚乎蕩而失水則螻蟻得意焉

弔魏武帝文一首并序

陸士衡

元康八年機始以臺郎出補著作遊乎祕閣而見魏武帝遺令愾然
歎息傷懷者久之毛詩曰嘯歌傷懷客曰夫始終者萬物之大歸死生者性
命之區域家語孔子曰命者性之始也死者生之終也有始必有終矣尸子老萊子曰人生於天地之閒寄也寄者同歸也
是以臨喪殯而後悲覩陳根而絕哭國語曰楚子西歎於朝藍尹亹曰吾聞君子思前世之崇替與
哀殯喪於是有歎其餘則否禮記曰朋友之墓有宿草而不哭焉鄭玄曰宿草謂陳根也今乃傷心百年之際興
哀無情之地意者無乃知哀之可有而未識情之可無乎機荅之曰
夫日食由乎交分山崩起於朽壞亦云數而已矣左氏傳曰秋七月壬午朔日有蝕之
公問於梓慎曰是何物也禍福何爲對曰二至二分日有蝕之不爲災日月之行也分同道至相遇也其他日則爲災陽不克也國語曰
梁山崩伯宗問絳人曰若何對曰山有朽壞而崩將若何然百姓怪焉者豈不以資高明之質而
不免卑濁之累尚書曰高明柔克高明謂日月也居常安之勢而終嬰傾離之患故
乎穀梁傳曰沙麓崩林屬於山爲麓沙山名無崩壞之道而云崩故志之也夫以迴天倒日之力而不能
振形骸之內范曄後漢書曰左迴天貝獨坐謂中官左悺貝瑗也淮南子曰魯陽公與韓遘戰酣日暮援戈而麾之日爲之
反三舍莊子曰申徒兀者也謂子產曰今子與我遊於形骸之內而子索我於形骸之外濟世夷難之智而受困

魏闕之下 崔寔政論曰及其出也足以濟世寧民呂氏春秋公子牟曰心居魏闕之下許慎淮南子注曰魏闕王之闕也 已

而格乎上下者藏於區區之木 尚書曰格于上下左氏傳楚靈王曰是區區者而不畀余也 光于

四表者翳乎蕞 祖外 爾之土 尚書曰光被四表左氏傳子產曰諺曰蕞爾之國杜預注曰蕞爾小貌也 雄心

摧於弱情壯圖終於哀志長筭屈於短日遠迹頓於促路 筭計謀也迹功業也

思玄賦曰盍遠迹以飛聲 嗚呼豈特瞽史之異闕景黔黎之怪頹岸乎觀其所以

顧命冢嗣貽謀四子 顧命以見上文爾雅曰冢大也左氏傳里克曰太子奉冢祀社稷之粢盛故曰冢子謂文帝也

毛詩曰貽厥孫謀 經國之略既遠隆家之訓亦弘又云吾在軍中持法是也

至小忿怒大過失不當效也善乎達人之讜言矣 聲類曰讜善言也 持姬女

而指季豹以示四子曰以累汝因泣下 魏略曰太祖杜夫人生沛王豹及高城公主四子即文帝已下四王也太祖崩文帝受禪封母弟彰爲中牟王植爲雍丘王庶弟彪爲白馬王又封支弟豹爲侯然太祖子在者尚有十一人今唯四子者蓋太祖崩時四子在側史記不言難以定其名位矣 傷哉曩以天下自任今以愛子託人 自任已見上文列子相室謂東門吾曰公之愛子也 同乎盡者無餘而得乎亡者無存 言人命盡而神無餘身亡而識無存今太祖同而得之故可悲傷也鄭玄禮記注曰死言精神盡也 然而婉孌房闥之內綢繆

家人之務則幾乎密與班固漢書哀紀述曰婉孌董公力婉切毛詩曰綢繆束薪毛萇曰綢繆猶纏綿也杜預左
氏傳注曰幾近也又曰吾婕妤妓人皆著銅爵臺魏志曰建安十五年冬作銅爵臺於臺堂
上施八尺牀繐帳鄭玄禮記注曰凡布細而疏者謂之繐朝晡上脯糒之屬漢書東方朔曰乾肉
爲脯方武切說文曰糒乾飯也蒲秘切月朝十五輒向帳作妓汝等時時登銅爵臺望
吾西陵墓田又云餘香可分與諸夫人諸舍中無所爲學作履組賣
也舍中謂衆妾衆妾旣無所爲可學作履組賣之晏子春秋曰景公爲履黃金之綦飾以組連以珠吾歷官所得綬
皆著藏中吾餘衣裘可別爲一藏不能者兄弟可共分之旣而竟分
焉亡者可以勿求存者可以勿違求與違不其兩傷乎令衣裘別爲一藏是亡者
有求也旣而竟分焉是存者有違也求爲吝而虧廉違爲貪而害義故曰兩傷悲夫愛有大而必失惡有甚
而必得智惠不能去其惡威力不能全其愛言愛是情之所厚故雖大而必失之惡是行之
所穢故雖甚而必得之故智惠不能去其惡威力不能用其愛故可悲也尸子曾子曰父母愛之喜而不忘父母惡之懼而無咎然則愛
與惡其於成孝也無擇令人雖未得愛不得惡矣故前識所不用心而聖人罕言焉老子曰前識者
道之華論語子曰飽食終日無所用心又曰子罕言利若乃繫情累於外物留曲念於閨房亦

賢俊之所宜廢乎慎子曰德精微而不見是故物不累於內於是遂憤懣而獻弔云爾白虎通曰天子崩臣子哀痛憤懣接皇漢之末緒值王途之多違東都賦曰系唐統接漢緒荅賓戲曰王途蕪穢周失其馭蔡邕釋誨曰王途壞人極弛漢書元帝詔曰政令多違佇重淵以育鱗撫慶雲而遐飛以龍喻太祖也重淵九重之淵也揚雄釋愁曰歎神龍之淵潛竢慶雲而將舉史記曰若煙非煙若雲非雲郁郁紛紛蕭索輪囷是謂慶雲運神道以載德乘靈風而扇威周易曰聖人以神道設教國語曰祭公謀父曰奕世載德載猶行也摧羣雄而電擊舉勍敵其如遺左氏傳子魚曰君未知戰勍敵之人隘而不成列天贊我也杜預曰勍強也漢書梅福上書曰高祖取楚如拾遺指八極以遠略必翦焉而後綏之淮南子曰八紘之外乃有八極也釐三才之闕典啓天地之禁闈三才已見頭陁寺碑文范曄後漢書曰梁太后詔曰周舉在禁闈有密靜之風舉脩網之絕紀紐大音之解徽老子曰大音希聲許慎淮南子注曰鼓琴循絃謂之徽掃雲物以貞觀要萬途而來歸雲物喻羣凶也左氏傳曰分至啓閉必書雲物周易曰天地之道貞觀者也來歸歸之於己也丕大德以宏覆援日月而齊暉周易曰天地之大德曰生禮記曰天無私覆淮南子曰爲帝異道而德覆天下楚辭曰與天地兮比壽與日月兮齊光宏普也濟元功於九有固舉世之所推史記太史公曰惟祖元功輔臣股肱毛詩曰奄有九有老子曰天下樂推而不猒彼人事之大造夫何往而不

臻左氏傳呂相曰我有大造乎西也杜預注曰造成也將覆簣於浚谷擠爲山乎九天論語孔子曰譬
如平地雖覆一簣進吾往也孔安國尚書傳曰擠墜也司馬兵法曰善攻者動於九天之上苟理窮而性盡豈長
筭之所研周易曰窮理盡性以至於命鄭玄曰言窮其義理盡人之情性以至於命吉凶所定又曰研喻思慮也悟臨
川之有悲固梁木其必顛論語子在川上曰逝者如斯夫梁木已見上文當建安之三八實
大命之所艱大命謂天命也尚書曰天監厥德用集大命雖光昭於曩載將稅駕於此年
史記李斯曰當今可謂富貴極矣吾未知所稅駕也法言曰仲尼之駕稅矣李範曰稅舍也惟降神之緜邈眇千
載而遠期降神謂生聖智也千載一出故曰遠期也毛詩曰惟嶽降神桓子新論曰夫聖人乃千載一出賢人君子所想思而
不可得見者也信斯武之未喪膺靈符而在茲茲此也此太祖也論語曰子長於匡曰文王既沒文不在
茲乎天之未喪斯文也匡人其如予何曹植大魏篇曰大魏膺靈符天祿方茲始春秋孔演圖曰靈符滋液以類相感雖龍飛
於文昌非王心之所怡周易曰飛龍在天大人造也東京賦曰龍飛白水漢書文昌宮一曰上將二曰次將三曰
貴相憒西夏以鞠旅泝秦川而舉旗魏志曰建安二十四年三月王自長安出斜谷劉備固險距守五月
引軍還長安陳思王述征賦曰恨西夏之不綱毛詩曰陳師鞠旅魏明帝自惜薄祐行曰出身秦川爰居伊陽踰鎬京而不
豫臨渭濱而有疑冀翌日之云瘳彌四旬而成災毛詩曰宅是鎬京荅賓戲曰周望兆

勳於渭濱尚書曰既克商二年王有疾不豫公乃告太王王季文王公歸王翌日乃瘳孔安國曰翌日明日也瘳差也詠歸途
以反旆登嶠澠而揭來魏志曰建安二十四年十月還洛陽東京賦曰乃反旆而回復漢書曰王莽冊命王奇曰
嶠澠之險東當鄭衞新序大臣曰洛陽西有嶠澠思玄賦曰迴志揭來從玄諆次洛汭而大漸指六軍曰念
哉魏志曰建安二十五年正月至洛陽庚子王崩尚書曰東至於洛汭大漸已見上文尚書曰帝念哉伊君王之赫奕
寔終古之所難楚辭曰長無絕兮終古威先天而蓋世力盪海而拔山周易曰先天而
天弗違漢書項羽歌曰力拔山兮氣蓋世時不利兮騅不逝田邑與馮衍書曰欲搖太山而盪北海厄奚險而弗濟敵
何彊而不殘每因禍以禔福亦踐危而必安難蜀父老曰遐邇一體中外禔福說文曰禔安
也時移切迄在茲而蒙昧慮噤閉而無端楚辭曰口噤閉而不言噤巨蔭切委軀命以待
難痛沒世而永言鵩冠子曰從祀委命鵩鳥賦曰縱軀委命論語子曰君子疾沒世而名不稱焉撫四子以
深念循膚體而頹嘆迨營魄之未離假餘息乎音翰楚辭曰我營魄而登遐老子曰
抱一能無離乎鍾會經護為營形氣為魄目執姬女以嚬瘁指季豹而漼焉孟子曰嚬蹙而言嚬蹙謂
人頻眉蹙頞憂貌也漼泣涕垂貌氣衝襟以嗚咽涕垂睫而汍瀾蔡琰詩曰行路亦嗚咽桓子新論曰
雍門周以琴見孟嘗君孟嘗君淚承睫涕出漢書息夫躬絕命辭曰涕泣流兮萑蘭臣瓚曰萑蘭涕泣闌干也萑與汍古今字同違

率土以靖寐戢彌天乎一棺毛詩曰率土之濱古詩曰潛寐黃泉下毛萇詩傳曰戢聚也彌天喻志高遠也
尚書五行傳曰雲起於山彌於天淮南子曰吾死也朽有一棺之土咨宏度之峻邈壯大業之允昌周易
曰富有之謂大業思居終而卹始命臨沒而肇揚穀梁傳曰先君有正終後君有正始也援貞
吝以惎悔雖在我而不臧言為履組及分香令藏衣裘是引貞吝之道教為可悔之行也周易曰自邑告命貞
吝毛詩曰何用不臧惜內顧之纏緜恨末命之微詳西京賦曰嗟內顧之所觀張堅與任彥昇書曰纏緜
惠好庶羈高蹤尚書曰道揚末命也紆廣念於履組塵清慮於餘香結遺情之婉孌何
命促而意長陳法服於帷座陪窈窕於玉房孝經曰非先王之法服不敢服毛詩曰窈窕淑
女漢書郊祀歌曰神之出排玉房宣備物於虛器發哀音於舊倡禮記曰孔子謂盟器者備物而不可
用說文曰倡樂也謂作伎人也矯慼容以赴節掩零淚而薦觴家語曰子貢問居父母之喪子曰慼容稱
其服楚辭曰長太息以掩涕物無微而不存體無惠而不亡言服玩雖微而必存儀形無善而必逝言
物在而人亡也家語孔子謂哀公曰君入廟仰視榱桷俯察机筵其器皆存而不覩人君以此思哀則意可知矣庶聖靈之
響像想幽神之復光響像音影之異名魯靈光殿賦曰忽縹緲以響像孫卿子曰下和上譬響之應聲影之像形
苟形聲之翳沒雖音景其必藏音以應聲景以隨形形聲咸已翳沒影響故亦必藏也鶡冠子曰景則隨

形響則應聲也徽清絃而獨奏進脯精而誰嘗悼繐帳之冥漠怨西陵之茫茫毛詩曰宅殷土茫茫登爵臺而羣悲眝美目其何望字林曰眝長眙也博雅曰眝視也眝與貯同毛詩曰美目盼兮既睎古以遺累信簡禮而薄葬禮繁則易亂厚葬則傷生能遵簡薄所以遺累詩緯曰齊數好道廢義簡禮朱均曰簡猶闕也漢書劉向曰賢臣孝子亦命順意而薄葬史記曰因其俗簡其禮也彼裘紱於何有貽塵謗於後王言裘紱輕微何所有而空貽塵謗而及後王嗟大戀之所存故雖哲而不忘言情苟存乎大戀雖復上聖亦不能忘故可嗟也覽遺籍以慷慨獻茲文而悽傷

祭文

祭古冢文一首并序

謝惠連沈約宋書曰元嘉七年惠連爲司徒彭城王義康法曹參軍義康脩東府城城壍中得古冢爲之改葬使惠連爲祭文留信待成也

東府掘城北壍入丈餘丹陽記曰東府城西則簡文會稽王時第東則孝文王道子府道子領楊州仍住先舍故俗稱東府得古冢上無封域不用塼甓毛萇詩傳曰甓瓴甋也今謂之塼以木爲槨中有二棺正方兩頭無和呂氏春秋惠公說魏太子曰昔王季歷葬渦山之尾欒水齧其墓見棺之前和高誘曰棺題曰

和明器之屬材瓦銅漆有數十種禮記曰孔子曰明器者神明之器也多異形不可盡
識刻木爲人長三尺可有二十餘頭初開見悉是人形以物棖撥之
應手灰滅說文曰棖杖也宅庚切然南人以物觸物爲棖也廣雅曰撥除也補達切棺上有五銖錢百餘
枚漢書曰武帝罷半兩錢行五銖錢也水中有甘蔗節及梅李核瓜瓣皆浮出不甚爛
壞爾雅曰瓠犀瓣說文曰瓣瓜中實也白莧切一作辮字音練辮與練字通銘誌不存世代不可得而知
也公命城者改埋於東岡祭之以豚酒既不知其名字遠近故假爲
之號曰冥漠君云爾

元嘉七年九月十四日司徒御屬領直兵令史統作城錄事臨漳令
亭侯朱林具豚醪之祭敬薦冥漠君之靈忝揔徒旅板築是司窮泉
爲壍聚壤成基一槨既啓雙棺在茲捨畚悽愴縱鍤漣而左氏傳曰宋災陳畚
揭杜預曰畚簣籠也畚音本揭居局切爾雅曰鍬謂之鍤周易曰泣血漣如杜預左傳注曰而助語也芻靈已毀塗車
既摧禮記曰塗車芻靈自古有之也几筵糜腐俎豆傾低盤或梅李盎或醢醯爾雅曰盎
謂之缶又曰肉謂之醢郭璞曰肉醬也音海說文曰醯酸也醯呼雞切蔗傳餘節瓜表遺犀犀已見上文追

惟夫子生自何代曜質幾年潛靈幾載寡婦賦曰潛靈邈其不反為壽為夭寧顯
寧晦銘誌湮滅姓字不傳今誰子後曩誰子先功名美惡如何蔑然
百堵皆作十仞斯齊毛詩曰百堵皆興墉不可轉壍不可迴黃腸既毀便房
已頹循題興念撫俑增哀漢書曰霍光薨賜便房黃腸題湊各一具蘇林曰以柏木黃心致累棺外故曰黃腸
木頭皆內向故曰題湊如淳曰便房冢壙中室也埤蒼曰俑木送人葬也餘腫切俑或為偶偶刻木以像人形五苟切射聲垂
仁廣漢流渥范曄後漢書曰曹褒遷射聲校尉射聲營舍有停棺不葬百餘所褒親履行問其意故吏對曰此等多是建武
以來絕無後者故不得埋掩褒為買空地悉葬其無主者設祭以祀之東觀漢記曰陳寵字昭公沛國人也轉廣漢太守先是雒陽城南
每陰常有哭聲聞於府中寵使案行昔歲倉卒時骸骨不葬者多寵乃勑縣葬埋由是即絕也祠骸府阿掩骼格城
曲禮記曰孟春之月掩骼埋胔鄭玄曰骨枯曰骼仰羨古風為君改卜孝經曰卜其宅兆而安厝之輪移
北隍窀穸東麓說文曰城池無水曰隍音皇左氏傳楚子曰窀穸之事杜預曰窀厚也穸夜也厚夜長夜葬為埋也說文
曰穸葬下棺也穀梁傳曰林屬於山為麓壙即新營棺仍舊木鄭玄周禮注曰壙謂冢中也棺或為墜非也合
葬非古周公所存禮記武子曰合葬非古自周公已來未之有也敬遵昔義還祔雙魂禮記孔子
曰魯人之祔也合之鄭玄曰祔謂合葬也酒以兩壺牲以特豚幽靈髣髴歆我犧樽嗚呼

哀哉魏太祖祭橋玄文曰幽靈潛翳李康髑髏賦曰幽魂髣髴忽有人形禮記曰祀周公於太廟牲用白牡尊用犧象也許宜切

祭屈原文一首沈約宋書曰少帝即位出延之為始平太守之郡道經汨潭為湘州刺史張邵作祭屈原文以致其意

顏延年

惟有宋五年月日湘州刺史吳郡張邵沈約宋書曰張邵字茂宗吳郡人也恭承帝命

建旗舊楚賈誼弔屈原曰恭承嘉惠兮俟罪長沙周禮曰州里建旗鄭玄毛詩箋曰謂州長之屬陸機高祖功臣頌曰舊楚是

分訪懷沙之淵得捐珮之浦楚辭曰懷沙礫而自沈兮不忍見之蔽壅又曰捐余玦兮江中遺余珮兮澧浦

弭節羅潭艤舟汨渚楚辭曰路漫漫其悠遠夕弭節而高厲漢書曰烏江亭長艤舡待如淳曰南方人謂整舡向岸曰艤乃遣戶曹掾某敬祭故楚三閭大夫屈君之靈王逸楚辭序曰屈原與楚同姓仕於懷王為三閭大夫

蘭薰而摧玉縝則折語林曰毛伯成負其才氣常稱寧為蘭摧玉折不作蒲芬艾榮管子曰夫玉折而不撓勇也禮記孔子曰君子比德於玉焉縝密以栗智也鄭玄曰縝緻也物忌堅芳人諱明潔堅芳即玉及蘭劉熙孟子注曰自玉之性堅蔡邕度尚碑曰明潔鮮白珪

曰若先生逢辰之缺賈誼弔屈原文曰嗟若先生獨離此咎楚辭曰悼余生之不辰逢此世之匡攘

溫風怠時飛霜急節溫風長物飛霜殺物也周書曰小暑之日溫風至京房占曰三月建辰風衰怠桓麟七說曰飛霜厲其末飆風激其崖

嬴芊遘紛昭懷不端嬴秦姓芊楚姓王逸

楚辭序曰是時秦昭王使張儀譎詐懷王令絕齊交又使誘懷王請與俱會武關遂脅與俱歸拘留不遣卒客死於秦大戴禮曰太子處
位不端受業不敬此屬太保之任也謀折儀尚貞蔑椒蘭史記曰楚懷王既絀屈平秦乃令張儀事楚秦昭王欲與
懷王會欲行屈平曰秦不可信王問子蘭子蘭勸王行秦因留懷王王逸楚辭序曰同列大夫上官靳尚妬害其能共譖毀之楚辭曰椒專
佞以慢諂兮椒又欲充夫佩幃王逸曰椒大夫子椒也楚辭曰余以蘭爲可恃兮羌無實而害長王逸曰蘭懷王之少弟司馬子蘭也
身絕郢闕迹遍湘干郢楚都也毛萇詩傳曰干崖也比物荃蓀連類龍鸞韓子曰連類比物見
者以爲虛而無用荃蓀香草也王逸楚辭序曰善鳥香草以配忠貞虯龍鸞鳳以託君子聲溢金石志華日月金石
樂也金曰鍾石曰磬吳越春秋樂師曰君王之德可刻之於金石史記太史公曰屈原蟬蛻於濁穢以浮游塵埃之外推此志也與日月
爭光可也如彼樹芳實穎實發毛詩曰實發實秀實穎實栗望汨心欷瞻羅思越吳賀荅東
阿王書曰精散思越藉用可塵昭忠難闕周易曰藉用白茅何咎之有夫茅之爲物薄而用可重也左氏傳君子曰
風有采繁采蘋雅有行葦洞酌昭忠信也

祭顏光祿文一首顏光祿卿顏延年也

王僧達

維宋孝建三年沈約宋書曰孝建孝武年號也九月癸丑朔十九日辛未王君以山
羞野酌敬祭顏君之靈嗚呼哀哉夫德以道樹禮以仁清尚書曰樹德務滋孔

安國曰樹立也清明也惟君之懿早歲飛聲思玄賦曰盍遠迹以飛聲義窮機象文蔽班楊
機象謂周易班班固楊楊雄也郭璞三倉解詁曰楊音盈協韻性婞剛潔志度淵英楚辭曰鯀婞直以亡身兮婞猶
直也登朝光國實宋之華班固漢書述曰弱冠登朝蔡邕陳太丘碑曰紆珮金紫光國垂勳國語季文子曰吾聞以
德榮為國華韋昭曰為國光華才通漢魏譽浹龜沙漢書曰龜茲國王治延城去長安七千四百八十里尚書曰被
于流沙漢書李陵歌曰經萬里度沙漠說文曰北方流沙服爵帝典棲志雲阿言服爵雖依帝典而棲志實在雲阿
言高遠也管子曰將立朝廷者則爵服不可貴也張華勵志詩曰棲志浮雲清交素友比景共波共波猶連波以
喻多氣高叔夜嚴方仲舉叔夜嵇康字也司馬彪續後漢書曰陳蕃字仲舉汝南人也出為豫章太守性方峻不接
賓客逸翮獨翔孤風絕侶郭璞遊仙詩曰逸翮思拂霄廣雅曰風聲也流連酒德嘯歌琴緒
漢書班伯曰式號式謼大雅所流連劉靈有酒德頌毛詩曰嘯歌傷懷琴緒緒引緒也遊顧移年契闊燕處何敬
祖雜詩曰惆悵出遊顧毛詩曰死生契闊春風首時爰談爰賦秋露未凝歸神太素列子曰太
素者質之始明發晨駕瞻廬望路毛詩曰明發不寐心悽目泫情條雲互李陵詩曰仰視
浮雲馳奄忽互相踰涼陰掩軒娥月寢耀姮娥掩月故曰娥月周易歸藏曰昔常娥以西王母不死之藥服之遂奔
月為月精微燈動光几牘誰炤衾衽長塵絲竹罷調擥悲蘭宇屑涕松嶠

楚辭曰涕漸漸其如屑古來共盡牛山有淚晏子春秋曰景公遊於牛山北臨其國流涕曰若何去此而死乎艾孔梁丘據皆泣唯晏子獨笑公收淚而問之晏子曰使賢者常守則太公桓公有之使勇者常守則莊公有之吾君安得此泣而為流涕是曰不仁也見不仁之君一諂諛之臣二所以獨笑也非獨昊天殲我明懿毛詩曰彼蒼者天殲我良人以此忍哀敬陳奠饋蒼頡篇曰饋祭名也申酌長懷顧望歔欷嗚呼哀哉范曄後漢書曰劉陶上疏曰喟爾長懷中篇而歎

文選卷第六十

賜進士出身通奉大夫江南蘇松常鎮太等處承宣布政使司布政使胡克家重校刊

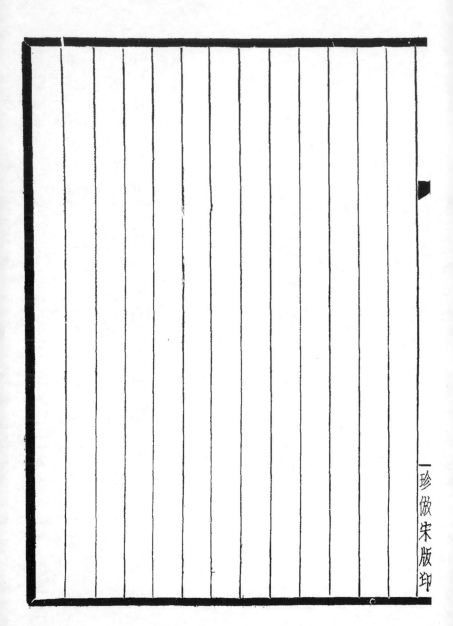

貴池在蕭梁時寔爲
昭明太子封邑血食千載威靈赫然水旱疾疫無禱不應廟有文選閣宏麗壯偉而獨無是書之板蓋鈌典也往歲邦人嘗欲募衆力爲之不成今是書流傳於世皆是五臣注本五臣特訓釋旨意多不原用事所出獨李善淹貫該洽號爲精詳雖四明贛上各嘗刊勒往往裁節語句可恨袁因以俸餘鋟木會池陽袁史君助其費郡文學周之綱督其役踰年乃克成既摹本藏之閣上以其板寘之學宮以慰邦人所以尊事昭明之意云淳熙辛丑上巳日晉陵尤袤題

珍倣宋版印

江寧劉文奎弟文楷模鐫

文選考異序

賜進士出身通奉大夫江南蘇松常鎮太等處承宣布政使司布政使胡克家撰

文選之異起於五臣然使有五臣而不與善注合并若合并矣而未經合并者具在卽任其異而勿考當無不可也今世間所存僅有袁本有茶陵本及此次重刻之淳熙辛丑尤延之本夫袁本茶陵本固合并者而尤本仍非未經合并也何以言之觀其正文則善與五臣已相羼雜或沿前而有譌或改舊而成誤悉心推究莫不顯然也觀其注則題下篇中各嘗闌入呂向劉良頗得指名非特意

主增加他多誤取也觀其音則當句每末刊五臣
注內閒兩存善讀割裂既時有之刪削殊復不少
崇賢舊觀失之彌遠也然則數百年來徒據後出
單行之善注便云顯慶勒成已爲如此豈非大誤
卽何義門陳少章斷斷於片言隻字不能挈其綱
維皆緐有異而弗知考也余夙昔鑽研近始有悟
參而會之徵驗不爽又訪於知交之通此學者元
和顧君廣圻鎭洋彭君兆蓀深相剖晰僉謂無疑
遂迺條舉件繫編撰十卷諸凡義例反覆詳論幾
於二十萬言苟非體要均在所略不敢祕諸篋衍

用貽海內好學深思之士庶其有取於斯

嘉慶十四年二月下旬序

文選考異卷第一

賜進士出身通奉大夫江南蘇松常鎮太等處承宣布政使司布政使胡克家撰

卷一○兩都賦二首注自光武至和帝都洛陽下至和帝大悅也何屺瞻焯校曰案後漢書班固傳則兩都賦明帝世所上注和帝誤陳少章景雲校曰賦作於明帝之世注中故上此以諫和帝大悅語未詳所據今案此一節非善注也善下引後漢書顯宗時除蘭臺令史遷為郎乃上兩都賦不得有此注甚明即五臣銑注亦言明帝云云然則并非五臣注也且此是卷首所列子目其下本不應有注決是後來竄入凡善注失舊有竄入五臣注者有并非五臣注而亦竄入者說詳在後○兩都賦序○注亦皆依違尊者都舉朝廷以言之吳郡袁氏翻雕六臣本茶陵陳氏刻增補六臣本都上有所字舉上有連字案此尤延之校改之也袁本五臣居前善次後茶陵本善居前五臣次後皆取六家以意合并如此凡各本所見善注初不甚相懸遠尤延之多所校改遂致迥異說見每條下有陋雒邑之議袁本茶陵本雒作洛案二本不著校語詳賦正文及注俱用洛○西都賦案賦下當有一首二字其後漢書所載賦亦作洛蓋善自作洛也

字東都賦下有袁本茶陵本無蓋五臣每題俱無也又上兩都賦序下以三都賦序例之亦當有又東京賦南都賦吳都賦下同

流之隈汧涌其西何云後漢書無此二句陳云善此八字無訓釋疑與范書同案各本皆有恐五臣多此二句合併六家失著校語尤以之亂善也凡袁本茶陵本所失著校語者說具每條下其尤本無誤多不復出　注樂稽嘉耀曰案嘉耀當作耀嘉各本皆倒　注然則成功在西案則字不當有各本皆衍凡然則善例祇云然全書盡同其或衍者當依此求之不具出也　挾灃灞案灃灞當作豐霸豐字注可證必善豐霸五臣灃灞而亂之霸字說見後今注中亦作灞非善舊也餘依此求之後漢書作酆霸豐酆同字　度宏規而大起案度當作慶必善慶五臣度袁茶陵二本所載五臣銑注云度大規矩作度無疑各本失著校語尤以之亂善也注亦失舊見下　注度與羌古字通度或爲慶也陳云度當作慶是也各本皆誤下同慶當作度案二云慶與羌古字通者正文作慶與所引小雅廣言之羌古字通也二云慶或爲度者此賦作慶或本爲度如今後漢書之作度也五臣因此改慶爲度後來合并又倒此注以就之而不可通矣今特訂正　注高高祖漢書袁本茶陵本此五字作漢書高祖四字是也案此尤校改之下同　注爲功最高上袁本茶陵本爲注有以字是也

而爲漢帝太祖袁本茶陵本太作之是也而觀萬國也袁本茶陵本無也字何云後漢書無注王莽

於五都立均官茶陵本於下有長安及三字均官作五均袁本與此同注城都市長安袁本城作成茶陵本亦誤城陳云長下衍安字是也各本皆衍注司市師茶陵本市下有稱字袁本與此同注逴躒猶超絶也茶陵本此六字作卓犖或作逴躒袁本與此同案茶陵乃校語錯入注也正文善逴躒後漢書逴犖五臣卓犖二本作卓犖者亂之尤所見未誤袁此注亦未誤注在彼空谷何校空改穹陳同是也各本皆譌案陸機苦寒行注引正作穹注北謂天下陸海之地陳云北當作此是也各本皆譌注穿漕渠道渭袁本茶陵本道作通是也注漢書有蜀都漢中郡袁本茶陵本都作郡是也條支之鳥袁本茶陵本支作枝是也注中字各本皆作枝後漢書亦是字枝注楊雄司命箴曰何校命改空陳云據范書注當作空是也各本皆誤注玉謂之彫袁本茶陵本彫作雕是也注言階級勒城然茶陵本階作陛是也袁本亦誤階合歡增城何校城改成注同是也後漢書亦是成字注漢中國姬姓諸侯也陳云中當作東是也各本皆誤注傛華視真二千石

袁本茶陵本傛作容案此尤校改之也注充依視千石袁本茶陵本依作衣案此尤校改之也注天祿閣
在大殿北何校大下添祕字是也各本皆脫注除太常掌故袁本茶陵本故作固案此尤校改之也上序注
孔安國射策爲掌固茶陵固袁故尤亦未改固即故字耳凡尤改每未必是注方言曰亘竟也案亘當作絙觀下注
可見各本皆誤此所引在第六卷中今本正作絙後荅賓戲引作緪絙即絙字也內則別風之嶕嶢袁本茶陵本無
之字案後漢書有或尤依彼添耳注爾雅曰葢戴覆也案爾當作小各本皆誤此所引廣詁文又章懷注後漢書
所引今本亦誤小爲爾皆不知小雅者改也注窈窕深也陳云窕當作䆗是也各本皆誤激神岳之嶈嶈
案善引毛詩應門將將爲注似其本但作將將袁茶陵二本所載五臣濟注云嶈嶈水激山之聲或各本所見皆以五臣亂善後漢書作
嶈嶈章懷無注而此與彼不必全同也注臺粱何校臺改壺陳同是也各本皆譌注堨埃也案堨當作壒觀下注
可見各本皆誤注周禮水衡茶陵本水作川是也袁本亦誤水注絃罘之網也案網當作綱各本皆譌
於是乘鑾輿案鑾字衍也注引獨斷以解乘輿中閒不得有鑾字甚明考後漢書章懷注引獨斷與此同亦不得有鑾字今

本皆衍耳上林賦曰於是乘輿弭節徘徊甘泉賦曰於是乘輿乃登夫鳳皇兮句例相似孟堅之所出也袁茶陵二本鑾作鸞詳五臣濟注仍言乘輿是其本初無鑾字各本之衍當在其後讀者罕察今特訂正又東都賦乘輿乃出注云乘輿已見上文指謂此可借證注

酆在始平鄠東 袁本茶陵本鄠下有縣字是也 注何休公羊傳曰牊 陳云傳下脫注字是也各本皆脫

注嶃巖高峻之貌也 袁本茶陵本高上有石字是也 注行幸長楊宮屬玉館 陳云長當作萯案所校最是長楊別注在下各本皆誤此所引文在甘露二年 注閣謂之臺 何校閣改閤陳同是也各本皆誤 注

三軍忙然 何校忙改芒是也各本皆譌 若摛錦布繡 袁本茶陵本錦下有與字案後漢書無或尤依彼刪耳

烏則元鶴白鷺 何云後漢書無烏則二字今據文義當以後漢書爲是案各本蓋傳寫衍 注說文曰揄 袁本茶陵本說上有投與揄同四字案此尤校刪之也疑本云揄與投同故五臣因此改正文作投二本誤互易揄投二字耳刪者未必是

商循族世之所鸞 袁本茶陵本循作脩案後漢書亦是脩字 注而處士循其道 何校循改脩陳同是也各本皆譌案章懷注後漢書所引正作脩 ○東都賦○注田肯曰秦帶河阻山 袁本茶陵本田

肯作婁敬案二本非也此所引高帝紀文非婁敬傳之秦地被山帶
河也下注所云婁敬已見上文者謂見西都奉春建策注二本蓋因
下注致誤何陳校皆據之改爲婁敬殊失之矣凡二本有誤及前聖
何陳校之非者多不復出附辨一二以爲舉例餘準是求之
靡得言焉袁本茶陵本得下有而字案後漢書亦有　注震雷憑怒袁本雷作電是也茶陵本亦誤雷　蹈一
聖之險易云爾哉茶陵本無哉字云五臣有而已哉字袁本有而已
哉案袁用五臣也失著校語非後漢書無而已有
哉或尤依
後添耳　至乎永平之際袁本乎作于茶陵本作於案後漢書作于似乎字非也　正雅樂案雅當作
予後漢書作予章懷注正予樂謂依讖文改太樂爲太予樂也困學
紀聞曰文選李善注亦引太予五臣乃解爲正樂今本作雅樂誤蓋
五臣本改爲雅王伯厚此說最是善既引太予則作予自甚明袁本
茶陵本所載五臣銑注云雅樂正樂也其作雅亦甚明各本所見正
文皆以五臣亂善而失著校語耳凡
如此例者全書不少詳見每條下　注作樂名雅案雅當作予各本皆誤此因誤改正
文又并誤改注也後漢書明
帝紀章懷注所引正是予字　注會明帝改袁本明作吕改作九是也茶陵本誤與此同案會吕
帝九以四字爲一句何於此節注
不得其讀多所紛更非今不論　注正樂官曰太予樂官案正下當有太字各

本皆脫顏延之曲水詩序予協樂注引此詔有可證 太躬覽萬國之有無 袁本茶陵本躬作窮案後漢書亦是窮字

於是皇城之內 袁本茶陵本於是作是以案後漢書亦作是以 注毛詩傳曰古有梁鄒 何校毛改魯案所校是也章懷注所引正是魯字各本皆誤又張載魏都賦注引亦可證 覽駟鐵 袁本駟鐵作四驖茶陵本作駟驖今案袁茶陵二本所載五臣銑注作四驖其善注中作駟鐵必善駟鐵五臣四驖失著校語也茶陵及此駟字未相亂何云後漢書作驖今考此與彼仍不必全同范書駟驖與善駟鐵五臣四驖互異但當各依其本 注棽大枝條 袁本茶陵本條下有棽灑也三字是也

注寑或爲侵 袁本茶陵本侵作浸是也 雨師汎灑 袁本茶陵本汎作泛案後漢書作汎或尤依彼改耳 陳師按屯 茶陵本按作案二云五臣作按袁本作按用五臣也後漢書亦是案字此以五臣亂善非 輶車霆激 袁本茶陵本輶作輕後漢書亦是輕字案此尤因善注引毛詩輶車而改之其實善下引傳輕也作輕車之注自通二本無校語未必非善亦作輕尤改蓋非 飛者未及翔 袁本茶陵本未作不下句同案後漢書此二字皆作未或尤依之改耳 注大駕車八十一乘 案車上當有屬字各本皆脫 注永平三年正月 案三當作二各本皆譌 注一天子樂

何校天子改太子二云後漢注引作太子陳同是也各本皆譌 注左氏傳曰子曰何校子上添晏字陳同案上曰字當作晏各本皆誤 而怠於東作也袁本茶陵本無也字案後漢書有或尤依彼添耳下翼翼濟濟也而不知京洛之有制也而不知王者之外也三也字同 無 注分命義叔袁本叔作仲是也茶陵本亦誤叔 注織紝紃繒布也袁本茶陵本紃作織是也 注尚書傳曰天下諸侯何校傳上添大字是也各本皆脫 注蘇秦說孟嘗君曰何校孟嘗君改秦惠王案何校誤也章懷注所引亦是孟嘗君此齊策孟嘗君將入秦章文今本高注具存姚宏跋戰國策曾指此條爲今本所無其失檢與何正同附訂正之 注面氣倲何校面改而陳同是也各本皆譌 其詩曰袁本茶陵本詩作辭案後漢書作詩 注率土之濱袁本濱作賓是也茶陵本誤與此同案說見後 寶鼎見兮色紛緼袁本茶陵本緼作紜案後漢書作緼 注太常其以初祭之日何校初改礿陳同是也各本皆譌 嘉祥阜兮集皇都何二云後漢書無此句陳同案各本皆有袁茶陵不著校語今無可考也凡疑而未能明者俱載之以俟再詳此其例也 容絜朗兮於純精也袁本茶陵本純作淳是也案後漢書亦是淳字

卷二○西京賦○心奓體忲案忲當作泰注奓忲同薛注云體安驕泰者其本作泰而如字解之也又云泰或謂忲習之忲者讀泰爲忲又一解也善引小雅曰忸忲也者爲薛後解申說也然則善本必同薛作泰今各本作忲蓋不知者誤改之

注言帝王必欲順陽時袁本茶陵本無陽字案此尤校添也注嚴驗也胡葦切袁本茶陵本無此六字何校去注作起也袁本茶陵本無此三字何校去注夫筋之所由憸恒由此作袁本茶陵本無之所由憸四字案此尤校添也注于陳倉北坂城祠之袁本茶陵本無北字案此尤校添也注云野雞夜鳴袁本茶陵本無云字案此尤校添也注二山名也袁本茶陵本此四字作終南太一二名也七字案二本是也二名也者謂一山有二名觀下注可見尤校改非注至于鳥鼠袁本茶陵本無此四字案無者是也注此云終南太一不得爲一山明矣袁本茶陵本無不得爲一四字案二本有脫文今無以補之尤所校添未必闇同善舊也注山形容也袁本茶陵本山上有隆崛之類皆五字案尤校刪非注音戶杜陵鄠縣言終南太一含褱之袁本茶陵本無此十四字注善曰爾雅曰爰有寒泉袁本茶陵本無善曰二字案各

本皆有誤也爾雅曰與爰有寒泉不相承接今無以訂之尤校添善曰仍未爲得善舊也其遠則九嵕甘泉袁本茶陵
本則下有有字案此無以考也實惟地之奧區神臯袁本茶陵本惟作爲案此無以考也注善曰五緯
五星也茶陵本善曰在也字下袁本與此同案似茶陵是也注漢書曰漢元年袁本茶陵本曰作高紀二字
注尚書曰肆予敢求爾于天邑商袁本茶陵本曰上有王字無肆予二字注天命不滔
案滔當作謟觀下注可見各本皆譌注洫域池也案域當作城後橫西洫而絕金墉句注可證下郛者何域外大郭也何校
域改城是也各本皆譌乃覽秦制袁本茶陵本乃上有爾字案此無以考也注嵏橑已見西京賦何校
京改都陳同是也袁本亦誤茶陵本複出前注更非凡茶陵例改已見爲複出故其首題增補二字以後悉放此雕楹玉碣
案碣當作舄善引廣雅磶而云磶與舄古字通謂賦文之舄與廣雅之磶通也其作舄甚明各本所見蓋皆誤注山坻除也
袁本茶陵本無山字案此初亦無後脩添之而誤耳注陵陡也袁本陡作斗是也茶陵本作升卽斗字之譌仰福帝
居何校福改褔云顏氏匡謬正俗云副貳之字本爲褔從衣畐聲西京賦仰福帝居傳寫譌舛轉衣爲示讀者便呼爲福祿之福失之

遠矣今案所校是也凡從衣之字每與從示混各本傳寫之誤與顏云云正同善自作福不作福也注說文注曰案注字不當有各本皆衍大夏耽耽袁本茶陵本夏作廈案此疑善夏五臣廈而失注著校語又二本注中字盡作廈亦涉五臣亂之

然則既有九室袁本茶陵本無既有二字案則字亦衍注蕢積也薛君曰蕢案當作薛君曰蕢積也六字各本皆誤注左傳子朱曰袁本茶陵本左下有氏字無子朱二字是也蘭臺金馬袁本茶陵本蘭上有外有二字案此無以考也疑善五臣之異二本失著校語尤所見獨未誤耳嗟內顧之所觀案嗟當作羌注同善引小雅廣言羌發聲為注是其本作羌甚明袁茶陵二本所載五臣良注云嗟歎聲是其本改作嗟亦甚明各本所見以五臣亂善又并注中字改為嗟益不可通特訂正之注漢書武帝故事案漢上當有善曰二字茶陵本此作善注其薛注長樂桂宮至殿名也十二字在上別以綜曰冠之最是尤本自此至末三十七字錯入薛注袁本長樂云云十二字錯入善注皆大誤也又何校去書字陳同各本皆衍後宮不移袁本茶陵本後上有於字案此無以考也官以物辨袁本茶陵本辨作辦案此疑善五臣之異也注瑰奇也袁本自此至末二十四字作善注茶陵本與此同案似茶陵是也注漢書舊儀

云陳云書字衍是也各本皆衍注刻陗升高也袁本升作斗是也茶陵本亦誤升注頫古字陳云古下
疑當有俯字是也各本皆脫注以函屋上袁本茶陵本函作凾是也注廣雅曰曲枅曰欒案廣上當
有善曰二字茶陵本此作善注最是袁本與此同皆非注山海經曰陳云經下脫注字是也各本皆脫注上為
清陽又為陽袁本茶陵本清陽作陽清是也橧桴重棼袁本茶陵本橧作增案此尤誤轢輻輕騖袁本
茶陵本轢作櫟案此尤誤注作櫟未改也注彌竟也言望之極目袁本茶陵本無此八字案無者是也袁本複衍
唐中已見西都賦七字亦非注水潒瀁也袁本茶陵本瀁作潒是也注三輔舊事曰清淵北袁本
茶陵本輔作代案此當三輔三代重有三輔三代舊事屢引尤校添而又脫三代耳注以壓任國中之地案壓下當
有里字各本皆脫此載師職文也注說文曰陁落也案陁當作陊各本皆誤注劉逵魏都賦注
曰案此有誤也吳都有蘭錡內設魏都有附以蘭錡今善於兩賦舊注中皆不更見此所引語無以決其當為劉逵吳都賦注曰或當
為張載魏都賦注曰也凡善各篇所留舊注均非全文注司市胥師二十人案十下當有肆則一三字各本皆脫

此地官序官文也注禪販夫婦爲主袁本茶陵本無禪字夫下有販字注今大官以十日作

案日當作月各本皆譌注謂作刀劍削也袁本茶陵本無謂削也三字下有晉灼曰三字案漢書顏注引如淳曰作

刀劍削者尤依之校改也晉灼曰三字誤去注武陵何校武改茂袁本亦作武茶陵本所複出作茂茂字是也注蒼頡

曰何校頡下添篇字陳同是也各本皆脫注五十里爲之郊袁本茶陵本之作近是也注重車聲也

袁本茶陵本無車字是也繚垣緜聯陳云善曰今並以亘爲垣案據此則正文及薛注中垣皆當作亘案所說是也善但出垣

字於注其正文必同薛作亘至五臣銑注直云垣牆是其本乃作垣各本所見非注植物草木動物禽獸袁本

茶陵本此八字在上文薛注之下案依尤本當以正文植物斯生二句別爲節而係以此注及下善曰云云也注夷堅聞而

志之袁本茶陵本無此六字注注曰麓山足也袁本茶陵本無此六字注爾雅曰梅柟袁本

茶陵本爾上有楠亦作柟四字案此校語錯入注也二本正文作楠蓋善柟五臣楠而著此耳注謂昆明靈沼之水

沚也案沚當作阯各本皆譌注曰出暘谷案暘當作湯下出自暘谷暘亦當作湯各本皆誤鮪鯢鱨魦

袁本茶陵本魦作魦案此尤誤注郭璞山海經曰何校經下添注字陳同是也各本皆脫注鯛也案鯛上當
有郭璞曰三字各本皆脫說見下注毛萇詩傳曰案此五字當作又曰二字各本與下互誤說見下注鮪似
鮎案鮪下當有鱣屬鯢三魚字各本皆脫說見下注又曰案此二字當作毛萇詩傳曰五字各本與上互誤此節注所引郭璞
曰鯛也在釋魚所引又曰鮪鱣屬鯢似鮎亦在釋魚所引毛萇詩傳曰云云在魚麗首章今脫落顛倒絕不可通爲之訂正如此注
孟春鴻來袁本茶陵本鴻下有鴈字是也奮隼歸鳧袁本奮作集校語云善作奮茶陵本校語云五臣作集案各本
所見皆非也薛自作集集隼與歸鳧對文承上四句而言猶楊子雲以鴈集與鳧飛對文也善必與薛同則與五臣亦無異傳寫譌奮耳
二本校語但據所見而爲之凡如此例者全書不少詳見每條下注奮迅聲也袁本茶陵本無此四字案無者最是詳袁
茶陵所載五臣濟注有拂弃砰訇鳥奮迅聲之語既不得於奮字讀斷亦不得移作上句之解尤不察所見正文奮爲集之誤乃割取五
臣增多薛注以實之斯誤甚矣注賈逵國語曰何校語下添注字陳同是也各本皆脫注猗重較兮袁本
茶陵本猗作倚是也注馬冠也又髦案又當作乂各本皆譌注弧旌枉矢以象牙飾案牙飾當

作弧也各本皆誤　載獫獢案獫當作猲茶陵本作猲校語云五臣作獫袁本作獫用五臣也二本注中字善猲五臣獫皆
不誤袁但正文失著校語尤注中上二字猲末一字幷改爲獫歧出非也猲獫同字凡善五臣之異不必其字不可通也各還所本來而
同字亦較然分別矣全書例如此　注同制也何校同改周陳同是也各本皆譌　注虞初周說九百四
十三篇初河南人也袁本茶陵本此十五字作虞初者洛陽人明此醫術十字　注以方士侍郎袁本
茶陵本無此五字　注小說家者流蓋出於稗官袁本茶陵本小上有周說九百四十三篇八字無流字於
字案此節注初同二本後尤脩改也　注毛萇曰鬛案萇當作長各本皆譌以四字爲一句也　注猶拔扈袁本茶陵
本扈下有也字是也拔疑跋之誤正文作拔下云拔與跋古字通似善引箋作跋也否則正文作跋爲與五臣無異乃與此注相應耳
注趣向也案趣當作趨各本皆誤　自日未及移其晷袁本茶陵本無其字案此尤衍　注翬翬飛
也茶陵本不重翬字袁本與此同案似重者是　注括箭括之御弦者陳云御當作銜案之字不當有各本皆誤
注鷹青脛者善曰袁本無曰字茶陵本與此同案袁本最是善字屬上讀以五字爲一句下文注象鼻赤者怒句例正

同自此下盡不遠而獲皆薛注也尤茶陵甚誤注戰國策下至天下之駿狗也案依善例當作韓盧已見上文

此十七字不當有各本皆誤此類不盡出注禮記曰犬下至謂若韓盧宋鵲之屬袁本茶陵本無此四十二字

朱鬒鬣髽案鬣當作鬣廣韻十三祭鬣露髻卽出此善注引通俗文露髻曰鬣及善音作計切也各本所見皆傳寫誤

注虎亦食人案亦當作爪各本皆誤注其樂只且辭也袁本茶陵本重且字是也注杜預

左氏傳曰何校傳下添注字是也各本皆脫注空減無也袁本茶陵本減作滅下同案此尤改之也皇恩

溥洪德施又注皇皇帝普博施也茶陵本正文下校語云善無此二句袁本有無校語尤初亦無後脩改添入注七字袁茶陵皆無案善魏都賦注引西京賦曰皇恩溥似無者但傳寫脫其注七字未審何出也注鼓曰多也

案曰字不當有各本皆衍注似石著繳也何校似改以陳同是也各本皆譌注漢書曰有淮南鼓

員案曰字不當有各本皆衍布九罭案罭當作緎善注罭與緎古字通謂引毛詩爾雅之罭與正文之緎通也蓋善緎五臣罭

而各本亂之注罝禁罣麗案罝字不當有各本皆衍此蓋有依國語記罝字於罣旁者而誤在禁上也注鮞細

魚袁本鰤作鱺茶陵本亦作鰤下同案鱺卽鰤別體字蓋袁所見正文是鱺也注李尤樂觀賦曰案樂上當有平

字各本皆衍陳云別本有今未見烏獲扛鼎案扛當作舡善注云扛與舡同謂引說文之扛與正文之舡同也蓋善舡五臣

扛而各本亂之注橫開對舉也案開當作關各本皆譌注扛與舩同袁本茶陵本舩作舡案此尤改之也

注羆豹熊虎案熊當作龍各本皆誤注襹衣毛形也案衣當作襹各本皆誤注委聲也袁本

茶陵本委作重是也案此與上注重聲也可互證皆尤改之而誤驪駕四鹿案驪當作麗薛注云驪猶羅列駢駕之也驪亦

當作麗唯薛正文作麗故如此注之若作驪不可通善必與薛同袁茶陵二本所載五臣濟注云仍以驪馬駕之是其本乃作驪各本以

之亂善而失著校語又幷薛注中字改爲驪甚非注掖庭今官陳云今當作令是也各本皆譌若驚鶴之羣

罷袁本茶陵本罷作羆下音媿美切案此疑善罷五臣羆也媿美切蓋善罷字之音凡善音合幷六家多所割裂失舊尤又刪削不全

俱詳在後注君作故事案事字不當有各本皆衍注尚書曰自契至成湯案書下當有序字各本皆

脫注尚書序曰案此四字不當有各本皆衍注盤庚遷于殷陳云盤上脫尚書曰三字是也各本皆脫

注漢書注曰齷齪茶陵本漢上有善曰二字案有者最是袁本連上作薛注誤與此同　注謂據疑袁本茶陵本謂作諸是也

卷三〇京都中注京都下至故曰京都中　又東京賦注東京下至與班固東都賦同案此二節非善注也袁茶陵二本不冠注家名於首恐并非五臣注但後來竄入耳注亡禹袁本作憮亡禹切在注末是也茶陵本無非也注貴耳謂東京陳云耳下脫謂西京賤目五字是也各本皆脫注苦灰袁本作枯灰切三字在注末是也茶陵本無非也注謂著翼也袁本茶陵本此下有搏與附同四字是也注秦襄王子案秦下當有莊字各本皆脫注徵符合膺袁本茶陵本膺作應是也注紙袁本茶陵本作軹音紙三字在注末是也注如制禮也袁本茶陵本制禮作禮制是也注陽城人名延何校城改成去人名二字是也各本皆誤案所引功臣表文人名二字乃或記於旁而竄入者善注失舊於此等可見矣損之又損之袁本茶陵本無下之字案無者是也此初亦無與二本同脩改誤添之注善曰毛詩曰陳云詩下脫序字是也各本皆脫注勒銘於宗廟

之器于鐘鼎茶陵本無于字袁本有何校去陳同且天子有道袁本茶陵本且下有夫字案此善有以否無可
考也守位以仁案仁當作人薛注作人善必與薛同其注亦自可證見下蓋五臣仁各本所見亂之注綜作人袁本
無此三字茶陵本有案於茶陵本爲校語此誤存之也注仁謂衆庶也袁本茶陵本仁作人是也此所改甚非注何
以守位曰仁也案仁當作人各本皆誤考經典釋文云曰人王肅卞伯玉桓元明僧紹作仁然則王弼本周易自作人今
本作仁者非善亦必作人乃與薛注相應不知者妄改之絕不可通所當訂正注何用周固反易守乎案反當作
及各本皆譌注土度也何校土改測今案此疑土下有脫各本皆同無以補也注薛綜曰轘轅坂下至
故曰轘轅袁本茶陵本無此十八字案無者最是漢初弗之宅袁本茶陵本宅下有也字案此善有以否無可
考也注北爲參虛分野何校北上添河字今案此疑衍北字也區宇乂寧何校宇改寓案所改是也此薛
注字作寓下文威振八寓德寓天覆正文皆作寓善此無注者詳在彼也各本所見皆非注昭明有融案昭上當有又曰二
字各本皆脫善例如此餘不具出注爲水獸袁本茶陵本水作木是也注舊章法令條章也袁本茶陵

本無此七字案無者最是注爾雅曰鸒斯何校爾上添善曰二字陳同下節首爾雅曰鵯鶋上亦然今案所校是也袁本茶陵本此二節亦作薛注皆誤凡賦多誤善注為薛其引書為薛注所不及見如此爾雅郭璞注之類較然易辨又有疑無以明者難於輒定當俟再詳注頭尾青黑色袁本茶陵本頭作短是也注謂各得其性也袁本也下有鸊音匹鷉音骨鵃竹交切十字茶陵本與此同案袁本乃真善音之舊尤所見與茶陵皆誤注鴡鶻鵃類也袁本茶陵本鶻鵃作鳩鵰是也注謂音聲和也袁本也下有鵹麗古字通音離七字茶陵本有鵹麗古字通五字案袁是也鵹下仍當有與字蓋脫於南則前殿靈臺茶陵本靈下校語云五臣雲袁本作雲案此南宮雲臺也德陽殿西有靈臺別在下文靈但傳寫誤耳薛注靈亦雲字誤下文靈臺薛亦別有注可見此薛與善並非靈字注鉤盾今官陳云今當作令注是也各本皆誤不雕不刻袁本雕作彫是也茶陵本亦誤雕案此正文及下雕輦皆彫之誤也則洪池清蘌茶陵本蘌作籞注同袁本皆作蘌何校改籞案蘌即籞別體字耳注則捕之袁本茶陵本之下有音圍二字是也注周禮曰加籩豆之實何校去豆字是也案曰字亦不當有各本皆衍注有蔆芡也袁本茶陵本也下有音倹二字是也奢未

及傪袁本傪作𠫵茶陵本與此同案𠫵字是也二本薛注作𠫵可證尤幷改作傪甚非注故儉不至陋也茶陵
本無故字是也袁本亦衍動中得趣案趣當作趨注中此字兩見袁茶陵二本皆作趨是薛與善自是趨字蓋五臣作趣而亂
之尤幷改注中盡作趣甚非禮舉儀具袁本茶陵本儀作義注同案此無以考也注言頌政賦教常袁本
茶陵本無教字是也注大合樂射鄉者曰辟雍陳云鄉當作饗是也各本皆誤注鄭元周禮曰
何校禮下添注字陳同是也各本皆脫注綜曰案此二字不當有此初無後脩改誤注添袁茶陵二本每節有之不可相證
魏相上封曰何校封下添事字是也各本皆脫注善曰萬邦黎獻何校曰下添尚書曰三字陳同各本
皆脫注庸袁本作音庸二字在注末是也茶陵本與此同非注庭朝廷袁本茶陵本廷作也是也注東都賦
曰下至歲首朔日也袁本此十五字作三朝已見東都賦是也茶陵本複出非注謂有彫飭也茶陵本飭
作飾是也袁本亦誤飭左右玉几袁本茶陵本几下有穆穆二字此初同二本有脩改無案不當有也蓋尤校改正之注
善曰百辟其刑之何校曰下添毛詩曰三字陳同各本皆脫注尚書曰一日二日萬機袁本

茶陵本此九字作善注是也當在薛注下而首有善曰二字　注今憂恤之也陳云今當作令是也各本皆譌　注說
文曰城池無水曰隍袁本此八字作隍已見東都賦是也茶陵本複出非　注不敢迨遑案迨當作怠各
本皆譌陳云別本作怠今未見但陳所云別本似即茶陵耳其不合者恐有誤亦不具論　注毛詩曰牲牢饔餼案詩
下當有序字各本皆脫　注爲而不持長而不宰袁本茶陵本無而不持長四字　注招明也有道
案此有誤也陳云有上似脫明但招本不訓明詳下注蓋訓爲舉陳所說未是今無以訂之　注周易曰六五案周上當
有善曰二字各本皆脫何云綜以赤烏六年卒安得見王肅易注而引用之指此注下文也其說是矣但因而疑綜注假托則非蓋何未
悟其自是善注耳善演連珠注亦引此王肅注也　注禮記曰天子穆穆袁本此七字作穆穆已見上是也茶陵本
複出非　注琪如綦案如上當有讀字各本皆脫　注一作飆袁本無此三字正文作颷茶陵本作五臣作颷四字
案此校語之誤存者也　注垂十二旒名曰太常上畫三辰袁本茶陵本名曰太三字作也案此尤校
改之耳　注當顱刻金爲之陳云當上疑脫鍚字是也各本皆脫　注鏤鍚中央低陳云鍚字疑衍是也

各本皆衍注零袁本茶陵本作軨音零三字在注末是也注蔡雍獨斷曰陳二云此注及下注凡三引蔡雍說其上疑
並脫善曰二字以然重輪郎重轂語觀之自是李氏文體與薛注不類今案所說是也當以正文重輪貳轄別爲節而注善曰至郎重轂
也於下注廣八尺案尺當作寸續漢書輿服志注引可證各本皆誤注與璲同袁本同下有祖狡切三字是也
茶陵本無非注謂木勾矛戟也陳二云木字衍矛當作孑是也各本皆誤案續漢書輿服志注引無木字注農
輿無蓋何校無改二依續漢志是也各本皆誤案志注引正作二注迤邪也袁本也下有音弋氏切三字是也茶陵本
無非注言相連也屬案也屬當作屬也各本皆倒續漢書輿服志注引可證注伏袁本作音伏二字在注末是也
茶陵本與此同非注綪茷大赤也袁本茶陵本也下有茷音旆三字是也注參差縱橫也袁本也下
有轇音膠輵音葛六字是也茶陵本無非注善曰後宮陳二云後上脫漢書曰三字是也各本皆脫注以擿鼓何校
擿改擿是也各本皆譌旆已反乎郊昣茶陵本反作迴二云五臣反袁本反無校語案此蓋以五臣亂善注昣界
也袁本也下有諸鄰切三字是也茶陵本無非爰敬恭於明神袁本茶陵本敬恭作恭敬案二本是也蓋尤誤因注

而改善注之例但取意同不拘語倒如引敬恭明神以注此恭敬於明神也不知者凡屬此例多所改易俱失其意條見於後注恭
敬明神也何校乙恭敬二字是也各本皆倒　注毛詩鼓鼘鼘袁本茶陵本詩下有曰字又袁本末有音淵二
字是也茶陵本無非也　注馬融論語注曰佾列也袁本此九字作八佾已見東都賦是也茶陵本複出非
致高煙乎太一茶陵本乎下校語云善作於袁本作於蓋善乎五臣於校語有倒錯也上文當覲乎殿下者袁茶陵亦作
於不著校語似失之耳　注廣雅曰蒸蒸孝也案廣雅曰三字不當有各本皆衍此非薛注所得引乃或記於旁而
竄入者　注鄭元曰周禮注曰毛炰者豚案周上衍曰字者豚當作豚者各本皆誤下注杜子春曰各本
亦衍曰字也　注胉去其毛案胉當作爛各本皆誤此所引在地官封人也注飲食之豆案飲當作饋各本皆
誤此所引天官醢人文　注謂脇也袁本茶陵本也下有方薄切三字是也案凡此爲真善音其正文下博字乃五臣音耳全
書中俱依此例求之　注太史順時視土案視當作覛各本皆譌　注以冉袁本作以冉切三字在注末是也茶
陵本與此同非　注東觀漢記下至行大射禮袁本此十九字作合射辟雍已見東都賦是也茶陵本複出非注

路鼓路䶩袁本䶩下有䶩扶云切䶩音逃七字是也茶陵本無非　注乏音爲匱乏之乏案音當作讀各本皆誤

注皇輿夙駕何校皇輿改星言同是也各本皆誤

陳注何休公羊傳曰何校傳下添注字陳同是也各本皆脫

日月會於龍狵袁本茶陵本狵作䝁注同是也又袁本注末有䝁丁遘反四字是也茶陵本無非

注毛詩曰春酒惟淳何校改春酒惟淳作爲此春酒陳云因此賦上文有春酒惟醇之語傳寫錯誤案此當有誤但何陳所改未見必然蓋無以訂也

聲教布濩案濩當作護茶陵本作護云五臣作濩袁本作濩用五臣也但失著校語尤以五臣亂善非其辭注中俱是護字尤幷改作濩更非南都賦布濩善無注各本皆作濩似亦以五臣亂善而失著校語此及彼濩下皆音護卽五臣音耳凡諸家用字互有不同其一家之中而復歧異卽恐有誤餘不悉出準此例求之

注尚書曰聲教訖于四海袁本此九字作聲教已見東都賦是也茶陵本複出非

注先期謂期日袁本茶陵本無謂期二字是也

注囿謂集禽獸於靈囿之中案謂上上囿字不當有各本皆衍

注毛詩曰王在靈囿袁本此七字作靈囿已見上文是也茶陵本複出非

注禮曰告備于王案禮上當有周字各本皆脫此所引小宗伯職文也

迄上林結徒營袁本茶陵本迄下有于字徒下有爲字茶陵校語云善無于字爲字袁無校語何云匡謬正俗作迄于上
林結徒爲營今案依文義善亦當有或但所見傳寫脫耳注一作敘袁本無此三字正文作敘茶陵本作五臣作敘四字案此
校語之誤存者也注孟子曰下至曰詭遇袁本此二十二字作詭遇已見東都賦是也茶陵本複出非注左
傳曰享以訓躬儉袁本此八字作訓儉已見上文也是也茶陵本複出非注一作瑣袁本無此三字茶陵
本作綜作璪正文皆作瑣案此校語之誤存者也注言鄙陋不足說也袁本茶陵本無陋字是也注詩曰
袁本詩作善茶陵本詩上有善曰二字案似茶陵是也注成王有岐陽之蒐何校去王字是也各本皆衍注
臯射埻的也袁本茶陵本也下有臯牛列切埻之尹切八字是也注駘騎傳炬出宮案駘當作騶各本皆
誤所引禮儀志文也注側角又注其筆袁本作斮側略切猗其出切八字在注末是也茶陵本無非此去注末善音存
正文下五臣與茶陵同而誤音注紆危又注移袁本作㛂紆危切蛇音移七字在注末是也茶陵本無非此移善音於正
文下與茶陵正文下五臣音不同而亦誤注蒲葛袁本作扶葛切三字在注末是也茶陵本與此同非殘夔魖與罔

像袁本茶陵本像作象案象是也注正是象字 注巨宜袁本茶陵本作魁巨宜切四字在注中魁鬼也下是也 注域

袁本作音域二字在注末是也茶陵本與此同非 注有桃樹下茶陵本樹下有二人於樹四字是也袁本亦脫 注子

侯袁本作善曰陬音子侯切七字茶陵本作善曰陬子侯切六字在注末案茶陵是也 注至於岱宗柴袁本茶陵本無

柴字 注謀恒寒若袁本茶陵本謀作急是也 注他杜袁本茶陵本作他杜切三字在注末是也 注豐年多

稌案多下當有黍多二字各本皆脫 注春扈頒鶞袁本茶陵本頒作鳻是也 左瞰暘谷案暘當作湯注同蜀

都賦汩若湯谷之揚濤注云湯谷已見東京賦卽指此可證也吳都賦包湯谷之滂沛善湯五臣暘此賦亦然各本所見以五臣亂善而

失著校語 注尚書曰永膺多福袁本此七字作多福已見東都賦是也茶陵本複出非 注韓詩外傳

曰下至獻白雉於周公袁本此二十三字作越裳見下句是也茶陵本誤與此同 注音郎袁本茶陵本此在注

末是也 注黃帝封泰山袁本山下有已見上文四字是也茶陵本複出非 注抵側擊也袁本茶陵本也

下有征氏切三字是也 注方直也陳云直當作且是也各本皆誤 注尚書曰天位艱哉袁本此七字作

天位已見上文是也茶陵本複出非猶怵惕於一夫案怵惕當作惕戒善引尚書以注惕引方言以注戒引過秦論以注一夫循其次序有戒字在惕下一夫上甚明又其下惕驚也三字乃薛注若如今本不容去怵注惕可見正文無怵字但有惕字亦甚明不知何人誤認善注中怵惕以爲正文如此而改之其實與注轉不相應非也各本所見皆誤今特訂正注惕驚也案此乃薛注當在善曰上各本皆誤贅於善注下甚非凡薛注與善注舛錯失舊者多此例也終日不離其輜重袁本茶陵本其作於案此無可考也車中不內顧案不字不當有薛注無不字可證也各本所見皆衍又善注魯論語曰車中不內顧亦不當有不字考論語釋文云車中不內顧魯讀車中內顧然則各本衍不字甚明近盧學士文弨鍾山札記會舉正此條云漢書成帝紀贊顏注云今論語車中內顧內顧者說者以爲前視不過衡軛旁視不過輢轂云云其說是矣但失引證釋文耳注車中不顧案不當作內各本皆誤古文苑載此銘作車不內顧不當作中皆或記不字於旁此誤以改內彼誤以改中可互訂也鍾山札記引彼又載車右銘內顧自敕車後銘望衡顧轂爲證而不言此銘內字彼未誤蓋據誤本古文苑也民忘其勞袁本民作人茶陵本校語云善作人下民心固結同案此尤以五臣亂善注民謂百姓也袁本作人謂民也茶陵本與此同案此當作人謂百

姓也」薛注作民唐諱改人袁本蓋誤注毛詩曰致王業之艱難何校詩下添序字陳同是也各本皆脫注

子小袁本作子小切三字在注中勦勞也下是也茶陵本與此同非注不知人好共怨己陳云好字衍是也各

本皆衍注尚書曰夫常人案尚當作商君二字各本皆誤此所引在更法篇也」注一作臭袁本茶陵本無

此三字案此校語也二本正文作臭可借證蓋尤所見有而誤存之注爲瓜袁本作爲佳切三字在注中淫掘不正也下是也茶

陵本與此同非注爲交袁本茶陵本作烏交切三字在注中或作蛟上是也」而衆聽或疑袁本茶陵本聽下有者字

案此無可考注賓戲曰茶陵本賓上有荅字是也袁本亦脫注褫奪也袁本茶陵本也下有直氏切三字是也

注甯羸曰案羸當作嬴各本皆譌注茲此也袁本茶陵本無此三字

卷四〇南都賦〇注於歎辭袁本茶陵本辭下有於孤切三字是也其正文下烏字乃五臣音也凡合併六

家之本於正文下載五臣音於注中載善音而善音之同於五臣者每被節去袁茶陵二本又各多寡不齊蓋合併不一故所節去不一

耳至尤本於正文下五臣音往往未嘗區別刊正而注中善音則節去彌甚其失善舊亦彌甚矣今取二本善音之可考者悉皆訂正其

二本已節去在前則未由考之間有可借正文下互臣音推知崖注略者然既非明文難以稱說當俟再詳全書音之例均準此

西京賦曰至下爲豫州也袁本此二十二字作周居豫州已見西京賦是也茶陵本複出非注郁郁京

河袁本茶陵本京作荆是也注武關山爲關在西也茶陵本無此八字袁本有何陳校皆去觀下注似不當有

注說文曰至下墉城也袁本此十七字作隍已見上文墉已見西京賦是也茶陵本複出非注盪他浪切

袁本茶陵本無此四字茶陵有淯音育三字袁亦無案茶陵是也注淮南子曰隨侯之珠至下不繫之

於珠璧也袁本茶陵本無此一百十七字袁有隨珠夜光已見西都賦九字茶陵有隨珠夜光見西都注八字案袁本是也茶陵例改已見爲複出此條其遺漏者尚屬舊尤乃複出甚非注惡袁本茶陵本作堊音惡三字在注中鄭音跪下是也注山

海經曰至下出入有光袁本此二十一字作耕父已見東京賦是也茶陵本複出非注嵫嵳山石廣

大之貌也袁本茶陵本此下有嵣音蕩嵳音莽六字是也注嶚高也袁本茶陵本此下有力彫切三字是也注

𡶒嶨山不齊也袁本茶陵本此下有𡶒仕革切四字是也注高而不平也袁本茶陵本此下有嶵昨迴切

嵬牛迴切八字是也注高峻之貌也袁本茶陵本此下有嶜士林切四字是也注相連之貌袁本茶陵本此
下有岩巨貧切嶙音鄰纚力是切十一字是也注九六袁本茶陵本作九六切三字在注中鞠高貌也下是也注班孟
堅下至蒼山隱天袁本此二十四字作隱天已見西都賦是也茶陵本複出非注薛綜注曰區陬隅
隙之閑也袁本此十一字作陬已見西京賦是也茶陵本複出非注傾側也袁本茶陵本此下有崎巨宜切嶇巨
嵎切八字是也注巀嶭高峻也袁本茶陵本此下有巀在結切四字是也注毛萇詩傳曰巘袁本巘作
巚茶陵本亦作巘案各本皆非也當作巚乃與正文相應茶陵本校語云善作巚否則善當有巘巚異同之注今刪削不全又案西京賦
陵重巘正文及注皆作巘而毛詩皇矣正義所引則爲巚字恐彼注亦善巚五臣巘各本亂之如袁本之此正文作巘而失著校語也注
小山別大山也袁本茶陵本此下有魚蹇切三字是也注奇殞袁本作其殞切三字在注中是芝貌也下是也
茶陵本與此同非注密袁本滵音密三字在注末是也茶陵本與此同非注東方朔下至閬風之顛袁本
此十七字作崐崘閬風已見西京賦是也茶陵本複出非注櫻桃也袁本茶陵本此下有華黠切三字是也注有刺

袁本茶陵本此下有子力切三字是也注判也袁本茶陵本此下有音萬二字是也注中車村袁本茶陵本此下有音姜二字是也注智甲切袁本作音甲二字茶陵本無案似袁本是也注皮可作索袁本此下有楈音胥栩以奢切七字是也茶陵本無楈音胥非注皮可以爲索袁本此下有栟音并櫚音驢六字是也茶陵本無非注柍未詳袁本茶陵本此下有於良切三字是也注似桑袁本此下有檍音憶三字是也茶陵本無非注花頭點也案花下當有鬚字各本皆脫又袁本茶陵本此下有而體切三字是也體當作髗注以下黑袁本茶陵本此下有穀呼木切四字是也注張載吳都賦注曰案張載當作劉逵各本皆誤騰猨飛蝠棲其閒茶陵本蝠作猵袁本作獵案猵字是也注云蝠與猵同謂正文之猵可證也注竹菫皮白如霜案竹菫當作簞蓋一字誤分爲二袁本亦誤茶陵本改菫爲簞非注宋玉笛賦曰奇簳袁本茶陵本此下有古罕切三字是也案古文苑載此賦云奇篠異幹此疑脫彼幹卽簳字耳注二竹名袁本茶陵本此下有箛公都切簳竹隨切八字是也注陸離猶參差也袁本無此六字茶陵本有案此六字袁在所載五臣向注中無者是也注蓊竹貌也袁本此下有於孔切三字是也

茶陵本無非注雉袁本茶陵本作音雉二字在注中堯山下是也注自吝袁本茶陵本作濜自吝切四字在注末是也

注今出南陽袁本此下有音禮二字是也茶陵本無非注骨又注蔑袁本作滑音骨瀎音蔑六字在注末是也

注言水洞出此穴沒滑瀎潏疾流之貌也袁本無言水洞出此穴疾之八字是也茶陵本并善入五臣與此同誤注言廣大也袁本茶陵本無此四字是也案二本在所載良注中注說文曰歙歠也

袁本此六字作歙已見上文是也茶陵本複出非注水行疾也袁本茶陵本此下有他鸞切三字是也注水行出也袁本茶陵本此下有俎立切三字是也注大聲也茶陵本此下有汃普八切四字袁本無案茶陵是也注韓詩外傳曰漻案外字不當有各本皆衍凡本篇引韓詩外傳曰鄭交甫云云一條韓詩曰醴甜而不泲也一條韓詩外傳曰逍遙也一條及此一條皆當作韓詩傳曰如東都賦注引魯詩傳曰之例傳者蓋所謂內傳其逍遙也句有脫各本皆同無以補之注

水淚破舟袁本茶陵本此下有音戾二字是也注疾流也袁本此下有音域二字是也茶陵本無非注鰅魚有文采袁本茶陵本此下有音禺二字是也注似鰱而黑袁本茶陵本此下有鰱音連三字是也注蜯與

蚌同袁本茶陵本此下有步項切三字是也注古字通袁本茶陵本此下有胡加切三字是也於其陵澤
袁本無於字何校去茶陵初刻無脩者有案無者是也注知旅袁本茶陵本作知旅切三字在注中積也下是也其草
則麃苧蘋莞袁本茶陵本則下有有字案有者是也注蒯之屬何校蒯改蔽案當作蒯蒯即蔽字也注似
莎而大袁本茶陵本此下有扶袁切三字是也注小蒲也袁本茶陵本此下有胡官切三字是也注菰蔣
也袁本茶陵本此下有蔣子詳切菰音孤七字是也案菰音孤善自音注中字耳正文蒲下菰乃因此竄入誤之甚者也注茆
鳧葵袁本茶陵本此下有茆亡絞切四字是也注苦札袁本作苦札切在注中鳧屬下是也茶陵本與此同非注步
覓又注吐雞袁本作鷿步覓切鷈士雞切八字在注中謂之鷿鷈下是也茶陵本與此同非注班孟堅下至鴛
鵝鴻鶤袁本此三十字作餘已見上注是也茶陵本複出非注鷀音磁袁本茶陵本鷀上有注鸕良都切四字是也
所蟹袁本茶陵本作所蟹切三字在注中灑分也下是也注老袁本茶陵本作音老二字在注末是也注去除也
袁本茶陵本此下有息列切三字是也注乾也袁本茶陵本此下有呼但切三字是也注直旅袁本茶陵本作直旅

切三字在注中麻屬下是也 注之餘 又注煩 又注析 又注覔 袁本茶陵本作藷之餘切四字在注中甘
柘也下音煩二字在小蒜也下菥音析蓂音覔六字在末是也 注蓼辛菜也 袁本茶陵本此下有力鳥切三字是也 注
蕊香菜 案蕊當在蘊下同各本皆譌集韻廿六緝云蘊香菜卽本此 注橘屬也 袁本此下有除耕切三字是也茶陵
本無非 注陶隱居注曰 袁本茶陵本無注字是也 注蓀楚銚戈也 何校蓀改萇陳同是也戈當作弋各
本皆誤又袁本此下有萇音長三字是也茶陵本無非 注稃音敷 袁本稃上有秬音巨三字是也茶陵本無非 注陟
滑 袁本茶陵本作鷂陟滑切四字在注中寇雉下是也 注鱻小魚也 袁本也下有與鮮同三字茶陵本有胥連切三字案
此當兩有與鮮同胥連切六字 注甜美也 袁本茶陵本此下有徒兼切三字是也 注音精 袁本茶陵本此在注末是
也 注殺 又注尸然 袁本茶陵本作音殺二字在注中萸也下擅尸然切四字在注末是也 注於問 袁本茶陵
本作於問切三字在注中醞投也下是也 注于公先王 袁本茶陵本于公作祭于案此尤所校改也 注鼓瑟吹
笙吹笙鼓簧 袁本茶陵本無吹笙吹笙四字茶陵簧作琴袁亦作簧案此尤所校改也 注不脫履升堂 案下

當有日宴二字各本皆脫注玉謂之琱案琱當作彫觀下注可見各本皆誤朱帷連網案網當作綱注網維綱也
二網字亦當作綱茶陵本云五臣作綱袁本云善作網各本所見皆非也注咸以折盤爲七盤也案咸當作或各
本皆譌注揭高舉也袁本茶陵本此下有丘別切三字是也注水波也袁本茶陵本此下有徒蓋切三字是
也注瀺灂隕隊袁本茶陵本此下有瀺士減切四字是也注回波爲澆袁本茶陵本此下有公堯切三字是
也注說文曰蝄蜽下至若龍而黃袁本此十七字作蝄蜽蛟螭已見西京賦是也茶陵本複出與此不同皆
非於是日將逮昏袁本茶陵本逮下校語云善作遙案遙但傳寫誤此蓋尤校改正之也眞所謂漢之
舊都者也袁本茶陵本無者字是也視魯縣而來還案視當作覛袁本云善作視茶陵本云五臣作覛各本所
見皆非善亦當作覛但傳寫誤視耳注皇甫謐曰下至升爲天子也袁本此四十二字作堯以唐侯升爲天子
已見上文是也茶陵本複出非注求癸袁本茶陵本作求癸切三字在注中揆度也下是也察茲邦之神偉袁本
云善作邦茶陵本云五臣作都案注中仍云此都似善亦作都也注說文曰崔袁本茶陵本無此四字是也注逍

遙也何校遙下添遊字陳同案各本皆無未審其所據也注刺邪也袁本茶陵本此下有睢許規切四字是也注古熒袁本茶陵本作古熒切三字在注末是也注周奇曰陳云周當作李是也各本皆誤注祄祄禕禕袁本茶陵本此下有芳非切三字是也振和鸞兮京師袁本茶陵本鸞作鑾是也注鄭元禮記注曰下至有鑾和之節袁本此十九字作和鑾已見上文是也茶陵本複出非注神農氏作陳云下有脫文今案當連引注作起也以注正文起焉而各本脫去乾聖人作釋文載鄭云起也但未審善果引何家耳注文王子孫案子孫當作孫子各本皆倒○三都賦序○注三都者下至以辨衆惑袁本無此四十六字有偏于海內四字是也茶陵本并五臣入善與此同非注三都賦成袁本三上有臧榮緒晉書曰六字是也茶陵本與此同非注音旨袁本茶陵本作氏音旨三字在注末是也注面相序罪也案序當作斥各本皆譌陳云別本作斥今未見注忤袁本茶陵本作音忤在注中上墟壯大之意也下是也注虞書曰陳云書下脫序字是也各本皆脫○蜀都賦○注尚書曰萬國咸寧袁本此七字作萬國已見上是也茶陵本複出非注在成都西南漢壽界

案壽當作嘉謂漢嘉郡也各本皆誤下所言在成都西北岷山界謂岷山郡晉書地理志之汶山郡也岷汶二字古每通用所言在成都南犍爲界謂犍爲郡句例正同注胡角又注步角又注扶刎袁本作瀉胡角切瀑步角切八字在注中水沸之聲也下瀆扶刎切四字在涌泉也下是也茶陵本有瀉呼角切四字餘無皆刪削也但胡作呼爲是注在朱堤南十里陳云堤當作禔下生朱堤南廣縣何改禔陳同是也各本皆譌注淮南子曰至入于濛汜袁本此二十五字作湯谷已見東京賦是也茶陵本複出非注羣翔興古十餘陳云餘下疑脫日字是也各本皆脫注可以醮祭而置也陳云置當作致是也各本皆脫注火熖也音艷袁本茶陵本熖作熠又袁艷下有煽音扇三字是也茶陵無非也金沙銀礫茶陵本礫作鑠云五臣作礫音歷袁本作礫用五臣也尤以五臣亂善非下歷亦五臣音耳注寑袁本茶陵本作善曰寑音寑五字在劉注之下是也注咆嗥也袁本茶陵本此下有步包切三字是也注宕渠縣名銅梁在巴東宕縣在巴西袁本茶陵本無名銅梁在巴東宕縣八字案此尤校添之劉昭注續漢書郡國志引銅梁山在巴東也下縣當作渠注資覼袁本茶陵本作蒩資覼切四字在注中蒩蕺也下是也注出巴

東北新井縣水出地案新字當在縣字下北井二字當連文縣名也晉太康以前屬巴東郡見華陽國志出巴東北

井縣爲一句新水出地爲一句黿龜水處案黿當作元茶陵本作黿云五臣作元袁本作元無校語此當是茶陵尤所見因劉

注中元龜二字誤爲黿字而改正文者耳袁所見正文及注皆是元龜字爲不誤也又正文下有元字乃劃裂所見之校語以爲音茶陵

亦尚無之恐讀者不察將致執此音以定善字特爲訂正焉注黿大龜也袁本黿作元龜二字是也茶陵本與此同非案

說已見上劉以大解元益顯然可知也注其緣中又案又當作乂下靈乂同見華陽國志涪陵郡下注李尤七

嘆曰袁本茶陵本嘆作歎案各本皆非也當作款注昌志袁本茶陵本作昌志切三字在注熾赤也下是也注厥

土赤埴案埴當作熾觀正文及下善注可見各本皆誤又尚書徐鄭王皆讀曰熾見釋文亦其證也注在宗袁本茶陵

本作賨在宗切四字在注中氣銳以剛下是也注武帝樂府何校帝下添立字陳同是也各本皆脫注在漢壽

西界案壽當作嘉各本皆誤說見前下注九折坂在漢壽嚴道縣云云壽亦當作嘉也注驛傳其詩奏之案驛

當作譯各本皆誤事在范書西南夷傳也注出岷山在安都縣案在字不當有安都當作都安各本皆誤下注金堤

在岷山都安縣西又岷山都安縣有兩山相對立如闕皆可證晉書地理志汶山郡有都安縣也麋蕪布濩於中阿袁本茶陵本麋作蘪案注中作蘪蘪麋古通用或太沖自用蘪字注生越嶲郡無會縣案無會當作會無各本皆倒注出岷山替陵山案替當作蠶山字不當有各本皆誤晉書地理志汶山郡有蠶陵縣也此注三言岷山皆謂汶山郡注一曰出廣都山案山字不當有各本皆衍晉書地理志廣都屬蜀郡也注武蓋袁本茶陵本作舍曰沫武蓋切六字在劉注之後是也注有水從漢中沔陽縣南流至梓橦漢壽縣案漢中二字不當有沔當作江漢當作晉各本皆誤續漢書郡國志犍爲郡江陽劉昭注引賦此注從縣南流云云當據之訂正江陽晉書地理志屬江陽郡或漢中亦江陽之誤水經潛水注引庾仲雍云墊江有別江出晉壽縣卽潛水也晉書地理志晉壽屬梓潼郡當據之訂正又袁本橦作潼是也茶陵本亦誤橦注過漢壽南流案壽當作嘉各本皆誤水經沫水注云過漢嘉郡可證注雒水在上雒縣出桐柏山案上字桐字衍出下當有漳山一曰在梓潼縣出九字水經江水注曰洛水出洛縣漳山一言出梓潼縣柏山卽本此當據之訂正洛卽雒字漢書地理志漳作章漳卽章字何駁舍此注恐誤蓋未知水經注有其證故不悟各

本皆脫衍而善自不誤也注扶彪又注六又注普郎又注度羅袁本茶陵本作虓扶彪切陸音六滂
普忙切施度羅切十五字在注末是也注蜀都臨邛縣案都當作郡各本皆譌下蜀都嚴道同注亭袁本作楟
音亭三字在注中善曰下是也茶陵本與此同非注百果草木皆甲坼袁本坼作宅茶陵本亦作坼案作宅最是
善讀宅如字觀下注所引根曰宅宅居也可知五臣乃音宅爲坼令竄坼音入正文下又改此注宅爲坼以就之俱大誤也注皆
讀如人倦之解解案之解當作解之各本皆倒解字複舉下以七字爲一句也注令櫻桃熟陳云令當
作今各本皆譌芬芬酷烈袁本茶陵本下芬字作芳字是也案此尤本譌字注郭璞□上林賦注曰
袁本茶陵本空格有曰字此初亦衍後脩去注若榴已見兩都賦陳云兩當作南是也袁本亦譌兩茶陵本複出
非注榛與槈同袁本茶陵本此下有側鄰切鎒呼亞切七字是也其園則有蒟蒻茱萸袁本云善
作園茶陵本云五臣作園案各本皆非也園但傳寫譌耳注俱宇又注許于袁本作善曰蒟俱羽切蓲許于切十字在
劉注之後是也茶陵本無蒟俱羽切非注温調五臟袁本茶陵本臟作藏是也注楊雄太元經曰何云

元避諱陳云宋人避當時諱改袁本茶陵本不改尤所改僅此一處凡宋人諱字每不畫一也注盈袁本茶陵本作嗇曰瀛音盈五
字在劉注之後是也注乃禮又注墳袁本茶陵本作乃禮切三字在維葉梶梶下扶云切三字在注末是也墳是五臣音
注爾肴既將袁本將作時是也茶陵本亦誤將注徒兮又注胡袁本茶陵本作鵜乃兮切鵜音胡七字在
注末是也注胡剛袁本作胡剛切三字在注中吭鳥嚨下是也茶陵本剛作江非注鱣鮔鱨也案鱣當作鮪各本皆
誤吳都賦筌鮔鱨嗇注鮔鱨鮪也可借證注張衡應問曰案問當作閒各本皆譌注左氏傳曰下至在
石渠門外袁本此六十字作爽塏已見上文承明已見西都賦是也茶陵本複出非注陽城蜀門名也袁本
城作成茶陵本亦作城案門名不俟更言城必成字也以此訂之正文亦當作成今各本皆有誤注徒蘭袁本茶陵本作壇徒
蘭切四字在注末是也注縣又注直例又注光又注郎例袁本作袨音縣墆音直例切桄音光榔音郎十
四字在注末是也茶陵本無袨音縣非注莫江又注公達袁本茶陵本作莫江切二字在注中則其言哤下公達切
三字在讙語也下是也注白日也案白字不當有各本皆衍注黃潤纖美宜制褌茶陵本褌作禪袁本

亦作襌案似禪字是也藏鏹巨萬案鏹當作繈注同漢書食貨志作繈劉引之可證廣韻云繈俗作鏹太沖時未必有此俗字也注九兩又注浦覓袁本茶陵本作鏹九兩切鉱普覓切在注末是也茶陵本無非注殖貨志曰何校殖改食陳同袁本亦誤殖茶陵本作貨殖更非注以持祿養案養下當有交字各本皆脫此所引臣道篇文也扼腕

抵掌案抵當作扺注同袁本善注末有扺音紙三字最是茶陵本割裂紙字入正文下非尤又改紙爲扺益非廣韻四紙扺扺掌說文云側手擊聲也與十一薺之抵迥然有別甚明西征賦爲蕭揚州作薦士表廣絕交論用扺掌者放此今皆作抵蓋誤由五臣而各本亂之集韻抵下重文有扺云或作抵可見其不分別久矣其羣書此字之誤不悉數注桓譚七說曰案譚當作麟各本皆誤後漢書本傳章懷注案摯虞文章志麟文見在者七說一首云云後七命注祭屈原文注皆引桓麟七說可證注吉日兮

良辰陳云良辰當乙是也各本皆倒注猶衛之雅質案雅當作稚各本皆譌注楚徙宅西河長公思故處案楚當作整長公二字不當有各本皆誤此音初文今本作殷整甲徙居西河猶思故處此引多節也注觀者萬堤案萬當作方各本皆誤朔別期晦茶陵本期晦作晦期袁本與此同案注故曰朔別晦期也所複舉如此知

正文作晦期爲是 注匹各袁本茶陵本作善曰泊匹各切六字在劉注之後是也 注善曰越人衣文蛇

案善曰下當有脫文各本皆同無以補之 注彭門鴻岍案岍當作峴各本皆譌 注魏完南中志所記

也袁本茶陵本完作宏是也 注文立蜀都賦虎豹之人袁本茶陵本無立至人八字茶陵本文作又袁本亦

作文皆與下鐵關相接連尤分節不當有又蓋并衍也晉有文立劉並時人決非所引尤添甚誤 注說文曰拍拊也

袁本茶陵本說上有皛當爲拍四字也下有皛胡了切拍普格切[illegible]丑于切十二字案此善注之斷不容割裂者尤誤甚矣 注葽

戚貌於堯切三字是也袁本茶陵本此下有 相與第如滇池袁本第作弟茶陵本亦作第案袁五臣注中作弟劉

注中作第仍不著校語第即弟俗字似劉亦作弟但傳寫作第耳袁所見五臣本不誤茶陵所見亦改爲第矣 注音蟻袁本茶陵

本作善曰艤音蟻五字在劉注之後是也 注俗謂正船迴濟處爲艤案迴當作向各本皆誤 注戶袁本

茶陵本作音戶二字在注末是也 漫乎數百里閒袁本茶陵本閒上有之字案此似善五臣之異也今無以考之 注

善曰既載清酤毛萇詩曰袁本茶陵本無詩字陳云善曰下當有詩曰二字各本皆脫 注河圖括

地象曰岷山之地案地當作精各本皆誤水經江水注引作精也注上爲天井言岷山之地上爲東井維絡岷山之精上爲天之井星也袁本茶陵本無絡字案此注各本皆有誤今無以訂之

注善曰降丘宅土何校善曰下添尚書曰三字陳云脫是也各本皆脫注在爵袁本茶陵本作在爵切三字在注中爵疏淨之貌也下是也

注漢靖王勝後也陳云靖上當有中山二字是也各本皆脫

卷五〇吳都賦袁本茶陵本此下有左太沖劉淵林注七字是也尤脫左太沖三字劉淵林注四字倒錯入上行非

注吳都者蘇州是也後漢末孫權乃都於建業亦號吳案此一節非善注也袁茶陵二本不冠注家名於首說已見前

東吳王孫囅然而咍何校囅改辴陳云囅當作辴注同是也各本皆譌

玉牒石記案牒當作諜茶陵本云五臣作諜袁本作諜無校語牒但傳寫誤茶陵校語非劉注說文曰牒札也六字當作諜札也三字後注巳引說文稱爲許氏記字此非劉元文明甚善注說文曰諜記也諜記當作牒札因劉以札注諜而諜乃閒諜字故引說文牒以明之下云牒與諜同正謂所引之牒與賦及劉注之諜同各本皆誤絕不可通

注呂氏春秋曰下至爲六合袁本此二

十字作六合已見兩都序是也茶陵本複出非注陟升也下至謂舜也袁本茶陵本無此十一字案無者是也說見下

瑋其區域茶陵本瑋作偉云五臣作瑋袁本作瑋案袁用五臣也失著校語此以五臣亂善皆非齷齪而算案齷

當作握茶陵本云善作握此以五臣亂善非袁本著校語而善注引漢書作握未誤此幷改齷益非失顧亦曲士之所

歎也袁本茶陵本顧作固陳云當作固案似固字是也旁魄而論都何校稱潘稼堂耒云都字衍涉下論都而誤今

案所說是也旁魄而論與上握齪而算偶句各四字不當偏贅一字注吾子謂西蜀公子下至其形如蹲

鴟故號也袁本茶陵本無此九十三字案無者最是尤延之初刻亦無後乃添入故脩改之迹至今尚存凡此等語皆五臣以

後不知何人記在行間者尤校此書意主改舊遂悉取以增多而讀者相沿罕能辨正幸袁茶陵二本均未嘗誤各得反覆推驗決知其

非特詳載之用俟刊正以下盡同此也注蜻蛉縣禺山案蜻當作青禺下當有同字各本皆誤續漢書郡國志可證

注四合為九袁本茶陵本無此四字注各以數至下至度陽九之厄袁本茶陵本無此三十六

字有有九阨陽阨五陰阨四合為九十二字案二本最是此所增多繆戾不可讀安可以儷王公而著風烈

也案儷當作麗著當作奢劉注引麗王公也麗字之證善注奢靡也尚書曰弊化奢麗奢字之證袁茶陵二本所載五臣銑注云云作儷作著各本皆以五臣亂善與注不相應甚非注王莽末時王蜀下至麗著也袁本茶陵本無此四十二字有王此士而亡諸葛亮相此國而敗十三字案二本最是注漢武柏梁臺衞尉詩曰袁本茶陵本無衞尉二字

由克讓以立風俗茶陵本云五臣有俗字袁本無校語案此與建至德以翻洪業偶句俗似傳寫脫尤校改正之也

故其經略茶陵本故下校語云善作固袁本無校語案固似傳寫誤尤校改正之也包括干越袁本干作于注同茶陵本作干與此同注亦作干今案正文當作干善引漢書及音義當作干引春秋杜預注當作于春秋曰上當有一曰二字今注或盡作于或盡作干皆未是注婺女越分翼軫楚分非吳分故言寄曜寓精也袁本茶陵本作越楚地皆劃屬吳故言婺女翼軫寄曜寓精也案二本最是尤改甚非注南越志下至出入此穴袁本茶陵本無此二十一字注會稽餘姚縣蕭山瀵水所出何校姚改暨瀵改潘陳同案據漢書地理志校是也各本皆譌劉昭注續漢書郡國志引賦此注今本潘作濳考顏師古潘音甫元反然則瀵濳皆非注嵬嶷高大貌下至山

水闊遠無崖之狀袁本茶陵本無此三十七字注武林水所出龍川袁本茶陵本作武陵龍川
出其垌案各本皆非也當作武林水出其山謂漢書地理志錢唐之武林山武林水所出也二本涉上節正文而誤尤所校改未是注
磈磈至下山深險連延之狀袁本茶陵本無此二十五字注數州之閑袁本茶陵本數上有故曰
二字是也注長邁不回之意袁本茶陵本無此六字注潮波汨起至下昏暗不明也袁本
茶陵本無此二十九字注奫瀠袁本茶陵本無瀠字注皆水深廣闊也奫袁本茶陵本無此七字注
瓌異龜魚皆在水中生長袁本茶陵本無此十字注航舡之别名袁本茶陵本無此五字
注長者數十里小者數十丈袁本茶陵本數上有有字十作千無小者數十丈五字注東人謂
斧斤之斤爲鐇案鐇當作鐇各本皆譌注烏賊魚腹中有藥袁本茶陵本無腹字有字案中藥最
是注如珍寶矣利如劍袁本茶陵本矣作以是也以字下屬注言已上魚龍潛没泳其
中袁本茶陵本無此十字注淮南子曰水濁則魚噞喁袁本茶陵本淮南作文案二本是也喁字不當

有此善自引文子尤以淮南子主術訓改之其兩見皆無喁各本涉正文而衍注鶤鷄鳥也好鳴袁本茶陵本無此六字注漪蓋語辭也袁本茶陵本漪作猗下同案二本是也劉注爲漪善注爲猗尤幷改善作漪甚非注黖黖下至疾貌袁本茶陵本無此十七字注物皆極之也袁本茶陵本之作大是也注緜邈廣遠貌袁本茶陵本無此五字注馮隆高貌迢遞遠貌袁本茶陵本無此八字注謂洲渚袁本茶陵本渚下有也字是也注深奧之貌下至麗於島嶼之中袁本茶陵本無此十五字注生其華葉仙人所食袁本茶陵本生作食無仙人所食四字注漢書歌曰袁本茶陵本無書字注無華袁本茶陵本無此二字注玲瓏明貌袁本茶陵本無此四字注朱稱鬱金賦曰案稱當作穆各本皆譌魯靈光殿賦注引作穆不誤嗟難得而覶縷案嗟當作羌注同袁本皆作羌是也茶陵本亦誤嗟又案劉注爾雅曰嗟楚人發語端也爾雅無此文疑爾當作小卽西都賦善注所引之小雅曰羌發聲也耳又案蜀都賦羌見偉於疇昔劉氏不注五臣改爲嗟此未改魯靈光殿賦羌瓌譎而鴻紛張載有注五臣亦未改前說善羌五臣嗟乃其大槩仍不可執一爲例有如此注道書曰下至下曰

真人袁本茶陵本無此十四字注譪譪盛貌袁本茶陵本無此四字注神異經曰下至出則天
下大水袁本茶陵本無此十八字注藍華也袁本茶陵本無此三字注通口冬生袁本茶陵本口作日
案疑曰冬當作冬日也注乾之亦袁本茶陵本亦作赤是也以三字為一句注其華離婁相貫連袁本
茶陵本婁作樓是也注可食檳榔者陳云食下脫一食字今案此蓋當衍可字耳各本皆衍注以合石賁
灰案石當作古見下注各本皆譌注布濩下至分布覆被貌袁本茶陵本無此二十三字注蔕花本
也菲菲花美貌也袁本茶陵本無此十字注芬馥色盛香散狀袁本茶陵本無此七字木
則楓柙櫲樟袁本茶陵本櫲樟作豫章注同是也案此尤誤改平仲桾櫏袁本茶陵本作君遷是也案此尤誤
改注仍作君遷未改可證字書雖有桾櫏字但劉既不從木善又與劉同不得取而改之凡今所論是非意皆專主善何作楠榴
之木案楠當作南注中作南各本皆同袁茶陵二本楠下有南音蓋五臣楠而亂之南榴複二字為一木名與枏之別體作楠無涉
五臣誤也注尤好可以作器袁本茶陵本無好字是也注宗生下至覆萬畝之地袁本茶陵本無

此四十字注莊子曰袁本茶陵本子作周是也注葉重疊貌袁本茶陵本無此四字注輪囷謂屈曲貌下至相糾也袁本茶陵本無此十九字注枝柯相重疊貌袁本茶陵本無枝柯二字疊作之注縟繡下至露垂貌袁本茶陵本無此二十一字注言木枝葉下至如律呂之暢袁本茶陵本無此十五字其上則猨父哀吟袁本茶陵本則下有字猨作猿是也爭接縣垂茶陵本接縣作縣接二云五臣作爭接縣垂袁本作接縣用五臣也此蓋亦尤改耳注猑子下至見人嘯袁本茶陵本無此十一字注居樹上袁本茶陵本作樹上居是也注東吾諸郡皆有之案東吾當作江東各本皆誤下注箭亦有此句是其證也注上涌雲亂葉翬散袁本茶陵本上作騰是也陳二云亂下有枝字案古文苑所載有陳據之校耳注於菟虎也江淮閒謂虎爲於菟袁本二菟字皆作塗茶陵本初刻同後改菟案塗是也依此則正文當是塗字袁茶陵二本菟下有徒音蓋五臣菟而各本亂之矣注魑魅魍魎袁本魑作螭是也茶陵本亦誤魑注頼鋒也案鋒當作鐶各本皆誤則篔簹箖箊袁本茶陵本箖作林注同是也案此尤誤改柚梧有篁案柚當作由注中作

由各本皆同柚下由乃五臣音蓋五臣柚而亂之注可以爲射筒筒及由梧竹案射筒當作筒射各本皆
倒筒句絶射下屬詳劉注意質簹也林箊也桂也箭也射筒也由梧也簟也篣也凡八竹此但可以爲筒耳非單名筒也注漢書
律歷志袁本茶陵本無此五字注伶倫乃之崑崙山之陰嶰谷之中取竹斬之
以其厚均者吹之袁本茶陵本此二十四字作伶倫乃之崑崙陰取嶰谷之竹斬其厚均者而吹之二十字是也注
鳳鷚也袁本茶陵本無此三字注周本紀曰袁本茶陵本無此四字有皆字屬下注非梧桐不棲
袁本茶陵本無此五字注馴擾善也案當作擾馴也各本皆譌注長直貌蓊茸袁本茶陵本無此五字
注簫瑟聲也袁本茶陵本無此四字注嬋娟言竹姸雅也袁本茶陵本無此七字注碧鮮
下至出竹袁本茶陵本無此十三字棎榴禦霜茶陵本榴下校語云善作劉袁本作榴用五臣也此蓋亦尤改耳各本注
中皆作榴疑注字有譌而尤誤據之注味大甘美袁本茶陵本無大字美字注如猪膏袁本茶陵本膏作脂是也
注一作北景下至故名袁本茶陵本無此二十六字注金華采者案此各本皆有脫無可補何陳校添

金有華於采上云別本今未見恐誤涉下善注耳　注言其如著擿袁本如上有有字是也茶陵本亦脫　注鷄見
而駭驚也袁本茶陵本無驚字　注又重累貌袁本茶陵本無此四字又下歲烏乖切褭故乖切八字亦無案下八
字當有凢音各本不同二本刪耳　注潛穎謂潛深而有光穎茶陵本二穎字皆作頹袁本亦作頹案依文義
頹字爲是依此則正文當是頹字茶陵校語云五臣作頹與尤所見皆傳寫誤袁本作頹用五臣唯無校語或所見未譌歟　注珠
玉潛伏土石下至黷黑茂貌袁本茶陵本無此二十九字又下晳䝨列切四字亦無案下四字當有二本刪者因
正文下有䝨列二字也下放此不更出　注四隅謂邊遠也袁本茶陵本無謂邊遠三字　注沾穴袁本茶陵
本沾下有此字　注桴舟也袁本茶陵本無此三字　注因以殘半棄水中袁本茶陵本殘作其水中作之
是也　注眕䁤下至有徑有眕袁本茶陵本無此十六字　用累千祀袁本茶陵本祀下有也字茶陵云善無袁
無校語案此與下文煥炳萬里也偶句恐無者傳寫脫　注二十五世矣夫差益強大得爲盟主
袁本茶陵本矣夫差益强大得七字作益强夫差四字　注大城周匝袁本茶陵本無匝字　注亦有水陸門

皆案皆下當有有樓二字各本皆脫注言經營造作之始下至長遠貌袁本茶陵本無此二十字注
西都賦曰袁本茶陵本賦作賓是也注越絕書曰吳王夫差袁本茶陵本無夫差二字注夫漢
諸侯方輸□錯出袁本茶陵本□作謂此初亦衍而後去之注蔡邕月令章句袁本茶陵本句下有
曰字又漢書下同袁邕作雍茶陵本作邕案疑善盡作雍今雍邕錯見乃後人改之注前吳都武昌在豫章袁本
茶陵本前吳作吳前無在豫章三字注在丹陽孫權自會稽下至不向武昌居袁本茶陵本無此二
十三字何云不樂徙乃孫皓時事是矣但未悟非劉注案此不知何人謬記云云尤乃取以增多誤之甚者也注皆建業吳
大帝所太初宮袁本茶陵本無此十字有二字屬下案此增多云吳大帝上下增多云孫權一人之稱乖剌如此誤中之
誤不勝辨正凡今於二本所無當刊削者譌誤亦不復論注捷獵高顯貌袁本茶陵本無此五字注大夫種
袁本茶陵本種下有蠡字案此尤刪似是也注以獻吳王夫差夫差大悅袁本茶陵本無夫差夫差四字
有王字注以飾殿也袁本茶陵本無此四字注其子袁本茶陵本無此二字注孫權移都建

業皆學之袁本茶陵本無此九字注長遠貌袁本茶陵本貌上有之字注崢嶸深邃貌袁本茶陵本無此五字注櫎音榥茶陵本音作與是也袁本亦誤音注吳後主下至蔛巨依切袁本茶陵本無此三十三字注梁柵也下至爲瑣文楹柱也袁本茶陵本無此十六字注亘引也眈眈樹陰重貌袁本茶陵本無此九字注疊水流進貌袁本茶陵本作疊進也案此當作疊疊進也二本脫重疊字所引當是疊疊文王之傳或章句文尤改大誤後來考韓詩者從而認爲覍鬻在疊誤中之誤也注吳自宮門南出苑路府寺相屬袁本茶陵本此十二字作建業宮前宮寺六字注横塘在淮水南下至吏民雜居東長干袁本茶陵本無此六十二字有横塘查下皆百姓所居之區名江東謂山岡閒爲干建鄴之南有山其閒平地吏民居之故號爲干三十八字注皆相連袁本茶陵本連作屬是也注大長干下至故號大小相干袁本茶陵本此二十四字作疑是居稱干也六字注櫛比下至相連下之貌袁本茶陵本無此三十二字注魁岸大度也下至石顯方鼎貴袁本茶陵本無此三十三字注虞虞文秀魏魏周顧顧榮

陸陸遜隆吳之舊貴也袁本茶陵本作虞魏顧陸吳之舊姓也案二本最是何陳校改云云皆未悟非劉注今不
取　注歧嶷下至養之乞言袁本茶陵本無此十六字有賈捐之傳石注顯方鼎貴九字案此九字疑亦後人添之注
言富貴也袁本茶陵本無言富貴三字也屬上　注閭閻闐噎言人物遍滿之貌袁本茶陵本無
此十一字　注善曰袁本茶陵本此下有後漢書云江充爲人魁岸案後字衍云當作曰尤延之移入劉注非　注方家隆
盛時乘袁本茶陵本無此六字　注江都輕訬案輕訬當作訬輕各本皆倒　注謂輕薄爲訬也
袁本茶陵本無謂輕訬三字案此不當有見下　注締結也翩翩往來貌弈弈輕靡之貌案此二句
亦不當有上引景十三王述下引淮南高注相連接解輕訬後人添之隔截其閒非凡尤本誤取增多之外袁茶陵二本亦有失善舊者
如此是矣　注使人於楚楚相春申君處袁本茶陵本無楚楚相處四字　注而迎之趙袁本茶陵
本無此四字　注翹關扛鼎下至能招門開也袁本茶陵本無此十五字　注漢書曰項羽力
能扛鼎又袁本此十字作扛鼎已見西京賦是也茶陵本所複出不同亦非　注四隩來暨下至以向吳

都袁本茶陵本無此三十字開市朝而並納袁本茶陵本並作普案此蓋善並五臣普二本失著校語雜沓從萃袁本茶陵本從作蹤案此蓋善從五臣蹤二本失著校語又二本注中亦作蹤非注隧向市路肆市路也袁本茶陵本無此八字金鎰磊砢袁本茶陵本鎰作溢注同是也案此尤誤改耳史記曰趙孝成王一見虞卿袁本茶陵本記下有虞卿傳三字見下無虞卿二字注闌干猶縱橫也袁本茶陵本無此六字注又折象牙以爲簞也袁本茶陵本無折字䥈譶澩漻袁本茶陵本䥈作澀案此蓋善䥈五臣澀二本失著校語琴賦紛䥈譶以流漫廣韻二十六緝䥈譶言不止皆可借證也又考集韻云䥈譶言不止疑五臣澀又䥈之譌耳注諻吁横切諻通也袁本二諻字皆作喤茶陵本作喤通也無吁横切諻四字案各本皆非也方言有諻音也在十二卷別無諻通也此當作諻音也吁横切諻與喤通今所誤不可讀注紛葩謂舒張貨物使覆映袁本茶陵本無此十字注謂之霢霂袁本茶陵本霂下有霢音脈三字是也注富中大塘中也句踐治以爲田袁本茶陵本塘下無中也二字田上有義字是也案此所引記地傳文注尚書曰惟辟玉食袁本茶陵本無惟辟二字

注言富中之食貨殖之選者各利（案食當作人陳云各利當有脫文各本皆同無可補也以意揣之似當云各乘其時而射利）注言農人之富自相夸競（袁本茶陵本無此九字）注以自救（袁本茶陵本救下有謂此也三字）注左傳曰吳賜子胥屬鏤（袁本茶陵本無左字是也）注走追奔獸接及飛鳥（袁本茶陵本無此八字）注鱄諸寘劍於全魚中（袁本茶陵本無全字）注遂殺闔閭（袁本闔閭作王僚是也茶陵本亦誤闔閭）注上大下小（袁本茶陵本無此四字有者字屬上）注犀皮爲之（袁本茶陵本無此四字）注奉父犀渠（案父當作文各本皆譌此所引吳語文今本犀下有之字疑亦脫也）注考工記曰越鐵利可以爲戟（袁本茶陵本無此十一字）注皆節理解落也（袁本茶陵本無落字）注陳王卒（袁本茶陵本王作士是也）注鐸施號令而振之也（袁本茶陵本無此八字）注一枚千二百九十六匹（袁本茶陵本無一字是也案此節鄭注而引之乃五種合之數尤所添甚誤）注狼䑋人夜鼻金知其良不（袁本茶陵本無人夜其不四字）注又有象林郡（案又字不當有郡當作縣各本皆誤晉書地理

志云交州日南郡秦置象郡漢武帝改名焉統縣五象林云云可證也 注周禮有巾車官又袁本茶陵本無此七字 注日月爲常重光謂日月畫於旂上也攝持也袁本茶陵本此十七字作有日月爲常重光謂日月重光也十三字 注不能袁本茶陵本無此二字 注列女傳曰至下故號之袁本茶陵本無此二十三字 注染絲織鳥畫爲文章置於旌旗也袁本茶陵本此十二字作鳥爲章也四字 注袀同也案當作袀服皁服也各本皆涉五臣謂下同服而脫誤劉昭注續漢書輿服志引賦此注云袀皁服也可證但彼袀下仍當有服字耳 注騏馬名袁本茶陵本無此三字 轂騎煒煌袁本茶陵本煒作焆案此蓋亦尤改耳 注謂張䋄周遍袁本茶陵本無此五字 注瑣結至下言不絕也袁本茶陵本無此十三字 注踠兔網袁本茶陵本無此三字 注周易曰何校易下添略例二字陳同是也各本皆脫 注禦禁也謂因沅湘爲藩落也袁本茶陵本禁下有苑字無因沅湘三字 猿臂骿脅袁本茶陵本猿作猨骿作駢案此尤誤改也 注骿脅今骿幹也骿駢通袁本茶陵本無此九字 注鷹瞵鶚視言勇士似之也袁本

茶陵本無此十字注犬擴不可附也案犬擴當作獷犬各本皆倒今說文擴犬擴獷不可附也蓋善節引注說

文曰瞵下至罠音泯袁本脫此注非茶陵本無狃獿羿罠四音刪也注尚書曰稱爾干案尚上當有善

曰二字各本皆脫袁本茶陵本干下衍戈字益非又此節注二本無佻他弔切又步寸切兩音刪也注史記曰荊軻怒

髮直衝冠袁本茶陵本無此十字注熛火爓也袁本茶陵本無此四字有鳥擇木而棲五字注故云

鳥不擇木獸不擇音袁本無此十字茶陵本有案袁本有脫誤茶陵尤所補亦未是注麢大麋也桂

林有麋茶陵本二麋字作麢袁本亦作麋案各本皆非也當作麇注如馬又注鋸牙又注能食虎

也袁本茶陵本無此八字注猱似猿奴刀切挺音亭袁本茶陵本無此九字案二本刪音也似猿二字尤

增注一名雲白案白當作日各本皆譌羣書或言運日或言暉日或言鶤日運暉鶤與此雲皆同字注左氏傳

曰下至豹走貌袁本茶陵本無此十六字覽將帥之拳勇陳云據注拳當作權案所說是也善注毛詩曰無拳

無勇拳與權同謂引詩之拳與此賦之權同也疑五臣以此改正文爲拳但於注無明文耳與士卒之抑揚何校抑揚

改揚抑陳云抑叶韻各本皆同蓋倒也 注言吳之將帥皆有拳勇字袁本茶陵本無此九字又此節注茶陵以下多脫不具論 注女六切拉頓折也袁本茶陵本無此七字案二本刪音也下四字尤增 注捽兩手擊絕也袁本茶陵本無絕字 注靡碎也袁本茶陵本無此三字 注人因爲筒下至而得禽之袁本茶陵本無此二十八字又此上梟羊善食人下至而後食之二十五字袁有茶陵無 注剞亦刲也袁本此下有居綺切三字是也茶陵本無非 應弦飲羽袁本茶陵本飲上有而字案此上自魂褫氣攝下及雜襲錯繆似各本皆有誤今無以訂之也又後文自若此者下及曲度難勝亦然附出於此以俟再詳 注周章謂章皇周流也袁本茶陵本無此八字 注踶跂促遽皃袁本茶陵本無此五字 注雜襲下至澤別名袁本茶陵本無此十九字 注王逸曰豐隆雲師也茶陵本有此八字袁本無 注春秋元命苞曰日月案日字不當有各本皆衍 迴靶乎行邪睨袁本茶陵本無邪字案此蓋尤取西京賦之還延邪睨改行爲邪仍未去行字而兩有行邪耳 注說文曰艘下至船別名袁本茶陵本無此二十三字 注船上下四方施板者曰艦也袁本此十

一字作艦大船也四字茶陵本此節注多脫槁工檝師袁本茶陵本槁作篙注同案尤取方言改篙爲橋而又譌成槁也
注昔吳王下至後爲神袁本茶陵本無此十六字注弋繳射也袁本茶陵本無此四字鱺鰽魦
案鱺字誤也劉善皆無注袁茶陵二本下音所買西京賦纚鰋鮋䱹注云纚網如箕形狹前廣後善曰纚所買切蓋此賦字本與彼同故
善不更注所買善音二本割裂入正文下尤刪削之善音失舊每如此也又江賦云箄灑連鋒善引舊說曰箄灑皆釣名也灑所蟹切
彼灑亦即纚也或爲網或爲釣說之者有不同耳可證鱺字各本所見皆傳寫誤注笭捕魚器今之斗冋也
袁本茶陵本無此九字注攙搶星也袁本茶陵本無此四字注上直魚生一袁本茶陵本魚作巽一作
三是也案生當作九各本皆誤注言微小也袁本茶陵本無此四字注鰝大魚鰕音遐案魚字不當有
鰕屬上讀袁本茶陵本無鰕音遐三字乃刪音而誤於衍字絕其句也又上餘下犗兩音二本無亦刪注又曰鼊兼有
也案又當作說文二字各本皆脫誤注其釣惟何袁本茶陵本惟作伊案此尤改非是注善曰家語曰
袁本無此五字案無者最是說見下茶陵本亦無但移此下楚昭王云云入後善注中而依家語改其文大誤注使問孔子

袁本無使字是也 注可剖而食之袁本可作令是也 注得此烏魚袁本茶陵本無魚字案此尤補也下注失其鱗翼也失上似各本脫亡字 注戰國策曰袁本戰上有善曰萍實見家語七字案有者最是茶陵本亦有善曰但改萍實見家語爲家語楚昭王云云大誤說在上 注蛟螭龍子也袁本茶陵本無此五字 注不出之也袁本茶陵本之下有珠字 注善曰回淵水也案當作善曰說文曰淵回水也各本皆脫誤魏都賦回淵漼善注可證也 注大龜也下至目不明也門撥切謂之潛隱之穴也袁本茶陵本無此四十三字案此尤所添最誤劉注昧冒也與目不明之昧迴不相涉又於賦文義難通門撥切一音乃尤幷添不在善音二本刪之例 注徇求也襲入也袁本茶陵本無此六字案無者是也但當有善曰二字觀下注可見袁茶陵作劉曰劉卽善字之誤也 注風初貌案初當作利各本皆譌 注太湖在秣陵東湖中袁本茶陵本在秣陵東四字作也字湖下有水字 注軍所以討獲曰實袁本茶陵本作軍實所獲也五字 注鍾儀在晉使與之琴袁本茶陵本無此八字 注允繼也下至任南樂名袁本茶陵本無此二十四字 注吳歈蔡謳袁本茶陵本歈作愉是也

注翕習容裔下至容與閑麗也袁本茶陵本無此十九字注詩曰唱予和女袁本茶陵本無此六字注坻頹崩聲也下至因爲隴坻之曲袁本茶陵本無此十九字注匏巴鼓琴袁本茶陵本匏作瓠是也注鄙曲也袁本茶陵本無鄙字注汁猶慨也茶陵本慨作叶是也袁本作叶猶汁也誤魯陽揮戈而高麾何校揮改援案以揮麾文複言之蓋是也各本皆誤耳注楚辭曰日吉兮辰良袁本茶陵本無此八字注楚將也袁本茶陵本無此三字注與韓遘何校遘下添難字陳同是也各本皆脫注良辰之所以覺也袁本茶陵本也作速是也注以適己之感觀也袁本茶陵本觀作歡是也注執玉帛而朝者袁本茶陵本無而朝二字注先王謂舜等也信讀爲申袁本茶陵本無此十字注與齊晉爭衡下至號孫子兵書袁本茶陵本無此五十五字案無者最是上文起軍下文北征四字爲句盡晉亞之皆引吳語文五十五字在其閒誤甚矣可見凡增多者之決不當有也注晉惡之袁本茶陵本惡作亞是也注叔孫通列傳曰下至猶世世也袁本茶陵本無此二十三字注如童袁本茶陵本無此二字

注山言此人等仙如蟬之脫殼袁本茶陵本無此十一字注槁葉落袁本茶陵本無此三字

畢世而罕見丹青圖其珍瑋袁本茶陵本無而字其下有象字案此尤添删之觀下文偶句蓋是也詳劉注云象類者解上文此焉之比非正文有象或誤認而衍之耳注書曰舜南巡狩陟方死袁本茶陵本無此九字有善曰二字案二本最是注子宅湫隘袁本茶陵本隘作阨茶陵脩改亦作隘案此蓋劉引自作阨注帝王居之袁本茶陵本無此四字而與夫樽木龍燭也袁本茶陵本樽作尋注同案此蓋亦尤改之耳注而與桎梏疏屬也袁本茶陵本與下有夫字案此尤本脫耳注適爲夫子時也袁本茶陵本注爲作來是也注莊子曰有繫下至懸絕曰解袁本茶陵本無此十九字注亦如此也善曰袁本茶陵本也下有确薄也三字善注末無此三字是也謳詭之殊事袁本茶陵本謳作嶇注同案此蓋亦尤改之耳注輪已崇則人不能登也輪已庳袁本登也輪三字作升字二已皆作以案袁本是也劉引自如此茶陵本與此同皆取考工記改之耳注不委細之意袁本茶陵本無此五字注粗謂賓言其梗槩案謂當作爲各本皆誤陳

二云別本爲今未見注梗槩粗言也袁本茶陵本無此五字
卷六〇魏都賦〇注魏曹操都鄴下至以魏都依制度袁本茶陵本無此一節注是也
案此二本亦尚未竄入其并非五臣注更明左太沖茶陵本此下有劉淵林注四字袁本無案各本皆非也當有張載注三字
何二云前注張載爲注魏都陳二云賦末音曰張以慢先朧反二云則知卷首本題張孟陽注與前合後來誤作劉淵林耳所說是也袁茶陵
賦中每節注首劉曰皆非蓋合併六家時已誤其題矣注爾雅曰權輿袁本茶陵本無爾雅曰三字注劇秦
美新序曰案序字不當有各本皆衍注班固漢書述曰彰其剖判袁本茶陵本無此十字注
楊雄交州箴曰袁本茶陵本無交字案漢書曰作州箴餘所引有某州箴者疑皆後人所添而此爲是也注杜篤
通邊論曰親錄譯導緩步四來袁本茶陵本無通錄四來四字案尤校添之也以中夏爲喉
不以邊垂爲襟也袁本茶陵本喉下有舌字襟下有帶字案詳注皆不當有二本非又襟依注字音作衿蓋五臣襟而
各本亂之注而附著於大中之道也袁本茶陵本而作又不無於字注莫不貢職袁本茶陵本貢

職作來貢案尤校改之也注漢書曰單于下至百蠻貢職袁本茶陵本無此十九字而徒務於詭

隨匪人茶陵本人作民云五臣作人袁本作人無校語案民字是也尤以五臣亂善又幷注同於匪民亦改人皆非注詭

隨匪人言詭善隨惡袁本茶陵本詭隨匪人言五字作徒務於三字注詭隨詭人之善隨民

之惡袁本茶陵本無上詭隨二字惡下有者也二字注言惡也袁本茶陵本無此三字注小劍戊去大

劍袁本茶陵本無戊字案此尤校添戊字而譌耳注蹶敗也善曰袁本茶陵本無善曰二字案有者非也注名

赤縣神州赤縣神州內自有九州袁本茶陵本無下赤縣神州四字注崑崙謂東南

袁本無謂字是也茶陵本亦衍注于時兵所圍繞袁本茶陵本繞作也是也注臣今見宮中荆棘

袁本茶陵本荆上有生字注宮室深邃之貌袁本茶陵本無宮字注沈長含切袁本茶陵本切作反案反

字是也凡善本云反合併以後改爲切其僅存者皆不當改也注廣雅曰煨燼也烏壞反廣雅曰煨

煙也案此有誤也考廣雅並無煨燼也又其下不當又云廣雅曰各本皆同無以訂之唯釋詁云煨煴也下煙必煴之誤注又

曰矢鋒也陳云矢上脫鏑字是也各本皆脫注牢落下至翩連緜以牢落袁本茶陵本無此十六字亦獨鞞釁之與子都袁本茶陵本獨作猶案猶字是也尤誤注色如漆赭袁本茶陵本無赭字注子都美丈夫也袁本茶陵本無此六字注二山名已見上文袁本茶陵本無已見上文四字案二當作三各本皆誤則霜露所均茶陵本均作鈞云五臣作均袁本作均無校語案袁用五臣也尤蓋以五臣亂善注則爲明主也袁本無爲字是也茶陵本無上左傳至此脫注善曰史記袁本茶陵本作劉曰當魏襄王時案二本最是當魏襄王時者上上數所賦以前也尤改誤又二本每節首有劉曰於此例當去改爲善曰更誤注蘇秦說魏襄王曰袁本茶陵本無襄字注南有陳何校陳下添留字是也各本皆脫注潁川舞陽郾許鄢樊陵袁本茶陵本無樊字案無者是也川下當依漢志補之字各本皆脫潁川郡也舞陽以下皆縣也潁川郡屬縣有鄢陵尤添樊字於其間甚誤注溫水在廣平都易縣何校都改郡易下添陽字是也各本皆誤晉書地理志之廣平郡易陽縣也陳云別本都作郡今未見注涓水蕩其胸案涓當作清各本皆譌注閟宮有洫袁本洫作侐茶陵本亦作

洫案侐是也　注蒼頡篇斥下至廣大之貌袁本茶陵本無此二十九字　授全模於梓匠袁本校語云善作令模茶陵本作全模校語但云五臣作謨案尤所見與茶陵同注無明文未審善果何作　注謀龜謀筮袁本茶陵本作尚書曰謀及卜筮案蓋各本皆非也載注但當有謀及卜筮四字下文善注首尚書曰謀及卜筮七字茶陵本無非也袁本有是也如下節載注陵傾也善注鄭元禮記曰曰陵傾也可以例此　注以避燥濕袁本茶陵本燥濕作溫涼案此尤以今荀子校改之孟陽引不必同改者未是　注又曰儔取也子軟切袁本茶陵本無此八字　注詩定之方中袁本茶陵本詩下有云字是也　注西都賦曰因瓌材而究奇抗應龍之虹梁袁本茶陵本無此十六字　注西京賦袁本茶陵本西上有西都賓曰抗應龍之虹梁十字　注又曰疏龍首以抗殿袁本茶陵本無此八字案彼賦龍首與此敻然不涉尤增多誤甚　注謂畫爲龍首於椽袁本茶陵本無畫於椽三字

暉鑒抉振案抉振當作抰振注同各本皆譌抰振見甘泉賦太沖用其語彼不誤可證也　階隋嶙峋案隋當作楯善引應劭上林賦宛虹柂於楯軒句注可證袁茶陵二本所載五臣翰注云階隋階道上處蓋五臣改爲隋而各本亂之茶陵本并善注中

字亦改爲陏大誤注深黑色也袁本茶陵本無深字黑字注抵鍔嶙峋茶陵本抵作柢袁本與此同案各本皆非也當作抵注德陽殿賦曰何校德上添李尤二字是也各本皆脫注西京賦曰下至若雙闕之相望袁本茶陵本無此十大字注內朝所在也袁本茶陵本所在作存案此尤改也注蔡雍陳留太守頌曰袁本茶陵本蔡上有元化自此陶甄而成國風於是有稟承也十六字案有者是也尤誤脫去注漢書音義如淳曰袁本茶陵本作如淳漢書注曰案此亦尤改也蕙風如薰何引潘校蕙改惠案所校是也善注可證袁茶陵二本所載五臣銑注云蕙香草是五臣改爲蕙而各本亂之注聽政殿聽政殿門袁本茶陵本此七字作聽政殿前四字案各本皆非也當作聽政殿前聽政闥七字爲一句注聽政門前升賢門案上門字當作闥下節注云升賢門內聽政闥外與此相承接各本皆譌注崇禮門右順德門案崇禮門三字不當有注乃誤複上文各本皆衍注顯陽門前有司馬門袁本茶陵本無顯陽二字注闈守門也下至守王門袁本茶陵本無此十一字注音此禮切下至惠風橫被袁本茶陵本無此十四字注邊讓帝臺賦曰何校帝改章華

二字陳同是也各本皆誤注聽政闥向外袁本茶陵本無向字案無者最是四字爲一句注宣明門內升

賢門升賢門外案升賢門三字不當重宣明門內四字爲一句與上之升賢門內下之顯陽門內句例同也升賢門外四

字爲一句與上之聽政闥外下之宣明門外句例同也又袁本上升賢門下有而字茶陵本有內字何校云然此四字疑衍陳同是矣

注禁中諸公所居曰袁本茶陵本無此七字注始置侍中中尚書袁本茶陵本無下中字

注幕人掌幄帟袁本茶陵本作帟人掌幄案當作冪人掌幄此無取帟也尤改未是丹青煥炳袁本茶陵本煥

炳作炳煥案此疑善五臣之異今無以考之也注咎繇薦舜曰何云薦疑作謩陳云當作謩是也各本皆誤注周

禮曰正宮掌宮中次舍袁本茶陵本無此十字注謂次舍之名以甲乙紀之也

袁本茶陵本名作處紀作緣案此亦尤改也注文藻頌詠也袁本茶陵本頌上有而字九陽臺於陰基

袁本茶陵本臺下校語云善作高案此以五臣亂善非注文昌殿西有銅爵園園中有魚池堂

皇袁本茶陵本無上有字不重園字注既滋蘭之九畹袁本茶陵本無既字之字注莊子曰袁本茶陵

本子作周案二本最是此稱莊周舊注例也若稱莊子善注例也餘舊注誤者準此不更出 注流沫三十里黿鼉魚鼈之所不能游也 袁本茶陵本三作四無魚鼈二字 注有屋一百一間 袁本茶陵本有上有銅雀臺三字是也 注一百九間冰井臺有屋 此九字袁本茶陵本無案尤校添者是也蓋依水經濁漳水注凡二本之誤多不具論唯此等經尤延之而改正讀者所當知故詳出之 注百四十五間 袁本茶陵本四作三案水經注作四尤依校改 注上有冰室三臺與法殿 袁本茶陵本上上有冰室臺三字室三臺作三室案尤校改者是也水經注云上有冰室詳賦云下冰室而沍冥上字必皆下字之譌 注為徑周行 此四字袁本茶陵本無案二本脫也 注魯靈光殿賦曰下至似紫宮之崢嶸 袁本茶陵本無此二十五字 注魯靈光殿賦曰 袁本茶陵本賦下有注字 注此鳳之有定有佳尚向風而無一方 案此當作此鳳之住有定向七字為一句而風無一方五字為一句各本皆誤絕不可通今訂正之 注眸眸子也 袁本茶陵本無此四字 注班固西都賦說臺曰 袁本茶陵本無說臺曰三字 注彌望得意之謂也 袁本茶陵本得意之謂作意之

得 注若春升臺之爲樂焉袁本茶陵本無春字 注晝漏漏刻也袁本茶陵本下漏作之又也下有西上東門北漏有刻屋也十字案有者是也尤誤脫去上東當作止車前注南當南止車門又有東西止車門袁茶陵止車皆作上東考水經注說長明溝南逕止車門下然則上東非也此亦當同彼矣屋當作室 注晝景案景下當有也字各本皆脫 注樂汁圖曰案圖下當有徵字各本皆脫 注服虔甘泉注曰何校泉下添賦字陳同是也各本皆脫 隆厦重起案厦當作夏載注引詩夏屋善必與之同蓋五臣厦而各本亂之下文厦屋一揆亦如此 注寇俠城堞袁本茶陵本無堞字案此尤校添也 注毛詩云夏屋渠渠袁本茶陵本無毛字案無者最是此稱詩舊注例也若稱毛詩善注例也其有不合者非餘各本皆誤者準此不更出凡劉淵林張孟陽諸人之注皆未必是毛詩觀下隰隰垌野句注即可知矣 注廣尋長五十步袁本茶陵本無長字案此尤校添也 蒲陶結陰茶陵本蒲下校語云善作蒱袁本無校語案此尤改未必是也袁本載注字亦作蒱然則所見與茶陵同失著校語耳尤幷注改作蒲非 蒹葭贙袁本茶陵本贙作贙注同是也贙俗字耳廣韻所謂倒一虎者非是矣 若咆渤澥與姑餘案渤當作勃載注引楊雄曰勃澥之鳥善必與之同蓋五臣渤

而各本亂之注江池清籞袁本茶陵本江作淵案尤依東京賦改淵作洪而又誤其字耳注方四十里袁本
茶陵本里下有耳字案此尤依今孟子改也下同注殺其麋鹿者袁本無鹿字茶陵本有注爲阱於國
中袁本茶陵本無於字注鄭元周禮注下至大波也袁本茶陵本無此十七字注隨波之貌袁本
茶陵本無此四字注飛而下曰頏袁本茶陵本無此五字案此二本脫而尤添之是者注今鄴下有十
二墱天井優案優當作堰水經濁漳水注有天井堰可證也各本皆誤注分爲十二墱袁本茶陵本墱下有
者也二字注界也埒畔際也案上也字不當有各本皆衍界埒畔際也五字爲一句注賈逵國語曰
案語下當有注字各本皆脫陳云別本有注河渠書袁本茶陵本作史記曰案此尤改也注漢書曰袁本茶陵本作
又曰案此尤改也注終古瀉鹵兮袁本茶陵本瀉作寫案寫乃舄字之譌尤改未爲是也注蒔更也袁本
茶陵本更作植立二字是也注郭璞曰謂更種也袁本茶陵本無此七字注鄴城內諸街袁本
茶陵本鄴上有言字街作衞案此亦尤改也注有赤闕黑案黑當作里各本皆誤有赤闕里四字爲一句注謂之

倚郭璞曰石橋音江袁本茶陵本作謂石橋也四字案以四字爲一句二本最是載注不得引郭景純爾雅尤增多甚

誤注侍中尚書御史符節謁者郎中令太僕袁本茶陵本無此十五字案此亦尤添也侍中

至謁者在前符節謁者劉注中此無取其事蓋皆未是也注長壽吉陽二里在宮東中當石竇吉

陽南入此十七字袁本茶陵本無案此蓋二本脫注鄴城南有都亭城東亦有都道北有

大邸袁本茶陵本南作東案各本皆有誤此節賦邸注必說邸可知然則當作鄴城東有都亭邸爲一句東城下有都道爲一句道

北有大邸爲一句尤改東爲南欲以通之而彌不可讀今訂正此賦前注有北城下後注有西城下可證此之東城下也注秦舍

相如廣成傳茶陵本城作成是也袁本亦誤城注輟止掇古字通案上下當有也輟與三字各本皆脫

修所覛之博大袁本茶陵本覛作眺注同案此疑太沖自用眺字故善以爾雅眺解之眺即覛耳善引書之例有如此者

尤延之因爾雅作覛改未必是也注達已見上章案達當作逵下同各本皆譌注聽賣買以質劑

又曰袁本茶陵本無此八字財以工化案財當作材茶陵本校語云五臣作材袁本作材詳載注善注並作材但傳寫

誤作財也注史記曰子產治鄭不鬻賈袁本茶陵本無此十字注成平也市者袁本茶陵
本無也字注舜居河濱器不苦窳袁本茶陵本無舜居二字注淑清穆和之風既宣袁本
茶陵本無此八字注優渥袁本茶陵本無此二字案無者是也又茶陵刪此上女龍切此下然皆非注是謂賨布
廩君之巴氏出幏布袁本茶陵本賨布廩君之作廩君之賨案此尤校改也蓋據後漢書南蠻傳縵胡之
纓案縵當作漫袁本茶陵本載注中字作漫此并改作縵非其五臣銑注中字作縵然則乃各本亂之而失著校語今莊子作曼釋文
引司馬彪云曼胡之纓謂麤纓無文理也漫曼同字可借爲證注立魏公位諸侯王上袁本茶陵本無立字注
臣能虛發而下鴈魏王曰袁本茶陵本無此十字案二本有脫考楚策尤所添亦未是注庶士有
揭又曰袁本茶陵本無此六字案無者最是陳二云注必有誤未悟爲增多耳刷馬江州案刷當作唰注同載注引唰嗽
爲注是其本作唰善必與之同五臣向注作刷二云乃洗刷兵馬二云云各本亂之而失著校語又案善赭白馬賦曰刷幽燕注引作涮必太
沖集別本與張孟陽注者不同此之謂各隨所用而引之善固已自舉其例矣振旅軥軥案軥軥當作輷輷善注有明文其二云

今爲輷字音田者猶西京賦注之今並以亘爲揯耳五臣因此改故正文下有田字音各本亂之而失著校語集韻轟輷字重文有輷即本

此亦可證載注善注兩見輷輷皆同 注庖丁爲文惠君屠牛袁本茶陵本無君字案下文兩云文君疑此本亦云

文君耳 注建安二十五年袁本茶陵本無五字案此尤添也 注剋默韓暹楊奉之專用

王命也袁本默作黜是也茶陵本亦誤默 注降劉表於荆州之屬也袁本茶陵本無之屬二字是也

何校表改琮陳同各本皆作表或此本云表耳 注北鸍單于于白屋案于字不當重各本皆衍說見後九錫文下

注兵事以嚴終也袁本茶陵本兵作無終作衆案此亦尤改也 注韋昭注曰東山皐落氏

也袁本茶陵本無此十字 注楊雄上疏曰下至西都賦袁本茶陵本無此七十六字案二本以上漢書下接

曰祲威盛容當有脫尤所添但亦未是 注㓹猶飲也所劣切袁本茶陵本無此七字 注伐弱燕袁本

茶陵本燕作韓是也 注毛詩曰喪亂既平袁本茶陵本無此七字案下周公攝政陳云上脫引書名是也各本皆同

無以補之 豐肴衎衎何云衎衎据善注當作衎衎陳同案所說是也袁茶陵二本所載五臣向注字作衎或各本亂之 注

有東鯷人袁本茶陵本無東字案此亦尤添也注蒼頡篇曰囊財貨也袁本茶陵本無此八字善注以

約小兒於背上句下有蒼頡篇曰囊財貨七字是也注楚辭小招魂曰茶陵本無魂字袁本無曰字案茶陵是也小招

者對大招之言也注其南者多也袁本茶陵本多作分是也注高張四縣至毛詩曰袁本茶陵

本無此二十二字案二本以上漢書曰下接夜未央當有脫尤所添但亦未是注又曰采蘩祁祁袁本茶陵本無此六

字注毛詩曰湑案詩當作萇各本皆誤注沛酋之也案沛當作泲各本皆譌冒六莖袁本茶陵

本六莖作六英五莖二云善無六英二字何云以韶夏例之當作英莖陳同案其說是也各本皆非注昔秦穆公袁本作昔

繆公言茶陵本作昔繆公嘗言案蓋袁本是也注嘗如此下至甚樂袁本茶陵本無此二十一字注簡子寤

曰袁本茶陵本寤下有之字案依趙世家訂之疑語字之誤注禮記口曰袁本茶陵本空格作注案此初與二本同衍而

脩去之也注天子獵之田曲也袁本茶陵本無獵之曲三字案無者是也東京賦善注引作天子之田也可證尤誤

添注孟子夏諺曰袁本茶陵本子下有曰字注方銎斧也袁本茶陵本無銎字案此尤添也注楊

雄太元經曰袁本茶陵本無經字注文備於大和下至是以有魏詩雲烏之書黃
初袁本茶陵本無此四十四字案疑此乃記三國志注文於旁尤取以增多而又有譌誤也注顯道而神德行茶陵
本無而字是也袁本亦衍注丁步也袁本茶陵本步上有小字是也注應劭漢書曰擾音擾何校下擾
字改柔陳同又云書下當有注字是也各本皆脫誤注詩曰方叔莅止下至儼然元墨此三百七字袁本茶
陵本無案此初無與二本同脩改添之蓋無者脫而尤得之計當時存本尚衆或有不失舊者惜尤延之未能精擇每誤取增多若準
此條固無嫌耳何校改宅山阜猥積爲宅心知訓陳同又雠校所爲雠校者也句亦有譌無以正之注論語曰君子薄
於言而厚於行此十二字袁本茶陵本無案蓋二本脫注雠校下至漢書音此三十一字袁本茶陵本
無案蓋二本脫又案若怨家相對下當有爲雠二字注大篆也袁本茶陵本大上有作字注毛詩曰赫赫師
尹袁本茶陵本無此七字雖自以爲道洪化以爲隆何云下以爲二字傳寫誤加陳云道洪化隆中閒不
當有以爲二字案所說是也各本皆非注及前王踵之武案踵之當作之踵各本皆倒常山平干袁本

茶陵本干作于注同案二本是也　注謂適生生之情袁本茶陵本適作通情作精案此亦尤改也　注在廣平沙縣袁本茶陵本沙作涉案二本是也晉書地理志廣平郡有涉縣可證　注溺而不反精衛陳云反下當有化爲二字是也各本皆脫　注自言父甘見俗袁本茶陵本甘作世是也　注後辭入碣水中袁本茶陵本碣作碭案此亦尤改也　注在曲周市上袁本茶陵本周作州下同案此亦尤改也　注扺飛貌案扺字當重有各本皆脫　注跐躍躧袁本茶陵本無躧字案此尤改躍爲躧而兩存也所引貨殖列傳文今本云跕屣漢書地理志作跕躧顏注躧字與屣同是跐躍二字乃跕躧二字之誤　注比歸數百里袁本茶陵本無數字　注臣瓚曰跕爲躧案此當作躡跟爲跕挂指爲躧各本皆脫絕不可通依漢書顏注引如此也　注閉門不出容案容當作客各本皆譌陳云別本客今未見　注水出洹汲郡案水出洹當作洹水出各本皆倒　注夠多也袁本此下有古侯切三字是也茶陵本脫此注非　判殊隱而一致何校判殊改殊顯案以判殊意複言之蓋是也各本皆誤耳　注知言之選擇來比物謂屬變而還復舊貫則知言之選擇來案此皆誤也當作知言之

選爲一句選擇采也爲一句謂屢變而還復舊貫爲一句則知言之擇采爲一句各本譌舛絕不可通今訂正注謂爲系辭

同音案音當作旨各本皆誤注周穆王暨及化人之宮袁本茶陵本無及字注故諸侯歌

鍾析邦君之肆也陳云諸侯當作謂之袁本亦誤茶陵本脫此注非注無乃不可加乎兵案乎兵當作兵乎各本皆倒陳云別本兵乎今未見注說文曰搦按也袁本茶陵本無此六字張儀張祿袁本茶陵本句上有則字是也案此尤本脫注張升及論曰袁本及作反是也茶陵本亦誤及摧惟庸蜀與

鴝鵒同窠案鴝當作鸜善注中字作鸜可證袁茶陵二本所載五臣良注字作鴝各本皆以五臣亂善而失著校語注鍾

會蒭蕘論曰袁本茶陵本無蒭蕘二字案此尤添之也注迸散走也袁本茶陵本無此四字注詩序

曰文王德及鳥獸昆蟲袁本茶陵本無此十一字注嬥謳歌巴土人歌也袁本無謳字是也茶陵本無嬥字非也注嬥嬥契契案嬥嬥當作侊侊各本皆誤陳云別本侊今未見注一音徒了反

袁本茶陵本無此五字案袁本正文下有徒了音茶陵有徒召音疑此或尤取五臣音添非如其餘眞善音被刪者也因長川

之裾勢何校裾改据注同案所校是也善据五臣裾此及袁茶陵二本所載五臣向注皆有明文各本亂之而失著校語注拘束其民袁本茶陵本無拘字注闚闞望尊位也袁本茶陵本無此六字注而能約制其民也漢書音義言其土地形勢袁本茶陵本無也漢書音義言其土八字案此節注各本皆有誤今無以正之尤所添非建鄴則亦顛沛袁本茶陵本鄴作業是也案此尤本誤也前吳都賦注中亦有業作鄴者放此不更出注微子將□朝周袁本茶陵本空格作相案此與二本同衍而脩去之也⿰目雙焉相顧陳云⿰目雙當作愯注同案所說是也袁本茶陵本二云善作愯載注春秋傳曰駟氏愯各本作駟氏愯懼甚誤說文心部愯下引左氏駟氏愯集韻二腫載愯愯悚三形愯字即本此可爲證也尤以五臣亂善非又二本載注云云亦誤與此同於其校語不相應甚非不更出⿰目條焉失所案⿰目條當作䁥善䁥五臣⿰目條各本皆以五臣亂善也說見下注說文⿰目條失意視袁本⿰目條作䁥茶陵本亦作⿰目條案䁥字最是也所引目部文依此是善自作䁥袁茶陵二本所載五臣向注字乃作⿰目條茶陵尤因正文之誤并改此注甚非注而髓切袁本茶陵本而上有並字是也注說文曰惢心疑也亦而髓反袁本茶陵本無此十一字注賀清狂不

慧注袁本茶陵本無注字注恐皇輿之敗袁本茶陵本敗下有續字案續之譌也尤刪非注音義曰躅

迹袁本茶陵本無此五字下也字屬上過以侊剽之單慧袁本茶陵本侊作洸注同案此尤延之依今方言改洸爲

侊也今方言剽作僄仍未改洸剽與侊僄同字孟陽在景純之前其所見方言蓋爲洸剽太沖讀方言蓋亦爲洸剽耳尤改非注王

弼周易注曰袁本弼作肅茶陵本亦作弼案肅字最是陳云今本周易王注中無此文乃未知善固引肅注耳注不

與聖人之憂案不與二字不當有各本皆衍注詩推度客曰案客當作災各本皆誤注太史書

曰田敬仲世家傳曰案書上當有公字下當無曰字又家下當無傳字各本皆誤以此推之疑凡載注皆稱太史公

書今多失其舊也注二客自言安能守此者自晦也袁本茶陵本無此十二字案無者最是也在二

本所載五臣向注中此以五臣注竄入載注甚誤

文選考異卷一

文選考異卷第二

賜進士出身通奉大夫江南蘇松常鎮太等處承宣布政使司布政使胡克家撰

卷七〇甘泉賦〇注蜀郡成都人也袁本茶陵本無成都二字 注明日遂卒何云據班書非新論本然也今案此蓋卒字有誤文賦注引新論作及覺病喘悸少氣或卒當作病 注如雍時物袁本茶陵本無物字

詔招搖與太陰兮茶陵本云太善作泰袁本作太用五臣也漢書正作泰 其相膠轕兮案轕當作葛注云膠葛已見上文謂見吳都賦東西膠葛也蓋善作葛五臣作轕各本亂之漢書正作葛羽獵賦從橫膠轕漢書作轕善及顏皆音葛此及彼皆同漢書耳 猋駭雲迅茶陵本云迅善作訊袁本作迅用五臣也漢書正作訊 注地氣不應曰霧霧與蒙同陳云別本兩霧字並作雺案今未見考爾雅釋文雺或作霧字同亡公亡侯二反善引郭或作而讀亡公反也 注何休公羊傳注曰軼過也袁本茶陵本無此十字 注令帝閽開閶闔而望予案令上當有吾字開下當有關兮倚三字各本皆脫 注至也袁本茶陵本無此二字有或作轃三字乃校語錯入注 注幷欄

櫻也袁本茶陵本櫚作閭是也注說文曰袁本茶陵本無此三字有往往作迮四字乃校語錯入注注林木崇

積貌也案林當作材漢書注可證各本皆譌魂眇眇而昏亂袁本茶陵本魂下有魄字云善本去魂作魄固案漢書作魂固蓋善自作魂固袁茶陵所見魂作魄者非尤本誤涉五臣脫固字益非注軮軋袁本茶陵本軮軋作坱圠下軮軋無垠同案二本是也正文善坱圠及音皆可證注善曰春秋下至太一之精袁本茶陵本無此十六字洪臺

崛其獨出兮茶陵本二云崛善作掘袁本作崛用五臣也漢書正作掘注其景皆倒在下袁本茶陵本無此六字注又曰絕度也袁本茶陵本無此五字有在下二字注孫炎爾雅曰何校曰上添注字是也陳二云別本有注應劭曰大人賦注曰案劭下當去曰字各本皆衍注敦徒昆切袁本茶陵本此下有輿屯同三字是也和氏玲瓏袁本作瓏玲二云善作玲瓏茶陵本二云五臣作瓏玲案各本所見皆非也陳二云漢書作瓏玲此韻腳不容同異當乙其說是矣凡袁茶陵皆據所見爲校語非必善真如此每有牴牾詳見各條下注玲瓏明見貌也亦當乙漢書注可證太元法言皆有瓏玲亦可互證法言玲作瓏同字也注善曰駢列也袁本無列也二字有已見上文四字案尤本此處脩

改必初刻同袁本謂駢猶併也已見上注也茶陵本複出之亦可證所改之非注而曳颺之袁本茶陵本無此四字若

登高眇遠亡國袁本眇下有而字遠下無亡國二字云善正文作登高眇遠亡國茶陵本云五臣作若登高眇而遠陳云

漢書無亡國二字今案各本所見皆非也注應劭曰當以亡國爲戒者但說賦意非舉賦文也傳寫善本因注引應而誤添正文又五臣

衍而字漢書亦無注又鬱衆移楊也案衆當作聚漢書注而移楊鬱聚也可證陳云別本聚注司馬彪

上林賦注曰肸過也袁本茶陵本無此十一字注長門賦曰下至穹窮似槀本袁本茶陵

本無此二十三字注倕汝作共工袁本茶陵本倕上有客字無作字注雖使仙人行其上案行

上當有常字漢書注可證各本皆脫函甘棠之惠袁本茶陵本云惠善作恩蓋所見不同也漢書作惠吸清雲之

流瑕兮茶陵本吸作噏云五臣作吸袁本作吸用五臣也漢書正作噏風漎漎而扶轄兮袁本云漎善作從茶

陵本作從云五臣作漎案茶陵是也尤誤以五臣亂善非也漢書作從集韻一腫有從從云從從疾貌或从人上字據此下字據漢書也

袁本當云善作從今有誤羽獵賦萃從沇溶五臣亦作漎可互證鸞鳳紛其銜蕤陳云銜漢書作御顏注或作銜俗妄

攺也今案五臣注作銜有明文善注不見此字或未必與五臣同但無可考袁茶陵二本亦不著校語也皐搖泰壹案皐當作
招茶陵本作皐云五臣作招今考漢書作招善與之同故如淳解讀作皐張晏解招如字而兩引之不知者但據如解攺爲皐而張解不
可通矣袁本作招不著校語可知非五臣與善異所見當未誤注如淳曰袁本茶陵本曰下有招作皐二字案有者是也說已
見上尤因所見賦誤招爲皐遂刪此注以就正文失之矣炎感黃龍兮案炎當作焱據善注云言焱熛熾盛感動神物也字
林曰焱火光也云云作焱甚明其五臣注作炎各本亂之漢書作炎則與此不必全同也注吾令帝閽闢開兮袁本
茶陵本無闢字案當於開下添闢字各本皆譌偈棠黎茶陵本黎作棃云五臣作黎袁本作黎用五臣也漢書正作棃案此尤本
以五臣亂善非也注麗光華也袁本茶陵本無此四字注幽昧之貌袁本茶陵本作難知也三字是也
徠祇郊禋茶陵本祇作祗云善作祇案茶陵所見及尤本非也顏注漢書與善此注皆以敬解祗其非異字可知袁本作祗而
不著校語所見當未誤靈迉泥兮茶陵本迉泥作棲遟云善作迉泥案茶陵所見及尤本皆非也袁本云棲遟善作屖泥其
載善音則云屖音棲漢書作遟遅顏注遟音栖考集韻十二齊有屖遟別無迉字重出其下然則但傳寫誤耳當依袁所見訂正陳云泥

當作追從漢書校也○藉田賦○注禮記曰天子藉田千畝袁本茶陵本無此九字注設

桂栢再重何校栢改柜陳同各本皆譌注壝以委切袁本茶陵本委作季是也注毛詩曰周道

如砥袁本茶陵本無此七字注晉灼漢書曰陳云書下當有注字各本皆脫似衆星之拱北辰

也袁本茶陵本無似字晉書無又上句末及輕㦔階列離坎發揮下有兮字袁本茶陵本離坎下無餘同案此等或善五臣不同但不

著校語無可考注方駕千駟袁本茶陵本駕作馳是也注應劭曰漢官儀曰陳云上曰字衍是也各本

皆衍注后稷播植百穀袁本茶陵本植作殖是也注鄭元曰衡牙袁本茶陵本無此五字五輅

鳴鑾案輅當作路各本善注中字皆作路袁本所載向注則作輅蓋善路五臣輅而亂之也晉書正作路注戟車載茶陵

本戟車作闟尤本戟車二字處脩改袁本亦然案此當云闟戟車載戟各本皆脫誤晉書輿服志云闟戟車長戟邪偃向後是其義闟闟

亦同字震震填填案填填當作闐闐各本善注中字皆作闐袁茶陵二本所載良注則作填蓋善闐五臣填而亂之也晉書

作填與五臣所據同碧色肅其千千袁本茶陵本作芊芊案尤本是也高唐賦肅何千千安仁用其語袁茶陵作芊芊者

五臣字如此所載向注可考彼賦善于五臣芊正有明文晉書作芊與五臣所據同又二本皆脫去善此節注亦非注上空無
祭袁本上作壇案壇字是也茶陵本亦誤上注都謂京邑也杜預左傳注鄙邑也袁本茶陵本無
此十三字垂髻總髮袁本茶陵本髮作髻二云善作髮晉書作髻案晉書五臣非也髮字去聲協霽祭諸韻之字魏都賦纍纍辮
髮或鏤膚而鑽髮兩見皆然不知韻者改之耳或有謂髻是髮非者誤附訂於此注吾丘壽王袁本茶陵本吾作虞案虞
字是也虞吾雖通但此自為虞耳豈嚴刑而猛制之哉袁本茶陵本無之字晉書無案此尤所見衍惟穀
之卹袁本茶陵本卹作恤晉書作恤案各本注中引尚書字皆作恤或注有譌也注敢用嘉薦何校下添普淖二字
陳同今案當乙下文普淖二字於此而神降之吉也何云吉字後人誤改福字本協今案各本及晉書盡同何因注引左
傳而云然也考賦自四人之務不壹至旨酒嘉粟所用皆實術韻之字福字古音別協職德韻又案西征賦以此句與日室一協夏侯常
侍誄以此句與秩疾卒協是安仁自作吉善彼二注亦引左傳皆是注神降之而不取福字善注如此例者甚多何說非是以孝
治天下袁本茶陵本治作理二云善作治晉書作治案注中引孝經字作理考治字唐諱也李濟翁資暇錄曰李氏依舊本不避國

朝廟諱五臣易而避之宜矣其有李本本作泉及年代字二云是在當時已錯出不一也今全書中經五臣以後迴改者又不少矣皆不復具論 薄采其茅袁本茅作芳二云善作茅茶陵本二云五臣作芳晉書作芳案晉書五臣非也賦文作茅觀善注及上文緇芒蕭茅句注灼然可知何二云茅音蒙其說甚是凡茅聲之字協東韻者多矣或乃疑此故附辨之凡晉書此賦與善異者每誤不詳論也

○子虛賦○注廣雅曰僕謂附著於人案雅當作蒼各本皆譌樊恭廣倉見隋志上林賦注引若蹈足貌茶陵本亦譌蒼爲雅也 䓖藭菖蒲袁本茶陵本䓖作芎案注中字作芎考說文艸部营藭香艸也重文芎司馬相如說营或从弓謂凡將如此史記漢書作穹者假借也字書別未載䓖字當是尤延之以改芎爲穹遂成此形耳甘泉賦發蘭蕙與芎藭正文及注皆誤 茳離蘪蕪案茳當作江注中江字兩見皆不從艸史記漢書亦作江考上林賦被以江離茶陵本二云五臣作茳袁本無校語蓋此賦亦善江五臣茳而亂之故袁茶陵二本皆不著校語何校改作江據史漢陳云別本作江未詳其何本也 注苞麗也案麗當作麃史記漢書注可證各本皆譌下麗皮表切茶陵本未誤 注本或林下有巨字案有當作作謂林下其字作巨也不云其作巨者因正文有兩其字以此分別之史記漢書及五臣同或本作巨 注善曰蓋山之國東

有樹袁本茶陵本蓋上有有字無東字案二本是也此所引大荒西經文依善例曰下當有山海經曰四字二本仍皆脫注驅
馳逐獸也橈靡也案上也當作正漢書注可證以八字爲一句也各本皆譌注中絕系也袁本茶陵本中
下有心字案漢書注正有此脫注言所在衆多袁本所在下有射獲二字茶陵本脫此注注弭猶低也節
所仗信節也袁本無此十字茶陵本亦無案漢書注有之考史記索隱引郭璞曰言頓轡也集解引郭璞曰或云節今之所
仗信節也善此注引王逸弭案也意謂即上文案節未舒與郭頓轡之解相近無取或云也尤延之從漢書注添未是被阿緆
案緆當作錫注云緆與錫古字通必善作錫故有此語今各本皆作緆者以五臣作緆而亂之遂不可通非也史記漢書皆作錫袁茶陵
幷削善此注益非襞積褰縐袁本茶陵本積作積音積案史記漢書皆作積袁茶陵二本善注中引張揖字仍作積蓋善積
五臣積而音積袁茶陵所見亂之故不著校語尤本獨未誤紆徐委曲何校云漢書無此四字無者爲勝案以李注引張揖
詳之本無此四字今史記有而集解引漢書音義索隱引小顏孟康似二家史記亦與漢書同並不當有唯五臣向注云紆徐委曲裙下
垂貌蓋五臣較多四字而亂之也各本皆非注故或摩蘭蕙案善正文作靡此摩字誤五臣作摩袁茶陵二本有明文

今史記漢書作摩而張守節正義及顏注中仍作靡靡者古摩字之通用恐亦靡是摩非也若神仙之髣髴袁本茶陵
本云善無仙字案詳注意善不當有甚明尤本此處脩改添入乃其誤也漢書無今史記亦誤衍并正義所引戰國策末亦贅以仙字誤
之甚矣凡史記與此同誤皆後人所改耳連駕鵝茶陵本云鴐善作駕案注云而因連駕鵝也字正作駕史記漢書亦皆作駕考
駕者鴚之假借左傳桀駕鵝唐石經宋槧本下皆從馬古今人表所載亦然相如此賦用字古矣唯中山經是多駕鳥郭注未詳也或曰
駕宜爲駕鴐鵝也然則駕字晉代不復行用之袁本正文及注並改爲鴐而不著校語又上林賦駕鵝屬玉各本作鴐皆誤以五臣亂善
非也西京賦駕鵝鴻鶤平子用駕字是爲異人用字不同之例全書此類極多皆不更著注戰國策更嬴曰臣能
虛發而下鳥袁本無此十三字有見西都賦高誘六字茶陵本例改已見者爲複出故亦有尤本脩改添入未是又高誘二
字屬下不當刪之也注列子曰蒲且子連雙鶬于青雲之上袁本無此十四字茶陵本有案尤本
脩改添入未是說在上條注之說是也案之當作文漢書注可證各本皆譌注服氏一說案一當作之各本皆
譌乃欲戮力致獲袁本茶陵本戮作勠案史記漢書皆作戮蓋善戮五臣勠二本所見亂之而不著校語戮勠同字耳

劇秦美新曰戮力咸陽餘同此者不更出　注善曰史記樂毅與燕惠王書曰袁本茶陵本無史記惠三字　注彰君惡害私義袁本茶陵本無此六字　注成山在東萊掖縣案漢書注引掖作不夜史記集解徐廣亦曰在東萊不夜縣考史記封禪書漢書武帝紀郊祀志地理志不夜是掖非各本皆譌也　注契善計也袁本此下有契卨同三字茶陵本無案有者是也

卷八○上林賦○曰楚則失矣茶陵本有校語云善作是蓋所見本楚譌爲是也袁本無史記漢書皆作楚　所以述職也茶陵本云善無也字袁本無校語史記漢書皆有　不務明君臣之義袁本茶陵本云善無臣字史記漢書皆有　而適足以粤君自損也案粤當作身各本皆譌其字上白下寸在說文巢部今漢書作粤亦譌也史記作貶與五臣同　注河南穀羅縣陳云河南漢書注作西河爲是案史記正義引亦作西河今漢書地理志西河郡穀羅武澤在西北依文穎此注似其本武作紫也　注在縣北案北上當有西字漢書注可證地理志亦可證各本皆脫　注今名沇水陳云沇當作沈詳漢書顏注今案陳說非也當作汳史記索隱引姚氏云今名汳水善全取彼文與顏注此卽

今所謂沈水迴異 注黃子陂袁本茶陵本黃作皇案史記索隱引姚氏正作皇皇字是也漢書注亦作皇陳校依漢注 注經至昆明池袁本茶陵本無經字案史記索隱引姚氏云注昆明池漢書顏注云經昆明池此尤延之校改至作經因誤兩存也 注周旋苑中也袁本茶陵本周上有言字 注善曰楚辭曰袁本茶陵本無善曰二字有郭璞曰椒丘見六字今案當作郭璞曰椒丘見楚辭善曰楚辭曰十三字各本皆脫 注馳椒丘兮焉且且止也音昌呂切袁本茶陵本無焉且且止也五字袁本有且且二字茶陵本有焉且且三字案各本皆譌當作馳椒丘且焉止息也且音昌呂切此離騷經文 注司馬彪曰畢弗案畢當作滭史記索隱引可證各本皆譌 注漏水出貌袁本茶陵本無此四字 注汩𤅢漂疾袁本𤅢作潝云善作𤅢茶陵本云五臣作潝案各本所見皆非也史記漢書皆作潝善引韋昭曰潝許及切卽漢書音正作潝可知彼載晉灼華給反郭璞許立反史記索隱同諸家無作𤅢者又各本注中亦譌𤅢 注說文曰滲清深也袁本茶陵本無此七字 注其形狀而出也袁本茶陵本其形狀作言溢漢書注作言溢溢陳云別本作言溢爲是 注張揖曰其形狀未聞袁本茶陵本無其形狀三字 注魠鱤一名黃曰頰

袁本茶陵本無曰字案依漢書注無曰字鍼下當有也字注兩相合得乃行袁本茶陵本無合字案漢書注有蓋尤依
彼添陳云得乃當從漢書注作乃得注隱岸坻也袁本茶陵本坻作底漢書注作底案當以尤爲是郎海賦云巖坻之隈者
也二本及漢書注皆傳寫譌耳注常庭之山袁本茶陵本常作重案今本山海經作堂一作常疑善引自異摧崣崛
崎袁本茶陵本摧作推史記漢書皆作推案此尤本之誤注同　注振拔也袁本茶陵本拔作收何云下言收斂溪水當從
收今案漢書注史記索隱引皆作拔注隱轔鬱壘茶陵本壘作嵂袁本與此同案下云嵂音壘蓋茶陵本是也今本漢書亦
正文嵂注壘歧誤正同此注郭璞山海經曰何校經下添注字陳同各本皆脫　蔣芓青蘋案芓當作芋史
記漢書皆作芋各本及注中俱譌五臣作芊云句切大誤又案玉篇芓芓同與此賦之芓迥別彼乃說文所云草可以爲繩者此張揖解
爲三稜三稜類詳見政和經史證類本草實異名同不可援以相證決爲譌字無疑注說文曰⿱艹醶蒚案此曰下有脫也各
本皆同無以補之或因此謂說文有⿱艹醶蒚非羣書引說文而未見者皆不必今本脫去也注騾驘同案當作驘騾同誤倒也正
文五臣作騾史記亦作騾凡五臣每取善注以改字或取他書皆此類漢書作驘袁本茶陵本刪此注非注中途樓閣閒

陛道案中字不當有史記集解引無各本皆衍 青龍蚴蟉於東葙案葙當作箱史記漢書皆作箱善與之同今各本作葙凡偏旁竹艹每相混耳五臣改作廂非也 盤石振崖案振當作裖注同史記漢書皆作裖高唐賦裖陳磑磑善注云裖已見上林賦彼五臣作振然則此賦亦爲五臣亂之而失其校語也 注其處磅磄千仞案此下當有磅磄與旁唐音義同一句各本皆無蓋脫也 盧橘夏熟袁本茶陵本二云孰善作熟案二本所見誤也史記漢書皆作孰善與之同孰即熟字

楟柰厚朴楟當作亭注引張揖曰亭山梨也蓋善作亭五臣作楟音亭而各本亂之也漢書作亭史記作楟善此賦大略文同漢書者較多 注其實似榖子袁本茶陵本榖作穀無子字案穀亦譌也此字從木不從禾楮也漢書注史記索隱皆云榖子尤依添但榖字益譌 注採木也何校採改棌下棌音采同漢書注作采音菜 注崔錯交雜癹骩蟠戾也袁本茶陵本作錯相繆也四字考史記索隱引郭璞云崔錯癹骩者蟠戾相繆也袁茶陵二本有脫尤所添改在今漢書顏注亦未是當作蟠戾相繆也五字 注郭璞曰坑衡徑直貌閜砢相扶持也袁本茶陵本無閜砢相扶持五字案史記索隱引郭璞云坑衡閜砢者揭孽傾欹貌也尤所添在今漢書顏注亦未是或坑衡徑直貌也一句係善注誤連爲郭耳

注英謂華也袁本茶陵本無此四字案在今漢書顏注蜚玃飛蠝茶陵本蠝作鸓案注中三見下二字不從虫漢書作鸓史記作鸓單行本索隱仍作鸓考集韻五旨鸓下重文有六而不載蠝可證其非袁本正文作蠝注皆作鸓以南都賦互證疑五臣本之誤而又相亂也注飛蠝鼠也案鼠上當有飛字案漢書注史記集解索隱有陳云別本有各本皆脫南都賦注引蠝飛鼠也脫上飛字當互訂注在樹暴戲恣態也陳云暴當作共案漢書注史記正義引作共各本皆誤注說文曰杪末也袁本茶陵本無此六字娛遊往來案娛當作娭各本皆譌注引說文娭許其切非娛甚明史記作嬉娭嬉同字也今本漢書及注誤與此同又見羽獵賦注有似虯何校引徐七來悖復曰似下脫玉字据漢書注校是也各本皆脫注龍也無角何校引徐曰子誤也据漢書注校袁本無作有茶陵本亦作無案漢書注作有說文虯龍子有角者稚讓所本故其廣雅亦云有角曰龍龍龍卽虯上卝者角也此注決不當自為兩解唯王逸注離騷有角曰龍無角曰虯善彼注仍之所以各存異說或不知者用彼以改此也注李善曰孫叔者袁本茶陵本李善作鄭元案元當作氏漢書注作氏最是鄭氏見顏師古敘例臣瓚云鄭德者也注言擊嚴鼓簿鹵之中也袁本茶陵本簿鹵作鹵簿是也陳云

別本二字乙　河江爲陸　茶陵本作江河二云善作河江袁本作江河無校語史記漢書皆作江河　注生謂生取之也　袁本茶陵本謂生取三字作抗字案尤所添改在今漢書顏注亦未是抗當作執生執之也四字一句讀五臣向注生生執卽襲韋可借爲證　注綺謂絆絡之也　袁本茶陵本無謂絆之三字案史記集解引有此三字尤延之蓋依彼添　注司馬彪漢書曰　何校漢上添續字陳同各本皆脫　椎蜚廉　案椎史記漢書皆作推顏注云推亦謂弄之也其字從手今流俗讀作椎擊之椎失其義矣考五臣銑注椎謂擊殺其本作椎之明文善旣不注此字袁茶陵二本又俱無校語未審何作也凡偏傍扌木每相混　注以白羽爲箭　袁本茶陵本爲作羽案重羽最是上羽言體下羽言用漢書注史記正義引皆可證　注郭璞老子經注曰　陳云此七字衍張氏乃曹魏時人不當引郭語老子又無郭注其說是矣各本皆衍　注與元通靈　陳云元當作天漢書注可據今案漢書注譌也史記正義正作元鄭禮記注引孝經說曰上通元莫卽此元字之義　注樂汁圖　案圖下當有徵字史記索隱引有各本皆脫　注率徑馳去也　袁本茶陵本徑作然案考漢書顏注曰率然直去意或尤改馳爲徑而誤去然字　蹷石闕　袁本茶陵本闕作闕而不著校語案依此善與五臣同作闕也漢書作闕史記作闕

善引張揖漢書注則作闕未爲非恐此是尤延之依史記改前卷及漢書楊雄傳俱作闕字　注一曰載民案民當作氐各
本皆譌下有明文漢書注誤與此同　淮南干遮何云干史漢作干案善及小司馬皆引張揖漢書注不當有異文蓋今各本作
干並譌耳　注皆剛勇袁本茶陵本無此三字案史記索隱引無集解有尤蓋依彼添　注衝激急風也袁本茶陵
本衝上有激字單行本索隱有舞賦及七發注有七命注衝激作激衝脫下激字當互訂　注結風亦急風也案單行本
索隱結風下有回風二字舞賦七發七命注皆有依文義有者是也各本此注脫　注皆是靡曼美色也下或
云袁本茶陵本美色也三字作也色二字案也句絕色屬下尤添改失之　柔橈嫚嫚案嫚嫚當作嬛嬛漢書作嬛可證也
善注於圓切正爲嬛字作音或五臣誤爲嫚而各本亂之耳史記作嬛亦嬛字之譌徐廣曰音娟嬛即娟字古人每以同字爲音也小司
馬引廣雅嬛嬛容也今索隱盡作嬛大誤　注香氣盛也漚一候切又曰袁本茶陵本無此十字　注嫮
以姱袁本茶陵本嫮作姱案此尤校改也　注更以十二月爲正何校引徐曰二當作三案所校是也漢書武紀
太初元年以正月爲歲首師古曰謂建寅之月爲正也郭德隆於三取彼事爲義夏以十三月爲正原出緯書不知者誤改之

王茶陵本云五臣作皇袁本云善作王案各本所見皆非也史記漢書皆作皇善自與之同傳寫譌耳注鄭元毛詩曰案詩下當有箋字各本皆脫而樂萬乘之侈袁本之下有所字云善無茶陵本云五臣有所漢書有何云萬乘之所侈謂天子猶謂此太奢侈者也今案史記亦有或各本所見脫之○羽獵賦案賦下當有一首二字後每題盡同袁茶陵本無說見前又前第七八後第十三三十四十六各卷首子目亦放此東南至宜春何云漢書無東字疑衍案據史文此云南至下云西至又下云北繞又下云頗割其三垂故何云即指上林之三垂而言是也其東濱渭則云濱渭而東而已無所開廣亦無所割此句不得有東字但善解三垂為武帝侵西南東三方以置郡豈所見漢書有東字與下濱渭而東相接連以上林為不僅有三垂耶然所解實未安濱渭而東案濱當作賓注云濱與賓同音也蓋善正文作賓所引公羊作濱故有此語今各本以五臣作濱而亂之難蜀父老率土之濱注本或作賓可為此作賓之證今漢書作瀕又異本耳袁茶陵二本無注濱與賓同音也六字誤謂此專發音與五臣濱音賓重複而創去益非不折中以泉臺案折當作制善引韋昭曰制或為折也是其證矣蓋五臣作折而各本亂之顏注漢書作折即韋所云或為耳注魯莊公築臺陳云築下當有泉字是也各本皆脫注假為或人之

意袁本茶陵本爲下有人也二字各以並時而得宜袁本茶陵本以作亦此疑尤本誤也案漢書作亦此注封
禪各言異也陳云別本言字在封上爲是案今未見但漢書注如此以奉終始顓頊元冥之統
袁本茶陵本無奉字案漢書無疑尤本誤注郭舍人爾雅注曰陳云爾雅郭注與所引不同則知非景純也下文移
珍來享句又引犍爲舍人爾雅注今案其說是也爾雅犍爲郡文學卒史臣舍人注二卷見陸氏釋文敘例必犍爲二字各本誤改作郭
注落纍也袁本茶陵本無此三字案在今漢書顏注注熒惑法案法上當有執字熒惑或謂之執法見廣雅各本及
今漢書注皆脫注使司命不祥案命字不當有各本皆衍漢書注無注陽朝陽明之朝案上朝字當作
晁此善以朝解晁故下云晁古字同也各本皆譌注杜業奏事曰袁本茶陵本無奏事二字案此文今在漢書霍光傳
注中云云杜延年奏載霍光柩以轀輬車云云非杜業明甚宋孝武宣貴妃誄晨轀解鳳注所引云云亦在霍光傳注然則當作杜延年奏曰
各本皆誤鱗羅布列茶陵本云五臣作列袁本云善作烈今案各本所見皆非也漢書作列善自與之同但傳寫譌耳又案上
文霹靂烈缺二本校語亦云然彼漢書仍作列而以應劭閃隙之義求之作列自通善顏亦不盡同也恐此涉彼而加火注吸喘

息也袁本茶陵本喘作內案二本是也喘字誤跂犀聲袁本茶陵本二云善無犀案二本所見非也漢書有尤本獨未譌掌

蒺藜茶陵本藜作蔾注同袁本正文藜注蔾案漢書作蒺蔾考字書藜蔾二字有分別據此知蒺蔾乃變體加艹非借藜藋字當依茶陵本

各按行伍袁本茶陵本二云伍善作五案漢書作伍或善作古字也甏部注軍之部伍也當同此注罼罕也

袁本茶陵本罼作畢案畢字是也上荷垂天之罼漢書作畢或善畢五臣罼而亂之尤并此亦改爲罼未是太元畢格禽鳥之貞用畢字亦可證

注應劭曰下時袁本茶陵本無劭曰二字案漢書注有魂亡袁本茶陵本下有魄失字二云善無案各本所見皆非也漢書有善自與之同傳寫脫耳陳云上當以徒角搶題注爲句而蹴竦讋怖魂亡魄失各以四字爲句也注言獸

被創過大血流與車輪平也袁本茶陵本無大血流車四字案無者是也言獸被創過解創淫與輪平也解輪夷卽謂獲獸平輪耳張此解與下引音義迥別尤所添改複沓非是羣娛乎其中袁本茶陵本娛作嬉二云善作娛案所見皆非也漢書作娭音許其反說見上林賦娭遊往來下又案上文娭淵閎袁茶陵本亦二云善作娛此本獨未譌或尤延之依漢書校正

注鄭元曰袪音祛案元當作氏各本皆誤又下注鄭元曰彭咸也之元亦當作氏鄭氏說見上林賦內注願依

彭咸之遺制案制當作則各本皆譌陳云別本作則今未見注自彼氏羌袁本茶陵本無此四字注單于南庭山袁本茶陵本南庭作庭南案南是也今本漢書注亦誤倒庭陽朱墨翟之徒袁本茶陵本陽作楊注同案陽蓋尤本之譌漢書作楊注高誘呂氏春秋注以爲宋人袁本茶陵本無此十一字

卷九○長楊賦○命右扶風發民袁本茶陵本云善無發民二字案今本漢書有蓋尤依之添也注在涇州界陳云涇雍誤是也各本皆誤注名豪豪彘也袁本茶陵本不重豪字注郭璞爾雅曰袁本茶陵本日上有注字注詩序曰下以風刺上袁本茶陵本無此八字案無者是也注具甘泉賦下羽獵賦已不更出此亦當爾矣注顏師古曰動不爲身袁本茶陵本師古二字作監下再見皆同案此尤本誤改注言有儲畜袁本茶陵本言有作高其是也案今本漢書注與此同誤注而無所圖袁本茶陵本無所字客何謂之玆耶袁本茶陵本無之字尤本此處脩改案今本漢書作謂之茲耶詳顏注云謂玆耶猶言何爲如此也仍當有何字無之字蓋漢書傳寫譌尤延之據添非也袁茶陵二本所見與未脩改正同是矣又案難蜀父老曰烏謂此乎烏何也此玆也乎耶也子雲

好擬相如此亦用彼語不當衍之字甚明封豕其土袁本土作士何云漢書作士案士是也茶陵本作士與尤所見同非也

注應劭淮南子注云案劭下當有曰字子下當衍注字漢書注可證各本皆誤注顏監曰擲舉手擬也案顏漢書正文字作擲上引李奇音車幰之幰而解云擲舉手擬之也蓋其字音義與左氏傳乃掀公之掀相近善文選正文作擲與顏不同別引鄭氏禮記注釋義字林釋音乃所以改顏也傳寫者幷顏注亦爲擲失之矣又蒼頡篇曰擲拍取也八字非漢書注乃善引以證顏者字亦當是擲也又漢書注擬下有之字此無似亦脫

注疏亦賤也字書曰疏遠也袁本茶陵本作疏遠也字書曰六字案此亦尤增多之誤也

注春秋運斗樞曰北斗七星第五曰玉衡袁本茶陵本無此十五字袁本注末多已見魏都賦五字案袁本是也此亦尤增多之誤茶陵本注末複出魏都賦注云云可爲證

遐眠爲之不安袁本茶陵本眠作垊案此皆非也正文當作萌注當作韋昭曰萌音垊萌人也今作眠音萌誤倒漢書作萌善自與之同蓋五臣作垊而各本亂之因又改韋注也上林賦以贍萌隸注韋昭曰萌民也張景陽七命羣萌反素袁茶陵皆有校語云五臣作垊最可證又如顏延年侍游蒜山作詩留滯感遺萌亦善萌五臣垊相亂彼一本仍云五臣作垊唯此爲各本所見皆誤故無

校語耳注乾酪母何校酪下添也以為酪四字案依漢書注是也各本皆脫注顏師古曰何校師古改監各本
皆譌下顏師古曰死則云云同注鹵莽中生草莽也袁本中上有鹵字末無也字是也茶陵本亦脫衍⿰口兗鋋
瘢耆茶陵本云五臣作吮辭兖切袁本作吮案茶陵及尤所見非也蓋此賦有作吮作兖兩本小顏以作兖為是故今本漢書字如
此善以作吮為是故最後引服虔云其瘡如含然乃訓吮為含也⿰口兗字他無所見恐是或改吮為兖而誤成此形耳袁本無校語其所見
善正文自是吮字尤本注末音云吮辭兖切不作⿰口兗亦其一證又臣佖校漢書以為鋭與顏李二家迴異恐屬臆說難以為證注項
下向袁本茶陵本項作頂案頂是也今本漢書注與此同誤注漢兵深入窮邊案邊當作追各本皆譌莫
不蹻足抗首茶陵本云五臣作手袁本云善作首今案所見皆非也漢書作手羽獵賦抗手稱臣善抗手注具彼下此不更
出非作首也注卒金革之事案卒下當有哭字各本皆脫注帝者得其英華袁本茶陵本英華作
華英是也注言時不常也袁本茶陵本言時作時言是也注古文隔為擊袁本茶陵本此上有韋昭戛擊
為拮隔乃校語錯入注因正文用五臣戛擊故云然案此云古文者韋所見之古文尚書也意謂隔者擊也耳子雲用拮隔漢書及史記

樂書俱有其證楊倞注荀子亦極明晰五臣乃援東晉古文改竄荒陋甚矣宋人校語以括隔屬韋更繆尤本無之是矣注史記管子曰古者禪梁父袁本茶陵本無此十字○射雉賦○注采飾英麗袁本茶陵本飾作飾是也陳柯械以改舊袁本茶陵本械作搣注同案此從扌木二字並通未審善果何作餘如此者不盡出注赩許力案力下當有反字各本皆脫注廣雅曰蹷踶跳案踶字當衍跳下當有也字各本皆譌廣雅釋詁二跳也條共釋十字有蹷無踶可證注言其矢來疾也袁本茶陵本無矢字案蓋尤校改來爲矢遂兩有也注雉當不止袁本茶陵本當作尚是也注西京賦曰秦政茶陵本西作東袁本作西案西乃兩之譌也餘注放此者不更出注埤蒼曰攫地案地字當去各本皆衍因正文云攫地而誤耳又案韻會舉要攫下引說文扟也爪持也今徐鼎臣本無下三字然則攫即攫之異文故五臣改正文爲攫亦可證此注不當有地字注夷靡也頹弛也袁本茶陵本無上也字此處尤本脩改案夷靡乃複出正文不得有也字尤所據添者誤本耳無見自鷩案鷩當作鷩注同徐二云鷩音脈字亦從脈者謂鷩之或體字作鷩也二云方言二云脈者謂此賦之鷩即方言之脈也二云俗謂黠爲鬼脈者方言注二云然也此必五臣用徐注改正

文作鸒後遂以亂善於是賦及注中各本皆不見鸒字而徐爰所云絕不可通矣唯集韻二十一麥載鸒字從脈二十三錫載鸒字從脈皆云鳥驚視其所據此賦未誤也凡此等全失善舊所宜訂正注皆回從往復袁本從作旋是也茶陵本亦誤從注言轉驂回旋袁本茶陵本回旋作旋回是也注徐氏誤也袁本茶陵本也作之案之是也謂以文勢言當為亻兮而並云亻亍非潘賦本然由徐乃爾耳注風颺電激茶陵本颺作颮袁本作颺案颮是也又江賦注引此各本皆譌不更出注埤短也案埤當作庳各本皆譌注故僻除人從案僻當作辟各本皆譌注馮參鞠射履方陳云射當作躬各本皆譌注於心不覺也茶陵本於作放是也袁本亦誤於此則老氏所誡君子不為袁本茶陵本氏下有之字子下有之所二字案此疑善五臣之異但二本無校語今不可考當各仍其舊此類亦未全出○北征賦○注栒縣有豳鄉詩豳國袁本茶陵本作有栒縣豳國五字案此尤延之據地理志改補是也注又云文公城郇袁本茶陵本無文字案此亦據志是也我獨罹此百殃茶陵本罹作離二云五臣作罹字袁本二云善作離案此尤本以五臣亂善非也五臣以離是古罹字故從而改之其實班自用離字矣注時亦世

也袁本茶陵本無亦字注秦昭王時袁本秦上有又匈奴列傳曰六字茶陵本與尤同說見下注而得其地袁本作於是秦有隴西北地上郡築長城以拒胡十六字茶陵本與尤同案此及上條皆茶陵尤所見非袁本是也匈奴列傳可證遂舒節以遠逝兮茶陵本無兮字二云五臣有袁本有又下文過泥陽而太息兮句袁茶陵二本皆無兮字但不著校語注傷李夫賦曰袁本茶陵本夫下有人字案有者是也注牛羊下來案牛羊當作羊牛此因正文二云牛羊因依以改注耳凡引古但取義同不嫌語倒善每知此各本皆非瘖曠怨之傷情兮袁本茶陵本曠怨作怨曠案注複舉正文二云思君子爲怨曠蓋尤本誤倒不耀德以綏遠袁本茶陵本下有兮字亦不著校語下文隮高平而周覽遊子悲其故鄉撫長劍而慨息三句同注諸疏遠屬也案諸下當有趙字蒙恬列傳文也各本皆脫陳二云別本有趙字登鄣隧而遙望兮袁本茶陵本鄣作障茶陵本有校語二云善作鄣案注中障字三見皆不作鄣疑校語未是注或爲隧說文曰隧袁本茶陵本二隧字皆作墜案墜是也注聖文文帝也袁本茶陵本無此五字而所載五臣濟注有之案此蓋尤所見有也注使南越王袁本茶陵本無王字○東征賦○注曹世叔妻者袁本

無者字茶陵本脫此注注名昭字惠姬袁本惠下有班一名三字茶陵本脫此注注和帝數召入宮

袁本無和字茶陵本脫此注注吉日兮良辰案良辰當作辰良此亦引古不嫌語倒各本皆非注禮記曰

下至夏則居橧巢袁本茶陵本無此十四字注郭璞曰山海經注曰陳云上日字衍各本皆譌歷

滎陽而過卷袁本茶陵本卷上有武字案二本非也善引應劭曰卷故號國不云武卷唯五臣向注乃云滎陽武卷皆縣名

今考漢書地理志河南郡有卷無武卷五臣讀誤本而望文爲解耳袁茶陵不著善無武字校語失之唯尤本爲未誤涉封丘

而踐路兮茶陵本云五臣有兮袁本有注駐主也陳云主疑止各本皆譌注丘墟下至臣見宮

中生荊棘袁本茶陵本無此十八字注尹文子曰袁本茶陵本無尹字注成侯貶號曰侯袁本

茶陵本無下侯字案尤依世家校添注平侯子嗣君更貶號曰君袁本茶陵本無子嗣君二字案尤依世家

校添注朝魏案朝上依世家當有子懷君三字各本皆脫尤亦失校添也注精誠通於形袁本茶陵本無通字

卷十〇西征賦〇注易曰兼三才而兩之漢書音義曰陶人作瓦器

謂之甄袁本易上有周字曰下有有天道焉有地道焉有人道焉十二字無漢書音義以下十三字茶陵本同唯上注甄已見魏都賦作如淳漢書注曰陶人作瓦器謂之甄十四字案此尤本脩改之誤也茶陵刪以已見者複出尤本袁本俱不然其不當更贅十三字明矣因此而刪善引易益非注從而悉全陳云從而當作縱不是也各本皆譌匪禍降之自天袁本茶陵本禍降作降禍不著校語無可考也注爾雅曰辟罪案罪下當有也字各本皆脫注古□長歌行曰袁本茶陵本古下有今字案此尤知其字衍脩改去之是也注忼慷傷懷案慷當作慨各本皆譌注鞏洛二縣名也袁本茶陵本無此六字所載五臣翰注有之案蓋尤所見有注毛萇詩曰陳云詩下當有傳字是也各本皆脫注史記曰帝嚳高辛者袁本嚳作俈案俈是也後注俈與嚳同可證茶陵本亦誤嚳又下云姜嫄爲帝嚳元妃嚳亦當作俈各本皆誤注能材強道者袁本茶陵本無材強二字陳云別本注材作持案考詩箋是持字無者益非注言武王滅商袁本茶陵本滅商二字作基案基是也注亡王謂桀也袁本茶陵本無此五字所載五臣向注有之案蓋尤所見有注東都賦曰袁本茶陵本賦作主人二字案前注東都賦曰關庭神麗二本賦亦作主人考今注

中有西都賓東都主人亦有東都賦西都賦疑作賦者皆後人所改注左氏傳曰初下至其亦將有咎此一百二十六字袁本茶陵本無蓋因五臣同善而節去也尤本有者是注澡水經注作濟袁本茶陵本無此六字案尤本此處脩改未知其爲別本如此抑或有記水經注之異於旁者而尤延之取以入注也注吾嘗無子之時袁本重無子二字案重者是也尤本此處脩改蓋誤依五臣向注刪茶陵本全刪此注益非注回邪僻也案僻上當有洨字曹大家注幽通賦可證彼洨作穴同字也各本皆脫注史記曰趙王下至終不能加勝於趙此一百二十字袁本茶陵本無蓋因五臣同善而節去也尤本有者是注史記曰廉頗曰下至引車避匿此四十九字袁本茶陵本無蓋因五臣同善而節去也尤本有者是注左傳秦穆公曰袁本茶陵本無秦穆公三字注維猶連結也袁本茶陵本也作之阜記墳於南陵袁本茶陵本記作託二云善作記案此善亦作託但傳寫譌爲記二本校語及尤所見皆非注晉文公子墨縗經陳云晉文二字當在後杜預曰下公字衍各本皆誤注杜預曰公未葬案曰下脫字見上注而無反者陳云而字衍是也各本皆衍注戰于彭衙袁本茶陵本無

此四字注又曰晉先且居伐秦下至斯三敗矣袁本茶陵本無此二十四字案無者是也善明云止二敗言三未詳更不得有此當是或駮善注而記於其旁尤延之不審取以入注耳考此役秦未嘗及晉師戰其非孟明將而敗無待言故難數之以足三也於此可知善義例之精矣注封殽尸而還下至用孟明也袁本茶陵本無此十三字注子其悉雪恥袁本茶陵本恥下有又曰穆公遂霸西戎八字案此一節注皆當以袁本茶陵本爲是也尤所添刪俱失善意降曲崤而憐虢案注引劉澄之地理書肴有純石或謂石肴今正文未見當引此爲注之處疑曲崤善作石肴也五臣良注曰曲崤地名或其本亂善耳注又曰攘袂而興陳云又字當作七啓二字是也各本皆誤注晉侯使詹嘉袁本茶陵本無侯字徒利開而義閉茶陵本徒作徙云五臣作徙袁本云善作徙案徙但傳寫譌也注湯曰陳云別本湯上有周書二字案此周書王會解文有者是但今未見其本耳注而敵之案敵當作獻王會解可證各本皆譌注紫極星名王者爲宮以象之袁本茶陵本無此十一字注乃宿逆旅逆旅翁要少年袁本茶陵本不重逆旅二字要作惡注淮南子曰下至陗峻也袁本茶陵本無此十四字注刻肌

膚之愛陳云刻當作劄是也各本皆譌感徵名於桃園何云園疑作原案何校據善注其西名桃原而云然五臣
銑注云桃園則桃林也疑善與五臣之異但袁茶陵二本不著校語又水經注河水四引此賦亦作園然則未當改也注卽漢
書全鳩里陳云別本全作泉案今未見戾太子傳是泉字注閿鄉縣東十里鳩澗西何校十下添五
字鳩上添泉字案何校據戾太子傳顏注云泉鳩水今在閿鄉縣東南十五里而添也此注各本盡同未審善有以否注漢書
湖縣名今虢州閿鄉湖城二縣皆其地也袁本茶陵本此十八字作漢書湖有閿鄉六字案二
本是也但此六字實續漢書郡國志文疑漢上脫續字善以注正文閿鄉尤延之取顏戾太子傳之注湖者添改不知此正文並無湖字
甚非注愬向也案愬當作遡各本皆譌注水側有坂袁本茶陵本坂上有長字案有者是也匡謬正俗所謂過
此長巷者也注漢書楊雄下至料敵制勝袁本茶陵本無此十八字注鄭元周禮注曰浸
者可以爲陂灌溉者袁本茶陵本無此十五字入鄭都而抵掌案抵當作抵各本皆非也說見前
注毛萇曰烕袁本茶陵本無此四字陳云下當有滅也案此尤延之添改而仍脫誤外懼西楚之禍袁本

茶陵本羅作離案離是也率土且弗遺袁本茶陵本且下有猶字案此亦無可考也況於卿士乎袁本作而

況於卿士乎矣云善無七字茶陵本作而況於卿士乎亦云善無六字尤本此處脩改乃取五臣五字以亂善非也注漢書曰

下至降軹道旁此十九字袁本茶陵本無案有者是注漢書曰疎廣下至東都門外此六十八字袁

本無因五臣同善而節也茶陵本亦有有者是注青春爰謝案爰當作受此大招文也正文云孟秋爰謝善引此及王逸注

者但取謝字耳其楚詞之春受潘賦之秋爰各自爲義五臣乃改賦作孟春受謝不知岳以仲夏憑軾及此莅職初不改歲何言春乎各

本又因善正文之爰迴改注受字亦爲失之其他篇注誤爲爰者不盡出注尚書曰予思日孜孜袁本茶陵本無

此八字注乘風懸鍾華祠樂案祠當作洞袁本茶陵本作獨亦誤金狄還於灞川袁本茶陵本灞

作霸案霸是也注中皆作霸注潘岳關中記下至重不可致此三十六字袁本茶陵本無因五臣同善而節

也有者是注次道南次袁本茶陵本次作大是也注臨危下至蘇武也此十六字袁本茶陵本無案有者是陸

賈之優游宴喜何校宴改燕案據注引毛詩也其實宴燕同字亦未當改廣絕交論陸大夫宴喜西都注正引此注

司馬長卿王子淵楊子雲也此十一字袁本茶陵本無案有者是　注胡廣曰案廣下當有書字後屢引各本皆脫　注洞門高廓陳云廓別本作廊案今未見外戚傳是廊字　注文成將軍李少翁下至亦何在也此一節注四十字袁本係五臣良曰下其善注作班固漢書贊曰如武帝有雄才大略文成已見上文二十字案此尤本所見以五臣語當善反失真善注誤甚幸袁本訂正之但袁文成下尚少五利二字引漢書有當作之爲小誤茶陵本載善注上十四字與袁同下文成五利悉複出亦非　注西都賦曰抗仙掌下至干雲霧以上達袁本無此二十六字其善注作並已見上文案袁本是也茶陵本悉複出與此全異亦非　注漢書曰武帝作角抵戲下至絡以隋珠和璧袁本無此三十二字案不當有也善下注所謂餘並已見上文卽指此等耳茶陵本悉複出仍與此不同亦非　注漢書曰武帝下至勒功中岳袁本茶陵本無此十七字案不當有也說在上條　注人情驚懼袁本茶陵本無此四字　注傅昭儀等皆慚袁本茶陵本無此六字　注漢武故事曰衛子夫下至悅之袁本無此十九字其善注作衛趙已見西京賦案袁本是也茶陵本有乃取西京賦注而複出也彼全書於善云已見者

例如此蓋尤所見本亦然而誤依添耳　注廣雅曰鑑照也下至事由體輕　袁本無此二十二字案袁本是也茶陵本有仍與此不同說在上條唯廣雅曰鑑照也六字非取西京注或當有　掩細柳而撫劍　案注云方言曰掩止也掩與揜同蓋善揜五臣掩而亂之袁茶陵二本不著校語及尤所見皆非　注終不肯行　袁本茶陵本肯作可是也　注不聽臣言　袁本茶陵本言作計是也　注昭王昭襄王也　袁本作暗主昭王也案袁本最是正文云主暗而注云暗主者如上注云云敷教舉兵正文云教敷兵舉之例也茶陵本全刪此注益非　注杜篤弔比干文曰下至豈忠諫之是謀　袁本茶陵本無此十八字　注無償趙王城邑　袁本邑作色案色是注也茶陵本亦誤邑　欲以擊柱　袁本茶陵本無柱字　注廣雅曰穽阬也才性切　袁本茶陵本無此九字案蓋尤所見有　身刑轘以啓前　袁本二云善作先茶陵本作先二云五臣作前案二本與尤所見不同也但各本於注中皆云故曰啓前似善自作前字也　注國語單襄公曰下至惕覺寤而顧問　袁本無此二十三字茶陵本有案袁是也善明二云兵在頸已見東京賦茶陵複出尤增多皆於注末所云不可通　注吾願得郡　袁本茶陵本郡上有一字案有者是也史

記文注地者遠近險易袁本者遠近作有近遠案袁本是也茶陵本作者近遠者亦有之誤注羽屠咸陽袁本羽下有因字茶陵本有西字案有西字是也史記文注漢書曰韓延壽下至莫不流涕此一百十八字袁本茶陵本無因五臣同善而節去也尤本有者是注襄公之應司馬曰夷陳云曰當作目是也各本皆譌注秦名天子家曰長山案長字當去各本皆衍水經注渭水下所引無可證也注過聽將作大匠解萬年袁本茶陵本無解字案無者是也注張晏漢書曰鞠案曰上脫注字見下鞠當作鞫各本皆譌注一曰勤毛萇詩傳注曰勤告也陳云注字當在上張晏漢書下兩勤字並當作鞫所引乃采芑三章傳是也各本皆譌注左氏陳云下當有傳字是也各本皆脫注王莽奏曰下至故爵稱天子袁本茶陵本無此十四字注始皇南山之巔陳云南上當有表字是也袁本亦脫茶陵本全刪此注益非注五柞在盩厔袁本作五柞已見上文案袁本是也茶陵本複出亦非注漢書武帝發謫穿昆明池袁本無此十字正文不另分節注西都賦曰集乎豫章之宇下至皎皎河漢女袁本無此三十七字其善

注作並已見上文詳下注周易曰日月麗乎天下至曙於濛谷之浦袁本無此四十五字其善

注作並已見上文詳下注三輔黃圖曰下至揭焉中峙袁本無此三十一字正文不另分節注毛萇

詩傳曰下至牽牛織女象也袁本無此三十一字其善注作餘並已見上西京賦案以上各條皆袁本是也善注

例自如此尤增多茶陵本複出互有不同皆非注鄭元周禮注曰下至趾基也袁本無此二十六字正文并在

上節案袁本是也注毛詩曰下至鴻漸于干袁本無此十四字正文不另分節隨波澹淡袁本茶陵

本波作流案尤此處皆脩改蓋流字是注毛萇詩傳曰飛而上下至隨波澹淡袁本無此二十七字

正文不另分節注瀺灂出沒之皃下至唼喋菁藻袁本無此三十二字其善注作並已見上文案皆袁本是

也茶陵本所複出互有不同亦非志勤遠以極武袁本茶陵本云勤善作懃案此處尤本皆脩改下文必翹懃以仰止

亦五臣勤善懃二本所見是矣注謂品第也謂品第其所獲也茶陵本無也謂品第四字是也袁本亦衍

注杜預左氏傳曰袁本重曰字茶陵本左上有春秋二字案皆非也陳云傳下當有注字灑鈞投網袁本

二云善作罔茶陵本作罔二云五臣作網案二本所見是也 注郭璞方言曰陳云言下脫注字是也各本皆脫 於是
弛青鯤於網鉅袁本作綱二云善作網茶陵本亦作網無校語案所見皆非也善作綱故引孔安國論語注必子釣而不綱
之注也今并注中三綱字盡譌爲網尤及茶陵遂不見綱字袁本又以綱轉屬之五臣全失善意 雍人縷切袁本二云善作雍
茶陵本二云五臣作饔案各本注中皆作饔疑善自作饔字 注毛萇詩傳曰南方有魚陳校毛萇傳改鄭元箋案
此節箋文也但善引毛鄭每不甚分別蓋其時傳箋久并故致如此耳陳校悉以爲誤而改之當仍其舊他條亦不更出 注獻子
辭梗陽人賂袁本無賂字是也茶陵本刪陽以添賂益誤 注許慎淮南子注曰袁本茶陵本無此七
字 注策杖也袁本茶陵本杖作馬檛二字 徘徊酆鎬袁本二云善作鎬茶陵本作鎬二云五臣作鄗案各本注中皆
作鄗似善自作鄗字下文惟酆及鄗亦各本俱作鄗 注企佇也陳云企上脫翹字案爲正文翹字作注也各本皆脫 注蔡
邕胡黃公頌曰案公上當有二字皇太子釋奠會作詩注所引可證 注參其二也案參上當有莫字皇太子
釋奠會作詩注所引可證今後漢書胡廣傳注及蔡中郎集皆作莫與爲二更誤 庶免夫戾何校夫改大陳云別本作大案

何陳所言皆誤夫是大非今各本亦未見有作大者注然任其才信無欲之心陳云才當作杖是也各本皆譌

卷十一○登樓賦○注古雅袁本茶陵本無此二字注末有假古雅切四字案二本是也此音注或爲假之假不當移入正文暇字下注說文曰屋宇邊謂樓之宇也袁本茶陵本無此十三字案有者蓋誤衍注以上袁本茶陵本作漾以上切在注末是也注漢中山王勝曰陳云漢下當有書字各本皆脫案謂景十三王傳也注對曰凡人之思何校對上添中謝二字是也此陳軫傳文各本皆脫注道德於此陳云德當作得是也各本皆譌注丁達袁本茶陵本作怛丁達切在注末是也注憂勞也袁本茶陵本此下有音刀二字是也注猶忉怛也案怛當作忉各本皆譌此齊風甫田傳文猶者猶上章注於力切袁本茶陵本在注末是也注衛靈公泊濮水案泊當作宿各本皆譌王正長雜詩注引有其證注而聞有鼓瑟者袁本茶陵本瑟作琴案琴是也此韓子十過文又載史記樂書亦是琴字○遊天台山賦○蓋山嶽之神秀者也袁本茶陵本無者字注老子曰天法道下至極之微也此四十三字袁本茶陵本注無案此以尤所校添爲是注

欲言其 袁本茶陵本其下有無字案有者是也 近智以守見而不之 袁本茶陵本智下有者字案二本不載校語無可考也 注卑遙 袁本茶陵本作卑遙切在注中舉標甚高下是也 注名色皆赤 案名當作石各本皆譌而屬上非也 注丁鄧 袁本茶陵本作磴丁鄧切在注中下臨絕冥之澗下是也 注顧愷之啓蒙記曰 袁本茶陵本記下有注字是也 注異苑曰天台山石 何校石下添橋字各本皆脫 注居求 又 注力鬼 袁本茶陵本作居虬切藟力鬼切在注中木下曲目樛下是也 注道威夷者也 陳云別本道上有周字無者也案此脫周字衍者字別本今未見 注玲瓏明見貌 案玲瓏當作瓏玲此楊雄傳和氏瓏玲注也善取同義不拘語倒其例全書盡然不知者依正文乙轉非也 注亡匪 袁本茶陵本作亹亡匪切在注中文貌下是也 注宁猶積也佇與宁同 陳云宁當作貯是也各本皆譌 注陽林生於山南 案林當作木此地官山虞注也善以陽木注陽林不知者依正文改字非也 挹以元玉之膏 案挹當作揖乃善揖五臣挹而亂之說見下 注挹斟也 袁本茶陵本此下有揖與挹同四字案二本有者最是也善引詩傳挹以注揖故有是語五臣因改爲挹袁茶陵皆正文用五臣亂善而不載校語尤本并刪

此注幾莫可考甚非注荀粲列傳案列當作別各本皆誤三國魏志荀彧傳注有其證也○蕪城賦○注

四言袁本無此二字案無者是也凡四言五言皆詩題下注賦不得有茶陵本亦衍與尤所見同誤或連之於下注集云讀更誤集

者鮑明遠集茶陵本於集云上隔以善曰二字則雖衍而未嘗以爲四言集也今鮑集正有所云亦可證注登廣陵故城

陳云下當有作字案此依集校是也各本皆脫注昭爲前軍何校下添行參軍三字陳云當有是也各本皆脫袘以

漕渠袁本茶陵本云袘善作弛案二本及尤所見皆非也考善注引廣雅袘引也必作袘字其五臣濟注袘舟具也乃改之使配下

句軸耳不當以亂善亦不得謂善別作弛也注中拖字尤茶陵亦誤袘袁本尚未譌可據以訂正注南臨江曰重濱

帶江南曰複袁本茶陵本臨下有二字帶上無濱字案二本是也又案據此注似集云重關複江者恐是誤倒何校正文取

之非矣孳貨鹽田案孳當作滋注云孳蕃也孳滋古字通也善必作滋字故有是語五臣因改爲孳各本所見以之亂善袁

茶陵又不載校語皆非下文麥秦法善麥五臣後尤自不誤而二本亦無校語正同此誤注佳刀曰劃茶陵本佳作注案皆

誤也當作錐說文如此陳云別本作錐袁本仍作佳亦誤注郭璞曰三倉解詁曰陳云上曰字衍是也各本皆衍

注爵馬同轡案爵當作百此因正文云爵馬而誤不知爵字上引大雀踆踆已注訖此但注馬字也各本皆誤注孔
子抽琴按軫袁本按作去案去字是也茶陵本亦誤按井逕滅兮袁本茶陵本逕作徑案徑字是也○魯
靈光殿賦○注巨軌袁本茶陵本作歸上軌切在注末是也注若炎唐案若上當有粵字各本皆脫
注爾雅曰分次也袁本爾作小案小是也茶陵本亦誤爾今廣詁次也條脫此字注孔安國尚書傳
曰吁袁本茶陵本此在善注案二本是也尤本上脫去善曰二字甚非凡東晉尚書傳盡善所引耳又案上注杜預左氏傳注曰隮
毀也廣雅曰鄙國也下注楚辭曰流星墜兮成雨疑亦善引而係之於載注者各本皆然恐失其舊注隆屈也陳二云屈也二字
誤或有脫文今案此當重隆字隆屈也解隆猶下注以崩凝然解崩也各本皆譌注陵袁本茶陵本作繒如字綾音陵在注末是
也注嵌巖其龍鱗袁本重巖字是也茶陵本亦脫狀若積石之鏘鏘何校鏘改嶈陳二云當作嶈嶈案
皆據注引西都嶈嶈校也考彼賦蓋當作將將後漢書作嶈嶈此五臣翰注作鏘鏘未審善果何作注嬪娩爣朗案正文各
本皆作闓善注末二云闓音朗茶陵本載善音朗此注似有誤蓋當爲闓也集韻三十七蕩有闓二云爣闓寬明皃卽取此亦是一證其射雉

賦云長映日之儻朗則安仁用字不同也注言炫燿也曈曚目不正也袁本茶陵本作曈曈言炫燿而目不正也案二本是也霄靄靄而晻曖袁本茶陵本霄作霄案霄是也注踟或移字茶陵本作踟或作移袁本
有字無作奧此同案各本皆非也當云踟或作移字互有脫耳下注䉐或作棖字是其例又案爾雅曰連謂之䉐郭注今呼之䉐廚䉐即
移也此賦蓋本是移廚亦又爲踟廚故張載以爲連閣傍小室李善云相連貌五臣不解妄云緩步不進然則廚字有足旁乃今善本爲
所亂也并訂之如此注欲安心定意袁本茶陵本欲上有詳謂二字案有者是也歘崟離摟袁本茶陵本摟
作樓注同案樓字是也長門賦可證漂嶢峴而枝拄袁本茶陵本拄作柱案柱字是也此本注中亦皆作柱枝掌
杈枒而斜據袁本茶陵本杈枒作扠枒注同案此或善五臣有異但不著校語無可考也窋咤垂珠袁本茶陵
本咤作䆛注同案䆛字是也注刻繒爲之案繒當作繪言刻爲房及菂繪爲緣及紫也各本皆譌景福殿賦注云謂繪五
彩於刻鏤之中此刻繪之明證注珠珠之實窋咤也陳云珠之似當作之是也各本皆誤菂注雲節案節
當作楶此複舉正文不當改字下乃以節解之如上以芍解菂之例各本皆誤注栭謂之梁案梁當作楶各本皆譌此禮器

注文今本作節蓋善引自不同 奔虎攫挐以梁倚 袁本云善作獲注中皆爲獲字案袁本是也羽獵賦可證茶陵本作攫云五臣作钁依袁本钁者五臣音攫之字也其所見必誤 注文字曰騰 袁本茶陵本此下有蚿無足而騰五字案有者是也何校字改子陳云見第十五卷思元賦注各本皆誤 注儼雅而相對 案雅下當有䂂字此複舉正文全句如上齊首目以瞪眄之例也各本皆脫 注瞟睽也 案睽當作䁟各本皆譌 陽榭外望高樓飛觀又注大殿無內室謂之榭春秋傳曰宣榭災榭而高大謂之陽 袁本校語云善無陽榭外望高樓飛觀二句今茶陵本有改校語小字而升之爲正文耳其初亦無也注二十二字袁茶陵皆無案善魏都賦注引此賦注曰榭而高大謂之陽然則正文當有陽榭云似無者爲傳寫脫也其注大殿至宣榭災未審尤何所出 中坐垂景 案注云自中坐而乘日景是垂當作乘各本皆誤蓋五臣作垂也又案甘泉賦垂景炎之炘炘漢書垂作乘亦恐善乘五臣垂但善彼無注又各本不著校語無以考之 巖突洞出 案突當作窔注同各本皆誤上林賦作窔突與窔同字也一弔切史記司馬相如傳可證今漢書亦作窔皆傳寫之譌又此注引上林作子虛或善誤記耳 注小雅曰靡靡細也 案靡字不當重此廣言文也各本皆

衍注搖光得陵黑芝袁本茶陵本陵下有出字案有者是也歇欻幽藹茶陵本藹作靄云五臣作藹袁本作藹案此尤所見以五臣亂善也○景福殿賦○注頗有材能茶陵本無此四字袁本以此上此下注係之於五臣銑曰而無散騎常侍遷曹爽反等字其善注作典略曰何晏字平叔南陽人也尚金鄉公主頗有材能爲散騎常侍遷尚書主選及曹爽反誅晏并收斬東市四十二字案袁本是也茶陵倒於大略相同便稱某同某注其實文句非全同也此并銑於善耳尤所見者亦然又將他本善注頗有材能四字校添益不可通注生數歲下至武皇異之袁本茶陵本無此十三字注晁錯對策曰袁本茶陵本晁錯作董仲舒案此尤校改者是注王齊曰隔定四方案齊當作肅隔當作商此所引家語五帝德注也史記集解亦載其語可證各本皆誤不飾不美袁本茶陵本飭作飾案飾字是也注田豫討大將袁本大作吳是也茶陵本亦誤大何校據改然伐一星案然下當有參字各本皆脫注晉宮閣銘曰案銘當作名各本皆譌注山有紫榛案紫字不當有各本皆衍注多當爲趨廣雅曰趨多也案二趨字皆當作趍今廣雅釋詁三作𢾩西京賦清酤𢾩注亦引廣雅𢾩多也趍與𢾩同字耳注說文曰編

署也案褊當作扁下文可證各本皆譌　菡薈艶翕案菡當作額注云菡薈已見上文者謂魯靈光殿賦菡薈披敷也云額與菡同者謂此賦之額字與彼賦之菡字同也善正文必是額字無疑五臣乃改爲菡各本亂之而失著校語　命共工使作繢案繢當作繪注引鄭尚書注可證繪字通作繢蓋五臣改之各本正文皆以亂善而不著校語　注繢讀曰繪袁本繢作會案會字是也茶陵本亦誤繢蓋校者初欲以繢改下繪字而誤改會字也　注以思親正君陳云別本思作恩案恩是也此沔水箋文但今未見其本耳　注壯勇不立案勇當作男各本皆譌　注酒漿沈湎袁本茶陵本沈作流是也何校據改　注大戴禮記曰袁本記作詩茶陵本記曰作引詩案袁本是也　注靡有不克案克當作孝各本皆譌　宜爾子孫袁本作孫子云善作子孫茶陵本云五臣作孫子案各本所見皆非也注云宜爾子孫已見上文者謂毛詩已引在魯靈光殿賦也詩之子孫與賦之孫子語倒而意不異無嫌取證不知者遂依注以改正文乃失其韻矣　注李聃曰案聃當作軌謂李軌注法言也各本皆誤　注侯權景福殿賦曰案侯上當有夏字權上當有稚字各本皆脫安陸昭王碑注引作夏侯稚當互訂稚權名惠見魏志夏侯淵傳注　注時襄羊以劉覽陳云劉當作瀏瀏覽與西征賦

劉晛同義其說是也各本皆譌 注言爲蚪龍之形吐水灌注以成溝洫交橫而流 袁本無此十八字茶陵本無之形吐水注以成七字案此所見不同也 注服虔漢書注曰篁叢竹也鶡鷺

二鳥名鰋鮋二魚名 又 注字林曰侔齊等也 袁本無此二十七字茶陵本無兩名字案此所見不同也 注賑富 案富下當有也字各本皆脫 注爲作恃五穀 袁本茶陵本作恃作天持是也 注薛綜

東京賦注曰高昌建城二觀名也 袁本茶陵本無此十五字案此所見不同袁茶陵是而尤非也何云東京賦無此語謂賦文既無高昌建城則薛注自不得有矣其說最是凡尤校此書專主增多故往往弃他本衍文而取之 注碣

揭同 袁本茶陵本無此三字案蓋五臣以此改正文碣爲揭而二本去此注耳 注毛詩曰或耘或耔 袁本此注首有謂九野也四字最是茶陵本無尤所見與之同皆誤脫 注鄭元禮記曰 案記下當有注字各本皆脫 屯坊

列署 袁本茶陵本坊作方案二本是也 制無細而不協於規景 案當衍而字說見下 作無微而

不違於水臯 案當衍不字注云無細不合皆言合也無微而違言不違也正文上句無而字下句無不字甚明白易知各本

皆誤衍又案考五臣濟注云無微不違言不違當是其本乃衍袁茶陵二本不著校語則所見皆以五臣亂善也 注無細不合皆言合也案上合當作協皆言當倒各本皆誤 文彩璘班袁本班作斒云善作班茶陵本云五臣作斒案注引埤蒼作斒疑校語未是 注熠盛光也袁本茶陵本無盛字案此尤依說文校添 注魏志文紀曰青龍見於靡陂何校文改明靡改摩陳同案依魏志校也各本皆譌 總神靈之貺祐案祐當作祜注同各本皆然但傳寫譌耳

卷十二○海賦○巨唐之代袁本巨作臣云善作巨茶陵本云五臣作臣案各本所見皆非也陳云觀此注中臣竟之解則善本亦作臣也巨乃傳寫之誤其說最是 注延袁本茶陵本作涎音延三字在注末是也 決陂潰而相波案波當作沃注波灌也同茶陵本云善作波袁本云善作湲所見皆誤也沃與下句鑿協字譌而失其韻 注踰濟漯陳云踰別本作瀹下注引同案茶陵脩改本如此袁本仍皆作踰似善讀孟子不同也 注七林陳云二字似當在滲字下袁茶陵二本正如此今案此衍字也袁茶陵有者為五臣滲字音其善滲音侵自在注中尤所見因誤在淫字下遂兩存之正以七林當淫字音耳

又案凡善音各本多失其舊今於其可考者悉加訂正　注烏黨　又　注乃朗茶陵本作泱烏黨反瀼乃蕩切在注中有墳泱反瀼之害下袁本但有泱烏黨反四字又案凡善音皆云反今本作切者後人所改此則改而未盡者也餘準此不悉出　注曠

遠之貌袁本茶陵本此下有瀜音融三字是也　注史記曰斥爲舃案曰當作以各本皆譌西征賦注云戰國策以吳爲吾其句例也　注彼苗袁本茶陵本作撫彼苗苗切在注末是也　注言月將夕也袁本茶陵本月作日

又此五字在大明月也下其下節注作翔陽日也言日初出也案此蓋尤本誤倒　注伏韜望清賦曰何校韜改滔清

改濤各本皆譌　注巽風不至案風當作氣各本皆誤舞鶴賦注引正作氣字　注丁迴反袁本茶陵本在注末是也

反作切非　注不平貌袁本茶陵本此下有渭音謂漯音累迭徒結切十字是也　注乙于案此五臣音袁本茶陵本有溢音洿三字在注末是也尤存此刪彼非　注土含茶陵本云吐甘切五臣作土舍切袁本作土含案茶陵校語是也袁本用五臣尤與之同非

注濼與傑同袁本茶陵本無此四字案所見不同也似有者是矣　注荅案此五臣音袁本有劄直合切四字在注中重疊也下是也茶陵本并此節注於翰而去四字尤與之同非　注奴泠袁本作濘奴泠反四字在注中沸貌下是

也茶陵本亦誤去說見上注靁音埋袁本茶陵本無此三字案無者非也此音正文下莫排二字乃五臣音尤所見未檢照
而兩存然足訂二本之失凡善音各本皆非其舊或袁茶陵非而尤是此條其例也注波相呑吐之貌袁本茶陵本此
下有呷呀甲切四字案呀當作呼此善呷字之音也尤誤刪注充制反袁本茶陵本在注末是也反作切非天吳作
見而髣髴案髣髴當作彷彿善注可證見下甘泉賦猶彷彿其若夢注彷彿亦引說文楚辭彼五臣作髣髴有明文此亦各本
亂之而不著校語蛧像案蛧像當作罔象善注可證考袁本茶陵本於善注字則作罔象於五臣向注字則作蛧像截然有別無
可疑也唯正文不著校語爲以五臣亂善而讀者乃不辨耳注式染袁本茶陵本作閃式染切在注末是也注說文
曰髣髴袁本茶陵本作彷彿案二本是也尤所改非下引楚詞仍未改可證說見上又甘泉賦漢書作彷彿二注所引說文字亦
在亻部但善引說文多不合未必與顏同作彷彿也注勞波袁本作音勞二字在注中澇大也下是也茶陵本誤與此同注楚
乙切袁本無此二字茶陵本在泖摩也上作楚兩切案茶陵本最是也此善礉字之音正文下楚爽二字乃五臣音尤本誤倒入下
文改兩爲乙失之矣注鑊袁本茶陵本作濩音鑊在注末是也注敫案此五臣音茶陵本有牛高切在注末敫字下乃善音袁

本亦誤去與尤本皆非 注其人黑齒也 茶陵本黑齒作齒黑無也字案齒黑是也袁本亦誤與此同 爾其爲

大量也 袁本茶陵本無爲字案此無可考也 注虛也 袁本茶陵本作天墟下有音區二字正文下無音虛二字案此尤用

今爾雅改其實非善意也今爾雅郭讀虛如字不得引以注此賦必他家讀爲墟域之墟故曰音區又天字善因是釋天文而增之如下

引析木謂之天津天字亦本文所無何云注誤未得其解 注莫泠 袁本茶陵本作溟莫泠切在注末是也 注烏 袁本茶陵

本作惡音烏在注末是也 突扤孤遊 袁本茶陵本扤作杌是也注同 注七鄧 又 注鄧 袁本茶陵本作蹭七鄧切

蹬音鄧在注中失勢之貌下是也 鬐鬣刺天 案鬐當作鰭考善注引上林賦注各本皆作鰭而袁本茶陵本於所載五臣濟

注則作鬐截然有別唯不著校語爲以五臣亂善尤本所見亦然皆非也又江賦揚鰭掉尾正文不誤而注引上林爲鬐亦因二本用五

臣作鬐相涉而轉輾致譌也 注盧 袁本茶陵本作音盧二字在注中謂之顥顭下是也 注詭異也 袁本茶陵本無此三

字案無者是也以二本考之乃五臣銑注尤本誤係之於善耳 見喬山之帝像 案喬當作橋考善注引史記各本皆作橋

而袁本茶陵本於所載五臣良注則作喬截然有別唯不著校語爲以五臣亂善尤本所見亦然也 羣仙縹眇 何校縹改瞟注

同案所改是也善作瞟注瞟眇遠視之貌引魯靈光殿賦瞟眇證之五臣作縹向注縹眇高遠貌各本皆以五臣亂善而不著校語唯注
引忽瞟眇句未譌也芒芒積流袁本茶陵本芒芒作茫茫是也注李尤翰林論曰陳云案尤當作充見晉書
文苑傳與東漢李尤時代夐殊今案所校是也李充遠在木前亦不撰翰林論各本皆譌○江賦○咨五才之並
用案才當作材善注中引左傳各本皆作材可證也袁本所載五臣向注作才茶陵本已刪度其所刪亦必是才耳皆不著校語與尤
本同爲以五臣亂善注東別爲沱袁本作已見上文是也茶陵本複出與尤同誤注說文曰沫案考說文此字
從末但善難蜀父老音妹顏師古音漢書亦然又索隱云音妹又音末唯小司馬又音爲從末耳然則在當時往往從末作矣善引說文
多不合當仍其舊又案蜀都賦善音武蓋反亦從末也注信陵縣西二十里案信當作江郡國志所載荊州南郡
江陵縣也各本皆譌注應劭漢書地理志曰何校志下添注字陳同今案此下所引皆班志文蓋善元作應劭漢
書地理志注曰沅水出牂柯漢書地理志曰云云今各本脫注下十二字而不可通也引應沅水出牂柯與上引山海經出象郡異說正
下文入沅水經云入江之例注在廣陵興縣何校興改輿是也各本皆譌注山名安地德者也

案山名當作名山各本皆倒 注悰 案此五臣音茶陵本有昨宗切在注中聲也下乃善音袁本亦誤去與尤本皆非水 注開達山南 何校改開作闓是也各本皆譌陳云一作闓今未見 注音伏 袁本茶陵本無此二字案無者非也說見前 注音學 袁本茶陵本無此二字案無者非也說見前凡以後放此者不悉出 注客 案此五臣音也茶陵本云五臣作硌音客袁本作硌音客用五臣也云善作碏考集韻二十一麥有碏克革切云礐碏水激石不平皃然則上力隔二字乃真善碏字音必本是注末有碏力隔切云云也各本皆誤係之於礐字下而尤本又以五臣硌字音音碏益不可通 注楚人名淵曰潭府 袁本府下有已見上文四字案此尤誤刪也潭句絕府已見上文五字爲一句謂海賦水府之內引劉劭趙都爲注也茶陵本亦誤與此同 注宏 袁本茶陵本作浤音宏三字在注末是也 注似豚胎渾混 袁本茶陵本混作沌下皆同是也陳云當作沌 注孕婦三月而豚胎 袁本茶陵本無胎字案此精神訓文也今本作三月而胎必善所引者作豚尤延之校改遂誤兩存 注大浪踊躍 袁本茶陵本踊作踴是也 注叫 案此五臣音茶陵本云五臣作澆音叫袁本作澆音叫用五臣也又云善作繞蓋善不爲繞字作音尤衍甚非 注瀨渤水聲也 袁本茶陵本此下有渤蒲沒切四字是也 注臨海水土

記曰袁本茶陵本無臨海二字案以下所引皆作臨海水土物志疑記仍當作物志二字也注鮪屬陳云別本屬上有鱣字案今未見考爾雅注當有注王鱣之大者案鱣字當重各本皆脫注鰊似繩袁本茶陵本似下有鱦音二字是也注郭璞曰茶陵本此下有鰧音滕三字案此在中山經注今本作䲢音騰字與善引不同然可借證其當有注躧也袁本茶陵本此下有爆蒲角切四字是也注尾跂袁本跂作岐茶陵本亦作跂案此亦在中山經注今本作岐或善引不同注音團如扇之團案團如當作如團此在南山經注今本不誤注生乳海邊曰沙中袁本茶陵本無曰字是也注子工案此五臣音茶陵本有蝬子公反四字在注中三蝬似蛤下乃善音袁本亦誤去注呼甘袁本茶陵本作呼甘切二字在注中有文下是也注毗案此五臣音也善自引郭璞曰音毗在注末五臣襲之耳各本皆誤兩存後凡放此者不更出注說文曰研袁本研作硯是也茶陵本亦誤研或焆曜崖鄰案鄰當作鄰善引說文可證見下五臣乃作鄰向注云畔也是其明文各本皆作鄰又不著校語以五臣亂善非也注鄰水崖閉鄰鄰然也袁本二鄰字皆作鄰案此鄰之別體字最是茶陵本亦皆作鄰與此同誤注翻與獝同案當作翻翻與獝狨同各本皆脫

注紅蘺舌案舌當作古各本皆譌　注二案此五臣音茶陵本有秏耳利切四字在注中皆草花也下乃善音袁本亦誤去

注秏與葺袁本茶陵本無與字是也注涯灌則叢生也袁本茶陵本則作厓側二字是也注曰

眉又注具側案此正文五臣作踦驅故踦下音巨眉驅下音具俱袁茶陵可證但不著校語爲以五臣亂善耳善作踦踽音義具在注中尤本依而改正是矣但仍贅此音而又誤其字則失之陳有校語殊誤今不取又踽跔同字載集韻陳云別本作跔注同今未見其本注已見同篇袁本同篇作上文案善注例云上文是也茶陵本改爲複出其所見仍當是上文耳注名曰

獺其狀如鰯陳云獺當作獱鰯當作獳是也案此引中山經注文下鰯同　注與獺同案與上當有獱字各本皆脫

注呼犢爲㸷案㸷當作㹊下文云㸷與㹊同謂引此㹊與正文㸷同也今爾雅正作㹊注㸷夔牛之子也袁本此上有然此二字是也茶陵本全删此三字益非又案此㸷亦當作㹊　景炎霞火陳云據注霞當作㲉案所校是也前壁立㲉駁袁茶陵二本有校語云善作㲉五臣作霞此必同彼但失其校語耳後吸翠霞而夭矯亦當有誤　江妃含嚬

而聯䏚案妃當作斐注引列仙傳作斐可證各本皆以五臣作妃而亂之吳都賦江斐於是往來五臣作妃此同彼也注聯

聯音緜袁本茶陵本無此四字案此蓋聯與緜同之誤或其下仍有音緜二字涉人於是檥榜袁本茶陵本檥作檥是也注同注併船也袁本茶陵本此下有補浪切三字是也注杜預左氏傳曰案傳下當有注字各本皆脫注企與跂同袁本茶陵本同作通是也注海潤于千里何校海上添河字陳同各本皆脫注言以綜爲喻也袁本茶陵本綜作織是也陽侯遯形乎大波陳云據注侯當作后案所校是也善作后五臣作侯袁本所載翰注陽侯波神各本皆以五臣亂善而不著校語非也注楊國侯案楊當作陽各本皆譌此覽冥訓注也今本云陽侯陵陽國侯也蓋善節引之注生性也袁本茶陵本無此二字案此尤所校添感交甫之喪珮案喪當作愆袁本作喪有校語云善作愆可證茶陵本亦作喪而無校語與此皆爲以五臣亂善注孟子曰水陳云別本無水字案茶陵本如此袁本仍有

文選考異卷第二

文選考異卷第三

賜進士出身通奉大夫江南蘇松常鎮太等處承宣布政使司布政使 胡克家撰

卷十三○風賦○至其將衰也 袁本茶陵本校語云善無此五字案尤本初無是也後脩改增多非也陳云別本無今未見 注露甲新夷飛林薄 案甲當作申飛當作死各本皆誤所引涉江文也 注堁或為塭非也 袁本茶陵本堁下有烏臥切三字案有者最是又袁本脫或為塭非也五字 得目為蔑 袁本茶陵本蔑作䁾案此所見不同二本非而尤是也注引呂氏春秋者盡數篇文彼作䁾今本不誤善云蔑與䁾古字通者謂玉賦蔑與彼䁾通也蓋五臣因此改賦為䁾後以之亂善又改注中字以就之所當訂正 注則為蔑 案蔑當作䁾下蔑眵也同各本皆誤說見上 注中風人口動之貌 袁本茶陵本無人字案此誤取五臣濟注中字增多非也 ○秋興賦○注興者記事於物 茶陵本記作託是也袁本亦誤記 四時忽其代序兮 袁本茶陵本時作運案不著校語無以考也 注有榮悴者 案悴當作華各本皆譌 䬕瑟兮 袁本茶陵本䬕作蕭案楚辭作蕭似二本是也 注風暴

疾也案暴疾當作疾暴各本皆倒後三十三卷可證又下息念卷戾當作思念暴戾遠出當作遠客出去族親別下當有逝字倣此
又楚辭亦可證也 注了袁本茶陵本作憀音了在注末是也 注事有當然袁本茶陵本當作嘗是也 注既來
既往茶陵本來往二字互易是也袁本亦誤 注以爲華蓆也案華當作苹各本皆誤今說文作平苹平同字 蟬
嘒嘒而寒吟兮袁本茶陵本而作以案此亦兩通無以考也 注杜篤下至言晃朗而高明袁本
茶陵本無此二十字 注如登春臺袁本登春作春登是也茶陵本亦誤倒 注此以喻指之非指也
何校以下添指字是也各本皆脫陳云別本有今未見 注漢書鄭明曰陳云明當作朋是也各本皆譌所引蕭望之傳
文 菊揚芳於崖澨袁本茶陵本於作乎案此亦兩通無以考也 ○雪賦○注臣授琴而鼓
之案授當作援各本皆譌 注謂之焦泉案泉當作溪各本皆誤 揜曰韜霞袁本茶陵本揜作掩注同案此
蓋亦尤校改之也 注杜預左氏傳曰陳云傳下脫注字是也各本皆脫 注已見西京賦說文
曰挺拔也達鼎切袁本茶陵本無此十六字有瓊亦玉也瓊樹恐誤也九字案亦當作赤說文玉部文也瓊赤雪白故

善以正惠連之誤此注疑兩有以九字承達鼎切之下袁茶陵二本皆脫十六字尤據別本校補之但誤去九字大非玉顏掩

姱袁本茶陵本姱作嫮案二本是也今注有脫誤尤據之改正文大非說見下注范子紈素出齊袁本茶陵本無

此六字注嫮與姱同好貌袁本茶陵本好上有姱字案各本皆非也當作嫭以姱嫮與嫭同嫮姱好貌十一字嫭以姱連上案人皓齒大招文也嫮與嫭同賦作嫮大招作嫭也嫮姱好貌王逸之注也傳寫脫誤不可讀尤延之遂誤改正文為姱字今特訂正之注曰安不飛茶陵本飛作到是也袁本亦誤飛嗟難得而備知袁本嗟作羌茶陵本亦作嗟案此必善羌五臣嗟各本失著校語而亂之注我善養吾浩然之氣案浩當作皓下同各本皆誤說見後答賓戲下

注鴻安丘嚴平頌曰案鴻上當有梁字各本皆脫補亡詩引有○月賦○注時年三十六何校三改四陳云三當作四案所校是也本傳可證各本皆誤注長歌行曰陳云長當作傷是也各本皆誤注王逸

楚辭注曰土高四墮曰椒袁本茶陵本無此十二字注侯瑛箏賦曰案瑛當作瑾各本皆譌茶陵本侯作吳更誤何陳校據之非也說詳後陸士衡猛虎行注防露蓋古曲也茶陵本防作房是也袁本亦誤防

注鄙人聽之不若延露以和也袁本茶陵本無此十一字臨風歎兮將焉歇茶陵本云
五臣作焉袁本云善作烏案烏字傳寫譌此尤延之校改正之也注原成叔曰案原當作厚各本皆誤此所引襄十四年
傳文幽憤詩注作后九錫文注作厚厚即后也善引羣書其字或不畫一例如此矣○鵩鳥賦○誼既以謫居
長沙袁本茶陵本謫作讁案讁字是也注引韋昭作讁可證史記漢書皆作適或以適改讁而爲讁也注閑暇不驚
恐也袁本茶陵本閑上有李奇曰三字與萃聚也連在私怪其故句下是此及下條亦李奇注尤皆誤也注識于鵩鳥
也袁本識作問是也茶陵本亦誤識注鶡冠子曰固無休息茶陵本無此八字是也袁本有亦非注顏
師古曰袁本茶陵本師古作監是也注而相怨伐袁本茶陵本無伐字注射傷吳王闔閭闔
閭且死袁本茶陵本不重闔閭注已決之矣遂與師袁本茶陵本無決之矣遂與師六字注持滿
者下至以地袁本茶陵本無此十五字注以遺之不許袁本茶陵本無此五字注使陪臣種袁本
茶陵本無此四字注敢告下執事袁本茶陵本無下字注吳王將許袁本茶陵本許下有之字注謝

曰至下遂自殺袁本茶陵本無此十三字注乃蔽面曰袁本茶陵本乃下有自字案此節各條尤所校改皆未是
也何足控搏案搏當作揣漢書作揣選文與之同故善注有且史記揣作搏字之語若自作搏於注全不可通必五臣因此
改正文作搏後來以之亂善耳幽通賦注引作揣亦其一證也又注中控揣愛生之意也孟康曰揣持也如淳曰揣音團或作搏在此賦
訓揣爲量今各本於正文既誤之後改揣作搏改搏作揣皆不可通所當訂正注控搏愛生之意也袁本茶陵本控
上有善曰二字是也案此一節蓋皆善注注善曰鶡冠子曰袁本茶陵本無善曰二字是也說見上又袁本鶡上有又
字子下有亦字是也茶陵本無非注師古曰患音還袁本茶陵本無師古曰三字案無者是也注郭璞曰
案璞當作象各本皆誤所引大宗師篇文之注也或趨東西袁本茶陵本東西作西東案二本是也尤誤倒史記漢書皆作
西東其孟康注云東西者卽不拘語倒耳注大人者與天地袁本茶陵本大上有文子曰三字是也窘若囚
拘案窘當作僒注同漢書作僒選文與之同故善云囚拘之貌其五臣良注窘困也乃作窘耳各本皆以五臣亂善史記索隱云漢書
作僒音去殞反與善讀求殞反正合得坻則止案坻當作坎漢書作坎選文與之同觀善引孟康注於首可見其下復引張晏

兼廣異本必五臣因此改坎爲坻故僅取張小洲之語作注也各本皆以五臣亂善注易明夷則仕茶陵本明上有大字
無夷字袁本作明夷與此同案各本皆誤也易明夷當作謂夷易漢書顏注引可證也陳云別本作明夷易亦誤德人無累
袁本茶陵本累下有兮字下細故蔕芥句同案此不著校語無以考也○鸚鵡賦○注典引曰來儀集
羽族於觀魏袁本茶陵本無此十一字惟西域之靈鳥兮袁本茶陵本無兮字下體金精之妙質兮同案
此亦無以考也注幾者事之微也袁本茶陵本幾作機是也注在蜀郡五道西何校五改湔氐二字
陳同是也各本皆誤注情慨慨而長懷茶陵本上慨字作慷是也袁本亦誤慨何今日之兩絕兩案
當作兩考贈蔡子篤一別如兩注云鸚鵡賦曰何今日以兩絕陳琳檄吳將校曰兩絕于天然諸人同有此言未詳其始善自作兩甚明
此及陳檄皆無注者以具注在彼詩也袁茶陵二本所載五臣良注云何今日兩相隔絕各在一方是五臣乃作兩各本以之亂善而失
著校語順籠檻以俯仰茶陵本籠作櫳云五臣作籠袁本作籠案袁本用五臣也失著校語非尤以五臣亂善益非
徒怨毒於一隅袁本怨下校語云善作寃案袁所見是也五臣翰注自爲怨字茶陵本云五臣作寃必校語有倒錯耳此

以五臣亂善○鷦鷯賦○有以自樂也案樂當作得袁本云善作得茶陵本云五臣作樂此以五臣亂善

注西京賦曰鬌距爲刀鈹案此有誤也文在吳都賦或善誤記耳 有用於人也袁本無有字茶陵本有案此亦無以考也 注易曰天地造生袁本茶陵本易下有注字是也 戀鍾岱之林野何校岱改代注同案善引漢書爲注今地理志作代何據之校也晉書所載作岱 海鳥鶢鶋案鶢鶋當依晉書所載作爰居善引國語爲注亦是爰居字袁茶陵二本五臣翰注乃作鶢鶋字蓋善爰居五臣鶢鶋各本亂之耳正文下袁居二字即五臣音也 吾又安知大小之所如袁本茶陵本知下有其字大小作小大案此亦無以考也晉書作大小無其字

卷十四○赭白馬賦○注後爲秘書監太常卒袁本茶陵本無太常二字卒下有官字案此尤延之校改也 注泳原嘶代馱袁本茶陵本馱下有以韻言之蓋馬名也八字正文下但有伏字無音伏馬名四字案二本是也尤刪移甚非又案之下蓋上仍當有音伏二字二本因與正文下五臣音複而節去亦非當補正 注樂率職貢案職貢當作貢職各本皆誤 注尚書曰王府則有陳云王玉互異必有誤今案各本皆同無以訂也 注宋

人以馬百駟案以下當有文字各本皆脫陳云別本有今未見注函夏之大案大下當有漢字各本皆脫餘
有屢引注倚瓠切袁本茶陵本此三字在注注末是也注漢書武帝報李廣曰威稜憺乎
鄰國案此十四字當在肄習也下各本皆倒陳云別本王于與御下接又曰至習也廿二字再接漢書今未見都人仰而
朋悅茶陵本二云五臣作朋袁本二云善作明案此尤校改正之也注赤文而綠地也袁本作赤文綠色綠蛇也茶陵
本與此同案蓋袁本是注乘纖離之馬袁本茶陵本離作騅案尤依今史記校改之也騅即離字加偏旁耳然而
般于遊畋袁本茶陵本般作盤是也注泛覆也袁本茶陵本此下有如淳曰方腫切六字是也注魏都賦
曰皇恩畢茶陵本畢作綽矣二字是也袁本亦誤畢注春秋考異記云案記當作郵各本皆誤後長安有狹
邪行注亦誤記注周禮曰師曠見太子案禮當作書各本皆誤注漢書舊儀曰陳云書字疑衍
是也各本皆衍○舞鶴賦○注以自授王子晉案自當作目各本皆譌帀曰域以迴鶩
袁本日下有校語二云善作目茶陵本無案袁所見非注而徧四方者也袁本茶陵本方作海是也注姱好也

袁本茶陵本此下有吭胡浪切四字是也注巽氣至案氣下當有字各本皆脫注吾導夫先路茶陵本吾上有來字是也袁本亦脫注二達謂之歧案歧下當有字各本皆脫注奔獨赴也案獨當作猶各本皆譌注雲罷俱止也袁本茶陵本無俱字是也注皇家赫赫而天居案赫字不當重各本皆衍○

幽通賦○注家語孔子曰袁本家上有善曰二字是也茶陵本移每節注首尤刪去皆非下注漢書曰班氏之先上淮南子曰蟬上成帝之初上孟子曰窮上孔叢子曰仲尼大聖上毛詩曰斯言之玷上淮南子曰黃神吟嘯上楚辭曰時不可乎再得上周易曰初九上莊子曰天與地無窮上曹大家以寤爲迕也上孝景立栗姬男上韓詩曰謀猶迴穴上莊子曰田開上論語孔子曰上論語曰長沮桀溺上禮記曰孔子哭子路上論語子路行行如也上言罔兩責景之無操上仁謂求仁上周易曰東鄰殺牛上左氏傳曰晉獻公上國語晉侯問籥子曰上成命以成天命也上史記曰夏后氏之衰也上左氏傳曰陳公子完上毛詩曰牧人乃夢上左氏傳曰叔向上老子曰有物混成上左氏傳秦伯問士鞅曰上楚辭曰衆兆之所咍上莊子曰或聘莊子上論語子曰富與貴上輶德德輕而易行也上論語曰微子上論語子夏曰上尚書曰天威棐忱上毛詩曰匪大猷是經上春秋緯曰麟出上淮南子曰楚有白猨上莊子曰

道之真上論語曰朝聞道上周易曰天造草昧上莊子曰可以保身上同又篇中每節首凡非舊注者亦同不具出注曰高陽

酡水也案曰上當有又字各本皆脫注乳虎故曰炳靈何校乳虎改虎乳陳云當從漢書注作虎乳案所校

是也各本皆倒注象恭滔天茶陵本象上有尚書曰三字袁本有善曰二字案此當兩有善曰尚書曰五字注皮義

袁本茶陵本作平鄙五臣音也注末袁本有善曰圮皮義切六字茶陵本有圮皮義切四字善音也尤刪移非注越袁本作善曰曰

音越在注末是也茶陵本無尤刪移皆非注韋昭曰音昧又音忽袁本作鄧展曰昒音昧一音忽在注末是也茶

陵本脫昧一音三字尤移改皆非注盍何不也袁本茶陵本盍上有應劭曰三字是也上聖迕而後拔

兮袁本云善作迕茶陵本云五臣作寤案各本所見皆非也善亦作寤故曰曹大家以寤為迕若作迕此注不可通漢書作寤師古如

字解之義異文同也雖羣黎之所禦袁本茶陵本雖作豈是也案漢書作豈注音訝迎也袁本茶陵本作

韋昭曰御音訝訝迎也在注末是也尤刪移非注所也音由袁本茶陵本作孔安國尚書傳曰迪所也在注末是也尤刪移

又以五臣由作迪音皆非注今也則亡袁本茶陵本無此四字恐魍魎之責景兮案魍魎當作罔兩應

劭注同袁茶陵二本所載五臣翰注作魍魎各本善注作罔兩蓋正文以五臣亂善漢書作罔蝄與此小異顏注引莊子仍作兩蠃

取威於伯儀兮袁本茶陵本伯作百是也案漢書作百　注伯益在唐虞爲案虞爲當作爲虞各本皆倒漢書顏注引作伯益爲虞無在唐二字　注洽周鳩何校周改州陳同是也各本皆誤　注三年逢公所馮案年當作所各本皆誤此韋昭周語注也漢書顏注亦可證　注犢而藏之袁本藏作去是也茶陵本亦誤藏運命論注引作去　注化爲元龜案龜當作黿各本皆譌運命論注引作黿　注此其代陳有國乎袁本茶陵本無代陳二字案此尤校添之也　注靈公奪而理之袁本理作埋是也茶陵本亦誤理案此引則陽文也釋文奪而里一本作奪而埋之可證

姚聆呱而劾石兮案劾當作刻注引應劭曰刻其必滅羊舌氏本或爲劾二云二云可證也袁茶陵二本所載五臣濟注二云劾刻也蓋取或爲之本改成劾字二本正文下何弋亦五臣音也各本皆以之亂善而失著校語漢書作刻引應注二云刻知其後必滅羊舌氏字與善同矣

物有欲而不居兮袁本兮下有校語二云善作乎茶陵無案袁所見非漢書作兮

注曹大家曰以乃爲內陳二云曰字衍是也各本皆衍　注以明示禮度之信而致麟

案以明示禮度當依漢書顏注引作有視明禮脩各本皆誤視明禮脩之解詳具羣籍茲不具論 注封其後爲紹嘉公係殷 何校封上添漢字殷下添後字陳云當有並見漢書注是也各本皆脫顏引爲下有哀成及三字亦脫 注當訊之來哲 袁本茶陵本訊作訴是也 惟聖賢兮 袁本云善作聖賢茶陵本云五臣作賢聖案各本所見皆非也聖賢但傳寫倒漢書作賢聖以聖命協韻 以道用兮 袁本茶陵本以作亦案二本是也漢書作亦 注孟子曰生 袁本有應劭曰三字在孟上其舍置也上無案袁本是也漢書顏注引可證茶陵本改并入五臣更誤 注曹大家曰大素不染 袁本曰下有尚庶幾也越於也七字案袁本最是茶陵本改并入五臣而刪去非尤同其誤也

卷十五〇思元賦〇注平子名衡至下系曰 袁本茶陵本作元道也德也其作此賦以脩道德志意不可遂願輕舉歷遠遊六合之外勢既不能義又不可故退而思自反其系曰四十五字 注夫何思元而已 袁本茶陵本重思字 注衆妙之門 袁本茶陵本此下有平子時爲侍中諸常侍惡直醜正危衡故作思元非時俗二十二字案此節注脩改蓋初與二本同也未詳尤所據凡本卷以下增多皆倣此 舊注 袁本茶陵本舊上有張平子三字案有者是也此每篇下

所標作人姓名注結深蘭之亭袁本茶陵本重亭字是也注尚書帝曰袁本茶陵本無帝字是也注隤

愷袁本茶陵本愷作敳是也注毛萇傳曰下至此言無遺爲法也袁本茶陵本無此二十一字注

而吾曰遇之袁本日作曰是也茶陵本亦誤曰注漢書曰賈誼曰下至曰阽袁本茶陵本無此二

十六字惡既死而後已何校惡改要陳云范書作要袁本茶陵本作惡案各本所見傳寫誤也注禮

記曰簞笥下至蓋筎字相似誤耳袁本茶陵本作員曰簞方曰笥並盛食器也無上八字下十七字注

畢中立切今賦作槷字袁本茶陵本無此九字注蕭該音本作陂下至陂邪也袁本

茶陵本無此三十五字注善曰賈逵曰袁本茶陵本無賈逵曰三字注說文曰辮下至聳帶也

袁本茶陵本無此二十九字注說文曰珩下至所以節行袁本茶陵本無此二十一字昭綵藻與

琱瑑兮陳云琱瑑范書作雕琢袁本云善作琱瑑茶陵本云五臣作雕琢案琱即雕字善不注瑑恐傳寫誤注夏末乃

止袁本茶陵本無此四字注順陰陽氣而生案陽字不當有各本皆衍注賊害之鳥也下至繆

也袁本茶陵本無此十三字 注爾雅曰茵芝下至瑞草袁本茶陵本無此十五字 咨姤嫮之難並

兮何校姤改妬陳云范書作妬袁本云善作姤茶陵本云五臣作妬案各本所見皆傳寫誤善注云妬惡也章懷注後漢書曰言嫉妬者憎惡美人故難與並也善意正如此作妬無疑若作姤與惡也之訓不復可通各本并注中亦誤作姤字遂以爲與五臣有異其實非也作妬妬字誤而爲姤已見顏氏家訓是此二字多混 注羨韓衆之流得一案流字不當有各本皆衍此引遠游文

卽岐阯而臚情袁本茶陵本臚作攄注同是也何陳皆云後漢書作攄詳舊注云陳也善云力於切選文不作攄與范書異也 注上九爻辭云肥遁案肥當作飛下故名肥遁同各本皆誤正文作飛何云後漢書作飛陳云七啓有飛遁離俗語上注亦作飛此不知者改之耳 注又曰聊浮游於山陘袁本茶陵本無此八字 注遁下體是艮下至故曰揚聲袁本茶陵本無此二十六字 注遁上九變爲兌下至故曰不營袁本茶陵本無此六十四字 注天爲澤袁本茶陵本天上有故曰二字 注雖復險戲世路可知袁本茶陵本無此八字 注玉堦天子堦也下至言尚欲進忠賢袁本茶陵本無此二十四字 注東龜長

又曰東曰龜甲屬袁本茶陵本無長又曰東曰龜六字案甲當作果各本皆譌注爾雅曰龜下至以
甲卜審袁本茶陵本無此二十七字注字林曰逞盡也袁本茶陵本無此六字注說文曰遠
也袁本茶陵本無此五字注古文周書曰下至及王子於治袁本茶陵本無此一百七十六字案二本
最是也善注自上文母氏喻道也其下云唯歸於道其下引老子至母者道也一意承接中間不得有此段與上下異解必或記於旁尤
延之誤取以增多無疑餘條亦往往類此注從水敕聲下至液汁也袁本茶陵本無此十三字去穢累而
飄輕袁本茶陵本飄作影案後漢書作票善不注未審果何作注海中山也袁本茶陵本山上有神字注元中
記曰下至沈於大海袁本茶陵本無此一百二十六字注飲沆瀣袁本茶陵本此下有以長生三字注
日出暘谷案暘當作湯各本皆誤注海外東經曰下至有扶桑袁本茶陵本無此十五字注又
如椹樹長丈袁本茶陵本無又如椹樹四字長下有數千二字注楊雄太元經曰案經當作賦各本皆
誤此賦古文苑載之注昔禹致羣臣於會稽之山陳云臣當作神是也各本皆誤翩繽處彼湘

濱案續後漢書作賓章懷注翩連翩也賓弃也善不注未審果何作其五臣翰注云翩繽美貌恐非善意其字固不必作繽也蓋涉下文繽連翩兮紛暗曖而訣五臣因輒以美貌解之耳　注山海經曰洞庭之山下至遂號爲湘夫人也袁本茶陵本無此一百八十三字　注左氏傳下至爲祝融袁本茶陵本無此十七字　注善曰爾雅曰沄沉也袁本茶陵本無此八字　注自北戶之外袁本茶陵本戶下有孫字　注北戶孤竹袁本茶陵本孤竹作孫　注方言曰下至躔行也袁本茶陵本無此十字　注廣雅曰躊躇猶豫也袁本茶陵本無此八字　注不壽者八百歲何校不改下陳云不當依范書注作下是也各本皆譌　注字林曰潺湲流貌袁本茶陵本無此七字　注太公金匱曰下至謂爲馮夷袁本茶陵本無此十九字　注注曰馮夷下至而水仙袁本茶陵本無此二十字　注淮南子曰天子袁本茶陵本此六字作又曰二字　注予合韻音夷渚切袁本茶陵本無此七字　注穆叔孫穆子下至走向齊袁本茶陵本此十五字作初穆子去叔孫氏七字　注通之有子在齊袁本茶陵本無通之有子四字在作適　注曰

而瞻其徒下至而從我矣袁本茶陵本此三十八字作魯人召之所宿庚宗之婦人獻以雉曰余子長十八字注
詐謂外人袁本茶陵本無此四字注覆器下至而死袁本茶陵本此十六字作不食而卒四字注蒼頡
篇讖書下至葬始皇酈山袁本茶陵本無此三百三十七字案此亦非舊注也若有之善不煩於下更注矣凡增多
未是者以此推之注家甚貧袁本茶陵本無甚字注致資巨萬及期忌司命之言袁本茶陵
本此十一字作利及期三字注與行旅者同宿袁本茶陵本此六字作同宿路三字注遂便貧困袁本
茶陵本無便字注鄭元曰孕任子也袁本茶陵本無此七字注慎者下至禪竈袁本茶陵本無此十
四字注叔孫昭子曰袁本茶陵本無叔孫二字注叔孫之言下至不驗袁本茶陵本無此十三字注
禪竈言于子產曰下至子產不予袁本茶陵本無此三十一字注遂不與袁本茶陵本遂上有
是亦多言矣豈不或信九字注今言梓慎禪竈下至爲言事之難知也袁本茶陵本無此二十七
字注善効人之子姪昆弟之狀袁本茶陵本之狀作好扶邑丈人而道苦之注邑丈人有

之市而醉歸者袁本茶陵本邑作黎上無有字而醉作醉而 注曰吾爲汝父也下至何故袁本茶陵本無此十九字 注孽矣無此事也袁本茶陵本無矣字此事作若 注昔也下至可問也袁本茶陵本無此十一字 注是必奇鬼固嘗聞之矣袁本茶陵本必下有夫字鬼下有也我二字無嘗字矣字 注復於市欲遇而刺殺之袁本茶陵本復下有飲字無殺字 注明旦之市袁本茶陵本無之市二字 注遂往迎之袁本茶陵本無往字 注丈人望見之袁本茶陵本見之二字作其真子三字 注爾雅曰丁當也袁本茶陵本無此六字 注無緜攣以倖己兮何校倖改悻注同茶陵本有校語云善作倖袁本無案後漢書作悻章懷引衡集注云悻引也與此舊注正合恐善亦作悻茶陵及尤所見倖字傳寫誤也 注又曰周公若袁本茶陵本無周公若三字 注淮南子曰湯時下至即降大雨此袁本茶陵本無此五十五字 注自以爲犧牲袁本茶陵本無牲字 注豈可除心腹之疾袁本茶陵本無豈可二字 注民者國之本國無民袁本茶陵本者國之本四字作所以爲三字 注如何傷本而救吾身乎袁本茶陵本無此九

字注傳宣公十五年秋七月下至余汝所嫁婦人之父也袁本茶陵本無此一百八十四字何校乙去云複雜不成文理陳云別本無當從之刪去爲是案所校是也此等皆尤延之增多而誤者注王逸曰下至志錯越也袁本茶陵本無此十三字注賈逵曰逼迫也爾雅曰袁本茶陵本無賈逵曰爾雅曰六字注方言曰礲礲堅也袁本茶陵本無方言曰三字堅也作高貌注說文曰拂下至騷動也袁本茶陵本無此十九字注王逸曰騷愁也合韻所流切袁本茶陵本無此十一字有音脩二字注爾雅曰下至而遊其中袁本茶陵本無此十五字注文子曰騰袁本茶陵本騰下有蛇字注淮南子曰奔蛇廣雅曰袁本茶陵本無此九字坐太陰之屛室兮袁本茶陵本屛作屏後漢書作屏案屛字是也注中引說文屛袁茶陵誤作屏尤校改正之但誤幷改正文耳注顓頊者黃帝之孫昌意之子袁本茶陵本無此十一字注字林曰瀟深清也袁本茶陵本無此七字憋墳羊之深潛袁本云善作深潛茶陵本云五臣作潛深後漢書作潛深陳云當作潛深今案潛字自協似當仍其舊注唇古陰字茶陵本此四字在注

末案蓋善語也尤移入舊注袁本刪之皆非又案考舊注凡引魏注晉以來書者恐皆善注舛誤各本所同無以訂正附著以俟更詳

春秋外傳袁本茶陵本無此四字注淮南子曰下至土神袁本茶陵本無此二十二字注人面蛇身下至是燭九陰袁本茶陵本無此三十二字注是謂燭陰袁本茶陵本是謂二字作曰注鍾山有子下至而龍身袁本茶陵本無此十三字注字林曰憖謹敬也袁本茶陵本無此七字注西海之南下至又曰袁本茶陵本無此四十九字注說文曰姣好也廣雅曰袁本茶陵本無此九字注婷目冥笑眉曼何校冥改宜眉上添蛾字陳同是也各本皆誤注方言曰袿謂之裾袁本無方言曰之四字茶陵本無此七字注環珠也下至玉石之色袁本茶陵本無此二十字注葩華也袁本茶陵本無此三字注廣雅曰絪緼下至非此之用也袁本茶陵本無此四十三字注玉女宓妃言忘棄我實多袁本茶陵本無此十字注可以為卿袁本茶陵本無此四字注淮南子曰崑崙墟下至高一萬一千里袁本茶陵本無此三十三字注食之長壽袁本茶陵本無

此四字注古今通論曰不死樹在層城西袁本茶陵本無此十二字注瑤蘂也案此有誤也各本皆同無以正之注爾雅曰斟酌也袁本茶陵本無此六字注王逸淮南言白水袁本茶陵本逸下有曰字抨巫咸作占夢兮袁本茶陵本作作使後漢書作以注懿美也袁本茶陵本懿上有姑且也三字注韓詩曰靜貞也袁本茶陵本無此六字注杜預曰姑且也袁本茶陵本無此六字注言戒誓下至而來迎我也袁本茶陵本無此十六字注爾雅曰暴雨下至爲涷雨袁本茶陵本無此二十三字注森聚貌袁本茶陵本聚作衆是也注僕夫謂御車人也袁本茶陵本無此七字注八乘公上得從車八乘袁本茶陵本無此九字注旌羽旒也袁本茶陵本無此四字注字林曰溶水盛貌今取盛意袁本茶陵本無字林曰水今取盛意八字後委衡乎元冥袁本茶陵本衡上有水字袁校語云善有後字茶陵校語云五臣無後字陳云范書無後字案後漢書有水字尤誤脫去懲淟涊而爲清陳云懲范書作澂袁茶陵二本作澄注同案蓋五臣作澄也尤作懲疑所見不同舊注云懲騰也未詳其義恐未必

是澂澄字兮無以定之注主簸物袁本茶陵本物作揚是也拽雲旗之離離兮袁本茶陵本拽作曳是也後漢書作曳注淮南子曰下至疾袁本茶陵本無此十九字有楚辭二字屬下是也注其樂也彤彤案彤彤當作融融觀下注可見各本皆誤注孔安國尚書傳注曰袁本茶陵本無此八字注高誘淮南子注曰袁本茶陵本無高誘注三字注字林曰竫立也袁本茶陵本無此六字注閬閬其寥廓案閬上當有閬字各本皆脫注漢書下至古善馭者袁本茶陵本無此十四字注山名此山之精袁本茶陵本無此六字注上為星名封狼袁本茶陵本為下無星名封三字狼下有星字注禮記曰以日星為紀袁本茶陵本無此八字注說文曰下至為娩袁本茶陵本無此十一字注分布遠馳之貌袁本茶陵本無此六字注硫音苦郎切袁本茶陵本苦郎切三字作康乘焱忽兮馳虛無袁本云善作焱茶陵本云五臣作猋案各本所見皆非也以善引甘泉賦服注及上林歷駭猋證之不得作焱正文及注皆傳寫誤後漢書作颷猋颷同字上文迅猋瀟其媵我兮及注同此注倚閶闔而望兮案兮當作予各本皆誤注

爾雅曰錯鳥隼下至及鳴鳶也袁本茶陵本無此三十字　夕惕若厲以省諐兮茶陵本諐
作諐後漢書作諐是也袁本亦誤諐長門賦同此　何必歷遠以劬勞袁本茶陵本二云善無必字案後漢書有必字疑
二本所見傳寫脫　注言繫一賦之前意也袁本茶陵本無言字前字　注老子曰天長
地久袁本子下有德經二字久下有篇字茶陵本無案曰似當作有篇謂章也　注天地下至故能長生袁本茶陵
本無此十七字　注京房易傳曰下至一清袁本茶陵本無此十字　注遠度世以忘歸袁本茶陵
本度作渡案二本正文校語云善渡五臣度後漢書作度或渡字傳寫誤未必是也　注說文曰逞極也袁本茶陵本無
此字　六注注慍怨也下至忝恨也袁本茶陵本無此二十字　注又曰袁本茶陵本無此二字　注注
不如鳥奮翼而飛去袁本茶陵本作悄悄憂皃咨恨也言怨小人在朝恨不如鳥奮翼而去　注臣不遇
於君下至厚之至也袁本茶陵本無此十三字　注公羊傳曰下至猶提將也袁本茶陵本無此十
字　六迴志朅來從元謀何校謀改諆云後漢書作諆今案章懷注云諆或作謀善不注此字未必作諆且謀字自協當

依其舊陳二云別本作謨今未見必誤涉後漢書耳　注夫復也袁本茶陵本無此三字　○歸田賦○注歸田賦者下至不曰歸田袁本茶陵本無此二十六字　注都謂京都下至羨貪欲也袁本茶陵本無此三十五字　注易乾鑿度曰下至治平之所致袁本無此三十三字有河清已見上茶陵本所複出與此全異亦非　注顪頤膝攣袁本茶陵本無此四字　注謂御者曰下至為秦相袁本茶陵本無此六十一字　注諒信也微昧幽隱袁本茶陵本無此七字　注楚辭曰下至鼓枻而去袁本茶陵本無此三十一字　注滄浪之水渌袁本茶陵本渌作濁案渌字大誤　鶬鶊哀鳴袁本茶陵本鶬鶊作倉庚案二本是也注中字作倉庚可證　注頡頏上下也袁本茶陵本無此五字　注關關噰噰袁本茶陵本噰噰作嚶嚶案此尤校改但疑善別據爾雅異本引之也　注釋訓曰下至兩鳥鳴也袁本茶陵本無此十八字　注廣雅曰逍遙儴徉也袁本茶陵本無此八字　注龍吟而景雲至袁本茶陵本無此六字　注而谷風轃袁本茶陵本轃作至案尤校添上句并改也　注觸矢射也吞鉤釣也袁本茶陵本無此八

字　注鄭元注曰下至可以解吾民之慍兮袁本茶陵本無此二十七字　注劉德曰下至

如辭也袁本茶陵本無此二十四字

卷十六○閑居賦○而頁史書之題以巧宦之目袁本茶陵本書之題三字作題之二字題下校語云善作書晉書作書之題蓋尤延之依彼改也　注文深善巧宦袁本茶陵本作巧善宦三字　注漢書司馬安下至而歎息袁本茶陵本無此四十四字　注字林曰袁本茶陵本無此三字　注仕不得志袁本茶陵本無此四字　注言誠有巧宦之理拙固有之袁本茶陵本無此十一字　注諱炎字安世袁本茶陵本無此五字　注諒闇下至故曰諒闇袁本無此十七字有及諒闇並已見西京賦案袁本是也但京當作征耳茶陵本所複出與此全異皆非　注孔安國曰知天命之終始袁本茶陵本無此十字　注八徙官下至輒去官也袁本茶陵本無此六十四字　注周公曰予多才多藝袁本茶陵本無此八字　注方今下至方正也袁本茶陵本無此十二字　注孔安國曰下至言政無非

袁本茶陵本無此十二字注余羸老矣袁本茶陵本矣作也是也注王隱晉書曰岳母寒以數

戒焉袁本茶陵本無此十二字注鄭元曰下至容斗二升袁本茶陵本無此十一字注注知足之

人下至終身不危殆也袁本茶陵本無此三十九字灌園粥蔬袁本茶陵本粥作鬻是也晉書作鬻注

於陵子仲也袁本茶陵本仲作曰終二字案終字是也曰字衍耳此所引賢明傳文尤改誤注故曰臘也下至改

臘曰嘉平袁本茶陵本無此十七字注奚其爲爲政下至即與爲政同也袁本茶陵本無此四

十一字儌墳素之場圃陳云儌晉書作邀爲是袁本茶陵本場作長晉書作長案二本所載五臣銑注云以爲長圃嘯

儌其中矣是其本作儌字長字善注未有明文無以考也注墳大也下至素王之文也袁本茶陵本無此十九字

注其智下至不可及也袁本茶陵本無此十一字注虞仲夷逸下至子男凡五等袁本茶陵

本無此三十四字何陳校但去禮記至凡五等十四字未是注爾雅曰地下至於糾切袁本茶陵本無此十八字

有勦長貌三字今案二本是也勦者𨲠之同字也玉篇長部有𨲠云於皎切𨲠𨲡長不勁廣韻二十九篠同故善云長貌安仁以之與下

文傑字偶句勘言梁之長猶傑言臺之高於地謂之幽夐乎無涉不知何人誤認輒記於旁尤延之不察取而改之讀者莫辨矣又二本
正文下有於糾二字向注云黜矯貌蓋五臣不取長爲訓而如字讀之善義既全異音亦未必同也注仲長昌言曰下至
曷若辟雍海流袁本茶陵本無此六十三字備千乘之萬騎何云之字疑今案各本皆同晉書亦作之
無以考也注郭璞爾雅注曰下至後人易之以竹袁本茶陵本無此五十三字注太學在
國學東茶陵本無此六字袁本亦有案無者是也上節注引述征記有斯語不當再出注安革猛詩曰案安字衍
華猛當作韋孟各本皆誤依錢少詹大昕十駕齋養新錄載海寧陳仲魚鱣說訂正注來假祁祁又曰袁本茶陵本無
此六字注言有道則可以爲師袁本茶陵本無此八字注毛詩曰築室百堵袁本作築
室已見上是也茶陵本複出非注甚甘袁本無此一字茶陵本此節多脫誤案凡二本之誤多不更論注廣志曰下至
世罕得之袁本茶陵本無此十六字注廣志曰下至置樹苑中袁本茶陵本無此二十字注荆州
記下至仙人朱仲來竊袁本茶陵本無此十七字有周文朱仲未詳六字案二本是也此等皆尤增改之誤注大

山肅下至為碓磨之磨袁本茶陵本無此三十二字案無者是也此見顏氏家訓勉學篇必或記於旁而尤誤取以增多者彼肅上有羊字記者失去遂成誤中之誤注爾雅曰荊桃下至不解核袁本茶陵本無此二十八字案二本是也安仁自以桃櫻桃胡桃為三桃善注但有櫻桃胡桃者桃不須注耳不知者乃記爾雅於旁尤取之最誤若善果引此是荊冬山胡而四并桃成五與正文乖戾甚矣凡增多之誤多此類注棣實似櫻桃也袁本茶陵本實似二字作山案山字是也實似誤涉下蔘荾芬芳袁本茶陵本荾作葰注同案二本是也晉書作葰荾葰同字此亦或記於正文及注旁而尤誤取之者注鄭元儀禮注曰葰廉薑也袁本茶陵本無此十字注與葰同袁本茶陵本無此三字注菜似薑袁本茶陵本無此三字注曹子建求親表曰何校求下添通親二字陳同是也各本皆脫注火星中而寒暑乃退袁本茶陵本無星字而字注河上公注下至熙熾也袁本茶陵本無此三十七字注爾雅釋言曰下至皆周徧也袁本茶陵本無此十七字注言屈軌不行也袁本茶陵本言上有結猶屈也四字注張揖曰結猶屈也袁本茶陵本無此七字注王隱晉書曰

兄御史釋弟燕令豹袁本茶陵本無此十三字注孔安國曰至下則懼袁本茶陵本無此十五字

注竹曰管袁本茶陵本無此三字注蓬萊而駢羅袁本茶陵本蓬上有夾字注爲樂之方袁本

茶陵本無之字案二本是也彼賦善自無之字注此安仁不自保下至而登官位於世也袁本茶陵

本無此二十一字○長門賦○奉黃金百斤袁茶陵校語云善無黃字案此尤校添之也注字林

曰幸吉而免凶也袁本茶陵本無此九字注說文曰佳善也袁本茶陵本無此六字注言

忖所爲被退在長門宮之事袁本茶陵本無此十二字注而忘於爲人袁本茶陵本無爲字

心慊移而不省故兮袁本茶陵本慊作熑注同案二本是也此尤誤改說見下注慊字或從火非

袁本茶陵本慊作移案二本最是考玉篇火部云熑㷂火不絕廣韻五支同是當時賦本有作㷂者善作移從如字解之故辨㷂爲非也

不知何時此注誤移爲慊尤延之乃改正文之不誤者以就其誤失之甚矣熑慊同字注說文曰愨謹也袁本茶陵

本無此六字注薄具肴饌也袁本茶陵本無薄字是也注悲愁窮感兮獨處案處下當有廓字各

本皆脫此所引九辨文注又曰不安之意也袁本茶陵本無此七字注言似君之車音也袁本茶陵本無此七字鸞鳳翔而北南袁本茶陵本翔作飛案二本不著校語無以考也注脅歛也萃集也袁本茶陵本無此六字注字林曰⿰至下乙戒切袁本茶陵本無此十一字注攻中言攻其中心袁本茶陵本無此七字注木蘭⿰至下亦木名袁本茶陵本無此十字注方言曰櫨栱也袁本茶陵本無此六字注時仿佛而不見袁本茶陵本不作遙是也注心淳熱其若湯袁本茶陵本無此六字注見不審諦也袁本茶陵本無審字是也注今江東呼鬵爲甗甑袁本茶陵本無今江東呼鬵爲六字甑下有也字注說文曰悵望恨也袁本茶陵本無此七字注志其中操也袁本茶陵本志作至是也注自卬激厲也袁本茶陵本無此五字注自眼出曰涕袁本茶陵本無此五字注臣瓚漢書注曰⿰至下徐行貌袁本茶陵本無此三十七字有蹤履足指挂履也七字注殃咎也袁本茶陵本無此三字注言以爲枕席袁本茶陵本無以字注廣雅曰袁本茶陵本無此三字餽

若君之在旁惕寤覺而無見兮袁本茶陵本魄作魂寤作寐案二本不著校語無以考也注楚辭曰下至惶遽貌袁本茶陵本無此十七字注爾雅曰下至昂也袁本茶陵本無此十三字注曼曼長也一作漫漫袁本茶陵本無此八字注更歷也袁本茶陵本無此三字注一云將至之意袁本茶陵本無此六字

○思舊賦○

注與嵇康呂安友袁本茶陵本無此六字注干寶晉書曰嵇康下至時人莫不哀之袁本茶陵本無此二百四十二字有臧榮緒晉書曰安妻甚美兄巽報之巽內慙誣安不孝啓太祖徙安遠郡即路與康書惡之收安付廷尉與康俱死見法謂被法也五十字是也茶陵本惡之上又有太祖見而四字袁本無蓋脫注康別傳臨終曰下至不與袁本茶陵本無此二十二字有干寶晉紀曰五字注就死命也下至援琴而彈袁本茶陵本無此二十二字注淒冷也袁本茶陵本無此三字注將命者出茶陵本出下有戶字是也袁本亦脫注周大夫行役下至又方禾黍油油袁本茶陵本無此四十三字注作雅聲曰下至不我好袁本茶陵本無此十九字注李斯者下至論要斬咸陽袁本

茶陵本無此二百六十三字 注斯出獄與其中子三川守由俱執袁本茶陵本斯上有李字無與

其至俱執十字 注出上蔡東門逐狡兔豈可得乎袁本茶陵本出上有俱字可上無豈字 注遂

父子相哭下至輒決於高袁本茶陵本無此二十二字案此一節尤延之增多者皆甚誤 注五行運轉

遇人所遇之吉凶也袁本茶陵本無人所遇之四字 注司馬彪曰下至或合或開袁本茶陵

本無此二十一字 ○歎逝賦○注太傅楊駿辟爲祭酒袁本茶陵本爲祭酒二字作機 注參

大將軍軍事袁本茶陵本無此六字 注臨刑下至而作賦焉袁本茶陵本無此三十三字 注何

休曰僅方也袁本茶陵本無此六字 注孫林曰親之近也陳云林疑當作炎是也各本皆誤 乃

作賦曰案作當作爲袁本茶陵本無作字校語云善有爲字 注伊惟也下至上下也袁本茶陵本無此十二字

注言日月望空下至驚動而立袁本茶陵本無此十七字 注能執下至得長年也袁本茶陵

本無此十一字 注晼晚言日將暮也袁本茶陵本無此七字 注一日方至袁本茶陵本無此四字

注誰謂宋遠袁本茶陵本無此四字注通呼爲世袁本茶陵本世下有人字注暮言人之年
老也袁本茶陵本無此七字注爾雅曰下至一曰王蒸袁本茶陵本無此三十五字雖不寤其
可悲袁本茶陵本校語云善作悟案本篇前後皆不作悟二本但據所見爲校語未必是注箋曰莫無也下至俱
揖而進之袁本茶陵本無此三十三字戚貌瘁而尠歡袁本茶陵本戚作感校語云善作戚案此亦但據所
見爲校語未必是注蒼頡篇曰瘁案瘁當作悴觀下注可見各本皆誤注何往而不殘殘毀也
袁本茶陵本無何往而不殘五字有皆字注卽死路也袁本茶陵本無卽字注日思往沒之人多在
顏也袁本茶陵本無此十字諒多顏之感目袁本云善作諒茶陵本云五臣作亮案本篇亮造化之若茲不作諒
二本據所見爲校語未必是注言春秋與往同然存亡異時袁本茶陵本無此十一字注忘失
也宅居也袁本茶陵本無此六字注言我將欲老死與汝爲客也袁本茶陵本無此十一字
注言精神不定世表在世之表也袁本茶陵本無此十二字注寤覺也袁本茶陵本無此三

字注言既寤之下至言不足亂也袁本茶陵本無此二十二字注言未識也袁本茶陵本無此四字注遺棄也袁本茶陵本無此三字注未迹喻老下至以娛老年袁本茶陵本無此二十二字○懷舊賦○注爾雅曰下至爲昏姻袁本茶陵本無此十二字注臣松之注魏志下至字公嗣袁本茶陵本無此三十字陳云按魏志田豫傳中領軍楊暨舉豫注云臣松之案暨事見劉曄傳暨子肇晉荊州刺史云云劉曄傳中無暨子肇以下諸語注微誤案此或記於旁而其人讀裴注未諦尤延之輒取以增多耳陳不知今所行選注經尤校改每非善舊故尚不加遽斥其實善無是語也注哀公問孔子弟子孰爲好學袁本茶陵本無此十一字注死矣今也則亡袁本茶陵本無此六字注楚辭曰不能復陵波以徑渡袁本此十一字作徑度已見上文是也茶陵本複出非注掩覆也袁本茶陵本無此三字注車輪謂之軔袁本茶陵本車作軌並二字案此亦尤校改耳注楚辭曰白日晼晚其將暮袁本此十字作晼晚已見上文是也茶陵本複出非注河南郡圖經曰下至十五里袁本茶陵本無此十五字注森森一作榛榛壘

平聲袁本茶陵本無此九字 ○寡婦賦○注毛詩曰下至不如友生袁本茶陵本無此十九字

注爾雅曰下至謂俱已嫁也袁本茶陵本無此二十一字 注杜預左氏傳注曰下至則夫天袁本茶陵本無此十八字 注潘岳集下至遂爲其母辭袁本茶陵本無此三十六字 注使荀息侍奚齊公疾召之袁本茶陵本無此十字 注辱大夫下至小兒笑也袁本茶陵本無此三十一字 注禮記內則曰下至孩而名袁本茶陵本無此十二字 注長慼慼不能閑居兮案下慼當作之兮當作焉各本皆誤 注箋曰行下至而有適人之道袁本茶陵本無此十四字 注言夫之早隕者遇天未悔禍之時袁本茶陵本此十三字作天禍未悔四字 注爾雅曰下至江東呼爲蓋袁本茶陵本無此十六字 注纂要曰下至曰幬袁本茶陵本無此十五字 注就列就其房列之位也袁本茶陵本無此九字 注爾雅曰下至棲雞宿處袁本茶陵本無此十九字 注寔命不猶袁本茶陵本無此四字 注又曰下至瞀亂也袁本茶陵本無此十四字 注廣雅曰曜靈曰

也袁本茶陵本無此七字　注顏延年曰下至遄速也袁本茶陵本無此二十二字　注遄速也袁本茶陵本無此三字案此於上所增多爲複乃誤中之誤　注空廓寥廓也袁本茶陵本下廓字作寥案陳云廓寥誤卽據別本也　注字林曰彷下至言平生昔日之時也袁本茶陵本無此二十二字　注爾雅曰下至曰旐袁本茶陵本無此十一字　注公西爲志焉茶陵本西下有赤字是也袁本亦脫　注喪柩之旌也茶陵本喪作表袁本亦作喪案陳云喪表誤亦據別本也　注爾雅曰下至卽今之旐旐袁本茶陵本無此十四字案此於上所增多亦爲複皆誤中之誤也　注僕夫悲余懷兮馬袁本茶陵本馬在余字下是也此所引離騷文　注凡人喪曰疚袁本茶陵本無此五字　注家語曰下至儡羸貌袁本茶陵本無此二十三字　注鸚鵡曰袁本鵡下有賦字是也茶陵本亦脫　注顧顏貌之艴艴茶陵本顏作頓是也袁本頓上衍顛字亦非　注文公六年袁本茶陵本無此四字有曰字　注妻言願亦如三良死從於夫也袁本茶陵本無此十二字　注春與秋兮代序何校兮改其案兮字當在上句末各本皆誤　注毛詩曰歲聿其

暮袁本茶陵本無此七字　注君憾然若有茶陵本有下有亡字是也袁本亦脫　注楚辭曰秋風兮
下至振動也袁本茶陵本無此十九字　注毛詩曰柏舟下至報恩養於下庭袁本茶陵本無此五
十五字案恭姜柏舟歸骨山足善均於上注訖何得更有二云二云觀此可知尤增多之無足取也○恨賦○注意謂古
人下至而死也袁本茶陵本無此十四字　注濟陽考城人袁本茶陵本無考城二字　注祖躭下至淹
少而沈敏袁本茶陵本無此十六字　注自以孤賤下至謚憲子袁本茶陵本無此六十五字　注爾
雅曰試用也袁本茶陵本無此六字　注注兩手曰拱袁本茶陵本無此五字　注茅焦上諫
袁本茶陵本無此四字　注丹水更其南袁本茶陵本無此五字　注三十七年袁本茶陵本無此四字
注伐紂陳云伐紂當作征伐案所校是也各本皆誤江賦注引正作征伐　注大起九師袁本茶陵本無此四字
注是事之不可知三也袁本茶陵本無之字三字　注風俗通曰下至則爲晏駕袁本茶陵
本無此二十二字　注趙王張敖袁本茶陵本無此四字　注徙房陵房陵在漢中袁本茶陵本作

徙漢中房陵五字　注武帝天漢二年袁本茶陵本無此六字　注爲騎都尉下至出居延袁本茶陵本無此十二字　注弓矢並盡陵遂降袁本茶陵本無弓矢並盡陵五字　注漢高已併天下尊爲皇帝袁本茶陵本無此十字　注羣臣飲爭功醉袁本茶陵本無飲字醉字　注漢書元帝下至本南郡人也袁本茶陵本無此四十八字　代雲寡色袁本茶陵本代作岱陳云代岱誤注同今案二本不著校語袁本善注中字作代茶陵本亦作岱今漢書天文志是岱字　注豐閱之始陳云閱當作閲是也各本皆誤　注王隱晉書下至穆王林女也袁本茶陵本無此十七字　注張衡下至脩夜彌長袁本茶陵本無此十六字　注字林曰孽子庶子也袁本茶陵本無此八字　注穆天子傳下至古有死生袁本茶陵本無此十三字

○別賦○注失色將敗之貌袁本茶陵本無將敗之三字　注說文曰黯深黑也袁本茶陵本無此七字　注賈逵曰唯獨也袁本茶陵本無此六字　注論曰鼓琴者下至以玉爲之袁本茶陵本無此十七字　注袁叔正情賦曰茶陵本叔作淑是也袁本亦誤　注莊子

曰君惝然若有亡袁本此九字作若有亡已見上文注八字是也茶陵本複出而誤注曾高也空息

也袁本茶陵本無此六字注纂要曰帳曰幕袁本茶陵本無此六字注甚見器重朝庭爲

榮袁本茶陵本無此八字注功成身退下至稱疾篤袁本茶陵本無此十四字注送車數千兩

下至長安東都門也袁本茶陵本無此十八字注在河內縣陳云內當作南案此據金谷集詩注引校也

注旁若無人袁本茶陵本無此四字注伏虔通俗文曰下至曰訣袁本茶陵本無此十二字注

燕丹太子曰陳云太字衍是也各本皆衍注鼓鍾並發袁本茶陵本鼓上有既字注服虔曰士

負羽袁本茶陵本無此六字注孟子曰袁本茶陵本曰上有注字是也又送應氏詩注引各本皆無注字蓋脫注

程夫人案夫當作大各本皆譌范書蔡邕傳程大人即此也注或曰朱塵紅塵袁本茶陵本無此六字注

司馬彪注曰襲入也袁本茶陵本無此八字注以琴見孟嘗君孟嘗君袁本茶陵本無

此九字注先生鼓琴下至無故生離袁本茶陵本無此二十二字注孟子見齊宣王下至

脩德之臣也袁本茶陵本無此三十字注楚聲子與伍舉俱楚人舉將奔晉袁本茶陵本無聲子與俱楚人舉七字注班荊而坐袁本茶陵本無而坐二字注顏延年下至結綬登王畿袁本茶陵本無此十七字注毛詩曰閟宮有侐袁本茶陵本無此七字儻有華陰上士服食還山袁本茶陵本山作仙校語云善無此二句案此不當無傳寫脫也或尤即以所見五臣補之故與二本不同注列仙傳脩羊者下至不知所之袁本茶陵本無此三十三字案此亦尤增多也蓋本并脫正文與注一節而所謂真善注無由知矣云何鍊金鼎而方堅案鍊當作練蓋善練五臣鍊而亂之注中兩見此字茶陵本作練是也袁盡作鍊非注列仙傳曰王子晉下至憩於此袁本茶陵本無此一百四字注而見若士曰袁本茶陵本重若士二字是也注詩溱洧章下至莫之能救云袁本茶陵本無此二十四字有毛詩曰三字注注芍藥香草也下至結恩情也袁本茶陵本無此三十六字注桑中章袁本茶陵本無此三字注送我於淇之上下至作詩以見己志袁本茶陵本無此一百五十二字陳云注引燕燕竹竿二詩並與本

事無涉蓋誤解也二云云亦因不知此非善注耳注漢書曰下至字子雲袁本茶陵本無此十三字有淵王褒也雲楊雄也八字金閨之諸彥袁本茶陵本閨下校語二云善作門案此尤以五臣亂善也注金閨金馬門也袁本茶陵本無此六字案尤增多此注以就正文之誤甚非注史記荀卿曰下至故曰談天袁本茶陵本無此六十三字有漢書曰司馬相如既奏大人賦天子大悅飄飄有凌雲之氣七略曰鄒赫子齊人也齊人為諺曰三十七字注赫修鄒衍之術袁本茶陵本赫上有言字

卷十七○文賦○注機字士衡下至係蹤張蔡袁本茶陵本無此一百字有陸機二字案士衡自於數逝賦下注訖增多全非注作謂作文也用心言士用心於文袁本茶陵本無此十三字夫放言遣辭良多變矣又注夫作文者下至故非一體袁本茶陵本夫下有其字二云善無此二句案尤以五臣亂善也二本無注十六字尤并增多以就之甚非注文之好惡可得而言論也袁本茶陵本無此十字注士衡下至為文之情袁本茶陵本無此十三字注利害由好惡袁本茶陵本無此五

字 注言既作此文賦下至盡文之妙理袁本茶陵本無此二十字有言知之易也五字案善於此注言
知之易也於下注言作之難也可謂精當尤誤去其一句甚非至於增多之注膚庸乖舛亦甚易辨固不假詳論矣餘條同此 注此
喻見古人之法不遠袁本茶陵本無此九字 注則法也下至謂不遠也袁本茶陵本無此二
十三字 注文之隨手變改則不可以辭逮也袁本茶陵本無此十三字 注蓋所言文
之體者具此賦之言袁本茶陵本無此十二字 注漢書音義下至幽遠也袁本茶陵本無此二
十四字 注遵循也下至而思慮紛紜也袁本茶陵本無此二十五字 注喜柔條於芳春袁本
茶陵本喜下校語云善作嘉案嘉字傳寫誤下有嘉麗藻之彬彬必相回避無疑 注秋暮衰落下至故喜也袁本
茶陵本無此十三字 注懍懍危懼貌眇眇高遠貌袁本茶陵本無此十字有眇眇遠貌四字在此節注之末
注言歌詠下至而誦勉袁本茶陵本無此二十八字 注又曰在昔何校在上添自古二字是也各本皆
脫 注論語曰下至孔安國注曰袁本茶陵本無此十六字有包咸論語注曰六字 注文質見半

之皃袁本茶陵本皃作相是也注尚書中候曰下至周公援筆以寫也袁本茶陵本無此十八字
注爾雅曰致至也袁本茶陵本無此六字注言思慮之至下至於潛浸之所袁本茶陵
本無此三十八字觀古今於須臾袁本茶陵本於下校語云善作之案此無可考也注司馬遷曰卒
卒無須臾之間袁本茶陵本無此十一字抱暑者咸叩袁本茶陵本暑作景云善作暑案暑但傳寫誤注
言皆擊擊而用袁本茶陵本無此六字注言文之來下至應劭曰袁本茶陵本無此二十三字
注公羊傳曰下至帖靜也袁本茶陵本無此十三字注妙萬物案妙當作眇各本皆譌注廣雅
曰躑躅何校躑改蹢是也各本皆誤注與踟跦同陳云跦躕誤是也各本皆誤注字林曰吻口
邊袁本茶陵本無此六字注言文之體下至以樹喻也袁本茶陵本無此十六字注史由袁本茶陵
本無此二字注觚木簡也袁本茶陵本無此四字注子路帥爾而對袁本茶陵本帥作率是也注
茲事謂文也下至行之不遠袁本茶陵本無此三十六字注按抑按也下至恢大袁本茶陵

本無此十三字 注纂要曰下至青條之森蔵也 袁本茶陵本無此三十二字 注文章之體下至
無一定之量也 袁本茶陵本無此二十字 注俛僶由勉強也 袁本茶陵本無此六字 注言文
章在有方圓規矩也 袁本茶陵本無此十字 注漢書甘泉賦曰下至清瀏流也 袁本
茶陵本無此十六字 注故纏緜悽慘 袁本茶陵本慘作愴是也 注說以感動為先 袁本茶陵本動作物
是也 注言文章體要在辭達而理舉也 袁本茶陵本無此十二字 注凡為文之體下至
則有此累 袁本茶陵本無此十八字 注項岱曰下至又曰 袁本茶陵本無此二十二字 注應劭漢
書注曰下至為一銖 袁本茶陵本無此十六字 注賓戲曰 袁本茶陵本賓上有荅字是也 注蒼頡篇
曰銓稱也 袁本茶陵本無此七字案上聲類下曰為句增多在其閒誤中之誤 注夫駕之法下至故云警
策 袁本茶陵本無此二十六字 注左氏傳繞朝贈士會以馬策 袁本茶陵本無此十一字 注而
不改易其文 袁本茶陵本易其文作也 注說文曰謂文藻思如綺會 袁本茶陵本無此十字

注言所擬不異閭合昔之曩篇袁本茶陵本無此十一字注言他人言我雖愛之必須去之也袁本茶陵本無他人言我雖愛之須八字又茶陵本言上有必捐二字袁本無注毛詩傳曰茖陵茖也袁本茶陵本無此八字注一句既佳袁本茶陵本一作言斯注言思心袁本茶陵本思下有之字注或爲禘禘猶去也陳云兩禘字並當作褫五臣本可據案所校最是各本皆誤注尸子曰下至有珠袁本茶陵本無此十四字注高氏注玉下至襄也袁本茶陵本無此三十字注淮南子曰下至俗之謠歌袁本茶陵本無此二十九字徒靡言而弗華袁本茶陵本徒靡言作言徒靡案二本不著校語蓋尤誤倒也注瘁音下至而不光華也袁本茶陵本無此十七字注禮記曰玉瑕不掩瑜鄭元曰袁本茶陵本此十一字作鄭元禮記注曰六字注下管象武袁本茶陵本無武字是也案明堂位文注淮南子曰鄒忌一徽琴而威王終夕悲許慎注曰袁本茶陵本此十九字作許慎淮南子注曰七字注悲雅俱有下至則不成袁本茶陵本無此十六字注言聲雖高而曲下袁本茶陵

本無此七字注然靈運有七諫何校有改以是也各本皆誤注地有桑閉先何校先改者是也各
本皆誤注於此水上何校上改出是也各本皆誤注尙元酒而俎腥魚袁本茶陵本無此七字
注甚甚之辭也茶陵本無下甚字袁本有案各本皆非當重之字耳故亦非華說之所能精茶陵
本無故字亦下校語二云五臣作故袁本故下校語二云善有亦案有卽作之誤尤因此而兩有非也注莊子曰桓公下至
數術也袁本無此二百三十七字有輪扁已見上注六字茶陵本亦不複出此增多甚非或受欰於拙目袁本
欰作嗤校語二云善作蚩茶陵本作欰與此同校語二云五臣作嗤案袁本所見是也士衡自用蚩字善以蚩字本不訓笑故取欰字爲注如
詠懷詩嗷嗷今自蚩之注也說詳在下尤茶陵所見非注欰笑也欰與蚩同案上欰上當有說文二云三字兩欰字
皆當作欪詠懷詩注曰說文二云嗤笑也嗤與蚩同考說文無嗤字有欪字二云欪欪戲笑貌从欠出聲蓋兩注本同此脫說文二云彼誤欪爲
嗤當互訂正注中原原中也袁本茶陵本無此五字注力采者得之袁本茶陵本無此五字注
虛而不屈動而愈出袁本茶陵本無此八字注按橐下至說文曰袁本茶陵本無此十五字注

囊也袁本茶陵本無此二字 嗟不盈於予掬案嗟當作羌凡羌字五臣多改作嗟字此必各本以五臣亂善注 注挈瓶下至提猶挈也袁本茶陵本無此十八字 注孔安國曰昌當也袁本茶陵本無此七字 故踸踔於短垣袁本茶陵本垣作韻不著校語案注中短垣語二一本亦無之恐尤改未必是也 注謂脚長短也袁本茶陵本無此五字 注國語曰有短垣君不踰袁本茶陵本無此九字 注言才恒不足也袁本茶陵本無此六字 注紀綱紀也袁本茶陵本無此四字 注毛詩傳曰下至遏絕袁本茶陵本無此十三字 注又大宗師曰下至不知所由然也袁本茶陵本無此四十一字 注威蕤盛貌駁遝多貌袁本茶陵本無此八字 注郭象注莊子曰下至而成粱袁本茶陵本無此六十九字 注自求於文也袁本茶陵本無此五字 注物事也下至非予力之所并袁本茶陵本無此十七字 注併力也袁本茶陵本也下有力周切三字 注言文下至而今為津袁本茶陵本無此十七字 注軌曰袁本茶陵本軌上有李字 注葉世世也袁本茶陵本無此三字 注爾雅曰泯盡也袁本茶陵

本無此大字注禮記曰下至未衰此袁本茶陵本無此二十六字注毛詩曰漢廣袁本茶陵本詩下有
序字○洞簫賦○注漢書音義如淳曰洞者通也袁本茶陵本此十一字作如淳漢書注曰
洞簫八字注故曰洞簫袁本茶陵本無此四字注清也袁本茶陵本無此二字注一名籟袁本茶陵
本籟下有漢書曰元帝爲太子嘉褒所爲洞簫頌令後宮貴人皆誦讀之二十四字注宣帝時袁本茶陵本無此三字注
帝太子體不安下至皆誦讀之袁本茶陵本無此六十三字注其竹圓異衆處袁本茶陵
本無此六字注王逸楚辭注曰幹體也袁本茶陵本無此九字注罕稀也下至竹之末
也袁本茶陵本無此十六字注言竹生其旁故欹側不安袁本茶陵本無此十字注言竹生
敧閑之處又足樂也袁本茶陵本無此十一字注后土地也下至不易其貞萃也袁本
茶陵本無此二十字注言風蕭蕭下至謂江回曲也袁本茶陵本無此十五字注言江之流注
灌漑其山也袁本茶陵本無此十字注呂忱曰波水涌也袁本茶陵本無此七字注字指

曰礚大聲也袁本茶陵本無此七字　翺翔乎其顛茶陵本翺作翱袁本校語云善作翱案翱乃翺之誤也皐別體作睪故翺別體作翱耳尤以正字改之遂與二本校語不合舞賦若翱若行仍未改　抱樸而長吟兮案樸當作朴注引蒼頡篇朴木皮也可證否則尚有樸朴異同之注而刪削不全耳　注蟬飲露而不食袁本茶陵本處無露字是也

幽隱而奧屏兮案屏當作屏袁本云善作屏茶陵本云五臣作屏各本所見皆非賦作屏善以屏字本不訓蔽故取屏字為注正如思元賦坐太陰之屏室兮也說在彼下　注說文曰屏蔽也案屏當作屏各本皆誤所引广部文也正文改屏為屏而復改此注屏為屏以就之大非思元賦注亦可證　注竹密貌袁本茶陵本無竹字是也　注字書獺猭獸

逃走也袁本茶陵本無此八字　注言審視竹之本體清而不讙譁也袁本茶陵本無此十三字　注言得謚為簫下至豈非蒙聖王之厚恩也袁本茶陵本無此十九字　注一云夔下至學琴袁本茶陵本無此十三字　注爾雅曰鏤鍍也袁本茶陵本無此六字　注廣雅曰眼珠子謂之眸袁本茶陵本無此九字　注言冥生之人下至在於音聲袁本茶陵本無此二十三字

注字林曰吻口邊也袁本茶陵本無此七字注司馬相如賦曰又猗狔以招搖袁本茶陵本無此十二字注咽與頤劉袁本茶陵本劉作同案二本最是陳云劉字衍非也注氣出迅疾也袁本茶陵本無氣出二字獵若枚折陳云獵當作擸注同袁本云善作獵茶陵本云五臣作擸今案善注獵聲也未見必用擸字廣雅一條又本非善注此爲善獵五臣擸無疑陳欲以五臣改善殊非注聲或渾沌不分瀖湲袁本茶陵本無聲或二字瀖湲作之貌注或復其聲模無似枚之折也袁本茶陵本無此十一字注詩曰伐其條枚袁本茶陵本無此六字有枚折似枚之折也七字注廣雅曰獵折也袁本茶陵本無此六字注恐懼也袁本茶陵本無此三字注聲迭蕩袁本茶陵本無此三字注廣雅曰嬈奇也袁本茶陵本無此六字注言聲漂結而去袁本茶陵本無聲漂結而去五字言屬下句首注言聲之慷慨如壯士袁本茶陵本無此八字注聲之細好也袁本茶陵本無聲之二字注字林曰悁含怒也袁本茶陵本無此七字注自放縱袁本茶陵本無此三字注呂氏春秋曰伯牙下至齊侯襲

茝是也袁本茶陵本無此一百五十六字注杞梁妻嘆者案杞當作芑觀下文可見茶陵本誤同袁本杞上有菀字蓋改芑爲杞而兩存又誤芑爲菀耳桀跖蹻博偶以頓頹袁本茶陵本二云善無以字案此尤以五臣亂善也寡婦賦注引此正無以字亦其一證注復惠復黠慧也袁本茶陵本無此六字注埤蒼曰彷徨猶彷徉也袁本茶陵本無此九字故聞其悲聲案聞其二字當作爲袁本作其爲悲聲二云善無其茶陵本二云五臣有其此既以五臣亂善又誤去下爲字添上聞字乃誤中之誤也注說文曰袁本茶陵本無此三字注歔欷悲也袁本茶陵本無此四字注埤蒼曰腲脮肥貌袁本茶陵本無此七字注爾雅曰蟋蟀下至今蝍蛆也袁本茶陵本無此二十七字注說文曰喘疾息也袁本茶陵本無此七字注狀聲之狀也捷武言捷巧袁本茶陵本無此十字注鄭德曰跐度也袁本茶陵本無此六字注又云波急之聲袁本茶陵本無此六字注言簫中次詩下至尚有餘音也袁本茶陵本無此十四字注相擊之貌袁本茶陵本無相擊之三字貌屬上句末○舞賦○注按周禮下至音聲之

容也袁本茶陵本無此五十一字　注扶風茂陵人也袁本無茂陵二字　注建初中袁本無此三字

注以毅袁本無此二字注少逸氣袁本無此三字注亦與班固爲竇憲府司馬袁本此十

字作遷竇憲司馬五字茶陵本此節注并入五臣全非不具出注雲夢藪名下至此並假設爲辭袁本茶陵

本無此二十字寡人欲觴羣臣茶陵本觴作觴二云五臣作觴袁本二云善作觴案觴即觴別體字尤以正字改之又注引左

傳各本皆作觴此等所言善作某字皆據所見耳　注言不如視其舞形下至單曰音袁本茶陵本無此二

十五字　注又曰歌采蕙下至聽者異也袁本茶陵本無此二十八字　注鄭元注禮記曰

噫弗䆃之聲袁本茶陵本無此十一字注振振鷺鷺于飛袁本茶陵本無此六字　注顓頊樂

曰五莖袁本茶陵本無此六字　注禮記曰鄭衛之音亂世之音袁本茶陵本玉無此十一字

曰唯唯袁本茶陵本以此上爲序其下夫何提行另起案此賦恐無所謂序今題下有并序二字及提行未必善如此也　明

月爛以施光茶陵本二云五臣作爛袁本二云善作列案此尤校改也注毛詩曰文茵暢轂袁本茶陵本無

此七字 注鄭元注曰茵蓐也詩曰袁本茶陵本注上有禮記二字詩上有毛字 注鄭元曰君

黃金罍袁本茶陵本無此七字 注周禮曰朝覲有玉几玉爵袁本茶陵本無此十字 注禮

器篇袁本茶陵本無此三字 注言皆欲騁其材能效其技也袁本茶陵本無此十一字 注相

著牽引也袁本茶陵本無牽引二字 注淮南子曰鼓舞下至女樂羅些二袁本茶陵本無此四十字

注態謂姿態也袁本茶陵本無此五字 注衣上假飾袁本茶陵本無此四字 注垂霧縠袁本

茶陵本無此三字 注而奏操也何校而上添舞字是也各本皆脫 注亦律調五聲之均也何校

亦改六是也各本皆譌 注閑美陳云美靡誤是也各本皆誤 注塼蒼曰嫺下至如弩機之發迅

袁本茶陵本無此二十一字 注脩治儀容志操以自顯心志袁本茶陵本無此十一字 注必有

所象袁本茶陵本無此四字 諸工莫當袁本茶陵本莫下校語云善作共案此尤校改也 注相摩切也

袁本茶陵本相上有切字是也 注扱引也下至扱引也袁本茶陵本無此二十字 注若神仙之彷彿

案仙字不當有各本皆衍說詳前此正文神動亦初不云仙也擊不致筴茶陵本筴作爽案此無可考也袁本校語仍云善作筴與尤所見同注言翼然而往闇而復止袁本茶陵本無此九字注跌失蹠也袁本茶陵本失作足是也注言要之曲折澴然以摧折袁本茶陵本無此十字注字林曰鳥趨跳也袁本茶陵本無此七字注曹憲曰瞭眊下至無此二字袁本茶陵本無此二十二字擾躟就駕袁本茶陵本躟作攘案此疑尤誤改耳注埤蒼下至天下躟躟袁本茶陵本無此十三字有擾攘爭貌四字注爾雅曰蹌動也袁本茶陵本無此六字注許慎淮南子注曰袁本茶陵本無此七字注闇跳行疾貌袁本茶陵本無闇字樂而不泆何校泆改溢袁本云善作泆茶陵本云五臣作溢案何據注引孝經滿而不溢定從溢字也

卷十八○長笛賦○注周禮笙師掌教吹笛袁本茶陵本無此八字注今人長笛是也袁本茶陵本無此六字注將作大匠嚴之子爲人美容貌袁本茶陵本無此十二字

注順帝時袁本茶陵本無此三字 注與馬皇后親下至皆其弟子袁本茶陵本無此二十七字 注辨位曰下至所下所過之書也袁本茶陵本無此二十九字 注毛詩曰下至在阜部袁本茶陵本無此二十六字 注京師謂洛陽也袁本茶陵本無此六字 作長笛賦袁本茶陵本賦作頌案善無注二本不著校語無以考也 注字林曰惟有也袁本茶陵本無此六字 注爾雅曰山小高下至山瀆無所通谿袁本茶陵本無此三十二字 注箭稾二竹名也袁本茶陵本無此六字案善以箭稾為一竹下注云二竹者并聆風數之增多大誤 注言似二竹也袁本茶陵本似作此是 注蒼頡篇曰聆聽也袁本茶陵本無蒼頡篇曰四字聽作風案二本最是韋昭注地理志筩箹亦云一名聆風見尚書釋文與鄭注正合尤增多及改皆大誤 注漢書音義孟康曰揣持也袁本茶陵本無此十字 注作顛根將顛墜也袁本茶陵本無此七字 注郭璞曰下至因以名也袁本茶陵本無此二十字 注顛頭落也茶陵本落作顛顛袁本無此字案今說文作顛頭顛顛大也疑各本皆誤 注又兩山夾澗也袁本茶陵本無此六字

注鄭元曰澮所以通水於川也袁本茶陵本無此十一字　注因王弼曰最處埳底也袁本茶陵本無此九字　注巖䆟不平也袁本茶陵本無此五字　注皁曲不平也袁本茶陵本曲不平三字作下　注木長貌袁本茶陵本無木字　注漁池也袁本茶陵本無漁字　注水注聲也袁本茶陵本無聲字　注字林曰流水行也袁本茶陵本無此七字　注字林曰袁本茶陵本無此三字　注水瀑至聲也袁本茶陵本水瀑至作波　注古活切袁本活作括是也茶陵本亦誤活　注爾雅曰下至言蘊淪也袁本茶陵本無此十四字　注說文曰窊邪下也袁本茶陵本無此七字　注說文曰搖動也袁本茶陵本無此六字　注張揖注漢書下至到也袁本茶陵本無此十八字　注杜預注左氏傳曰下至無有蹊徑也袁本茶陵本無此二十八字　注爾雅曰下至而長尾袁本茶陵本無此九字　注而大袁本茶陵本無此二字　注爾雅曰下至麀也袁本茶陵本無此九字　注萇髦也案萇當作長各本皆誤　樊雉晁雒袁本茶陵本樊作野晁作朝案此未審善果何作　注說文曰下至晁

古朝字袁本茶陵本無此十七字噍噍讙譟袁本茶陵本讙下校語云善作嚾案此似尤改之也注左右謂

林之左右袁本茶陵本無此七字注嚳嗃並謂其仿聲也袁本茶陵本無此八字注錚鐄

聲也袁本茶陵本聲上有皆大二字注說文曰錚金聲袁本茶陵本無此六字注淮南子曰下至

絚急也袁本茶陵本無此二十字注博物志曰鑑脅袁本茶陵本無此六字注善琴名袁本無善

字茶陵本幷刪王逸曰以下至此非注彭彭咸胥伍子胥也袁本茶陵本此八字作羽獵賦曰餉屈原與彭胥鄭

氏曰彭彭咸也晉灼曰胥子胥也二十四字案各本皆非也依善例當云彭胥已見羽獵賦七字注琴操曰下至射殺

後妻茶陵本此一百三十三字作琴操曰伯奇者尹吉甫之子也吉甫聽後妻之言疑其孝子伯奇自傷無罪投河而死三十三字

是也袁本無非注左傳曰魯哀公下至魯人謂之哀姜茶陵本此四十字作左氏傳曰夫人姜氏歸于

齊將行哭而過市魯人謂之哀姜二十三字是也袁本無非注帝王世紀曰下至枕之高下也袁本茶陵

本無此五十四字掐膺擗摽袁本茶陵本掐作搯案二本注中祇有國語一條亦無苦洽切之音恐善自爲掐字五臣乃作

掐故正文下有苦合二字耳尤改作掐未必是凡各本音蓋皆失𠒋舊但今無可考故多不出注歎聲若雷息聲若頹也袁本茶陵本無此九字注爾雅曰焚輪下至膺胸也袁本茶陵本無此二十九字注魏書程昱傳曰下至乃止袁本茶陵本無此二十三字注禮記曰下至未嘗見齒袁本茶陵本無此十九字注古之巧人注公輸班也袁本茶陵本無此九字注刻木爲鳶飛三日不下袁本茶陵本無此九字注木車袁本茶陵本無此二字注垂成大山四起所謂善攻具也袁本茶陵本無此十二字注按墨子削竹下至在七十弟子後也袁本茶陵本無此五十八字注一作搓埤蒼曰搓㩉也袁本茶陵本無此九字注顏監注下至因以名袁本茶陵本無此四十二字注字林曰阤小崩也袁本茶陵本無此七字注聲類曰挑決也袁本茶陵本無此六字子壄協呂袁本茶陵本壄作野案已見上注周禮大師下至夾鍾袁本茶陵本無此四十一字注伶倫制十二籥陳云籥當作筩下同是也各本皆誤案所引仲夏紀古樂文也今作筒卽筩字注漢書律歷

志曰至下故曰爲主袁本茶陵本無此八十八字注矯正也又注謂以火撟也陳云矯撟誤案上矯下撟二字當互易各本皆誤今考工記注作撟釋文云劉苦老反沈居趙反蓋劉撟沈矯善引與沈讀同矣注斤斫木袁本茶陵本木下有也字注孔安國至下匏土革木袁本茶陵本無此十五字注食舉至下徹去也袁本茶陵本無此二十三字注五日一習袁本茶陵本習下有樂字注閑暇也服虔曰至下閑音閑袁本茶陵本閑暇作暇閑無也字以下至音閑五十一字案二本最是暇閑連下注豫樂也五字皆韋語不得增多於其中也注富謂聲之富也袁本茶陵本無此六字掌距劫遷袁本茶陵本掌下校語云善作掌案二本所見非此尤校改正之也正瀏溧以風洌袁本茶陵本溧作漂注同案此似尤改之也注漢書音義至下洌清也袁本茶陵本無此二十四字薄湊會而淩節兮茶陵本薄上有寒字校語云五臣無寒袁本校語云善有寒案此似尤刪之善不注無以考也注說文曰氾濫也袁本茶陵本無此六字注李尤七疑曰案疑當作欵各本皆譌范書文苑傳可證七命注荅東阿王牋注作歎亦譌也他不悉出或乃植持櫛纚茶陵本云五臣作纚袁本

二云善作纏案此尤誤以五臣亂善也注中解經字語本非善所有見下 注漢書音義下至謂之經袁本茶陵本無
此十七字 注金乾主磬下至其風闉闔袁本茶陵本無此六十三字 注對晉平公袁本茶陵本無
此四字 注惛堙心耳下至手雜也袁本茶陵本無此六十三字 注埤蒼曰蹈下至踧踖不
進袁本茶陵本無此十五字 注駘蕩安翔貌下至開也袁本茶陵本無此十二字 注鄭元曰蜿委
也袁本茶陵本無此六字 注言聲相絞緊下至水流貌袁本茶陵本無此十四字 注蒼頡篇曰
拏捽也引也袁本茶陵本作又曰拏索持也六字 注廣雅曰捘按之也袁本茶陵本作又曰捘推也五
字 察變於句投袁本茶陵本變作度案此似尤改之也但度是變非 注思歸引者衛女之所作
也袁本茶陵本無此十字 注說文曰進倅字如此袁本茶陵本無此八字 曠瀁倘罔袁本茶陵
本瀁作漾下有余兩二字案此尤本譌耳但善應有音今注中不見然則善音失舊甚明 溫直擾毅袁本茶陵本擾作優案此
似尤改之也 孔孟之方也案方字必誤上槩下介氣制察說惠皆韻不應八句中獨此不協也五臣濟注方比也二云是

其本乃作方各本皆以之亂善而失著校語遂無可考以意揣之疑或當作大數　注尙書曰下至而有溫和也　袁本茶陵本無此二十字　注厲列也　茶陵本列作烈是也袁本亦誤列　注高士傳曰下至光亦投水而死　袁本茶陵本無此四十七字　條決繽紛　案紛當作理袁本云善作紛茶陵本云五臣作理案各本所見皆非也善以科條能分決注條決以繽紛能整理注繽理作理不作紛明甚　注見韓稍弱下至死不恨　袁本無此五十字茶陵本此節注自史記以下全無非　注范睢蔡澤並辯士也　袁本茶陵本無此八字　注趙人　袁本茶陵本無此二字　注晉太康地記曰下至所以爲不利也　袁本茶陵本無此五十四字　注昭二十九年下至魯人爲奏四代樂　袁本茶陵本無此十八字有曰延陵季子五字　注舞也文王樂也　袁本茶陵本舞上有以篇二字文上有皆字　注南言文王下至七孔　袁本茶陵本無此四十一字　注籥音簫　袁本茶陵本簫作朔是也案釋文云籥音朔可證　注史記屈原者下至他皆放此　袁本茶陵本無此一百一字　注僖二十四年　袁本茶陵本無此五字有曰字　注推曰獻公之子下至爲之田

袁本茶陵本無此九十四字有遂隱而死四字注以後吾親死袁本茶陵本無以後二字注左傳曰莊十二年下至桓十二年傳云初袁本茶陵本無此四十六字有左氏傳曰南宮長萬弒閔公於蒙澤杜預曰宋大夫也又曰二十三字注辛卯袁本茶陵本無此二字注公子達曰下至欲為鄉袁本茶陵本無此五十七字案此注疑袁茶陵有脫但尤增多者決非善舊耳又袁本此下有疊音尾三字茶陵本在上疊字之下注左傳曰定十四年下至為讎敵也袁本無此六十六字有蒯聵衛太子也左氏傳曰衛太子登鐵丘望見鄭師衆懼自投於車下二十七字茶陵本脫蒯聵衛太子也六字餘同袁此所改大誤注不占陳不占也齊人袁本茶陵本作陳不占齊人也六字注陳不占袁本茶陵本無陳字注占曰袁本茶陵本占上有不字注聞鼓戰之聲袁本茶陵本鼓戰作鍾鼓注愕直也下至非此所施也袁本茶陵本無此十五字注字林曰鄂袁本茶陵本林作書注露新夷案露下當有申字各本皆脫注而淫魚出聽袁本茶陵本淫作游注淮南子瓠巴下至楚人險袁本茶陵本無此五十字注喁魚出頭也袁本茶陵本出頭二字作口上見三字注淮南

子伯牙下至舒翼而舞袁本茶陵本無此四十七字　于時也袁本茶陵本于下有斯字案此無以考也琴賦亦有于時也句或叔夜本此則無斯斯字者是　注而齊右善歌袁本右作后是也茶陵本亦誤右　注孫卿子曰下至齊人也袁本茶陵本無此二十三字　注懸鍾格也袁本茶陵本無此四字　注字林曰蹀

直視貌袁本茶陵本無此七字　注直下視貌袁本茶陵本無下字　注廣雅曰搏下至撫手也袁本茶陵本無此十三字　注方言曰袁本茶陵本無此三字　注字林曰睢仰目也袁本茶陵本無此七字　注字林曰維持也袁本茶陵本無此六字　注言可以通於神靈下至曉喻志意也袁本茶陵本無此二十字　注愼乃憲欽哉袁本茶陵本無此五字　注憲法也袁本茶陵本無此三字

注當愼汝法度敬其職也袁本茶陵本無此九字　注禮記曰食於簣者案此有誤也各本皆同無以訂之　注說文曰瀸水多也澡洗手也袁本茶陵本無此十一字　注世本曰叔舜時人袁本茶陵本此七字作叔未聞三字案二本最是此鄭明堂位注尤所改大誤也世本決無其語若有之鄭何得云未聞

孔穎達撰正義何得不申說善自決無其語矣注賈逵注傳曰消鑠也袁本茶陵本無此八字注爾雅
曰骨謂之切犀謂之剒袁本茶陵本無此十一字注一作埏下至埴土爲也袁本茶陵本無
此四十九字注玉謂之彫石謂之琢袁本茶陵本無玉謂之石四字案尤所增大誤唯笛因其天
姿袁本茶陵本云善無其字案此尤以五臣亂善也注暴辛垂叔之流袁本無此六字案此尤添之但無所謂之
流未必合於善舊也茶陵本此節注多刪無以相校注長於古笛下至故謂之雙笛袁本茶陵本無此十五字
注麤者曰楇細者曰枚言袁本茶陵本無此九字注聲故謂五音畢袁本茶陵本無此六
字注言易京者下至宋翟之比袁本茶陵本無此二十字案易京上已注訖此所增大誤○琴賦○
注尸子曰下至故謂之琴袁本茶陵本無此四十九字注說文曰猒下至會意字也袁本
茶陵本無此十二字注而不憪袁本茶陵本憪作憫下有也字注淮南子曰下至禮義廢袁本茶陵本無
此十三字似元不解音聲覽其旨趣袁本茶陵本云善作音聲者覽案此少者字或尤本脫耳注桓譚

新論曰下至琴德最優袁本茶陵本無此十三字注史記曰下至堪爲琴袁本茶陵本無此十六字

注謂包含下至光明也袁本茶陵本無此十五字注又曰下至視物黃也袁本茶陵本無此十七字

注價者物之數也袁本茶陵本無此六字注盤曲紆屈下至山巖也袁本茶陵本無此二十八字有盤紆詰屈也崔嵬岑嵓高峻之貌也十四字互嶺巉巖袁本茶陵本互作元案此無可考也或尤本字譌注崖巘袁本茶陵本無此二字注偃蹇高貌袁本茶陵本無此四字注巍巍高大貌袁本茶陵本無此五字注言山能蒸出雲以沾潤萬物袁本茶陵本無此十一字注說文曰津液也袁本茶陵本無此六字注⿰舟氐至也隈水曲也袁本茶陵本無此七字注安回波靜遠去象袁本茶陵本無此七字注皆美玉名茶陵本無此四字袁本有注說文瑾玉名袁本茶陵本無此五字注翕赩盛貌袁本無此四字茶陵本有注詩傳曰赩赤色貌袁本茶陵本無此七字注蒼頡篇曰袁本茶陵本無此四字注著天地人經下至得符鯉魚中袁本茶陵本無此十七字注造伯

陽九山法𨑳下不能解其音旨袁本茶陵本無此十八字注茹芝英以禦飢袁本茶陵本無此六字清露潤其膚袁本茶陵本云露善作霧案此尤改之蓋以五臣亂善注列子曰袁本茶陵本列子作新序案二本最是注行乎郛之野袁本茶陵本無此五字注孔子曰先生𨑳下能自寬也袁本茶陵本無袁本茶陵本無此八十字注班固漢書曰袁本茶陵本書下有贊字注皇甫謐𨑳下在汲袁本茶陵本無此十八字注言若鳥之淩飛袁本茶陵本無此六字注奉君以周旋陳云君字衍是也各本皆衍注高士傳曰堯𨑳下陽城槐里人也袁本茶陵本無此八十三字心慊慨以忘歸案慊慨當作愷慊善引爾雅愷慊樂也慊即康字是其本作愷慊甚明袁茶陵二本所載五臣翰注乃云慊慨歎聲也乃誤作慊慨大違㪍賦之意各本以五臣亂善失著校語更誤今特訂正之注張衡應問曰何校問改閒陳同是也各本皆譌注孫竹枝根之末生者也袁本未作末是也茶陵本亦誤未陳云枝上脫竹字今案枝當作竹耳各本皆誤注又曰至人𨑳下順物而至此袁本茶陵本無此二十二字注孟子曰𨑳下見秋毫之末袁本茶陵本無

此三十一字 注按愼子下至督正也袁本茶陵本無此十九字 般倕騁神茶陵本般作班二云五臣作般袁本二云善作般案尤所見蓋與袁同也 注廣雅曰厠閒也袁本茶陵本無此六字 注我與君作袁本茶陵本無此四字 注廣雅曰揮下至以爲世無賞音袁本茶陵本無此七十二字 注自大夏之西崑崙之陰袁本茶陵本無此九字 注或曰成連下至見子春受業焉袁本茶陵本無此八十二字 注淮南子曰師曠下至清角爲勝袁本茶陵本無此一百二十四字 注韡曄盛貌繁縟聲之細也袁本茶陵本無此十字 注言聲陵縱下至開張貌袁本茶陵本無此十九字 注翕呷翠粲張揖曰翠粲案翠粲皆當作萃蔡順正文而誤改也說詳下 注紛翠粲兮案翠粲當作綷縩順正文而誤改善下文二云字雖不同正謂此所引萃蔡綷縩與正文翠粲及下引璀粲各不同也 於是器冷絃調案冷當作泠袁茶陵二本二云善作泠此以五臣亂善 注如志謂如其志意袁本茶陵本無此七字 注達則兼善天下袁本茶陵本達作堯案尤未必是也 拊絃安歌袁本茶陵本二云拊善作持案此尤改之 注爾雅曰

扶搖風也袁本茶陵本無此七字注史記曰瀛洲海中神山也袁本茶陵本無此十字注

莊子下至風仙也袁本茶陵本無此十二字注窈窕淑女袁本茶陵本無此四字注鄭元曰下至

呑也袁本茶陵本無此十三字注會節會也袁本茶陵本無此四字注半在半罷謂之闌袁本

茶陵本此七字作闌亦歇也四字注聲多也袁本茶陵本此三字作疾貌二字注𩟔不及也下至徒合

切袁本茶陵本無此十七字案二本正文𩟔下音蘇合𩟔下音徒合此與增多閑雜無以審真𩟔音若何也注廣雅曰下至

舉動也袁本茶陵本無此十三字注言其狀若詭詐而相赴也袁本茶陵本無此十字注蒼

頡篇曰隨後曰驅袁本茶陵本無此八字注韓詩曰下至猶躑躅也袁本茶陵本無此十七字

注言扶疏四布也袁本茶陵本無此六字注攢仄聚聲袁本茶陵本無此四字注毛萇傳

曰下至聲長貌袁本茶陵本無此十三字注蒼頡篇曰下至詠之聲袁本茶陵本無此十九字又袁有似

鴈之音已見上文八字在注末茶陵複出非尤本倒在上益非注爾雅曰摟牽也袁本茶陵本無此六字注說

文曰攙下至捋取也袁本茶陵本無此二十六字注說文曰繚纏也袁本茶陵本無此六字注

瀲洌水波浪貌言聲似也袁本茶陵本無此十字明嫿瞭慧袁本茶陵本慧作惠案此似尤改之

也注古本葩字下至所以不惑袁本茶陵本無此五十七字注令善也袁本茶陵本無此三字

注纂要曰下至謂之九春袁本茶陵本無此十八字注醇厚也袁本茶陵本無此三字注又對

曰下至巴人袁本無此十四字有巴人已見上文六字是也茶陵本複出非注崔豹古今注曰下至後人

回以爲樂章也袁本茶陵本無此七十九字非夫放達者袁本茶陵本無夫字下非夫至精者同案此似

尤添之也注說苑曰應侯下至能無怨乎袁本茶陵本無此五十九字注字林曰慘下至愴

傷也袁本茶陵本無此二十三字注喜懼抃舞案懼當作躍各本皆譌注服虔袁本茶陵本無此二字

注與女子袁本茶陵本子下有期於梁下女子六字注高誘注淮南子曰下至而水溺死袁本

茶陵本無此二十四字注舊長子建下至官至二千石袁本茶陵本無此二十字注人臣尊寵

袁本茶陵本無此四字　注延舉集其門凡號奮爲萬石君袁本茶陵本無舉字奮字　注建郎中令下至遲鈍也袁本茶陵本無此八十三字　注孔安國曰屏除也袁本茶陵本無此七字　注說文曰謳齊歌也袁本茶陵本無此七字　注其形下至而色青袁本茶陵本無此十一字　注國語曰下至鳴於岐山袁本茶陵本無此十三字　注列女傳曰下至於漢皐之曲袁本茶陵本無此三十八字　注韓詩曰下至和靜貌袁本茶陵本無此十四字　注賈逵曰唯獨也袁本茶陵本無此六字

○笙賦○

注周禮下至十二簧袁本茶陵本無此十四字　注白虎通曰下至衆物之生也袁本茶陵本無此十五字　注杜預曰汶水下至小竹袁本茶陵本無此十七字　注以飾五材案飾當作飭各本皆譌　注亦作撳謂指撳也袁本茶陵本無此七字　注統物也茶陵本物作揔是也袁本亦誤物　注黃鍾律呂之長故言基也袁本茶陵本無此十字　注尚書曰鳳皇來儀袁本茶陵本無此七字　注司馬彪曰企望也袁本茶陵本無此七字　注字林翶翺初

起也袁本茶陵本無此七字 注漢書音義曰歧歧將行貌袁本茶陵本無此十字 注郭璞爾雅注曰咮鳥口也袁本茶陵本此十字作咮亦喙也四字 注駢田聚也袁本茶陵本無此四字 注重疊貌袁本茶陵本重疊二字作衆 注見孟嘗君下至亦能令人悲乎對袁本茶陵本無此十九字 注於是雍門下至流涕袁本茶陵本無此十二字 注韓詩外傳曰下至不舉樂焉袁本茶陵本無此五十二字 注氣氣悟也袁本茶陵本不重氣字 注謂先温煖下至調理其氣也袁本茶陵本無此十三字 注埤蒼曰佛鬱袁本茶陵本埤蒼作字林 終蒐菽以蹇愕案愕當作諤注同袁本云善作諤茶陵本云五臣作愕此以五臣亂善非 注又云孟浪下至而復放袁本茶陵本無此十九字 注埤蒼懰宿留也袁本茶陵本無此六字 注虺韡熠熠袁本茶陵本熠上有煜字 注廣雅曰煜下至盛光也袁本茶陵本無此十五字案此蓋音與增多閑雜者 或竦勇剽急袁本茶陵本云剽善作影案此尤改之亦以五臣亂善也 注呂氏春秋曰伶倫制十二筩袁本茶陵本無此十一字 注虛滿謂隨氣

虛滿也袁本茶陵本無此八字注惨亮下至猶豫也袁本茶陵本無此二十一字案此蓋音與增多閒雜者

注古咄喑歌曰何校喑改唶陳同是也各本皆譌宛其落矣茶陵本云五臣作落袁本云善作死案此尤改

也夫其悽戾辛酸袁本茶陵本戾作唳案此尤改注聲大貌袁本茶陵本無此三字注聲長貌

下至下深也袁本茶陵本此十字作聲大且長貌五字注漢書音義下至曰酣袁本茶陵本無此十三字注

鄭元曰闋終也袁本茶陵本無此六字注絃謂琴瑟也袁本茶陵本無此五字注廣雅曰

長琴下至六七孔也袁本茶陵本無此一百十八字披黃包以授甘袁本茶陵本包作苞注同案此尤改

注說文曰縹下至大禹切袁本茶陵本此十七字作縹綠色也瓷瓶也七字注齊公之情案情當作

清各本皆譌注吳錄下至以爲酒有名袁本茶陵本無此十四字注蓬勃泰出貌袁本茶陵本泰

作氣注鄭元下至不過羽袁本茶陵本無此十四字注舜樂曰大韶袁本茶陵本大作簫注限一

齊楚袁本茶陵本限作混注昭公二十九年袁本茶陵本無此六字注魯人爲奏四代樂

袁本茶陵本無此七字注凡人邇近者下至不攜離之音袁本茶陵本無此三十八字注言衆

若林能揔之袁本茶陵本無此七字○嘯賦○注籒文下至其嘯也歌袁本茶陵本無此十

四字注從我者其由歟袁本茶陵本無此六字注史記曰不從流俗王之阸僻袁本

茶陵本無此十一字注遺身謂其身事袁本茶陵本無此六字注廣雅曰下至邪也袁本茶陵本無

此十字注淮南子濛汜曰所入處袁本茶陵本無此九字注蘙啓強茶陵本蘙作蘧強作彊是

也袁本誤與此同注言聲在喉中而轉故曰潛也袁本茶陵本無此十一字注字林曰熛

飛火也袁本茶陵本無此七字注黃宮謂黃鍾宮聲袁本茶陵本無此七字注說苑曰湯

時下至於是化形隱景而去袁本茶陵本無此一百八十六字注言悲傷能挫於人袁本

茶陵本無此七字冽飄眇而清昶袁本茶陵本飄眇作繚眺注同案晉書作繚眺尤改恐誤注爾雅曰下至

寒貌袁本茶陵本無此十二字注字林曰鳴下至音訓同袁本茶陵本無此一百四十字注通古之

風氣至下又曰袁本茶陵本無此二十二字蕩埃藹之溷濁袁本茶陵本蕩作流藹作靄案晉書作蕩字靄字未審善果何作注姑洗至下考神納賓袁本茶陵本無此十二字注說文曰溷亂也袁本茶陵本無此六字注樂用之則正人袁本茶陵本無之字案樂記注無之字人下有理字各本皆脫注景山大山也袁本茶陵本無此五字注字書曰悱心誦也袁本茶陵本無此七字訇礚唧嘈袁本茶陵本唧善作[illegible]案[illegible]不可通二本所見非也晉書亦是唧注字林曰礚大聲也袁本茶陵本字林曰礚四字作皆音均不恒曲無定制袁本茶陵本云善無恒字有二曲字案二本所見不可通非也晉書亦有恒不重曲注清疾貌袁本茶陵本無清字注孟子曰至下化齊衛之國袁本此三十字作緜駒王豹已見上文四字最是茶陵本複出與此異亦非注晏子春秋虞公至下長夜瞑瞑何時旦袁本茶陵本無此二百四十一字案凡若此者複雜已甚增多之非固不難辨耳注韓必斂手袁本茶陵本斂作檢案今春申君傳作斂蓋善所據作檢也檢斂古字通注孔安國曰至下此齊也袁本茶陵本無此四十六字注孔安國曰至下而致

鳳皇也袁本茶陵本無此二十七字 注晉書阮籍下至乃登之嘯也袁本茶陵本無此七十九字

文選考異卷第三

文選考異卷第四

賜進士出身通奉大夫江南蘇松常鎮太等處承宣布政使司布政使胡克家撰

卷十九○情○注事於最末袁本茶陵本事於作於是何校改於事○高唐賦○注漢書注曰下至風諫婬惑也袁本茶陵本無此二十三字注史記曰下至為頃襄王袁本茶陵本無此十五字注鄭元曰寢臥息也袁本茶陵本無此七字為高唐之客注自言為高唐之客袁本無此正文五字注七字茶陵本有案此蓋舍有五臣無而失著校語者注欲親進於枕席袁本茶陵本無進字案親當作進尤校改親為進因誤兩存耳注如瞫䀮也袁本茶陵本無此四字陳云瞫䀮二字疑今案無四字是也字書不見瞫䀮考五臣云如松栽也或誤入但亦非瞫䀮袁茶陵二本為不誤注韓詩曰何校詩下添章句二字陳同今案此所脫無以訂之注偈桀侹也袁本此下有居竭切三字案是也尤改入注末作偈居竭切非茶陵本刪去益非讀者因是皆誤連下文猋驅貌於此句而不可通矣注生此土袁本生下有乎字是也茶陵本無又其下此注不完皆非注

安流平滿貌袁本茶陵本無安流二字注爾雅曰如畝畝丘郭璞曰丘有隴界如
田畝袁本茶陵本作郭璞爾雅注曰有隴界如畝畝十一字注廣雅曰陰陘也袁本茶陵本無此六字注謂
水口急陘下至復會於上流之中止袁本茶陵本無此二十字若浮海而望碣石案碣
當斷句會碣礚厲及以下皆相協無容失其一韻石字當屬下句首石礫磦磦二句言小石也巨石溺溺二句言大石也其善注則云碣
石者以碣石解正文之碣非其讀正文於石爲句必五臣不察乃誤分節如此後善爲所亂而各本不著校語也又五臣誤改下文磦磦
作磦礫由不知磦磦與溺溺相對爲文亦可證注孔安國注尚書曰碣石海畔山也袁本作碣石山
名也已見上注是也茶陵本全複出皆非注埤蒼曰瀺灂水流聲貌袁本茶陵本無此九字注字林
曰竄逃也七外切非關協韻一音七玩切袁本茶陵本無此十八字案袁茶陵似非也此卷善
音二本多所刪去耳注交相也案交相當作相交各本皆倒注毛詩曰下至下句曰糾袁本茶陵本無
此十八字注柔弱下垂貌袁本茶陵本無下垂二字注漢書大人賦猗狔以招搖袁本茶陵

本無此十字 丹堊白帶何校云丹一作朱陳同案袁本茶陵本丹作朱也 注情哉萬事袁本茶陵本無此四字案此二本脫 注裖已見上林賦茶陵本作振字當作裖字袁本作振當作裖字皆校語錯入注又誤改善作當以尤所見爲是 注李奇曰袁本茶陵本無此三字 注方言曰磑堅也袁本茶陵本無此六字 注埤蒼曰崎嶇不安也袁本茶陵本無此八字 注說文曰俗案俗當作谸此所引谷部文各本皆譌下文千芊古字通芊亦谸字之誤 注望山谷芊芊青也袁本茶陵本芊芊作千千案今本說文作谸谸 注深直皃案直當作冥各本皆譌此在釋訓 注傾岸之勢下至如熊之在樹袁本茶陵本無此十七字 注楚辭曰怊悵而自悲王逸曰悵恨皃袁本茶陵本作王逸楚辭注曰怊悵恨皃十字 注說文曰纚下至若出於神袁本茶陵本無此四十六字有言不可測知五字案此尤添四十六字於言不可測知上而傳寫者因遺落其元有之五字也但所添不當凡尤意專主增多每類此陳但謂若出於神四字衍未是 注見本草下至漢書音義曰袁本無此二十五字有射干江東爲烏蓮七字茶陵本作射干烏蓮草也六字案蓮當作萐廣雅烏萐射干也曹憲音所夾今本亦作蓮

其誤正同此 注爾雅曰王雎下至一曰鶚鷵 袁本無此四十七字有王鵙鷵黃已見上七字最是茶陵本所
複出不同皆非 注昔有婦登北山 袁本茶陵本婦上有思字陳云北當作此各本皆譌 注漢書郊祀志
曰下至充尚羨門高二人 袁本茶陵本無此三十二字案二本最是此或駁善注羨門高誓之解而記於旁尤延之
誤取之也 注人在山上作巢 袁本茶陵本人下有共字又案此解正文公樂當云人共在山上作樂各本樂譌爲巢也
注以玉飾宮也 袁本茶陵本以上有璇宮二字案無者非也又二宮字皆室之誤 注字林曰 袁本茶陵本無
此三字 注漢書音義李奇曰下至橫衘之 袁本無此四十七字有羽獵已見上衘枚見吳都賦十一字最
是茶陵本所複出不同皆非 注爾雅曰莘下至亦可食 袁本茶陵本無此十八字 注以羽飾蓋 袁本
茶陵本無此四字 九竅通鬱精神察滯 袁本二云善有滯字茶陵本二云五臣無滯字案各本所見皆非也詳注意善
並無滯字察字韻上逮下歲自協以七字爲一句但傳寫者誤因注中鬱滯不通也妄添於下袁茶陵據之作校語尤延之亦不審而讀
者皆誤認爲善有五臣無矣 注氣者五藏之使候 袁本茶陵本無此七字 ○神女賦○其夜

王寢陳云王寢白玉諸字當如沈存中姚令威之說案何校亦云然謂玉王互譌也說載筆談及西溪叢語今考互譌始於五臣見下果夢與神女遇袁本茶陵本無果字是也案尤本所見又五臣以後之誤者王曰袁本茶陵本王下有對字是也案此玉對曰五臣玉作王仍存對字尤本所見又五臣以後之誤者注紛擾喜也袁本茶陵本無此四字王曰袁本茶陵本王作玉案此二本失著校語注髣髴見不審也袁本茶陵本無此六字玉曰袁本茶陵本玉作王云善作玉案二本與尤正同然則善五臣王玉互換此其明驗也自王寢以下及後王覽其狀皆當如此二本校語不備尤本亦多以五臣亂善賴存此一處可以推知致譌之由為沈存中姚令威疏通而證明之讀者亦可以無疑矣注勝盡也贊明也袁本茶陵本無此六字注又曰尚之以瓊瑩乎而注瓊瑩石似玉也音榮袁本茶陵本無此十八字注毛萇詩傳曰袁本茶陵本無此五字注說文曰侻案侻當作㛍各本皆譌此女部文也注與㛍同案㛍當作侻各本皆譌注旁宜侍王旁案首不當有旁字蓋此注在宜侍旁句下後并上為一節而標此字為識各本因皆衍近之既妖案妖當作姣上文姣麗五臣作妖善作姣袁茶陵二本有校語此以五臣亂善各本

皆非善注言近看既美是作姣之證 注方言曰姝好也袁本茶陵本無此六字 注字林曰暸明也袁本茶陵本無此六字 注聯娟微曲貌袁本茶陵本無此五字其所載五臣濟注有之案二本是也此尤所見誤衍 注婧好貌袁本茶陵本作閑體行也案二本是也此女部文今本閑體行婉婉也而善節引之 注廣雅曰嫿好也袁本茶陵本作嫿靜好也四字案二本是也此亦女部文非引廣雅尤所見誤衍 注音畫說文靜審也韓詩靜貞也袁本茶陵本無此十二字案或仍當有音畫二字以下皆誤衍耳 注聲類曰袁本茶陵本無此三字 注和靜貌下至嫕密也袁本茶陵本無此二十二字 注字林曰旋回也袁本茶陵本無此六字 注結猶未相著袁本茶陵本結上有未字是也 注方言曰頩怒色清貌切韻匹迥切袁本茶陵本無此十三字 ○登徒子好色賦 ○注此賦假以為辭諷於婬也袁本茶陵本無此十字 注廣雅曰嘕嘕故故喜也袁本茶陵本無此九字 注一云食邑章華因以為號袁本茶陵本無此十字 唯唯案此下各本皆提行非也考此賦本無所謂序今題下有并序二字而於此提行謂

以上是序以下是賦善必不應如是大誤未詳其何時始爾也注廣雅曰從容舉動也袁本茶陵本無此八字注此郊郎鄭衛之郊袁本茶陵本無此七字注靜女其姝又曰袁本茶陵本無此六字注大路詩篇名也下至與俱歸也袁本茶陵本無此二十八字注司馬彪注漢書子虛賦曰復荅也顏師古注復音伏袁本茶陵本無此二十字有復報也三字案二本是也凡此等尤所添皆非是○洛神賦○注記曰下至改爲洛神賦此二百七字袁本茶陵本無案二本是也此因世傳小說有感甄記或以載於簡中而尤延之誤取之耳何嘗駁此說之妄今據袁茶陵本考之蓋實非善注又案後注中此言微感甄后之情當亦有誤字也注黃初文帝丕年號下至濟度也此二十七字袁本茶陵本無注一云魏志三年不言植朝蓋魏志略也袁本茶陵本無此十五字案此亦尤延之誤取或駁善注之記於旁者注已見東都賦陳云都當作京是也袁茶陵二本複出皆非案複出不合善例凡袁亦誤者不悉出注山上神芝袁本茶陵本神上有有字是也容與乎陽林袁本茶陵本陽作楊云五臣作陽案二本是也尤所見以五臣亂善注陽

林一作楊林袁本茶陵本無陽林一作四字案二本是也此尤所見蓋有陽林善作楊林乃校語錯入注因改善作一以就之耳腰如約素袁本茶陵本云約善作束案二本校語是也注云束素約素以約解束五臣因改正文作約尤所見以之亂善非也奇服曠世袁本茶陵本云世善作代案此以五臣亂善注沃人之國下至名玉也又曰袁本茶陵本無此十八字注投我以木瓜袁本茶陵本無此五字注報之以瓊瑤何校瑤改琚是也各本皆譌注綃輕縠也案此當作綃已見吳都賦袁茶陵二本所複出者其證也注爾雅曰下至星上地也袁本茶陵本無此十四字注漢書音義應劭曰下至瀨湍也袁本茶陵本無此十九字注神仙傳曰切仙一出下至女亦不見袁本茶陵本此注作韓詩內傳曰鄭交甫遵彼漢臯臺下遇二女與言曰願請子之珮二女與交甫交甫受而懷之超然而去十步循探之卽亡矣迴顧二女亦卽亡矣案皆非也依善例求之當云交甫已見江賦袁茶陵其所複出也注說文曰下至靜貞也袁本茶陵本無此十二字注二妃已見上文毛詩曰下至無求思者案二妃下當有游女並三字依善例求之如此謂二妃注在思元賦游女注在琴賦袁本茶陵本所複出皆非

然卽其證也毛詩曰以下二十字尤本誤衍袁茶陵無注各處河鼓之旁袁本茶陵本無鼓字是也注聖足

行於水袁本茶陵本足作人是也令我忘湌袁本茶陵本湌作餐案疑善湌五臣餐而失著校語也湌餐古亦同字俗

譌爲湌他皆放此又案注使不飧飧當爲湌注曹植誥洛文曰案洛當作咎各本皆譌文今載集中袁本茶陵本誥

譌結陳云當作禊大非王伯厚嘗言曹子建誥咎文假天帝之命以誥風伯雨師名篇之意顯然矣注王母乘紫雲車

來袁本茶陵本來上有而字是也注爾雅曰下至山脊曰岡袁本茶陵本無此十九字注淚下貌袁本

茶陵本無此三字顧望懷愁案袁本茶陵本此下校語云善作怨其所見非也此韻脚非有異同尤本未誤注說文

曰騑下至盤桓不進也袁本茶陵本無此二十七字○補亡詩○注王隱晉書曰下至

賈謐請爲著作郎此四十九字袁本茶陵本無所載五臣翰注亦引王隱書而文大異蓋幷善於五臣之誤以尤所見

爲是注聲類曰袁本茶陵本無此三字注采蘭以自芬香也下至喻人求珍異以歸

袁本茶陵本此二十八字作言蘭芬芳以之故己循陔以采之喻己當自身盡心以養也二十三字注言在家之子袁本

茶陵本無此五字 注無有縱樂須供養此相戒之辭也 袁本茶陵本縱樂作游盤無須供養此四字 注馨芬香也至下教其朝晚供養之方 袁本茶陵本此十六字作彼言相戒盡心以養也八字 彼居之子色思其柔 陳云二句當在心不遑留下如首章例案所校是也各本皆誤倒 注孟春之月至下先以祭又曰 袁本茶陵本無此十九字 注此喻孝子循陔如求珍異歸養其親也 袁本茶陵本無此十五字 注廣雅曰噬至下今呼魴魚爲鯿 袁本茶陵本無此二十一字 注毛詩曰 案毛字誤各本皆同無以訂之 注豕畜之 袁本茶陵本畜作交是也 注鄂不韡韡 袁本茶陵本鄂作萼下同 案二本非也此善注當有鄂與萼同如下注跗與趺同之例因順正文改字而刪去之也尤依毛詩校正但未補所脫 注此喻兄弟比於華萼 案兄弟比於四字不當有因上引常棣而誤添也各本皆衍 注爾雅曰謂之萼 袁本茶陵本無此六字 輯輯和風 案輯輯當作揖揖袁本茶陵本校語云善作揖此必尤延之所改二本注云揖與輯同尤亦改揖爲輯甚非 注雲色不明貌 袁本茶陵本雲色不明四字作黑字 注輯輯風聲和也 袁本茶陵

本無此六字 注鄭元曰九穀 袁本茶陵本無此五字 注蒼頡篇曰稠衆也 袁本茶陵本無此七字 注郭璞曰道光照也 袁本茶陵本無此七字 獸在于草 案于當作在袁本茶陵本校語云善作在在可證尤所見誤以五臣亂善何云當作在陳同蓋據二本校 注淮南子曰四時者春生夏長秋收冬藏八風已見上 袁本作四時八風並已見上是也茶陵本脫 注曰風曰時 案當作曰寒曰風章懷太子注後漢書李雲傳所引史記如此蓋尚書亦然也今以東晉古文添曰時二字而誤去曰寒二字各本皆譌何校添曰寒陳同皆仍衍曰時末是 注崇丘上高丘也言萬物生長於高丘 袁本茶陵本無首六字末有者字 注周禮曰山林下至根生之屬 袁本無此十五字茶陵本此節無善注 注猶猷古字通 袁本茶陵本無此五字案此或所見不同若有之當如何校改上引詩王猷作猶乃相應 注易曰下至則歸長也 袁本茶陵本無此十七字

○述祖德詩○ 注春秋僖公二十六年下至使受命於展禽 袁本茶陵本無此一百十一字案二本是也此實非善注 注西晉也 袁本作已見西征賦是也茶陵本複出亦可證 注東晉也 袁本作已

見魏都賦是也茶陵本複出亦可證注左氏傳曰以敝邑下至介閉也袁本茶陵本無此十九字注今也蹙國百里袁本茶陵本也下有日字案陳云脫注孔安國尚書傳曰龕勝也袁本茶陵本無此十字注曹大家上疏謂兄曰袁本茶陵本謂作諸陳云諸當作請注張勃吳錄曰下至周行五百餘里袁本無此十九字有五湖已見江賦六字是也茶陵本複出與此皆非注埶樹也袁本茶陵本無此三字○諷諫○注應劭曰黼衣下至旗上畫龍爲之袁本無此二十五字有黼衣已見上五字茶陵本有杜預曰白與黑謂之黼九字注言受形弓之賜於此得專征伐袁本茶陵本無此十二字案無者是也此或以漢書顏注記於旁尤延之誤取之陳云言上當有顏師古曰四字不知其非善引也以下凡顏師古曰各條皆不當有袁茶陵二本俱無者最是今不悉出其所有誤中之誤亦不更論注迭互也袁本茶陵本此三字在注末案尤誤依顏注移注劉兆曰旁言曰譜袁本茶陵本無此七字注顏師古曰袁本茶陵本無此四字案尤延之添耳注尚書曰以蕃王室袁本茶陵本無此七字注墜失也眞魏切袁本茶陵本無此六字案

此卽顏注而竄入善者 注應劭曰小兒啼聲唉唉 袁本茶陵本無此并下顏注共十六字 注顏師
古曰懷思也來也 袁本茶陵本無此九字有善曰二字案二本是也以下皆善注而此爲顏注竄入者 注弔謂
元王也元王封於楚國 袁本茶陵本無此十一字 注元王立二十七年而薨垂遺
業於後嗣 袁本茶陵本無此十五字有卽位且三十年六字案二本最是此亦顏注竄入 克奉厥緒 袁本云緒善作
次茶陵本云五臣作緒案此所見不同漢書作緒或當是也 注夷王名郢客元王子 袁本茶陵本無此八字
注戊乃嗣故言不永統祀 袁本茶陵本無此九字案上七字顏注竄入 犬馬悠悠 陳云據注當作
繇繇今案其說誤也顏注竄入非善所引善注悠悠然遠也在下可證其與顏不同也尤延之所誤取複沓歧互不相比次讀者多不審
注以致困匱 袁本茶陵本作以困乏三字案二本是也以致困匱乃尤依顏注改耳 嗟嗟我王 袁本茶陵本不
提行是也 注我王戊也 袁本茶陵本無此四字 殆其茲怙 袁本云善作茲怙茶陵本云五臣作怙茲案各本所
見皆非也此但傳寫誤倒非善獨作茲怙何云當從漢書作怙茲於韻乃協陳同 注不自勗愼 袁本茶陵本無此四字案

二本是也此亦顏注竄入注言王不思鑒鏡之義袁本茶陵本思下有之不二字無義字案二本是也尤誤依顏注改注又鄧展曰岋下至危也袁本茶陵本無此二十三字又於赫君子上顏注十二字亦無說具於前於赫君子案赫當作昔此善作昔五臣作赫故善注云歎美昔之君子袁本茶陵本所載五臣翰注云於赫美也各本皆以五臣亂善所當訂正考漢書作昔五臣誤耳唯此節下顏注仍爲誤取竄入不相比次說具於前○勵志○注廣雅曰勵下至自勸勤學袁本茶陵本無此十四字注毛詩傳曰熠燿燐也袁本無此八字有熠燿已見秋興賦七字是也茶陵本所複出與此皆誤注一寒一暑一往一復袁本茶陵本無此八字有來者二字是也何校添來者於復字下陳同仍衍八字注論語曰下至不舍晝夜袁本無此十七字有逝者已見秋興賦七字是也茶陵本所複出與此皆非注人鮮克舉茶陵本下有之字袁本無陳云引詩脫之字是也注又匪先民是經先民周公孔子也袁本茶陵本無此十三字田般於游袁本茶陵本田作出何校依之改陳同案此尤本譌耳注淮南子曰楚恭王下至而精通於物袁本無此五十八字有養由已見幽通賦七字是也茶陵本所複出與此

皆非注荀卿子曰案荀當作孫各本皆譌注種善德茶陵本種作積善下有成字是也袁本誤與此同勉

爾含宏袁本茶陵本爾作志案此亦尤本譌也注成人在始與善敬之哉茶陵本與作與無敬之哉

三字是也袁本無與善敬之哉五字非注顏淵問仁袁本茶陵本無此四字注克己復禮爲仁袁本

茶陵本無此六字注孔安國曰復至況於終身袁本茶陵本無此二十七字注老子曰埏

埴以爲器袁本茶陵本無此八字注易曰君子進德脩業欲及時也袁本無此十二字有

進德脩業已見閑居賦九字是也茶陵本所複出與此皆非注暉吉茶陵本暉上有其字是也袁本亦脫注隰朋可

袁本茶陵本隰上有則字是也

卷二十○上責躬應詔詩表○注市專袁本茶陵本作市專切在注末是也注毛詩謂

何顏而不速死也袁本茶陵本謂作曰案考毛詩傳箋皆無此文蓋毛字傳寫有誤此所引或在三家詩傳耳五臣向

注乃云詩無此句而以表言詩爲誤果爾豈子建誤稱善又從而誤注耶五臣鹵莽每類此○責躬詩○注庭燎

有煇袁本煇作輝案正文作輝輝煇同字袁本是也茶陵本亦作煇蓋皆依今詩字改也注魏志曰黃初二年

陳云志當作書此王沈魏書見國志注案所校是也各本皆譌注儀禮曰案禮下當有注字各本皆脫注舛而不

朱何校舛改舍殊改誅陳云國志作捨而不誅細尋恐如李注所引殊爲得謂植雖有過不忍遽絕耳又骨肉之親析而不殊漢宣帝封

海昏侯詔中語也今案陳校是也考求通親親表云骨肉之恩爽而不離李彼注引漢書粲而不殊如淳曰粲或爲散此舛與爽粲散析

互異而義皆同漢書宣紀作粲武五子傳作析當各依其舊今國志蓋誤而何據之非矣又荀悅漢紀宣帝詔作捨而不誅亦後人所改

注魏志曰朱紱光大袁本茶陵本無此七字案二本是也考國志下文光光大使我榮我華作朱紱光大使我榮華

然則朱紱光大乃光光大使句之異不應以注此明甚矣必或記於旁而尤延之誤取耳又案善下文注引光光常伯是選本無誤今國

志自不與善同何陳皆用國志校者亦非當各依本書餘所有異同準此注毛詩傳曰不慮不圖陳云傳當作箋

案兩無正弗慮弗圖箋云而不慮不圖此引之以注不圖也○應詔詩○祁祁士女袁本茶陵本有校語云善

作女士案二本所見傳寫倒也此女字協韻非與五臣有不同尤本不倒蓋改正之矣注糇糧食也陳云糧字衍此引小

雅伐木三章傳文是也各本皆衍　注風縱縱而扶轄袁本縱縱作從從案當作從從說已見前茶陵本作縱縱與此皆誤　注情慨而長懷袁本茶陵本重慨字是也○關中詩○注都督雍梁晉諸軍事陳云晉當作秦是也各本皆譌　注毛詩曰皇甫卿士袁本茶陵本無此七字　注古旦袁本茶陵本作盱古旦切在注末是也　注成規之畫陳云之字疑今案國志注所引作外規廟勝之畫或此傳寫譌脫也　注虛皛謬彰其義一耳但交相避袁本茶陵本無此十二字案此當是二本脫交當作文傳寫譌耳　注林欲以爲功下至復詰林袁本茶陵本無此十九字案此當是二本傳寫脫范蔚宗書在西羌傳文句小異　注論語子曰何校子下添路字陳同各本皆脫　注尚書曰申命義叔下至以修封疆袁本茶陵本無此三十一字案此當是二本脫去一節注也　注惴惴或喣噓袁本茶陵本噓下有也字案此當云熙或作喣喣噓也各本皆誤五臣銑注云熙猶喣也卽襲善此注爲之可借爲證○公讌詩○注謂五官中郎也案謂當作爲也當作將各本皆譌○公讌詩○注升跂袁本茶陵本作翅升跂切在注中不翅猶過多也下是也　注論語摘

襄聖承進議曰袁本茶陵本襄作襄是也○公讌詩○注少有學下至減死輸作袁本
茶陵本無此四十二字有爲司空軍謀祭酒掾屬轉爲平原侯庶子後爲五官將有文學二十四字案二本是也　注古詩曰
日出東南行案此當作古日出東南隅行日各本皆誤○侍五官中郎將建章臺集詩○
注後爲五官將文學卒袁本茶陵本官下有中郎二字是也○皇太子宴元圃宣猷堂
有令賦詩○注又程猗說石圖曰袁本茶陵本又下有曰字是也注唯此與宅陳云唯此
二字當乙各本皆倒注言曰澄清也袁本茶陵本但有澄字無上言曰下清也四字陳云言曰當據左太沖詩注作方言
曰案此或尤延之校添而又脫誤耳　注搏拊琴瑟袁本茶陵本無此四字案此亦尤延之校添　注儀禮曰小
臣王辭袁本作小臣已見上文是也茶陵本亦複出皆非○大將軍讌會被命作詩○陵風
協紀案紀當作極袁本云善作紀茶陵本云五臣作極詳善引孝經鉤命決注協極是善亦作極不作紀各本所見皆非注國
語曰次序三辰賈逵曰日月星也袁本茶陵本無此十四字注合壽考也陳云合當作令

是也各本皆譌○晉武帝華林園集詩○注文章志曰應貞袁本茶陵本貞作禎下同案今晉書文苑傳作貞又上所引晉陽秋各本皆作貞蓋諸文互異善各從其本尤延之據晉書校改而一之耳注奄有九州陳云州當作有各本皆誤注在人也袁本茶陵本在人二字作是案此尤延之校改射御茲器茶陵本云射五臣作躬袁本云善作射何校云五臣作躬是也今案注無明文二本校語非可全據善果何作莫可考晉書亦作射仍不當竟改何校未是也注不懈于位袁本茶陵本不作匪案此亦尤延之校改○九日從宋公戲馬臺集送孔令詩○注宋書七志曰袁本宋作今茶陵本亦作宋陳云注引今書七志處甚多又證以王文憲集序宋字之誤無疑案所說是也注東郡人也袁本茶陵本東作陳是也注冠于時袁本茶陵本時上有一字是也注命有司袁本茶陵本命上有乃字案有司當作司服注必脩其故袁本茶陵本脩作循是也注又何爲乎袁本茶陵本此四字作何在二字案凡此類皆尤延之改注日出暘谷袁本暘作陽下同茶陵本亦皆作暘案當作湯各本皆譌湯谷如蜀都吳都西征等賦皆有其證不具出○樂游應詔詩○注沈約宋書曰下至爲高祖

相國掾茶陵本善曰下無此二十二字有與彭城王義康六字其五臣銑曰下有之袁本但載銑注末云善注同案此并五臣於善而各本皆失善之舊無可訂正也注草木交曰薄處陳云處字當在交字下案處衍字耳各本皆譌今楚辭注交下有錯字善引不備登廬山香爐峯詩注亦如此○九日從宋公戲馬臺集送孔令詩○注毛萇曰痱病也今本作腓字非案痱腓二字當互易詳文義謝詩作痱善引韓及毛皆作腓而訂之曰今本作痱字非也考鮑明遠苦熱行渡瀘寧具腓注引毛詩百卉具腓毛萇曰腓病也則此不得爲痱病也明甚蓋五臣因之改正文爲腓後以亂善遂復倒此二字使相就不知其不可通也歸客遂海嵎案嵎當作隅袁茶陵二本校語云善從山詳善引尚書注海隅是善亦作隅各本所見皆非注大川之閒何校閒改上陳同各本皆譌○應詔讌曲水作詩○注武帝引流何校武改文陳同各本皆譌注故象者袁本茶陵本象下有者形二字案此當作故象而形者二本誤而作者尤因其不可通輒刪二字非今本王弼注老子不誤犛費踰障袁本茶陵本障作嶂是也注如耒耜之爲用也袁本茶陵本無此七字注字書曰祕者陳云祕者下脫密也蘭祕四字今案當在祕下者上各本

皆誤昔在文昭陳云昭五臣作韶據善注亦當作韶今案茶陵本云五臣作韶與尤所見皆非也袁本作韶不著校語或所見
善亦作韶爲不誤耳注言其成也何校成改盛陳同各本皆譌注謂諸王者蕃也何校者改睿陳同各
本皆譌注故以前之文何校文改交陳同各本皆譌注錫袁本茶陵本作析音錫在注末是也注拂去
也陳云此拂字當作弗引毛生民首章傳也下句拂亦作弗者言顏詩亦有別本作弗耳案所校是也各本皆譌○皇太子
釋奠會作○達義茲昏何校云據注茲當作滋陳同案所校是也善作滋故引新論注滋昏五臣作茲故濟注云
亦猶是焉各本所見皆以五臣亂善而袁茶陵不著校語古茲字雖與滋同義然非此之用注九永袁本茶陵本作九永切在
注中貌下是也憬遠行注上殞袁本茶陵本作上殞切在注末是也注王逸姸敖蚩曰袁本茶陵本無敖字
案無者是也後五君詠注所引亦無敖字可證注爾雅曰邊遠也袁本茶陵本無此六字注虞夏商袁本
茶陵本商下有周字是也○侍宴樂遊苑送張徐州應詔詩○注杏袁本茶陵本作荇音杏在
注末是也○應詔宴樂遊苑餞呂僧珍詩○注言重故也袁本茶陵本注無故字是也

幘道曰簪案道當作連謂連幘於髮也釋名有其證各本皆譌○送應氏詩○注謂罪苦也案苦
也當作咎之各本皆譌此引表記注○征西官屬送於涉陽候作詩○注倉憒切袁本茶陵
本倉上有咄丁忽切啐五字無正文咄下丁忽二字是也案今善音割裂失理皆此類憂喜相紛繞茶陵本云五臣作擾
袁本云善作繞案各本所見皆非也善注引神女賦紛紛擾擾是亦作擾不作繞但傳寫譌耳○金谷集作詩○注
蔡邕陳琳碑曰何校琳改球陳同各本皆譌注沙棠櫟儲袁本儲作櫧是也茶陵本亦誤儲注岳
於省內謂秀曰孫令袁本茶陵本作岳省內見之因喚孫令是也案此亦尤誤改○王撫軍庾西
陽集別袁本茶陵本此下有作字是也時爲豫章太守庾被徵還東袁本茶陵本無此十一字是也
案此必或記於旁而尤延之誤取之方舟新舊知袁本茶陵本新作析是也注因袁本茶陵本作音因二字在注中城
曲重門也下是也○鄰里相送方山詩○注力甃袁本茶陵本作力甃切三字在注中維船索也下是
也注少思寡欲案思當作私各本皆譌注郭璞山海經曰案經下當有注字各本皆脫○新

亭渚別范零陵詩○注十洲記曰陳云案東方朔十洲記皆記仙山異境非其他地志之比安得載丹陽古蹟況觀新亭吳舊亭語乃三國以後人所記書名之誤更易辨也今案其說是也洲當作州善屢引之必當日別有其書也不知者改之耳各本皆誤餘詳每條下注謝眺何校眺改朓陳云注眺並當作朓各本皆譌以下放此不悉出注垂稱於平陽魏郡蒙惠化何校平陽改陽平蒙上添百姓二字陳同各本皆誤○別范安成詩○注心灼爍其如陽案陽當作湯各本皆譌

卷二十一○三良詩○注嚴父潛長夜袁本茶陵本潛作濳是也○詠史○注賈誼作過秦論司馬相如作子虛賦此一節注袁本茶陵本係五臣翰曰下案二本是也尤本誤以五臣竄入善注殊誤當削去之注韓君章句曰陳云韓下脫詩薛二字是也各本皆誤注干木偃息以藩魏案干字不當有各本皆衍注陳威發憤何校威改感陳同各本皆譌注長衢夾巷陳云衢下當有羅字各本皆脫注義義容也案義義當作娥娥各本皆譌今廣雅可證注武陽城槐里人也隨沖虛

袁本茶陵本也隨作修道是也案武依今本高士傳當是学武仲三字之脫酒酣氣益振袁本茶陵本振作震是也注
風賦曰廓抱影而獨倚案曰下當有起於窮巷之間楚辭曰九字各本皆脫所引楚辭在哀時命可證也注
盎中無斗米儲還視架上無懸衣說文曰袁本茶陵本無儲還視三字曰下有顧還視也四字
案此蓋所見不同○詠史○注終於家袁本茶陵本無此三字有滿見朝廷貪祿位者衆故詠此詩以刺之十六
字案此當以尤所見爲是二本幷五臣於善而誤也何陳皆取以添改非凡題下意揣作者之旨均屬五臣語前後可以例推而得者
注鍾會有遺榮賦又注鍾會遺榮賦曰袁本茶陵本不另分節作鍾會有遺榮賦曰七字案此亦
所見不同○覽古○注史記曰下至秦王大喜此二十二字袁本茶陵本無案幷善注於五臣而脫也
注史記曰下至請以十五都與趙此一百五字袁本茶陵本無案幷善注於五臣而脫也注吾所
以爲此也袁本茶陵本也作者是也注不如將軍寬之至也袁本茶陵本如作知是也○張子
房詩○注子朝至於洛師卜袁本卜下有瀾水瀍水四字茶陵本有瀾水東瀍水西六字案茶陵本爲是

注竟不易不易太子者袁本不重不易二字何校去陳二云衍是也茶陵本全删此節注非注翻飛維
烏茶陵本翻作䎙下同案茶陵本正文下有校語二云善作䎙則注中二字皆作䎙爲是袁本亦作翻誤與此同後謝宣遠荅靈運詩翻
飛各異槩注作䎙正文作翻疑正文誤但彼無校語耳凡此等皆舉其例而不勝一一出之者注燭幽明也茶陵本幽作猶
是也袁本亦作幽誤與此同注周易曰下至照于四方此十六字袁本茶陵本脫注孟子曰袁本茶陵
本起此至末五十四字脫注王逸楚辭注曰海內之政何校王逸楚辭注曰六字改作莊子堯治天下之民
平九字非也陳二云楚辭注曰下脫慶雲喻會尊顯也莊子堯治天下之民平共十五字是也注見四子何校見上添往字陳同是
也注喪其天下也何校也改焉陳同是也袁本茶陵本所脫止此注屬車八十乘案十下當有一字各
本皆脫注不良能行何校能改於陳同各本皆譌○秋胡詩○注詩曰東方之日案詩
上當有韓字各本皆脫注爾雅曰蕪草也案爾當作小各本皆譌小雅載漢藝文志今孔叢子之第十一也此所引
廣言文昔醉秋未素袁本茶陵本醉作辭有校語二云善作醉案各本所見皆非也醉但傳寫譌非善五臣有異注曰

出之東隅案日出二字當作失各本皆誤注歲既晏兮孰華案華下當有予字各本皆脫○五君詠○注詠劉伶曰案伶當作靈各本皆誤袁茶陵二本後正文亦作伶詳其注中凡所載五臣曰則爲伶字而善注三見仍皆爲靈字然則必五臣伶善靈而失著校語尤所見正文獨不誤此處因向同善注而亂耳又案二本酒德頌注亦善是靈字五臣是伶字注天神人五陳云神上脫下字是也各本皆脫注汝神遊守形袁本茶陵本注遊作將是也注聲高則悲何校高下添聲高二字陳同茶陵本有案尤本此處脩改以字數計之蓋初刻重一高字是也袁本無與脩改者同注阮咸哀樂至袁本茶陵本至下有到字是也○詠史○注野寂寞其無人案寞當作漠正文作漠後赴洛詩寂漠聲必沈袁茶陵二本云善作漠五臣作寞是其大較也此正文二本皆作寞而不著校語非○詠霍將軍北伐○注楚王使風湖子陳云別本湖作胡案今未見七命注引作胡考越絕書今本作胡吳越春秋作湖他書所引互有出入耳○百一詩○注筐篋筲也案筐字不當有後任彥昇哭范僕射謝惠連擣衣注引皆無可證各本皆衍注免而掩口袁本茶陵本免作俛是也○遊仙詩○何敬宗袁本茶陵本宗作祖

注同案此似所見不同然祖字是也贈張華詩雜詩皆作祖傳長虞贈詩序亦作祖皆可證 注列仙傳曰下至立祠

緱氏山下此一百字袁本無茶陵本有案蓋善自作王子喬已見遊天台山賦袁脫去此一句耳茶陵例複出未可爲據眩

然心縣邈案眩當作眇袁本茶陵本作眇二云善作眩今詳善注非有明文眩字於義無取當是傳寫之譌耳各本所見皆非

○遊仙詩○注而辭無俗累案無當作兼各本皆譌 注郭璞山海經注曰山居

爲棲又曰遯者退也周易曰龍德而隱遯世無悶陳云又曰遯者退也此六字當在遯

世無悶下郭璞山海經注曰山居爲棲此十一字又當在退也句下案所校是也各本皆倒蓋周易曰十一字與郭璞云云十一字互換

其處耳 注妾之居亂世袁本茶陵本之作闇是也 注而媒理也何校而改爲陳同各本皆譌 注淮

南子曰下至日爲之反三舍此二十六字袁本茶陵本作魯陽麾日見淮南子八字 注而明月皆

喻難闇投袁本茶陵本皆喻作之珠是也 注與李平教曰陳云平下當有子豐二字據蜀志注通鑑校是也各

本皆脫 姮娥揚妙音陳云姮當作恒今案善注引淮南子常娥爲注其下不云常娥之即恒娥似善自爲常字袁本茶陵

本所載五臣良注云姮娥是五臣乃爲姮字而各本亂之也陳改恒未是　注漢武內傳下至殆恐非仙才也此三十字袁本作漢武非仙才見漢武內傳茶陵本與此同　注守文法陳云文下脫之君當塗之士欲則先王之十一字是也各本皆脫

卷二十二○招隱詩○注井洌寒泉何校泉下添食字陳同各本皆脫○招隱詩○注脫與稅古字通案脫稅二字當乙謂正文及史記方言之稅即脫也各本皆倒袁本改吾未知所稅駕也作脫以就之大誤○南州桓公九井作○注檀道鸞晉陽秋曰陳云晉上當有續字是也各本皆脫餘同此不悉出　注字仲文袁本茶陵本無此三字　注左氏傳曰族穆子曰案上曰字當作公各本皆譌○遊西池○注沈約宋書曰混字叔源袁本茶陵本無此九字上臧榮緒晉書曰謝混下有字叔源三字案此各本并五臣於善而失其舊無可訂正也　注混思與友朋相與爲樂也案此十字係五臣語也袁茶陵二本合并六家往往有之前後例可推此本既單行善注不應竄入乃尤延之仍舊誤而未知校正者○泛湖

歸出樓中翫月○注阿谷之豫案豫當作隊各本皆譌注李宏軌法言注曰案宏字不當有各本皆衍軌字宏範蓋或記於旁而錯入一字耳善引李軌法言注甚多皆可證○從游京口北固應詔○注朝騁鶩兮何校去此四字陳云注前朝騁鶩兮衍案各本皆涉下而誤也○晚出西射堂○注山正鄣陳云山當作上各本皆譌案此釋山文今爾雅云上正章章鄣同字耳○登池上樓○傾耳聆波瀾此句上袁本茶陵本有衾枕昧節候褰開暫窺臨二云善無此兩句何校添陳同案詳文義當有各本所見或傳寫脫之也○遊南亭○注旅客會也何校會改舍陳同是也各本皆譌注居戚戚而不解茶陵本戚戚作慼慼袁本與此同案正文作慼慼茶陵本是袁本非也蓋善慼五臣戚其大槩矣餘倣此不悉出○遊赤石進帆海○注維長絹陳云絹當作綃是也各本皆譌○石壁精舍還湖中作○注謝靈運遊名山志曰案謝字不當有前後所引可證也各本皆衍又後登臨海嶠詩兩引皆衍不更出注所爲命陳云爲當作謂是也各本皆譌○登石門最高頂○注古樂府有歷九秋妾薄相行案此十一

字不當有觀下注云九秋巳見南都賦可知各本皆衍○於南山往北山經湖中瞻眺○注和氏玲瓏案玲瓏當乙說見前又正文玲瓏注瓏玲說在遊天台山賦注各本皆誤注擢紫茸茸案此下當有而容切三字袁茶陵二本正文下有此音合并六家因複出而刪尤仍其誤於是茸而容切本以四字爲句者僅存一茸字而不可通矣凡善音多割裂刪削無以全復其舊依此等例推之○從斤竹澗越嶺溪行○苕遞陟陘峴案峴當作現善注引聲類峴云峴與現同可知正文自爲現字今各本皆作峴必五臣改爲峴而後來以之亂善也集韻二十七銑有現峴二文云胡典切或作峴當卽出於此可爲證○應詔觀北湖田收○注太祖改景平十二年案十字不當有各本皆衍注劉安奏曰案安當作光此引順帝紀文也袁本亦譌安茶陵本刪劉安奏三字更誤注緹騎一百人袁本一作二案劉昭注引漢官亦云二百人可證二是一非也茶陵本亦作一誤與此同○車駕幸京口侍遊蒜山作○注劉楨京口記曰案楨當作損隋書經籍志曰京口記二卷宋太常卿劉損撰卽此各本皆誤注漢書儀曰案書當作舊各本皆譌注元天山最高在東北日出卽見案此

十二字決非善注各本皆同悉係五臣語而竄入也注尚書曰洪範五行傳曰陳云書下曰字衍是也各本皆衍

留滯感遺垠案垠當作萌茶陵本垠作萌云五臣作垠袁本作垠云善作萌尤所見誤以五臣亂善說詳前長楊賦中又二本注中皆作萌此亦誤改爲垠○車駕幸京口三月三日侍遊曲阿後湖作○注長五丈六尺案五當作九各本皆誤七命注所引可證彫雲麗琁蓋案彫當作彤注彤雲斐亹而翼櫺亦當作彤各本所見皆誤據遊天台山賦訂正之考袁茶陵二本所載五臣濟注云雕鏤雲氣然則五臣乃作彫後來以之亂善又并注中改爲彫字非孫興公賦別有作彫之本而善於此引之也彼賦五臣亦仍爲彤○遊東田○注陸機悲行曰案悲下當有哉字各本皆脫○從冠軍建平王登廬山香爐峯○注張僧鑒豫州記曰陳云州章誤是也各本皆譌注楚辭曰臨風怳兮浩歌案此九字不當有觀下注云臨風已見月賦可知各本皆衍○鍾山詩應西陽王教○注戴延之西征賦曰陳云賦當作記是也各本皆譌崚嶒起青嶂案注引魯靈光殿賦崱繒綾而龍鱗疑善作繒綾五臣作崚嶒合幷六家失著校語否則善亦有注繒綾

與峻嶒異同之語而今失去之也注維摩經曰下至四禪此二十六字袁本茶陵本無其所載翰注有之當是并善

於五臣而刪也尤所見爲是○宿東園○注荊門盡掩陳云盡書誤是也各本皆譌注征鳥厲

號袁本茶陵本號作猋是也今季冬紀是猋字注古董桃行曰案桃當作逃各本皆譌○古意詶到

長史溉登琅邪城○注鎮江乘縣境立郡鎮案縣上脫卽字郡下衍鎮字鎮江乘爲一句卽

縣境立郡爲一句各本皆誤脩篁壯下屬何校云篁疑作隍案其說是也善不注此字而以下屬江河注下屬然則隍之

爲城池可知也偶句云危樓峻上干危則峻也脩則壯也隍在城下樓在城上於義極協唯五臣銑注云竹叢曰篁云云合并六家遂以

亂善所當訂正

卷二十三○詠懷詩○注江妃二女袁本妃作婓案婓字是也江賦注所引正作婓以吳都賦證之

善婓五臣妃說已見前此詩蓋善亦作婓因正文爲五臣所亂并改此注爲妃益誤茶陵本作妃誤與尤本同注伯且君子

字何校云且字衍陳云同是也各本皆衍注安陵君所以悲魚也案以字下有脫文各本皆然無可據補也注

善曰東觀漢記袁本茶陵本無善曰二字陳云二字衍何校於此節注首添沈約曰三字今案陳據別本蓋是也何以意添非

春秋非有託茶陵本云五臣作訖袁本作訖云善作託案各本所見皆非也善引鄭禮記注訖止也可見亦作訖沈約曰春秋相代若環之無端所謂非有訖矣作託但傳寫譌今各本并注中亦譌託考所引即禮記祭統訖其嗜欲注之訖猶止也不得爲託明甚

注至於顛沛逆天袁本茶陵本逆天作道天是也 注顏延之曰何校之改年案以前後例之是也各本皆譌

注白露沾衣案衣下當有衿字各本皆脫此所引七哀詩也 注則音聲調案音當作商各本皆譌

注王逸楚辭注曰小曰丘此九字袁本茶陵本無案尤本是也所引在七諫沈江一本脫去之 注追

悟羨門之輕舉袁本茶陵本悟作悞案善悞五臣悟一本校語有明文善所載沈約注自不當作悟又正文何陳皆從五臣悟但未必非阮借悞爲悟當仍其舊

注蛩蛩負蟨以美草案以下少一字各本皆脫無可據補陳云脫求字但以意添耳

注元雲決鬱案決當作泱各本皆譌顏注漢書音烏朗反 注上有楓樹陳云樹字衍是也各本皆衍

注駕彼駟牡陳云牡當作駱各本皆作牡今案毛詩作四駱但恐李所據本異未可輒改凡注中各本既同而引書與

今所行差互疑不能明者皆準此不悉出其異本尚可考亦不悉出唯顯知傳寫之誤乃訂正之注劇辛諫楚王曰
茶陵本劇作莊案莊非也依今本戰國策改耳袁本作劇與此同恐善自如此為所據異本也○秋懷詩○注蔑比
卿相案此當作此世說新語品藻注引可證各本皆譌何陳校改為彼誤也注乃至仕人陳云至仕當作賦大見世
說注是也各本皆誤○臨終詩○歐陽堅石案此不得在謝惠連下當是臨終自為一類尤袁茶陵各本皆不分
蓋傳寫有誤又案俗行汲古閣本反不誤乃毛自改之耳非別有本也凡彼僅有是者餘均不置論為舉例如此注四時隱
南山何校時改皓陳同各本皆譌注色有五色文章案色文二字不當有各本皆衍○幽憤詩○
注后成叔曰陳云后當作郈今案后即郈也檀弓后木鄭注曰魯孝公子惠伯鞏之後正義曰案世本孝公生惠伯革其後
為厚氏世本云革此云鞏世本云厚此云后其字異耳春秋名號歸一圖曰厚成叔後改為郈皆可證冊魏公九錫文引作厚爰及
冠帶馮寵自放袁茶陵二本有校語云善無此二句案二本所見非也此與下二句為韻善不容無但傳寫脫去又其下
當有善注為脫去一節也尤本有者是然恐屬據五臣校補尚少善注耳任其所尚袁本茶陵本有校語云善作上注各崇所

尚二本尚皆作上案善下注又云說文曰尚庶幾也不作上字尤本以此校改然恐善注未全或於末元有注上尚異同之語而今失之

注莊子曰真者精誠之志陳云此九字衍觀下注自明是也各本皆衍注精誠之志也袁本志作至是也茶陵本亦誤志注說文曰懷藏也杜預曰忍垢恥也陳云說文下六字當在杜注下是也各本皆倒注發論辭也何校論改語是也各本皆誤注下民爲孽陳云爲之誤今案各本皆然疑李所據與今本作之者異下尊沓背增今本作憎又我心永疚今本作使我心疚皆放此餘不悉出注爲惡莫近刑案刑當作形詳下注司馬彪本作形字也各本皆誤○七哀詩○注孟秋寒蟬應陰而鳴案蟬下當有鳴蔡邕月令章句曰寒蟬十字各本皆脫陳云月令章句見子建贈白馬王詩注也○悼亡詩○注涼歲云暮案涼下當有風字各本皆脫注魏文帝歌行曰案歌上當有燕字各本皆脫注長戚之士能閑居案十當作不各本皆譌注駕言出遊又案又下當有脫無可據補陳云又字衍非也袁本無乃改去耳故於下句楚辭下加一注字以足之茶陵本與此同尚未經改也○廬陵王墓下作○注宋武帝子義真下至

作一篇此一節注袁本茶陵本皆係翰曰下茶陵本二云善同翰注袁本別有善曰沈約宋書曰武帝男廬陵獻王義眞初封廬陵王之任而高祖崩義眞聰明愛文義與陳郡謝靈運周旋異常而少帝失德徐羨之等密謀廢立則次第應在義眞義眞輕訬不任主社稷因與少帝不協乃奏廢義眞爲庶人徙新安近郡羨之等遣使殺義眞於徙所時年十八元嘉三年誅徐羨之傳亮是日詔曰故廬陵王可追崇侍中王如故一節注共一百卌一字當是尤所見與茶陵本同而致誤袁本爲是也 注朱方吳也案也當作邑各本皆譌 注曹植寡婦詩曰陳云詩賦誤是也各本皆誤 注疑彼三人陳云三二誤是也各本皆誤

○拜陵廟作○注王逸晉書曰袁本茶陵本逸作隱是也 注汲汲孳孳者袁本茶陵本無此五字案蓋所見不同也 伏軫出東坰案軫當作軾茶陵本二云五臣作軾袁本二云善作軫詳善引莊子以注伏軾是亦作軾其作軫者但傳寫誤耳況此詩末句有歸軫必不應複用矣尤因此并改注字益非見下 注宣尼伏軫而嘆袁本茶陵本軫作軾案二本是也此所引在莊子漁父云孔子伏軾而嘆可證又宣尼亦誤當作孔子也 注各自君陵傍立廟袁本茶陵本君作居是也 注作陽陵陳云陵下脫邑字是也各本皆脫 注被歌聲案此三字不當有各本皆衍

注言帝澤被天下袁本茶陵本無澤被天下四字幼牡困孤介案牡當作壯袁茶陵二本校語云善作牡幼壯與末暮偶句不待解而自曉故善俱無注實非於五臣有異校語非也○出郡傳舍哭范僕射○注傳舍也袁本茶陵本重傳字案今釋名傳傳也蓋尤本刪下舍字而誤去傳字注女史曰箴字何校史下脫陳同名本皆脫注攜手遯于秦陳云于字衍是也各本皆衍注孔安國尚書曰袁本茶陵本書下有傳字是也注臺無所鑒陳云臺當作臺下同是也各本皆譌注又曰容則秀雅稚朱顏袁本茶陵本無此九字注安意歌今陳云今吟誤是也各本皆誤○贈蔡子篤詩○注晉官名曰何校官上添百字陳同案晉上當有魏字隋書經籍志魏晉百官名五卷晉百官名三十卷並載皆無撰人名晉書蔡謨傳曰曾祖睦魏尚書可見此所引乃魏晉百官名而非晉百官名也各本皆脫陳又云所引書名當有誤是矣但失檢隋志耳濟岱江行案行當作衡袁本作衡字顯然無疑今各本幷注譌爲行絕不可通何校云藝文類聚行作衡亦是一證雖則追慕案追當作進袁本云善作追茶陵本云五臣作進各本所見皆傳寫誤善引法言以注進慕是亦作進若作追慕不得云以此專注慕字也凡此等善與五臣

無異袁茶陵二本據誤字爲校語而失之者於今所訂正爲一例也涕泣漣洏案洏當作而注引杜預左傳注而語助也善必爲而字無疑贈士孫文始詩胡不悽而句例正同唯袁茶陵二本載濟注云洏亦淚流也是五臣乃作洏字今各本所見皆以五臣亂善耳祭古冢文縱鍤漣而亦善而五臣洏彼未亂之可爲證矣凡此等善與五臣截然有異袁茶陵二本不著校語而失之者於今所訂正爲又一例也○贈士孫文始○注三輔決錄趙岐注陳云趙岐二字衍岐著三輔決錄晉摯虞作注下云於今詩猶存即虞自謂作注之時耳案所校是也各本皆誤注士孫孺子名萌袁本茶陵本無孺子名三字亦尅宴處袁本茶陵本尅作克是也靡日不思茶陵本日作喆云五臣作哲袁本作哲無校語案二本所見皆非也此及上句皆取詩成文善注因人亦有言連引靡喆不愚者猶之因靡日不思連引有懷於衞耳與正文無涉也唯銑注云哲智也是五臣乃誤作哲又以之亂善此所見獨不誤或尤延之知其非而校改之也○贈文叔良○僑肸是與案僑當作喬注同茶陵本作喬云五臣作僑袁本作僑用五臣而失著校語尤所見以五臣亂善非也考隸釋三公山碑云喬札季文議郎元賓碑云有喬宰鄭皆東漢時書喬字無人旁之證羣書亦有之不悉數注敢請辭故陳云辭亂誤是也各本皆譌注

而不可以之告何校刪之字陳同各本皆衍　注孤用視聽命何校視改親陳同各本皆譌　注君

若卑天子陳云卑上脫無字是也各本皆脫　注言江漢之君至下非汝之功也袁本茶陵本無

此二十二字何校云考六臣本即良注陳云削去爲是案所校是也○贈五官中郎將○注公子自是

案是當作起各本皆誤　金罍含甘醴袁本茶陵本云甘善作其案據校語五臣乃作甘此作甘者尤延之所改也注無明

文而第三首云應門重其關句例正同末必非善自作其字尤改失之　注蔿啓強曰陳云強彊誤是也各本皆譌　注

幹自謂也何校幹改楨案所改非也幹即公幹善注稱人字有此例　華燈散炎輝案燈當作鐙注同各本皆譌第

一首第三首袁茶陵二本有校語此首失著乃誤以五臣燈字亂之○贈徐幹○注楊雄解嘲曰案嘲當作

難各本皆誤○贈從弟○冰霜正慘愴茶陵本愴作悽案悽字是也注豈有明文袁本作愴與此同誤

不羅凝寒何云羅疑作罹陳同案各本皆作羅蓋傳寫譌

卷二十四○贈徐幹○注而能相萬乎何校萬改薦陳同各本皆譌○贈丁儀○

注玉除彤庭案除當作階各本皆譌但引以注玉字其除卽是階上已注訖不知者用正文玉除改之非也後贈何劭王濟詩注引不誤亦可證或又因此欲改西都賦作除則益非矣○贈王粲○攬衣起西遊袁本攬下有校語云善作攬茶陵本則云五臣作攬案此恐傳寫誤耳無論善自作攬卽五臣亦未始作攬也○又贈丁儀王粲○注西都賦曰袁本茶陵本賦作賓是也又後贈張華荅何劭詩注皆然注抗仙掌與承露茶陵本抗作抗案涉下而誤也袁本作抗與此同不誤引之但注承露其以下方注槩字或因據此誤字反欲改西都賦則謬矣聊出之於尤本無施也與賦作以○贈白馬王彪○注日不陽袁本茶陵本日不作到洛是也鬱紆將難進茶陵本云難進五臣作何念袁本云善作難進何校云難進當從魏氏春秋作何念案此恐善本傳寫有誤踟蹰亦何留袁本茶陵本云何善作可案二本所見非也善自作何注有明文此不誤或尤校改之也孤魂翔故城注魏志城作域袁本茶陵本無注魏志城作域五字正文皆作域茶陵本有校語云善作城袁本無案魏志城作域五字當是或記於旁尤誤取添入注故此處脩改之迹尚存也善作城無明文恐尤及茶陵所見傳寫有誤而袁所見爲未誤也注太子執報桓榮書曰

案埶字不當有各本皆衍太子漢明帝也在范蔚宗書桓榮傳○贈丁翼○世俗多所拘袁本茶陵本世作時是也○贈秀才入軍○顧盼生姿袁本茶陵本盼作眄注同案眄字是也眄為盼之別體字不知者多改為盼茶陵改刻如此後又誤成盼也注所以得魚也何校得改在同各本皆譌注聲而斲之何校聲改聽陳同各本皆譌注臣則當能斲之袁本當作嘗是也茶陵本亦誤當注齊平帷也何校帷改帳是也此節注袁茶陵二本多脫字不具論○贈山濤○今者絕世用袁本茶陵本有校語云用善作人案二本所見非也注有明文此不誤或亦尤校改○荅何劭○注貽爾新詩又陳云又文誤是也各本皆譌注己已衰老子曰袁本茶陵本老下有也老二字是也流目翫儵魚茶陵本儵作鯈注同案鯈字是也考莊子釋文作鯈爾雅釋文作鯈陸於秋水篇引說文直留反謂魚部鯈字音然則鯈是儵非也袁本亦誤儵其注作鯈仍不誤○贈馮文羆還斥丘令○注後漢班固議曰以漢興已來案漢下當有書字曰下當衍以字各本皆誤在班固傳也借曰未洽茶陵本作給云五臣作洽袁本作洽無校語案二本所見皆大誤所載翰注曰給猶足也五臣

作給無疑然則善作洽也茶陵本例用善爲正文當作洽而著五臣作給袁本例用五臣爲正文當作給而著善作洽今倒錯失理此不誤必尤延之知其非而校改正之 非子之念袁本茶陵本有校語云非善作悲案二本所見非也注無明文然作悲不可通必善自作非與五臣無異但傳寫誤也此不誤蓋亦尤校改正之也○荅賈長淵○注魯公賈謐袁本茶陵本無魯公二字是也注以綱爲喻也案綱當作網各本皆譌 注丁德禮寡婦賦曰案此有誤也前潘安仁寡婦賦屢引丁儀妻寡婦賦其日杳杳而西匿句注引此文然則禮下脫妻字各本皆誤儀字正禮疑一字德禮奏彈王源注引丁德禮勵志賦蓋儀作也又赴洛道中作詩注引丁儀寡婦賦恐亦脫妻字 注嗟爾烈祖袁本茶陵本爾作嗟是也 如玉之闌案闌當作爛善引王逸楚辭注爛然爲注可見也又音爛力旦切皆其證今亦改闌益非茶陵本二云善作之闌袁本二云善作之蘭乃五臣改爛爲蘭改之爲如而云如蘭之芳又轉轉多譌謝靈運擬鄴中集陳琳詩夜聽極星爛善引明星有爛爲注五臣改爛作闌而以爲闌稀袁茶陵二本校語具有明文正與此略同矣 注賈戒之以木袁本賈作潘是也謂安仁所作耳見後茶陵本亦作賈與此同誤 注晉克曰何校晉改里陳同各本皆誤○於承明作與士龍○佇盼

要遐景茶陵本盼作眄是也袁本作眄亦非說見前俯仰悲林薄案林當作外袁本茶陵本二云善作外薄迫也言悲自外而來迫也不知者以五臣亂善尤所見非○贈尚書郎顧彥先○注屛翳起雨袁本屛翳作荓號是也茶陵本亦誤作屛翳案天問文注王逸曰口屛翳袁本曰下有荓字茶陵本有屛字案袁本是也此尤脩改而誤注書籍林淵袁本茶陵本無此四字○贈顧交阯公真○注子盍亦遠績禹功袁本茶陵本無禹字是也案見左傳釋文善引自如此尤添禹字耳○荅張士然○注敬祭明祀陳云當作敬恭明神是也各本皆誤注晉宮閣銘曰案銘當作名各本皆譌○爲顧彥先贈婦○翻飛浙江汜袁本茶陵本有校語云游善作浙今案各本所見皆非也詳善但引江有汜爲注而不注浙江是江汜連文非浙江連文蓋亦作游與五臣無異傳寫誤也○贈馮文羆○苟無凌風翮徘徊守故林注莊子曰鵲巢於高榆之巔巢折淩風而起袁本茶陵本二云善無此二句注十六字一本無案此尤延之校添或其所見者有正文二句及注也故林謂吳必作於出補吳王郎中令時故云爾潘安仁爲賈謐作贈詩旋反桑梓帝弟作

瑀或二云國宦清塗攸失亦卽此意有者是矣五臣向注誤不具論○爲賈謐作贈陸機○注得百姓

之國茶陵本姓作里是也袁本亦誤姓注得其姓者案得其當作其得各本皆倒注將軍弱冠登

朝袁本茶陵本無弱冠登朝四字是也注夫招士以旂大夫以旌袁本茶陵本作夫招士以旌五字案當是

招大夫以旌之譌尤所添改未是注必之天下英俊袁本茶陵本之作於是也吾子洗然案洗當作洒善

注中兩字皆作洒唯袁茶陵二本所載五臣銑注字乃作洗然則善洒五臣洗各本所見亂之而失著校語善所引禮記玉藻莊子庚桑

楚皆本是洒字釋文可證也注郭璞□山海經注曰袁本璞下衍曰字茶陵本無此亦初衍脩去莫匪

安恒袁本茶陵本二云安善作宣案此蓋所見不同今無考但作宣不可通當是傳寫誤也○贈陸機出爲吳王

郎中令○注是史也何校史上添良字陳同各本皆脫注其祖弗父何始有國袁本茶陵

本無此八字注茲恭敬何校恭上添益字下去敬字是也各本皆誤○贈河陽○注以問於窋

子袁本問下有其故二字茶陵本有二字無以字尤初同茶陵而脩去注人果共立爲邑起冢陳云立字衍是

也案漢書循吏傳共上有然字無立字各本皆誤注能舉居之官職也茶陵本居作君是也袁本亦誤居

文選考異卷第四

文選考異卷第五

賜進士出身通奉大夫江南蘇松常鎮太等處承宣布政使司布政使胡克家撰

卷二十五○贈何劭王濟○注毛詩傳曰何校去傳字陳云傳字衍是也各本皆衍○爲顧彥先贈婦○注集亦云爲顧彥先案顧當作全見前卷士衡詩題下注亦者即亦彼也不知者誤謂亦此題而改之耳二陸同作不得岐異明甚今世行二陸合集又將士衡題一槩盡改成顧字則更誤中之誤也袁茶陵二本合幷此節注入向目下文句咸失其舊難以取證今不復論注徘徊相侔瞥若電伐陳云侔當作佯相佯見楚辭伐滅誤案所校是也各本皆譌○荅兄機○注不相能也曰尋干戈以相征討袁本茶陵本無也下九字案各本皆非見下注以服事夏商袁本茶陵本無此五字案此上起左氏傳至末一節注與前卷全同依善例但當云參商已見上文蓋各本皆誤複出尤又從而補之皆非善之舊○荅張士然○注曹植出行曰案出上當有亟字各本皆脫後八公山詩注引可證感念桑梓城袁本茶陵本有校語云城善作城案各本所見皆非也城

但傳寫誤善亦作域非與五臣有異二本據所見誤字作校語耳　注轗軻長辛苦袁本辛苦作苦辛是也茶陵本亦誤倒

○荅盧諶詩○注段匹磾領幽州牧諶求爲匹磾別駕袁本茶陵本無州下牧諶二字及爲下匹磾二字案無者是也尤誤取五臣良注衍字添耳　嗣宗之爲妄作也袁本茶陵本有校語云妄善作忘案二本所見非也作忘不可通必傳寫誤而尤改正之者　長鳴於良樂袁本茶陵本無長字案此或所見不同今無所考　注適祇適也陳云上適字衍是也各本皆衍　戹運初遘案遘當作構袁本注作構成也見下其五臣銑注乃云遘遇也各本所見皆以五臣亂善而失著校語尤因此幷改注字益非　注毛萇詩傳曰遘成也袁本遘作構案構字是也所引小雅四月傳文茶陵本删去此八字大誤　注善馬香草何校馬改烏是也各本皆誤　注杜預左氏傳曰陳云傳下脫注字是也各本皆脫　褭粮攜弱袁本茶陵本此上有不慮其敗唯義是敦八字云善無此二句案各本所見皆非也詳詩每章十二句傳寫共脫三處非善自無下二處皆經尤校改正之唯此仍其舊爲失於檢照也又疑善尚有注爲幷脫一節今注莫可考　注張晏漢書曰何校書下添注字是也各本皆脫　注倚篠異幹何校倚改

奇是也各本皆誤虛滿伊何蘭桂移植袁本茶陵本有校語云善無此二句案二本所見非也傳寫誤脫說見上尤校改正之其脩補之迹尚存也又疑善亦尚有注莫可考光光段生出幽遷喬袁本茶陵本有校語云善脫此二句案傳寫誤尤校改正之說見上此二句善注各本具存益足證非善自無也凡袁茶陵二本據所見為校語未嘗謂善真如此讀者每誤認觀此可曉然矣注夫招大夫以旌袁本茶陵本旌作旍案正文作旍旍即旌字陳云上夫字衍是也各本皆衍○重贈盧諶○注以激諶素無奇略何校素上添一諶字是也各本皆脫注非得公侯案非當作北各本皆譌注已見謝惠連張子房詩何校惠連改宣遠是也袁本亦誤惠連茶陵本所複出更非○贈劉琨○注宋伯謂晉侯曰何校宋伯改伯宗是也各本皆誤注周易繫辭袁本茶陵本辭下有文字是也注老聃謂崔曜曰案曜當作臞見釋文茶陵本曜作瞿依今莊子改未是也袁本亦誤曜注楚子和氏案子當作人各本皆誤良謀莫陳袁本茶陵本謀作謨案此或所見不同今無所考使是節士袁本茶陵本使作狹云善作使案各本所見皆非也善自作狹注云故尤而狹之傳寫并注中皆譌為使乃不可通此即

善五臣無異而當訂正者注達志也陳云志也當作亦樂見幽通賦是也各本皆誤注道德於此何校德改得陳
同是也茶陵本作得袁本亦誤德注秦繆公問內史廖曰袁本茶陵本廖作廖是也注夫差以甲
兵五千人何校夫差改句踐陳同是也袁本亦誤茶陵本脫此注○贈崔温○注公宮之長何校
公宮改六官陳同是也各本皆誤○荅魏子悌○注惕惕猶切切也陳云切切當作忉忉是也所引
防有鵲巢二章傳文各本皆誤○荅靈運○注高軒以臨山案高上當有開字各本皆脫注伊余
志之懷慢愚袁本茶陵本之下無懷字愚下有兮字是也又茶陵本志作懷亦誤○於安城荅靈運何校
城改成注同陳云城成誤是也各本皆譌嚶嚶悅同響袁本茶陵本作嚶鳴云善作嚶嚶案各本所見皆非也詳詩以嚶鳴
與上華萼偶句非善獨作嚶嚶乃傳寫誤又何云五臣作嚶鳴向來不知校語但據所見故何以嚶鳴專屬之五臣耳後酬從弟惠連詩
鳴嚶已悅豫五臣亦作嚶鳴疑彼各本所見善誤倒注陸機贈馮文熊詩曰案熊當作羆各本皆譌注京
畿千里陳云京邦誤案所校是也正文云封畿卽邦畿耳各本皆誤注跬以一足行爲袁本茶陵本無爲字

（是也）注曹植與吳重書曰（陳云吳下脫季字案非也重卽季重例見前）○西陵遇風獻康樂

○注阿谷之隊隱也（陳云隱下脫曲之汜三字見前謝惠連泛湖詩注是也各本皆脫）注焉得萱草

（案萱當作諠觀下注可見各本皆誤）○還舊園作見顏范二中書○注陸機弔魏文帝

柳賦曰（何校魏下添武帝文曰庶聖靈之響像魏十一字陳同是也各本皆脫）注徐羨之等（何校徐上添誅字是

也各本皆脫）質弱易版纆（袁本茶陵本版作板音百蠻何校改扳陳云注板扳誤案所校是也注同末當有善音今脫）

衛生之經乎（茶陵本無乎字是也袁本亦衍後脩去之）注司馬彪曰生（茶陵本生上有衛字是也袁本亦脫）

○登臨海嶠初發彊中作與從弟惠連○注文章常會（何校常改賞陳同是也各

本皆譌）攢聚之也（茶陵本無之字陳云之字衍是也袁本亦衍）○酬從弟惠連○注善養曰

（案養當作卷各本皆譌此讓王篇文也）

卷二十六○贈王太常○注若險危大人（袁本茶陵本若作以是也）注山海經曰

丹穴之山有鳥焉其狀如鶴五采名曰鳳鳥案此二十一字不當有下云丹穴已見東京賦彼注所引即此文無庸複出明甚各本皆衍以此推之善注失其舊者多矣 注爾雅曰列業也案爾當作小業當作文各本皆誤又陳云烈業也釋詁文不當誤引以釋列字蓋五臣本作列故有此注後誤入李注并訛烈爲列其說非也袁茶陵所載五臣銑烈美也之注自在且引爾雅曰亦不合其例此爲善注無疑必小譌作尒乃改文爲業耳○直東宮荅鄭尚書○皇居體寰極袁本茶陵本寰作環是也注何異絲桐之閑哉陳云異與誤是也各本皆譌○和謝監靈運○注汀水際也案際下當有平字各本皆脫前登臨海嶠詩注引有可證說文云汀平也矸汀或从平韻會舉要曰謂水際平地是矣不知者誤刪之 興賦究辭棲袁本茶陵本棲作悽陳云棲悽誤是也又二本賦作玩有校語云善作賦案詳善有玩愛也之注則善亦作玩各本所見爲誤又案此注玩愛也上引說文云與悅也考說文在女部云嬽說也依善例當引作嬽而下注嬽與異同今本恐經後人竄改致失其舊疑不能明矣○荅顏延年○注侵謂之侵案上侵字當作　故各本皆誤○

高齋閑坐荅呂法曹○注魏武帝善哉行曰陳云善哉當作短歌是也各本皆誤○在郡臥病呈沈尚書○簟笠聚東菑袁本簟作臺注盡同茶陵本盡作簟案考宋本謝宣城集作臺驗其集如撫机作杌風雲作煙之類與五臣每合是善簟五臣臺袁茶陵不著校語者非又善注引毛詩臺笠緇撮傳臺所以禦雨皆作簟而於其下云音臺恐亦經竄改失舊依善例當引作臺而下注簟與臺同音臺也注浮蟻在上洗洗然案洗洗當作洸洸各本皆誤○暫使下都夜發新林至京邑贈西府同僚○注荊州圖記曰當陽東有楚昭王墓袁本茶陵本無當陽東有五字注登樓賦曰所謂西接昭丘也袁本茶陵本無西接二字又陳云曰字衍是也各本皆衍案與彼賦注可互證○詶王晉安○注周易曰袁本茶陵本曰上有子字案此尤刪之非○奉荅內兄希叔○注後至行軍參軍陳云後上脫還字至字衍行軍二字當乙是也各本皆誤注選太子太傅功曹掾也茶陵本選作還是也袁本亦誤選寂蔑終始斯茶陵本有校語云蔑五臣作蔑始五臣作如袁本正如此其用五臣也案蔑即蔑別體字耳始字義未安或各本所見

善傳寫誤注無明文不可考庶子及家臣何校臣改丞陳云臣丞誤案各本皆作臣詳五臣良注家丞亦家臣也是其本作臣意取與下民陳濱爲協然庶子同是家臣而以及爲言殊乖文義恐此詩自通協丞字善並不作臣故但引家丞更無申說也各本皆以五臣亂之而失著校語注致足樂之何校之改也陳同是也各本皆誤注贈盧諒詩曰陳云諒上脫子字案非也此如公幹稱幹季重稱重之例○贈張徐州稷○注投來修岸垂陳云來當作耒是也各本皆誤注疵痛也陳云痛病誤是也各本皆譌注齊以荊州爲北徐州也陳云荊州二字衍案所校是也謂即鍾離之徐州而加北字耳各本皆衍○古意贈王中書○注漢紀曰秦遷於琅邪之皐虞案曰當作由以十一字爲一句王文憲集序其先自秦至宋注引琅邪王氏錄云其先出自周王子晉秦有王翦王離云云卽所云由秦遷也漢紀漢世也集序離翦之止殺吉駿之誠感注引漢書王吉琅邪人卽所云漢遷琅邪也琅邪王氏錄者何法盛晉中興書之篇目此注所引晉書未稱何家疑亦琅邪王氏錄文與集序注所引本相承接各本皆誤讀者尠察今特訂正之○

贈郭桐廬出溪口見候○湍險方自茲茶陵本險作嶮云五臣作險袁本作險案袁本所用五臣

也此似尤亂之○河陽縣作○連陪厠王寮茶陵本云五臣作違袁本云善作連案各本所見皆非也違去也去陪臣而厠王寮也連字不可通傳寫誤耳注浩蕩或爲濟蕩音西案此不可通必有譌錯各本皆同他無所見難以正之矣注人生年不滿百案人字不當有茶陵本無袁本有人字無年字非害盈猶矜驕袁本茶陵本猶作由是也注毛萇詩曰袁本茶陵本無詩字是也歸鴈映蘭時茶陵本云五臣作時袁本云善作時陳云時當作詩見前謝叔源遊西池詩注又此注大渚曰沚下疑脫詩與沚同四字亦見前注案陳校云當作詩是也考集韻六止云沚詩或从寺又云詩澥或从時然則必潘詩異本有作澥者或用澥改詩遂誤爲時耳非善五臣之不同也注中二沚字皆當作詩蓋毛詩作沚訓小渚韓詩作詩訓大渚故善引韓及薛君章句以注詩不知者又誤改詩作沚致與正文歧異大夏緬無覿茶陵本夏作厦有校語云五臣作夏案此卽傳寫誤也善作夏注有明文袁本及尤所見皆不誤注自今掾吏陳云吏史誤下同是也各本皆譌○在懷縣作○注毛詩曰迄茶陵本詩作萇是也袁本亦誤詩春秋代遷逝何云春秋另一首當提行起陳云春秋以下爲一篇是也茶陵本不誤袁本誤不提行其以下仍相連尚未誤割四句入第一首也

尤本非注何謂寵辱寵爲下得之若驚失之若驚袁本茶陵本作何謂也爲下得之若驚九
字案此尤據王弼注本校添未是也注植根生之屬也陳云植下當有物字是也各本皆脫卷然顧鞏洛
袁本茶陵本卷作眷云善作卷陳云據此注亦作眷爲是案所校是也此但傳寫誤各本所見皆非注公鉏曰敬恭朝
夕案日字不當有各本皆衍陳云日當作然之二字非也善引多節耳○迎大駕○注而蓋卽同也袁本
茶陵本蓋上有惟字是也注蘇武曰陳云武秦誤是也各本皆誤○赴洛○注聽之寂寞袁本寞作
漠是也茶陵本亦誤寞下寂寞各本皆同亦當作漠餘皆放此慷慨遺安愈案愈當作悆注同各本皆誤據注引東京賦訂
也五臣作念卽悆字形近之譌可借爲證注張叔與任彥堅書曰陳云叔當作升升字彥眞見范史文苑傳是也
各本皆誤○赴洛道中作○注維進退準繩袁本茶陵本維進退作進退惟案此尤改惟爲維而誤倒
在上也○始作鎭軍參軍經曲阿作○眇眇孤舟遊袁本茶陵本遊作逝云善作遊案各
本所見皆非也善亦作逝逝往也遊但傳寫誤非善五臣之不同袁茶陵據誤本爲校語耳注孔子行年六十化

袁本茶陵本化上有而六十三字是也○辛丑歲七月赴假還江陵夜行塗口○注西荆州也案荆字當重各本皆脫不爲好爵榮何校榮改縈陳同今案此依今本陶集校也詳五臣銑注作榮華解是其本作榮善注無明文未知與五臣異同以義求之似當是營應劭注漢書敘傳不營曰爵祿不能營其志引易不可營以祿虞翻本正如此今本漢書改引易作縈又隸釋載婁壽碑不可營以祿新刻亦改縈是後人多知縈少知營故耳集作縈未可據其詠貧士第四首好爵吾不縈仍作縈可見縈未必非又縈之誤者也何陳失之○永初三年七月十六日之郡初發都○注何不能攄以爲大罇袁本無能字是也茶陵本亦衍注一瓠落大貌袁本無一字是也茶陵本亦衍○過始寧墅○注初與郡守爲使符茶陵本使上有竹字是也袁本亦脫○富春渚○注則盡諸以報之陳云盡畫誤是也各本皆譌○七里瀨○注甘州記曰下至至嚴陵瀨此十九字袁本無茶陵本有案有者是也又甘字疑當作十與後新安江水詩注所引其文似相承接也餘引此書多譌州爲洲皆不知者改耳注末世鎖才兮陳云鎖疑瑣是也各本皆譌注後漢書曰袁本

茶陵本後上有范曄二字是也○初去郡○注子房之巖棲案子房當作許由各本皆誤 注班固漢書曰邴曼容袁本茶陵本無班固漢書曰五字邴下有生字案各本皆非依善例當云邴生曼容已見還舊園作無此下養志自修爲官不肯過六百石輒自免去十六字 注不悞牽朱絲何校悞改悟陳同今案此疑借悞爲悟已見阮籍咏懷詩 注陸機越洛詩曰案越當作赴各本皆譌 注戰明貴不如義袁本茶陵本戰下有勝字是也

○初發石首城○注是曰京師陳云師當作畿因詩有出宿薄京畿句故既引伏記復云爾也案所校是也各本皆誤 注善貸且善成茶陵本無且下善字是也袁本亦衍 晨裝摶魯飈案魯當作曾袁本云善作魯茶陵本云五臣作曾各本所見皆非魯但傳寫誤何校改曾陳同是也 注又曰莊子曰摶扶搖而上征飈已見上文案又曰下當有脫文征字衍袁本與此同誤茶陵本刪又曰二字征飈已見上文六字作楚辭曰溢飈風而上征九字乃複出前在郡臥病呈沈尚書注耳何校全依茶陵改非

○道路憶山中○注縱恣而傲誕案縱上當有縱誕二字各本皆脫

○入彭蠡湖口○注廣雅曰何校三字改入下狖蜼也上陳云長揚賦

注可據今案此疑中閒本無言乘月而遊至爲亂芳叢之馥四句後來添入乃致舛錯失次也各本皆誤露物恣珍怪案露當作靈袁本茶陵本作靈云善作露案各本所見皆非也靈物與下異人偶句非善獨作露但傳寫誤○入華子崗是麻源第三谷○注祿里弟子茶陵本里下有先生二字何校添陳同案此不當添祿里卽祿里先生矣袁本亦無銅陵映碧潤案潤當作澗袁本茶陵本作澗云善作潤案各本所見皆非也潤字不可通但傳寫誤注桓子新論曰陳云下脫天下神人五一曰隱淪九字見江賦注今案蓋注本云隱淪見江賦或記桓子新論於旁而誤改之如此也各本皆誤險逕無測度案逕當作陘注引爾雅山絕陘可證也袁茶陵二本作徑其所載五臣濟注云言山徑高險是五臣徑善陘二本以徑字亂善而不著校語尤本作逕同字耳各本又皆改去注中陘字乃誤之甚者也見下條注山絕險案險當作陘各本皆誤此所引釋山文郭注云連山中斷絕也注遊將升雲煙陳云遊逝誤是也各本皆譌注仰羽人於丹丘陳云仰仍誤是也各本皆譌恒充俄頃用案恒當作常注引司馬彪莊子注曰常久也可證前道路憶山中詩常苦夏日短袁茶陵二本亦作恒有校語云善作常此蓋同彼各本失更著校語遂以五臣亂善而正文與注不相應矣

卷二十七○北使洛○注中軍行軍參軍袁本茶陵本無行下軍字是也注蔡邕陳寔命碑曰陳云命字誤是也案此不當有碑在五十八卷可證各本皆衍隱憫徒御悲案憫當作閔此善閔五臣憫而各本亂之注中字不誤可證也上文吳州五臣作洲伊穀五臣作𣪊袁茶陵二本皆以五臣亂善而失著校語尤本不誤此正相同尤獨未經校正失之注韓詩曰周道威遲案此有誤也遊天台山賦琴賦金谷集詩皆引韓詩周道威夷是遲當作夷秋胡詩行路正威遲善兩引毛韓而云其義同此與秋胡詩俱顏作正文遲字無疑恐善既引韓而其下別有遲夷同字之注今失去也注居世亦然之陳云亦然之當作何獨然見魏志植傳注是也各本皆誤○始安郡還都與張湘州登巴陵城樓作○河山信重復袁本茶陵本復作複案復複同字史記漢書復道皆讀複此蓋善復五臣複二本失著校語尤本所見為不誤也清氛霽岳陽袁本茶陵本氛作雰案善引說文雰字為注其本作雰明甚恐是五臣作氛即資暇錄所言若李注云某字或作某字便隨而改之者也袁誤善為五臣尤誤五臣為善茶陵近得之而失著校語皆非注說文曰氛茶陵本氛作雰是也此所引气部氛下重文雰字也袁本亦作雰但盡改此節其餘氛字為雰則誤甚

注河上有楓何校去河字陳同各本皆衍○還都道中作○注駭瀨㴋而相礧陳云瀨崩誤是也各本皆譌○之宣城出新林浦向版橋○注起於蒼州陳云蒼當作滄是也各本皆譌注謝靈運遊南亭詩曰賞心唯良知陳云此十三字乃下賞心於此遇注誤列於此案當在下節注引左傳下各本皆誤○敬亭山詩○注賈誼早雲賦曰案早當作旱各本皆譌陸士衡從軍行注引正作旱此賦古文苑載之注陸機歌曰何校歌改歎陳同各本皆譌注王粲從軍行詩曰案行字不當有各本皆衍○休沐重還道中○注休謂退之名也陳云謂譌誤退字衍是也各本皆誤此即高紀注注濮陽令陳云濮上脫去字令下脫歸字是也各本皆脫注嵇康秀才詩曰陳云秀上脫贈字是也各本皆脫注陸機曰日出東南隅陳云日字衍隅下脫行字案行下當有日字各本皆誤注退將復修吾初何校初下添服字陳同各本皆脫○晚登三山還望京邑○灞涘望長安案灞當作霸注同上篇霸池不可別袁茶陵二本作灞大較善霸五臣灞而亂之尤本彼不誤而此未經校正餘亦不悉出也

注何爲久淫滯案淫滯當作滯淫各本皆倒○京路夜發○注戒車三百兩袁本茶陵本戒作戎是也注班固燕山銘曰案燕下當有然字各本皆脫○望荊山○注淚下沾衣裳案衣裳當作裳衣各本皆誤後燕歌行注引亦然善注之例但取義同無嫌語倒說見前不知者順正文乙轉非也餘引同此不更出更使豔歌傷茶陵本更作再袁本作載云善作再案再字是也再使與一聞偶句五臣改爲載以則解之殊失作者之意尤本作更乃誤字耳○旦發魚浦潭袁本茶陵本魚作漁是也注山正曰障袁本茶陵本山下有上字是也案此引釋山文彼無山字善添之如前卷引水正絕流曰亂水字亦添尤蓋校改刪山而誤去上字○新安江水至清淺深見底貽京邑遊好○注十洲記曰案洲當作州各本皆誤說見新亭渚別范零陵詩下寧假濯衣巾袁本茶陵本此下有校語云善作布衣案二本所見絕不可通必非也此本所見不誤或尤延之據注及五臣校改正之注紛吾可以濯吾纓案可以濯吾纓當作既有此內美涉下節而舛錯也各本皆誤注雜子曰陳云子字誤是也各本皆譌七里瀨所引正作字所謂周成雜字者也○從軍詩○但聞所從誰袁本茶陵

本聞作問二云善作聞案各本所見非也聞但傳寫誤注陸賈新論曰案論當作語各本皆誤軍人多飫饒

袁本茶陵本人作中二云善作人案各本所見非也人但傳寫誤注漢書曰魏郡有鄴城縣案曰字城字不當有

各本皆衍所引地理志文也注所願志從之案之字不當有各本皆衍今家語無又志作必注異於是矣

茶陵本異上有人字是也袁本自左氏傳下至此并善入五臣甚誤注使子餘茶陵本餘下有相字是也袁本亦脫不能

效汨溺袁本茶陵本此上有竊慕負鼎翁願厲朽鈍姿二云善無此二句何校云五臣本多二句陳同今案此恐各本所見善傳寫

脫正文并注一節也下節注仲宣欲厲節而求仕蓋即指此注葬我君還公袁本茶陵本還作桓是也注眷眷

懷歸案歸當作顧各本皆誤前屢引可證注毛萇詩序曰陳二云萇字衍是也各本皆衍注有後令邯

鄲何校有改胥陳同各本皆誤注搦朽摩鈍鉛刀陳二云荅賓戲搦朽摩鈍鉛刀皆能一斷鈍字絕句鉛刀屬下讀

此恐脫四字案所校是也各本皆脫○宋郊祀歌○注嚴恭寅畏袁本恭作龔案此所見不同茶陵本亦作

恭袁本龔字決非後人所爲乃善之舊其作恭者蓋依今尚書改善引嚴龔注嚴恭寅畏注龔威其下當更有音義異同之注各本皆刪

削失之以致正文與注不相應或欲改正文作寅畏以就之亦非注夐其邈于陳云于當作兮是也各本皆譌注明
王威德袁本茶陵本盛作慎是也注寤寐曰陳云寐字衍是也各本皆衍注陟配在京陳云陟王誤在
于誤案所校是也此但涉正文誤耳注齊桓公曾不足使扶輪羽獵賦曰案公字不當有輪當作轂
羽上當脫撰人姓名此非楊子雲作各本皆誤○樂府三首注五言案此古辭下不當有五言二字其三首每篇題
下當有之茶陵本後二首正如此前一首又誤移於上亦非袁本俱無益非飲馬長城窟行○書上竟何
如袁本茶陵本上作中是也○傷歌行○昭昭素月明袁本茶陵本月明作明月是也陳云別本作明月前
月賦注後何敬祖雜詩注引皆作明月可證注抑於家案抑下當有鬱字各本皆脫此所引永傳文漢書可證○長
歌行○注魏武帝燕歌行曰陳云武當作文是也各本皆誤焜黃華蘂衰袁本茶陵本蘂作葉
是也下篇注引正作葉字○短歌行茶陵本此下有四言二字案有者是也袁本每題下盡無皆非注遷南頓令
陳云南頓當作頓丘案所校是也魏志武帝紀及裴注俱可證各本皆誤蓋東郡之頓丘也注皇帝時宰人袁本茶陵

本皇作黃是也但爲君故沈吟至今袁本茶陵本有校語云善無此二句案所見非也此詩四句一換韻今與心協不容善獨無之蓋亦脫正文共注一節說具於前尤延之知其誤據五臣補正文故此處有添改痕跡但疑終失注耳注月明已見上句袁本茶陵本見上作上四案各本皆有誤也疑當作已下否則月明行耳○苦寒行○注然則坂在太行案則字不當有各本皆衍凡善注之然郎今人之然則前後例如此不知者誤添之○燕歌行袁茶陵二本此首在善哉行之後案蓋善五臣次序不同二本所用是五臣而失著校語耳注宋玉風賦案風當作諷各本皆譌餘多不更出○善哉行○注寄者固也陳云固下脫歸字是也各本皆脫餘屢引可證注又毛詩曰茶陵本無又字是也袁本亦衍○箜篌引案上五言二字當在此下茶陵本亦誤注倒後三首每題下皆當有茶陵本不誤吾能尊顯也陳云也之誤是也各本皆譌○美女篇○注南方草物狀曰案物當作木各本皆誤此嵇含所撰注懷秀女案秀當作季各本皆譌洛神賦注引不誤注顏色盛也言美案也言二字不當有各本皆衍前神女賦秋胡詩後日出東南隅行引皆不誤可證也○白馬篇○注臣不若王子城

也案也當作父各本皆誤此所引呂氏春秋勿躬篇文○名都篇袁茶陵二本此首在美女篇之後案蓋亦善五臣交序不
同說見前馳馳未能半茶陵本下馳字作騁袁本亦作馳馳案馳行也馳馳猶行行耳騁字蓋後人改之注搢插
也袁本茶陵本插作揷是也今儀禮釋文亦誤改揷爲插與此正同○王明君詞○注臧榮緒晉書
曰下至遂被害案此一節注非善之舊袁茶陵二本皆并善入銑曰而如此耳今無可考注魏文帝苦哉行
曰陳云文當作武哉當作寒是也各本皆誤注爲復系若韓單于案復下當有株字系當作絫各本皆誤此所引
匈奴列傳文也韙作韙蓋別體字注吁嗟默言陳云言當作默是也各本皆誤注思寄身於鴻鸞袁本
鸞作鷰是也茶陵本亦誤鸞注高誘呂氏春秋曰陳云秋下脫注字是也各本皆脫
卷二十八○猛虎行○注侯璞箏賦曰案璞當作瑾各本皆譌侯瑾范史文苑有傳隋志云集二
卷箏賦今在藝文類聚初學記皆可證餘亦屢引○君子行○注除其毒而置衣領之中袁本
作數十衣中四字茶陵本并善入五臣良注與此同案皆非也數十當作綴于尤延之不知字譌取良注以通之非也琴操亦云綴衣領

可借證注奇往視袖中殺蜂案視當作就殺當作掇正引此以注掇蜂不得作殺乃良注誤言殺琴操載一云令伯奇掇之可借爲證袁本亦譌注使者就袖中案就當作視此與上視就二字互易其處也袁本亦譌注藜羹不糝袁本糝作粼是也此所引呂氏春秋任數文高誘有注可證注食𥻅故饋陳云故欲誤袁本亦作故今呂氏春秋作而後二字或善引不同耳袁茶陵二本所載五臣良注作欲陳以之校善未必是○從軍行○夏條集鮮藻案集當作焦袁本云善作集茶陵本云五臣作焦所見皆非也集字於文義全乖各本但傳寫誤非善如此○豫章行○汎舟清川渚茶陵本川作山云五臣作川袁本云善作山案此所見不同蓋尤是二本非或校改正之注昔周公弔二叔之不咸故封建親戚茶陵本無弔二叔之不咸故七字袁本無弔二叔之不咸六字案善引經典有節其字句之例尤本專主增多每非是注出是上獨西門案獨當作留袁本亦譌茶陵本此一節并善入五臣良注全失其眞或又據之以改善斯大誤矣今不具論○苦寒行○注山墮也茶陵本墮作隤是也袁本亦誤墮○君子有所思行○注難止也案止當作正各本皆譌顏氏家訓引作整可借證也下同注說

文曰何校文改苑陳同各本皆誤○齊謳行○注請更諸爽塏之地陳二云之地當作者今案當作者也引末綴以也字善每有之各本皆誤注恒豆之俎案俎當作菹各本皆譌注謂百萬中之二也案中當作十各本皆譌○長安有狹邪行○注俊民用康案此有誤也洪範有俊民用章家用平康無俊民用康餘屢引各本亦章康互出蓋章是康非也要予同歸津袁本茶陵本予作子是也○長歌行○注范曄後漢書曰袁本茶陵本無此六字案無者是也善例如此引太子報桓榮書之在榮傳谷永與王譚書之在永傳初不稱范班二史也其類甚多此亦尤延之添而未是者注願乘閑而自察袁本茶陵本乘作承是也○悲哉行○喈喈倉庚吟茶陵本吟作音二云五臣作吟袁本二云善作音案二本非也上二云時鳥多好音古人即不忌複韻此實非其比但傳寫誤尤所見為是或校改正之也○吳趨行○注而齊右善謳袁本右作后是也上注二云齊娥齊后也此作后明甚今茶陵本亦作右皆後人誤改又案餘屢引皆作右疑孟子有二本而善兼引之如放踵致於踵兼引之冽泠泠祥風過何校祥改鮮二云江淹擬許徵君自序詩曲櫺激鮮飈注中引此句作鮮案所校是也茶陵本二云五臣作鮮

袁本云善作祥各本所見皆傳寫譌善五臣並非有異而誤著校語之例卽 注謝丞後漢書曰案丞當作承各本皆
譌○短歌行○注王逸楚辭曰案辭下當有注字各本皆脫餘同者不悉出 注萍華案華當作
苹袁本亦譌茶陵本作蓱萍上作蓱蓱始生與今月令合或與尤袁所見自不同也○日出東南隅行袁本茶陵本此
首第十長安有狹邪行第十一前緩聲歌第十二長歌行第十三吳趨行第十四塘上行第十五悲哉行第十六短歌行第十七案此亦
善五臣次序不同而失著校語高臺多妖麗案妖當作妓注同善引呂氏春秋公妓且麗在達鬱又王逸楚辭注妓好也在
大招妓麗施只下作妓明甚袁茶陵二本作妖所載五臣向注云妖美必各本以五臣亂善又盡改注中妓字作妖而幾於莫可辨識矣
今特訂正之 濬房出清顏案詳注引廣厦邃房是善正文作邃字袁茶陵二本作濬所載五臣濟注云濬深恐此亦以五
臣亂善 注曼好目曼澤陳云好上曼字衍是也此引王逸語後三十三卷可證各本皆衍 高崖被華丹
案崖當作岸袁本云善作崖茶陵本云五臣作岸其實各本所見皆非也崖字傳寫涉上而誤耳非善如此 注韓詩曰舞
則莫兮陳云莫纂誤案所校是也前舞賦注引不誤可證○前緩聲歌○注馮夷大禹之御

也案禹當作丙各本皆誤此所引原道訓文高誘有注云丙或作白不得爲禹明甚後廣絶交論引作丙不誤○塘上行
○注止于巨樊陳云巨字衍是也各本皆誤○會吟行○注控揔宮引第一袁本無宮
字是也茶陵本亦衍案下云其宮引本第二此不當有宮字甚明注佇立也陳云立當作久是也各本皆誤注前漢
書袁本茶陵本無前字是也有者大誤鷁首戲清沚袁本有校語云鷁善作鸐其注中亦是鸐字案袁所見非也茶陵本
皆作鷁無校語當與尤所見俱未誤注闔閭傷馬陳云馬當作焉是也各本皆譌○東武吟○注有功
卒陳云卒當作中卒是也各本皆誤何校去卒字者非此所引李廣傳文注秦築長安城袁本無安字是也茶陵本
亦衍倚杖牧雞㹠茶陵本云收五臣作牧袁本云善作收案二本所見非也收是傳寫誤尤蓋校改正之也○結客
少年場行茶陵本此下有五言二字以後六首同是也袁本全無者非注燕丹太子案太字不當有各本皆衍
陳云燕丹子書名是也載隋志注東爲城臯何校城改成陳同各本皆譌○東門行○注日出東
門行案日字不當有各本皆衍注有鴻鴈從東方來案鴻當作閼各本皆誤今楚策閼有閼連文不知者改之

永明十一年策秀才文同誤　注故創怯茶陵本怯作隕袁本亦作怯案今楚策作隕此怯當是抎字之譌抎隕同字不知者

改之永明十一年策秀才文同誤陳云下脫也字今楚策有　行子夜中飯袁本有校語云善作飲案所見非也茶陵本作

飯無校語與此皆不誤凡此等必詳出以為合幷六臣本校語皆據所見而為之之證知乎此始能得善真矣讀者詳之○苦熱

行○注苦熱但曝霜案霜當作露各本皆譌　渡瀘寧具腓茶陵　作肥云五臣作腓袁本云善作

肥案善引毛詩注具腓又云腓音肥正文自不作肥二本所見非也此蓋未誤或亦尤校改正之　注還遂案遂當作逐還逐當

謂旋被斥逐今外傳作見逐逐字是見字恐非○白頭吟○注越于毫芒案越當各本皆譌　○放

歌行○注郭象注曰茶陵本象下有莊子二字是也袁本亦脫○升天行○勝帶宦王城何校

茶陵本云宦五臣作官袁本云宦善作官案二本所見互異尤與茶陵同是也袁本蓋非注先生隨神士還代何校

士改女是也各本皆譌　注故秦氏作鳳女詞案詞當作祠各本皆譌○鼓吹曲○注兩京

賦序曰案京當作都各本皆誤○挽歌詩○注生之高堂之上陳云生坐誤是也各本皆譌

注天地生也存何校生也二字乙轉陳同各本皆倒○挽歌詩○聽我薤露詩案薤當作韰詳

袁茶陵二本所載五臣銑注乃作薤其善注中字盡作韰是善韰五臣薤各本皆以五臣亂善也尤本并改注字非見下注薤露

蒿里袁本茶陵本薤作韰是也案此尤誤改觀以下此字三見仍皆作韰改而未盡明矣注是夢坐奠於兩楹

之閒案奠字不當有各本皆衍注友朋自遠方來茶陵本友作有是也袁本亦誤友論語音義有或作友非可證

注乘其四駱陳云乘其當作駕彼是也各本皆誤注海水經曰何校水改東陳同今案各本皆作水水疑外字

形近之譌但今山海經未見此文無以決定也注曳珂錫茶陵本珂作阿是也袁本亦誤珂流離親友思袁本

茶陵本此一首在重阜何崔嵬一首之前案尤所見不同以文義訂之當倒在上且此句與第一首末句相承接尤非二本是也注

孔子爲明器者陳云爲上脫謂字是也各本皆脫○歌○注荊軻下至荊卿好讀書擊

劍袁本茶陵本此三十二字作荊軻者衞人也好讀書擊劍之燕十三字案二本是也此尤延之增多而誤○歌○留置

酒沛宮袁本茶陵本無酒字案二本非也五臣銑注云沛高祖之里故以置宮是五臣本乃無酒字也善不注考史記漢書皆有

酒字裴顏及諸家皆無注蓋置酒自不煩注耳五臣去酒字造此曲說誤之甚者尤所見爲是一本失著校語讀者易惑附辨之如此

○扶風歌○我欲競此曲陳云競疑竟誤注同案所校是也袁本云善作競茶陵本云五臣作竟各本所見皆非競卽竟傳寫誤非善如此○中山王孺子妾歌○注詔賜中山靖王噲何校王下添子字陳同袁本亦脫此所引藝文志文也茶陵本幷入五臣更非注及孺子妾幷陳云幷冰誤是也各本皆誤注西都賓曰視往昔之遺館案視當作䀖各本皆譌又案此是西京賦必善誤記耳此類多不具出

卷二十九○古詩○注驅馬上東門案馬當作車各本皆誤各在天一涯袁本茶陵本有校語云善作一天涯案此所見不同李陵詩云各在天一隅蘇武詩云各在天一方句例相似恐一天誤倒或尤校改正之也注飄颻謂之猋案飄當作飆各本皆譌飆颻卽扶搖字釋文可證注然軺軻不遇也案軻下當有而留滯王逸曰軺軻八字此所引七諫文又案上句年既已過太半兮已字亦當有各本皆誤脫不可讀今訂正之注宋玉長笛賦曰案長字不當有各本皆衍注脈相視也案視字不當有各本皆衍此釋詁文脈卽䀖釋文可證魯靈光殿賦注引

眽相視也亦衍眽覛同字也注順彼長道案順上當有又曰二字各本皆脫注漢書景帝曰陳云景武
誤是也各本皆誤注白紈素出齊案白字不當有各本皆衍前怨歌行注引無仙人王子喬袁本茶陵
本有校語云仙善作小案此所見不同小字當傳寫誤仙字爲是或尤校改正之眄睞以適意引領遙相睎
袁本有校語云善無此二句茶陵本有而無校語案此尤與茶陵合與袁不合亦即所見不同也但依文義恐不當有四五詹
兔缺案詹當作占注云然詹與占同古字通善意謂元命苞之詹與此詩之占同而古字通也其作占明甚後七命注所引正是占
字各本所見善作詹皆誤用元命苞詹改正文占而注語不可通重刻茶陵又并改注占爲蟾而善之占字幾亡矣幸袁尤二本注不誤
得以考正又詹諸字說文及淮南子說林訓皆如此與元命苞正同五臣乃必改爲蟾字甚矣其不通乎古也注爾詞之終
耳袁本茶陵本耳作也案各本衍之終二字後和王主簿怨情詩故人心尚爾句注引作爾詞也可證○與蘇武詩○
悵悵不得辭袁本茶陵本得作能案此蓋所見不同或善與五臣之異今無以考之注若張弓弛弦也
案弛當作施各本皆誤○詩○注公文伯卒茶陵本公下有父字是也袁本亦脫○四愁詩○注

改元嘉七年茶陵本元嘉作永建是也袁本亦誤元嘉注魏郡豪右李竟案右字不當有各本皆衍此所

引宣帝紀文又見於霍光傳俱無右字善意取文穎之注以解豪右自在下不知者誤幷添此注文類曰袁本類作穎是也茶

陵本亦誤類屈原以美人爲君子何校屈上添依字茶陵本云五臣有依字袁本云善無依字案各本所見蓋傳

寫脫耳何云五臣有依字就校語而云然注漢書曰有太山郡案曰字不當有各本皆衍注漢書曰天

水郡何校漢上添續字是也各本皆脫注說文曰佩巾也陳云曰下脫巾字是也各本皆脫○雜詩

○南行至吳會袁本茶陵本南作行云善作南案上句言東南行則下不得單言南行甚明各本所見皆傳寫誤也非善

如此○朔風詩○素雪雲飛袁本茶陵本雲作云云善作雲案各本所見皆傳寫誤素雪與朱華偶句云飛與未

希偶句假令作雲殊乖文義非善如此也注范曄後漢書袁本茶陵本無此五字案無注者是也善有其例說已見前

毛詩曰載離寒暑案當作寒暑已見鸚鵡賦袁本正如此但誤在上節注末而此仍複出則非茶陵本誤與此同○

雜詩○注此六篇下至在鄴城思鄉而作案此三十字於善注例不類必亦幷善於五臣而如此其

中兼多譌錯各本盡同無可校正何校郢改郢陳同天路安可窮袁本茶陵本有校語云可善作何案二本所見非也何但
傳寫誤注武毅發沈憂案憂下當有結字各本皆脫此以三句為一句注生南國何校下添兮南國三字案
依善例當添王逸曰南國五字各本皆脫注音響何太悲案何太當作一何各本皆誤○雜詩○注虛
無形案虛下當有而字各本皆脫遊天台山賦注引有○雜詩○注日昏東壁中袁本無日字是也茶
陵本亦衍○園葵詩○注救之免袁本茶陵本免下有死字是也○思友人詩○心與迴
颷俱茶陵本颷作飄云五臣作颷袁本云善作飄案飄字於義未當恐二本所見傳寫誤或尤校改正之也○感舊詩
○注此篇感故舊相輕人情逐勢案此十一字不當有乃五臣注也袁本茶陵本所載此上之善曰善
字誤耳尤延之取以添入非
鳥皆集於苑案鳥當作人各本皆誤郡士所背馳案郡當作羣茶陵本云五臣作羣袁本云善作郡各本所
見皆傳寫誤何云當從五臣作羣陳同皆就校語而云然其實善亦作羣○雜詩○注古長歌行曰案長當作

傷見第二十七卷各本皆誤○雜詩○注於是乎知有天道可必乎陳云當重天道二字是也

各本皆脫注价人爲藩袁本爲作維茶陵本作惟案維字是也羊質復虎文袁本茶陵本復作服是也○

雜詩○注沖于時下至故作此詩案此二十字於例不類非善之舊必亦并五臣也今無以考之○雜

詩○迴飇扇綠竹案飇當作猋茶陵本云五臣作飇袁本云善作猋尤誤以五臣亂善也猋飇同字鮑明遠放歌行注

云爾雅或爲此猋飇與猋同古字通也古詩十九首注云爾雅或爲此飇園葵詩歲暮商猋飛與此善皆不更注因前已詳也五臣一槩

盡改猋爲飇非餘倣此求之注名赤縣中州也陳云中神誤是也各本皆誤注無爲無治袁本下無

字作而是也茶陵本亦誤無注如常陰曀然案曀字當重各本皆脫歐駱從祝髮案歐當作甌茶陵本

云五臣作甌袁本云善作歐詳一本注中皆爲甌字是善亦作甌各本所見正文歐乃傳寫誤考史記東越列傳作甌漢書同不得作歐

也注鄭元毛詩曰茶陵本詩下有箋字是也何校添陳同袁本亦脫注及王遵爲刺史陳云注中

遵並當作尊案此依漢書校各本皆作遵漢高祖功臣頌注引王遵贊似善不與顏同也入聞鞞鼓聲袁本茶陵本有校語

云聞善作閑案閑字爲傳寫譌自不待言此必尤校改正之 捨我衡門依袁本茶陵本依作衣云善作依何校云當從五
臣作衣案五臣之作衣其所注有明文而此字善不注仍無以考之但依字於義未當恐各本所見亦傳寫譌耳 注潦注吾
宮也今案今當作利各本皆譌此所引在呂氏春秋召類篇 有湌與南岑陳云據注湌與弇同則詩中湌字當作弇
兼有三十一卷江文通擬張黃門詩并注參證案所校是也弇字見釋文又韓詩作弇見外傳王伯厚詩考中采之雜體詩袁茶陵二本
校語云五臣作湌彼良注及此向注皆是湌字必五臣因湌與弇同之語改此爲湌後來以之亂善遂失著校語也 注月口經
于箕袁本茶陵本無空格此初有衍字而去之 注楚芻牧茶陵本楚作禁是也袁本亦誤楚 注練絲曰纑
也袁本茶陵本絲作麻是也

卷三十○時興○注莊子曰萬物並作袁本茶陵本莊作老是也 注子曰以虛靜
案子當作又各本皆誤 注莫而清乎茶陵本莫作漠是也袁本亦誤莫此引知北遊文 注泊無也案無下當
有爲字各本皆脫子虛賦注引怕無爲也可證又案怕說文在心部或此及上引廣雅皆本是怕字○七月七日夜詠

牛女○注徒頰切袁本茶陵本無此三字案二本非也此亦善音刪削僅存者凡尤有二本無皆倣此注牛女爲夫婦袁本作牽牛爲婦案當是爲下脱夫織女爲四字洛神賦燕歌行注引可證此所改非茶陵本誤與尤同注彌盡也案盡當作益此所引冠注也各本皆譌○南樓中望所遲客○佳人猶未適茶陵本猶作殊有校語云五臣作猶袁本作猶案袁用五臣也尤以亂善非○齋中讀書○注我教暇豫之事君幸之茶陵本教下有茲字無幸之二字是也袁本亦誤脱衍○石門新營所住四面高山迴溪石瀨脩竹茂林詩○注滑美貌也何校滑改䣼陳同各本皆譌案此疑作䣼善仍有滑䣼異同之注而未全也胥脊之別體字庶持乘日車茶陵本持作特云五臣作持袁本云善作特又袁本茶陵本車作用案此句當云庶持乘日用袁茶陵二本所見持傳寫誤特尤校改是矣其用字不誤尤改爲車則非也乘日二字連文乘日用者乘日之用靈運所作擬王粲詩云豈顧乘日養句例正同亦言乘日之養也善注云乘日已見上又此注云車或爲居者乃說所引之莊子非謝詩有車字莊子釋文云元嘉本作居最爲明證尤延之失考遽改正文大失謝及善意又案五臣向注讀日用連文其義雖謬而文非譌二本皆不云與

善有異可知所見未改亦可借證矣○雜詩○注劉渠曰何校渠改熙陳同是也各本皆譌案餘屢引可證注
日暮不從野雀棲案日字不當有各本皆衍○數詩○注行幸甘泉賦曰案甘泉當重各
本皆脫注戾舊邦也陳二云戾上當有言字各本皆脫注張衡舞賦曰歷七盤而屣躡案此
十一字誤衍下二云七盤已見陸機羅敷歌茶陵本複出之如此尤袁兩有者非注國語曰鄭伯納女樂二八
案此十字誤衍下二云歌鍾已見魏都賦茶陵本複出之如此尤袁兩有者非注善見理不拔袁本茶陵本見作建是也
○翫月城西門解中○注故曰歸本案本當爲華各本皆誤金壺啓夕淪袁本二云善
作臺茶陵本作臺二云五臣作壺案二本所見非也尤依注校改正之矣○始出尚書省○注繼文王之
體袁本茶陵本繼上有是子也三字無王字案當補王字耳是子也尤誤刪注誰爲荼苦案爲當作謂各本皆誤注
曹顏遠感時詩曰陳二云時當作舊各本皆誤○觀朝雨○注有蛾氏何校蛾改娥是也各本皆
譌○郡內登望○注自飲食也案飲當作飤各本皆譌○和伏武昌登孫權故

城○注漢儀禮志曰案儀禮當作禮儀各本皆倒此所引司馬彪志文漢上疑尚脫續字注戰敗相殺何校敗改攻是也各本皆譌俯仰流英盻案盻當作眄袁本作眄二云善作盻茶陵本云五臣作眄各本所見皆非也善引好色賦注流眄其本不作盻明甚傳寫正文及注皆誤校語遂謂善五臣之異而讀者莫察矣眄卽聦別體凡此字多譌爲盻注竊視盻案視下脫流字盻當作眄見上各本皆誤賦在第十九卷也注視定北準極陳云視上脫南字是也各本皆脫幸籍芳音多袁本籍作藉是也茶陵本亦誤籍注常與汝入往陳云女下脫出字往下脫來字是也各本皆誤○和王著作八公山○注謂山在澤東是也案此七字不可通蓋後來駁善注之語而誤錯入耳各本皆衍否則當作非謂山在澤東也而誤日隱澗凝空案凝當作疑宋本謝集正作疑此疑空與如複偶句各本作凝但傳寫誤耳袁茶陵二本所載五臣翰注云澗暗如空也詳其意亦不作凝凡諸家集中異同非可畫一故每不稱說此條不同其例所謂言各有當者矣注高丈長曰堵茶陵本長下有丈字是也袁本亦脫注時盜賊強盛陳云盜氏誤案所校最是氏苻秦也不知者改之各本皆作盜其誤久矣注羣謝錄何校羣改陳郡二字陳同是也各本皆誤

述祖德詩注引可證○和徐都曹○注昧旦出新渚案新下當有亭字各本皆脫謝集有注言用

我之利陳云利下脫耜字是也各本皆脫○和王主簿怨情○注上山採蘼蕪案蘼當作

蘪正文蘪袁茶陵二本校語皆云善作蘪可見注中自是蘪字也尤袁注作蘼乃涉五臣而誤茶陵注幷入五臣更不可別蘼蘪同字耳

凡善五臣有異雖同字亦必較然不可混其例有如此故人心不見案人心當作心人袁本茶陵本作心人云善作人心

各本所見皆非也上句故人心尚爾承生平一顧重言之謂辭寵之未嘗易操也此句故心人不見承宿昔千金賤言之謂相逢之遽已

貶價也此情之所爲怨也傳寫下句涉上倒兩字絕不可通非善如此五臣之注其義甚謬而文未誤可借爲證謝集故心人不見注云

一作故人心不見取六臣合幷本文選而云然耳○和謝宣城○揆余發皇鑒何校鑒改覽注同案所校

是也離騷善作覽五臣作鑒袁茶陵二本有明文此善引彼爲注作覽甚明蓋亦五臣作鑒自與其離騷同各本以亂善又幷改注非也

西征賦皇鑒及注同此注漢書典職曰何校書改官陳同是也各本皆譌注香草名也袁本茶陵本無

名字是也注皆魂神所交也袁本無皆魂二字案無者是也所引周穆王文五臣向注乃有此二字尤延之誤取耳茶

陵本注幷入五臣更不可別○應王中丞思遠詠月○網軒映珠綴茶陵本有校語云善作朱袁本無校語案二本非也善作珠故云此當爲朱綴今並爲珠五臣因此改爲朱故云以網及朱綴而飾之茶陵本大例當作珠而云五臣作朱袁本大例當作朱而云善作珠今皆錯誤唯尤本爲是又案五臣注中字袁本作朱不誤重刻茶陵者幷改成珠幾莫可辨矣此更誤中之誤也注楚闥扃案楚當作禁各本皆譌所引外戚傳文注玉陛苔案陛當作階各本皆譌所引外戚傳文○冬節後至丞相第詣世子車中○注說文曰高車案說文當作釋名各本皆誤所引在其釋車篇中也○詠湖中鴈○注鴈飛則乃成行袁本茶陵本無乃字是也○擬古詩○靡靡江離草茶陵本校語云五臣作離袁本校語云善作離案尤所見與袁同考史記漢書子虛賦離字皆不從艸楚辭章句及補注亦然必善離五臣蘺也前第七卷及後卅二卷諸蘺字疑各本以五臣亂善矣○擬四愁詩○注皆名琴也袁本茶陵本琴作器是也○擬魏太子鄴中集詩○漢武帝陳云帝下脫時字今案所說非也袁本云善無時字茶陵本云五臣有時此非善傳寫脫句例自不與上同無煩依五臣添注却爲一集何校

却改都陳同是也各本皆譌　注王仲宣從軍戎詩曰　案戎字不當有各本皆衍　注楊覺寐而中驚　茶陵本楊作揚袁本亦作楊案皆非也當作惕長門賦惕寤覺而無見兮句略相似可借爲證　外物始難畢　案畢當作必善引莊子外物不可必爲注作必明甚其五臣向注云不畢所願是五臣乃作畢各本以亂善而失著校語　棲集建薄質　何校二云呂周翰注中有延及之語則建者逮字之訛耳　案此疑善建五臣逮而失著校語但善既不注無以考之　永夜繫白日　何校二云以注觀之繫當爲繼案茶陵本二云五臣作繼袁本二云善作繫蓋各本皆傳寫譌否則善當有繫繼也之注而刪削不全　注王逸晉書　陳云逸隱誤是也各本皆誤　注公還軍官渡　案渡當作度下同各本皆譌說詳後九錫文下　注此乘大艦上　何校此上添於字是也各本皆脫　注延露已見上　袁本此下有說文曰闌閑也六字茶陵本無蓋幷入五臣注而脫之　有優渥之言　袁本茶陵本有上有故字案此所見不同今無以考之　鳴葭汎蘭汜　袁本茶陵本葭作⿱竹葭案二本非也善引鳴笳爲注是葭卽笳之假借字或未後尚有葭笳異同之注今刪削不全五臣乃作⿱竹葭向注⿱竹葭笛也別造此解而改字從竹最不足憑二本以亂善非　又案西京賦校鳴葭王元長曲水詩序揚葭振木荅蘇武書注說文作葭可以彼此

互證

文選考異卷第五

文選考異卷第六

賜進士出身通奉大夫江南蘇松常鎮太等處承宣布政使司布政使胡克家撰

卷三十一○效曹子建樂府白馬篇○注孫巖宋書曰何校孫巖改沈約陳同案濟注引沈約茶陵本并善入五臣何陳皆據彼改其實非也隋志載孫巖宋書六十五卷唐志亦載之巖即嚴也袁本與此正同○效古○注毛詩傳曰案毛下當有萇字各本皆脫○擬古○注魏文秋胡行曰案文下當有帝字各本皆脫○和琅邪王依古○注往往離宮袁本茶陵本往往作遙遙案當作逴逴形近之誤尤改未是注郭象注莊子曰袁本茶陵本注字在子字下是也○擬古○注所以藏箭謂之服所以盛弓謂之鞬袁本茶陵本箭下有弩字弓上無所以盛三字案二本是也今方言正如此弓謂之鞬蒙上所以藏爲文注其樂可量也茶陵本可上有不字是也袁本亦脫道德亦何懼袁本茶陵本德作得云善作德案各本所見皆非也善引不以其道得之爲注作得甚明德但傳寫誤伐木青江湄袁本茶陵本青作清

是也注河水之清且漣漪兮茶陵本無之字兮字是也袁本亦衍○代君子有所思○注

變出無聞案聞當作闋各本皆譌注張叔及論案叔及當作升反各本皆譌張升字彥真范蔚宗書有傳在文

苑前魏都賦後與山巨源絕交書注皆引反論不誤可證也左傳疏所引賓爵下華云云今本或作皮皆反之譌○効古○

注或失道陳云或惑誤是也各本皆譌注乃我者自失道案者字不當有今漢書無各本皆衍○雜

體詩○注雜體詩序曰袁本茶陵本有并序二字在前雜體詩三十首下無此五字其以下全載序作正文乃五

臣從文通集取之添入耳袁本有校語云善序與此同仍簡略更注不錄可為顯證茶陵本不著校語大誤尤所見得善注之真最是

虞義送別詩曰陳云義當作羲是也各本皆誤注淵魚鱗魚也袁本茶陵本鱗作鱒是也注人心

罔結袁本茶陵本罔作同案皆非也當作罔注君之澤未流茶陵本未作不下二字是也袁本亦誤未去鄉

三十載袁本茶陵本三作二有校語云善作三案各本所見非也考仲宣以初平西遷後之荊州至建安十三年劉琮以荊州降

垂二十年故云爾至注所引去鄉三十載但取語意相同為證不限二三互異也或因此改正文作三遂與仲宣去鄉年數弗符非善如

此其五臣無說反存詩舊今借以正之 注蜩與鷽鳩笑之 茶陵本鷽作鸒下同袁本作鸒與此同案作鸒者是也莊子有兩本一作鷽音於角反一作鸒音預俱見釋文此引作鸒之本爲注不知者以鷽改之又案下注引詠懷詩鸒斯飛桑榆海鳥運天池二云二云是嗣宗讀莊子從鸒文通擬之亦然無疑矣

潘黃門悼亡 袁本茶陵本悼亡作述哀案二本是也後擬郭璞遊仙注二云已見擬潘黃門述哀詩可證此蓋尤誤改 注楚詩曰青春爰謝 何校詩改詞陳同是也爰當作受各本皆譌

馳馬遵淮泗 袁本馳作驅二云善作馳茶陵本二云五臣作驅案各本所見皆非也善引驅馬悠悠爲注馳但傳寫誤 注實河海源也 袁本茶陵本河作唯何校唯改河去海字案此尤改海爲河而誤當唯字處耳唯河當兩有 注曹子建求通親表曰 袁本茶陵本通作親案此尤添通字而誤改去上親字耳當兩有作求通親親 注陽九日 案九下當有厄字日當作曰各本皆脫誤 注易傳所謂陽九日厄會也 袁本茶陵本日作之是也會上當有百六之三字所引卽孟注各本皆脫 康時或苟有會 袁本茶陵本或作哉是也 注馮衍顯志序曰 案志下當有賦字各本皆脫 注如鼓琴瑟 茶陵本琴瑟作瑟琴是也袁本亦誤順正文案善注例不拘語倒已詳前 注出於暘

谷案暘當作湯各本皆譌餘屢引可證張廷尉案張當作孫茶陵本有校語云張五臣作孫袁本亦作張無校語考此三十首
善於其人之不見選中者必爲之注如許徵君休上人是也其劉琨郭璞稱贈官亦必爲之注善例精密乃爾倘果別有張廷尉綽不當
反不注可見善自作孫因遊天台山賦下注其尋轉廷尉卿訖故不須注也袁本所用正文係五臣而字作張疑五臣乃誤爲張茶陵本
校語恐倒錯何校云五臣作孫是陳同誤認茶陵校語爲善真作張五臣真作孫雖知江題之作孫而未得善理也注於身無
窮陳云於終誤是也各本皆譌所引天下篇文注若其可折案折當作析下同各本皆譌注角里先生
袁本角作甪案角是甪非也廣韻一屋云角里先生漢書四皓又音覺可見宋時尚別無甪字袁本係後改耳茶陵本不誤與此同前入
華子崗詩注載山居圖作祿史記索隱引孔安國祕記亦作祿祿角古字通今漢書索隱以及法言等每爲人改成甪而王震澤刻史記
未譌隸釋四皓神祚机字影宋本作角極其明畫近亦改角恐讀者習見誤本附訂之如此注見一丈夫何校夫改人是
也各本皆譌所引天地篇文注時人皆欽愛之袁本茶陵本人下有士字是也注動於靜故萬物
離並動作何校於上添起字離改雖陳同是也各本皆脫誤碧鄣長周流茶陵本鄣作障袁本云善作障案此

所見不同靈運晚出西射堂詩作鄣注引上正鄣上希範日發漁浦潭詩作嶂注同此擬謝似宜爲鄣也五臣改作嶂蓋不知鄣障皆與

爾雅釋山之章通用注子虛賦曰石則赤玉玫瑰袁本茶陵本作上林賦曰赤玉玫瑰也案此尤延之檢本

篇而改其實善誤記亦每有之注莫與智者論案莫當作奠各本皆誤重陽集清氣袁本茶陵本氣作氛

二云善作氣案詳下二云氣生川岳陰文必相避蓋善自作氛與五臣非有異但傳寫譌氣各本所見皆非測恩躋踰逸袁本

踰作愉二云善作踰茶陵本二云五臣作愉案善以耽樂注之是自作愉非與五臣有異但傳寫譌踰各本所見皆非陳云踰愉誤得之榮

重餽兼金茶陵本二云五臣作承榮重兼金袁本二云善作榮重餽兼金案各本所見皆非也承榮與巡華儷兼金與盈瑱儷重過

同意善不容與五臣有異作榮重餽兼金全非句例必傳寫誤也注獻康樂詩曰案獻上當有謝惠連二字各本皆脫

岧亭南樓期案岧當作苕苕亭即西京賦所謂狀亭亭以苕苕彼注二云高貌也蓋單言之則曰苕亭重言之則曰苕苕亭亭

字義全同不煩更注又苕苕屢見俱不作岧但傳寫形近譌耳袁本茶陵本皆作苕二云善作岧五臣作苕於重言者多改爲迢迢而此以單言

不改正與善同各本所見皆非注又詩序曰袁本茶陵本無詩字是也注孔安國尚書曰案書下當有傳

字各本皆脫　注又訓謝惠連詩曰袁本茶陵本無謝字是也　鍊藥矚虛幌案鍊當作練注云鍊與練
古字通謂詩之練與所引說文金部之鍊通也若正文先已作鍊無煩此注矣必五臣改爲鍊各本所見亂之而失著校語凡五臣每以
注改正文也又四子講德論精練藏於鑛朴五臣作鍊正與此同　注又集略曰案又當作文字二字各本皆誤隋志云文
字集略六卷梁文貞處士阮孝緒撰七命注亦引此正作文字可證　注以帛萌窗也陳云萌明誤是也各本皆誤案七命
注引作明可證　注敬恭明祀案祀當作神各本皆誤　甿謠響玉律案甿當作萌茶陵本作萌云五臣作甿袁
本云善作萌尤本以五臣亂善失之說已見前長楊賦遐萌下可互證也　注觀北湖田牧詩曰何校牧改收陳同是
也各本皆譌　徙樂逗江陰茶陵本云樂五臣作藥袁本作藥云善作樂案各本所見皆非也下有丹泉術紫芳心之云此
言藥無疑袁本載五臣翰注云徙藥行藥也又載善注徙樂行樂也茶陵但載善徙樂行樂也五臣刪此一句當是正文善自作藥與五
臣不異其五臣之注爲全襲善語傳寫誤善正文及注作樂據之作校語者不辨尤亦同其誤也鮑明遠有行藥至城東橋詩在二十二
卷　注廣雅曰藹藹盛貌袁本茶陵本無此七字　注郭璞曰蒼蒼案蒼蒼二字不當有各本皆衍

休上人別怨袁本茶陵本別怨作怨別是也悵望陽雲臺陳云陽雲二字當乙今案陳所說非也注引楚王乃登雲陽之臺善例既不拘語倒難以據改又子虛賦茶陵本作雲陽有校語云五臣作陽雲袁本作陽雲無校語考史記漢書皆作陽雲恐茶陵及尤所見未必非傳寫誤此注亦然其不當輒改決然矣

卷三十二○離騷經○注辟爲幽也案爲字不當有各本皆衍楚辭注無紉秋蘭以爲佩袁本云逸作紐茶陵本云五臣作紉下豈惟紐夫蕙茝校語同案各本所見皆非也此紐楚辭作紉下載舊音女陳反洪興祖補注女鄰切又下文矯菌桂以紉蕙兮各本盡作紉蓋紐但傳寫譌耳凡楚辭及善引逸注不必全同而文選今本傳寫之誤或失文義仍當相正下倣此　注言己脩身清潔案潔當作絜各本皆誤注多作絜必逸自用絜後改之而絜潔錯出非餘不更出

何不改此度也袁本茶陵本改下有其字案袁用五臣也校語云逸作何不改此度也與尤正同茶陵本以五臣亂之非楚辭何不改乎此度也洪興祖本何不改此度當各依其舊讀者易惑故詳出之　注以脩用天地之道何校脩改循陳同楚辭注作循案上云遵循也循字是也循脩二字羣書多混前人論之詳矣注諭傾危也陳云諭喻誤又風爲號令

以諭君命行媒諭左右之臣也同案喻諭通用或逸自用諭下以諭國也以諭君也故以香爲諭故以諭君袁本皆作諭茶陵本皆作喻楚辭注亦喻諭錯出

注言吞陰陽之精蘂案洪興祖本楚辭注無言字陰陽作正陰是也各本及單行楚辭注皆誤

注哀念萬民袁本茶陵本民作人下注終不見省察萬民善惡之心又觀萬民之中又足以觀察萬民忠佞之謀同案人字是也正文人亦當避諱改字不得注作民

衆女嫉余之娥眉兮袁本茶陵本娥作蛾注同案楚辭作蛾

悔相道之不察兮袁本云逸無兮字茶陵本云五臣有兮字案二本非也校語言逸本猶其言善本皆但據所見楚辭有兮字此尤延之校改正之

注言及旋我之車案及當依楚辭注作乃各本皆譌

注反迷己誤欲去之案反迷己當依楚辭注路作及己迷各本皆誤

注外有玉澤之質袁本茶陵本外作內案此尤本誤字

注使家臣衆逢蒙案當依楚辭注去衆字各本皆衍

注殷宗遂絕不得久長也袁本茶陵本無絕字案楚辭注有

脩繩墨而不陂袁本茶陵本陂作頗注同案此尤延之改也楚辭正作頗洪興祖云頗一作陂爲尤所據謂引易曰無平不頗其字宜作陂耳詳逸引羣經不必與今同改者未是脩當作循袁本云逸作脩茶陵本云五臣作循詳逸注循用先

聖法度各本皆同是逸作循不作脩校語所見實傳寫譌也單行楚辭注亦譌洪興祖本作循二云循一作脩 注有道德之
者何校之改人陳同茶陵本作人袁本作之楚辭注無此字案疑無者是也 注衣皆謂之襟案皆當依楚辭注作皆各
本皆誤文出爾雅釋器考釋文皆才細反又子移反不得作皆詩鄭風正義引作皆其誤正與此同 注言己覩禹湯文
王脩德以興天案當依楚辭注己下添上字與下去天字各本皆誤 注情合真人袁本茶陵本情作精案此
尤本誤字 注淹塵埃而上征袁本茶陵本淹作揜案上淹猶奄也各本皆同疑此亦作奄與楚辭注皆作揜者不同
注神山淮南子曰縣圃在崐崘閶闔之中袁本茶陵本作神山也在崐崘之上淮南言崐崘縣
圃案二本是也尤延之所校改非楚辭注可證南下彼有子字非 注乃維上天袁本茶陵本作雖乃通天案今楚辭注作
維絕通天洪興祖本作維絕乃通天補注云一無絕字一本乃作絕尤延之據淮南天文訓云乃維上天以校改不知逸所引不必與今
同也 路曼曼其脩遠兮袁本茶陵本曼曼作漫漫注同案楚辭作曼洪興祖二云釋文曼曼作漫二云二云此蓋善曼五臣漫二
本所見以五臣亂善而失著校語 注淮南子言日出暘谷案暘當作湯各本皆譌楚辭注作湯此天文訓文史

記索隱引之以明湯谷之有證淮南不作暘也天問云出自湯谷楚辭亦不作暘也吳都賦包湯谷之滂沛歎逝賦望湯谷以企予文選亦不作暘也唯五臣不知有湯谷凥遇此字必用古文堯典改爲暘袁茶陵二本校語可考𠵨注中湯字亦閒爲所亂猶今本淮南之爲後人改作暘矣又袁本茶陵本無子字是也楚辭注有與此同行

注皆出仁義袁本茶陵本仁義作於仁案二本是也楚辭注作於仁義亦衍義字

注淮南曰弱水袁本茶陵本曰作言案二本是也以此冽之上注淮南子曰白水云云子曰二字亦當作言各本皆誤楚辭注二處皆作子言亦衍子字

注洧盤水名也袁本茶陵本盤作槃是也案此因正文五臣作盤誤混𠵨注楚辭作盤洪興祖曰盤一作槃

注來去相弃案當依楚辭注來下有違字各本皆脫洪興祖本作來復弃去殊誤

注偃蹇高意袁本茶陵本意作皃案此尤本誤字

注鴆惡鳥也明有毒殺人案惡鳥當依楚辭注作運日此因五臣向注作惡鳥不知者誤混𠵨注又明當依楚辭注作羽亦不知者因形近誤之各本誤皆同

注受禮遺將案將下當依楚辭注有行字各本皆脫

注少康留止有虞案少上當依楚辭注有辛若二字各本皆脫

注是不欲遠去貌案貌當依楚辭注作意各本皆誤

注懷襄二世不明袁本茶陵本世作葉案二本是

也此亦善避諱改字注糈精美袁本茶陵本美作米案此尤本誤字注紛然近我茶陵本近作迎是也袁本亦誤

近案楚辭注作迎注知己之意袁本茶陵本意作志案此尤本誤字注告我當去尤吉善也何校

改尤作就陳云楚辭注作就爲是各本皆譌注力能調和陰陽陳云力乃誤是也楚辭注作乃各本皆譌注言

臣能中心常好善袁本茶陵本臣作誠案此尤本誤字注甯戚方飲牛茶陵本飲作飯是也袁本亦誤

飲案楚辭注作飯注鷤弟鴂桂袁本茶陵本無此四字有弟桂二字音在正文下案二本乃五臣音也詳此篇注中諸音

切蓋善既載王注兼載舊音今本改易刪削多失其眞無以正之此四字或善所有恐當如筵音廷篿音專之例單行楚辭鷤作鶗下載

舊音云鶗題音鴂決音文既互異難以爲證矣又況揭車與江蘺案蘺當作離上扈江離無卄似不當歧異也楚辭二

字皆作離洪興祖補注云文選離作蘺謂五臣也袁茶陵二本正如此但皆不著校語蓋非注此誠可貴茲袁本茶陵

本茲作重是也案此尤本誤字注言我願及年德方盛壯之時周流四方觀君臣之

賢欲往就之袁本茶陵本無此二十四字案此尤延之據楚辭注添之詳文義當是二本脫也揚雲霓之晻

藹兮 茶陵本揚下有志字校語云五臣無袁本校語云逸有案二本非也楚辭無此尤延之校改正之洪與祖云一本揚下有志字即指袁茶陵校語所見而言實誤本也

注平聲 袁本茶陵本無聲字案此疑是五臣音單行楚辭亦不載凡音之在正文下者均非善舊蓋合併六家每因正文下已有五臣刪削注中之善而善與五臣始糾錯不分逮後單行善本又於正文下音多所刪削於是或真善音以改易其處而被去或非善音而刪削不及則仍存均難以一一考之矣全書袁茶陵音與尤每不同者此其大概也爲之舉例不更悉論云○九歌○注必擇吉辰之日 何校辰改良案楚辭注作良何據之是也各本皆譌

注兼衣言青黃五采之色 案當依楚辭注去言字各本皆衍

望夫君兮歸來 袁本歸作未云逸作歸茶陵本云五臣作未案各本所見皆非也詳逸注言己瞻望於君而未肯來是逸作未不作歸但傳寫誤耳楚辭作未洪與祖云未一作歸

注屈原思神略垂 亦非案垂當依楚辭注作畢讀於畢字句絕各本皆誤少司命悲莫悲兮句注亦有此語可證

承荃橈兮蘭旌 案承衍字也楚辭無洪與祖補注云諸本或云乘荃橈乘一作承或云采皆後人增其說是也因逸注有乘舟船之語誤添正文耳後又作承即此本又作采即五臣本也袁本云逸作承茶陵本云五臣作采據所見爲校語非

鳥萃兮蘋

中何校萃上添何字陳同案楚辭有何字又洪興祖云一本萃上有何字何陳據之也袁茶陵本皆無洪興祖本楚辭亦無此仍當各依其舊不必添也 慌忽兮遠望案慌當作荒詳逸注云言神鬼荒忽各本皆作荒是善作荒也袁茶陵二本正文作慌所載五臣向注字同是五臣作慌也單行楚辭作慌惚下載舊校一作荒忽洪興祖本作荒忽云荒一作慌忽一作惚荒慌同字但既善荒五臣慌便屬分別不因同字而可相亂也凡善五臣之所謂異皆準此例矣 注擗折也茶陵本折作析是也袁本亦誤折下同

疏石蘭以為芳何校以改兮案楚辭以作兮何據之也袁本兮以兩有云逸無兮茶陵本二云五臣有兮據所見為校語也洪興祖云一本兮下有以字即五臣本一云疏石蘭以為芳即此本

卷三十三〇九歌〇與汝遊兮九河衝飇起兮水揚波何校云洪興祖謂此二句河伯章中語王逸無注古本無此二句陳同案其說是也詳五臣濟有解九河衝飇之注是其本有此二句各本所見皆以五臣亂善而誤衍又失著校語也楚辭亦衍或即五臣之所本要以古本無為是 注睇微盻也茶陵本盻作眄袁本作盼案楚辭作眄眄字是也下美目盼然各本及楚辭皆作盼非洪興祖引說文南楚謂眄曰睇眄眠見切可證逸以眄注睇二字俱當作眄與詩美目盼兮

無涉洪於下又引詩者所見已誤下眄爲盻耳七啓睇眄流光注引此亦其證注援號狖响案號狖當依楚辭注作狖號袁茶陵二本作猴號考楚辭狖夜鳴洪興祖本狖作又云又一作狖然則作狖之本此注則云援狖號响作又之本此注則云援猴號响也下注援狖善鳴亦當然袁本正文作又茶陵本正文作狖蓋善狖五臣又而不同二本失著校語此及下俱作猴非○九章○旦余濟兮江湘案兮當作乎此尤本誤字袁本茶陵本楚辭皆可證注言明旦之者案當依楚辭注去之字各本皆衍邸余車兮方林袁本茶陵本邸作低案楚辭作低洪興祖本作邸云邸一作低補注以爲低無舍義非也廣雅釋詁四宿次低弛舍也洪失之未考袁茶陵二本無校語善引逸是低字五臣亦同尤延之乃改邸耳注捨於方林案捨當依楚辭注作舍各本皆誤苟余心其端直兮袁本云逸無心字茶陵本五臣有心字案楚辭有心字二本所見蓋傳寫脫此亦初無而尤脩改添之注自刑體案體上當依楚辭添身字各本皆脫○卜居○以潔溋乎袁本茶陵本潔作絜是也案單行楚辭正作絜洪興祖本作潔非若水中之鳧乎何校去乎字案洪興祖云一無乎字何據之是也各本皆衍○漁父○聖人不凝滯於物茶陵本於下有萬字云五臣無袁本云逸有案

楚辭無洪興祖云一本物上有萬字此亦初有而尤脩改去之何陳皆云衍是也史記亦無 注笑難斷也袁本茶陵本難
斷作離斷案此尤本誤字○九辯○注視江河也案江河當作河江各本皆倒此以江與上傷方下鄉為韻楚辭
注亦倒凡此篇逸注用韻其誤有可以所協推知者例如此 注還故鄉案鄉下當依楚辭注添也字各本皆脫 注歎
息也案歎下當依楚辭注添累字各本皆脫 注身困窮也案窮當依楚辭注作極各本皆誤 注意未明
也案明當依楚辭注作服各本皆誤 注奮翼呼案呼上當依楚辭注添鳴字各本皆脫 注迴逝言還袁本
茶陵本還作邁案此尤本誤字 注爾雅曰四時和為通正袁本茶陵本無此九字案無者是也楚辭注正無尤
校添甚非 收恢炱之孟夏兮袁本茶陵本炱作台案台字是也善注舞賦恢炱引此作台而云炱與台古字通可見善
自作台甚明尤延之校改作炱非是楚辭作怠洪興祖本作台云台一作怠一作炱雖自有據然不容以之改善也 注以養民
案民下當依楚辭注添也字各本皆脫 注以茂美樹案美下當依楚辭注添之字各本皆脫 注竄巖藪也
案藪當依楚辭注作穴各本皆誤 注及兄弟也案兄弟當依單行楚辭注作弟兄注各本及洪興祖本楚辭注皆誤倒

以與在位之賢臣也案賢當依楚辭注作貴各本皆譌何曾華之無實兮袁本茶陵本校語云
逸無華字案此亦初無而尤脩改添之考楚辭有當是傳寫誤脫二本據所見爲校語耳注政言德惠所由出之
也案當依楚辭注作言政令德惠所由出也各本皆誤注心惻隱也案惻隱當依楚辭注作隱惻各本皆倒注而
逐放也袁本茶陵本逐放作放逐案此尤本誤倒后土何時而得乾袁本茶陵本而作兮案楚辭而洪興祖云
而一作兮此或善而五臣兮否則尤延之校改兮作而今無以考之注慕歸堯舜之明德也案明德當依楚辭注
作聖明各本皆誤注終年歲也案年歲當作歲年各本及楚辭注皆倒○招魂○注欲使巫陽
招之也袁本茶陵本無招之二字案無者是也單行楚辭無洪興祖本有尤依之添非恐後之謝茶陵本之謝作謝之
云五臣無之字袁本無謝下校語云逸有之案楚辭作之謝故尤延之校改其實非也洪興祖云一云謝之卽袁茶陵所見本一無之字
卽五臣本也注必卜筮之法袁本茶陵本必下有去字案此尤本脫得人肉而祀袁本茶陵本而作以
案楚辭作而洪興祖本作以或尤延之校改以作而今亦無以考之注常食蠃蚌袁本茶陵本蠃作鼃案楚辭注作蠃此亦

尤校改旋入雷淵袁本茶陵本淵作泉注同案楚辭作淵案此必尤延之校改注皆有蠆毒袁本茶陵本蠆作蠆案皆非也當依楚辭注作蠆注言啄天下欲上之人何校言改主陳同案楚辭注作主是也各本皆誤注言有丈夫袁本茶陵本無丈字案楚辭注有尤校添之注雕鏤綺木使方好也案綺當依楚辭注作連各本皆誤注詩云肆筵設机袁本茶陵本肆作設案設字是也設筵設机者公劉之俾筵俾几也凡叔師所引皆非今毛詩單行楚辭作設洪興祖本誤爲肆今毛詩仍無肆筵設机之文尤誤取之以校改非注言大夫有二列之樂左傳曰晉悼公袁本無有左傳曰四字茶陵本亦無樂作故案各本皆非也當依楚辭注作言大夫有二列之樂故晉悼公注垂鬢下髮袁本茶陵本作垂髮下鬋案單行楚辭注作垂髮鬢下鬋洪興祖本作垂鬢鬢下髮互有不同蓋尤以意校改如此未必是也注發言中禮意者也袁本茶陵本無發字案單行楚辭注無洪興祖本有尤校添之注時竊視安詳諦案當依楚辭注重時字諦上有審字各本皆脫注飾幬帳之高堂陳云帳下當有張字是也楚辭注有各本皆脫注皆衣虎豹之文異采之飾袁本茶陵本無之文二字案楚辭注有尤校添

之注羅列之陳案之當依楚辭注作而各本皆誤臑若芳些袁本作胹校語云逸本作臑茶陵本作臑云五

臣作胹案楚辭作臑洪興祖云臑一作臑一作胹此注臑仁珠切似善作臑或袁本校語有譌否則音非善舊也注爛熟之

則膜美也袁本茶陵本無爛字案楚辭注有尤校添之注藷蔗也袁本茶陵本藷作諸案當作諸下文可證楚辭

注作藷與善異本尤校改失之注鴻鴈也袁本茶陵本鴈作鶤案洪興祖本作鴈單行本作鴈鶤蓋改鶤爲鴈而兩有考九思

悼亂云鴻鶤兮振翅是作鶤未必非也注楚人名羹曰爽案羹下當依楚辭注有敗字各本皆脫注以蜜

和米麪袁本茶陵本麪作麵案此尤本誤字注又長味好飲袁本茶陵本好飲作也案楚辭注作好飲也尤校改

之發楊荷些案楊當作揚注發揚荷葉同袁茶陵二本所見亦誤楚辭俱作揚也注誠足怪奇也袁本茶陵

本足作獨案單行楚辭作獨洪興祖本作足尤校改之注投六箸行六棊袁本茶陵本行下無六字案楚辭注有尤

校添之注比集者也案當依楚辭注去者字各本皆衍注又曰和樂且耽案耽當依楚辭注作湛各

本皆誤凡逸所引皆非今毛詩此必不知者改注言蘭芳以喻賢人袁本茶陵本無言字案楚辭注言字在下句首

蓋尤校添而誤其處酎飲既盡歡何校去既字茶陵本云五臣無既字袁本云逸有既字案楚辭無洪興祖云一本盡上有既字卽此本也此不當有恐傳寫衍各本所見皆誤汨吾南征些何校去些字下白芷生些同案楚辭無各本皆衍菉蘋齊葉兮袁本茶陵本蘋作薠下有薠音案此必善蘋五臣薠也湘夫人登白蘋以騁望二本校語有明文此正同彼二本所見以五臣亂善而失著校語尤所見不誤袁本所載逸注中字作蘋亦不誤楚辭作蘋卽此本也洪興祖云蘋一作薠卽五臣本也又案洪興祖補注於湘夫人云薠一作蘋非是其說殊誤逸注上云蘋草秋生其下鳥萃兮蘋中注云鳥當集木巔而言草中文旨相承二句既同一草必同一字不得如五臣之上一字作薠下一字作蘋或又謂白蘋與蘋不當一物異稱獨不見九辨鳳凰與鳳雜錯稱之乎逸注本無可疑洪未達其旨附正之於此注爾雅曰袁本茶陵本無此三字案無者是也楚辭注無注懷所見自傷哀也何校懷改據陳同案楚辭注作據時二字是也何陳但改據字其時字仍不補未詳所出袁茶陵二本亦作懷注煙上蒸于天袁本茶陵本無于字案此尤校添之其實誤也楚辭注亦無注謂日也袁本茶陵本無謂字案此尤校添之其實誤也楚辭注亦無時不見淹袁本茶陵本見作可案楚辭作可以單行本舊校云一作時不見淹洪興祖本云一

云時不淹一云時不可淹一云時不見淹疑善見五臣可二本非而尤是也但無明文可以考之　注水旁林木中袁本
茶陵本無木字案楚辭注有尤校添之○招隱士○注楨幹也案句首楚辭注有爲字又案楨幹疑當作幹楨
以楨與盛成韻各本皆脫誤　注崔巍嵯嵯陳云上嵯疑蹇案蹇嵯雖可通但此與上句山阜嶮嵎不協恐仍未是各本皆
同楚辭注亦然無以考之矣　注走佳殊異案殊異當依楚辭注作異趨各本皆誤趨字韻洪興祖云一云走趀殊也亦非
注草木茂盛案茂盛疑當作盛茂以茂與聚韻各本及楚辭注皆誤倒
卷三十四○七發○注漢書曰下至乘道死也袁本茶陵本此一節注大異乃幷善入五臣之
誤也尤所見爲是　注說文曰謝辭也袁本茶陵本無此六字案無者是也袁本所載五臣翰注有謝辭也三字蓋別
本又有說文曰三字而尤誤取以增多　注而損精案而上當有悅情二字此引韓子揚摧篇文各本皆脫　皓齒娥
眉袁本茶陵本娥作蛾是也　注鄭國淫僻茶陵本國作衛是也袁本亦誤國　麥秀蔪兮袁本茶陵本蔪作漸
案蔪字是也廣韻作蔪漸亦引埤蒼與集韻皆蔪蔪同在一紐而分別兩字他書或用漸射雉賦云麥漸漸以擢芒漸與蔪古字通也尤所

見別本作草木蘄苞之蘄非拄喙而不能前茶陵本拄作柱注同二云五臣從才袁本作拄用五臣也案此尤本以五臣亂善非

熊蹯之臑茶陵本臑作胹注同有校語二云五臣作臑袁本作臑不著校語案臑即胹之別體字廣韻七之所載從需之字凡四臑其一也二云胹煑熟下重文但有胹䏧𦢊三形集韻於廣韻偏旁用需之字皆從需此注音而其所引左傳方言彼皆作胹是自作胹不作臑茶陵本尚存善舊袁本以五臣亂之注王逸楚辭注曰稻粢穱麥挐黃粱陳云案此楚辭正文非注也當作穱麥麥中先熟者今案此或衍王逸注三字各本皆同無以審知之也

於是伯樂相其前後袁本二云善無後茶陵本二云五臣有後案此本亦初無而脩改添之蓋尤延之以爲善傳寫脫但注不見明文無以考也注爲趙簡子取道袁本茶陵本子作王案王字譌當作主韓非子戰國策皆有簡主所謂大夫稱主也尤所改似是實非注夷桑也茶陵本夷作蕛是也袁本亦誤夷注與陽佚閑袁本茶陵本佚作泆是也注又古考史曰陳云考史當作史考譙周所著案所校是也史記司馬相如傳索隱引古史考可證

困野獸之足袁本二云善無獸茶陵本二云五臣有獸案此亦尤延之以爲傳寫脫而添之似是也注孔安國曰尚書傳曰案國下不當有注曰字各本皆衍

縷辭縷也陳云辭恐亂誤是也各本皆譌慌曠曠兮案慌當作超袁本云善作慌茶陵本云五臣作超此必欲改上
文悅兮忽兮之悅爲慌誤以當此處各本校語皆據所見而不察也善亦作超其上文之悅乃當作慌澹潎手足案澹潎當
作潎澹善注云潎澹猶洗滌也各本皆同其袁茶陵二本所載五臣銑注則云澹潎各本所見正文蓋皆以五臣亂善注方言
曰輸脫也袁本茶陵本輸作揄是也亦見廣雅釋詁注因名胥母山案此有誤史記作因命曰胥山命即名也
當本云因名曰胥山涉下文胥母而誤改注混混沌沌案沌沌當作庉庉各本皆誤注郭璞爾雅曰踣
覆也袁本茶陵本覆上有前字是也陳云雅下脫注字二本亦脫注中山公子牟謂詹何袁本茶陵本何
作子是也注其一人也何校其改共是也各本皆譌使之論天下之釋微茶陵本云釋五臣作精袁
本云善作釋案善引好論精微爲注似亦作精各本所見皆傳寫誤孟子持籌而筭之茶陵本無持而筭三字云五臣
作持籌而筭之袁本用五臣云善作孟子籌之案此尤延之誤以五臣亂善○七啓○注過乎泱漭之野
袁本茶陵本漭作莽案史記漢書皆是莽字疑前彼賦及此正文作漭者善爲五臣所亂注分三爲一茶陵本分作函是也

袁本亦作分誤與此同　注而酒沇溢袁本茶陵本沇作沈下沇者沸同案沈字是也今淮南覽冥訓作湛湛沈同字高誘

注云酒湛清酒也米物下湛故曰湛不作沇明甚　注季夏之月袁本茶陵本季作孟是也　注句踐乃身被

賜夷之甲案賜當作暘各本皆誤吳都賦暘夷音以良切劉淵林注所引正作暘今越絕書作賜與此皆形近之譌也　注

冕公侯九斿者也袁本斿作流案流字是也茶陵本作游亦非　注擬古詩曰屢見流芳歇

袁本茶陵本無此九字　注畫招搖星於其上陳云其旗誤是也各本皆譌案今本禮記注作又畫招搖星於旌旗

上蓋李節引耳　注揷插也案插當作捷宋潭州本儀禮鄉射釋文捷初洽反又士冠捷柶初洽反本又作插此正文作捷善所

引儀禮注亦作捷不知者誤依今本作插改之亦如通志堂刻釋文於鄉射改捷爲插也何校正文捷改爲插陳亦云捷當作插皆據注

之誤字　下無滿跡案滿當作漏袁本云善作滿茶陵本云五臣作漏各本所見皆傳寫譌七命云外無漏迹善引此下無漏

迹爲注於文義本不得作滿也　注舒疾無力案力當作方各本皆譌　羆獠回邁案羆當作罷袁本云善作羆茶

陵本云五臣作罷各本所見皆傳寫譌善亦不得作羆　注李充高安館銘曰陳云充當作尤尤字伯仁見范史文

苑傳是也各本皆譌注頫音俯袁本茶陵本無此三字注觀者澹予忘歸也陳云予兮誤是也各本皆
譌注已而魚大食之袁本茶陵本魚大作大魚是也宴婉絶兮陳云宴燕誤今案陳據注引毛詩作燕也
西征賦宴喜注亦引毛詩作燕或注有刪削未全耳注紉秋蘭爲佩袁本茶陵本爲上有兮字案兮當作以此尤延之欲
校改而誤兩去其字也注鄭人聽之不若延靈以和陳云鄭鄙誤靈露誤是也各本皆譌注軒殿
檻也又新語曰高臺百仞文軒彫窗也陳云文軒猶彫軒耳殿檻之釋與新語一條皆屬誤贅今
案此注與中引尸子文軒義乖陳說近之但各本盡然未審所誤果當若何也注張衡應問曰陳云問閒誤是也各本皆
譌注秦后來仕案后下當有子字各本皆脫注左氏傳曰舊章不可忘也案此十字不當
有上云舊章已見東都主人複出非也各本皆衍注則甘靈降袁本茶陵本靈作露案二本正文作露袁有校語云善作
靈茶陵無尤所見與袁同故用正文改注其實靈字未必非傳寫誤卽正文作甘靈注爲甘露於善例自通改者未是注鳳皇
鳴矣陳云下脫於彼高岡四字案所校是也此必連引以注於高岡各本皆脫注漢書司馬相如袁本茶陵本無

此六字 注舉英奇於側陋袁本茶陵本側作仄下同案此尤所見與二本異各本正文皆作仄袁茶陵不著校語考東京賦招有道於側陋薛注字同善注引明明揚側陋袁茶陵二本正文亦作仄仍不著校語思元賦幽獨守此仄陋兮袁茶陵作側其校語云善作仄仄善注引明明揚仄陋恩倖傳論明敭幽仄注及正文皆作仄蓋尚書自有二本作者或用仄或用側善隨而引之後人輒有所改致令正文與注有所歧互

卷三十五〇七命〇翫世高蹈何校云翫晉書作超案翫字非也茶陵本云五臣作越袁本云善作翫此必欲改下文玩志乎衆妙之玩爲翫誤以當此處各本校語皆據所見而不察也但善作越之與作超無明文以決之 注盤龍賁信越其藏袁本茶陵本盤作蟠越作於案二本是也正文作盤疑注更有盤蟠異同之語刪削不全三國名臣序贊初九龍盤注引方言蟠龍亦如此蜀都賦潛龍蟠於沮澤用字不同也晉書作蟠何陳校改正文考此篇善未必與晉書同下聾其山彼作籠乘鳧舟彼作鷁與注不合最爲顯證今各依其舊亦不盡出 於是殉華大夫袁本茶陵本殉作徇注同案此蓋尤校改爲殉晉書作殉但善未必同彼也 注遡向風也袁本茶陵本無風字是也 注山海經曰二負袁本茶陵

本二作貳是也注剪崚嶒而龍鱗袁本茶陵本崚嶒作繒綾案二本是也尤誤改之說詳前鍾山詩崚嶒起青嶂下晉書作層陵遡九秋之鳴飈案遡當作愬注云愬與遡同若正文作遡不當有此注蓋五臣改爲遡各本所見亂之晉書上文遡長風及此皆作愬下文遡惠風於蘅薄亦然疑善皆作愬也月賦愬皓月而長歌西京賦咸遡風而欲翔張載魏都賦注引作愬皆可互證零雪寫其根茶陵本二云五臣作零袁本二云善作雲案雲但傳寫誤此尤校改也晉書作雰注楊雄解嘲曰袁本茶陵本嘲作難案難字是也解難亦載本傳與解嘲迥不相涉不知者誤改耳注操伯牙之號鍾兮袁本茶陵本伯作百案此尤校改之也揮危絃則涕流袁本二云善作流涕茶陵本二云五臣作涕流案流涕但傳寫倒此尤校改正之也晉書不誤注蒼頡曰何校頡下添篇字陳同各本皆脫注宋玉風賦曰案風當作諷各本皆譌注汲古文曰案汲下當有郡字各本皆脫彫閣霞連案彫當作彤晉書不誤彤赤也故曰霞連與上句翠觀岑青正爲一例此亦如侍遊曲阿後湖作之誤彤雲爲彫雲皆失其文義所當訂正注畫龍蚪案蚪當作虬誤用正文中蚪字改也上注云蚪龍也故復引此以申明之耳或據此謂招魂別有作蚪之本大誤遡蕙風於衡薄袁本茶陵本蕙

作惠衡作蘅案晉書同此尤校改也各本善注中字皆作蕙衡考魏都賦注及洛神賦乃惠蘅之誤尤所改非注杜預左氏
傳曰何校傳下添注字是也各本皆脫拔靈芝袁本云善作雲茶陵本云五臣作靈案此尤校改也詳善引西京賦以注
靈芝之靈字似是晉書亦作靈注管仲之始治也袁本茶陵本治作化是也注輕武卒名也下至奏
嚴鼓之嘈囐袁本茶陵本無此二十五字案無者最是此或記於旁以駁善輕武戎剛四車名之解尤延之不察誤取以增
多注環爲營袁本茶陵本環上有自字是也注或云飛羅案此四字不當有各本皆衍注音晏夫
案夫當作天各本皆譌此必出郭璞音注然爲罝一以爲對恐互體廣雅曰罝兔罟也
袁本茶陵本作然兔罝也四字案各本皆誤無以考也畫長谿以爲限袁本茶陵本谿作壑云善作谿案谿字義不可
通恐各本所見傳寫誤晉書亦作壑叩鉦數校案晉書數作散詳注云散爲陳列而行是善自作散袁茶陵所載五臣向注云
以數立功校之法是五臣乃作數各本皆以五臣亂善而失著校語非注待獲射者何校射上添待字者下添中字是也
各本皆脫雲迴風烈袁本茶陵本下有聲動響飛形移景發二句尤本脫去當補晉書亦有甗林蹷石案甗當作

鼿各本皆誤詳善音五忽切此字從兀明甚集韻十一沒云鼿以鼻搖動最可證晉書亦誤鼿音義云音瓦瓦即兀之誤 注史記曰蜚廉 袁本茶陵本蜚作飛是也 注伍胥曰 袁本茶陵本伍下有子字案各本皆誤當作申包胥曰 注鄭元禮儀注曰 茶陵本禮儀作儀禮是也袁本亦誤倒 注鏷或謂爲鏷 案謂字不當有各本皆衍 注如雷霆之震也 袁本茶陵本作而雷之震電之霍案此尤延之用今本莊子說劍校改 注則莫若益野騰駒也 袁本茶陵本騰作騰案騰即騰別體字 子豈能從我而御之乎 袁本云善無能字茶陵本云五臣有 案二本所見無者傳寫脫此尤延之校改添之也晉書亦有 注煎鯖臛雀 案鯖當作鰿各本皆誤此所引大招文 注取其遠方物之美也 袁本茶陵本取其遠方物之六字作約一字案二本是也今本味篇注正如此未悉尤增多何據也 注寒方苓之巢龜 案方當作芳各本皆譌 芳 注鶵鳥大鶬鶵 袁本茶陵本無鶬字鶵下有也字案二本是也此所引佳部雛下文善謂鶵即雛耳 注韓詩外傳曰鄭交甫遵彼漢皋臺下 案此十四字不當有上云漢皋已見南都賦複出非也各本皆衍 注或曰棲 案此下當有脫文各本皆同無以補之 注吳地

理志曰何校吳下添錄字陳同是也各本皆脫耽口爽之饌案口爽當作爽口袁本云善作口爽茶陵本云五臣作爽口各本所見皆傳寫誤善注引五味令人口爽以注爽口卽但取義同不拘語倒之例不知者泥之改正文以順注失之甚矣晉書亦作爽口又案下文誘我以聾耳之樂善引五音令人耳聾更倒之可知者也注國語曰下至仕者世祿袁本茶陵本無此二十八字有文字屬下王處岐爲句是也注尚書曰湯既黜夏命陳云書下脫序字是也各本皆脫囿棲三足之烏何校烏改烏袁本云善作烏茶陵本云五臣作烏案烏字協韻善不得作烏但傳寫誤袁茶陵據所見爲校語非晉書亦作烏故靡得應子袁本茶陵本得下有而字案有者是也晉書亦有○賢良詔○罔不率俾袁本茶陵本罔作莫注同案二本是也漢書正作莫注在金河關之西何校金下添城字陳同是也各本皆脫若涉淵水未知所濟袁本茶陵本云善無涉字案漢書有此尤延之校添之也朕之不敏不能遠德袁本茶陵本云善無不敏二字案漢書有此尤延之校添之也○冊○注象其禮案禮當作札各本皆誤○冊魏公九錫文○分裂諸夏袁本茶陵本作連帶城邑案魏志作分裂諸夏尤延之據彼校改也但善

不必與彼同似仍以二本爲是注爲公卿大夫也陳云爲謂誤是也各本皆誤注宏濟于艱袁本茶陵本于下有艱字是也羣后失位袁本茶陵本失作釋案善引左傳注釋位是自作釋但傳寫誤爲失耳陳云失釋誤是矣魏志亦作釋注遯走陳云遯上脫遲字是也各本皆脫造我京畿袁本茶陵本我作其案魏志作我尤據改

乘軒將反袁本云善作軒茶陵本云五臣作轅陳云據注似善本亦作轅案軒但傳寫誤也魏志亦作轅致居官渡袁本云善作度茶陵本云五臣作渡案魏志作渡尤據改各本注中字皆作渡恐涉五臣耳凡善度五臣渡其大槩也亦不盡出注

致天之罰居陳云罰字衍是也各本皆衍注君北征三郡烏丸陳云君公誤是也各本皆誤注

尚奔遼東袁本茶陵本無尚字陳云脫尚熙二字是也求逞所欲茶陵本逞所作所逞云五臣作逞所袁本云善作所逞案善引思元賦注逞所所欲是但傳寫誤倒魏志亦作逞所注思賢賦曰飄飄神舉求逞所欲袁本茶陵本賢作元無求字是也筭于白屋袁本茶陵本筭作箄案二本是也注云本並以筭于爲箄于疑字誤也可見正文作箄故善依博物志定爲筭若先作筭與注不相應矣尤延之校改似是實非魏志作箄即善所謂本並以爲箄者注劉淵

林魏都賦注曰北羈單于自屋案此有誤也張載注魏都不得言劉淵林又單依文當作箄今彼注作北羈單于于自屋蓋亦誤　注文王罔逌兼於庶獄庶慎也袁本茶陵本逌作攸是也案此必尤誤改　注

孔子過山側案山上當有太字各本皆脫　注邪服蒐慝杜預曰回袁本茶陵本邪服作服讒案二本是也回下當有邪字此尤校添而錯誤　繫二國是賴茶陵本是上有之字二云五臣無注袁本二云善有案魏志無尤據改

奉承宗祖袁本茶陵本宗祖作祖宗是也　注又曰已下至予惟往求朕攸濟袁本無此十八字有攸濟已見上文六字是也茶陵本有倒改複出耳　注范曄後漢書袁本茶陵本無此五字案無者是也凡引諸文在本傳者多不冠大題此其一耳尤校添之蓋未悉善例　注乃立冢社茶陵本社作土是也袁本亦誤社　注爾民軌

儀也案爾當作示各本皆譌　注弗昬作勞袁本茶陵本昬作暋案依二本善正文似作暋魏志作昬或下當有昬暋異同之注今未全也　注杜預左氏傳曰何校傳下添注字陳同各本皆脫　注子之謂也陳云子上脫晏字是也各本皆脫

卷三十六○宣德皇后令○注要不彊爲酬謝之名案不當作必各本皆誤注赫言鄒衍之術案赫言鄒當作言赫脩史記集解所引別錄如此可證也各本皆誤注庶王有不遠而復之義也袁本茶陵本王有二字作乎案此尤校改也○爲宋公修張良廟教○注綱紀謂主簿也下至猶今詔書稱門下也此二十三字袁本茶陵本無案此卷以下尤本增多各條似二本因并入五臣而刪削其尤所見異本爲是矣注周易曰雲從龍風從虎聖人作而萬物覩此十六字袁本茶陵本無注廣雅曰軌迹也伊伊尹望呂望也此十二字袁本茶陵本無注漢良受書於邳圮案圮當作圯各本皆誤漢書作沂注良本召此四人之力也陳云召招誤是也各本皆誤注寤寐永歎也陳云寤假誤是也各本皆誤○爲宋公修楚元王墓教○注太上基德十五王而始平之袁本茶陵本無太上二字之作也案此尤校改也注郗正釋識曰袁本茶陵本郗作郤識作譏是也開元自本者乎袁本茶陵本元作源案此似善五臣之異二本不載校語無以考之

○永明九年策秀才文○選名昇學袁本茶陵本昇作升是也注禮記曰司徒袁本茶陵本曰下有鄉論秀士四字案此尤校刪也注一日德行高妙下至才任三輔劇縣令此五十二字袁本茶陵本無艮以食爲民天袁本茶陵本爲作惟是也注周禮曰肺石下至赤石也此十七字袁本茶陵本無注春秋元命苞曰樹棘槐聽訟於其下此十四字袁本茶陵本無注箕夫人及君早起袁本茶陵本無及君二字案此尤校添也命卬斜之谷茶陵本云五臣無命字袁本云善寶下有命字案二本與上節接連命字絕句不屬此首詳其文義仍不當有恐但傳寫誤衍也注漢書曰下至將繼太公之職事也此二十七字袁本茶陵本無注毛詩曰去殷之惡陳云曰下脫帝遷明德鄭元箋曰天意十字案所校是也引此者注正文遷字注史官田太初鄧公平術案田當作用公字不當有各本皆誤續漢志可證注蓋亦遠矣袁本茶陵本蓋亦作益以案此尤依續漢志校改也紛爭空軫袁本茶陵本爭作諍案二本不著校語無以考之注方言曰軫袁本茶陵本軫下有戾字是也注又曰欽若昊天此六字袁本茶

陵本無注禮記曰夏后氏下至翰白色馬也此六十一字袁本茶陵本無○永明十一

年策秀才文○九序未歌何校序改敘案何據注也注九功惟序九序惟歌茶陵本二序字作敘袁本并入五臣亦作敘其所載五臣向曰九序謂六府三事也則二本並作序恐正文爲善敘五臣序各本所見亂之此本注二字作序乃尤延之以正文改注未必是也注毛詩曰下至何以卒歲此十九字袁本茶陵本無注必將崇論宏義案義當作議各本皆誤注尚書曰罔不同心以匡乃辟此十一字袁本茶陵本無注應劭尚書案劭下當有字各本皆脫曰若閑宂畢弃茶陵本畢作皁二云五臣作畢袁本二云善作皁案二本所見傳寫誤也此蓋尤延之校改正之天下之有惡茶陵本二云五臣無天袁本二云善有天案此不當有各本所見皆傳寫誤衍耳注東觀漢記曰魯恭下至具以狀言安此一百二十字袁本茶陵本無又自此下至本節注末茶陵本有袁本無皆并善入五臣而誤刪削也餘不悉出注文子曰有鳥將來張羅下至即無時得鳥此二十九字袁本茶陵本無案張羅下當有待之二字袁茶陵二本所載并入五臣翰注者有注貪則爲盜富則爲賤案貪當作貧何

校賤改賊陳同是也此所引樂論篇文　注辯麗可嘉何校嘉改喜是也各本皆誤　朕思念舊民茶陵本念作命云五臣作念袁本云善作命案二本所見傳寫誤也此蓋尤延之校改正之　注名王奉獻袁本茶陵本名上有遺字　注毛詩序曰下至豈惟弊邑此六十六字袁本茶陵本無是也　注魏謂春申君曰陳云魏下脫加字是也各本皆脫　注不可爲秦之將案爲下當有拒字各本皆脫前東門行注引有　注天下有十二州齊得其七故謂北境爲五州袁本無此十七字有五州已見顏延之侍游曲阿後湖詩十四字案袁本最是此尤同茶陵複出而誤

○天監三年策秀才文○

注刓音角之刓與刓剸同袁本茶陵本無音字案各本皆非也當作刓音刓角之刓與剸同韓信傳注可證　注士植懸袁本茶陵本植作特是也　注非仁也何校仁改人是也　注若渴無日案若當作苦各本皆譌魏志王朗傳注引可證　注夜與陰者日之餘雨者月之餘袁本茶陵本無與陰二字雨上有陰字月作時案二本是也王朗傳注引正如此　注況賢於隗者乎又袁本茶陵本作況賢者也莊子曰案以下文今新序有莊子無故尤延之校改如此也但考藝文類

聚鱗介部亦引爲莊子困學紀聞莊子逸篇採之仍當依二本爲是 注攸罔勳弗及苟造德弗降袁本茶陵本攸作收又茶陵本苟作考是也袁本作考亦誤 注蘉如也陳云如無誤是也各本皆誤案此所引板傳文 注原涉好殺袁本茶陵本無殺字案此尤校添也 注漢書陳咸下至輒論輸府袁本茶陵本無此一百三十二字有漢書陳萬年傳曰論輸府下十一字案此卷末葉尤脩改乃初同二本而後添當以二本爲是又案末下字漢書無蓋衍也 注膺表欲罪袁本茶陵本欲下有罰其二字是也 注景帝問鄧公下至卒受大戮袁本茶陵本無此四十字有鄧公謂景帝曰六字案此亦二本是 注閑者水出下至災異仍重袁本茶陵本無此十八字案此亦二本是

文選考異卷第六

文選考異卷第七

賜進士出身通奉大夫江南蘇松常鎮太等處承宣布政使司布政使胡克家撰

卷三十七○薦禰衡表袁本茶陵本表下有一首二字案有者是也後每題下盡同卷首所列子目亦同下卷放此　陛下睿聖茶陵本睿作叡云五臣作睿袁本云善作叡案范書作叡此尤以五臣亂善　注具作其事陳云作上誤今案汪文盛刻班書是作字章懷注范書引亦是作字陳所說非也　注無所遺失袁本失下有也字茶陵本無此初有而脩去之　掌技者之所貪茶陵本技作伎云五臣作技袁本作技無校語案袁用五臣也范書作臺牧章懷注諸本並作臺牧未詳其義融集作堂牧汪文盛刻范書如此其實堂牧即掌技之譌耳伎技同字或選所據融集作伎也　注古善相馬者袁本茶陵本古下有者字此初有而脩去之案者當作之所引觀表篇文也七發與吳季重書注作之是七命注及此作者非

○出師表○注後主即位十二年卒茶陵本無即位十二年卒六字此一節注茶陵并五臣於善袁并善於五臣恐尤亦非其舊　而中道崩徂袁本茶陵本徂作殂案此尤改之也二本是蜀志正作殂　亡身於外

者袁本二云善作亡茶陵本二云五臣作忘案各本所見皆非也亡但傳寫誤何校亡改忘蜀志正作忘注桓靈後漢二

帝用閹豎所敗也袁本無用閹豎所敗五字茶陵本并善入五臣有之尤所見同茶陵而誤衍注荊州圖

副曰袁本茶陵本無副字是也注爾雅曰獎袁本茶陵本爾作小是也至於斟酌損益茶陵本損作規

二云五臣作損袁本二云善作規案蜀志本傳作損董允傳作規尤延之依本傳改不知乃以五臣亂善也責攸之禕允等

咎以章其慢何校二云董允傳所載與本傳微不同本傳無若無興德之言六字作責攸之禕允等之慢以彰其咎案袁本所

見善與尤無異較本傳但少之字彰作章慢咎互易其五臣則與本傳同茶陵本輒於正文依善注所引董允傳添改作若無興德之言

則戮允等二云二云與注不相應大誤且善但謂當有上六字未嘗欲并改責攸之禕允以下也更屬誤中之誤矣深追先帝遺

詔袁本茶陵本無遺詔二字案蜀志有尤延之依以校添也此初刻仍無與二本同臣不勝受恩感激今當

遠離袁本茶陵本無激今二字案蜀志有尤延之依以校添也此初刻仍無○求自試表○注謂文武

明也陳二云文武當乙是也各本皆倒注史記太史公陳二云公下脫曰字是也各本皆脫俯愧朱紱茶陵

本愧下校語云五臣從忄袁本云善從女此亦以五臣亂善下文以滅終身之愧二本所見亦當善作媿失著校語非魏志皆作愧注

尚書曰啓袁本茶陵本曰上有序字此初有而脩去之案有者是也下尚書曰武王崩各本皆脫序字注春秋歷

序曰案歷上當有命字各本皆脫又勸進表注所引春秋歷序亦脫命字注左轂鳴此者工師之罪也

案此者當作者此袁本亦誤倒茶陵本幷善入五臣全非裴松之注引正作者此欲以除害與利袁本茶陵本害作患

案魏志作患二本是也必以殺身靜亂袁本茶陵本無以字案魏志有蓋尤據之添也而燿世俗哉袁本

云善作燿茶陵本作燿云五臣作曜案魏志作燿尤改非志或鬱結袁本茶陵本云善無志字案魏志有二本所見或傳寫脫

尤添之是也伏以二方未尅爲念何校云魏志伏作但案今本魏志亦作伏何所據者未見存之以俟再詳伏

見先武皇帝袁本茶陵本無武皇二字案魏志有蓋尤據之添也猶習戰也袁本茶陵本猶作由案魏志作猶蓋

尤據之改也注統由總覽也袁本茶陵本由作猶是也事列朝榮何校云魏志榮作策陳云作策爲是各本

皆形近之譌字耳注左氏傳曰子朱撫劍從之袁本茶陵本無此十字注濤至乘北陳云

乘上脫江字是也各本皆脫案七發注引有　注昔克路之役何校路改潞陳同是也各本皆誤荅臨淄侯牋褚淵碑文
頭陁寺碑文注誤與此同　注秦來圖敗晉攻何校攻改功陳同是也各本皆譌　注三敗三北茶陵本敗
下無三字是也袁本亦衍　注徧飲而去袁本去下有之字此初有而脩去之茶陵本并善入五臣無此字案所引愛士篇文
彼亦無此字　注及獲惠公以歸何校及改反陳同是也各本皆誤　注然則以其同祖案則字不
當有各本皆衍　注李宏武功歌曰陳云宏尤誤是也各本皆誤　注東郭俊者茶陵本俊作㣿袁本亦作
俊案各本皆譌也當作逡下同　注猶不敢嘿也袁本茶陵本重嘿字是也　螢燭末光何校云螢一作熒案魏志
作熒古字通但選文與國志非必全同今各本則皆作螢也　○求通親親表○注自因致其意也
袁本茶陵本無因字案魏志有因無自必尤延之改自爲因乃誤兩存也　克明俊德袁本俊下校語云善作駿注中字亦作駿
茶陵本作俊注中字亦作俊無校語案尤及茶陵所見以五臣亂善也魏志作峻與善五臣無合者恐經後人依禮記改　以藩屏
王室茶陵本藩作蕃注同校語云五臣作藩袁本作藩無校語案袁本用五臣也此以五臣亂善魏志作藩藩蕃通用耳　注謝

承後漢書曰桓礹鄙嘗氣類袁本茶陵本無此十二字臣伏自思惟豈無錐刀之用袁本茶陵本思惟豈三字作惟省二字案魏志作惟省尤改添未知何據或所見自不同注東觀漢記至下蒙見宿留袁本此十八字作錐刀之用已見上文八字是也茶陵本複出同此非若臣爲異姓袁本茶陵本若下有以字案魏志有以字尤刪未知何據或所見自不同注駙近也茶陵本駙作附袁本作附近之附也然終向之者誠也茶陵本無然字終下校語云五臣作然袁本無終字校語云善有終字案魏志有然無終疑茶陵所見得之有不蒙施之物茶陵本二云五臣再有有不蒙施之物六字袁本再有二云善無有不蒙施之物六字案此初無尤脩改添之魏志再有善亦當再有傳寫脱去也何校添陳云重六字爲是注尚書傳曰袁本無傳字茶陵本有案各本注皆非也說見後荅魏太子牋下樊冒勃蘇案樊當作棼各本皆譌○讓開府表○誠在寵過袁本茶陵本寵過作過寵案晉書正作過寵此尤誤倒耳然臣等不能推有德何校去等字云晉書無案所說是也各本蓋皆衍據今光祿大夫李喜陳云喜晉書作憙爲是今案喜憙古字通未審他家晉書有作喜者以否注領職曰服事何校領改

須是也各本皆譌注謂公家服事袁本茶陵本事下有也字何校改也作者又謂下添爲字是也各本皆脫誤○
陳情事表袁本茶陵本無事字案此疑善五臣之異二本不著校語無以考也注字令伯茶陵本此下有犍爲武陽
人五字袁本無與此同案茶陵幷五臣入善考華陽國志有或善不備引躬親撫養袁本茶陵本親下校語云善作見案此以
五臣亂善蜀志注晉書皆作見見是覲非臣少多疾病袁本云善無少字茶陵本云五臣有少字案蜀志注晉書皆有少字
尤蓋據之添注一作了案此校語錯入也郎謂五臣作了覲袁茶陵二本校語皆可見如謝平原內史表岐下云一作崎亦
郎謂五臣作崎也蜀志注晉書皆作了辭不赴命袁本茶陵本命作會蜀志注晉書皆作命案尤蓋據之改○謝平
原內史表○注到官上表袁本茶陵本表下有謝恩二字臣機頓首頓首死罪死罪
茶陵本無此十字有中謝二字是也袁本幷無中謝非尤用善謝開府表注所云添改益非注范曄至下不知所裁
袁本茶陵本無此十八字臣本吳人茶陵本無吳人校語云五臣有吳人袁本有無校語案袁用五臣也此以亂善注羣
羣而同處案同當作州各本皆誤注兩宮東宮及上臺也袁本無此八字所載五臣向注有之茶陵

本幷善入五臣尤蓋因此錯混耳袁本是也注王隱晉書曰袁瑜袁本茶陵本袁作爰案二本是也爰姓見廣韻
爰字下又依此似正文善爰五臣袁各本亂之而失著校語又案二本自此至字道淵共爲一節在後曹武下然則馮熊字文羆顧榮字
彥先二句亦王隱書尤割裂者非而不能不恨恨者何校恨恨改悢悢袁本云善作恨恨茶陵本云五臣作悢悢案
各本所見皆傳寫誤也與蘇武詩二本校語五臣作恨恨善作悢悢與此全屬相反彼是此非注攜手逐秦陳云逐遯誤是
也各本皆誤注青組朱軒並二千石之車飾袁本無此十一字所載五臣濟注有之茶陵本幷善入五
臣尤蓋因此錯混耳袁本是也○勸進表○注閔帝年號何校閔改愍陳同各本皆誤臣磾茶陵本磾
上有匹字袁本無下同案此疑善五臣之異二本不著校語何校添陳云磾上脫匹字下並同注授圖于黎元袁本茶陵
本于作子是也注謂景宣文袁本茶陵本景宣作宣景是也注永嘉懷帝年號袁本茶陵本無此六字案
所載五臣向注有之此錯混耳注劉載使劉曜陳云載聰誤是也各本皆誤注太尉廙劭等議陳云
尉下脫掾字是也各本皆脫注謝承下至虜庭袁本茶陵本無此十六字案尤增多誤也而重耳主諸侯

之盟茶陵本作而重耳以主諸侯云云五臣無以字有之盟二字袁本云云善有以字無之盟二字案此尤校改以五臣亂善也晉書作以主諸侯之盟善不必與彼全同不可以爲證蒼生禺然案禺當作喁善引淮南子喁喁然爲注是作喁字袁茶陵二本所載五臣濟注云禺然仰德貌蓋各本以五臣亂善而失著校語晉書作禺不可以爲證說見上喻巴蜀檄曰延頸舉踵喁喁然百辟勸進今上牋搢紳喁喁用字不同當各依其舊也注西蜀父老曰案西當作難各本皆誤下以釋普天傾首之望茶陵本普作溥云云五臣作普袁本云云善作溥案此尤校改以五臣亂善也晉書作普不可以爲證說見上注公羊傳曰緣臣之心何校傳下添注字臣下添子字是也各本皆脫注而楚尅其二都茶陵本二作三是也袁本亦誤二注民服其上下无覬覦何校服下添事字上下添而字是也各本皆脫注乃許晉平下至且召之茶陵本此十七字作郤乞二字袁本并無案似茶陵爲是注不及曩時之士也袁本茶陵本曩作嚮是也漢書作曩後五十一卷同史記作鄉鄉卽嚮字與此同各有所出不妨兩見善例每如此

卷三十八〇爲吳令謝詢求爲諸孫置守冢人表〇注尚書曰袁本茶陵

本書下有王字注繼絕世袁本世下有已見上文四字茶陵本無案此不當有世字謂已於三王敦繼絕之德下引論語曰繼絕世也茶陵本卽複出與此皆非注懷金已見上謝平原內史表佩青已見上求通親親表袁本作懷金佩青已見上文八字案袁本非也善第一卷注自言同卷再見者並云已見上文又云其異篇再見者並云已見某篇然則凡不合此例皆失善舊餘不具出茶陵本盡改複出益非○讓中書令表○注何法盛晉書潁川庾錄曰袁本茶陵本無晉書二字注中州爲洛陽陳云爲謂誤是也各本皆誤不悟徽時之福袁本茶陵本徽作邀案晉書作徽此尤改之也邀徼古同字恐選文自用邀改之未必是乘異常之顧袁本茶陵本乘作垂案尤本誤晉書亦是垂字注孟子曰滄浪之水清兮下至已見上求自試表注袁本此二十四字作濯纓及沐浴已見上文九字茶陵本複出案此各本皆失善舊注桓思竇后順烈梁后何校乙順烈梁后於桓思竇后上是也各本皆倒可爲寒心者也袁本茶陵本云爲善作謂案此尤校改正之也晉書作謂誤與此同而使內處心膂袁本茶陵本云處善作劇案此尤改之也晉書作處選文往往別有所出不必全同耳

注音呂袁本茶陵本作膂音呂三字在注末是也○蔫譙元彥表○注性清袁本茶陵本清作靜是也

注左氏傳荀息曰下至貞也袁本此二十六字作忠貞已見上文六字茶陵本複出非注洗耳許由

也下至乃臨河洗耳袁本此二十八字作洗耳已見上文茶陵本複出非注戍聞之茶陵本戍作成是也袁本

亦誤戍注兔罝之人能恭敬袁本茶陵本兔罝作罝兔是也注劉歆移書曰袁本無書字是也茶

陵本亦衍注已見上文謝朓八公山詩袁本無文字是也茶陵本複出更非注音蜀袁本茶陵本作

蠋音蜀三字在注末是也注太子師及祭酒印綬陳云及友誤是也各本皆誤注不強致說音

悅袁本茶陵本說音悅三字作之也二字注漢書曰下至深山袁本此十八字作園綺已見上文六字茶陵本複出

非○解尚書表○注檀道鸞晉陽秋曰何校晉上添續字陳同各本皆脫於臣實所

敢喻何校寔下添非字云晉書有陳云晉書爲是案此似選文傳寫脫注見利思義何校利改得是也各本皆誤

注左傳曰下至不可懷也袁本作宴安已見上文茶陵本複出非注老子曰下至且成袁本作善

貸已見上文茶陵本複出非○爲宋公至洛陽謁五陵表○注其界本西得梁州之地案梁當作雍晉書地理志司州其界西得雍州之京兆馮翊扶風三郡可證各本皆誤○爲宋公求加贈劉前軍表○注左氏傳下至德之休明袁本作休明已見上文茶陵本複出非注尚書曰爾有嘉謀嘉猷袁本茶陵本曰上有王字注尚書曰納于百揆袁本作百揆已見上文茶陵本複出非注易曰下至其臭如蘭袁本作金蘭已見上文茶陵本複出非○爲齊明帝讓宣城郡公第一表○注道生即太祖之弟也陳云弟當作兄是也各本皆誤南齊書本傳可證注又曰后憑玉几袁本茶陵本又字作尚書顧命四字注左傳晉穆嬴曰袁本茶陵本左下有氏字注孫盛晉陽春秋曰袁本無春字是也茶陵本亦衍注郤超假還東何校郤改郗陳同是也各本皆誤注左傳楚薳啓彊曰案左下當有氏字彊當作疆各本皆脫誤注神州已見上下至刑法也袁本此二十一字作神州儀刑已見上文八字茶陵本複出非注勿復爲虛飾之煩袁本茶陵本之煩二字作也字注

黷慢朝經也案朝經二字不當有各本皆衍注左傳下至恐殞越于下袁本作殞越已見上文茶陵本複出非注盡君道□袁本茶陵本盡上有則字下句同案此尤校改去之耳○爲范尚書讓吏部封侯第一表○頓首頓首死罪死罪袁本茶陵本無此八字有中謝二字下文豈待明經臣雲下二本同案二本是也說見前謝平原內史表注論語下至有所不爲也袁本作狂狷已見上文茶陵本複出非躡屩齊楚案屩當作蹻善引史記及徐廣注皆是蹻字袁茶陵二本所載五臣良注乃作屩蓋善蹻五臣屩各本亂之而失著校語又此屩下腳亦五臣音耳注漢書下至爲銅虎符袁本作分虎已見上文茶陵本複出非注□孫盛晉陽秋曰茶陵本陽下衍春字袁本無此亦初衍後脩改去之亂離斯瘼陳云瘼當作莫注同毛詩曰亂離瘼矣當作韓詩曰亂離斯莫潘安仁關中詩注可證也案所說是也袁茶陵二本所載五臣向注云瘼病也必善莫五臣瘼各本亂之而失著校語後又并改善注甚非注蔡邕詩序曰下至北陸無日之地袁本作悵望鍾阜已見上文八字茶陵本所複出與此同陳云鍾阜謂建康之鍾山也注誤引許叔重語今案善謂鍾阜已見上文者謂自於沈休文鍾山詩題下注訖也複出者失其

意用許慎曰云云當之致爲巨謬尤專主增多乃取以竄入陳駁雖是然細繹袁本善初無斯誤也凡複出增多大足爲累於此可知餘論

不盡　注締構見魏都賦下至昧爽也袁本作締構草昧並已見上文九字茶陵本複出非　注過朱

祐陳云祐祜誤下同各本皆譌　注上初學長安袁本茶陵本上初作初上是也　注南陽大人賢者

陳云大人當作人與是也袁本茶陵本無大字亦脫與　注漢書下至如俛拾地芥袁本作明經拾青紫已見上文

九字茶陵本複出非　注襄陽耆舊傳記曰袁本茶陵本無記字　注卽聲名不足慕企袁本茶陵

本重有不足慕企四字　注毛詩序曰禮義陵遲袁本作陵遲已見上文茶陵本複出非　注元和元

年案上元字當作光各本皆譌　注時侍中常侍袁本茶陵本無時字　注可封留侯袁本作子房封侯已

見上文案袁本是也茶陵本與此同乃并五臣入善之誤　注視吳公口何爲袁茶陵二本皆無空字此初有衍而去之

或四姓侍祠何校去或字案所校是也各本蓋皆傳寫衍　注漢書曰成帝下至故世謂之五

侯袁本作五侯王氏也已見上文九字茶陵本複出非　注東觀漢記相者袁本茶陵本記下有曰字此脩改去之

注謂元帝也袁本茶陵本無謂字注車丞相高寢郎袁本茶陵本高下有祖園二字此脩改去之案有者是也微物知免袁本茶陵本二云免善作表案此或所見不同否則尤校改之耳○為蕭揚州薦士表袁本茶陵本薦上有作字案尤本脫注老子曰和其光而同其塵袁本作同塵已見上注文茶陵本複出非王褒下至非一狐之腋袁本作一狐已見上文茶陵本複出非注謝靈運宋書序曰何校宋改晉陳同是也各本皆誤注在貧賤不患物不疏己何校賤下添雖仁賢三字陳同是也各本皆脫注孟子曰下至學則三代共之袁本作庠序已見上文茶陵本複出非注四方有志之士袁本茶陵本無有志二字注東觀漢記耕袁本茶陵本無漢字注范曄漢書曰何校漢上添後字是也各本皆脫注晉陽春秋曰袁本無春字是也茶陵本亦衍何校晉上添續字同前注論語子曰下至不以人廢言袁本此十六字作不以人廢言已見上文八字茶陵本複出非○為褚諮議蓁讓代兄襲封表○注老子曰下至知止不殆袁本作止足已見上文茶陵本複出非○為范始興作求立

太宰碑表○則義刑社稷袁本茶陵本刑作形案尤本誤注爾有嘉謀嘉猷袁本茶陵本無嘉謀二字案此尤校添也注敬敷五教在寬袁本重有五教二字案有者是也殷本紀重有孔穎達商頌正義引尚書重有袁本後鑿去下五教二字茶陵本無與此同皆非注又曰下至百揆時序袁本作百揆已見上文六字茶陵本複出非注漢書曰下至琴書自樂袁本作琴書已見上文六字茶陵本複出非注論語曰下至民無德而稱焉袁本作無得而稱已見上文茶陵本複出非注又潘敞以伎防之陳云又使誤是也各本皆誤故首冒嚴科何校云故下疑有脫文案所說是也何意謂此當云故吏故民之類未知所脫果何文耳今無以補之注修張良教何校良下添廟字陳同是也袁本亦脫茶陵本複出非注第二子恪陳云子字當重是也各本皆脫注禮記曰下至吾誰與歸袁本作九原已見上文茶陵本複出非注顏蠋謂齊王曰袁本茶陵本蠋作觸案今齊策作斶古今人表作歜歜斶同字也疑蠋觸皆斶之譌注皆鏤為蛟龍袁本茶陵本蛟作交是也注長老見碑袁本茶陵本碑下有者字案此脩改去之

卷三十九○上書秦始皇○注後二世袁本茶陵本此三字作及二世信趙高之譖八字案此節注袁并善入五臣茶陵并五臣入善卽尤亦恐非其舊今不具論注又曰惠文君八年張儀復相秦攻韓宜陽降之云孝王案此二十一字決非善注不知何時竄入考張儀復相後八年也秦本紀六國表韓世家皆並無攻韓宜陽降之之事善烏由爲此語況下方引甘茂伐宜陽而疑書誤若果有此語便是無疑彌乖剌難通矣各本皆同其謬已久今特訂正袁茶陵二本王作公下同說見於下注十年納魏上郡張儀伐蜀滅之案依史記當作十年張儀相秦魏納上郡八年張儀復相秦伐蜀滅之此注全爲人所改各本皆同絕非善舊矣注史記云孝王納上郡此云惠王疑此誤也案此十六字決非善注不知何時竄入考魏納上郡在惠文君十年秦本紀六國表魏世家明文鑿鑿了無異說善何由爲此語各本皆同其謬已久今特訂正注宜陽韓邑也袁本茶陵本無此五字注孝王卒茶陵本孝作武是也袁本亦誤孝此四君者袁本茶陵本無者字案史記有尤添之也致昆山之玉袁本茶陵本昆作崐案史記作昆尤改之也注引新序作昆或善自是昆字注孫卿曰袁本卿下有子字是也茶

一珍倣宋版印

陵本亦脫而陛下悅之何也袁本茶陵本無何也二字案史記有尤添之也注駃馬屬案駃下當有騠字各本皆脫西蜀丹青袁本茶陵本西蜀作蜀之案史記作西蜀尤改之也而歌呼嗚嗚快耳者袁本茶陵本無呼字案史記有尤添之也今棄叩缶擊甕袁本茶陵本無叩缶二字案史記有在擊甕下尤添倒耳在乎色樂珠玉袁本茶陵本無珠玉二字案史記有尤添之也在乎民人也袁本茶陵本無也字案史記有尤添之也退而不敢西向袁本茶陵本無向字案史記有尤添之也而外樹怨諸侯袁本茶陵本外下有以字案史記無尤刪之也○上書吳王○注惡不指斥言何校去不字陳同是也袁本亦衍茶陵本下又有欲字并善入五臣耳注三輔黃圖曰袁本三上有善曰二字是茶陵本移每節首非下申子曰上漢書曰文帝閔濟北上二郡謂城陽上漢書曰上憐淮南王上以孟康解其文上湛今沈字也上言高祖燒所涉之棧道也上同又每節首非舊注者亦當有也救兵不至袁本茶陵本至作止案止字是也漢書作止此尤本誤注青陽水名也袁本茶陵本無此五字案二本所載五臣銑注有之尤誤取增多耳注輒當爲禦案輒當作輔謂正文以輔大國之輔也下云以禦於趙顯然可知正文並無輒

字各本皆誤注爾雅曰奸求也案奸當作干各本皆誤注善曰劉瓛周易注曰至極也謂極言之袁本茶陵本無此十五字案二本最是正文至漢書作志五臣作至善未必與之同尤增多此注以實之殊誤注服虔曰袪服袁本茶陵本無服虔曰案二本連上不分節然則袪服以下乃應劭注也尤分節而以服虔曰加之非然則計議不得袁本茶陵本二云議善作謀案此尤改之也漢書作議注善曰方言云袁本善曰二字作又茶陵本作又曰案此袁是也注晉書注以瑋爲諱何校書改灼陳同是也各本皆誤注言高祖涉所燒之棧道也袁本茶陵本涉燒二字互易是也收弊人之倦袁本茶陵本弊作敝二云善作蔽案此尤改之也漢書作弊○獄中上書自明袁本茶陵本獄中作於獄案此疑善五臣之異二本不著校語無以考也注後聞軻死袁本茶陵本死下有事字注干歷也袁本歷下有之字是也漢書顏注引有史記集解引亦有茶陵本并入五臣無非而燕秦不寤也袁本茶陵本寤作悟案史記作悟漢書作寤此尤改之也後是以聖王覺悟未改史記漢書皆作寤寤即悟字善蓋本作寤也注初不相識相知案不字當在識字下各本皆誤顏注云初相識即本此節去不相知

耳可借爲證注報將軍之仇首何如案首字不當有袁茶陵二本此節注皆并入五臣非仍無此字疑尤欲補

者字而誤之注殆欲誅之何校殆改君陳同是也各本皆誤漢書顏注史記集解引皆作君誠有以相知

也袁本茶陵本二云誠善作成案此尤改之也史記漢書皆作誠注謂讒短也袁本茶陵本無短也二字注敬重

蘇秦袁本茶陵本無此四字注周之末人也何校末下添世字陳同是也各本皆脫漢書顏注引服虔史記集解

引列士傳正有可借爲證注見列士傳袁本見上有其姓名三字是也茶陵本亦脫注新語曰袁本茶陵本上

有善曰二字是也下說苑鄒子說梁王曰上國語泠州鳩曰上同注無紹介通之袁本茶陵本無此五字注鄒

子說苑袁本茶陵本無此四字案無者是也不云說苑以承上條故耳注文子曰何校子改賴陳同是也各本皆誤案

漢書顏注史記索隱俱引之袁茶陵二本移善曰在此上非尤校改正之矣注積毀消骨謂積讒茶陵本骨謂積

讒四字作國亦云消骨五字袁本作國亦云消骨也六字案此各本皆有誤說在下注善曰毀之言骨肉之親

爲之銷滅茶陵本善曰二字作又曰讒三字袁本作故聽讒三字滅下二本有國亦然也四字案此各本皆有誤考史記漢書

絕無作國者恐其並非善注蓋本積毀銷骨句別為一節而於下注善曰讒毀之言骨肉之親為之銷滅合并六臣多所增竄尤之刪改
亦未為是注子宣王辟強立茶陵本強作彊袁本與此同何校改彊陳同是也注子臧越人也案人
下當有蒙字二字史記索隱引有張晏據史記為說也不知者乃刪之各本皆誤正文自云越人子臧決不當以子臧越人也作注甚明
注言無私也袁本茶陵本無言字是也下言無偏也同由余子臧是矣袁本茶陵本矣作也說見下朱
象管蔡是矣茶陵本二云五臣作矣袁本二云善作也案史記漢書皆作矣此尤改之也注舜弟象傲帝袁本
茶陵本無帝字是也注乃致管叔于商茶陵本致下有辟字是也袁本有辟無致亦非注民到于今受
其賜袁本茶陵本無此七字有此之謂也四字案亦衍注子終出使者袁本出作辭茶陵本與此同案出辭當兩
有今列女傳云出謝可證注善曰言士有功可報者思必報袁本茶陵本無此十二字案此亦尤增多
之誤也注公孫鞅事孝王陳云王公誤是也各本皆誤注上至高祖何校高改曾是也各本皆誤案
漢書顏注引作曾可證注善曰伊尹管仲袁本茶陵本無此六字案此亦尤增多之誤也以下同輔人主

之治袁本茶陵本云治善作政案史記作治此尤改之也漢書此處多異難以相證今不更論不得爲枯木朽株之資也袁本茶陵本云善無也字案史記漢書皆有此尤添之也注有深謀善計而卽行之袁本茶陵本無此九字注制戰國策袁本茶陵本無此四字以信荆軻之說袁本云善無以字茶陵本云五臣有以字案史記漢書皆有此尤添之也注又獻燕督亢之地圖下至以擿秦王袁本此二十九字作刺秦王已見上文七字是也茶陵本所複出與此不同皆非注六韜曰下至俱爲師也袁本茶陵本此五十四字作文王遇呂尚西伯遇太公俱爲師也十四字案各本皆有誤當本是善曰西伯遇太公立爲師已見上文合幷六家刪改旣非尤所增多更誤沈詔諛之辭袁本茶陵本沈下有於字校語云善無沈於案史記有沈於漢書有沈無於此尤添之也善不當無乃傳寫脫注說文曰墻下至臣之所居也袁本茶陵本無此十九字注漢書音義曰袁本茶陵本無此五字下善曰不羈謂才行高在阜食牛馬器以木作如槽上是也注遠不可羈繫也袁本茶陵本無此六字注孔安國尚書傳曰袁本茶陵本無孔安國三字傳作注注撰考讖袁本茶陵本無此三字注利傷

行也袁本茶陵本無此四字 注然古有此事未詳其本袁本茶陵本無然此事其本五字○上
書諫獵○注說苑曰至下不避狠虎袁本作孟賁文茶陵本複出非已見上 注郊之日袁本
茶陵本無此三字○上書諫吳王○注吳王初怨望袁本王下有之字是也茶陵本亦脫 以直
諫茶陵本以下有置字二云五臣無袁本二云善有案漢書無此尤刪之也善不當有但傳寫衍 注臣改討取福何校去臣
字陳同是也各本皆衍案漢書顏注引無 注論語曰天不可階而升也袁本作論語猶天之不可階而升茶
陵本作國語曰升天之無階也案此處袁倚改似初同茶陵無以考也 注顏師古曰袁本茶陵本師古作監是也 人
性有畏其影袁本茶陵本影作景下及注皆同案景是影非漢書作景尤所見誤耳 注孫卿子以爲涓
蜀梁袁本茶陵本無此八字 欲湯之滄案滄當依漢書作滄注同各本皆譌 殫極之紞茶陵本紞作紞注同
袁本所見與此同案漢書作紞紞是紞非也 注極之綆幹何校極上添盡字幹上添斷字陳同案漢書顏注引有 手
可擢而抓案抓當作拔漢書作拔袁本茶陵本作拔校語云善作抓各本所見皆非也善亦作拔與五臣無異上句搔而絕者

橫絕之也此句擢而拔者直拔之也擢訓引不得言引而抓可知也其注末音抓壯交切一音乃既引廣雅解上句之搔爲抓而自音之與此句無涉不知者誤認而改二本據所見爲校語讀者莫察矣善自音注中字其字非正文所有如此者不一而足漢書顏此注云搔謂抓也搔音索高反抓音莊交反亦自音注中字而非正文所有又其可證者也　注橡樟初生何校橡改豫陳同是也各本皆誤　注磨也礱袁本茶陵本無此三字　注尙書注砥磨石也袁本作砥礪已見上文茶陵本複出誤

非○上書重諫吳王○注顏師古曰修恩義以撫戎狄袁本茶陵本無此十一字

不如山東之府何校云漢書作東山案各本皆作山東疑誤倒也注同　注張云錯互出攻案張下當有晏字各本皆脫　注錯出謂四方更輸交錯出獻之而行也案錯出二字當作則獻當作運上注則謂與軍遠行也解作軍之本此注則謂云云解作運之本各本皆誤　注臣瓚曰海陵縣名有吳太倉袁本茶陵本無此十一字　以偪滎陽袁本茶陵本偪作備袁校語云善作偪茶陵無校語案漢書作備但傳寫誤爲偪耳

注膠東膠西濟北菑川四國王也發兵應吳楚袁本茶陵本菑川四國作吳楚臨淄吳楚

作此謀案各本皆有誤當依漢書顏注引作膠東膠西濟南淄川王也發兵應吳楚○詣建平王上書○注沈約書曰何校書上添宋字陳同是也各本皆脫注馬遷悲士不遇賦曰案馬上當有司字各本皆脫注今乃知之案今乃當作乃今各本皆倒注轉用抵案轉當作輒袁茶陵二本幷此入五臣仍作輒可借證注對曰臣聞命矣袁本茶陵本曰下有若不有廢君何以與欲加之罪其無辭乎案此節注二本幷五臣未必善有也注弇堈曰茶陵本堈下有弔字是也袁本作弇州子大誤案所引知北遊文也注言固陋之愚也陳云也必誤是也各本皆誤身恨幽圄袁本茶陵本恨作限是也梁書作限是以每一念來茶陵本是以每一念五字作每以一念四字校語云五臣作是以每一念袁本作是以每一念無校語案茶陵所見非也梁書作是以每一念來注忽然亡生茶陵本亡作志是也袁本亦誤亡注李陵與蘇武書曰至下而泣血也此二十八字袁本茶陵本無案蓋因已見五臣而刪削也注則未可以論行袁本茶陵本以作與是也注裁日閱數人袁本茶陵本裁日閱作一日裁案此尤校改之也注論衡谷口鄭子真袁本茶陵本衡作曰是也退則虜南

越之君何校云梁書退作攺案所校是也各本皆誤　注以丹書之信陳云以上脫申字是也各本皆脫　注

補淮陽醫工長袁本茶陵本淮陽作譙國袁醫作監茶陵無工字案此尤校改之也　注帝戲倫謂倫曰

袁本戲下去倫字是也茶陵本亦衍　注會稽餘姚人少有高名與光武同游學袁本茶陵本無

餘姚少有高名游七字光武作世祖案此尤校改之也　照景飲醴而已袁本茶陵本無而已二字是也梁書無　鵠

亭之鬼袁本茶陵本鵠下校語云善作鴻案二本所見非也或尤校改正之梁書作鵠　注命曰丈夫案曰下當

有五字各本皆脫　注五頭同穴袁本同穴作共孔是也茶陵本作具存更非　○奉荅勅示七夕詩

啓○注裴詭集有辨才論袁本詭作頠是也茶陵本亦誤詭　○爲卞彬謝脩卞忠貞

墓啓○注名教謂王隱隱論謂翟湯袁本茶陵本無此十字　注顏觸謂齊王曰

案觸當作斶袁茶陵二本作蠋亦非說見前　○啓蕭太傅固辭奪禮○昉啓何校昉改君陳同下君於

庶品袁本茶陵本君作昉校語云善作君昉往從未宦校語亦云善作君蓋此三字善皆作君五臣改其下二字爲昉唯存第一字爲君

故濟注有昉家集諱其名但云君〻云而二本於此獨無校語也後乃并改成昉不但失善舊亦與五臣不相應甚非其君於品庶已校正此及後仍沿各本之誤注然而遂亟之茶陵本無亟字是也袁本作極亦衍注喪祭无主袁本茶陵本喪作哀案此尤校改之也

卷四十○奏彈曹景宗○注廷尉王恢逗橈陳〻云尉下脫當字是也各本皆脫注金城西沂澗袁本茶陵本沂作泝下有曰塗二字是也尤初有脩誤去注壯士猶戰不降袁本茶陵本無戰字猶有轉戰無窮案有當作其袁茶陵二本校語〻云善有其字尤所見非注毛詩曰旋車言邁袁本作言邁已見潘岳金谷集詩是也茶陵本複出非此初同袁脩改誤依複出注郎主謹按袁本茶陵本謹上有臣字案此尤校刪也注則臣當下讀也袁本茶陵本無則字注上曰知獵狗乎曰知之袁本茶陵本無此九字云云袁本茶陵本無此二字有臣昉誠惶誠恐頓首頓首死罪死罪臣昉稽首以聞二十字案此似善五臣之異也○奏彈劉整○注宋吳興太守兄子也陳〻云守下有脫字各本皆同無以補也六斛袁本茶陵

本鬭作斗案下文仍作斗疑斗是忽至戶前隔箔袁本茶陵本二云善無隔箔二字案二本所見是也此尤添之以五臣亂善分財袁本茶陵本二云財善作賦案此尤改之整兄弟未分財之前袁本茶陵本二云善無未字案此尤添之進責整婢采音劉案劉當作列下文二云並如采音苟奴等列狀粗與范訴相應此即采音列也各本皆誤今特訂正范喚問何意打我兒袁本茶陵本二云善無喚字案此尤添之婢采音及奴教子袁本茶陵本二云善無婢字案此尤添之進責寅妻范奴苟奴列袁本茶陵本二云善無苟奴字案此尤添之依下文蓋當有遇見采音袁本茶陵本遇下校語二云善作過案此尤改之注漢書郅都傳列侯宗室見都側目而視袁本茶陵本郅都傳作音義曰見下有郅字而視作也案此尤校改之也薛包分財袁本茶陵本二云包善作苞案此亦以五臣亂善也注中字二本並作苞尤盡改作包非注東觀漢書曰陳二云書記誤是也各本皆誤唯斅文通之僞迹袁本茶陵本斅作傚案二本不著校語無以考也注高祖從王媼武負貰酒兩家袁本茶陵本作高祖每貰酒更而酒家案此尤校改之也歲臣昉云云誠惶誠恐以聞袁本茶陵本無

云云二字以上有頓首頓首死罪死罪稽首十字案說已見前○奏彈王源○禮教雕衰袁本茶陵本雕作彫

案此尤本譌字注禮記曰三十壯有室袁本茶陵本無此八字案蓋二本因已見五臣而節去尤有是也注

禮曰天子袁本茶陵本曰作記案此當記曰兩有臣實儒品袁本茶陵本儒作懦案此尤本譌字而託姻

結好袁本無結字云云好善作結茶陵本無好字云云結五臣作好案此蓋尤校改兩存依文義善不當無好字而以而託姻結爲句二

本所見必有誤校語未足據也注魏志滿寵袁本茶陵本志下有曰字是也注世說曰陳云說語誤是也各本皆

誤注謂無聞焉爾袁本茶陵本無謂字是也注連親⿰女連也袁本茶陵本⿰女連作姻案史記集解引作婚漢書

南越傳顏注引孟康亦作婚皆與善不同索隱云連者連姻也恐尤延之以彼語校改復錯誤如此耳注魯桓齊穆何校

齊改楚陳同是也各本皆誤注禮記曰晉文何校文改人是也各本皆誤注陸雲荅兄書曰高

門降衡脩庭樹蓬何校書改詩此十四字茶陵有袁無案無者疑脫○荅臨淄侯牋○脩死

罪死罪袁本茶陵本不重死罪案此尤添之也自周章於省覽袁本茶陵本自作目是也何校云魏志注作目

歸增其貌者也袁本茶陵本增作憎是也注修言己豈敢望至下故引之三十七字袁本無此案無者是也茶陵本并五臣入善此同其誤耳○與魏文帝牋○領主簿繁欽茶陵本無繁字袁本有案此疑善無五臣有二本失著校語而尤以五臣亂善注亦律調五聲之均也何校亦改六是也各本皆誤注漢書曰鄭聲尤集黃門按此有脫誤所引必禮樂志鄭聲尤甚黃門名倡丙彊景武之屬云云以注黃門也今誤甚爲集黃門下失去全非其舊耳注集樂之所案集上當更有黃門二字注漢書音義至下爲理樂袁本無此十八字有已見長笛賦五字案袁本最是已見長笛賦即指黃門集樂之所也茶陵本複出非注桓譚新論曰漢之三主內置黃門工倡案此十五字亦已見長笛賦不當有也各本皆衍注與左驥等案驥當作顛觀下注驥與顛同可見也顛即顛字今本魏志作顚乃誤字耳○荅東阿王牋○注張叔及論案叔及當作升反說已詳前各本皆誤注吳越春秋曰干將者吳人造劍二枚袁本茶陵本無此十四字○荅魏太子牋○歲不我與袁本茶陵本我與作與我案與我是也善注引歲不我與而正文自

作與我卽所謂不拘語倒之例前已詳論矣尤依注乙正文非注魏文書曰袁本茶陵本魏文作文帝是也下同伏惟
所天　又注左氏傳下至臣之天也袁本茶陵本云善無伏惟所天案此不當無傳寫脫耳尤校添爲是二本
幷無注二十二字此所有未審何出注項代曰陳云代岱誤是也各本皆誤　遠近所以同聲袁本茶陵本聲
下有也字何校添陳同是也　時邁齒載案疑此載當作耋故注引左傳耋老袁茶陵二本所載五臣良注載大也蓋載耋爲
善五臣不同也又案漢書孔光傳犬馬齒載讀作耋或重用彼成文然則善當有載耋異同之注今刪削不全季　注尚書曰
慺慺謹敬也袁本無尚字茶陵本有案無者疑脫字耳作尚非也求通親親表注引亦誤　○在元城與魏
太子牋○西帶常山袁本茶陵本常作恒案此尤改之也注漢書有恒山郡袁本茶陵本恒作常
是也下漢書恒山郡元氏縣同注背漢之趙陳云趙楚誤是也各本皆誤　注趙國之賢將也下至趙
所都也袁本此十六字作俱趙將也四字是也茶陵本幷入五臣非此同其誤耳女工吟咏於機杼案女工當
作工女以工女與農夫偶句也酈食其傳紅女與景帝紀女紅迴乎有別觀善舍紀引傳較可知矣各本皆誤倒　注爾雅曰

科條也案爾當作廣各本皆譌此所引釋言文也注賜書制詔袁本茶陵本書下有曰字是也注後爲東郡尉何校尉上添都字陳同是也各本皆脫注爾雅曰貿易也案爾當作小各本皆譌此所引廣詁文也○爲鄭沖勸晉王牋○注魏帝高貴鄉公也太祖晉文帝也袁本茶陵本無此十三字案此不當無或二本脫注武王以平商袁本茶陵本以作已是也注公羊傳曰魯人至今以爲美談袁本此十二字作美談已見上文是也茶陵本複出非注漢北地郡有靈州縣袁本茶陵本漢下有書字是也注上親臨西園袁本園作圍是也茶陵本亦誤園注迴戈聊指案聊當作邪各本皆誤今大魏之德袁本茶陵本無今字陳云今晉書作令爲是案此尤校添而復譌其字耳注吾誰與之爲鄰袁本茶陵本無之字是也所引山木篇文○拜中軍記室辭隋王牋何校隋改隨陳云隋隨誤袁茶陵二本作隨袁有校語云善作隋茶陵無校語案陳何似但據茶陵改耳下注盡作隋袁所見是矣注謝脁何校脁改朓陳云脁並當作朓案已見前注言密服義之情也袁本茶陵本無此七字案無者最是尤誤取增多最非凡此類俱顯然可知者

也注好宮室苑圃之樂何校圃改囿是也各本皆譌注後遷西將軍陳云西上脫鎮字是也袁本亦脫茶陵本并入五臣更非注韓詩外傳簡王曰案王當作主各本皆誤注而失簪袁本失作亡是也茶陵本并入五臣作失非注左右曰下至無相弃者袁本無此二十五字有衽席而甚切五字案袁本是也茶陵本并入五臣與此同皆非注衽席乃單席也袁本無乃字是也茶陵本并入五臣仍未衍案衽下席字亦不當有上善音同蓋皆涉正文而誤添○到大司馬記室牋○斯言不渝袁本茶陵本二云言善作其案尤改之也梁書作言注漢書衛青曰下至國之不幸袁本此二十七字作多幸已見上文六字是也茶陵本複出非注聖人無名司馬彪曰神人無功袁本茶陵本無此十二字案此尤校添之也○百辟勸進今上牋○注史記曰司馬遷自序何校去曰字陳同是也各本皆衍注於是夫負妻戴袁本茶陵本無夫字戴字注卽田雞水畔袁本茶陵本無此五字注破左輿衆十萬於鍾山陳云輿下當有盛是也各本皆脫注說文曰䵤黑皺也古典切袁本茶陵本無此十字注

魯班之子案子當作号各本皆譌今宋策注號号卽號別體也注殷惑女妲己袁本茶陵本無女字注建牙陳伐案陳當作東各本皆譌注楚辭曰下至舞馮夷袁本茶陵本無此十五字案此蓋因已見五臣而節去注況貪天功茶陵本天下有之字袁本幷入五臣仍未脫注樂廣曰下至何爲乃爾袁本此十四字作名教已見上文茶陵本複出非注孫綽子曰下至雅鄭異調袁本此十七字作雅俗已見上文茶陵本複出非驅盡誅之氓袁本茶陵本云氓善作萌案此以五臣亂善說詳前注論語曰下至是誰之過歟袁本茶陵本無此三十六字案此蓋因已見五臣而節去注王暢誅劉表陳云當作劉表誅王暢魏志劉表傳注引謝書甚詳是也各本皆誤○詣蔣公○注而辟之茶陵本而下有倣儻爲志高閒掾王默然後十一字袁本幷入五臣略同注濟大怒茶陵本怒下有王默懼與籍書勸說之十字袁本幷入五臣略同注復爲尚書郎下至不得言而已袁本茶陵本無此四十六字猥見採擢無以稱當袁本茶陵本作猥煩大禮何以當之案此尤依晉書改但選文未必全同彼耳補吏之召袁本茶陵本召作日何云晉書作召

卷四十一○荅蘇武書○注綠幘傳韝注曰袁本茶陵本無韝注二字案依顏注訂之當脫

韝韋昭三字尤所補未是故每攘臂忍辱袁本茶陵本二云善無每字案此尤延之校添以五臣亂善耳注子曰

申生虛死陳云子下脫犯字是也各本皆脫注遷處蜀道著青衣陳云著字衍是也各本皆衍注

吏侵之益怒茶陵本怒作急是也袁本亦誤怒注顯居臣上何校顯改顧陳同是也各本皆誤○報

任少卿書○注爲衞將軍何校軍下添舍人二字陳同是也各本皆脫若望僕不相師而

用流俗人之言袁本茶陵本二云而用善作用而案二本所見是也用句絕而下屬漢書有明文然則善自與彼同而非有

誤尤所校改以五臣亂善失之甚矣注晉陽之孫案晉下當有畢字各本皆脫注若煩務也陳云若苦誤是

也各本皆譌漢書顏注引作苦得竭至意袁本茶陵本至作志案二本所載良注是志字未審善何作漢書作指注不

假修人事也案假當作暇各本皆譌注顏師古曰袁本茶陵本無師古二字案此當脫監字尤所補未是下

注師古監錯見監是師古非注顏師古曰徇從也營也袁本茶陵本無此九字注李奇曰拳

者弩弓也　茶陵本拳作弮袁本亦作弮案正文作拳善注先如字解之復引顏師古云云乃解爲弮字所以兼載異讀此李奇曰卽顏所引當作弮不當作拳漢書注亦可證也

注以爲置蠶宮今承　陳云今承當作令丞是也各本皆誤

注皆虫之微者故以自喻　茶陵本虫之微者作微蟲也遷是也袁本弁入五臣與此同非凡此篇袁本多弁入五臣茶陵本及此未誤皆不更出也

注西伯積善累德　袁本茶陵本無累字案下引有尤校添也

注人有變告信欲反　茶陵本有下有上字是也袁本亦脫

注禮甚卑　茶陵本禮作體是也袁本亦誤

注知其謀反告之　案反字不當有各本皆衍

注會孺有服　何校孺上添仲字陳同是也各本皆脫

注長史曰　陳云長上脫召字是也各本皆脫

注敗敵所破虜　案破當作被各本皆譌漢書注引作被

注羌人以婢爲妻　案羌當作善各本皆譌

注男而歸婢　陳云歸當作婿是也各本皆誤此方言文也

注女而歸奴　陳云歸當作婦是也各本皆譌方言文

注爲楚懷王左司徒　陳云司字衍案各本皆同陳據今史記校也考集解索隱無明文唯正義注云云其本無司字或善讀史記有未當輒去

注莫爲王也　陳云爲上脫能字下衍王字案亦據今史記校也或王當

作之而各本皆譌注爲八覽十二紀三十餘萬言案覽下當有六論二字三當作二各本皆脫誤已

就極刑袁本茶陵本已作是以二字是也漢書作是以注吾聞之於政也何校政改故是也各本皆譌今

雖欲自雕瑑何校瑑改瑑案漢書作瑑何據之校但選文未必全同如上文脩身者智之符也漢書作府大氐聖賢發憤之

所爲作也漢書作氐善與顏兩家所注各有明文判然不合此但顏作瑑耳善果何作無以考之不得定其當爲瑑也凡何校之非多不

出其舉隅者如此○報孫會宗書○注漢書楊惲下至惲乃作此書報之案此一節

注當有誤如本傳惲自以兄忠任爲郎補常侍騎則二云以才能稱譽者決非善引漢書矣漢書二云家居此二云遂歸家閑居殊不成語必

各本皆失其舊也注氐致也袁本茶陵本無此三字案蓋因已見五臣而節去也注猥猶曲也袁本茶陵本此

節注并入五臣較多不同案以尤爲是也又不能與羣僚并力袁本茶陵本并上有同心二字案二本無校語似善

與五臣無異但尤所見脫之也漢書有勠力耕桑茶陵本勠作戮注同袁本皆作勠案戮卽勠假借或善戮五臣勠尤校改

之也漢書作勠雅善鼓琴袁本云善作琴茶陵本云五臣作瑟案各本所見皆傳寫譌也漢書作瑟卽所謂趙之鳴瑟不得作

琴明甚　注而遇民亂也陳云民昏誤是也各本皆誤　注爲衆惡毀所舉何校舉改歸陳云舉歸誤是也各本皆誤常恐困乏者茶陵本恐下有之字云五臣無袁本云善有案有者不可通二本所見傳寫衍也漢書無稟然皆有節槩袁本茶陵本稟作凜案二本所載五臣良注作凜漢書作漂顏音匹遙反善不必與漢書全同或自作稟歟

注毛詩曰陳云詩下當有序字是也各本皆脫○論盛孝章書案此書當在後下與彭寵書當在前今乃季漢之文越居建武以上必非善舊甚明各本皆同卷首子目亦然未知其誤始自何時也　注徵爲都尉何校爲下添騎字是也各本皆脫　注人誰不安案不當作獲各本皆誤　注曷爲不言蓋狄滅之袁本茶陵本無蓋字是也　注此其所以伐殷王陳云伐代誤是也各本皆譌　正之術袁本茶陵本重之字云善無一之字案各本所見皆非此但傳寫脫○爲幽州牧與彭寵書案此書當在前說見上　注漁陽太守何校守下添彭寵二字陳同是也各本皆脫　注陳遵劉竦陳云劉張誤是也各本皆誤　內聽嬌婦之失計袁本茶陵本嬌作驕是也後漢書亦是驕字　注或本云承爲羣后惡法今檢范曄後漢書有

此一句何校云改無陳云云疑當作無今案何陳所說非也一當作二各本皆誤或本云永爲羣后惡法者謂正文二句本或作如此一句也今檢范曄後漢書有此二句者謂其與或本云者不合而與正文合也正文不云永爲羣后惡法不得如何陳所改作或本無甚明○爲曹洪與魏文帝書○注如陳琳所敘爲也何校如改知陳同是也各本皆譌

辭多不可一一袁本茶陵本下一作二案二本是也此尤誤改之 注既皆輕細茶陵本既皆作尤爲是也袁本作既無亦非 注爾雅曰繒之細者案爾當作小各本皆譌此所引廣服文 注肆蠱蜮之政袁本茶陵本蜮作惑是也 注武王克殷陳云克伐誤是也各本皆誤 颷奪霆擊袁本茶陵本奪作奮云善作奪案各本所見皆非也奪但傳寫誤 注東觀兵於孟津袁本茶陵本孟作盟是也 注左氏傳趙孟曰老夫罪戾是懼案此十二字不當有老夫篇首已注訖矣各本皆誤 注而齊女善歌袁本茶陵本女作右案女字非也 注諸孫菘菘曰案二菘字皆當作崧國志注引作崧可證也各本皆譌 夫綠驥垂耳於林坰案林坰當作坰牧袁本茶陵本作坰牧校語云善有林字無牧字案善引周禮以注牧作坰牧與五臣無異甚明各本所

見皆非也尤本又劃注周禮有牧田一句入下節益非二本此注通爲一節固未誤也　顧盼千里袁本茶陵本盼作眄云善

作盼案各本所見非也盼但傳寫誤

卷四十二○爲曹公作書與孫權○注吳書曰孫策下至望得來同事

漢也案此一節注恐非善舊各本皆同無以訂之　注舉茂才案舉下當有權字各本皆脫　注故云屬本

州也袁本茶陵本云作不是也　羞以牛後何校後改從陳云據注則正文中後字當作從案何陳所校是也袁茶陵二本

所載五臣向注作後各本皆以之亂善而失著校語史記傳寫譌爲後今本國策亦然故五臣改從爲後耳　注楚公子圍

聘于鄭茶陵本圍作圍是也袁本亦誤圍　注明者見於未萌案見下當有兆字各本皆誤　注張兵

迎信陳云張引誤是也各本皆誤　適以增驕案驕當作憍袁本茶陵本云善從心此以五臣亂善　漢隗囂納

王元之言案漢字不當有袁本茶陵本云善有漢所見皆非也　注行西河五大郡大將軍事何校

西河改河西下同五下去大字陳同是也各本皆誤○與朝歌令吳質書○注爾雅曰局近也

袁本茶陵本爾作小是也○與吳質書○注弱謂之體弱也何校上弱上添氣字陳同是也各本皆脫

光武言袁本茶陵本言上有有字何校添案魏志注所載無或尤依彼刪耳古人思炳燭夜遊何校炳改秉袁本茶陵本作秉二云善作炳案各本所見皆非也注引古詩爲注而二云秉或作炳然則正文非炳明矣魏志注所載亦是秉字○與鍾大理書○注王逸正部論曰何校正改玉陳同今案隋志子儒家梁有王逸正部論八卷亡何陳所改非也注荀宏字仲茂爲太子文學何校宏改閎學下添據字陳同案據魏志荀彧傳注也各本皆脫誤○

與楊德祖書○前書嘲之袁本茶陵本前下有有字案魏志注引典略作爲此尤欲依彼校改去有失添爲耳

吾亦不能忘歎者袁本茶陵本忘作妄二云善作忘案各本所見皆非也忘但傳寫誤魏志注引典略亦作妄吾未之見也袁本茶陵本二云未之善作之未案魏志注引典略作未之尤依彼校改正之也乃可以論其淑媛袁本茶陵本其作於案此尤誤改也下乃可以議其斷割袁茶陵二本其作於校語善作其不得并改此句魏志注引典略二字皆作於注呂氏春秋曰下至晝夜隨而不去袁本茶陵本無此四十二字案此蓋因已見五臣而節去也注其

事該陳云該核誤是也各本皆譌非要之皓首何校非改此云魏志注作此案非或傳寫誤耳○與吳季
重書○注毛詩曰彌終也袁本茶陵本無此六字注出自陽谷案陽當作湯各本皆譌和
氏無貴矣袁本茶陵本氏下有而字案此蓋尤依篇末善注删之也夫君子而知音樂古之達論
謂之通而蔽茶陵本知上有不字袁本無又二本校語云五臣無此三句案詳篇末善注今本以墨翟不好伎置和氏無貴
矣之下云云是其本無此三句恐是後來取善引植集此書別題云云者而添之耳各本所見及校語皆非注趙告謂趙王
曰何校告改造是也各本皆誤注今本以墨翟之好伎何校之改不陳同是也各本皆誤注相映
耳袁本茶陵本映作應也○答東阿王書○注而知衆山之邐迤也袁本邐迤作峛崺是
也茶陵本與此同案此依正文改注之誤注所無不有何校所無改無所陳云所無當乙今案或衍所字注王逸
曰嫫母醜女也袁本茶陵本無此八字注叔段賦蟋蟀袁本叔作卬是也茶陵本亦誤叔○與
滿公琰書○陽書喻於詹何茶陵本書作晝袁本亦作書注同案此所引說苑政理篇文今本作晝考古人

名書者多矣恐茶陵本乃用今本說苑所改書未必非書未必是也注味薄而美茶陵本而下有不字是也袁本亦脫○與侍郎曹長思書○注爲御史司空何校史下增大夫大三字陳同是也各本皆脫注楚宰薳啓疆陳云宰上脫太字是也各本皆脫○與廣川長岑文瑜書○注煎沙爛石袁本爛作爍是也茶陵本亦誤爛○與從弟君苗君胄書○注此書言欲歸田故報二從弟也袁本茶陵本此節注上無善及五臣名詳語意乃五臣而非善凡篇內自明之旨題下注又贅出必皆五臣混入者若尤定此注入善則二本尚未全誤也曠若發矇案矇當作蒙善注中皆作蒙又所引如淳漢書注以物蒙覆其頭云云是其本作蒙之明證也長楊賦作矇用字不同彼注矇與蒙古字通云云蓋仍從蒙字解之然山父不貪天地之樂案地當作下袁本云善作地茶陵本云五臣作下各本所見皆非也善引非以貪天下也爲注作下甚明地字不可通但傳寫誤耳注譙周古考史曰何校考史作史考是也各本皆倒注然後有官小史案官下當有鄉字史當作吏各本皆脫誤注何其臧矣袁本茶陵本矣作也是也注論語曰下至而食之此袁本茶陵本無此五十五字注

鄭朗曰案朗當作朋各本皆誤此引蕭望之傳文也

文選考異卷第七

文選考異卷第八

賜進士出身通奉大夫江南蘇松常鎭太等處承宣布政使司布政使胡克家撰

卷四十三〇與山巨源絕交書袁本茶陵本下有一首二字案有者是也此卷各題下全無卷首所列子目亦然皆脫說見前注以成曹君子曰何校重君字陳同是也各本皆脫注英雄記曰陳云王粲英雄記皆記漢末英雄事尚子平乃建武中隱士不應載入當是誤也今案此疑英賢譜之文各本皆譌少加孤露何云晉書作加少案加少是也各本皆誤倒注飲無求辭案辭當作亂各本皆譌吾不如嗣宗之賢何校賢改資陳云賢資誤案所校是也注云資材量也不得作賢甚明晉書正作資注濕病也袁本也下有俾利反三字茶陵本亦有反作切案此真善音也正文下必無切乃五臣音尤存彼刪此非又不喜作書袁本茶陵本無又字案二本不著校語晉書此在所節去中無以考之雖瞿然自責案瞿當作懼袁本二云善作瞿茶陵本二云五臣作懼各本所見皆傳寫誤也善自作懼與五臣同故引惠帝贊懼然作注今各本幷注中亦誤爲瞿非懼瞿同字耳晉書在所節去中注則瞿然袁本茶陵本然下有音灼

日瞿音句六字是也尤誤刪改作音句入正文下又瞿皆當作懼今漢書正作懼師古曰懼讀曰瞿必不可以爲輪袁本
二云善無必字茶陵本二云五臣有必字案此或所見不同否則尤添之耳晉書在所節去中注王隱晉書曰紹字延
祖十歲而孤事母孝謹袁本茶陵本首有晉諸公讚曰康子劭八字紹作劭無十歲而孤事母孝謹八字案二本
是也此尤延之校改而誤注常衣濕黂案濕當作縕各本皆誤此所引楊朱文以下多互異義可兩通不更詳出○爲
石仲容與孫皓書○注君子見幾而作袁本幾作機是也茶陵本亦誤幾正文是機字注茶
與塗字通用袁本茶陵本塗下有古字是也注天祿乃始案乃下當有茲字各本皆脫弔魏武文引有注
逆於遼東茶陵本東作隧是也袁本作遂亦非乘桴滄流茶陵本流作海袁本作流與此同何校流改海陳云流海
誤晉書作海案袁本茶陵本所載五臣濟注云滄流海也似五臣作流二本失著校語尤亦以之亂善也交疇貨賄袁本二云善
作疇茶陵本二云五臣作酬何二云晉書作酬今案疇疑醻字之誤注往來贍遺何校贍改賂陳二云贍當作賂案所校據魏志是
也各本皆誤注景初三年遣大司馬宣王案三當作二大當作太下脫尉字各本皆誤此所引明帝紀文

也 注權實堅子 何校堅改豎是也各本皆譌 注桀深也 袁本茶陵本下有音彌二字案有者是也乃真善音而誤 注勒維等令降於會 案勒當作勑各本皆誤鍾會傳可證 今日之謂也 袁本云善無也字茶陵本云五臣有案此尤添之耳 然主上眷眷 何校上改相晉書作相案主謂魏帝相謂晉王似所改是也 崇城自卑 案自當作遂茶陵本云五臣作自袁本云善作遂晉書作遂尤以五臣亂善非 若侮慢不式王命 案晉書若下有猶字此當有讀以四字為一句各本皆脫也 注醫病不以湯液 陳云醫下脫有俞附醫四字案所校是也此引以注正文俞附各本皆脫 ○與嵇茂齊書 ○注老子曰睢睢 陳云曰下脫而字是也各本皆脫 注陳琳武軍□賦曰 袁本軍□作庫是也茶陵本作庫車衍車字此亦初衍而脩去軍卽庫字誤 斯所以怵惕於長衢按轡而歎息也 袁本茶陵本也上有者字案晉書無按轡而歎息陳云據注則此五字衍是也必五臣因注云本或有於長衢之下云按轡而歎息者故添六字以異於善二本失著校語也詳此本乃脩改增多是初刻無而所見仍不誤尤延之不察輒取五字於是善以五臣亂之矣當加訂正 注范曄後漢書 袁本茶陵本無此五字是也案說已見前 ○與

陳伯之書○注征人伐鼓案征當作鉦注沈迷領簿書陳云領簿當乙是也各本皆倒注謝承後漢書曰袁本茶陵本承作沈是也注爲喋血袁本茶陵本血下有涉與喋同丁牒切七字是也無正文涉下丁牒切與喋同六字案此割裂善音之誤說已詳前注及迷塗之未遠此節注後袁本有注一節云周易曰不遠復無祇悔在正文先與彼高下是也茶陵本并入五臣而誤刪削此本誤與之同注建節敕出關袁本茶陵本敕作東是也注故殷陟配天陳云陟上脫禮字是也各本皆脫注屠各取豪貴陳云取最誤是也各本皆誤注羌胡名大師爲酋案師當作帥各本皆譌注袁宏漢獻帝春秋何校宏改曄陳同各本皆誤案隋經籍志云十卷袁曄撰可證也注授兵登陴袁本茶陵本陴下有陴婢移切四字無正文陴下婢移切三字是也注秦必可亡西河袁本茶陵本無可字是也注使將軍莊縞陳云縞驕誤下同是也各本皆譌○重答劉秣陵沼書○注芳至今猶未沫案芳當作芬各本皆譌注沫已也袁本茶陵本也下有亡蓋反三字案此真善音也正文沫下昧字乃五臣音也尤誤刪此存彼注思王歸國京師

陳云思字當在國字下是也各本皆倒○移書讓太常博士陳云題前脫移字一行是也各本皆脫又卷首子目

亦然注爲羲和京兆尹卒案卒字不當有各本皆衍漢書云後事皆在莽傳可證也講論其議案議當依

漢書作義各本皆誤又案注論議相對議亦當作義也責讓之曰袁本茶陵本此下提行另起是也書缺簡脫

袁本有校語云善作脫簡案袁所見誤也茶陵本無校語與此皆不誤漢書正作簡脫孝成皇帝袁本云善無皇字茶陵本

云五臣有皇字案此尤延之校添也漢書有皇字或脫編袁本作傳或閒編云善無傳字閒作脫茶陵本云五臣有傳字脫作

閒何云漢書作傳或閒編案此恐善與漢書同各本所見皆傳寫誤也以尚書爲不備案當依漢書去不字此所引臣

瓚漢書注甚明又孔叢云唯聞尚書二十八篇取象二十八宿云云然則今文尚書家有爲此說者也然孝宣帝茶陵本云

五臣作宣袁本云善作皇何校宣下增皇字案漢書作孝宣皇帝注梁丘字長翁袁本丘下有賀字是也茶陵本亦脫

○北山移文○注周宣王太子晉也何校宣改靈是也各本皆誤偶吹草堂袁本茶陵

本偶作耦案五臣作耦善作偶注皆有明文二本不著校語非也唯此本爲未誤或尤校改正之注皆銀印墨綬袁本

茶陵本銀作銅是也注江水東至會稽山陰爲浙右陳云似不當言爲浙右疑有誤也案陳所說最是右
當作江考說文水部浙字下與善所引字書文同可證右字必涉正文誤改也道帙長殯茶陵本云五臣作擯袁本云善作殯
何校殯改擯案長殯與下久埋偶句殯字是矣何改非礀石摧絕無與歸戶茶陵本云五臣作澗袁本云善作礀石
案此與下石逕偶句文必相迴避各本所見石字必傳寫誤恐善自作礀戶秋桂遺風袁本茶陵本遺作遣是也何校遺改
遣注船舷也陳云船上脫叩字是也各本皆脫
卷四十四○喻巴蜀檄○注拜之而後稽顙陳云之字衍是也各本皆衍注莫不
來享案莫下當有敢字各本皆脫注番禺南海郡縣治也案縣字不當有漢書注無史記索隱引亦無皆
可證注太子卽嬰齊也案依他篇如韋孟諷諫之例當有善曰在太字上以分別顏注袁茶陵二本此篇以善與舊注
相連乃合幷六家體例之不畫一者尤仍之耳又每節首非舊注皆當有之尤槩刪去亦與他篇例歧也後難蜀父老荅客難等皆放此
西僰之長袁本僰下有犍字其校語云善脫犍字茶陵本云五臣有犍字案犍五臣妄添也史記漢書俱無此注引文穎曰犍

爲縣者謂地理志犍爲郡之僰道縣也說文僰下亦云犍爲蠻夷也以犍爲縣注僰非正文別有犍字袁本所著校語更誤中之誤注興制謂起軍法制追將帥也袁本追作誅茶陵本無此注幷入五臣也案史記索隱亦引張揖此注誅字是功烈著而不滅袁本二云善作列茶陵本二云五臣作烈案此尤延之校改正之也史記漢書皆作烈但傳寫譌爲列耳後篇烈士立功之會封禪文休烈浹洽二本校語同尤皆校改○爲袁紹檄豫州○注魏志曰下至而不責之袁本此一節注與所載五臣翰注略同其善曰下作魏志曰琳避難冀州袁紹使典文章袁氏敗琳歸太祖太祖曰卿昔爲本初移書但可罪狀孤而已惡惡止其身何乃上及祖父邪琳謝罪太祖愛其才而不咎六十一字是也茶陵本二云善同翰注此承其誤爲幷善於五臣耳注閔子騫曰袁本騫作馬是也茶陵本亦誤騫𤢪狡鋒協何校協改俠二云魏氏春秋作俠案裴松之注魏志紹傳所引也考後漢書紹傳載此文亦作俠但二書文略同而與此多異善注未有明文無以考之也注董卓字仲穎下至呂布誅卓袁本無此三十八字有董卓已見西征賦七字是也茶陵本有乃複出注以攻卓袁本作將以誅董卓案考魏志二云將以誅卓似袁本仍衍董字茶陵本作以攻卓誤與此同注魏志作獎蹶蹶成也

陳云魏志既與文選同似不必贅引當云後漢書作獎就就成也文義乃安案魏志無此文唯裴注引魏氏春秋耳此注必有誤各本皆
同無以訂之兩字陳所校是也誠注賈逵國語曰袁本茶陵本語下有注字是也注氣厲流行陳云氣氛
誤是也各本皆譌注魏志曰太祖在兖州袁本志作書案此尤校改但未必非引王沈魏書也茶陵本删此注
更非注董卓徙天子都長安此八字袁本茶陵本無蓋因五臣已有而删之也尤所見者是矣注應劭
漢官儀曰袁本茶陵本無應劭二字厥圖不果爾乃大軍茶陵本爾作耳云五臣作爾袁本云善作耳案
此尤校改也詳文義作耳者當句絕魏氏春秋後漢書此處節去無以相證恐尤改未必是欲以螗蜋之斧茶陵本螗
作螳注同袁本亦作螗其所載五臣銑注字同善注字作螳案據此似善螳五臣螗也魏氏春秋後漢書亦作螳注外甥高
翰袁本翰作幹是也茶陵本亦誤翰皆自出幽冀袁本茶陵本自出作出自是也案此尤本之誤耳注漢書
以旅爲助案此注亦有誤後漢范蔚宗書所載此處節去未審善所稱漢書當何指也各本皆同無以訂之矣○檄吳
將校部曲文○注閔子騫之辭何校騫改馬是也各本皆誤下愚之蔽也袁本云善無下

守字茶陵本云五臣有下字案此尤延之校添也 注李湛 何校湛改堪下同陳云湛堪誤案據國志校也各本皆譌 注丁斐
曰放馬 陳云目因誤案據國志校也各本皆譌 注漢寧 何校漢上添領字寧下添太守二字陳同案據國志校也各本
皆脫 而建約之屬 何校之改支茶陵本云五臣作支袁本云善作之案詳文義當作支或各本所見傳寫誤為之也 夫
鷙鳥之擊先高 茶陵本作擊鳥先高四字校語云擊五臣作鷙有之擊字袁本校語云鷙善作擊無之擊字案二本校語
是也尤本此處脩改乃誤取五臣以亂善 注建安二十一年留夏侯淵 袁本茶陵本無一字案二本是也此
所引武帝紀文 官渡之役 茶陵本云五臣作渡袁本云善作度案尤本以五臣亂善非擬鄴中集詩九錫文皆可互證也 舉
事來服 茶陵本事作縣是也袁本亦誤事 注尚書曰伊尹 陳云書下脫序字是也各本皆脫 及諸將
校 袁本茶陵本及作又是也 注跌蹯而去 案跌當作決各本皆譌此所引趙策文 ○檄蜀文○注後
爲司徒 袁本無後字有伐蜀平之四字是也茶陵本無此節注乃并入五臣尤本此處脩改蓋初亦無後校補也 注有太
武皇帝 陳云太當作司奏二字是也各本皆誤 注君子曷爲春秋 案爲字當重各本皆脫 注宰輔

司馬文王也此七字袁本茶陵本無案亦因五臣已有而刪之也尤校添是矣興兵新野袁本云善作新茶陵本云五臣作朔何校新改朔案魏志鍾會傳所載正作朔朔謂涿郡是也新字善無注傳寫誤耳二本據所見爲校語非興隆大好何校與改與案魏志作與與字是也詳袁茶陵二本所載五臣翰注似其本作與各本所見皆以五臣亂善而失著校語注姜維冠圯陽何校圯改汜案改者是也此所引三少帝紀文此皆諸君所備聞也袁本茶陵本君作公何校改賢案魏志作賢此與志亦有小異凡兩通者宜各依其舊何改未是餘不悉出注見危於未萌袁本茶陵本無危字陳云危兆誤是也注欽子鶩茶陵本鶩作騖是也袁本亦誤鶩下同○難蜀父老○注鄭元曰陳云元當作德今案當作氏各本皆誤注尚書曰黎民袁本尚上有善曰二字茶陵本在此節注首案袁本是也說見喻巴蜀檄下餘條依此例求之不更出脩誦習傳何云漢書脩作循陳云當作循案史記亦作循古書二字多互誤何陳所校是也袁茶陵二本亦誤注鄧展子曰陳云子字衍是也袁本展子作子展茶陵本亦作展子皆衍注出蜀西徼外陳云西當作廣平是也各本皆誤案說文沫下作西江賦注引故或以改此其實張揖自作廣平顏注及索隱引可證注

出廣平徼外出旄牛陳云當作出旄牛徼外是也各本皆誤顏注及索隱引可證注鐢通山道案山上當依顏注引有靈字各本皆脫注出登縣陳云登上當有臺字是也各本皆脫案顏注引可證注作獨梁袁本茶陵本獨作橋是也注留梅憤切案憤當作憒各本皆譌索隱曰留音妹楳憒卽妹之反語也憤字不可通注字林音勿何校勿改忽案所改是也索隱引正作忽顏注亦音忽猶鷦鵬已翔乎寥廓之宇袁本云善有之宇二字茶陵本云五臣無案史記漢書皆無依文義不當有恐但傳寫衍各本所見非也而羅者猶視乎藪澤袁本云善無乎茶陵本云五臣有乎案史記漢書有恐但傳寫脫尤校添是也注爾雅曰陳云爾廣誤是也各本皆誤注空廓寥寥也陳云當作廓空也是也各本皆誤於是諸大夫茫然袁本云善作芒茶陵本云五臣作茫案史記作芒漢書作茫尤蓋依漢書校改也遷延而辭避袁本云善作退茶陵本云五臣作避案史記漢書皆作避尤校改是也

卷四十五○對楚王問○而魚有鯤也袁本茶陵本云鯤善作鱗案所見傳寫誤尤校改正之也

○答客難○注推意放蕩何校推改指陳同是也各本皆誤漢書可證　尚有遺行邪袁本茶陵本云邪善作也案今漢書亦作邪尤延之據之校改考古也邪二字同用袁茶陵所見自不誤尤改爲未是　相擒以兵何校擒改禽案所改是也漢書作禽以袁茶陵二本餘篇校語例之大略善禽五臣擒此以五臣亂善也　外有倉廩案倉廩當作廩倉袁茶陵二本云善作倉廩與此皆所見傳寫倒也漢書作廩倉倉字韻　天下平均茶陵本作平均有校語云善作均平袁本作均平無校語案漢書無此句注亦無明文未審善果何作　傳曰天下無害袁本茶陵本害下有菑字袁本有校語云善無茶陵本無校語案各本所見皆有誤也菑字韻與下文才字協蓋善當是作天下無菑也又案陳云傳曰七句漢書無凡他書所有之文與此或相出入但可借以取證不得竟依彼校此斯其例矣　注燕時以禮待之遂委質爲臣下陳云時王誤禮上脫客字下字衍是也此所引樂毅傳文　注競幷天下案競當作竟各本皆譌　注服虔曰莞音管此六字袁本茶陵本無案二本以善音而誤刪也下文穎曰筳音庭及如淳曰鼱音精服虔曰鼩音劬亦然凡善音二本誤刪而此仍有者餘不悉出　注說文曰靡案靡當作縻各本皆誤縻○解嘲○時雄方草創太元

何校去創字二云漢書無案袁茶陵二本所載五臣濟注二云草創是其本有此字恐各本所見以之亂善而失著校語耳獨說數

十餘萬言案漢書無數字此不當有袁茶陵二本所載五臣向注有之是其本誤衍後又以之亂善客徒朱丹吾

轂何校徒下添欲字袁本茶陵本二云善無欲字案漢書有此傳寫脫校語非注故齊人號談天鄒衍案鄒字不當有各本皆衍顏注引無可證也

注在金城河閉之西何校閉改關陳同是也各本皆誤後椒塗袁本茶陵本椒作陶二云善作椒何校二云椒漢書作陶師古曰有作椒者乃流俗所改陳同今案何陳所校非也顏本作陶具見彼注善此引應劭曰在漁陽之北界與顏義迥別蓋應氏漢書作椒顏所不取而善意從之也若以顏改善是所未安凡選中諸文謂與他書必異亦非必同亦非其爲例也如此

注以爲親行三年服茶陵本以作不是也袁本亦作以漢書注引以不兩有皆非

注孫卿子曰仲尼之門五尺豎子羞言五伯袁本無此十六字有五尺童子已見李令伯表十字是也茶陵本複出非

注秦穆公聞百里奚陳二云奚下脫賢字是也各本皆脫

注則可抵而取之袁本此下有善曰爾雅曰空塞也八字是也茶陵本無亦脫

處乎今世案漢書無世字此不當有各本皆衍位極者

高危何校高改宗袁本二云善作高茶陵本二云五臣作宗案漢書作宗宗字是也高字傳寫誤抵穰侯而代之案抵當作抵注引說文曰抵側擊也音紙是善字作抵又顏注引蘇林曰抵音紙亦當作抵今本漢書作抵與此同誤又上文引李奇注則可抵而取之各本皆作抵此二字多混也顩頤折頞案顩漢書作顉師古曰顉曲頤也音欽善引韋昭曰曲上曰顩欽甚切疑正文及注二顩字皆當作顉顉頷同字故顏音欽韋音欺甚也袁茶陵二本正文下音綺險乃五臣作顩之證各本以之亂善其實依韋讀當從金不作顩又諸字書多顉頷顩並收蓋漢書別有作顩之本故五臣用以改善耳注三年之喪卒案卒下當有哭字各本皆脫注左氏傳曰召公何校召下添穆字是也各本皆脫響若坻隤案坻當作坻應劭本漢書作坻音丁禮反韋昭本漢書作坻音是善意從韋故又引字書巴蜀名山堆落曰坻也各本正文從應注中亦一槩盡作坻皆誤當訂正顏注漢書作阺云阺音氏巴蜀人名山旁堆欲墮落曰阺應劭以爲天水隴氐失之矣氐音丁禮反所言更顯然易知說文氐下云云卽字書所本引此作氏韋昭本與之合吳都賦劉淵林注引此作坻與應劭本合彼此不可互證實讀古書之通例矣雖其人之膽智哉袁本茶陵本膽作贍二云善作膽陳二云漢書作贍又東方朔贊贍智宏才善注仍引此文則膽字乃傳寫譌案所校是也又

馬㭊督諫才博智膽注引同亦可證東方朔割炙於細君案炙當作名注割名割損其名也今二名字亦誤炙漢書作名顏注云割損也言以肉歸遺細君是損割其名蓋唯朔傳言割肉而雄謂之割名故須此注若如今本作割炙而注云割炙割損其炙殊非注體袁茶陵二本所載五臣良注云炙亦肉也是其本作炙又附會為亦肉之解各本皆以之亂善而失著校語後并注中字改為炙而讀者不知善自作名矣今特訂正之○荅賓戲○躬帶紱冕之服案漢書無紱字詳善注亦不及紱必各本皆傳寫誤衍也注師古曰帶大帶冕冠也項岱曰袁本茶陵本此十二字作項岱曰帶大帶也七字是也尤誤用今本顏注校改耳又案凡引顏注以長楊賦注證之善自稱顏監今他篇作顏師古者經後人改之此作師古益誤中之誤矣注翼鱗皆謂飛龍袁本翼上有善曰二字是也說己詳前茶陵本刪此節注非徒樂枕經籍書案籍當依漢書作藉各本皆譌注晉灼曰以亘為縆陳云曰字衍是也各本皆衍又案據此似正文當作亘上注當作亘音亘亘竟之亘今皆作縆者依晉灼改之而誤茶陵本校語云五臣作亘袁本云善作縆其實善亦作亘也西都賦亘長樂孟堅用亘字之證漢書及顏引如淳作恒恒亘同字或師古讀彼賦亦為恒字歟注讀作攸袁本茶陵本注上作作若是也

書既終而爲李斯所疾袁本無上書既終四字而作然案袁本最是四字乃五臣向注五臣解遒作終故云爾善
引應劭解作好不得有也茶陵本幷善於五臣此仍之而誤衍秦貨既貴厥宗亦墜袁本有校語云既善作其亦善
作乃茶陵本無校語案此所見異本也漢書作既作亦注故云厥宗亦墜袁本無此六字案無者是也茶陵本幷五
臣於善此仍之而誤衍孟軻養浩然之氣案浩當作皓善引項岱注皓白也如天之氣皓然是善作皓不作浩甚明
其五臣作浩袁茶陵二本所載良注云浩然自放逸其證也各本所見皆以之亂善而失著校語非又善所引孟子二浩字亦當作皓乃
與項岱注爲相應蓋孟子別本如此故雪賦縱心皓然亦引之以爲注也顏注漢書字作浩與五臣合與善不合乃異本之難以相證者
凡異本之例如上文風颺颺字於顏則爲颺字是爲明徵矣注紘張也陳云紘恢誤是也各本皆誤注史記太
公曰陳云公上脫史字是也各本皆脫謀合神聖案神聖漢書作聖神詳此神字韻與下濱垠等字協不得倒轉疑善
自作聖神唯五臣銑注先解神後解聖是其本作神聖各本亦以五臣亂善耳注鄭元曰優游案元當作氏各本皆誤漢
書注正作氏注陸生乃祖述存亡之徵陳云祖粗誤是也各本皆譌楊雄譚思何校譚改覃陳

云潭誤案各本皆是譚字善果何作無以考也漢書作覃柳惠降志於辱仕袁本茶陵本於作而案漢書作於尤校改也又案袁本此下有注云項岱曰柳下惠六字最是據此善正文亦當作夷抗行無伯字惠降志無柳字與五臣及漢書不異上句尚有注而不全也各本傳寫誤添正文非茶陵本及尤本幷脫去此句注益非顏潛樂於簞瓢茶陵本潛作淵云五臣作潛袁本云善作淵案此尤延之用五臣校改也漢書作耽注曰正朔三茶陵本曰上有又字是也袁本亦脫委命供己案供漢書作共顏注讀曰恭袁茶陵二本所載五臣向注曰供猶全也是其本作供但所解難通善無明文恐未必同向或自作共失著校語耳神之聽之袁本有校語云聽善作聖案所見非也茶陵本無校語與此皆不誤注式穀與汝茶陵本與作以是也袁本亦誤與注服虔曰左氏傳注曰陳云虔下衍曰字是也各本皆衍注謂之足戟持之陳云上之以誤是也各本皆誤注陳章曰案章當作音各本皆譌〇歸去來〇注序曰袁本序上有歸去來三字茶陵本無園日涉以成趣案趣當作趨善引爾雅謂之趨爲注又云趨避聲也七喻切是其本作趨甚明脩作趣此一節注全無附麗矣五臣良注云自成佳趣乃作趣也各本皆以五臣亂善而失著校語注玩琴書以滌

暢陳云滌條誤是也各本皆誤農人告余以春兮袁本茶陵本無兮字案此尤校添也○毛詩序○
所以風天下茶陵本風下有化字袁本無案茶陵所用善本也袁所用五臣本也此一有一無舊已兩行見於正義必善與
正義所謂俗本者同五臣以定本去之尤依今序校刪而五臣亂善二本皆失著校語亦非厚人倫案厚當作序袁本有校語
云厚善作序茶陵本作厚無校語考釋文云厚音后本或作序非此亦兩行善自作序唯袁所見得之又案求通親親表敘人倫引此當
亦是序今作厚非王元長曲水詩序厚倫注引此則作厚乃所謂與文選不同各隨所用而引之之例也聞之者足以戒
袁本茶陵本以下有自字案此亦兩行之見正義者尤依今序校刪似是實非詩之志也袁本云善作志茶陵本作至無校語
案此無可考但當各仍其舊茶陵非也注斥太王王季文王也案文王也三字今箋無詳其義不當有此或傳
寫衍也注謂中心念恕之也陳云案釋文云恕本又作念則念下不當復有恕字是也各本皆衍案此蓋或校念
爲恕因誤兩存耳○尚書序○懼覽之者不一何校云匡謬正俗云晉宋時書皆云覽者之不一案各本
皆作之者未詳善與顏所說同否也○春秋左氏傳序○杜預袁本茶陵本作杜元凱是也諸所諱

避袁本茶陵本云善作避避諱案今本左傳作諱避尤校改耳下二條同若如所論袁本茶陵本云如善作此有所不

通袁本茶陵本云有善作其○三都賦序○注西都賦序曰案西當作兩各本皆譌注孔安

國尚書大傳曰案大字不當有各本皆衍注謝承後漢書序曰袁本茶陵本承作沈是也言吳

蜀以擒滅案擒當作禽茶陵本云五臣作禽袁本云善作擒所見皆非注甚誘逆之理陳云誘詳誤又逆下

脫順字是也各本皆誤注過秦論曰袁本茶陵本無論字是也○思歸引序○百木幾於萬

株袁本茶陵本百作柏案此必善百五臣柏二本失著校語尤所見獨未誤也詳文義百是柏非多養魚鳥袁本茶陵本魚

鳥作鳥魚案此疑亦善五臣之異注班固漢書袁本茶陵本無此四字案無者是也說已見前此類今各本多非其舊未

能盡出

卷四十六○豪士賦序○落葉俟微風以隕何校風改飈袁本云善作風茶陵本云五臣作

飈案晉書作飈或風是傳寫誤不足繁哀響也何校繁改煩云晉書作煩陳云作煩爲是案繁與煩音義甚近或善自與

晉書有異也　注左氏傳曰下至將誰讎乎袁本茶陵本無此一節注案二本脫也　一　注首垂泥土中刃嚮乘輿何校去土字嚮改鄉陳同是也各本皆誤　注遷御史陳云下脫大夫二字是也各本皆脫　登帝大位袁本茶陵本大作天袁有校語云善作大茶陵無案注引天位艱哉善自作天與五臣無異不作大也茶陵本所見爲是袁校語及此非晉書亦是天字　亡己事之已拙袁本茶陵本亡作忘云善作亡案各本所見皆非也亡字但傳寫誤晉書亦是忘字　注爾雅注曰劭袁本爾作小無注字是也茶陵本亦誤衍

○三月三日曲水詩序○注晉武帝問尚書摯虞曰陳云書下脫郎字是也各本皆脫藝文類聚初學記引有　注三月曲水案月當作日各本皆譌藝文類聚初學記引作日晉書束皙傳亦然　注叡哲文明茶陵本叡作濬袁本作叡與此同案依茶陵本似善正文作濬魯靈光殿賦濬哲欽明善注引濬哲文明王元長序睿哲在躬東京賦睿哲元覽善注皆引睿作聖明作哲然則睿濬較有區別恐是五臣改濬爲叡也銑注云叡聖　注景光景連屬也陳云光上有脫文案當有屬字也各本皆脫　注四隩既澤袁本茶陵本澤作宅是也　則宅之於茂典袁本茶陵本宅作擇是也　注尚書武王曰

茶陵本武作穆是也袁本亦誤武注國語楚穆仲案楚當作樊各本皆譌注稽古於同異案古當作

合各本皆譌烈燧千城案烈當作列各本皆譌蓋此二字多致混也袁茶陵二本餘篇校語可證注王仲宣思

征賦曰案思征當作征思各本皆倒注閱水以成川案閱上當有川字各本皆脫注魚鼈及魚

袁本茶陵本及作鮮是也注雷震揚天袁本茶陵本揚作于是也注介爾百福茶陵本介作卜是也袁本亦誤

介○三月三日曲水詩序○注莊子曰北門成問於黃帝曰帝張咸

池之樂於洞庭之野袁本作張樂已見上文周易曰時乘六龍以御天十六字是也茶陵本誤與此同注維

十月五祀茶陵本月作有是也袁本亦誤月注明則有禮樂袁本茶陵本無此五字案此尤校補也注

尙書璇璣玉鈐曰案玉字不當有各本皆衍注制作六經洪業陳云下脫也字是也各本皆脫注

世祖立皇太子長楸何校楸改懋陳同各本皆誤跨掩昌姬袁本茶陵本掩作躡案善注無明文可考

二本不著校語或同五臣作躡但必當有音今蓋注不全也二本躡下有女展注帝王子弟案帝上當有高字各本皆脫

注秦后太子來仕何校云太字衍陳同各本皆衍 注王仕於晉也何校王改來陳同是也各本皆誤
注若稽古帝堯案若上當有粤字各本皆誤 注譙周考史曰陳云考史當作古史考是也各本皆誤
注適飢意袁本茶陵本無此三字案此尤校添也 注後漢賈琮為冀州刺史車垂赤帷
而行及至州自言曰袁本作范曄後漢書曰賈琮為冀州刺史琮之部升車言曰是也茶陵本幷入五臣與此同皆
非 注何反垂帷裳袁本何下有有字是也茶陵本與此同非 注為嫖姚校尉案此有誤也正文作影搖
與注不相應考史記作剽姚漢書作票姚服虔音飄搖師古曰荀悅漢紀作票鷂字皆不作嫖疑此注善引漢書自作票姚其下或幷引
服音且有影搖與票姚異同之注而不全 注丁白為武猛校尉何校白改原陳同是也各本皆誤范蔚宗書何進傳
有其證矣 注百姓皆安袁本茶陵本皆作遂是也 注杜氏幽求子曰下至有竹馬之歡袁本
茶陵本無此二十二字案二本因善同五臣而節去也有者是 注東越侮食袁本侮作海案海字當是也詳注意上句當云
古本作海食而引此以解之其上作晦下作侮不相應皆譌字唯袁此一字未誤也至於侮食在古本之上已解詁矣茶陵本作侮誤與

此同今本周書亦作侮食又非善所見困學紀聞識元長用之皆就今本文選今本周書而言似未深得其理 注蓋聞天子

之收夷狄也袁本茶陵本收作牧是也 甌犢相尋陳云據注犢當作櫝案各本所見皆誤 注禮記逸

禮曰袁本無下禮字茶陵本有案此似當作逸禮記曰各本皆誤 注孔子上述三五之法案子字不當有

各本皆衍 注譽猶豫古字通案猶當作與各本皆誤 注十洲記曰何云十洲記或是丹陽記陳云書名

疑有誤案何陳所校皆未是也洲當作州說已見前 注齊有天子案子當作下各本皆誤 注名曰風涼案風

涼當作涼風各本皆誤涼風見淮南地形訓即離騷之閬風史記惠王閬索隱云系本名毋涼是涼閬通用也 注周禮曰以

土圭之法下至緯星也茶陵本無此三十九字袁本此節注并入五臣皆非也尤所見是 秩秩斯干袁本

斯干下有校語善作淸千茶陵本無校語案袁所見誤也 金𩙪在席袁本茶陵本𩙪作匏案善引禮記爲注匏字是也𩙪雖匏

之別體但元長用此未見其證 籥動邠詩何校邠改豳案所改未是也善引周禮爲注字作豳故何據之考北征賦息郇邠之

邑鄉善引漢書豳鄉而云豳與邠同西征賦化流岐豳善注引史記立國於邠而云邠與豳同此注或未全袁茶陵二本正文邠下有豳

字未必非割裂善注而爲之也注取竹嶰谷案此有誤也下引孟康解脫也不得此作嶰與之不相應考漢書作解顏引孟
注而云一說昆侖之北谷名也晉灼曰谷名是也元長以之與弇州偶句正從谷名之說與孟迥别廣雅釋山曰嶰谷也劉淵林吳都賦
注曰嶰谷崑崙北谷也字皆作嶰此正文亦必然由是推之善注此作解引孟注末當并引一說且有解嶰異同之注乃爲可通今各本
皆脫誤無以訂之矣○王文憲集序○注潁陽人也陳云潁頻誤是也各本皆譌注知幾其
神乎案幾當作機及下文動必研機注同正文袁本皆有校語云善從木此注各本皆作幾必并五臣於善而誤也考善機五臣幾
袁茶陵二本於爲石仲容與孫皓書檄蜀文已有校語可證周易繫辭上研幾釋文云幾如字本或作機鄭云機當作幾幾微也依善所
引下繫本或作知機見機庶機但不盡見釋文也茶陵本此及下正文作幾無校語以五臣亂善甚明不獨此注誤其字矣注垂
芒謂發秀也精星也袁本無此九字有生於豐通於制度七字是也茶陵本脫此節注非又案二本此九字在五臣
銑注尤錯入善注中大誤當訂正注無不制在情衷案正文情作清與此不相應各本盡同無以訂之匠者
何袁本茶陵本下有工字云善無何校添工字陳云下脫工字案此疑各本所見傳寫脫也注潁川荀顗陳云顗當作闓

是也各本皆誤今晉書諸葛恢傳所載正作闓字　注以事母而敬同茶陵本母作君是也袁本亦誤母　注二
子蓋往觀焉袁本蓋作盍是也茶陵本此節注并善於五臣非　注言王公有孝友之性下至喻
急也袁本無此三十八字案無者最是乃五臣向注錯入茶陵本所并正有此非下各條皆同　注董安于之心緩
何校心改性陳同是也各本皆誤　注言王公下至蓋自天性得中也袁本無此二十二字案無者最是說
見上　注挺拔也淳至謂淳孝之甚至也袁本無此十二字案無者最是說見上　注祖父瓊
育之瓊初爲魏郡太守袁本無育之瓊三字　注標立也下至則二子曾何足尙也
袁本無此二十三字案無者最是說見上　以選尙公主袁本茶陵本選下有校語云善作遷案二本所見非　注刪除
頗重陳云頗煩誤是也各本皆誤　申以止足之戒袁本茶陵本戒下有校語云善本從言案此所見不同也　注
太祖謂齊高祖也袁本下祖字作帝是也茶陵本脫此節注非　自營郃分司案營郃當作策劭注引漢
官儀營郃而云今以策劭爲營郃誤也者因正文作策劭據應而決其誤也又云營役瓊切郃烏合切者爲漢官儀作音以明其不得作

策芶也袁本茶陵本作營郤又營下有役瓊郤下有烏合乃五臣依善注改正文而移其音於下合并六家遂致兩音複沓茶陵本可覆
審袁刪善存五臣益非又皆於善策芶五臣營郤之不同失著校語讀者久不復察唯陳云據此注正文中營郤似當作策芶者最是但
亦未知今本乃以五臣亂善耳陳又云注中策芶當作縈邵後漢書百官志及魏志賈詡傳注皆可證而晉書採應語亦作營郤又廣韻
營縈二字下有營郤無縈邵亦一證云云其言策芶又爲縈邵之譌亦頗近之附出於此餘所論誤者不錄　注建始四年
陳云始安誤是也各本皆誤　注其讎操兵袁本其讎作怨家日案袁本是也茶陵本并善入五臣與此同非下各條放此
注今願身代世死仇讎者曰袁本死仇讎者作怨家是也見上　注遂解劍而去袁本解劍
而作委是也見上　注延壽乃自悔責閉閤不出袁本乃自悔責作大傷之注又不出作思過是也見上
弃其孩子袁本弃其孩作勿得舉是也茶陵本并善入五臣與此同非　注言儉解丹陽尹百姓亦
如此戀之袁本無此十三字案無者是也乃五臣翰注錯入茶陵本所并正有此非　注與杜徽書曰何校徽改
徽陳同是也各本皆譌　注今年始十八袁本茶陵本今年始作朝廷年是也　注或發志於見奪案志

當作恚袁本亦誤茶陵本脫此注 注孫綽王蒙誄曰陳云蒙濛誤是也各本皆誤 注燕丹太子曰

案太字不當有各本皆衍 注齊春秋曰何校齊上添吳均二字是也各本皆脫 注太尉范滂陳云尉下脫掾

字太尉黃瓊也是也各本皆脫 注檀道鸞晉陽秋曰陳云晉上脫續字是也袁本亦脫茶陵本秋上衍春字 注

謝安石上疏曰陳云安字衍是也各本皆衍 注所以極深研幾袁本幾作機是也茶陵本亦作幾與

此同誤案說詳前踐得二之機下 鄭璞踰於周寶案璞當作樸各本皆誤注所引戰國策亦必全為樸字物之質謂之

曰樸玉樸亦然故說文玉部並無璞字而鼠樸得與之同名異實也後人習見璞字輒有所改今本戰國策樸璞錯出此注全為璞字皆

非也又樸誤為璞後卷聖主得賢臣頌有其證 注曹植祭橋元文曰陳云祭橋元文乃魏武事在建安七年子建時

方十歲案蓋本作魏太祖不知者改作曹植耳 注十州記曰崇禮闈陳云十州記三字疑誤闈當作門案十州記非

誤也見前 注吾入廟陳云吾君誤是也各本皆譌 注願而行之陳云而為誤案所引道應訓文今本作為君二

字各本皆誤 為如干秩何校秩改帙案此當作袟各本皆誤也

卷四十七○聖主得賢臣頌○而杼情素何云漢書杼作抒注抒猶泄也案抒是也凡木扌二旁多互混注胡廣曰袁本胡上有善曰漢官解詁六字是也茶陵本此節注多脫誤又案篇中善曰二字多刪削說已詳前

鑄干將之璞何校璞改樸茶陵本云五臣作樸袁本云善作璞案漢書作樸是也各本所見璞字皆傳寫譌忽若篲

氾畫塗袁本畫下有校語云善作盡案袁所見誤也漢書作畫茶陵本無校語與此皆未誤注世本曰韓哀侯

作御也何云世本無侯字宋衷云韓哀韓文侯也案所校據漢書注引是也各本皆衍注此復言之案之當依漢書注引作作卽宋衷注也各本皆誤注相選而並至矣袁本茶陵本選作遝是也注已見鄒陽上書

袁本茶陵本作呂氏春秋云云皆複出之誤注膏粱之性茶陵本膏上有晉悼公曰夫五字是也袁本亦脫注聲

之不常何校聲改擊案所校據漢書注作擊是也各本皆誤注小臣持龍髯拔墮袁本茶陵本重龍髯二字是也注史記泄公曰陳云泄公當作貫高案所校未是也此泄上有脫文耳○趙充國頌○注言

充國屯田之便茶陵本之作非是也袁本亦誤之○出師頌○注大敗之案之字不當有各本

皆衍又案此下何陳校皆依後漢書多有所添其實善未必備引今仍其舊注沛國史岑字孝山陳云孝山當作子孝是也各本皆誤朔風變楚茶陵本楚作律云五臣作楚袁本云善作律案二本所見律字傳寫誤此尤延之校改正之也

○酒德頌○注劉伶袁本茶陵本伶作靈是也注因雜摺紳先生之略術案此有誤也下引如淳曰縉赤白色不得此作摺與之不相應疑正文自爲縉故不取摺插爲義否則當有摺縉異同之注而未全各本皆同無以訂之注劉熙孟子注曰槽者案槽當作螬各本皆誤此所引乃螬食實者之注但取下文之酒槽與此螬字不相涉不知者并改爲槽誤之甚矣

○漢高祖功臣頌○新成三老董公何校成改城是也各本皆誤駿民效足案駿當作俊善引俊民用章爲注是其本作俊也袁茶陵二本所載五臣翰注乃云羣賢如駿馬足是其本作駿各本所見皆以五臣亂善又失著校語考士衡長安有狹邪行云憑軾皆俊民左太沖擬士衡云長纓皆俊人可見陸自用俊字與此同彼二注善皆引尚書亦與此同決不得作駿甚明或言駿字與足生義不當云俊更大不然上偶句云萬邦宅心萬字不與心生義五臣之意固緣足字改俊爲駿而殊非陸旨也又尚書本作畯善屢引爲俊者畯與俊同已具奉荅內兄希叔詩無妨其引作俊也凡善引書有如此

者不能以畫一求之爲附舉其例云注何常與關中卒何校與改輿陳同是也各本皆譌注卽欲捐之
此三人陳云捐之下當重有捐之二字各本皆脫注重元天也袁本茶陵本無此四字嘉慮四迴袁本
茶陵本慮作聲案此所見不同無以考之規圭於足袁本茶陵本於作以案此亦所見不同注鍾離沫何校沫改
眛陳同案據漢書及史記校也各本皆譌注以好遊出陳云遊出二字當乙案據漢書及史記校也各本皆倒注此
特萬世之事也萬世當作一力士三字各本皆譌漢書史記可證威亮火烈茶陵本云五臣作烈袁本云善
作列案二本非也此尤延之校改正之說見前可互證注魏趙屬冀州齊代屬青州陳云代非青境亦當
云屬冀乃合又張耳贊曰報辱北冀卽指平趙代事尤易曉也案陳所說是也代字當在魏字下各本皆誤下文四邦魏代趙齊也可證
代在齊字下者後來所改也注矯矯虎臣也袁本茶陵本虎作武是也案凡善諱屢經回改如此注毛萇詩
曰我圖爾居何校去萇字陳同是也各本皆衍注高祖子弟弱案弟字不當有各本皆衍注論語
摘輔曰茶陵本輔下有象字是也袁本亦脫注勃曰臣無功陳云案周勃傳臣無功二句乃東平侯與居語勃無

此言自與太僕滕公以下皆敘與居事與勃無涉云云今案勃曰勃字疑又字之誤耳　掩涕悟主袁本茶陵本悟作寤案此
所見不同寤字是也後封禪文覺悟黎蒸史漢皆作寤其各本作悟者後人改　注取兩兒弃之茶陵本取作蹤是也袁本
作蹤亦非　東窺白馬袁本茶陵本窺作規案此所見不同似規字是也　注漢書武詔曰袁本茶陵本書作孝
是也　袁生秀朗案袁當作轅注同前序中作轅注引漢書必與今漢書作轅者合蓋善自作轅史記作袁故五臣改轅爲袁而
各本所見亂之其序則五臣所無尚存善舊也　攝齊赴節茶陵本齊作齋云五臣作齋袁本校語云善作齋其善注中字亦然
案此尤延之校改也但齋疑是齋之譌或善與五臣本無異耳　周苛慷慨案慨當作愾袁本云善作愾茶陵本云五臣作慨此
以五臣亂善也　注出則翼升袁本茶陵本翼作雙案正文作雙二本是也　○東方朔畫贊○注臧
榮緒晉書曰下至此贊爲當時所重袁本此五十字在五臣銑曰下其善曰下作臧榮緒晉書曰夏侯湛
字孝若譙國人才章富盛早有名譽爲散騎常侍卒二十九字案袁本是也茶陵本幷善入五臣誤與此同　注耳暫聞袁本
茶陵本耳下有所字是也　注弛張浮沈袁本茶陵本浮沈作沈浮是也　處淪罔憂茶陵本淪作倫云五臣作淪袁

本二云善作倫何校二云魯公書作儉案善注無明文袁茶陵所見及此俱不同無以考之顏魯公所書未必全與善合難據以相訂也唯五
臣銑注云在沈論時二云二云其本必作論無疑尤蓋以五臣亂善注自我五禮五庸哉袁本下五作有茶陵本作五與
此同案釋文云有庸馬本作五庸袁依東晉古文誤有所改附正之○三國名臣序贊○注檀道鸞晉
陽春秋曰何校晉上添續字陳同袁本無春字是也茶陵本并五臣衍注禪伐不同袁本伐作代是也茶陵本
作伐與此同誤注舜舉八元八愷用之於堯時也成湯得伊尹武王得呂望
而社稷安也袁本此二十七字在五臣銑注下其善曰下作二八謂八元八凱也伊伊尹也呂呂望也十六字案袁本最是
茶陵本并善於五臣誤與此同注三黜之陳云之字衍是也各本皆衍注盍遠續禹功案續當作績各本皆
誤又案禹字不當有見前疑不知者添之也遭時匪難袁本茶陵本匪作不案此所見不同也注折而不橈
袁本茶陵本橈作撓又後贊注中不橈不屈同案據此疑善橈二本非也今正文撓字或五臣撓而亂之橈雖通作撓凡善五臣即同字
而有別但寸本多相混耳注尚書曰成王將崩陳云書下脫序字是也各本皆脫注漢書高祖功

臣頌曰案書字不當有各本皆衍魏志九人袁本茶陵本魏志提行另起是也袁煥字曜卿茶陵本煥作渙袁本作煥與此同又袁後贊注中首一字作渙餘皆作煥案今魏志作渙茶陵渙煥錯出此本盡作渙似當以渙爲是注杞良才也案杞下當有梓字各本皆脫注太公往弔之曰案往當作任各本皆誤此所引山木篇文注子甚者茶陵本甚作其意一字是也袁本亦誤注洪水橫流袁本茶陵本洪作鴻是也案此尤用今孟子改耳注吾以疾爲蓍蔡也袁本蔡作龜是也茶陵本亦作蔡案此蓋因正文而改注右尹革曰陳云尹下脫子字是也各本皆脫注如一旦一去此袁本茶陵本去上無一字是也案魏志無注竟坐免刑袁本茶陵本免作得案今魏志得免兩有蓋因尤添免字而誤去得字也敬授既同何校授改愛云從晉書案袁本云善作授茶陵本云五臣作愛蓋各本所見皆非善亦作愛注散騎常侍王素何校素改業陳同是也各本皆譌注爲軍中郎將卒何校軍下脫師字陳同是也各本皆脫公衡仲達袁本云善作仲茶陵本云五臣作沖案各本所見皆非也仲字不可通必傳寫誤善亦作沖也注命昭爲良史何校良改長陳同是也各本皆譌注弟權託昭袁本

茶陵本第上有以字是也立上以恆何校上改行二云從晉書改注固引易也案袁本二云善作上茶陵本二云五臣作行蓋各本所

見皆非善亦作行注仰募同趣茶陵本募作慕是也袁本亦誤

卷四十八〇封禪文〇伊上古之初肇自昊穹兮生民茶陵本無兮字二云五臣有

之字袁本兮作之二云善無之字案二本所見是也漢書正無善與之同兮史記有兮字尤延之取以脩改添入未是繼韶夏案韶

當作昭注同漢書作昭顏引文穎注亦作昭詳注二云昭明也夏大也德明大相繼不當作韶字可知茶陵本二云五臣作昭袁本二云善作韶

各本所見皆非也善自作昭或因下連夏而誤改爲韶耳今史記作韶但集解仍引漢書音義昭明也二云二云恐是與此同誤注管

子曰封太山袁本管上有善曰二字是也後注莊子曰善始善終上爾雅曰元始也上魄音薄上穀梁傳曰諸侯不首惡上

闓音愷上小雅曰心慙曰恧上創初創也上望幸望帝之臨幸也上言不廢脩禮地祇上錯千故切上孔安國尚書傳曰襲因也上係或

爲沛上毛詩曰麀鹿濯濯上楚辭曰駕八龍之宛宛上孟子萬章曰上湯武雖居至尊嚴之位上皆同茶陵本在每節注首非尤本删去

亦非又凡非舊注袁本茶陵本每節首並有善曰尤亦删去今不盡出可以例求之后稷創業於唐堯案堯字衍尤延

之脩改添入也茶陵本無而校語云五臣有堯字袁本亦無其下并無校語是袁所見五臣尚無堯字茶陵及尤所見乃衍也凡二本校語皆據所見著之即五臣仍非真如此是其例矣史記漢書俱無尤取誤本五臣以改善失之甚者也

然猶躡梁父案父當作甫下文意泰山梁甫袁茶陵二本校語善甫五臣父又而梁甫罔幾也尤本亦作甫此一字歧互或各本所見以五臣亂善漢書甫善與之同史記父五臣用以改善也

注鄭元曰導陳云元氏誤見漢書注是也各本皆誤案索隱云鄭德

注角共一本案角上當有兩字各本皆脫漢書注引可證史記集解亦有

注介大丘也案丘上下當有山字各本皆脫漢書注引可證史記集解引漢書音義亦有

注譓順也袁本此下有善曰譓音惠五字無正文下音惠二字是也茶陵本誤與此同

陛下謙讓而弗發袁本茶陵本此節上有上帝垂恩儲祉將以慶成十字校語云善無此二句案漢書有史記亦有慶作薦索隱云漢書作慶義亦通何校據添下注三神引韋昭曰上帝云云上帝即指此蓋傳寫脫各本所見皆非又案疑尚有注爲脫去一節也

注則說無從顯稱於後世也何校說下添者字各本皆脫案漢書注有

注太史官屬陳云史當誤是也各本皆誤案漢書注作常

注言符應廣大之富饒也陳云之字衍是也各本皆衍案史記

集解引無漢書注引孟康亦無注韋昭曰滲疏禁切袁本茶陵本曰下有漉音鹿三字無滲疏禁切四字案此疑當
兩有而漉音鹿在下也非惟偏之我案偏當作偏之字不當有讀以四字爲一句漢書正如此也史記索隱引胡廣曰言
兩澤非偏於我最爲明晰是史記亦作偏我與漢書同今有誤當據索隱訂也又案觀袁茶陵二本所載向注似五臣誤偏爲偏仍未有
之各本衍者更誤中之誤樂我君圃何校圃改囿陳同袁本云善作圃茶陵本云五臣作囿案史記漢書皆作囿此協韻何陳
是也各本所見皆非蓋善自作囿傳寫誤作圃耳其儀可嘉何校嘉改喜陳同案漢書作喜史記作嘉以韻求之喜與囿爲
協何陳從漢書是也史記嘉亦有誤注張揖曰旼音旻袁本茶陵本無此六字案二本非也漢書注亦引馳我
君輿茶陵本輿作與云五臣作輿袁本云善作與案此尤校改正之史記漢書俱作輿但傳寫誤爲與也又案袁本此節注末有文
穎曰馳我車之前也九字漢書注亦引又我下有君顧省闕遺案闕字茶陵本及此本無蓋係此句之下爲脫一節注也顧省闕遺當作
厥史記漢書俱作厥厥善注云謂能顧省其遺失以其解厥是作厥字無疑袁茶陵二本所載五臣濟注云恐政治有所闕遺蓋其本乃作
闕各本所見皆以五臣亂善而失著校語○劇秦美新○權輿袁本茶陵本提行另起是也春秋困斯

發袁本茶陵本困作因案此所見不同也 注之邑秦陳云之邑二字當乙是也各本皆倒 注襄王並已見

李斯上書案襄上當有昭字袁本亦脫茶陵本此注複出非 自勒功業袁本云善作公茶陵本云五臣作功案尤

延之所校改也 注犬暫齧人袁本茶陵本無暫字人下有也字案此尤校改之也 注夷狄之患見臨洮

袁本茶陵本之患見作服出於是也 注明王奉若天命袁本茶陵本命作道是也 注孫策使張紘與

袁紹書曰何校紹改術陳同案所校依吳志是也各本皆誤 注然古者此事何校者改有是也各本皆誤

注尚書帝驗曰何校帝下添命字陳同是也各本皆脫 或損益而亡何校云亡當從五臣本作已袁本云

善作亡茶陵本云五臣作已何據二本校語今案善注無明文二本所載向注於此云其後紂乃亡之是五臣仍作亡其作已者後人以

意改未可從也 注以爲文母篹食堂茶陵本篹作籑注末有籑士卷切與饌同七字案有者是也袁本與此同亦脫

誤考今元后傳作篹蓋善引不與顏同校者依漢書改且刪之 注尚書曰穆王作呂刑陳云書下脫序字是也各

本皆脫 注鼓誦詩袁本鼓作瞽是也茶陵本亦誤 注振鷺鴻鸞喻賢也毛詩袁本賢下有人字詩

下有曰字是也茶陵本無振鷺以下八字有曰字此初同茶陵後脩改而又誤脱人曰二字 禪梁父袁本茶陵本父作甫是也
注中兩見一作甫一作父父亦甫之誤也 注晏子景公春秋曰袁本茶陵本景上有齊字無春秋二字此尤改齊字
作春秋而又誤倒在下 注喜與古熙字通案古熙當作熙古各本皆倒 ○典引一首袁本茶陵本此
下有幷序二字是也 注范曄後漢書曰班固字孟堅亦云注典引袁本茶陵本無此十六字
是也 注後漢書曰袁本茶陵本後上有范曄二字是也 注尚書郎中北海展隆袁本茶陵本無中字
是也 成一家之言袁本茶陵本無之字案無者是也此尤誤依注添正文 注易曰太極袁本茶陵本易上有
蔡邕曰三字下無曰字案以下二本所有蔡邕曰此本皆無詳前後之例凡舊注所冠姓名皆尤刪也易下曰字當作有 注弗俾
洪範九疇袁本茶陵本俾作畀是也 比茲褊矣袁本云善無茲字茶陵本云五臣有案二本所見非也蔡注云茲孔
子也善不得無必傳寫脱尤校改正之是矣後漢書固傳載此文有 注地黃四年陳云黃皇誤是也各本皆誤 注燒
其室門袁本其作作是也茶陵本亦誤其 注虜王莽何校虜上添反字陳同是也各本皆脱 注雖覆一

簣袁本茶陵本簣作匱是也後漢書所載并注引此亦皆是匱字注西伯既戡黎袁本戡作龕是也茶陵本亦誤戡

注王歸自夏陳云夏上脫克字是也各本皆脫注左氏傳曰臧哀伯曰袁本茶陵本左上有善曰

二字是也後注甄陶已見上文上言漢道外則運行於渾元上易曰品物咸亨上言漢之德能臣古之列辟上易曰勞謙上連下尚書曰至治定制禮爲一節禮記曰聖人南面而治天下也上優謂優游也上孝經曰夫孝上巡靖巡狩而安之也上爾雅曰祭天上尚書曰鳳皇來儀上廣雅曰麒麟上騶虞也上禮記曰龜龍在宮沼上毛詩曰湛湛露斯上楚辭曰鸞鳥上素雉白雉也上濟濟翼翼上尚書曰嚴恭寅畏上左氏傳薳啟疆曰上楚辭曰遂古之初上言前封禪之君上尚書曰夏罪上絣使也上皆同又四表曰宇往古來今曰宙一節注袁本連善曰下非茶陵本別爲節係蔡邕曰者是

匿亡回而不泯袁本云善作匿茶陵本云五臣作慝案注無明文但慝字不可通疑各本所見皆傳寫誤後漢書所載作慝無迴而不泯五臣迴作回見濟注善亦無明文

微胡瑣而不頤茶陵本瑣作璅云五臣作瑣袁本云善作璅案此尤延之校改正之也後漢書所載亦作瑣

至令遷正黜色賓監之事袁本茶陵本令作於案此尤校改也後漢書所載作今令蓋今之譌注以十二月爲年首案二當作三各

本皆誤說見前上林賦下注由未章也袁本茶陵本由作猶是也而禮官儒林屯用篤誨之士何二云後漢書用作朋案注無明文但用字不可通疑傳寫誤也章懷注云屯衆也朋羣也或善與之無異注聽德知正則黃龍見陳二云德似當作聽案所校最是各本皆誤蔡說與周南正義引服虔左氏注全同可證也卓犖乎方州袁本茶陵本無乎字案此尤脩改添之也後漢書所載有注嚴恭寅畏袁本恭作龔是也茶陵本亦誤恭孔猷先命袁本茶陵本猷作繇是也案此尤改之後漢書所載作猷但此自作繇尤於蔡注仍未改也注平制禮樂放唐之文袁本茶陵本平制禮樂作述堯治世案二本是也後漢書章懷注引作平制禮樂尤用彼改耳而允寤寐次於心案心上脫聖字袁本茶陵本有瞻前顧後袁本二云善無此一句茶陵本二云五臣有此一句案此尤延之添之也後漢書所載有此一句章懷注前謂前代帝王後謂子孫也尤并取以增多其實未必是注次止也袁本茶陵本無此三字是也尤取章懷注添注言此事體大式宏大陳二云體下衍大字是也各本皆衍注常止於聖心不可忘也袁本茶陵本作次於聖上之心也是也尤取章懷注改注前謂前代帝王後謂子孫也袁本茶陵

本無此十一字是也說詳上　注憚難也下至而難正天命乎一袁本茶陵本無此三十一字是也尤取章懷注添　注伊維也遂古遠古也袁本茶陵本無此八字是也尤取章懷注添　注言自遠古以來至於此也袁本茶陵本無此十字是也尤取章懷注添以上各條皆未必是　注有天下使之陳云下不誤是也各本皆誤　注讜直言也袁本茶陵本直言二字作當案二本是也章懷注作直言尤用彼改耳　注絣與栟案栟當作拼各本皆譌

文選考異卷第八

文選考異卷第九

賜進士出身通奉大夫江南蘇松常鎮太等處承宣布政使司布政使胡克家撰

卷四十九○公孫宏傳贊○注宏等言皆以大材茶陵本無言字是也袁本亦衍案漢書注無　注青姊子入宮幸案子下當有夫字袁本亦脫茶陵本幷脫子字　斯亦曩時板築飯牛之明已何云明漢書作朋陳云明朋誤是也各本皆誤　注至此皆天下名士袁本此作他是也茶陵本亦誤

○晉紀總論○爾乃取鄧艾於農隙案晉書懷愍帝紀所載隙作瑣蓋各本以傳寫譌爲隙與典引微何瑣相類　外襲王陵陳云陵淩誤注並同是也各本皆誤晉書所載作淩　世宗承基太祖繼業袁本茶陵本此二句在大象始構矣下袁有校語云善在軍旅屢動上茶陵失著校語詳注中次序所見與袁尤無異何校乙轉陳同案依文義是也各本所見蓋幷注誤倒一節晉書所載正在下　注世宗景皇案皇下當有帝字各本皆脫　注太祖文皇帝母弟也案母上當有景皇帝三字各本皆脫　天符人事袁本茶陵本云符善作府案此尤延之校改正之也

晉書所載作符遂排羣議袁本茶陵本二云排善作非案此尤延之校改正之也晉書不載此句注吳王荒淫案王

當作主各本皆譌注賈充荀勗等陳諫袁本茶陵本陳作畢是也注居曠壄不相能陳云壄林

誤是也各本皆誤案居下本有于字能下本有也字蓋不備引也注惠帝永寧二年袁本茶陵本寧作康案二本是

也考晉書惠帝紀永康以元年正月朔改元其次年正月趙王倫篡其四月乘輿反正於是改元乃始爲永寧然則事在未改永寧以前

正永康二年之正月故臧榮緒書據當日所稱校者誤改之耳注鶡冠子案子下當有曰字各本皆脫注小曰橐

大曰囊袁本茶陵本無曰字大字案此尤校改正之也載錫之光袁本此下校語云善有也字又以御于家邦下校語

同茶陵本皆無校語案袁所見非也注靈王十二年袁本茶陵本十一作一十案各本皆非也當作二十二韋昭有注可

證也誅庶桀以便事何云晉書桀作孽陳云作孽爲是案善注未注以有明文五臣作桀濟注桀傲也今無以考之

固其國何校此四字改在上文或乃多難之下陳同是也各本皆誤注太康以來何校太改元是也各本皆誤

而賤名儉袁本茶陵本儉作檢二云善作儉何云晉書儉作檢案檢字是也各本所見儉字傳寫誤耳注應瞻表儉字亦檢之譌

其表以清儉對容放言之義無取於儉而今晉書應傳作儉字恐非也又善引劉謙紀自不必與彼同 注以宏放爲夷
達袁本茶陵本宏作容案容字是也今晉書應傳作宏尤依之改但善自不必與彼同 注漢書解故曰案書當作官各
本皆誤 察庾純賈充之事何校事改爭茶陵本二云五臣作爭袁本二云善作事案晉書所載作爭 知將帥之
不讓何校知上添而字袁本茶陵本二云善無而字案晉書所載有而字 懷帝承亂之後得位茶陵本二云五臣
無之後袁本二云善有之後今案有者傳寫衍也晉書所載無 注晉中興曰陳二云興下脫書字是也各本皆脫 ○後
漢書皇后紀論○注帝嚳立四妃以袁本茶陵本以作矣案二本是也矣句絕 注立正九
妃又三九二十七案正下三下兩九字俱不當有各本皆衍讀以立正妃爲一句又三二十七爲一句也 注婦
也嬪也案當作嬪也世婦也各本皆誤 注女御書敘於王之燕寢案書當作掌御二字各本皆誤 注
齊侯好內多寵案多下當有內字各本皆脫 注與貂因寵何校因下添內字陳同各本皆脫 注又
有美人良人八子案子下當有七子二字各本皆脫此外戚傳文可證章懷注所引亦可證 飾玩華少何云

華少後漢書作少華袁本云善作華少茶陵本云五臣作少華案各本所見蓋皆傳寫倒唯皇后貴人金印紫綬
何云後漢書複出貴人二字陳云複出爲是案所校是也各本蓋皆脫皇后自同乘輿耳又考輿服志天子貴人赤綬同諸侯王與此不
合或光武時紫綬以後乃赤綬也注以歲八月雒陽民陳云月下脫筭字是也各本皆脫注長壯妖
絜案妖當作姣各本皆譌注家屬徙北景案北當作比各本皆譌范書皇后紀續漢書郡國志前書地理志俱可證
卷五十○後漢書二十八將論○固將有以爲爾茶陵本爲作焉袁本作爲與此同案
今范書作焉何校改焉勳賢兼序茶陵本兼作皆袁本作兼與此同案今范書作皆疑善皆五臣兼二本失著校語而此以
五臣亂善也下文可謂兼通矣善同范書有兼五臣無兼殆改此爲兼而刪之以相避歟注縉赤色案赤下當有白字各本及
章懷注皆脫酒德頌注引有者是也卽事相權茶陵本卽下有以字袁本無案今范書有二本不著校語無以考之注衡
平也案衡上當有權字各本皆脫此韋漢志注以解權輕重之權言衡平者謂衡用權而平也其注周語云權稱也義亦同又韋齊
語注云權平也或此衡爲權字之誤○宦者傳論○注掌守王宮中之門禁茶陵本之門作門之

章懷注同是也袁本亦誤倒王之正內者五人何校去者字陳云者字衍案皆據周禮序官校也今范書亦有恐此是蔚宗自爲文不全同所引也注史記以勃鞮爲履貂上何校貂上二字改鞮字陳同案所校非也此當衍上字荅任少卿書引史記履貂曰可證又何改正文貂爲鞮更非范書亦作貂章懷注勃貂卽寺人披也一名勃鞮字伯楚是蔚宗自作貂

注寺人內閹官豎刁也案刁當作貂各本皆誤此所引僖二年齊寺人貂之注也注史記曰豎貂爲豎刁案曰當作以各本皆誤注公徐聞其罪陳云其下脫無字是也各本皆脫惟閹官而已茶陵本官作宦袁本作官與此同案今范書作宦似宦字是也注安帝年號延平何校安改殤是小也各本皆誤

黃門亦二十人茶陵本無亦字二云五臣有袁本有用五臣也案今范書無此以五臣亂善袁不著校語亦非朝臣圖議茶陵本圖作國袁本作圖與此同案今范書作國疑善國五臣圖二本失著校語而此以五臣亂善也注郡分銅虎符三袁本茶陵本分作國是也基列於都鄙袁本二云善作基茶陵本二云五臣作綦今范書作綦章懷有注何校依之改陳云作綦爲是案此各本所見傳寫誤善亦不作基也盈牣珍藏茶陵本牣作仞二云五臣作牣袁本作牣用五臣也案

今范書作仞此以五臣亂善袁不著校語亦非注班固漢書曰陳云目字衍是也各本皆衍注薰骨以行
刑何校骨改胥陳同又云行字衍是也各本皆誤注與李子豎書曰茶陵本豎作堅是也袁本亦誤豎注尙
書曰下本州考治陳云目自誤是也各本皆譌注張驤趙忠等何校驤改讓陳同又下節注中袁茶
陵二本亦作驤尤改作讓案今范書作讓讓字是也注今予恭行天之罰案予下當有惟字恭當作龔各本皆誤檄
蜀文引予惟龔行天之罰亦非當互訂又案後述高紀恭行天罰注恭行已見上文依今班書亦當是龔之誤也注屈蕩尸
之曰袁本尸作戶是也茶陵本亦誤尸案開成石經是戶字○逸民傳論○注而遊堯舜之門
案舜字不當有各本皆衍章懷注無注避世之人也案也字不當有各本皆衍章懷注無弋人何篡焉袁本
茶陵本人作者案今范書亦作者者字是也尤蓋依所見法言改耳此注引法言袁茶陵仍作者其宋衷注乃云弋人弋人不出正文蔚
宗及善與尤所見自不同改之非是注轂皮綃頭巾案轂當作穀巾字不當有各本皆誤章懷注以穀樹皮爲綃頭也
與卿相等列袁本與上有羞字二云善無茶陵本二云五臣有案今范書有依文義似各本所見皆傳寫誤脫之也注獨

耿介而不隨俗案俗字不當有各本皆衍此所引九辨文也元文隨下有今善引在句末者多節去○宋書謝靈運傳論○注懷五常之性聰明精粹袁本茶陵本無此九字注應劭曰肖類也頭圓象天足方象地袁本茶陵本無此十四字注明皇帝爲魏列祖也茶陵本列作烈是也袁本亦誤甫乃以情緯文茶陵本無文字云五臣有物字袁本有物字云善無案此尤延之所校添也今宋書是文字源其飈流所始袁本云善作源茶陵本云五臣作原何云疑作原今宋書是原字注詩總百家之言陳云詩總當作傍綜見世說注是也注潘陸之徒有文質陳云有文質當作雖時有質文是也各本皆誤案亦據世說文學篇注也注好莊子元勝之談陳云子當從世說注作老是也各本皆誤注謝混始改之案之字不當有世說注無各本皆衍注太元晉武帝年號何校武上添孝字是也袁本亦脫茶陵本幷入五臣亦脫仲宣灞岸之篇案灞當作霸詳袁本所載濟注乃善霸五臣灞各本所見以五臣亂善前七哀詩及此注俱爲霸字不誤又今宋書亦是霸字注靈均屈原字也袁本茶陵本無此六字所載五臣濟注有之案此尤誤取增多也○恩

倖傳論○且士子居朝袁本士作仕二云善作士茶陵本二云五臣作仕何校士改任陳二云今宋書作任爲是案所校是也士仕皆傳寫誤下注二云言仕子不居賤職可見善並非作士蓋初誤作仕後又誤作士注中有郎比六百石案中有當作有中各本皆倒郡縣掾吏何校吏改史陳二云今宋書作史案所校是也吏傳寫誤未之或悟袁本二云善作悟茶陵本二云五臣作寤案今宋書是悟字但寤卽悟不知者每改之未必善與五臣異王命論悟戍卒之言英雄誠知覺寤一改一未改最爲可證也○史述贊○述高紀第一袁本茶陵本校語二云善本如此五臣本列在後案各本所見皆非也此連述贊爲文非用爲標題善亦不得在前蓋傳寫誤移之而五臣尚未經移耳後二首同注論語子曰袁本論上有善曰二字是也後言秦人不能整其綱維毛詩曰禺禺昂昂上同茶陵本在每節首非上注各爭恣志袁本志作忘茶陵本亦作志與此同案皆非也當作妄過秦論注引作妄光允不陽袁本光作亦二云善作光茶陵本二云五臣作亦案今班書作亦亦字是也光傳寫誤注不亦熾乎案當作不炎熾矣各本皆誤顏注所引可證○後漢書光武紀贊○注中微謂平世衰也袁本茶陵本無此七字沈機先物茶陵本先作生二云五臣作先袁本二云

善作生案今范書作先先字是也善亦不得作生各本所見皆傳寫誤　深略緯文袁本文作天茶陵本作文與此同何云兩

漢刑誤補遺二云文選作天二云二云今案袁本正與所稱同下無校語蓋善五臣皆是天字茶陵及此作文者後來轉依今范書誤改之耳茶

陵亦無校語也天與甄協最是　注旌旗輜車陳云車重誤是也各本皆誤　注城中少年子弟自燒

室門案子當作朱自燒當作燒作各本皆誤　注兼聰獨斷案聰當作聽各本皆誤

卷五十一○過秦論○注漢書應劭曰袁本茶陵本無漢書二字案二本是也以下所引諸家皆

陳涉傳注凡如此者例不云漢書　注言秦之過袁本言上有善曰二字案此四字亦應注顏師古引者可證袁本非也又

案以此驗之凡各本所有善曰字多非其舊的然無疑矣　注韋昭曰崤謂二殽案崤殽二字當互易各本皆誤

舉宇內袁本茶陵本包作苞案此尤延之所改也史記漢書賈子俱是包字但古包苞同用未必善不爲苞也　注甯越

趙人也袁本茶陵本甯上有然字案二本是也然即今然則善全書皆如此甯越趙人非有明出據上引決之　注戰國

策東周袁本茶陵本無東周二字是也　注最才勾切陳云勾句誤是也各本皆譌案周本紀索隱曰最詞喻反與此

正同皆讀最爲聚也注趙惠文王案此下當依史記有十六年三字各本皆脫注史記曰逡巡遁逃
袁本茶陵本作遁逃史記作逡巡案二本是也遁逃複舉正文史記曰逡巡五字爲一句善所見史記作逡巡而今本作逡巡遁逃後人
妄添二字尤反依之改轉誤之甚者也賈子作逡巡正與善所見史記同又案正文作遁逃西征賦注引作遯逃必善讀漢書陳涉傳如
此故載史記之異意謂兩文俱通考賈子下篇亦言百萬之徒逃北而遂壞然則作遁逃自無不可未見潘安仁必誤如匡謬正俗所譏
也師古漢書專主逡遁即其所謂遁者蓋取盾之聲以爲巡字當音詳遵反學者既不知遁爲巡字遂改爲遁逃者與善全異不可用以
校此讀者多所不憭又今本漢書作遁巡注同更譌舛非顏之舊觀匡謬正俗所說自明茲不訂彼注以金爲箭鏃也
袁本茶陵本鏃作鏑是也國家無事袁本云善無家字茶陵本云五臣有案此尤校添之也史記漢書賈子俱有俛首
係頸茶陵本頸作頭云五臣作頸袁本云善作頭案此尤校改之也史記漢書賈子俱作頸銷鋒鍉鑄以爲金
人十二袁本茶陵本云鍉鑄善作鑄鍉案此尤校改之也漢書作鍉鑄賈子作鏑鑄鏑即鍉也鍉句絕鑄下屬史記作銷鋒鑄鐻
似四字連文鐻鍉亦異未審善果何作注以銷鋒鍉爲鍾鐻金人十二案以銷當作銷以鋒鍉二字衍

各本皆誤所引始皇紀文注廣雅曰何問也案何上當有誰字各本皆脫注甿古氓字氓人也袁本茶陵本氓字作文氓案顏注引作甿古文萌字萌民也蓋善引無字字又諱民作人集解引作甿古氓字氓民也尤依之校改耳

罷散之卒袁本云善作罷弊茶陵本云五臣作疲散案此尤校改之也史記漢書俱作罷散善所見或爲弊字也賈子作疲弊可證天下雲集而響應袁本茶陵本集作會案此尤校改之也史記作集漢書賈子作合或皆不與此同非尊於齊楚燕趙韓魏宋衛中山之君也袁本茶陵本非作不下非銛之非亦作不案此尤校改之也史記賈子作非漢書作不

○非有先生論○

東方曼倩袁本茶陵本云善作蒨案此尤校改正之也前作倩自不得有異但所見傳寫誤注班固漢書東方朔字曼倩平原厭次人武帝郎位言得失袁本茶陵本無此二十二字有漢書曰朔四字是也朔見於畫贊注其荅客難下亦不復出或記於旁尤誤取以增多耳寡人將竦意而聽焉袁本茶陵本聽作覽案二本是也下文寡人將覽焉漢書作聽尤延之欲校改彼字而誤以當此處耳凡宋以來刊板脩改往往有如此者而佛於耳案而字不當有漢書無各本皆衍又案下順於耳句袁茶陵二

本校語云善無而五臣有然則此以五臣亂善寡人將覽焉何校覽改聽案依漢書也詳此句與上文孰能聽之矣相承接
作聽爲是袁茶陵二本亦作覽皆涉寡人將竦意而覽焉句之誤尤本改上覽字爲聽致與漢書互易益非注如淳曰漢
書注曰陳云淳下衍曰字是也各本皆衍三人皆詐僞袁本茶陵本三作二案袁茶陵二本所載五臣良注云其
子惡來革多力是五臣以飛廉爲一人惡來革爲一人而其本作二也善引說苑以革爲一人而其本作三尤改正之是矣又案今本漢
書亦作二似有誤顏注未有明文無以相訂終無益於主上之治茶陵本云五臣作治袁本云善作理案此亦尤
校改之也漢書治但善避諱尤改非也於是吳王戄然易容袁本戄作懼音句云善作戄茶陵本作戄音句云五
臣作懼善注中皆無居具切三字今案此各本所見蓋皆非也戄不得音句亦不得居具切漢書作懼顏注居具反善音與之同是亦作
懼其居具之音與五臣句複故袁茶陵刪之耳注非虎非狼案狼當作貙各本皆誤重贈盧諶引作非龍非彲句在非熊非
羆上今六韜同彲蓋即貙字與羆鄙協韻也運命論注引作狼亦誤躬親節儉茶陵本無躬字親下校語云五臣作躬袁本躬
下校語云善有親字此初刻同茶陵所見後用袁所見脩改添之也漢書作躬節儉與五臣同天下大洽案洽當依漢書作治

各本皆譌惟周之貞何校貞改楨袁本云善作貞茶陵本云五臣作楨案漢書作楨未審善果何作○四子講德論○注涉始於足案涉當作步下同各本皆譌注一單三尺袁本茶陵本單作躍是也注遁逃也袁本茶陵本逃作避是也注皮裘負芻袁本并入五臣皮作反是也茶陵本亦誤皮注閭嬛子奢案嬛當作娵各本皆譌今荀子賦篇及七發注引皆是娵字故美玉蘊於碔砆案碔砆當作武夫注引戰國策及張揖漢書注皆不從石袁茶陵二本所載五臣翰注乃作碔砆是善武夫五臣碔砆音以武夫各本所見亂之而失著校語此誤入五臣音皆非也又案引張揖曰者子虛賦注也史記漢書正作武夫今彼正文及善注引張揖國策盡爲碔砆恐亦爲五臣所亂而并注中改之也注說文曰鑛銅鐵璞也案鑛當作礦璞當作樸各本皆譌礦卽磺字也又案依此正文朴字當作樸二字羣書中頗有相混者五臣并正文改爲璞誤甚寂寥宇宙茶陵本寥作聊云五臣作寥袁本云善作聊案此尤以五臣本改之也袁茶陵注中作聊尤改恐未必是注尙書曰故一人袁本茶陵本故作迪是也注毛詩周頌曰陳云頌下脫序字是也各本皆脫且觀大化之淳流袁本茶陵本無且字案二本不著校語無以考之陳云且字衍恐未必然

當各依其舊大夏之材茶陵本廈作夏二云五臣作廈袁本二云善作夏案尤本以五臣亂善非也凡此字夏廈錯見者疑皆善
夏五臣廈餘以此求之注秦繆公問得失之要袁本茶陵本問下有之字是也注秦繆公聞百
里奚故重贖之何校奚下添賢字故改欲陳同是也各本皆誤注楚人曰予之袁本茶陵本曰作許是也
楚莊有叔孫子反袁本茶陵本叔孫作孫叔是也句踐有種蠡渫庸袁本校語云蠡善作蠡茶陵本
無校語案此所見不同也省田官何校田官改官田案依文義是也各本皆作田官蓋誤倒考宣紀地節元年假郡國貧民田三
年詔曰前下詔假公田貸種食公田卽官田疑此句當有善注今失去無可補莫不肌栗慴伏袁本茶陵本二云肌善作飢
案飢傳寫誤尤校改正之也注邕邕者聲和也案者當作音各本皆譌是以北狄賓洽茶陵本二云
五臣作洽袁本二云善作合案此尤以五臣本改之也注不見明文無以考之而旌旗仆也茶陵本二云五臣作旌袁本二云善
作旍案此尤以五臣本改之也旍卽旌字前已屢見當各依其舊先生曰夫匈奴者茶陵本先生曰夫作先生夫子
曰二云五臣作先生曰夫袁本二云善作先生夫子曰案此尤校改正之也先生夫子曰乃傳寫之誤驚邊扤士袁本茶陵本扤

作杌何云能改齋漫錄作抗案何校是也善不音注者已見上林賦抗士卒之精下也又此字見於史記漢書鹽鐵論者甚多其訓損也
耗也其音五官反袁茶陵二本所載銑注云杌動也而不著校語以五臣亂善致為乖謬尤作抏亦非 注刀刻其面茶陵
本刀作刃袁本亦作刃與此同何校改刃陳同案考史記集解引音義作刃漢書顏注引如淳同刃字是也 未尅殫焉袁本
云善作尅茶陵本云五臣作克案各本所見皆非也當作克但傳寫誤為尅非善五臣有異
卷五十二〇王命論〇注復起於今乎案此下有脫文必并引既感躑言以及迺著王命論等語
各本皆脫善例不全同本書無以補也 注三陽翼天德聖明袁本茶陵本聖作清案此尤校改之也 注善
曰世運案世運當作運世各本皆倒 檐石之蓄袁本茶陵本檐作擔注同案此所見不同也漢書作儋擔即儋字或
從木作見毛詩傳釋文又羣經音辨之木部可證苦寒行檐囊行取薪亦用之 注韋昭曰短為裋案曰當作以各本皆
誤 注善曰裋丁管切袁本茶陵本裋作短案短字是也 注鸑鼎寶也案鸑當作鬻下同各本皆譌
注道德於此何校德改得陳同各本皆誤 注則見蛟龍於其上袁本茶陵本於作據案此尤校改之

也貪不可冀無爲二毋之所笑何校貪上添毋字爲上去無字案依漢書校蓋是也各本皆傳寫誤○

典論論文○享之千金案享當作亨善引左傳注亨通也而云亨或爲享正文是亨字甚明後來以享改亨各本皆然與注不相應非也注故嘗更職何校更下添吏字陳同今案范蔚宗書公孫述傳作嘗更吏職但各本皆無仍未當輒補咸以自騁驥騄於千里陳云以自國志注引作自以案依文義自以是也各本皆倒耳注遭我乎猛之閑兮袁本猛作⿰虫農是也茶陵本亦誤猛注不根持論袁本茶陵本根作長案此尤校改之也以至乎雜以嘲戲袁本茶陵本無上以字乎作於案此所見不同也魏志王粲傳注引此無以字乎作于蓋二本是矣不假良史之辭袁本云善無不字茶陵本云五臣有不字案此尤校脩改添之也初亦同二本所見皆傳寫脫日月逝於上茶陵本逝作遊云五臣作逝袁本云善作遊案此尤校改正之也遊字不可通必傳寫誤也○六代論○注韓哀滅鄭幷其國案哀下當有侯字各本皆脫所引鄭世家文也四十餘年何校四改三注同魏志注作四陳云四當作三案魏志注在武文世王公傳下蓋誤耳善引漢書諸侯王表爲注彼文作三師古曰三十五年今此各本幷依正文改之更誤

何陳所注秦竊自號謂皇帝何校謂改爲後所引同是也各本皆誤千有餘歲何校歲改城陳同魏志注作城今案城字誤也元首此文出於史記秦始皇本紀彼作歲可證又孝文本紀古者殷周有國治安皆千餘歲漢書作皆且千歲然則當時語自如此矣魏志注必不知者所改何陳誤據之也袁茶陵二本校語云善作歲五臣作人五臣正謂歲字不安輒改魏志注者字有異而意相同皆非

胡亥少習尅薄之教袁本云善作尅茶陵本云五臣作刻案各本所見皆傳寫誤也善注引商君傳自作刻五臣作尅魏志注亦是刻字

不土有常君袁本茶陵本土作士是也魏志注亦是士字

注權秉卽柄字也陳云秉下脫也秉二字是也各本皆脫

而天下所以不能傾動何校去能字魏志注無袁本云善有能茶陵本云五臣無案此疑各本所見傳寫衍也

而叛逆於哀平之際也茶陵本云五臣作叛袁本云善作畔案此所見不同也魏志注亦是叛字下文平猶懼其離叛各本皆不作畔似此未必善與五臣有異

居是聖王安而不逸袁本茶陵本是下有以字云善本無案此疑各本所見傳寫脫也魏志注有

○博弈論○注多漢舉者袁本茶陵本漢作薦是也

注中計塞城阜案城當作成各本皆誤

求之於戰陣袁本云善無於

字茶陵本二云五臣有案此尤校添之也吳志有於字二本所見蓋傳寫脫注一字管百行袁本茶陵本一字作學是也

注貿易之也案之字不當有各本皆衍

卷五十三○養生論○注說文曰粗疏也徂古切袁本茶陵本無此九字注顏師古曰洽霑也袁本茶陵本無此七字注漢書劉向曰袁本茶陵本書下有曰字案二本是也向下不當有曰字二本皆衍可百餘斛茶陵本此下有也字二云五臣無袁本二云善有案此所見不同或尤刪之也注大蒜勿食袁本茶陵本勿作多是也而外內受敵袁本二云善作內外茶陵本二云五臣作外內案此疑尤以五臣改之也爲受病之始也袁本二云善無受字茶陵本二云五臣有案此疑尤以五臣添之也注臣瓚曰魏桓侯袁本茶陵本無此六字縱聞養生之事茶陵本生作性二云五臣作生袁本云善作性案此尤以五臣改之也注猶如麀陳云麀麌誤是也各本皆譌注桀溺曰滔滔者袁本滔滔作悠悠案悠悠是也茶陵本亦誤與此同陳云陸氏釋文滔滔鄭本作悠悠注自據鄭康成本與他本不同也注河上公曰抱下至故能爲天下法式袁本茶陵本無

此二十字注河上公曰大順者天理也袁本茶陵本無此十字○運命論○注春秋河圖下至聖明袁本此十九字作聖明已見王命論七字是也茶陵本複出與此同非注亦然案亦上當有治字各本皆脫此所引處方篇文也注知非遇也案遇當作愚各本皆誤注非加益也案非上當有知字各本皆脫以遊於羣雄下至莫之逆也袁本茶陵本校語云善無此一段說詳下注漢書曰下至皆不省袁本茶陵本無此一節注案二一本所見傳寫脫去正文及注一節也後石闕銘計如投水引此論張良及其遭漢祖其言也如以石投水莫之逆也爲注然則善有可知尤所見本蓋爲未誤注夏氏乃櫝而去之袁本茶陵本無夏氏乃三字是也注過婦人陳云過遇誤是也各本皆譌注靈景周之王末者也袁本末上有者字案疑弊字之誤尤刪非也茶陵本刪去此一句更非注睎驥之馬袁本睎作希下同茶陵本亦作睎與此同案正文作希注希希望也亦仍作希似睎字依法言改之也注三事不使知政遂各偃息養高袁本茶陵本無不使知政遂各六字案此尤添之也雖造門猶有不得賓者焉袁本此下有善注或無無雖造門二然字一句茶陵本無案無者蓋脫

而志士仁人茶陵本無然字云五臣作然袁本無而字云善作而案此依五臣改善又誤兩存其字非注欲遂其志之思也袁本茶陵本無之思二字不徼而自遇矣袁本茶陵本徼作邀案二本無校語恐非善五臣之異善引西京賦不徼自遇彼賦今爲邀字此注尤及袁作徼非也茶陵本作邀是也尤延之蓋依所見之注改正文而誤注脉相視也案視字不當有各本皆衍說見古詩十九首內蓋知伍子胥之屬鏤於吳袁本茶陵本屬作钃案注引左傳字作屬或五臣作钃二本失著校語耳尤所見是也注吳將伐齊袁本茶陵本無將字注王及列士皆饋賂袁本茶陵本無此七字注是豢吳也袁本茶陵本也下有夫字案有者是也尤誤刪之注反役袁本茶陵本無此二字注改姓爲王孫欲以辟吳禍袁本茶陵本無此十字案此節注皆尤用左傳增多其實非也注諸子欲厚葬湯毋曰袁本茶陵本重湯字是也案漢書重蓋笑蕭望之跋躓於前案之下當更有之字各本皆脫也注道病死案此下脫尚當有善論石顯病死而言絞縊未詳之注袁茶陵二本皆并善於五臣遂致失去今無以補之注桓公新論曰何校公改譚陳同各本皆誤注杜預左氏傳注曰

冒貪也袁本茶陵本無此十字　璣旋輪轉案璣當作機注同注中所引鄭尚書注轉運者爲機未誤可見善自作機不作璣蓋五臣作璣而各本亂之宋文元皇后哀策仰陟天機茶陵本作機袁本作璣皆失著校語彼注文證益明但各本彼及此注中多改機爲璣故讀者鮮察其實必是善五臣之異如旋五臣作琁二本仍無校語亦失著也　注言傳其所順以天下之謀案順以當作以順各本皆倒

〇辨亡論〇注北至南陽茶陵本北作比是也袁本亦誤北

注陳忠曰何校陳改閻陳同是也各本皆誤　飾法脩案飾當作飭注引易作飭各本正文皆傳寫譌也晉書作飭吳志注作飾羣書中二字多錯互今易作勑則飾字非矣　注班固王命論曰何校固改彪陳同是也各本皆誤

注虞翻性不協俗袁本無性不協俗四字是也茶陵本此上下複出者更非　注孫權以爲車騎將軍陳云將軍下脫主簿二字是也各本皆脫　注往濡須口陳云往往誤是也各本皆譌　注公孫獲曰陳云獲玃誤是也各本皆譌　注先主徂于永安宮袁本徂作殂是也茶陵本此注幷善於五臣文句全非　而吳莞然茶陵本莞作莧注同校語云五臣作莞袁本校語云善作莧其注中亦皆作莧考論語釋文莧爾字如此尤因今論語作莞定

從校改遂以五臣亂善非晉書作莞吳志注作藐卽莧之誤也注晉人使子貢何校貢改員陳同是也各本皆譌注

羽檄重積而狎至何校積改迹陳同是也各本皆誤注字略作轒樓也案樓下當有車字各本皆

脫注尚書曰尚有典刑何校改尚書作毛詩下文毛詩改又陳同是也各本皆誤注皆指事不飾

忠懇何云案吳志忠懇下有內發二字此脫當增入案所校是也各本皆脫注子不聞周舍之諤諤案子

字不當有各本皆衍注孫皓遂用元爲宮下錄事袁本茶陵本無遂字案此尤添之也又陳云錄事當作鎮

是也各本皆誤非有工輸雲梯之械何校工改公陳云工公誤今案晉書吳志注皆是工字疑士衡謂之工輸未當

輒改也注王濬鼓入于石頭陳云鼓下脫譟字是也各本皆脫注張悌字臣先何校臣改巨陳

同是也各本皆誤注說文曰詭變也案詭當作恑此所引心部文又觀下注可見袁本亦誤詭茶陵本刪此注更非

○辨亡論下○注左氏傳曰下至比干諸華袁本此十八字作諸華已見上文六字最是茶陵本

複出非注莊子許由曰齧缺之爲人也聰明叡智袁本茶陵本無此十五字注使親

近以巾拭面袁本茶陵本使作便無近字拭下有其字案此尤延之以吳志注所引校改之也陳云當時左右給使之人謂
之親近屢見國志或二本譌耳注船載糧具俱辨陳云載字衍糧下脫戰字是也各本皆誤注為軍後援
也陳云軍鄉誤是也各本皆誤卑宮菲食袁本茶陵本此下校語云善有貪字案二本所見傳寫衍以豐功臣
之賞袁本茶陵本無以字下以納謨士之筭同案晉書無吳志注有此尤延之依吳志注添之也注賈逵國語注
曰謂告也言何以告天下也袁本茶陵本無此十六字注慊不足也袁本此下有口簟切三字
是也尤改入正文下非茶陵本正文下載五臣苦簟音而刪此更非百度之缺粗脩袁本云善作租茶陵本云五臣作粗
案注云租古粗字似二本所見是也但晉書吳志注皆作粗他書既未見有借租為粗者士衡他文用字亦少此類無以考之注抯
古粗字袁本茶陵本抯作租案此未審說見上雖醲化懿綱袁本茶陵本綱作網案此尤校改之也晉書綱吳志
注綱尋文義以綱為是二本所載五臣翰注云以網羅天下然則五臣綱或失著校語善無注可證其實未必同五臣也抑其體
國經邦之具袁本茶陵本邦作民案晉書邦吳志注民此亦尤校改之也文義兩通未知善果何作注幾音其

近也袁本茶陵本其作基是也又案近也當在音基上各本皆倒　天子總羣議袁本云五臣作議茶陵本云善作諠
案此亦尤校改之也晉書吳志注皆作議二本所見未必是　憑寶城以延強寇案寶吳志注作保晉書亦作寶與此
同詳保城與資幣偶句蓋保即今之堡字保是寶非也袁茶陵二本所載五臣翰注云寶猶堅也文義殊爲不安善未必同五臣或失著
校語　注因部分諸軍吳彥等何校吳改吾陳同是也各本皆誤　寬沖以誘俊乂之謀茶陵
本二云五臣作乂袁本二云善作人案晉書吳志注皆作乂二本所見非

卷五十四○五等論○夫體國經野袁本茶陵本經野作營治案二本是也晉書作經野尤依之改
非　注而獨斯畏何校而改無陳同是也各本皆誤　不如利而後利之之利也袁本二云善無也
字茶陵二云五臣有案此蓋所見不同或尤校改之也晉書有又案五臣晉書不重之字非也今荀子富國篇亦未誤凡五臣雖同晉書仍
善是彼非者今不悉出　注言王諸侯治之也袁本茶陵本王作任是也案注治之當作之治各本皆倒　注漢
書徐樂上書曰下至此之謂土崩袁本茶陵本此在家語孔子曰云云之前案依善例當云土崩已見上文

蓋後來改爲複出而又誤倒之耳尤順正文乙轉仍未得善舊也　注告于諸侯曰王居于彘諸侯釋

位袁本茶陵本無曰王居于彘諸侯七字　國慶獨饗其利袁本獨下有校語云善作猶茶陵本無校語案二本所載

五臣良注云言秦獨饗天下之利是其本作獨也尤及茶陵蓋以五臣亂善晉書獨又本篇忘萬國之大德袁本萬作經云善作萬茶陵

作經仍失著校語又愿法期於必涼袁茶陵二本涼作諒其實善涼五臣諒二本失著校語彼尤本皆校改正之矣　注班固漢

書表曰袁本茶陵本表作贊案此尤校改之也　皇祖夷於黥徒案黥當作黔晉書正作黔最爲不誤此注云然

黔當爲黥唯正文用黔首字爲黥布字故善云爾也必五臣因此注改黔爲黥後來各本以之亂善而失著校語又此注亦多誤見下

注史記曰荊王劉賈者下至蓋別有所見袁本茶陵本無此五十九字案二本最是此不知何人駁

善注之語必別本有記於旁者而尤誤取以增多也　注尚未足黔徒羣盜所耶案黔當作黥各本皆誤說見下

注然黥當爲黔案黥黔二字當互易此因正文既改作黥與注不相應復改注以就之也考史記漢書黥布不得云當爲

黔甚明他書不更見有作黔者上條楚漢春秋亦誤改無疑　注縱恣意陳云縱下脫橫字是也各本皆脫　注生子

頹子頹有寵袁本茶陵本不重子頹二字　注我實能使狄案能字不當有各本皆衍　注號曰共和共和十四年袁本茶陵本不重共和二字　注鄭伯將王自圉門入號叔自北門入袁本茶陵本無此十四字　注次于陽樊袁本茶陵本無此四字　注恭王有寵子袁本茶陵本無王字是也

夏士之所希及案當依晉書去之字各本皆衍

○辨命論○注峻字孝標辨命論袁本茶陵本無峻字二字案無者是也下五字爲一句　注郭璞曰孫子荊案此有誤也璞疑當作子荊郭子三卷在隋志小說　注然則占候時日案則字不當有各本皆衍善例無此也　注此其大較者也袁本茶陵本大下有彰字　注閔子騫曰案騫當作馬各本皆誤　夫通生萬物茶陵本通作道袁本無夫通二字案二本不著校語無以知善果何作梁書作夫通考選文與本傳向不齊一但可資其借證難以指爲專據何校於此篇多所更改皆選文未必非本傳未必是今均不採　注猶陶鑄堯舜也袁本茶陵本猶上有將字　注言殺也袁本茶陵本無此三字　注載蹇其尾毛萇曰蹇袁本二蹇字作蹇茶陵本作蹇案蹇字是也正文善作蹇梁書同故破蹇爲蹇而引之

注家語曰顏回下至薄言采之袁本茶陵本此七十六字并於五臣非也尤所見未誤　注追論夫子言袁本茶陵本無言上有之字　注樂正子春見孟子曰袁本茶陵本無春字案有者非　注狀亭亭以岧岧案岧岧當作苕苕各本皆誤　徽草木以共彫袁本茶陵本徽作傒是也梁書作傒　注黥婁先生袁本茶陵本黥作黔是也　注垂髮臨鼻長肘而鼈袁本茶陵本髮作眼鼈下有股字案今呂氏春秋作眼其鼈下仍無股字或尤刪之也　注呂氏春秋曰道也者下至不可為壯袁本茶陵本無此二十字　注彭彭越韓韓信袁本茶陵本無此六字案此因同五臣翰注而刪之尤所見是也　注淮南子曰哆嗃蘧蒢戚施醜也案此有誤也所引脩務訓文哆上有啳脬二字無醜也二字高誘注云啳脬哆嗃蘧蒢戚施皆醜貌也或許愼云醜也耳未審舍兼引正文及注或但引注無以補正　注渙散也袁本茶陵本無此三字　注貌摯夷何校摯改執陳同是也各本皆譌　注淮南子曰歷陽案此有誤也以下至國沒為湖皆注文不得云淮南子曰未審所脫　注有兩諸生告過之謂曰何校去告字是也各本皆衍　注太常上對諸儒太常奏

宏第居下策何校策下添奏字陳同案此有誤也考漢書云宏至太常上策詔諸儒又云太常奏宏第居下策奏必善連引
此二處耳注猰貐鑿齒九嬰大風封豨修蛇袁本茶陵本猰貐作窫窳豨作豕鑿齒二字在修蛇上案
此尤校改之也下高注仍作窫窳豕所改未是注毛萇曰杯晚切陳云曰下脫板板反也四字是也各本皆脫注
司馬子韋曰案馬當作星思元賦注可證又案袁茶陵二本此一節注并入五臣非也尤所見未誤注磨其手
案磨當作磿各本皆譌與廣川長岑文瑜書引作𨟚云𨟚音酈可證考呂氏春秋亦作𨟚𨟚磿同字磿譌而爲磨猶顏氏家訓所謂容成
造磿爲碓磨之磨耳故𨟚今亦譌而爲酈也皆當訂正注若以善惡猶命袁本茶陵本猶命二字作之理無徵四字
是也且于公高門以待封袁本云善作門高茶陵本云五臣作高門案二本所見傳寫誤倒非也此亦尤校改正之
梁書作高門注激遏之辭也袁本遏作過是也茶陵本亦誤遏莊子釋文李云謂激過也可借證注黃鵠啄
君稻粱案粱當作梁各本皆誤注予惡乎知說生之或非邪案或非當作非惑各本皆倒誤注
予惡乎知惡死之非弱喪而不知歸者邪袁本茶陵本非弱喪而不知歸者邪九字作或是邪

三字案此尤
校改正之者

文選考異卷第九

文選考異卷第十

賜進士出身通奉大夫江南蘇松常鎮太等處承宣布政使司布政使胡克家撰

卷五十五○廣絕交論○注劉璠梁典曰袁本茶陵本無此五字案此節注袁并善入五臣茶陵并五臣入善皆非　注慕尚敦篤袁本茶陵本慕作莫是也　注芳芳漚鬱袁本茶陵本下芳字作香是也　注班固漢書贊曰陳云贊述誤是也各本皆誤　注試欲効其款款之愚陳云試誠誤是也各本皆譌　注年十三袁本茶陵本無此三字　注□相切直也袁本茶陵無空格是也此初有行字後脩去之　注論語子張曰敢問崇德辨惑袁本論上有已見七命四字茶陵本無案依善例當作辨惑已見七命六字不複出論語以下云云各本皆非　注棠棣之華茶陵本棠作唐下同是也袁本亦誤棠何陳校改唐　然則利交同源袁本云善有則字茶陵本云五臣無則字案各本所見皆非也則不當有但傳寫衍梁書任昉傳所載亦無則字　注雕刻鑪捶喻造物也袁本茶陵本無此八字　注以灼火也袁本茶陵本也下有之瑞切三字案真善音也正文

下朱靡二字乃五臣音尤去此存彼非注秦嘉婦詩曰案婦上當有贈字各本皆脫注惟思致款誠
袁本茶陵本惟作遺是也注蔡澤顉頤折頞袁本顉作頷茶陵本與此同案依袁本疑善正文亦作頷今各本皆作顉
蓋五臣亂之梁書亦作顉善與彼多異如論嚴苦彼作枯有旨哉彼不重英跱俊邁彼作特善注明文俱相乖互難以爲證注
論語曾子曰鳥之將死其鳴也哀袁本茶陵本無此十三字案此因已見五臣而節去注詩谷
風曰將恐將懼寘予于懷袁本茶陵本無此十二字案此因已見五臣而節去注毛萇詩曰漑
何校詩下添傳字陳同各本皆脫注以伯嚭爲太宰袁本茶陵本嚭作喜案二本是也下注所謂或作伯喜即指此
考史記五子胥列傳索隱有喜音嚭之語是善引與小司馬正合不如今本史記作嚭也上注所引亦以嚭爲大夫嚭必本作喜各本皆
誤當依此訂正注乃自刎袁本茶陵本刎作剄是也注厥篚織纊何校織改纖陳同是也各本皆誤注屬
纊以候氣案候當作俟下當有絕字各本皆脫誤注信陵之名蘭芬也何校蘭上添若字陳同是也各
本皆脫注班固述曰莊之推賢於茲爲德袁本茶陵本作班固贊曰鄭當時之推賢也案二本是也

此引本傳贊尤校改甚非　注說文曰輜車軸端　案輜當作轊各本皆譌　注驥於是迎而鳴者　袁本茶陵本迎作仰是也　注烈士傳曰　袁本烈作列是也茶陵本亦誤烈　注陽角哀　茶陵本陽作羊袁本與此同案陽字是也古陽羊通用蓋正文善陽五臣羊各本亂之茶陵幷改注者非梁書作羊彼固多異也　寄命嶂癘之地　袁本茶陵本嶂作鄣案袁茶陵二本所載五臣向注字作鄣其善注仍作嶂字然則善嶂五臣鄣也二本失著校語梁書作瘴俗何云三國志皆用嶂　注劉孝標與諸弟書曰　案標當作綽各本皆誤本傳云孝綽諸弟時隨藩皆在荊雍乃與書論共洽不平者十事其辭皆鄙到氏云云此所引卽其一事也孝綽彭城人故下稱孝標云平原劉峻不知者妄改絕無可通今特訂正　注攸然不相存贍　袁本茶陵本攸作悠是也○演連珠○注天地所以施生　案生當作化各本皆誤　注在地則化　案地當作川化當作虛各本皆誤　注以導其氣也　袁本茶陵本導作通無其字案此蓋尤校改之也　注然水火相殘　袁本茶陵本殘作踐是也　注閔子騫曰　案騫當作馬袁本亦誤茶陵本改爲公鉏然之大謬　注而不可以相違　袁本茶陵本違作爲是也　注陳敬仲曰　袁本茶陵本作毛詩曰案

此尤校改之也 注漢書曰成帝下至故世謂之五侯 袁本此三十二字作五侯已見鮑明遠數詩是也茶陵本複出非 注言□至道均被 袁本茶陵本言□作善曰案尤改善曰入下而誤衍言字下注首空二字者三處皆尤改此亦當同彼矣 注而可御於前也 何校去而字陳同各本皆衍 注陰晷影之候也 袁本茶陵本無之候二字是也 注候明時以効績 袁本茶陵本候作顧是也 注何休公羊傳曰 案傳下當有注字各本皆脫 注尸子曰下至是弗聽也 袁本此二十五字作繞梁已見張景陽七命是也茶陵本複出非 注晝出暝目 陳云暝瞋誤是也各本皆譌 注子以父言聞於君乃召蘧伯玉 袁本茶陵本無於字乃字 注可謂生以身諫 袁本茶陵本無可謂二字 注薦之於穆公 袁本茶陵本無於字 注晏子春秋曰下至晏子之謂也 袁本此一百二十八字作齊堂之俎已見張景陽雜詩是也茶陵本複出非 注孫卿曰 案卿下當有子字各本皆脫 瞽叟清耳 袁本茶陵本叟作叜案此尤誤改也 注謂以明水滫瀡盛黍稷 袁本茶陵本二滫字作滌案此當作滫滌尤校補滫而誤并改滌耳 注善曰日月發輝 案善

曰二字不當有袁茶陵二本誤在注首尤移入下而仍衍此非

非假百里之操案五臣百作北袁茶陵二本校語云善作百五臣作北百里不可通此必有誤疑里當作牙劉及善無注以百牙自不煩注耳

注善曰下愚由性案善曰二字不當有說已見前

注戰國策曰白骨疑象碔砆類玉袁本此十二字作武夫已見上文是也茶陵本複出非

注繫一梲之功也案繫當作擊一字不當有各本皆誤衍

注言為政之道恕己及物也袁本茶陵本無道字

注誅猶痛責之甚也袁本茶陵本無猶痛之甚四字

注衡風起兮橫波案橫上當有水字各本皆脫

注唯化所珍陳云珍疑甄兮案當作移各本皆誤

注流為水及風案流字不當有各本皆衍

注史魚袁本魚下有並已見上文五字是也茶陵本複出非尤刪削益非

注而悲感者也案悲字不當有者當作周各本皆誤此以感周與上句悲殷對文

注或者以詩序云袁本茶陵本無或者以三字案此注各本皆有誤無以正之

注善曰性命之道何校去善曰二字是也各本皆誤

注文子曰何校文上添善曰二字陳同是也各本皆誤

注蔡邕琴操曰下至象五行袁本此十六字作已見上文是也茶陵本所複

出二云云皆非
卷五十六○女史箴○王猷有倫茶陵本王上有而字二云五臣無袁本二云善有案此尤誤去之也注
王猷允塞袁本茶陵本猷作猶是也施衿結褵陳云褵據注當作離案所校是也袁本茶陵二本所載五臣翰注中字
作褵是其本乃作褵各本以之亂善而失著校語正文與注遂不相應甚非注徐幹中論曰袁本徐上有同衾夫婦也
五字茶陵本無○封燕然山銘○注謂登用輔翼袁本茶陵本無用字翼下有也字案此尤校改之也
注如虎如貔如熊如羆案當作如虎如羆如豺如離不知者改之耳各本皆誤後漢書章懷注引亦可證注
此音訓並與上同也案此下當有離字並字不當有上當作螭各本皆誤然後四校橫徂袁本茶陵
本二云善作狙案狙傳寫誤尤校改正之也注子稽弼立何校弼改粥是也各本皆譌注殺北都尉何校北下
添地字尉下添卬字陳同是也各本皆脫注與碣同袁本茶陵本同下有音義曰渠烈切六字案二本最是尤誤去○座
右銘○注行行剛強貌袁本茶陵本貌下有論語曰長沮桀溺耦而耕孔子使子路問津焉桀溺曰悠悠者天下

皆是也而誰與易也三十四字案二本是也此尤誤刪注郭璞三蒼曰袁本茶陵本無郭璞二字○劍閣銘

○注假稱蜀都太守陳云都郡誤是也各本皆譌○石闕銘○注尙書曰湯既黜

夏命陳云書下脫序字是也各本皆脫注書曰有扈氏威侮五行怠棄三正袁本茶陵本無

此十三字案此尤校添之也刑酷然炭何校然改爇今案所改非也廣韻一仙爇字下引此刑酷爇炭故何據之考廣韻所

引如十姥之抱土含隗二十陌之嘆嘆不得語之類與今本選文迥異皆別有所出不容相證何未得其理耳茲均無取焉注三

年十二月陳云三二誤是也各本皆譌注胡馬之千羣案之字不當有各本皆衍注魏略王陵

陳云陵當作凌下同是也各本皆譌注以卿非肯遂折節者也陳云遂逐誤是也各本皆譌注以牛

爲禮茶陵本禮作礼袁本與此同案當作札各本皆誤伐罪弔民袁本茶陵本云民善作人是也注弔其民二本作人

此皆誤改注湯始征□自葛袁本茶陵本無空格是也注曰桀爲無道袁本茶陵本無日字是也注

李康運命論袁本茶陵本無李康二字論下有曰字是也注□又曰袁本茶陵本□又作尚書案此尤校改正

之也前樊鄧威懷巴黔民定注亦連有兩尚書曰尤仍未改必本在每句下故如此耳注升于中天袁本茶陵本于中作中于是也注蒼頡曰何校頡下添篇字陳同是也各本皆脫注祝良為梁州刺史陳云梁疑當作涼祝良刺涼州見范史陳龜傳案所校是也各本皆誤注禮經謂周禮也案禮經當作經禮各本皆倒注其角一正東袁本茶陵本無其角二字或以布化懸法袁本茶陵本化作治何校改治今案非也此諱治為化五臣迴改二本失著校語尤所見為是矣凡餘於諱字不可悉出但讀者當知其多失舊耳色法上圓袁本茶陵本校語云圓善作員案二本此注字乃作圓篇末注則作員今盡作圓蓋皆尤所改其實非也員圓古同字下篇金筒方員之制二本有校語正文及注皆作員是也又圓流內襲各本皆以五臣亂善非注臨煙雲陳云雲兩誤是也各本皆誤注故云卻背也袁本也下有後注同三字案袁本凡云後注同者皆并善入五臣然則此後當有周禮曰應門二轍漢書曰秦地五方雜錯然此五方謂吳之五方也二十六字今在其所載向注中也茶陵本亦并入五臣失著餘同向注尤所見蓋與之同誤○新刻漏銘○注孟春始贏袁本贏作嬴下同案嬴字是也茶陵本亦誤贏正文作盈疑尚有盈贏異同之注而未全注掌壺以令

軍井茶陵本掌下有挈字是也袁本亦脫注懸壺以哭案哭上當有代字下當有者字各本皆脫注令軍中衆何校衆上添士字是也各本皆脫注鄭元曰下至異晝夜漏也此三十二字袁本茶陵本無案因已見五臣而節去二本非尤是也注新序固乘曰袁本茶陵本無固乘二字布在方冊袁本云善作布在方冊茶陵本云五臣作有布方冊案各本所見皆非也此以有布與下無彰偶句非取禮記成文善亦作有布涉注文而傳寫誤注布在方冊袁本茶陵本冊作策案此尤順正文改耳蓋二本是而尚有冊策異同之注否則善正文自作策也注有水赤其中袁本茶陵本無此五字注晝夜漏起案晝字不當有各本皆衍注則河瀸海夷袁本茶陵本作則河海夷晏案此尤校改之也注周禮曰下至以叫百官此十六字袁本茶陵本無案因已見五臣而節去注諸侯有曰御袁本御下有草創已見上文六字是也茶陵本複出非尤刪削益非注登大庭之庫何校庭下添氏字是也各本皆脫注謂土圭也袁本也下有已見上文四字是也茶陵本複出非注十累一銖袁本茶陵本銖下有撮纚括切四字是也案此善音尤誤去注巴郡落下閎與焉袁本茶陵本無巴郡二字無得而稱

也案得當作德茶陵本云五臣作得袁本云善作德此以五臣亂善　注孔甲有盤盂之戒袁本茶陵本戒下有言也二字案此尤校刪之也　注紀善綴惡袁本茶陵本綴作掇是也　注奧矣不窮袁本茶陵本奧作煥是也

注呂氏春秋曰袁本呂上有熙載已見上文六字是也茶陵本複出非尤刪削益非　注角平升桶權概案升當作斗各本皆譌　注禮義消亡袁本茶陵本禮上有齊宣公之時五字案當衍齊字耳何陳校皆改齊爲衛　擊刀斗次袁本茶陵本刀作刁案注中字各本皆作刁又上注引漢舊儀擊刀斗袁茶陵二本亦作刁考此字本作刀後人作刁以別之蓋已久矣其錯出作刀者轉因譌而偶合於古耳餘放此不具出　聚木垂方袁本茶陵本聚作叢案善引周禮以序聚欜爲注是其本作聚二本所載銑注則云叢木是其本作叢二本失著校語也當以尤爲是矣　月不遁來茶陵本云五臣作遁袁本云善作知案此尤校改也知字不可通必有誤或亦作遁與五臣無異而尤改爲得之或善自作知而不字有誤今無以考也○

王仲宣誄○誰謂不庸何校庸改痛陳云庸痛誤袁本茶陵本作痛云善作庸案庸字不可通蓋各本所見皆傳寫誤　注遭家不造袁本茶陵本遭家作少遭案此尤所校改也　注國稱陳留風俗記曰何校國改

圈陳同是也各本皆譌　注魏滅袁本茶陵本無此二字　注易稱所謂陽九之厄案稱當作傳各本皆

誤　注魏志曰粲下至為龍為光此二十七字袁本茶陵本無案因已見五臣而節去　注幽贊於神

明袁本茶陵本贊作讚是也　綦局逞巧案綦當作碁注中字可證五臣作棋袁茶陵二本正文及其所載銑注如此尤改棋

為碁而誤成綦字　注是用不售案售當作集各本皆譌　注南郡有編鄀縣袁本茶陵本縣下有音義

曰編音鞭鄀音若九字案此真善音正文下若字五臣音也尤誤刪此存彼　注將命之日下袁本茶陵本將下有受字是也

與君行止袁本茶陵本君作軍是也此尤本誤字　注小人徇財君子徇名袁本作胥士之徇名小人

之徇財茶陵本與此同案此尤改也○楊荊州誄○滎陽楊史君袁本茶陵本史作使案此似善史五臣使

不同二本失著校語也　注實左右商王袁本茶陵本無實字案此尤所校添也二十八將論運命論褚淵碑文注引皆

無不與今毛詩同添之未是　注周禮曰謚者袁本茶陵本禮作書是也　注有韎韋而跗注者何校

而改之去者字是也各本皆誤　投心魏朝茶陵本魏作外二云五臣作魏袁本二云善作外案此尤校改以五臣亂善　注錫

爾士宇歸章案錫字不當有歸當作昄各本皆誤注晉宮閣銘曰案銘當作名各本皆誤後宫貴妃誄引同

注神亦往焉觀其苛慝袁本茶陵本亦往焉作人案此尤校改之也僞師畏逼何校師改帥陳云此

謂步闡也師乃廟諱似不應用案所說是也帥字別體作帥因致譌耳他書亦往往相混注景命有順何校順改傾陳同是

也各本皆譌聖王嗟悼袁本云善作王茶陵本云五臣作主陳云作主爲是案王蓋傳寫誤注先王覆露子

也陳云王主誤是也各本皆譌○楊仲武誄○楊綏袁本茶陵本綏作經是也此尤本誤字何陳校皆改經

注將何以終遂誓施氏袁本茶陵本無此八字喪服同次茶陵本同作周云五臣作同袁本云善作

周案此尤校改以五臣亂善當此衡焱案焱當作猋各本所見皆非

卷五十七○夏侯常侍誄○譙人也袁本茶陵本譙下有國譙二字是也此尤本脫辟太尉

府何校府下添掾字陳同案此非也袁本云善無掾字茶陵本失著校語何陳誤依之仍爲太子舍人袁本茶陵本無

仍字是也此尤本衍注禮記曰人生二十曰弱冠袁本茶陵本無此十字案此即尤誤取增多者注視

之如傷袁本之作民是也茶陵本亦誤之注曹子建楊德祖書曰何校楊上添與字陳同是也各本皆脫

莫涅匪緇案緇當作淄注引論語作淄可證後漢書皇后紀論遂忘淄蠹章懷注云淄黑也座右銘在涅貴不淄注亦引涅而不淄淄緇同字耳不知者誤改之也袁本并善注改爲緇字大誤

入侍帝闈袁本茶陵本闈作闥案此無以考也

注而誰爲袁本茶陵本爲下有慟乎二字案此尤校刪之也

○馬汧督誄○

注蘭羌案蘭上當有馬字闕中詩注引有各本皆脫今晉書惠帝紀亦可證也

注堯以偏師陷案堯下當有子字各本皆脫

注曰出東南隅曰陳云隅下脫行字是也各本皆脫

注羌什長鞏便然更蓋其種也案便當作傻更當作叟各本皆誤善意謂叟即傻字也或尚有傻叟異同之語而不全若作便更則不相通又案以此推之正文及上注二更字皆叟之誤後誄鞏更雖亦然

悠

注下礌石茶陵本礌作壘袁本作礨案壘字是也此所引李陵傳文

注城上礌石也袁本茶陵本礌作礨案各本皆非當作雷此所引晁錯傳注文

注然礌與礨並同案礨當作壘雷二字各本皆誤

注梠楣也袁本梠上有李陵切又曰五字也下有又曰二字是也茶陵本與此同非

注幕甖內井袁本茶陵本無此四字

注於幕中府袁本茶陵本無府字是也注梁王彤陳云彤彤誤是也各本皆譌又案關中詩注與此同亦譌也

注何戴袁本茶陵本作何戴切三字在注末是也注然則口不言案則字不當有各本皆衍注甘茂謂

楚王曰魏氏聽袁本茶陵本無此九字注獨行怨雎之心案怨當作恣各本皆譌注司馬

兵法曰陳云曰字衍是也各本皆衍精冠白日袁本茶陵本冠作貫是也此尤本誤字注康雎曰陳云康唐誤是也各本皆譌注太尉應劭等議何校尉下增掾字陳云脫掾字見後安陸昭王碑是也各本皆脫注

王逸楚辭曰陳云辭下脫注字是也各本皆脫棓穴以斂袁本茶陵本棓作掊注同是也此尤本誤字注

棰也袁本茶陵本棰作捶是也悠悠烈將何校烈改列陳同各本皆非注模袁本茶陵本作音模二字在注末是

也甘棠不翦袁本茶陵本不作勿案此無以考之注若不戢翼而少留也案若字不當有各本皆衍

琅琅高致袁本茶陵本作硠硠注同是也此尤本誤注堅也袁本茶陵本也下有力唐切三字是也○陽給

事誄○注文士顏延年袁本文上有後文帝立命五字茶陵本無案此節注袁幷善入五臣茶陵幷五臣入善皆

非其舊 注摩袁本茶陵本無此字注末有劘與摩音義同六字案有者是也尤删移非 注列營基跱案基當作綦各本皆譌 注橈敗也案敗當作曲各本皆誤所引在成二年 注左氏傳曰下至殺陽處父袁本茶陵本無此八十八字何校去陳云別本無之為是案此即尤誤取增多者 注盾佐之袁本茶陵本盾上有趙字是也 注苫夷也袁本茶陵本苫下有越苫二字是也 舊勳雖廢茶陵本廢作發云五臣作廢袁本云善作發案此尤校改正之也發但傳寫誤 注其知深其慮沈袁本茶陵本此六字作其勇沈也四字 注服服馬也衡車衡也袁本茶陵本無此八字案無者最是此尤誤取增多 注章帝詔袁本茶陵本詔下有曰字是也 注蒼頡曰何校頡下添篇字陳同各本皆脫 注疏分也袁本茶陵本無此三字 ○陶徵士誄 ○注說文曰璇袁本茶陵本璇作旋是也 注韓詩外傳曰下至何患無士乎袁本無此注茶陵本有案疑茶陵複出尤所見與之同耳蓋本是無足而至已見上文袁因已見五臣而删削此句 注豈宴樓末景袁本茶陵本豈作堂案堂亦非也當作賞 注親探井臼茶陵本探作操是也袁本亦譌 注田對曰案田字不當有各本皆衍 注亦為親也袁本

茶陵本亦作以是也注勔袁本茶陵本作音勔二字在注中履頭也下是也注劉劭集有酒德頌何校劭改

靈陳云劭伶誤案靈是也說見前又褚淵碑文作伶亦非注得黃金百斤案斤字不當有百與諾協韻茶陵本作兩亦衍

袁本此節注并入五臣亦作兩然則五臣妄增之也漢書無今史記衍斤字尤依之改非又案袁本錯舍注同三字在貞夷粹溫句五臣

注下更爲誤中之誤注列士懷植散羣袁本懷作壞是也茶陵本亦誤懷此所引田子方文注范曄後漢

書曰論袁本曰論作論曰是也茶陵本亦誤倒注孟子曰下至君子不由也袁本茶陵本無此二十字

案此因已見五臣而節去尤添之爲是敬述靖節案靖當作清袁本云善作靖茶陵本云五臣作清各本所見皆傳寫誤此

下八句敘述薄葬必是清節無疑至末旌此靖節方說其謚相涉致譌並非善如此注訃或作赴袁本茶陵本或下有皆字

案有者是也此所引雜記上注文尤誤刪注斂手足形袁本茶陵本手作首是也案尤誤改至方則礙袁本茶陵

本礙作閡案此蓋尤改之未必是也注未必橛也袁本橛作撅下同是也茶陵本亦誤橛案正文作蹷或尚有蹷撅異同之

注注飄風與案與當作輿各本皆譌注百官箴王闕何校重官字是也各本皆脫注妻曰昔

先袁本茶陵本先下有生字是也○宋孝武宣貴妃誄○注而温之至生黍案之字不當有各本皆衍天寵方降袁本茶陵本降作隆是也何校改隆案此尤本誤字注敢揚厚德表之旄旌袁本茶陵本厚作后旄作旒案此尤校改之也處麗絺綌茶陵本二云五臣作綌袁本二云善作綌案綌卽綌別體字此及注皆尤所改耳視朔書氛茶陵本二云五臣作氛袁本二云善作氣案此亦尤所改注爲紫禁袁本茶陵本禁下有禁密奧又謂之巖奧八字案此尤校刪之也注徇以離宮別寢袁本茶陵本無別寢二字案此尤校添之也注毛詩曰凱風陳云詩下脫序字是也各本皆脫注司馬彪漢書曰袁本茶陵本漢上有續字是也循閶闔而逕渡案渡當作度注同袁本二云善作渡茶陵本二云五臣作度各本所見皆傳寫誤注乃奏樂三日而終袁本茶陵本無而字注讚說是也袁本茶陵本也下有鯨力强切四字是也○哀永逝文○注說文曰轜案轜當作輀各本皆譌此在車部作輀轜卽輀別體字袁本正文作輀蓋五臣改失著校語茶陵本作轜輀亦輀之譌耳嫂姪兮慞惶茶陵本慞惶作章偟二云五臣作慞惶袁本二云善作章偟案此以五臣亂善非注陳琳武軍賦曰何校

軍改庫是也各本皆譌　注於西壁下塗之曰寢袁本茶陵本寢作殯是也是乎非乎何皇袁本
茶陵本皇作遑案此善皇五臣遑失著校語　注我獨而能無槩然袁本茶陵本而作何是也
卷五十八〇宋文皇帝元皇后哀策文袁本無皇帝元三字茶陵本有案此蓋善有五臣無而失
著校語　注詔前承嘉太守顏延年袁本年作之是也茶陵本亦誤年　注爲哀策文茶陵本文
下有謚曰元三字袁本無案有者是也　注邛袁本茶陵本作輁音邛三字在注中桯餘征切上是也　注韓詩纚繫
也袁本纚上有曰字是也茶陵本亦脫何校詩下添章句二字陳同案各本蓋皆脫下注韓詩曰淑女同　注劉熙釋名
曰容車下至以合北辰袁本茶陵本無此四十字　注行袁本茶陵本作珩音行二字在注中琚音居上是也　注
旌旗以銘功也袁本茶陵本無此六字　注左氏傳曰下至或憑焉袁本茶陵本無此二十字案無
者最是　注呂氏春秋曰天道圓地道方何以說天道之圓也袁本茶陵本無曰天
道圓地道方何以九字案此校添之也　注王者膺慶於所感案者字不當有感當作感各本皆誤　注毛詩

曰至下于以采藻袁本茶陵本無此十三字注蘋之言賓藻之言澡袁本茶陵本無此八字注

故取名以爲戒袁本茶陵本無此六字方江泳漢茶陵本泳作詠云五臣作泳袁本無校語案茶陵所見非

也注東都賦曰袁本茶陵本賦作主人是也注陳女圖以鏡鑒顧女史而問詩袁本

茶陵本此十二字作陳列國史以鏡鑒也八字案此尤校改之也注之逝切袁本茶陵本此在注末是也注零細

切袁本作眡音視沴零細切七字在注中漢書曰上是也茶陵本移零細切在注首非尤刪眡音視益非注漢書儀曰

何校書改舊陳同是也各本皆誤注禮記曰至下必於歲之杪袁本茶陵本無此十三字案無者最是○

齊敬皇后哀策文○注追尊爲敬皇后袁本茶陵本無敬字案此尤校添之也注東昏

侯寶卷袁本茶陵本侯寶卷作也是也注周禮曰遂人案人當作師各本皆誤注以蜃車之役

衞案以當作共衛字不當有各本皆誤注柩載柳四輪何校柩下添路字陳同是也各本皆脫注阮瑀正

欲賦曰案正當作止各本皆譌注今王翁鄭孺陳云鄭字衍是也各本皆衍注賢女馨袁本茶陵

本馨下有香字是也注毛詩序曰下至被於南國袁本茶陵本無此十二字注孔安國傳曰何校
傳上添尚書二字陳同是也各本皆脫注淮南子曰下至高誘曰袁本茶陵本無此十四字注軒轅星
也袁本茶陵本也作名又袁本此下有已見上文曜星也七字茶陵本有曜星也三字案袁本是也茶陵本刪非尤改益非注毛
詩曰清廟陳云詩下脫序字是也各本皆脫注璋瓚夫人所執袁本茶陵本無此六字宸居長
往袁本茶陵本居作駕案此尤改之蓋二本是注禮記曰□袁本茶陵本無空格是也映輿鏤於松楸
袁本茶陵本鏤作鋄是也注同籍閟宮之遠烈兮袁本茶陵本籍作藉是也終配祇而表命袁本茶陵
本祇作祀案此尤改之蓋二本是注趙達以機祥協德案機當作禨各本皆譌注假結帛巾各
一枚袁本茶陵本無枚字案無者是也范書光武十王傳所載亦無此字可借爲證注可瞻視袁本茶陵本瞻視作視瞻
是也○郭有道碑文茶陵本此上有碑文上三字另爲一行是也袁本亦脫注魯人有儀公濳者
案儀公當作公儀各本皆倒此所引公儀第九文也將蹈鴻涯之遐迹案鴻當作洪注引西京賦神仙傳皆是洪字可

證袁茶陵二本所載五臣翰注字作鴻蓋各本亂之而失著校語又案蔡中郎集亦作洪注由以告巢父焉袁本茶陵本無巢父焉三字注毛詩曰顯顯令問案曰下當有令問令望出師頌曰八字各本皆脫陳攺毛詩二字作史孝山出師頌六字未是也注君其試之袁本茶陵本無此四字注尚書祖乙曰案乙當作己各本皆譌

○陳太丘碑文○注袞職謂三公也袁本無此六字是也茶陵本有其此節注與五臣錯互而誤衍慙於臧文竊位之負袁本茶陵本臧文作文仲案此無以考之集亦作文仲注孝經援神契曰下此十八字袁本茶陵本無案因至仁明已見五臣而節去尤添是也遣官屬掾吏何校吏攺史是也各本皆傳寫譌集亦作吏譌與此同注直用袁本茶陵本作重直用切四字在正文以成時銘下是也以時成銘袁本茶陵本時成作成時案此無以考之也集亦作成時

○褚淵碑文○注於予小子案予當作乎各本皆譌用人言必由於己袁本云善有人字茶陵本云五臣無案各本所見皆非也蓋涉注引用人如用己而誤衍非善與五臣有異何校去言字亦誤注先過袁宏袁本茶陵本宏作閎是也注譬諸汎濫案汎當作氿各本皆譌沈濫沈泉濫泉也

荅賓戲云懷沈濫何陳校改沈者非注范曄後漢書左朱零曰案書字當重左當作佐各本皆脫誤何陳校去
左字者非注鄭元禮記曰袁本茶陵本記下有注字是也注閔子騫曰案騫當作馬各本皆譌注有
豫章郡雩都縣袁本茶陵本無有字陳云當在雩字上是也尤校添而誤其處既秉辭梁之分陳云分五
臣作介爲是案陳所說非也分字去聲謂其辭過分之賞由能秉執己分合觀下句自明五臣誤讀爲介而云孤介之節全失文意此善
與五臣截然有異不容亂之者注楚人鬼之越人機之茶陵本上之作而無下之字是也袁本誤與此同又案機
當作機各本皆譌注諫過而後賞善案後字不當有各本皆衍丹陽京輔何校陽改楊陳同是也下注同
案二字多相混此亦不具出注李尤有函谷關銘曰袁本茶陵本無有字是也注太宗明帝袁本
茶陵本無此四字案無者最是注孟軻曰茶陵本軻作子是也袁本亦誤軻注昔有魯伯禽陳云有者誤何
校魯下添公字是也各本皆誤脫不貳心之臣茶陵本不上有率字云五臣無袁本校語云善無率案尤所見與袁同是
也茶陵校語有誤嗣王荒怠於天位袁本茶陵本王作主是也注檄太常曰何校檄改移陳同是也各

本皆誤 注君子徽猷陳二云子下脫有字是也各本皆脫 注晉起居注曰帝詔曰陳二云上曰字安
誤是也各本皆誤 注周禮大司徒職曰下至婣音因袁本茶陵本無此六十四字 餐東野之
祕寶茶陵本野作杼二云五臣作野亦作序袁本作野無校語案善注東野未詳又注然野當爲杼古序字袁茶陵二本所載五臣翰
注二云野當爲序二云然則杼序皆後人改茶陵校語全非 注雖去列位袁本茶陵本雖去作在是也 注又曰雒
書袁本茶陵本又作一是也 注河圖本紀袁本茶陵本本作今陳二云據王元長策秀才文注引璇璣鈐本命誤紀下脫也
字是也 注晉書劉伶袁本茶陵本無晉書二字伶作劭案尤所校改亦非劭當作靈說見前 注諸公給虎
賁三十人袁本三作二是也茶陵本亦誤三 注公繁駔而馳袁本茶陵本繁作擊案此尤校改之也後齊故
安陸昭王碑文注引作繁駔不誤亦可證 注知不如車之駃陳二云駃駛誤是也各本皆譌齊故安陸昭王碑文亦譌駃
羣后恇動於下袁本茶陵本動作慟案此無以考之也 注謝慶緒荅郄敬書曰袁本郄作郗是
也茶陵本亦誤郄又案敬下當有輿字各本皆脫前遊天台山賦注引可證其郄字彼亦誤當互訂也 注五星聚房者

陳云當重有房字是也各本皆脫　注同據而興陳云同周誤是也各本皆譌　注故良也袁本茶陵本故下有

目惟二字　天鑒璿曜何校璿改琁陳云據注璿當作琁案袁茶陵二本所載五臣良注字作璿此必善琁五臣璿各本亂之而

失著校語　內謨帷幄袁本茶陵本謨作謩案上文內贊謀謨作謨宏二八之高謩作謩善果何作無以考之也　注音逝

袁本茶陵本此二字在注末是也

卷五十九○頭陁寺碑文○注王巾何校巾改屮下同陳云巾屮誤案說文通釋王屮音徹俗作巾

非何陳所據也各本皆作巾　注漢書枚乘上書吳王曰袁本茶陵本無漢書二字　注大智度論

曰亦以涅盤爲彼岸也陳云衍曰字是也各本皆衍　注宮商角祉羽也袁本茶陵本祉作徵

案此尤因諱改字耳　於是元關幽揵袁本茶陵本揵作鍵袁校語云善本作扌注字皆作揵茶陵本無校語注字皆作鍵

案茶陵以五臣亂善非　注物所以機心應之袁本茶陵本所作斯是也　注廣雅曰撓亂也袁本

茶陵本此下有乃鉋切三字是也　注劉虯曰菩薩圓淨袁本劉上有法華經曰慧日大聖尊久乃說是法十四字

是也茶陵本亦脫 注子莊王陀立袁本陀作佗是也茶陵本亦誤陀 注盡功金石案盡當作書各本皆

譌 注名被東川陳云川疑州誤是也各本皆譌 注年二十五出家師釋道安符丕後

還吳案此有誤劉孝標世說新語言語注引高逸沙門傳云年二十五始釋形入道恐此本與彼大意相同並不云出家師釋道安

符丕云云今誤涉下惠遠傳文而如此也何陳校皆云符丕下有脫未是 注馮衍說鮑叔永曰袁本茶陵本無叔字

是也 注緣亦斯廢也陳云亦當作空是也各本皆誤 注慼煩惚也案惚當作惱各本皆誤 注范曄

後漢袁本茶陵本無此四字 注李尤七難曰案難當作款各本皆誤 宏啓與服袁本茶陵本服作復

是也 注禮記曰步中武象案記當作書各本皆誤此引史記禮書也下引鄭氏曰云云卽裴駰集解何校以為今禮

記佚文大誤 諱諠何云南史作暄陳云諠暄誤注同案此所引南齊書江祏傳文今本亦作暄蓋傳寫譌諠也 注為江

夏王郢州行事者陳云行事下當重有行事二字行事之名後漢已有之如西域長史索班稱行事是也見西域傳案

所校是也各本皆脫 注匹婢袁本茶陵本作芳婢切三字在注中庇具也下是也 注司馬紹贈山濤詩曰

案紹下當有統字各本皆脫 注靡華九衢 案華當作蓱各本皆誤 蓱金資寶相 袁本茶陵本資作姿是也 庶
髣髴於眾妙 袁本茶陵本於作乎是也 注乾動川靜 何校川改巛陳云川巛誤是也各本皆譌 式揚洪
烈 茶陵本式作戒云五臣作式袁本云善作戒案此尤校改正之也戒但傳寫誤耳 ○齊故安陸昭王碑文
○注五帝出受圖籙 袁本茶陵本圖籙作籙圖是也 魏氏乘時於前 案乘時當作時乘茶陵本校語
云五臣作乘時是也袁本校語云善作乘時非也善時乘五臣乘時於注皆有明文袁互換正文耳尤以五臣亂善所見誤與袁同陳云
二字當乙最是 注及文武成康 袁本茶陵本無成字 注簡略也 袁本茶陵本簡略作略簡是也恨賦脫略公卿
注引此可證 注枯耽 袁本茶陵本作枯耽切三字在注末是也 注緬爲宋劭陵王文學 何校劭改邵陳
同是也各本皆譌 注吳王書闔廬 陳云書字衍是也各本皆衍 注求民之瘼 案瘼當作莫各本皆誤觀
下注可見 注我太公鴻飛兗豫 何校公改祖陳同是也各本皆誤 注劉琨勸進奏曰 袁本茶陵
本奏作表是也 鄧攸之緝熙萌庶 袁本茶陵本萌作氓案二本以五臣亂善而失著校語尤所見獨未誤也 注衿

帶喉咽袁本茶陵本喉咽作咽喉是也注鄧南鄉人陳云南下脫鄉字是也各本皆脫注閫外已見上文袁本茶陵本複出云云非注門限也袁本茶陵本也下有苦本切三字是也注千仞之漢案漢當作溪各本皆誤德與五才並運袁本茶陵本才作材袁校語云善作才注亦作才茶陵無校語注亦作材案此蓋善材五臣才袁誤互換尤所見與袁同茶陵爲得之也與前江賦五才可相證注倪寬爲郡內史何校郡改左陳同是也各本皆誤注聚人於萑蒲之澤陳云聚取誤是也各本皆誤注征艾朔士何校士改土是也各本皆譌注歌錄曰鴈門太守行曰陳云錄下曰字衍是也茶陵本與此同袁幷入五臣無可借證注宏爲東郡陳校東下添陽字云世說注引續晉陽秋可證東陽今浙東金華也若東郡在晉爲濮陽之地當彥伯時已久陷北境安得往蒞之案所說最是前三國名臣序贊題下注所引亦有陽字又其一證也注漢書廣武君下至以迎小人此節注袁本茶陵本幷善入五臣與尤全異或尤別據他本今無以訂之注漢書名臣奏曰陳云書字衍是也各本皆衍注陽在漢北何校漢改漢陳同是也各本皆譌注羌戎豪帥感奐恩德茶陵本羌戎作破奐難無

德字袁本與此同案似茶陵是注具以狀言袁本茶陵本言下有安字是也注蔡彤爲遼東太守茶陵本蔡作祭是也袁本亦誤蔡下同注图圖寂寞袁本茶陵本寞作寥是也注字叔庠袁本茶陵本庠作平案今范書作庠尤依以校改也注爲國賊者袁本茶陵本者下有徒類切三字是也注晉諸公讚曰下卽至號哭罷市此注袁本茶陵本幷善入五臣全異或尤別據他本也注韓詩曰陳云詩下當有章句二字見任彥昇勸進牋注是也各本皆脫載惟話言袁本茶陵本惟作貽是也注兄弟先後袁本茶陵本兄弟作弟兄何校弟先改先弟陳云弟先二字當乙案齊竟陵文宣王行狀引正作兄先弟後注尚書曰魯侯伯禽陳云書下脫序字是也各本皆脫注喻今之文字多上袁本茶陵本多上有煩字是也注儲積山藪陳云積精誤是也各本皆誤虛懷博約袁本茶陵本約作納袁校語云善作約茶陵無校語案詳注意約但傳寫誤尤所見與袁同非也茶陵爲得之幾以成務袁本茶陵本幾作機案此蓋善機五臣幾二本失著校語又注中幾機互換非尤改善作幾亦非清猷浚發袁本茶陵本浚作濬是也注夏侯稚何校稚下添權字陳云稚下當脫一權字魏夏侯稚權以才學稱見荀勗文章敘錄

案所校是也說已見前各本皆脫 注以從王乎袁本茶陵本乎下有此字是也 注渧以手揮之也陳云渧下脫流字各本皆脫

○劉先生夫人墓誌○欣欣負載何校載改戴陳云載戴誤注同是也案二字多相混此亦不具出 注音攜袁本茶陵本作畦音攜三字在注末是也 注丞相遵之後也何校遵改導陳同是也各本皆譌 寂寞楊冢袁本茶陵本寞作寥案此疑二本是也

卷六十○齊竟陵文宣王行狀○任彥昇案此三字當在上齊竟陵文宣王行狀一首下各本皆錯誤在此 南蘭陵郡縣都鄉何校都上添中字據南齊書高帝紀文校陳云疑當作東見前安陸昭王碑文注案彼注卽引南齊書東中乖異未必非東誤也又案縣上當有蘭陵二字此歷說州郡縣鄉里不應祇云縣而不云何縣 注應劭漢書注曰袁本茶陵本無漢書注三字案無者是也 注后倉作齊詩也袁本茶陵本后倉二字作臣瓚曰韓固五字案二本是也韓乃轅之譌儒林傳可證尤據顏注藝文志所引改之非 注前代史岑比之何校比之改之比是也各本皆倒 注毛詩傳曰無畔換案無字不當有又換詩作援畔援猶跋扈也在鄭箋此各本皆有誤 注王

永字安期茶陵本永作承是也袁本亦誤永晉書本傳可證注東夏會稽也袁本茶陵本無此五字案二本在五臣銑注此蓋誤入注孫復爲昭也袁本茶陵本也下有音韶二字是也注倪寬爲農都尉大司農奏課最連陳云爲下脫司字又最連當乙是也各本皆誤注范曄後漢書曰劉寵袁本范曄後作華嶠案袁本是也但嶠下仍當有後字此初同袁脩改者非茶陵幷入五臣更非注曾子謂子思伋曰陳云伋曰二字當乙是也各本皆倒而茹戚肌膚袁本茶陵本戚作慼是也沈痛瘡鉅案瘡當作創善引禮記創鉅者爲注可證袁茶陵二本所載五臣向注字作瘡然則善創五臣瘡各本亂之非注漢書曰萬石君傳曰袁本茶陵本書下無曰字是也注范曄後漢書袁本茶陵本無此五字注幸逢寬明之日將值危言之時袁本茶陵本作幸蒙危言之世遭寬明之時案此所引恐據馮衍集尤校改全依范書未必是也武皇帝嗣位茶陵本無皇字帝下校語云五臣作皇袁本皇下校語云善有帝字案尤所見與袁同食邑加千戶袁本茶陵本加千作如千案考南齊書云二千戶上文云食邑千戶故此云食邑加千戶即二千戶也善無注者本不須注耳五臣濟注乃云加千猶若干無

定戶故也可謂妄說二本不著校語以之亂善甚非尤所見獨未誤儀形國胄案形當作刑注引毛詩袁山松後漢書俱是刑
字茶陵本亦然袁本注中盡作形非也上文寔兼儀形之寄注別引晉中興書可知此不得與彼同各本皆作形或五臣如此藉田賦儀
刑孚于萬國五臣作形其證也允師人範袁本云善作師茶陵本云五臣作歸案各本所見皆非師但傳寫誤注中大
夫袁本茶陵本作掌以撽詔王五字案此尤改之也注有諫諍之義茶陵本并五臣入善有此句袁本并善入五臣
無今無以訂之也注父母生之案母字不當有各本皆衍使持節都督楊州諸軍事茶陵本楊
作揚袁本亦作楊案揚字是也下及注盡倣此萌俗繁滋袁本茶陵本繁滋作滋繁案二本所載五臣良注云滋繁言多也未
審善果何作或不與五臣同而尤所見為是注劉紹聖賢本紀曰下至農夫號于野袁本茶陵本無
此三十字案或別據他本也九旒鑾輅案旒當作游善引甘泉鹵簿游車九乘為注作游不作旒甚明袁茶陵二本所載五
臣濟注乃云九旒旗也是旒字為五臣本亦甚明各本所見皆以之亂善而失著校語讀者罕辨今特訂正之注駕蒼龍袁本
茶陵本龍下有輅音路三字是也注導袁本茶陵本作纛音導三字在注中左方上注之下是也注如今喪轜車

袁本轜作轜是也茶陵本亦誤轜注韓延壽給羽葆何校給改植陳同是也各本皆誤注而好下接
己何校接改倿陳同是也各本皆誤注實致也袁本茶陵本無此三字案二本在五臣良注此蓋誤入注郢鄲
曰袁本茶陵本鄲作惲是也注鄭元曰案元下當有禮記注三字各本皆脫注野人雖云隱袁本茶陵本隱
作隔案隔字是也又案野人當作人野各本皆倒上文舜與野人袁茶陵作人野蓋本是此作人野而誤其處注卞忠貞墓
側袁本茶陵本忠貞作望之是也注後以江陵沙洲人遠何校沙上添西字人上添去字是也各本皆脫屈
以好事之風袁本茶陵本事作士是也何陳校皆改士注先生王叔何校叔改升升下同云今國策作斗升形相近
之誤吳師道曰一本標文樞鏡要作王升案所校是也古今人表亦作升又其一證注宣王使謁者迎入何校迎改
延是也各本皆譌乃知大春屈己於五王袁本茶陵本無於字案二本下句校語云善有於五臣無於蓋尤幷
校添此句也注文惠太子懋案子下當有長字各本皆脫何校添子字蓋誤注孔藏與從弟書曰
陳云藏臧誤是也各本皆譌注於衿結褵也何校於改施陳同是也各本皆譌注親結其縭袁本縭作

離案離字是也觀下注可見茶陵本亦誤䍠又案依此正文疑善作離今作褵其誤與前女史箴同否則善尚有離褵異同之注今刪削

不全也　注趙文子與叔向袁本茶陵本向作嚳是也　注第子弔之何校第改曾陳同是也各本皆誤

注尚書曰禹案曰禹當作禹曰各本皆倒　注以拾遺補闕藝袁本茶陵本無藝字案此尤依漢書改闕

爲藝因誤兩存也　○弔屈原文茶陵本此上有弔文二字另爲一行是也袁本亦脫　注越絶書曰袁本越上

有善曰二字是也下列子曰上罔極言無中正上字林曰闒茸上毛詩曰上莊子千金之珠上蝦音遐上文子曰鳳凰飛千仞上莊子庚

桑楚上同茶陵本移每節首非　注覔袁本茶陵本作汨音覔在注中汨水在焉下是也　乃殞厥身袁本茶陵本殞作隕

案史記漢書皆是隕字　注不可順道而行也袁本茶陵本可作得是也案史記索隱引正作得　注植史

記作值袁本茶陵本作作音是也　吁嗟默默袁本茶陵本吁作于案史記漢書注皆是于字此注中吁亦當作于也

汗明曰大驥案大當作夫各本皆譌　嗟苦先生茶陵本校語云苦五臣作若袁本作苦無校語非何云漢書作

若陳云苦當從漢書作若更有顏延年祭屈原文可以互證云云案所說是也苦字但傳寫誤蓋誤認注中勞苦屈原以爲正文有苦字

耳今史記亦作苦誤與此同 注應劭曰嗟咨嗟苦陳云苦漢書注作也案也字是也各本皆誤史記集解所引無此字其一證又注離騷下竟亂辭也陳云竟章誤是也各本皆誤案漢書顏注及單行索隱引皆作章 注鄧展曰音昧 又注蘇林曰偭音面服虔曰蟂音梟 又注蛭之一切蟥音引此所音袁本茶陵本俱無尤蓋別據他本今無以考之也注亦夫子不如麟鳳不逝之故袁本茶陵本下不字作翔是也案史記索隱引正作翔 注鄭元曰陳云元當作氏是也各本皆誤固將制於螻蟻袁本云螘作螻蟻茶陵本云五臣作蟻螻案螻與魚韻較協各本所見蓋傳寫倒螘未必不與五臣同也今史記漢書皆作螻蟻而單行索隱正文仍作蟻螻可見亦未必史漢不本皆爲蟻螻今誤與此同也注中螻蟻凡三見則不拘語倒之例耳 注亦謂讒賊小人所見害也何校謂改爲陳同是也各本皆誤 注鱏音尋袁本茶陵本此三字在注末是也 ○弔魏武帝文○注貝獨坐謂中官左悺貝瑗也袁本茶陵本貝作唐貝瑗作唐衡案此尤校改之也注而不畀余也何校畀余改余畀陳同是也各本皆倒 注諺曰日袁本茶陵本重日字是也不注史

記不言何校記改既是也各本皆誤 注李範曰稅陳云範軌誤是也各本皆誤 注漢書文昌宮

袁本茶陵本書下有曰字是也 注陳思王述征賦曰袁本茶陵本征作行是也 注周望兆勳於渭

濱陳云勳動誤是也各本皆譌 注我營魄而登遐案我當作載各本皆譌 注老子曰抱一案抱

上當有載營魄三字各本皆脫 援貞咎以惎悔袁本咎作吝云善作咎茶陵本作吝無校語案尤所見與袁同非也茶陵

所見是也注貞吝有明文咎但傳寫誤 注張堅與任彥昇書曰陳云堅昇誤昇堅誤是也各本皆誤 注孔

子謂盟器者何校盟改明是也各本皆誤 注忽縹緲以響像袁本茶陵本緲作眇是也 眝美目

其何望案眝當作貯注云眝與貯同謂所引字林博雅之眝與正文之貯同也若作眝於注不相應蓋五臣因此注乃改貯為眝

各本所見皆以之亂善而失著校語○祭古冢文○注高誘曰棺題曰和袁本茶陵本無此七字案

或尤別據他本也 注而助語也袁本茶陵本助語作語助是也 注先是雒陽城南何校引徐云廣漢治

雒縣此陽字衍文是也各本皆衍 注格茶陵本作音格二字在注末是也袁本亦誤 注葬為埋也何校葬為改謂

葬陳同是也各本皆誤　注未之有也何校有下添改字陳同是也各本皆脫　注牲用白牲案下牲當作牲
各本皆譌○祭屈原文○注賈誼弔屈原文曰袁本茶陵本無文字是也上引亦無此字注極
又欲充夫佩幃陳云極㡊誤是也幃當作幃各本皆誤　注羌無實而害長案害當作容各本皆誤
○祭顏光祿文○注機象謂周易班班固楊楊雄也袁本茶陵本此注幷入五臣恐
尤亦非善舊　注叔夜嵇康字也袁本茶陵本此注幷入五臣恐尤亦非善舊　注琴緒緒引緒也
案此有誤各本皆同無可考也注仰視浮雲馳奄忽互相踰袁本茶陵本浮作驚馳奄忽作逝紛紛案此尤
校改之也注公收淚而問之袁本茶陵本淚作涕是也○附案陸貽典嘗據尤本校汲古閣本其尤跋後又有跋
日說友到郡之初倉使尤公方議鋟文選板以實故事念費差廣而力未給說友言曰是固此邦闕文也顧略他費以佐其用可乎迺相
與規度費出閱一歲有半而後成則所以敬事於神者厚矣江東歲比旱說友日與池人禱之神焉蓋有禱輒應歲既弗登獨池之歉猶
十四也顧神貺昭荅如此亦有以哉文選以李善本爲勝尤公博極羣書今親爲讎校有補云云補字下損失今本無此跋必脫去也說

友袁說友卽尤跋之袁史君此跋末言尤之讎校語雖未竟而其有所改易顯然已見今錄附於後以資詳考

文選考異卷第十

西元二〇二二年一月一日重製一版

文選李善注　冊四（梁蕭統撰　唐李善注）

平裝四冊基本定價參仟參佰元正
（郵運匯費另加）

發行人　張　敏　君
發行處　中　華　書　局
臺北市內湖區舊宗路二段一八一巷八號五樓（5FL., No. 8, Lane 181, JIOU-TZUNG Rd., Sec 2, NEI HU, TAIPEI, 11494, TAIWAN）
客服電話：886-8797-8396
公司傳真：886-8797-8909
匯款帳戶：華南商業銀行西湖分行
179100026931
印　　刷：維中科技有限公司
海瑞印刷品有限公司

No. N3065-4

國家圖書館出版品預行編目(CIP)資料

文選李善注/(梁)蕭統撰 ; (唐)李善注. -- 重製一版. --
臺北市 : 中華書局, 2022.01
冊 ; 公分
ISBN 978-986-5512-76-7(全套 : 平裝)

830.13 110021470